이회창
회고록

이회창 회고록 2권

1판 1쇄 발행 2017. 8. 21.
1판 3쇄 발행 2017. 9. 11.

지은이 이회창

발행인 김강유
편집 강미선 | 디자인 윤석진
발행처 김영사
등록 1979년 5월 17일(제406-2003-036호)
주소 경기도 파주시 문발로 197(문발동) 우편번호 10881
전화 마케팅부 031)955-3100, 편집부 031)955-3250 | 팩스 031)955-3111

값은 뒤표지에 있습니다.
ISBN 978-89-349-7882-4 04800
       978-89-349-7878-7(세트)

독자 의견 전화 031)955-3200
홈페이지 www.gimmyoung.com   블로그 blog.naver.com/gybook
페이스북 facebook.com/gybooks   이메일 bestbook@gimmyoung.com

좋은 독자가 좋은 책을 만듭니다.
김영사는 독자 여러분의 의견에 항상 귀 기울이고 있습니다.

이 도서의 국립중앙도서관 출판시도서목록(CIP)은 서지정보유통지원시스템 홈페이지
(http://seoji.nl.go.kr)와 국가자료공동목록시스템(http://www.nl.go.kr/kolisnet)에서
이용하실 수 있습니다.(CIP제어번호 : CIP2017018696)

2 / 정치인의 길

이회창의
결단과 실천 그리고
정치인의 길

이회창
회고록

김영사

나에게 삶을 주신 아버지, 어머니께 바친다.

제2권은 정치에 관한 회고록이다.

나의 삶을 법관, 중앙선관 위원장, 감사원장, 국무총리 등 공무원 사회에서 보낸 반생과 그 후 정계에 들어와 정치인으로서 보낸 반생으로 나누어 본다면 눈앞에 서로 다른 두 개의 광경이 떠오른다. 하나는 잘 정돈된 정원의 정경이고, 다른 하나는 곳곳이 진흙의 늪과 가시 덩굴로 덮인 삭막한 전쟁터의 정경이다. 정치는 정권을 쟁취하려는 전쟁터였고 여기에서 최고선은 정권을 잡는 것이다. 옛날에 천하쟁패의 싸움에서 이기면 관군(官軍)이 되고 지면 적군(賊軍)이 되는 것과 비슷했다.

나는 정치에 들어선 지 얼마 안 되어 앞으로의 삶이 과거의 삶과는 전혀 다르다는 것을 느꼈다. 이곳은 문화, 교양, 그리고 배려가 통하지 않는 싸움터처럼 보였다. 정권을 얻기 위한 전쟁터에서는 포기하고 도망가지 않는 한 싸워서 이겨야 하고 물러설 데가 없다는 것을 깨달았던 것이다.

이 과정에서 나는 때로 보람을 느끼는 성공도 맛보았고, 때로는 치욕과 불명예스러운 실수도 했지만 결국 정권쟁패의 전쟁에서 패배해

이회창
회고록

정치를 떠나야 하는 아픔을 겪었다. 이것은 내가 자유의지로 선택한 길이었기에 스스로 책임지고 감내해야 할 운명이었다.

2권에서는 먼저 정치에 들어가게 된 경위와 상황을 설명한 다음, 정치에 대한 생각과 정치를 하면서 느낀 문제점들에 대해 수상 내지 논평의 형식으로 내 견해를 말할 것이다. 그런 다음 1997년 대선부터 2002년 대선까지 내가 걸어온 정치의 과정을 '정치인으로 걸어온 길'에서 좀 더 구체적으로 돌이켜 보려고 한다.

내가 여당이던 신한국당의 대표 및 대통령 후보로서 김영삼 대통령과 갈등을 겪어야 했던 시절과 야당인 한나라당의 총재 및 대통령 후보가 되어 김대중 대통령 및 김종필 총재의 DJP 공동 정부에 맞서야 했던 야당시절의 정치 활동에 대해서는 내가 대선에 패배해 정치를 떠난 때문인지 거의 잊힌 역사가 되고 말았다.

그래서 역사의 기록을 남긴다는 뜻에서 좀 장황하지만 뒤에 '정치인으로 걸어온 길'을 통해 이 시절의 정치 역정을 연대기 식으로 적어보았다.

제2권 정치인의 길

차례

5 노무현 돌풍과 운명의 날

차례

필마단기로 뛰어든 정치

1

1

총리관저를 나온 후

내가 국무총리를 그만둔 1994년 여름은 기상관측을 시작한 이래 가장 더운 혹서였다.

총리관저를 나와 에어컨도 없는 구기동의 사저로 옮긴 뒤 칩거하고 있자니 무더운 데다가 바람도 없고 기분도 좋을 것이 없어 그야말로 답답하고 고달픈 인고의 지옥이 따로 없었다. 내 배짱대로 사표를 내던진 것까지는 시원했는지 모르지만 한더위에 가마솥같이 더운 집구석에 박혀있자니 참으로 견디기 힘들었다.

그래서 그동안 바빠서 미루고만 있었던 코수술을 하기로 마음먹고 서울대병원에 입원했다. 평소에 바른쪽 콧구멍이 시원하게 뚫리지 않아 코뼈가 휜 비골만곡증 같다는 진단을 이미 받은 바 있어 한가할 때 교정수술을 받기로 한 것이다. 수술대에 누워 국소마취를 받고 수술이 막 시작되었는데 집도한 의사가 "어!" 하더니 코뼈가 휜 것이 아니라 골절되어 어긋나게 붙은 채로 굳어서 외양이 만곡증처럼 보인다고 말했다. 과거에 무슨 일이 있었느냐고 물었다. 바로 머리에 와 닿는 기억이 떠올랐지만 입을 딱 벌리고 코뼈를 깎는 수술 도중에 환자더러 어떻게 대답을 하란 말인가?

제1권의 '살아온 길'에서 말했지만 6·25전쟁 중 1·4후퇴로 부산에 피난 가 있을 때, 꽃다발을 든 남녀커플을 희롱하던 깡패들을 보고 친구 한 명과 제지하다가 느닷없이 코를 한 대 맞고 격투를 벌인 일이 있었다. 당시는 코 부위가 크게 부어올랐다가 며칠 지나 가라앉았는데 아마 그때 코뼈가 부러져 어긋나게 붙은 채로 굳어버린 모양이었다.

수술 직후에 통증이 심해 진통제를 계속 먹으면서 고생하고 있는데 청와대에서 대통령이 만나고 싶어 한다는 연락이 왔다. 화가 났다. 대통령과 싸우고 헤어진 뒤로 아직도 감정이 정리가 안 된 상태인데 만나자고 하니 통증도 곁들여 역정이 났던 것이다. 지금은 코수술 후 치료 중이니 다음에 연락하자고 대답을 하도록 했다.

그래놓고 많은 생각을 해보았다. 대통령과 통일안보정책 조정회의 설치 문제로 다툰 것은 국무총리로서 있을 수 있는 일이다. 그런 일을 당하고도 국무총리가 아무 소리도 못한다면 그게 더 비정상적인 것이다. 대통령은 대통령대로 하고 싶은 말을 했고, 나는 나대로 내가 옳다고 생각하는 말을 했다. 서로 양보하지 않았기 때문에 결국은 나의 사퇴로 이어진 것이다. 이 과정에 대해서는 분해하거나 억울해할 것이 전혀 없다. 나는 내가 해야 할 말과 행동을 했을 뿐이다.

내가 화가 난 것은 그 후의 일 때문이었다. 내가 사퇴한 후 청와대 측에서 언론에 나에 대한 온갖 비방과 유치한 중상을 쏟아내는 것을 보고 정말 화가 났다. 너무 화가 나서 맞받아칠까 하다가 참았는데 지금 생각해봐도 잘한 일이었다. 만일 맞받아쳤다면 이전투구로 똑같이 몰골사나운 꼴이 되었을 것이다. 이모저모로 생각을 가다듬으면서 나는 청와대의 욕지거리는 누워서 침 뱉는 행동이고, 여기에 내가 흥분하는 것은 어른스럽지 못한 일이라고 느꼈다. 오히려 그 후 나의 사퇴로 인해 대통령에 대한 비판이 터져 나오고 여론이 악화되는 현상은 내가 예견하지 못한 것이었기 때문에 약간 미안한 생각조차 들었다. 오히려 나는 사퇴 후 자기 고집만 세운 총리로 비난받는 상황이 오지 않을까 걱정했고, 그런 상황이 오더라도 소신을 지킨 대가라고 각오하고 있었던 것이다.

그 후 박관용 비서실장이 찾아와 자기가 대통령과 총리 두 분을 잘 모시지 못해 이런 결과가 되었으니 사과드린다면서 대통령과 화해하고 만나줄 것을 요청했다. 그 후에도 김정남 수석 등 여러 사람이 대통령의 뜻이라면서 대통령과 만나줄 것을 권유해 왔지만 나는 모두 정중하게 사양했다.

나는 그동안의 모든 일을 털어버리고 친정인 법조계에 돌아와 변호사 업무를 재개하기로 결심했다. 평소 가깝게 지내던 김찬진 변호사가 대표로 있는 동서종합법률사무소가 교보빌딩 17층에 있어 그 옆에 작은 변호사 사무실을 얻었다. 돈 버는 것은 나와 인연이 먼 만큼 그저 내 능력으로 할 수 있는 일을 성의껏 하면서 하루하루 최선을 다하는 삶을 갖고 싶었다.

그런데 막상 변호사 사무실을 열었더니 사건 문의나 의뢰는 별로 없고 정치인들의 발길이 잦아졌다. 특히 그해 6월의 지방선거에 서울특별시장 후보로 나서달라는 요청이 여·야 양쪽으로부터 쇄도(?)했다. 사실 그 전부터 언론에서 서울특별시장 후보 출마 가능성을 물어오면 나는 한마디로 그럴 생각이 없다고 잘라 말했고 또 할 생각이 전혀 없었다.

내 생각이 틀렸는지 모르지만 나는 국무총리를 지낸 사람이 서울특별시장으로 나서는 것은 부적절하다는 생각을 가지고 있었다. 국무총리는 간판총리니 의전총리니 하고 비하하는 말을 듣지만 그래도 내각을 통할하는 정부의 제2인자로서 옛날식으로 말하자면 한나라의 재상(宰相)이다. 그런 재상 출신을 아무리 선거가 급하기로서니 지자체인 서울시의 시장 후보로 차출한다는 것은 국무총리의 위상을 더더욱 격하시키는 반면에 서울시장직을 차기 대통령에 나서는 발판으로 만드는 결과를 가져온다. 이것은 국가운용의 비정상적인 변형이며 결코 바람직하지 않다는 것이 나의 소신이었다. 이 점에 대해서는 다른 견해도 있을 수 있지만, 나는 결코 이런 다른 견해를 폄하하는 것이 아니라 나의 좁은 소견을 말하는 것뿐이다.

당시 정치를 재개한 김대중 씨 측으로부터 몇 차례 이종찬, 정대철, 이해찬, 김근태 씨 등이 개별적으로 찾아와 김대중 씨의 뜻이라면서 야당의 서울시장 후보로 영입할 뜻을 타진해 왔으나 정중하게 모두 사양했다. 또 여당 측인 민자당 쪽에서도 서울시장 후보 영입 제의가 있었다. 김덕룡 사무총장을 비롯한 김정남, 이홍구 씨 등 몇 사람이 타진해 왔으나 역시 모두 사양했다.

정치를 같이 하자는 제의도 있었다. 당시 3김 정치에 식상한 국민여론에 힘입어 '정치개혁시민연합' 등 재야, 시민운동가들이 중심이 되어 개혁신당 창당을 추진 중이었으며 창당준비위원장은 홍성우 씨와 장을병 씨가 공동으로 맡고 있었다. 여기에 관여하는 몇 분이 찾아와 동참을 종용했으나 이 제의도 정중히 사양했다.

민주화 운동의 성공으로 문민정부가 들어섰으나 각각 지역 기반을 단단히 움켜쥔 3김 씨가 좌지우지하는 정치판을 바꿔야 한다는 여론이 일고 있었고 이번 15대 총선에서 그런 변화를 이끌어낼 수 있을지가 정치권의 최대 관심사였다. 그밖에도 이부영, 서경석 씨 등도 열심히 움직이고 있으면서 자주 나한테 들러 정치담론을 펼치곤 했다.

또 장기욱, 김정길, 원혜영 등 젊은 재야인사들이 나의 집에 찾아와서 정치 이야기를 나누곤 했는데(노무현 대통령의 회고록을 보면 노무현 씨도 이들과 함께 왔던 모양이나 나는 정확한 기억이 없다), 나는 당시 정치할 뜻이 없었으므로 주로 그들의 이야기를 듣기만 했다.

고지식한 생각일지 모르지만 당시 나는 만일 정치를 한다고 해도 문민정부의 국무총리를 지낸 사람이 이 정권의 개혁 추진을 도와주지는 못할망정 정권과 대립각을 세우고 있는 야권에 참여하는 것은 도리에 어긋나는 처신이라고 생각했다. 다만 나도 참여한 바 있는 김영삼 정부의 개혁을 위해서는 쓴 소리도 약이라는 생각으로 때때로 따끔한 비판을 서슴지 않았다.

2
김영삼 대통령의 요청

김영삼 대통령은 다가오는 제15대 총선의 전망이 여당에 별로 밝지 않자 한 가지 방편으로 자신과 불화 관계에 있는 나를 포용하는 것이 지지도를 끌어올리는 데 도움이 된다고 생각한 것 같았다. 그래서 대통령의 뜻이라면서 앞에서 말한 여러 사람들이 찾아와 대통령과 화해하고 만나줄 것을 요청해 왔지만 나는 다시는 정치적으로 이용당하고 싶지 않았고 또 정치할 생각도 없었다.

그러나 김 대통령은 집요했다. 그의 최측근 인사가 두어 차례 집으로 찾아와 대통령과 만나줄 것을 간곡히 요청했다.

나는 고민하기 시작했다. 한번 다투었다고 등을 획 돌리고 상대방의 화해 요청도 뿌리치는 것은 옹졸하다는 생각도 들었다. 또 김 대통령은 나에게 기대를 걸고 감사원장, 국무총리로 발탁했고, 나는 나대로 이런 감투의 명예보다 이 정권의 개혁을 성공시킨다는 신념을 가지고 참여했던 터이다. 그런데 일부 언론이 말한 대로 나의 국무총리 사퇴로 이 정권의 개혁의지에 대한 국민의 신뢰도가 떨어졌고, 이에 더해 15대 총선에서 여당이 패해 여소야대 국회가 된다면 문민정부의 개혁비전은 실패할 수도 있었다.

문민정부의 국무총리까지 지낸 내가 김 대통령의 간절한 소망을 외면하고 독야청청하는 것이 과연 옳은 일인가, 자기만 깨끗하겠다는 이기주의가 아닌가, 하는 생각에 잠을 설칠 지경이었다. 나쁘게 생각하면 김 대통령은 총선에 단지 나를 불쏘시개로 쓰기 위해 화해하려는 것이라고 볼 수도 있었다. 하지만 나는 고민 끝에 김 대통령을 도와주는 것이 도리에 맞다고 결론을 내렸다. 그래서 김 대통령을 다시 만나게 되었고 결국 그의 간청을 받아들여 신한국당에 입당해 중앙선대위의장을 맡아 15대 총선을 치르게 되었다. 또한 전국구 1번으로 비례대표 국회의원 후보가 되어 달라는 요청도 받아들였다.

마침내 정치에 입문하게 된 것이다. 이렇게 나의 정치입문은 커다란 정치적 포부나 비전 같은 것이 있어서가 아니라 어찌어찌하다가 의무감으로 등 떠밀리다시피 된 꼴이었다. 그렇게 고민 끝에 정치입문을 결심했는데도 막상 청와대에서 대통령과 만난 후 집에 돌아오자 밀물같이 불안과 후회가 밀려왔다. 국무총리까지 지냈으니 어려운 지경의 대통령을 도와주는 것이 도리라는 의무감으로 응낙했지만, 절실한 정치적 욕망도 정치적 경륜이나 조직적 배경도 전혀 없는 내가 덜컥 정치판에 들어와서 과연 버틸 수 있을 것인가 하는 걱정이었다. 대통령이 아쉬워서 손을 내밀 때까지는 내 고집을 세울 수 있지만 일단 그의 요청을 받아들이고 나면 나는 그의 호주머니 안의 구슬이 되어버려 대통령이 주무르는 대로 되는 게 아닌가 하는 불안감도 일었다.

골똘히 생각에 잠겨있으니 아내가 왜 그렇게 우울한 얼굴을 하고 있느냐고 물었다. 내 심중을 얘기해주자 아내는 대뜸 "뭘 그런 걸로 고민하세요? 일단 도와주기로 했으면 그 뒤의 일이 어찌될까 생각하지 말고 열심히 도와주세요. 뒤의 일은 그때 가서 걱정하세요"라고 조언해 주었다. 순간 내 마음이 반석같이 가라앉고 편안해지는 것을 느꼈다. 그렇다. 신념을 가지고 내 갈 길을 정했으면 그것이 운명의 길이고 거기에서 최선을 다하면 된다, 앞으로 무슨 일이 생길까, 상대방이 나를 어떻게 대할까 걱정할 일이 아니다, 하는 생각이 들었고 그러자 마음이 편해졌다.

그날 밤 나는 신께 간절히 기도했다. 그때만 해도 나는 기도를 열심히 했다. '이 길이 제가 가야 할 길이면 저를 끝까지 지켜주소서. 만일 갈 길이 아니라면 제게 병을 주시든가, 아니면 사고를 주시든가, 저를 막아주소서'라고 기도했다. 그런데 나는 병도 나지 않고 사고도 만나지 않은 채 끝까지 갔다. 그래서 나는 이 길이 신이 허용하는 가야 할 길 인줄 믿었는데 끝에 가서 낭떠러지에 떨어지고 말았다.

내 기도가 받아들여지지 않은 것인가? 아니다. 이 길은 내가 자유의지로 선택한 길인데 신은 인간의 자유의지의 선택에는 개입하지 않는다. 이때 신이 할 수 있는 일은 내 선택의 결과를 직접 보게 하고, 그 결과를 받아들이도록 도움을 줄 뿐이라는 것을 뒤늦게 깨달았다.

신한국당에 입당하고 보니 당내에 알 만한 사람이라고는 과거에 판사 시절 잠시 같이 근무했던 이한동 의원과 사법연수원 교수 시절 연수생으로 제자였던 강재섭 의원 두 사람뿐이었다. 언론들은 내가 필마단기(匹馬單騎)로 정치판에 뛰어들었다고 평했다.

나는 어떤 일이든지 일단 맡으면 먼저 할 일의 방향을 정한 후 사전에 철저히 일을 숙지하고 조직을 장악해 의도대로 운영하는 것이 나의 방식이다. 대법관, 중앙선관위 위원장, 감사원장 및 국무총리를 거치면서 한결같이 이러한 내 방식대로 했다. 이제 정치판에 들어와 보니 이곳은 정부나 공공기관과는 전혀 분위기가 다르다는 것이 바로 느껴졌다.

정당은 정부 조직처럼 분명한 행동규범이나 위계질서가 없어 보이면서도 또한 무시할 수 없는 힘의 질서가 있어 보였다. 요컨대 자기 밥은 자기가 찾아 먹어야지 누가 주기를 기다리다가는 굶어 죽기 십상이다.

선거 때 조직되는 정당의 선거대책 위원회는 선거 기간 중 정당의 선거 활동을 전담하는 당 조직으로 사실상 당의 지도부가 선대위의 주요 부서를 겸임하게 된다. 그런데 1996년도에 김영삼 대통령은 선대위의 위원장을 의장으로 호칭을 바꾸고 부의장으로 박찬종 씨 등 영입인사와 최형우 씨 등 당내 지도급 인사들을 배열해 선거대책 기구를 격상시켰다. 당대표인 김윤환 씨는 그대로 당대표를 맡아 선거 외의 당 업무를 전담하는 체제로 이원화했다.

일반적으로 정당의 선대위원장이란 자리는 실질적으로 선거의 지휘책임을 지는 것이 아니라 얼굴마담 역할을 하는 것으로 알려져 있었지만 나는 얼굴마담이나 꼭두각시 노릇은 하기 싫었다. 일단 선대위의장이라는 책임을 맡은 이상 내가 가진 원칙과 소신에서 벗어나지 않게 선거를 치를 책무와 권한이 있고, 이 직분에 충실할 생각이었다. 그래서 선대위의 실무기획단에 업무보고를 하도록 지시하고 몇 가지 지침도 내렸다.

지금 생각하면 이것은 정치판을 모르는 매우 순진한 행동이었다.

이제 갓 정치에 들어온 백면서생인 내가 정치와 선거를 얼마나 알겠는가? 하지만 당은 이런 나를 너그럽게 대해주었다. 당대표인 김윤환 씨나 강삼재 사무총장도 원칙을 고집하는 나의 행동을 존중해주는 모습을 보였다. 기본적인 선거 전략이나 전술 차원의 대책 그리고 선거자금 관계는 당과 당의 선거대책 기구에서 맡아 하겠지만 나는 선대위의장으로서 내가 구상하는 새로운 정치의 모습을 제시하고 싶었다.

내가 신한국당에 입당하자 그동안 나에게 비교적 호의적이었던 야당과 재야인사들의 태도가 180도 비호감 내지 적대감으로 바뀌었다. 나는 극히 비정치적인 동기로 정치에 입문했지만 나에게 온 정치적인 여파는 너무나 매웠다. 정치에서는 어느 한 쪽에 서면 선명하게 피아(彼我)의 진영 즉, 아군과 적군으로 갈라진다는 것을 실감했다. 적군은 공격과 토멸의 대상일 뿐인 것처럼 보였다.

1996년 1월 30일 고려대 노동대학원 초청강연에 나갔을 때 질의응답 시간에 임채정, 장기표 씨 등 몇몇 야당인사들이 작심하고 나의 신한국당 입당을 공격하는 질문 공세를 폈다. 그들은 나의 별명인 '대쪽'에 빗대어 소나무나 대나무도 온실에 갖다놓으면 분재에 지나지 않는다고까지 말하면서 김영삼 대통령의 품 안에 들어갔으니 당신이 뭘 할 수 있겠느냐는 투로 모질게 비판했다.

나도 이제는 가만히 있을 수 없었다. "소나무나 대나무는 토양이 맞지 않으면 그 자리에서 죽을지언정 전나무나 갈대가 되는 것이 아니다"라고 맞받아쳤다. 사실 나는 앞에서 말한 바와 같이 정치에 어떤 포부나 경륜이 있어서 들어온 것이 아니라 김영삼 대통령의 밑에서 총리를 지냈다는 부채감으로 엉겁결에 들어온 셈이지만, 일단 들어온 이상 평소 내가 지녀온 철학과 신념대로 내 나름의 바른 정치를 하고 싶었다. 물론 정치판에서는 내 마음대로 되지 않는 일이 많을 것이다. 그러나 적어도 내가 누구의 눈치를 보거나 겁을 먹고 비겁하게 추종하는 일은 결코 하지 않겠다는 것을 다짐했었다. 앞에서 말한 '소나무, 대나무론'도 이러한 심정이 저절로 표현된 것이다.

3
정치에 들어와 세운 세 가지 목표

나는 우선 정치에 들어와 몇 가지 목표를 정했다.

지나친 네거티브 선거의 지양

내가 첫째로 세운 목표는 지나친 네거티브 선거를 지양하는 것이었다. 내가 정치판에 들어와 목격한 것은 앞에서 말한 대로 피아 진영으로 갈려 이전투구로 싸우는 모습이었다. 이것이 네거티브 선거라는 이름으로 자행되고 있었다. 나는 이러한 정치행태, 관행에 제동을 걸어야 한다고 생각했다. 나는 15대 총선을 앞둔 1996년 2월 15일 야당의 두 김 총재(김대중, 김종필)에 대해 개인적인 약점이나 결점을 들어 인신공격을 하거나 상대방 진영에 대해 욕설과 비방을 하지 말 것을 제안했다. 그리고 먼저 두 김 총재에 대한 비방을 중단하겠다고 선언했다. 그 선언에서 나는 "선거나 정치는 어떻게 나라를 잘 살 수 있게 하느냐 하는 방법을 놓고 경륜을 겨루는 것이지 상대방의 약점을 들추어내고 비난하는 것은 아니다"라고 강조했다.

그러나 나의 이런 선언과는 상관없이 선거판은 그야말로 욕설과 비방이 판치는 막가판이 되어가고 있었다. 당시 신한국당에서 작성 배포한 선거 홍보물에는 "김대중 총재가 노태우 씨로부터 받은 20억 원은 '광주시민의 피'를 팔아먹은 대가가 아닌가", "적과 내통해 정치를 하면서 겉으로 떳떳해 하는 파렴치하고 비도덕적인 정치행태" 등의 표현이 있었다. 또 김종필 자민련 총재에 대해서도 "군사쿠데타로 4대 의혹 사건 등을 통해 소도둑질을 했다", "한일회담 당시 일본으로부터 뒷거래의 보상으로 검은돈을 받았다는 의혹도 있다"는 등의 표현이 있었다.

한편 야당인 국민회의 쪽에서는 당내 연수 자료에서 나에 대해 "5, 6공 시절 기본적으로 권력에 잘 보이지 않고서야 어떻게 대법관이 될 수 있었겠는가", "정권 교체를 해야 국민이 주인 대접을 받는다. 이회창 씨가 이걸 모르고 신한국당에 갔으면 무식한 사람이요, 알고도 갔으면 정권인계나 혹시 받아볼까 명예와 권력을 탐하는 천박한 사람이다"는 등의 폄하를 했다.

또 자민련도 당 홍보물에서 "이 정권은 그저 망나니 칼춤 추는 꼴이다. 철면피 정권, 기회주의 정권, 바뀐 것이라고는 올챙이가 맨홀 속으로 투신자살하는 민자당 마크에서 드디어 투신해 뻗어버린 올챙이 모습으로 바뀐 신한국당 마크뿐이다" 등의 표현도 있었다.

나는 여당인 신한국당만이라도 혼탁한 선거판에 휩쓸려서는 안 된다는 생각으로 당에 대해 야당의 두 김 총재를 비방한 선거 홍보물의 배포를 중단하고 회수 폐기할 것을 지시했다. 당에서는 배포를 중단할 수는 있으나 회수 폐기는 어렵다고 난색을 표했고, 당내 일부 인사는 선거에서 이런 정도의 선거 홍보는 불가피하다면서 내가 뭘 몰라서 그런다는 투로 반대했다. 하지만 나는 회수 가능한 것만이라도 회수해 폐기할 것을 강력히 요구해 내 고집을 관철시켰다.

지금 생각하면 내가 한 행동은 너무나 순진했다. 하지만 당시 나는 이전투구의 선거판에서 네거티브 선거를 하지 말자는 말이 비현실적인 것을 전혀 몰랐던 것은 아니다. 그래도 정치에 새로 들어온 신인인 나만이라도 이런 노력을 해야지 누가 하겠는가 하는 오기였던 것이다. 선거가 더욱 과열되면서 나는 이런 내 노력이 물거품이 되는 것을 지켜보아야 했고, 이상으로서의 민주주의가 현실의 정치에서 빚어내는 무력함과 추악함을 직접 겪어야 했다.

하지만 이것은 약과였다. 그 후 1997년과 2002년의 대통령 선거에서 전개된 네거티브 선거전은 15대 총선 때와는 비교가 안 될 만큼 악랄하고 불법적인 모략과 중상이 판을 쳤다. 나에게 3대 의혹이니 5대 의혹이니 하면서 각종 의혹을 허위 날조해 중상모략을 하는 바람에 상당한 타격을 입었다. 그 후 법원에서 모두 허위조작으로 밝혀져 행위자들은 유죄의 확정판결을 받았지만 이미 선거는 끝나버린 후였다. 정치에 처음 입문해 네거티브 선거를 경계했던 내가 그 후 대선에서 결국 상대방의 네거티브 선거전으로 곤욕을 치렀던 것이다. 이에 대해서는 뒤에 '정치인으로 걸어온 길'에서 좀 더 자세히 이야기할 것이다.

3김 정치 청산

내가 두 번째로 내세운 목표는 3김 정치 청산이었다.

흔히 3김 정치라고 하면 권위주의적 행태, 패거리 정치, 사당화 정치, 지역주의 정치 등을 떠올리지만 나는 특히 권위주의적 행태와 지역주의 청산이 가장 시급한 문제라고 생각했다.

1) 권위주의적 행태의 청산

박정희 시대 후의 3김 시대는 민주화 투쟁으로 탄생한 민주화 세력의 시대이므로 정권이나 정당의 모습과 정치는 과거 군인정권 시대의 권위주의적이고 수직적인 행태에서 당연히 벗어나야 한다고 생각했고 또 그렇게 기대했다. 그러나 막상 정치의 현장에 들어와 보니 그렇지 않았다. 민주화 시대에 들어섰지만 여전히 가부장적 권위주의와 수직적 행태에 젖어있는 것처럼 보였다.

내가 법원이라는 울타리에서 벗어나 감사원장으로 취임한 후 처음으로 국회 로텐더홀에서 열린 국회개원 축하 리셉션에 참석했던 때의 일을 잊을 수 없다. 입법, 사법, 행정 3부와 사회의 지도급 인사들이 참석해 테이블마다 서서 담소하는 자리에서 나로서는 처음 보는 광경을 목격했다. 김대중 당시 평민당 총재가 한 무리의 당 인사들을 거느리고 장내를 돌고, 곧이어 김종필 당시 자민련 총재도 나타나 당 인사들과 함께 똑같이 서로 위세를 과시하듯 도는 것이다.

정치를 모르던 나의 눈으로 볼 때 그 광경은 영락없는 옛날의 사또 행차와 같아서 마치 영주가 자기 부하들을 거느리고 한바탕 세 과시를 하는 것처럼 비쳤다. 위엄을 차리고 도는 당총재들과 그를 둘러싸고 졸개같이 따라다니는 당 간부들의 모습은 아무리 좋게 봐도 민주화 시대의 정당 모습이라고는 말하기 어려웠다. 정치 실상을 모르는 제3자의 눈에는 박정희 시대의 가부장적 정당 모습과 전혀 차이가 없어 보였다. 물론 이런 피상적 관찰만으로 정당의 민주화를 논할 수는 없다. 하지만 외관으로 보이는 이런 정당의 행태가 가부장적 권위주의에 물든 3김 정치의 속살을 잘 보여주고 있다고 생각했다.

당시 언론은 3김 씨를 말할 때 지도력의 바탕으로 그들이 갖는 '카리스마'를 꼽았고 이런 차원에서 보면 위와 같은 사또 행차는 그런 '카리스마'의 발현인지도 모른다. 그러나 권위주의와 카리스마 또는 통솔력은 구별해야 한다는 것이 나의 생각이었다. 카리스마는 본인이 가진 실력과 내공, 통찰력과 도덕적 강점으로 상대방을 저절로 머리 숙이게 만드는 기세의 힘이다. 이와 달리 권위주의는 조직과 돈, 권력의 힘으로 상대방을 억압하는 자세를 말한다. 권위주의는 상대방으로 하여금 마음속으로는 존경심이 없으면서도 자신의 이익과 안전을 위해 머리를 숙이게 만든다.

나는 3김 씨가 갖고 있던 카리스마를 결코 폄하하려는 것은 아니다. 하지만 우리나라 정당의 내막을 속속들이 알지 못했던 나의 눈에 그들은 민주화 세력이라고 자처하면서도 당을 이끄는 행태는 마치 봉건 시대의 영주처럼 당 소속원을 통솔하고 지배하는 권위주의와 다름없었다. 정당의 민주화에 역행하는 모습으로 비쳤다. 그들은 민주화 투쟁을 했지만 스스로는 민주화되지 않은 구태적 사고를 가지고 있다고 생각했다.

김영삼 대통령 시대와 그 뒤를 이은 김대중 대통령 시대에도 두 대통령이 보인 자세는 권위주의적이라고 볼 수밖에 없었다. 과거 군사 독재 시절의 혹독한 가시밭길에서 살아남기 위해서는 당을 권위적으로 이끌 수밖에 없었는지 모르지만, 민주화 시대에 들어선 만큼 우리 정치도 모든 면에서 이런 과거의 권위주의적 퇴행 상태에서 벗어나야 한다고 생각했다.

2) 지역주의 청산

권위주의적 행태 외에 청산해야 할 3김 정치의 행태는 바로 지역 패권주의였다.

김영삼 대통령이 총재로서 이끌던 민주당은 영남을, 김대중 총재가 이끌던 평민당은 호남을, 김종필 총재의 자민련은 충청도를 각각 텃밭으로 하여 세력권을 형성하고 다른 세력을 압박하면서 지역 패권주의를 추구했다. 정치가 이렇게 극심한 지역 대립과 갈등의 구도로 짜이게 된 책임이 3김 씨에게만 있다고 말하기는 어려울지 모른다. 박정희 대통령의 근대화를 위한 개발 정책이 서울과 영남을 잇는 경부고속도로와 포항제철 등 주로 영남축을 기반으로 추진되고 호남권 등 다른 지역이 홀대되면서 지역 대립과 갈등이 심화되기 시작했다고 말하는 사람들도 있다.

그러나 나는 정치에서 오늘날과 같은 극심한 지역 대립과 편 가르기의 지역주의가 기승을 부리게 된 가장 큰 책임은 3김 씨에게 있다고 생각한다.

내가 지방법원의 평판사로 근무하던 시절, 법조계에서는 오늘날 정치권에서 보는 것과 같은 지역감정이나 갈등 대립이 없었다. 당시 대구 출신의 유명한 형제 법조인인 이우익 씨와 이우식 씨가 좋은 예이다. 형님은 대구에서, 동생 분은 전북에서 활동했는데 동생 분은 호남인이 다되어 말씨까지 호남 사투리로 바뀐 것을 보았다. 또 호남 출신인 법조인이 대구나 부산 등지에서 근무하면서 정이 들어 전근할 때는 눈물의 이별 장면이 벌어지곤 했다는 이야기를 심심치 않게 들었다. 이런 동서 간의 정서가 정치권에서 큰 선거를 몇 차례 치르면서 거의 없어지고 증오와 적대 감정이 자리 잡게 되었는데, 그 근저에는 지역세력 기반을 무기로 표몰이를 하면서 정치판을 비방, 모략과 대립, 갈등의 투구장으로 만든 3김 정치의 탓이 컸다.

나의 외가는 전남 담양군 창평(昌平)면 창평리에 있었다. 어릴 때 광주에서 초등학교를 다니면서 외가에 자주 왕래해 어린 시절의 그리운 추억은 주로 창평과 광주와 연결되어 있다. 어찌어찌하다가 영남 기반의 신한국당에 들어가 당총재, 대통령 후보까지 되었지만 호남에 대한 나의 정서는 어릴 적 추억과 어머니로 한데 엮인 그리운 감정만 있을 뿐, 대립과 갈등의 지역주의적 감정은 전혀 없었다.

그런데 정치에 들어와 보니 3김 정치 구도로 꽉 짜여 있어 옴짝달싹할 수 없었고, 나도 결국 3김 정치의 지역주의적 구도에 갇혔다. 내가 신한국당이나 한나라당의 대선 후보로 선거운동을 하면서 충청권이나 호남권에 가서 내가 충청권 출신이고 외가는 호남이라고 아무리 외쳐도 영남당의 후보인 이상 영남당이라고 내쳐졌다.

나는 2002년 대선 후 정계를 떠나 있으면서 모처럼 창평을 방문해 외조부 산소에 성묘를 간 일이 있다. 그곳에서 만난 촌로 한 분이 내게 한 말이 잊히지 않는다. 그는 나에게 외가가 호남인 이회창 씨를 개인적으로는 싫어하지 않지만 김대중 씨와 맞서 싸운 사람이기 때문에 호남에서는 받아들일 수 없는 심정이라고 말하는 것이었다. 요컨대 김대중 씨의 적이었기 때문에 미워할 수밖에 없다는 뜻이었다.

아마도 3김 씨 중 한 분만이 민주화 투쟁에서 살아 남았더라면, 그래서 대통령으로 당선되었더라면 3김 정치 구도는 생기지 않고 3김 정치란 말도 태어나지 않았을지 모른다. 다시 말하면 민주화 이후의 정치 구도가 3김 씨를 핵으로 한 지역 패권주의의 대립구도가 아니라 다른 형태의 구도로 보수 대 진보라든가 유산자 대 무산자와 같은 구도로 짜였을 가능성도 있었다고 생각되는 것이다.

3) 3김 정치 청산 추진

나는 3김 구도에서 그들 중 한 분인 김영삼 대통령의 후원으로 정계에 입문했고 현실적으로 3김 정치 구도에서 벗어날 수 없는 처지였다. 말하자면 나는 3김 정치의 수레에 올라탄 것이다. 하지만 본격적인 정치의 길을 걷기로 하면서 나는 앞으로 이 수레 즉, 3김 정치 구도를 타파해야만 우리나라 정치의 고질적 병폐인 지역주의와 붕당적 권위주의를 청산할 수 있다고 생각했다. 바로 실현하기 어렵다고 해도 계속 주장하고 추진해야 실현할 날이 올 것이라는 신념을 갖게 되었다.

그래서 나는 '3김 정치 청산'을 주장하고 나섰다. 그러자 당연히 당내에서는 "김영삼 대통령 밑에 있으면서 그런 주장을 할 수 있느냐"는 비판이 나왔다. 하지만 이것은 3김 정치 청산이 3김 씨 배제가 아니라 정치개혁이란 점을 이해하지 못했던 탓이다. 3김 정치 청산을 주장하는 사람들 중에는 3김 씨를 정계에서 퇴출시키자는 뜻으로 주장하는 이들이 있었지만 나는 반대였다. 3김 정치 청산의 기본적 취지는 3김 구도의 고질적인 권위주의와 지역주의 타파 등 정치개혁을 하자는 것이지, 개인적인 퇴출을 목표로 한다면 본인은 물러나더라도 후계자가 남아 여전히 그 구도에 집착할 것이다.

그러면 어떻게 이러한 구태, 특히 지역주의를 타파할 것인가? 솔직히 당장 타파할 왕도는 없었다. 현실적으로 당시 우리나라의 대표적인 3개 정당은 각각 영남과 호남권 및 충청권을 기반으로 그곳 출신의 국회의원들이 각 정당의 다수를 차지하고 있었다. 이미 그들은 지역의 아성을 확보하고 있고 이러한 국회의원들 다수가 현실 정치판에서는 바로 당의 힘이 되었으므로 함부로 지역주의 타파를 내세워 당의 세력 기반을 약화시키는 일은 할 수가 없었다. 그렇다고 해도 이런 정치판은 바뀌어야 하고, 그러기 위해 지역주의가 아닌 보수와 진보, 우와 좌의 이념의 경쟁과 대립구도로 가야 한다는 것이 내 소신이었다. 그 후 내가 한나라당 총재가 된 후에 당내 기구로 '3김 정치 청산 위원회'를 설치한 것도 이런 소신에 따른 것이었다.

돌이켜 보면 97년도의 신한국당 대선 후보 경선을 계기로 정당의 권위주의적 행태가 변모하는 모습을 보이기 시작한 것이 3김 정치 청산의 싹을 틔운 것이라고 생각한다. 내가 한나라당 총재가 된 후 당내 파벌 체제를 혁파하고 민주당에서는 주류가 아닌 노무현 고문이 대선 후보로 선출되면서 외관상 3김식 정당운영 행태는 사실상 종지부를 찍었다고 볼 수 있다.

그러나 지역주의는 여전히 남아있고, 최근에는 지역을 기반으로 한 정당들이 DJP연대의 경우처럼 자신들의 정체성이나 정당정책과는 상관없이 지역을 기반으로 선거만을 위한 연대나 후보 단일화를 꾀하는 일이 벌어지고 있었다. 지역주의는 형태를 달리해 오히려 심화되고 있다는 느낌이 든다.

나는 1997년 대선 후 1998년에 한나라당 총재로 복귀해 당의 파벌 체제를 혁파했고 2000년 16대 총선에서 야당으로서 원내 제1당이 되었다.

그 후 몇 차례의 재보궐 선거를 거치면서 과반수를 차지한 거대 야당이 되어 나는 제왕적 총재라는 말까지 듣게 되었다. 그래서 3김 정치의 권위주의적 총재와 무엇이 다르냐는 비판도 나왔다. 또 김대중 정권의 야당 의원 빼가기와 편파적 사정에 항의해 빈번히 장외집회 투쟁을 했는데, 특히 영남지역의 대규모 집회 때마다 여권은 한나라당이 지역주의를 부추긴다고 비난했다.

그렇게 보이는 면도 있었으리라는 것을 솔직히 인정한다. 그러나 나에게는 원칙이 있었다. 당내 통솔에서 나는 3김 씨와 같이 권력이나 돈 또는 지역 기반으로 당을 휘어잡을 힘은 없었다. 오직 당원들의 동의와 나의 열정으로 당을 이끌고 나갈 수밖에 없었다. 뒤의 정치역정에서 보듯이 무슨 일이 있을 때마다 의원총회를 활용했고, 의원총회에서 충분히 찬반양론이 나오게 한 뒤 당이 가야 할 방향을 잃지 않도록 했다. 그리고 그 실행과 방향전환이 필요할 때의 결정권을 총재에게 반드시 위임하도록 했다. 예컨대, 장외투쟁에 나섰다가 원내 복귀를 해야 할 경우 그 시기와 결단은 총재에게 일임하도록 위임을 받았다.

또 나는 결단을 내리기 전에는 고민도 하고 방황하기도 했지만 일단 결단을 한 뒤에는 그 명분과 이유를 의원들에게 충분히 설명했고 결코 토론을 회피하거나 어물쩍 넘어가지 않았다. 나는 결단이 필요하다고 결심이 서면 반론이 많아도 단행했다. 당을 위해 총재의 결단이 필요할 때는 반대가 많더라도 자기 책임하에 결단하는 것이 당을 이끄는 리더십이라고 생각했다. 나의 그런 모습을 보고 제왕적 총재라고 말한다면 이를 감수할 수밖에 없으나 3김 씨의 권위주의적 지도력과 같이 보는 데는 동의할 수 없었다.

또 한나라당의 주요 지역 기반이 영남권이었으므로 영남권에서 하는 장외집회에는 참석인원이 많고 그 영향력이 커서 한나라당이 그 덕을 본 것은 사실이다. 그래서 여권에서는 우리가 지역주의를 부추긴다고 비난을 퍼붓고 심지어 고발한다고 협박을 했다. 하지만 한나라당이 장외투쟁을 할 때는 반드시 서울 및 수도권에서의 장외집회를 선행하거나 병행했고 영남권만의 장외집회를 한 일은 없었다. 이것은 한나라당의 원칙이었다. 이런 점에서 지역주의를 부추겼다는 비판도 우리는 선뜻 수긍하기 어려웠다.

대통령 출마의 길

셋째로 내가 세운 목표는 차기 대통령이 되겠다는 것이었다. 정권을 잡기로 목표를 세운 것이다.

이미 말한 바 있지만 나는 정치에 입문할 때도 대통령이 되겠다는 확고한 뜻이 없었고 그저 김영삼 대통령을 돕겠다는 생각뿐이었다. 당시의 나의 형편을 보아도 정치적 경험은 물론 어떤 조직적 배경도 없고 정당 연고나 지역 기반도 전혀 없는 외톨이와 같아서 대통령 꿈을 꿀 만한 처지도 못되었다. 당시 언론이 표현한 대로 필마단기였다.

15대 총선이 끝난 뒤 중앙선거 대책위원회가 해체된 뒤에 이제 나의 할 일은 끝났고 비례대표 국회의원의 일만 하면 되겠구나 하고 생각했다.

그런데 그게 아니었다.

15대 총선 후 정국이 1년 후의 대선을 향한 대선정국으로 급변하면서 이홍구, 박찬종, 이수성 씨 등 영입파와 더불어 나도 대선주자 군으로 거론되기 시작했다. 어느 사이에 나를 지지하는 사람들이 모이고 여론조사에서도 때로 1위의 결과가 나오면서 나의 결단을 촉구하는 의견도 많이 나왔다. 이제 나는 외톨이가 아니었다. 이미 당내에서는 영입파 외에도 이한동, 최형우, 김덕룡, 이인제, 최병렬 등 지도급 인사들이 대선주자로 거명되고 있었다.

고민스러웠다. 우선 나는 대통령을 할 만한 자격이 있는가? 이 나라를 이끌 포부와 경륜이 있는가? 따지고 보면 나는 부족한 점이 너무나 많은 사람이다. 하지만 우리나라의 차기 지도자가 갖추어야 할 덕목은 화려한 포부나 비전 또는 발상의 틀을 뛰어넘는 기발한 착상 같은 것보다도 법치주의와 신뢰사회를 만들 수 있는 능력과 용기라고 생각했다. 법치와 신뢰는 3김 시대 이후에 우리나라의 선진화 시대를 열어가는 열쇠였다.

이회창
회고록

이것이라면 나도 할 수 있다는 생각이 들었다.

정치에 들어온 이상, 정권을 잡고 대통령이 되어 이 나라를 버젓한 선진국으로 끌어올리고 싶었다. 법치와 신뢰 그리고 정직이라는 정신적 기반 위에서 동북아 구석에 있는 중소국가가 아니라 세계 속으로 도약해 세계정세를 주도하는 강국으로 만들고 싶었다. 개인과 마찬가지로 국가도 국가들의 무리 속에 묻혀 강대국의 입김에 휘둘리는 작은 국가가 되면 그 처지는 고달프다. 우리는 주도적인 강국으로 부상해야 한다. 대통령이라는 명예에 대한 욕심이 전혀 없다고 하면 거짓말이 되겠지만 나는 명예욕보다 성취욕이 더 컸다. 이 나라를 선진국, 강국으로 만들 수 있는 대통령이 되기로 결심했고 그를 위해 깊은 늪이나 가시밭길을 헤쳐 나가기로 마음을 다졌다.

그래서 신께 또 기도했다. '저를 이런 일을 할 수 있는 대통령으로 만들어 주소서. 만일 제가 그런 대통령이 될 수 없다면 차라리 대통령이 안 되게 해주소서!'라고 기도했다. 그랬더니 나는 대통령도 되지 못한 채 끝나고 말았다. 신은 나의 기도에 응답한 것인가, 아니면 내 자유의지의 선택에 개입하지 않고 방관한 것인가? 여러분의 판단에 맡긴다.

정치인의 길

정치는
왜 하는가

2

1

정치인들의 책임

1999년경 IMF 외환위기의 여파로 나라 전체가 경제난에 허덕이던 시절에 어느 일간지에 보도된 한 장면이 내 머릿속에 지워지지 않은 채 각인되어 있다.

경제난 속에 기업이 도산하고 실직과 가정 파탄의 파도가 휩쓸던 우울한 시절이었다. 어느 지방도시에서 중소기업에 다니던 가장이 해직당한 후 아내와 이혼하고 일곱 살과 다섯 살의 어린 두 아들을 보육원에 맡겼다. 그는 울면서 떨어지지 않으려는 아이들에게 "아빠가 일자리를 구할 테니 조금만 기다려라"고 달래고는 떠났다. 얼마동안 아빠는 일요일마다 아이들을 보러 왔으나 그 후로는 다시 오지 않았다. 그래도 형제는 일요일이면 복도에 걸터앉아 아빠를 기다리며 보육원 정문을 하염없이 바라본다는 내용의 기사였다. 그리고 이런 형제의 모습을 담은 사진도 실렸다.

나는 그 기사를 보면서 나도 모르게 눈물이 나왔다. 이 글을 쓰는 지금도 그 어린 형제를 생각하면 코끝이 시큰해진다. 그 어린 형제와 가족들은 그 후 어떻게 되었을까? 그들의 삶, 인간으로서의 존엄과 가치는 어디에서 찾을 것인가?

이것은 나를 포함한 정치인들의 책임이다. 특히 나는 IMF 외환위기가 났을 때 여당의 대표로 있어서 입이 열 개라도 할 말이 없다. 정치란 바로 이렇게 공동체 안에서 밀려나고 버려지는 사람들의 삶과 인간으로서의 존엄을 찾아주어 튼튼한 공동체를 만드는 데 그 궁극적인 목적이 있다고 생각한다. 위에서 말한 가족의 비극은 정치가 제대로 역할을 하지 못한 데서 비롯된 것이다. 정치가 제대로 제 역할을 다하지 못한 책임은 누구보다도 정치인들 자신에게 있음은 더 말할 필요도 없고 또 변명의 여지도 없다.

민주주의는 바로 개인의 존엄과 자율을 존중하고 공정한 관심과 배려로 공동체 안에 정의를 세워 개인의 삶을 행복하게 하는 데 그 목적이 있다. 이러한 개인의 존엄과 자율의 존중 그리고 정의는 민주주의의 필수 불가결한 핵심가치인데 그 바탕은 다름 아닌 인간에 대한 사랑이다.* 인간에 대한 진정한 사랑을 이해하지 않고는 왜 민주주의가 필요한지 이해할 수 없고 제대로 된 민주주의를 할 수도 없다.

IMF 외환위기로 인한 가족의 파탄을 보고 일반인은 그들을 동정하는 것으로 끝날 수 있지만 정치인은 인간에 대한 사랑으로 그들처럼 내몰린 사람들에게 어떻게 인간으로서의 존엄과 가치를 되찾게 해줄 것인가를 고민해야 한다. 이것이 바로 민주주의의 정신이며 그래서

* '자유 민주주의와 우리의 나아갈 길'(이회창, 제9차 극동포럼 세미나 강연문, 2006. 4. 13)

민주주의를 대체할 다른 제도가 없는 최상의 제도라고 일컬어 왔던 것이다.

그러나 정치를 하면 할수록 나는 민주주의가 갖는 모순과 다수결의 함정을 보면서 민주주의가 과연 개인의 존엄과 가치를 지키고 선과 정의를 지향하는 제도인지에 대해 회의를 느꼈다. 그렇지만 현존하는 정치 제도에서 그나마 민주주의가 최선의 제도라면, 몰가치적이고 타산적인 제도로 전락하기 쉬운 민주주의를 선과 정의를 향한 제도로 만들어야 한다. 이것은 정치인은 물론 우리 국민 모두의 책임인 것이다.

2

대한민국 대통령은 실패할 수밖에 없는가

박근혜 전 대통령에 대한 탄핵과 구속

2016년 12월 19일 국회는 본회의를 열어 박근혜 전 대통령에 대한 탄핵소추안을 가결했다. 과거에도 노무현 대통령에 대한 탄핵소추안이 국회에서 가결된 일이 있었지만, 이번의 박근혜 전 대통령에 대한 탄핵을 보면서 그 탄핵 사유에 적시된 그의 비위 사실이 너무나 상식 밖이고 유치하고 또 국민의 자존심을 상하게 만드는 것이어서 어이 없다는 느낌밖에 들지 않았다. 탄핵소추 내용이 사실인지, 또 그것이 탄핵 사유가 되는지는 헌법재판소에서 판단할 문제인데 결국 헌법재판소는 탄핵을 인용하는 결정을 했다.

나와 박근혜 대통령과의 관계는 곡절이 많았다. 그는 1997년 대선 전에 나에게 찾아와 한나라당에 입당해 정치를 하고 싶다고 했고, 나는 그를 받아들였다. 그를 정치에 입문시킨 사람은 나라고 할 수 있다. 일부 언론에서는 그의 정치 입문을 대구 달성구 보선에 출마한 1998년으로 보도했으나 이는 부정확한 것이다.

당시 한나라당 내의 다수파라고 할 수 있는 YS계열의 민주계에는 반(反) 박정희 정서가 강했다. 박정희 정권의 유신정치하에서 투옥되거나 처벌을 받은 경력이 있는 의원들도 박정희 정권과 박근혜 씨에 대해 노골적으로 거부감을 표시하기도 했다. 그러나 나는 당에 도움이 될 수 있다고 생각해 그를 받아들이기로 했다. 일부 언론에서는 내가 DJP연합에 대항하기 위해 그를 받아들인 것처럼 추측했으나 당시는 그에게 그런 정도의 지지세가 있다고는 보이지 않았다.

그 후 나는 그를 한나라당 부총재로 지명했는데, 그는 대선이 있는 해인 2002년 3월 1일에 한나라당의 당 개혁안이 미흡하다는 이유를 내세워 탈당했다. 당시 그의 탈당은 나와 당에는 큰 악재가 되었다. 그러다가 8개월 후인 11월 다시 복당을 희망해왔고, 그달 19일자로 복당을 받아들였으며, 대선에서는 지방유세를 다니는 등 열심히 선거운동에 참여했다. 나는 당시 그의 헌신적인 노력을 고맙게 기억했기에, 2012년 대선 당시 새누리당의 대통령 후보가 된 그가 나를 찾아와 지지를 부탁했을 때 흔쾌히 응낙했다. 새누리당에 입당해 전국적인 지원유세까지 다니면서 그를 도왔다.

사실 나는 겉으로 알려진 것 외에 그를 자세히 몰랐다. 내가 한나라당 총재로 있던 시절, 그는 다른 의원들과 어울리거나 섞이지 않고 홀로 움직이면서도 당시 언론이나 일반 여론의 관심을 끄는 당내 민주화나 당내 개혁 같은 주제를 선점해 강경론을 펴면서 자신의 당내 입지와 존재감을 키우는 독특한 행동을 보였다. 그가 대통령 후보가 되었을 때 나는 다른 것은 잘 모르지만 자신의 소신과 고집을 관철하는 기질만큼은 대통령으로서 긍정적인 자질이라고 보았다. 그가 좋은 보좌진과 참모진을 갖추어 폭넓게 의견을 수렴하는 소통과 화합의 정치를 한다면 좋은 대통령이 될 수 있다고 믿었다. 그래서 그에 대한 지원 유세도 자발적으로 열심히 다녔던 것이다.

그러나 그가 대통령이 된 후 국정운영을 하는 모습을 보면서 곧 실망을 하게 되었고 기대도 접었다. 특히 그가 집권당의 원내대표인 유승민 의원에 대해 '배신의 정치' 운운하면서 공개적으로 매도하고 결국 그를 원내대표직에서 사퇴하게 만드는 것을 보고 불길한 예감이 들었다. 소신을 지키고자 한 그가 왜 배신자인가? '최순실 국정농단 의혹'이 터지고 탄핵 사태로까지 진전되는 상황을 보면서 나는 그의 실질에 대해 너무도 모르고 있었다는 것을 실감했다.

그는 부모가 모두 총격으로 사망하는 비극을 겪은 후 청와대를 나와 인고의 세월을 보내다 정치에 입문했다. 나는 그가 이 파란 많은 역경을 거치면서 대통령이 되겠다는 강한 집념과 열정을 키워온 것으로 짐작한다. 그는 원하던 대로 대통령이 되었지만 '대통령의 일'에 대한 정열과 책임감 그리고 판단력은 갖추지 못했던 것 같다. 다시 말하면 그는 대통령이 되려는 권력 의지는 강했으나 좋은 대통령이 되겠다는 권력 의지는 약했던 것이다. 이 점이 내가 안타깝게 생각하는 이유이다.

정치인은 위기에 처하거나 결정적인 결단의 시점에서는 무엇이 정의인가, 어떤 길이 국민과 국가를 위한 길인가를 생각하고 이에 따라 행동해야 한다.

최순실 국정농단 의혹이 터지고 박 전 대통령이 궁지에 몰렸을 때 나는 그가 더 이상 대통령직에 있기 어렵다고 보았다. 본인은 강단과 고집으로 대통령직에서 버티려고 하겠지만 박 전 대통령이 입은 상처는 너무나 크고 국민의 신뢰도 이미 떠났다. 또 대외적으로 국가 정상회담이나 국가 지도자회의에 참석하기도 어려울 만큼 대통령의 품격이 손상되었기 때문에 그 자리에 있으면 있을수록 우리 국가 리더십에 공백이 계속될 수밖에 없는 상황이 된 것이다.

국민과 국가를 위해 그가 취할 수 있는 정의로운 행동은 더 이상 국민의 분노가 폭발하기 전에 대통령직에서 하야하되, 그 하야 시기를 분명하게 못박고 국민 앞에 나와 진심에서 우러나오는 사과를 하는 것이었다. 아무런 조건 없이 하야하며 비위 사실에 대한 검찰조사에 대해서도 전적으로 응하겠다는 것도 아울러 밝혀야 했다. 그러면 국민의 마음이 누그러질 수도 있었다.

그러나 그는 그렇게 하지 않았다. 엉뚱하게도 국회로 찾아가 국회의장에게 국회에서 대통령 임기단축과 국무총리를 결정해주면 그에 따르겠다고 말해 공을 국회로 넘기는 어이없는 행동을 했다. 대통령의 하야, 즉 임기단축을 국회에 일임하는 것은 대통령제하에서 있을 수 없는 반(反)헌법적인 발상이기도 하거니와 국회에서 여야 간 합의가 어려울 것을 알고 국회에 떠넘기는 것으로 볼 수밖에 없었다. 이런 행동은 더욱 국민의 분노를 자극했다. 나는 그가 이토록 판단을 그릇치고 이 지경까지 끌고 온 것이 너무나 안타깝다.

그가 대통령으로서 이런 불명예스러운 일로 탄핵을 당하고 구속까지 되었다는 사실은 그를 뽑은 국민의 마음에 치욕과 상실감이 동반된 트라우마를 남겼다. 영어(囹圄)의 몸으로 재판을 받는 그를 보는 나의 마음은 슬프다.

이제 광장의 촛불과 시민들은 제자리로 돌아가야 한다. 광장에서 분출한 시민의 분노는 박 대통령의 국가운영 행태에 대한 불만과 좌절을 표현한 것이지만 그것은 혁명이 아니다. 혁명은 현존하는 국가의 지배구조와 지배 엘리트층을 물리력으로 전복하는 초헌법적인 행동이다. 이번 광장의 시민 행동은 초기에는 절제되고 민주적인 자율을 보였을 뿐 아니라, 무엇보다도 현 대통령의 국가운영 행태에 대한 비판과 응징 요구이지 국가 지배구조와 지배 엘리트층의 전면적 전복을 요구하는 것은 아닌 것으로 보였다. 다시 말하면 국민의 요구는 헌법대로 국가운영을 제대로 하라는 것이지 현 국가 지배구조 자체를 모두 뒤엎으라는 것이라고 볼 수 없었다.

이런 면에서 나는 광장의 촛불집회는 초기에 참가자들의 순수하고 긍정적인 정치 참여 행위로 시작되었다고 보았다. 그런데 촛불집회가 몇 차례 계속되면서 걱정스러운 일이 벌어졌다. 특히 야당 의원들이 참여하면서 여당과 보수세력을 매도하고 타도하자는 구호가 등장하고 이에 대항하는 친박단체와 보수집단이 반대시위와 집회로 맞불을 놓으면서 광장은 좌와 우, 진보와 보수의 대결장으로 변했다. 이것은 매우 위험한 일이다. 당초의 순수하고 긍정적인 동기가 사라진다면 광장은 투쟁과 토멸의 마당으로 바뀔 수 있다. 실제로 뒤에 대통령이 된 야당의 유력한 대선주자는 광장의 요구가 받아들여지지 않는다면 혁명밖에 없다고 공언했다. 이것은 앞에서 말한 물리력에 의한 국가 지배구조의 전복을 선동하는 것처럼 들리며 대통령이 되겠다는 대선 후보가 할 말이 아니다.

헌법재판소에서 탄핵 심판을 내린 이상 태극기집회에 참여했던 시민들도 그 결과를 받아들여야 한다. 탄핵 심판에 대해 불만을 가질 수 있고 비판할 수 있으나 이를 받아들이지 않고 불복하는 것은 안 된다. 민주주의는 다수결만이 아니라 법치주의에 승복하는 것도 포함한다. 헌법이 정한 권력분립에 따라 설치된 헌법재판소가 법이 정한 절차에 따라 선고한 탄핵 결정을 자신들의 의사와 다르다고 하여 불복하는 것은 헌법과 법치주의를 거부하는 것이며 민주주의에 대한 배반이다. 촛불집회나 태극기집회나 각자가 생각하는 정의가 있고, 서로 생각하는 정의가 다르겠지만 이제 헌법재판소가 탄핵을 선고한 이상 그것이 정의이다. 만일 탄핵 결정에 불복한다면 탄핵 후 진행되는 대통령 선거도 거부하고 이에 참여하지 않는 것이 일관된 태도일 텐데, 과연 그것이 옳은 일인가? 이제 여야 보수·진보 할 것 없이 탄핵의 정신적 수렁에서 벗어나야 한다는 것이 나의 생각이다.

광장의 집단의사 표출은 이번처럼 정국 방향을 바꾸고 국가운영을 좌우하는 돌발적인 힘을 발휘하지만 이런 일은 예외적이고 일시적인 것이어야 한다. 만일 이런 집단의사 표출이 참여 민주주의란 이름으로 일상화되거나 수시로 정당·정치인의 정치 수단으로 활용된다면 대의주의와 정당제도에 터 잡은 헌법적 민주주의의 근간을 흔들게 되고 이는 우리 모두의 불행이 될 것이다.

어떤 사람이 대통령이 되어야 하는가

일찍이 독일의 막스 베버(Max Weber)는 정치인에게 무엇보다 중요한 자질로 정열과 책임감 그리고 판단력 세 가지를 들었다.

이러한 베버의 기준에 따른다면 대통령은 대통령의 '일'에 대한 정열과 책임감 그리고 집중적이고 냉철한 판단력을 가진 사람이 되어야 한다. 특히 정열은 대통령으로서 어떻게 이 나라를 이끌고 어떤 나라로 만들어 갈 것인지 자신의 이념과 포부에 대한 신념과 열정을 말하며 가장 중요한 덕목이기도 하다.

우리나라에서는 흔히 대통령이 되고자 하는 사람은 권력에 대한 집념과 열정, 즉 '권력의지'가 있어야 한다고 말한다. 이런 '권력의지'는 위에 말한 대통령의 자질과 일맥상통하는 것이며 그것은 대통령의 '일'에 대한 것이어야 한다.

그런데 역대 대통령 중 이러한 대통령의 자질을 자각하고 대통령이 되겠다고 나선 사람이 과연 몇이나 될까? 대통령의 자질은 뒤로 미뤄두고 우선 대통령이 되고 보자고 뛰어든 사람들이 많지 않았을까 생각한다. 그들에게 '권력의지'란 일단 대통령이 되고 보자는 데 대한 집념과 열정이며, 대통령의 자질 문제는 당선 후 보좌진이나 참모진에 의해 보완할 수 있다고 생각했을 것 같다. 즉 '머리는 빌릴 수 있다'는 것이다.

유권자인 국민의 일반적인 관심도 이와 크게 다르지 않은 것 같다. 유권자의 눈은 흥미와 호기심을 끄는 후보에게 끌리고 대통령의 자질을 갖추었는지에 대해서는 크게 관심을 갖지 않는다. 그래서 당연한 일이지만 정당과 후보자는 유권자의 눈을 사로잡고 흥미와 호기심을 유발할 수 있는 선거운동 방법과 전략의 개발에 혈안이 된다. 이러한 선거의 현실이 잘못되었다고 비난하려는 것은 아니다. 대통령이 되고자 하는 사람은 일단 대통령이 되어야만 대통령의 자질도 발휘할 수 있는 것이다. 대통령으로 당선되는 관문을 통과하는 데 전력을 쏟는 것은 당연한 일이다.

그러나 대통령 후보 자신은 대통령으로 당선되는 것만이 전부라고 생각해서는 안 된다. 대통령의 '일'에 대한 정열과 책임감 그리고 판단력을 가지고 있어야 하고 이 부분에 대한 확고한 자각과 신념이 있어야 한다. 확고한 자각과 신념이 없이 그저 대통령 당선에만 집착한 사람이 대통령이 되면 본인에게 불행이 되고 크게는 국가의 불행이 될 수도 있다. 이런 점에서 박근혜 전 대통령에 대한 탄핵 사건은 우리에게 많은 것을 생각하게 한다. 과거에도 이 정도는 아니지만 걱정스러운 경우가 있었다.

1997년 대선 전인 11월 3일 국민회의 김대중 총재와 자민련의 김종필 총재 사이에 이른바 DJP연합이 이루어졌다. 그 내용은 대선 후보를 김대중 씨로 단일화하고 김대중 씨가 대통령이 되면 국무총리는 김종필 씨가 맡아 공동정부를 구성하되 김 대통령 임기 중 내각제 개헌을 하기로 약속하는 내용이었다. 이것은 김대중 총재가 대통령 당선에 필요한 충청권의 지지를 김종필 총재로부터 받아내는 대신 그 대가로 국무총리와 장관 몇 자리 그리고 내각제 약속을 해주는 정치 거래이며 정치적 야합이라는 비판도 받았다.

그런데 중요한 것은 이런 비판이 아니다. 김대중 총재는 일단 대통령이 되기 위해 DJP연합을 성사시켰지만 내각제 개헌을 해줄 의사가 없었기 때문에 대통령이 된 뒤 김종필 총재와 갈등이 생길 수밖에 없었고, 이것이 김대중 정권의 동력을 크게 떨어뜨렸다는 점이다. 김대중 총재로서는 일단 대통령이 되고 나면 내각제 약속 폐기는 어떻게든 수습할 수 있다고 자신했는지 모르지만 실제로는 그에게 족쇄가 되었다.

김대중 대통령이 2000년 4월 13일 국회의원 총선거 전에 내각제 약속을 파기하자 김종필 총재는 DJP연합 폐기를 선언하고 총선거에서 여당인 민주당을 공격하는 등 김대중 대통령을 견제했다. 그러나 당시 여당인 민주당은 원내 제2당에 불과해 기반이 취약했고 김종필 총재의 자민련과 무소속 일부를 합쳐야 겨우 과반의석을 확보할 수 있었으므로 김 대통령으로서는 자민련과의 공조에 필사적으로 매달릴 수밖에 없었다. 한편 김 대통령은 원내 제1당인 한나라당에 대해 의원 빼가기와 사정으로 그 세력을 줄이는 데 온 힘을 쏟았다. 그래서 자민련 등과의 공조로 과반수를 만든 뒤부터는 과거 군사정권 시대에 못지않은 일방적 강행 처리를 수시로 자행했다.

심지어 자민련의 교섭단체 구성을 도와주기 위해 그 구성요건인 의석수를 현행 20석에서 10석으로 줄이는 국회법 개정안을 국회운영위원회에서 날치기 처리하려다가 한나라당의 반대로 실패했다. 나중에는 본회의에서 의장 직권상정으로 강행 처리하려고 했으나 이것도 여당 소속의원 세 명이 항명하는 바람에 뜻을 이루지 못했다. 그러자 김 대통령은 '의원 꿔주기'라는 기상천외한 방법으로 자당 소속의원 세 명을 자당을 탈당해 자민련에 입당시키는 편법까지 썼다. 이런 일이 벌어지면서 여당 내에서조차 김대중 대통령의 국정운영 방식에 대한 비판과 반발이 일어나고 김 대통령의 권력 누수를 가속화시켜 임기 말에는 국정수행의 동력이 거의 소진되다시피 되었다.

이렇게 보면 김대중 대통령은 DJP연합으로 대통령이 되는 데는 성공했지만 대통령의 '일'을 하는 데는 DJP연합이란 족쇄 때문에 성공했다고 볼 수 없다. 나는 개인적으로는 김대중 대통령이 능력이 있고 대통령직에 대한 그 나름의 열정을 가지고 있다고 평가한다. 또 노벨평화상까지 수상해 더할 수 없는 영예까지 얻어 김대중 대통령 개인적으로는 성공했다고 말할 수 있을지 모른다.

그러나 그의 대통령으로서의 업무수행을 냉정하게 평가하면, DJP연합으로 국정수행의 족쇄를 스스로 자초한 일과 자유 민주주의의 정체성과 원칙이 실종된 대북 정책으로 북한이 오늘날과 같은 핵무기 및 미사일 강국이 되는 것을 도와준 결과를 가져온 일 등에 비추어 볼 때 정치적으로나 국가적으로 실패한 대통령이라고 보지 않을 수 없는 것이다. 즉 그는 대통령이 되는 데는 DJP연합이 묘수가 되었는지 모르나 대통령이 된 뒤 대통령의 '일'에 있어서는 그것이 족쇄가 되어 민주화 대통령으로서의 정열과 책임감 그리고 판단력을 제대로 발휘하지 못한 실수를 저질렀다고 생각한다.

대한민국 대통령의 자리는 실패할 수밖에 없는가

헌법 개정을 주장하는 사람들은 현행 대통령제가 대통령에게 과도

하게 권한이 집중된 '제왕적 대통령제'라고 비판한다. 이러한 권한집 중 때문에 역대 대통령들이 임기 종반에 측근들의 직권남용이나 무슨 '게이트'니 하는 권력형 비리로 국정수행에 실패하였으므로 대통령 권한을 분산시키는 헌법 개정이 필요하다고 주장하는 것이다. 말하자면 현행 대통령제하에서는 대통령은 실패하고 불행해질 수밖에 없다는 것이다.

과연 그런가? 우선 대통령에게 과도하게 권한이 집중된 '제왕적 대통령제' 때문에 대통령이 실패할 수밖에 없다고 말하는 것은 대통령 중심제에 대한 인식이 잘못된 탓이다. 현행 헌법상 대통령제는 대통령이 무엇이든지 맘대로 할 수 있는 제도가 아니다. 법상 그 권한은 분산되어 있고 그 보좌기관인 국무총리도 국무위원 제청권, 해임건의 권, 국정행위 문서 부서권 등으로 견제 기능이 부여되어 있다.

문제는 대통령제에 대한 일반 인식이 잘못된 데 있다. 대통령 중심제는 문자 그대로 국가권력이 대통령 중심으로 집중된 제도로 대통령은 무엇이든지 할 수 있는 자리라는 잘못된 인식이 퍼져있고 역대 대통령들도 이런 인식에 사로잡혀 있다.

대통령이 겸허하게 헌법이 정한 한계에 따라 권한을 행사한다면 제왕적 대통령이란 말은 나올 수 없다. 법을 안 지키기 때문에 제왕적 대통령이 되는 것이다.

제왕적 대통령의 폐단을 고치는 길은 헌법 개정이 아니라 대통령이 스스로 헌법을 공부하고 헌법을 지키는 일이다. 또한 대통령의 아들이나 측근들의 비리 및 위법 사례나 이로 인한 국정수행 동력의 소진 등도 대통령들 스스로 제대로 경계하고 챙기지 못했거나 책임감과 판단력이 흐려진 데서 비롯된 것이지 이것을 제도의 탓으로 돌리는 것은 책임을 떠넘기는 것이다.

우리나라에서는 현실이 잘못되었을 때 제도 탓으로 돌리는 경향이 강하다. 반면 제도 운영이 잘못된 것은 아닌지에 대해서는 애써 외면하는 경향이 있다. 대통령들이 실패하고 불행해지는 것은 대통령 자신들이 대통령의 '일'에 대한 정열과 책임감 그리고 판단력에 문제가 있기 때문이지 헌법이 잘못되었기 때문은 아니다. 이것만은 분명히 해두자.

나는 김영삼 대통령과 김대중 대통령의 업무 수행을 여당의 대표 및 대통령 후보로서 또는 야당의 총재로서 가까이에서 지켜보고 겪었다. 김영삼 대통령은 임기 종반에 아들인 김현철 씨가 비리 혐의로 구속기소가 되면서 여론 지지도가 6퍼센트까지 추락했고, 국정수행에도 지장을 받았다. 당시 그는 극심한 불면증에 시달렸으며, 매주 여당 대표로서 대통령과 면담하는 자리에서 그가 말은 안 했지만 아들 일로 인해 겪는 심적 고통에 나 또한 가슴이 아팠다. 김대중 대통령도 임기 종반에 앞에서 말한 사유 외에도 두 아들이 사법처리 되는 일로 국정수행에 어려움을 겪었다.

이러한 대통령이 겪은 문제가 대통령제라는 제도 때문에 생긴 문제라고 주장하는 것에 당신은 수긍할 수 있는가?

이회창
회고록

3

다수결의 함정

다수결 원리는 대의 민주주의의 근간을 이루며 다수에 의한 통치 방식은 국민주권(popular sovereignty)과 민주적 정당성(democratic legitimacy)의 기초가 된다는 점에서 필수 불가결의 요소라고 설명하기도 한다.[*]

또 한스 켈젠(Hans Kelsen) 같은 이는 다수결의 정당성 근거로 민주주의의 이상인 자유를 들고 다수결의 결정은 최대한 많은 사람들이 집단적 자유를 누리도록 하기 때문에 정당하다고 말했다.[**] 이러한 견해들은 민주주의가 '다수의 지배'인 것을 전제로 다수결은 민주주의의 정당성을 뒷받침하는 요소라고 설명하고 있는 것이다.

---

[*]   〈다수결 원칙과 정부안정성〉(최연혁, 《비교민주주의 연구》 제11집 2호, 2015) 참조

[**] 〈대의민주주의와 다수결원리〉(김선화, 《법과사회》 제52권, 2016) 참조

그러나 나는 정치의 현장에서 민주주의가 '다수의 지배'라는 명제가 과연 옳은 것인지 큰 회의를 느꼈다. 다수결은 대립되는 여러 의견 중 하나를 전체 의견으로 선택하기 위한 기술적이고 몰가치적인 수단일 뿐이지, 선택된 의견의 진정성이나 정당성은 물론 정의를 담보하지 않는다. 이러한 다수결로 '다수의 지배'를 정당화할 수 있는가?

민주주의의 기초인 다수결의 원리는 오히려 민주주의를 방해하는 자기모순과 약점을 안고 있는 허점투성이의 제도라고 여겨졌다.

민주주의의 기본원리인 다수결 때문에 소수는 다수에 묻히고, 선과 정의는 다수의 횡포로 실종되는 때가 많았다. 정당이나 정치인은 입만 열면 '정의'를 들먹이고 '국민의 행복'을 약속하지만, 그것은 다수자나 특정 기득층의 이익에 영합하는 포퓰리즘일 때가 많았고 위선과 다름 아니었다. 민주주의가 '다수의 지배'라면 그것은 벤담(J. Bentham)의 공리주의와 무엇이 다른가? 민주주의는 다수에 의해 좌우되고 그 결과는 오히려 선과 정의에 역행하는 경우가 많았다.

현실 정치에서 본 다수의 힘

1) 선거에서 다수의 힘은 선명하게 드러난다

정치판에서 회자되는 농담에 "원숭이는 나무에서 떨어져도 원숭이지만 정치인은 선거에서 떨어지면 사람도 아니다"라는 말이 있다. "이기면 관군이요, 지면 적군"이라는 옛말처럼 당선되면 당당히 정계에 입성하거나 국권을 잡지만 낙선되면 때로는 패주하는 적군처럼 피해 다니는 신세로 몰릴 수도 있다. 선거에 이기기 위해 다수의 확보는 절대로 필요하다. 그리하여 예컨대, 10만 표를 가진 다수자와 1만 표를 가진 소수자가 있을 때 정당이나 후보자의 눈은 당연히 10만 표의 유권자에게 쏠리고 1만 표의 유권자는 스쳐 지나간다.

설령 다수자의 이익보다 소수자의 이익을 보호하는 것이 정의와 공익에 부합하는 경우에도 당선이 지상 목표인 정당이나 후보자는 다수자의 입맛에 맞는 공약을 내놓고 소수자의 이익은 외면해 버린다.

2) 국회 내에서 다수의 힘도 막강하다

국회에서 여당의원들이 과반수를 점하는 경우에 다수의 위력은 유감없이 발휘된다. 여야 간 대립이 극심한 쟁점 법안이나 의안일수록 다수당인 여당은 진지한 '토론과 심의'보다는 국회의장의 직권상정을 무기로 표결로 직행하려는 의도를 숨기지 않았다. 언필칭 야당의 반대와 비협조를 그 명분으로 내세웠지만 '토론과 심의' 과정에서 야당과의 협의에 진지하게 매달리는 성의를 보이는 일이 별로 없었다.

그런가 하면 소수당인 야당은 표결로 가면 질 것이 뻔하기 때문에 아예 제안 설명이나 토론·심의 과정부터 의안 처리를 봉쇄하려 들었다. 여야 간 '토론과 심의'를 무시하는 데는 마찬가지였던 것이다. 이래서 국회는 욕설과 몸싸움이 벌어지는 난장판이 되고 토론의 장이 되어야 할 국회가 격투의 장이 되는 일이 번번이 벌어져 '동물국회'라는 이름까지 붙었는데 그 원흉은 다름 아닌 다수결이었다.

지금은 뒤에서 말할 국회선진화법으로 사정이 많이 바뀌었지만 다수결의 근본적 문제는 아직도 남아있다.

3) 여당의 기억

나는 내가 처음으로 국회의원이 된 1996년의 크리스마스 다음날인 12월 26일 새벽에 벌어진 노동법 및 안기부법 개정안 등 날치기 처리 사건을 잊을 수가 없다. 당시 나는 신한국당 상임고문이었다. 크리스마스 저녁에 서청원 원내총무로부터 노동법과 안기부법 개정안을 더 이상 미룰 수 없어 내일 아침 새벽 6시에 국회 본회의장에서 기습 처리하려고 하니 나와 달라는 전화를 받았다.

다음날 이른 새벽에 거주지별로 당이 배차한 버스를 타고 국회 본관으로 오는데 차 안 분위기는 무거웠고 나도 참담한 기분이었다. 그때 동승했던 이만섭 의원이 "참으로 기분이 씁쓸하구만" 하고 독백하던 모습이 기억난다. 민주화 시대에 들어선 지금, 민주화 정권이 새벽에 국회의원을 버스로 실어 나르며 기습 처리를 한다는 것이 있을 수 있는 일인가? 그러나 현실로 이런 일이 강행되고 있고 나도 동참하고 있으니 참담한 기분이 들 수밖에 없었던 것이다.

지금 생각하면 그날 새벽에 버스를 탔던 사람들이 그 후 여러 갈래로 나눠진 운명의 길을 가게 된 것을 생각해보면 참으로 흥미롭다. 위의 이만섭 의원은 1997년 대선 전에 신한국당을 탈당해 이인제 씨의 국민신당 대표로 갔다가 김대중 총재의 국민회의에 합류해 국회의장이 되었고 그 후 또 한 번 여당 소속으로 국회의장을 지냈다. 새벽 기습 처리 당시 당대표였던 이홍구 의원은 새벽 처리에 대한 후유증으로 대표직을 사퇴했고 그 후 김대중 대통령 취임 후 신한국당을 탈당해 주미한국대사로 부임해 활동했다. 또 1997년 대선 전에 신한국당 대표를 맡았던 이한동 의원도 그 후 한나라당을 탈당해 자민련에 입당하여 국무총리를 맡았다. 이렇게 한배를 탔던 동지들이 그 후 각자 흩어진 것을 보면서 정치판의 무상함을 느끼지 않을 수 없다.

기습 처리 후 이미 각오는 했지만 야당 측과 노동계 그리고 일부 언론으로부터 나에게 "대쪽이 갈대가 되었느냐"면서 맹렬한 비판과 성토가 쏟아졌다. 나는 노동법 개정안의 변칙 처리 자체에는 문제가 있지만 정당인으로서 당론에 따르기로 한 것이라고만 담담하게 답하고 일체 해명이나 변명을 하지 않았다. 정치에 들어온 이상 나는 이제 법관이 아니다. 정치인으로서 부득이하게 진흙탕에 발을 담가야 할 때도 있다는 것을 실감했다. 그러나 어찌되었든 여당의원으로서 겪은 다수의 밀어붙이기 경험은 나에게 부끄러운 기억으로 남아있다.

4) 야당의 기억

1997년 대선 패배 후 한나라당은 야당이 되었고 나는 야당의 총재로서 여당의 강행 처리, 기습 처리에 맞서야 할 처지가 되었다. 이제는 가해자에서 피해자로 처지가 바뀐 것이다. 당시 원내 제1당은 한나라당이고 여당인 국민회의는 제2당이지만 자민련과 무소속의원들을 규합해 원내 과반수를 만든 후부터는 역대 어느 여당보다도 더 빈번하게 강행 처리를 자행했다. 3회 연속해 강행 처리를 한 적도 있었다. 시어머니에게 고된 시집살이를 당한 며느리가 더 가혹한 시어머니 노릇을 한다는 옛말이 틀리지 않았다.

한나라당은 원내에서 여당과 맞서려고 시도했지만 야당 때부터 투쟁의 명수였던 그들에게 번번이 밀렸다. 그러면 언론은 투쟁도 못하는 야당이라고 조롱했다. 김대중 대통령과 여당은 원내 제1당인 한나라당을 허물고 국민회의 단독의 여대야소 국회를 만들기 위해 검찰의 사정과 의원 빼가기 등 인위적 정계 개편으로 집요하게 야당을 압박해왔다. 그렇다고 야당이 시끄러운 정국을 피하기 위해 여당이 요구하는 대로 순순히 물러날 수는 없는 노릇이 아닌가. 결국 우리는 투쟁으로 맞설 수밖에 없는 처지로 내몰렸다.

한나라당은 과거 군사정권과 맞서 민주화 운동을 했던 김영삼, 김대중 시대의 야당과 같은 투쟁력은 없을지 모르지만, 직접 현장에서 민심에 호소해 정권에 맞서는 장외투쟁에 적극 나서기로 했다. 우리는 여러 차례 각 지역에서 적게는 수천 명, 많게는 이삼만 명이 모이는 대규모의 정권 규탄대회를 열고 정권의 실정과 일방적이고 무리한 국정운영을 규탄했다. 이렇게 되면 정국은 시끄러워지고 불안정해질 수밖에 없어 국정운영을 맡은 여권에게는 부담이 될 수밖에 없다.

그래서 여권은 대결보다 협상의 필요를 느꼈고 야당도 국회를 버리고 밖으로 돈다는 비판을 듣고 있을 수만은 없었기에 자연스럽게 협상 분위기가 조성되었다. 그리하여 최종적으로는 대통령과 야당 총재가 만나는 여야 영수회담을 갖고 타결 지었다. 그러나 이런 타결은 오래갈 수가 없었다. 여당은 또 다수의 강행 처리에 욕심을 내게 되고 야당은 이를 막을 수밖에 없었다. 그러면 다시 정국이 냉각되었고 여야 영수회담으로 다시 풀곤 하는 일이 되풀이되었다.[•]

야당으로서의 기억을 한마디로 소박하게 표현하면 '죽지 않기 위

• 내가 한나라당 총재로 있는 동안 김대중 대통령과 7차례(공동회담까지 포함해 9차례) 단독으로 만났는데 마지막 단독회담을 빼고는 시국안정을 위한 타결 합의를 이루어냈다.

이회창
회고록

해 싸웠고 그것은 다수와의 싸움이었다'고 해도 과언이 아닐 것이다.

당시 한나라당은 원내 제1당이었지만 여권의 연대 세력에게 밀렸다.

5) 양당제에서 다수의 힘

다수의 횡포는 여당과 야당 사이에서만 일어나는 것이 아니었다. 원내 제1당인 여당과 제1야당은 양당 구도를 형성해 '양당제(兩黨制)'의 특전을 누린다. 일종의 강자동맹이다. 양당이 원내 교섭단체 협의를 통해 의사일정과 의사처리 및 조정을 독점하고 비교섭단체인 제3당이나 무소속 의원 등 원내 소수자를 소외시킨다. 특히 정기국회의 예산심의 과정에서 여당과 제1야당 간의 예산 나눠 먹기식 야합은 눈살을 찌푸리게 할 정도였다. 예컨대, 18대 국회 후기 예결위에서는 계수조정소위도 구성하지 않은 채 예결위의 여·야 간사가 밀실협의를 하고 예결위 전체회의에서 여당 의원들만으로 예산안을 통과시켜 버린 일도 있었다. 제3당이나 무소속 의원들이 대변하는 유권자의 권익은 안중에도 없는 다수자끼리의 횡포였다.

이렇게 정치 현장에서 민주주의의 핵심원리인 다수결이 가져온 다수의 힘, 다수자의 전횡이 오히려 민주주의의 정의 실현을 막고 있다는 사실은 민주주의의 모순이었다.

먼저 다수결 원리의 근거가 무엇인지 본 다음 다수결의 필수적 선행조건 및 다수결의 한계와 구제 수단에 관해 살펴보고자 한다.

다수결의 근거

다수결은 토론의 장에 나온 대립된 여러 의견 중에서 가장 많은 지지를 얻은 의견을 가려내어 전체의 의견으로 채택하는 방식이다. 공개된 장소에서 각자의 의견이 자유롭게 토론·심의되어야 하고 또 그것은 이성적 토론이 되어야 한다. 그래서 다수결은 단순한 수의 지배 또는 힘의 지배가 아니라 논리의 지배가 되어야 한다.[*]

이론이나 반론을 허용하지 않은 절대적 가치 내지 진리를 추구하는 신학·종교 등의 분야와는 달리, 정치에서는 완벽하고 절대적인 가치 내지 진리는 존재하지 않으며 또 그 존재를 증명할 수도 없다. 존재하는 것은 오직 상대적인 가치 및 진리일 뿐이며 다수결은 이러한 상대적인 실천적 가치 내지 진리를 정하는 방법이다.

상대적인 만큼 공동체 구성원인 개인에게 공개적으로 자유롭게 각자의 다양한 의견을 주장하게 하고(다원주의의 원칙), 그 의견은 평등한 지위에 있는 개인이 개진하는 것으로 의견의 가치에 차등을 두어서는 안 된다(등가성의 원칙). 이렇게 다양하고 등가적인 의견 중에서 다수의 지지를 얻은 의견을 전체의 실천적 가치 내지 진리로 삼는 것이 바로 다수결의 원리이다. 이것은 상대적인 것이므로 소수자는 일단 이를 받아들이되 다음 기회에 동조자를 규합해 다수자가 된다면 자신들의 의견을 전체의 가치 내지 진리로 바꿀 수 있다.

여기에서 앞에서 말한 공개적이고 자유로운 토론과 심의가 왜 필

---

[*] 《헌법학원론》(권영성 저, 법문사, 2010), 제3편 제11장 제2절

요한가 짐작할 수 있을 것이다. 이것은 시장경쟁의 원리와 유사하다. 시장에서 자유경쟁을 통해 더 경쟁력 있는 상품이 선택되듯이 다수결도 공개된 장소에서 참가자들의 토론과 심의라는 경쟁 과정을 통해 다수의 지지를 확보하는 의견이 상대적으로 우수성을 인정받아 선택된다.

이 다수결의 시장원리는 기존의 다수·소수와는 상관없이 자유경쟁인 토론과 심의 과정에서 새로운 다수와 소수가 형성될 수 있다는 이론적 전제에 선 것이므로 토론과 심의는 필수 불가결한 절차이다. 따라서 국회와 같이 이미 다수당과 소수당이 정해져 있는 곳이라도 토론과 심의는 필수 불가결한 것이고 다수당이라 하여 토론과 심의를 그저 통과의례에 지나지 않는다고 생각하면 다수결의 원리를 부정하는 것이다.

표결에 앞선 토론과 심의

이렇게 다수결에서 표결 전의 토론과 심의가 필수적인 선행조건이라면 이를 결여한 표결의 효력은 어찌되는가? 당연히 무효라고 보아야 한다.

헌법재판소는 질의·심의 절차가 '생략할 수 없는 핵심 절차'로서 국회 입법절차의 '본질적인 부분'이라고 인정하면서도 위법하다고만 판시하고 그 효력 유무에 대해서는 판단하지 않는다. "기능적 권력분립과 국회의 자율권을 존중하는 의미에서 헌법재판소는 원칙적으로 처분의 권한 침해만 확인하고 권한 침해로 야기된 위법 상태의 시정은 피청구인에게 맡기는 것이 바람직하다"고 판시해 청구인의 무효확인 청구를 기각했다.

그러나 헌법재판소 자신이 판시한 대로 심의·토론 절차가 '생략할 수 없는 핵심절차'이고 국회입법절차의 '본질적인 부분'이라면 이를 결여한 표결은 당연히 무효이고 재량적 판단의 여지가 없다. 그런데도 헌법재판소가 위법인 것만 확인한 채 효력 유무에 대해 판단하지 않고 기능적 권력분립과 국회의 자율권 존중을 이유로 청구인의 무효확인 청구를 기각한 것은 전형적인 사법 소극주의적 자기억제에 다름 아니다.

나는 이런 헌재 결정의 결론에 동의하지 않는다. 국회의 자율권을 존중해 국회에 맡긴다고 했지만 국회의 자율권 행사가 잘못되어 제소된 것인데 다시 국회의 자율권에 맡긴다는 것은 논리의 모순 아닌가. 이런 사법 소극주의적 태도로 다수결의 폐단을 시정하는 것은 비관적이라는 생각이 든다.

다수결의 한계

다수결은 여러 의견 중 어떤 의견이 가장 많은 지지를 받는지 가려내는 실용적 수단일 뿐이지 어떤 의견이 옳은지를 판단하는 것은 아니다. 다수결은 선과 정의를 가리는 것과는 상관없는 몰가치적인 해결 수단이라고 할 수 있다.

그러면 다수결로 채택된 의사가 선과 정의에 반할 때는 어떻게 되는가? 소수자의 정당한 권익을 다수자의 의사로 억압하는 다수결이 이루어진다면 과연 이것이 정당한가? 현실에서는 이런 부당한 일이 빈번하게 일어난다. 민주주의는 다수결이라는 이유를 내세워 소수자의 이익을 억압한다. 소수자는 억울하지만 당장 어찌할 방도가 없다. 다수결로 당선자를 선택하는 선거에서 선거에 나선 정당이나 후보자들은 예컨대, 10만 표를 가진 다수자의 눈치를 살피지 1만 표를 가진 소수자는 거들떠보지도 않는다. 또 소수 의원을 배출한 지역보다 다수 의원을 배출한 지역에 더 많은 국가예산이 배정될 때는 지역 간 심각한 불균형이 생긴다.

선과 정의를 외면하고 오직 다수자의 이익에 의해 결정되는 것이 민주주의라면 이런 민주주의 제도는 그 자체에 근본적인 문제가 있는 것이 아닌가? 개인의 자유와 평등을 지키기 위해 민주주의를 받아들였는데 오히려 그 민주주의 때문에 소수자가 억압받거나 정당한 권익을 제약 받는다면 이것은 민주주의가 스스로의 목을 죄는 자기모순이 아닐 수 없다. 또한 이것은 '다수의 횡포', '다수자의 갑질'로 비쳐지며 정치에 대한 국민의 불신과 혐오를 키우는 원인이 될 것이다.

1831년경 미국을 방문한 알렉시 드 토크빌(Alexis de Tocqueville)은 당시 미국의 다수결 정치에 대해 '다수의 폭정'이라고 부르며 미국의 자유로운 제도가 붕괴된다면 그것은 다수의 절대권력 때문일 것이라고 혹독하게 깎아 내렸다.[*]

• 《미국의 민주주의(De la Democratie en Amerique) I》(알렉시 드 토크빌 저, 임효선·박지동 옮김, 한길사, 1997) 제15장 참조

2
정치는 왜 하는가

토크빌은 본래 프랑스 왕당파인 구귀족에 속하면서도 혁명파에 가까운 혁신적인 사상가였지만 신대륙에서 그가 본 미국의 다수주의는 매우 불안정하고 횡포스러운 제도로 비쳐졌다.

이러한 토크빌의 걱정은 수세기가 지난 오늘날에도 수긍되는 점이 있다. 이런 모순은 어떻게 극복할 것인가? 우리는 다수결에 분명한 한계를 지워야 한다.

1) 다수결로 선과 정의를 거스를 수 없다

기본적으로 우리는 다수라도 선과 정의를 거스를 수 없다는 원칙을 자각해야 하고, 또 그런 원칙에 어긋나는 일은 자제할 줄 알아야 한다. 이것은 성숙한 민주 시민의 자세이기도 하다. '다수이면 무엇이든지 다할 수 있다'는 생각은 약육강식의 야만적 사고와 같다. 다수이되 선과 정의의 방향에서 벗어나지 않는다는 자각은 자유의지를 가진 인간만이 할 수 있는 도덕적 결정이며 선진국으로서 인류사회 발전의 역사적 흐름에 동참하는 길이다.

'다수의 자제'는 정치적 지혜로서만이 아니라 우리 문화로 정착되어야 한다. 부끄러운 일이지만 다수라면 무엇이든지 할 수 있다는 생각, 다수가 모여 떼를 쓰면 통할 수 있다는 생각이 우리 사회의 저변 의식에 깔려있다. 이런 생각은 지극히 이기적이고 야만적인 집단의식이라는 인식이 상식으로 확산되어야 한다.

2) 개인의 기본권을 침해할 수 없다

헌법상 보장된 개인의 기본권을 침해하는 내용의 다수결은 허용되지 않는다는 것을 확실히 자각해야 한다. 기본권의 본질적 내용을 침해하는 내용일 때는 그 다수결은 무효라고 보아야 한다. 피해자는 헌법소원 등 사법적 구제수단을 통해 권리 구제를 구할 수 있고 그런 다수결은 무효화되어야 한다. 그 다수결이 입법부에서 행해진 것이라 할지라도 개인의 기본권 침해는 입법의 권능을 벗어나는 것이다.

3) 소수자의 권익은 보호되어야 한다

소수자에게 자유롭고 공개된 토론의 장에서 충분한 의견과 토론의 기회가 주어지고 또 다음에 다수자가 될 수 있는 기회가 보장되어 있다면 소수자도 그 결과를 받아들여야 하는 것이 바로 다수결의 원리이다. 하지만 윤리적, 문화적, 종교적, 또는 인류적인 이유로 특정 범위 내의 소수집단이나 소수자의 권익을 법이 보호하고 있는 경우에는 다수결에서도 이를 존중해야 하며 이를 침해하는 것은 허용되지 않는다고 보아야 한다.

이상에서 말한 다수결의 한계를 지킴으로써 어느 정도 민주주의의 자기모순은 완화할 수 있겠지만 근본적으로 다수결의 문제점을 완전히 제거하기는 어렵다. 결국 첫째의 조건 즉, 선과 정의를 지향하는 성숙한 민주시민의 자각심을 키우는 것만이 근본적 해결책이라고 할 수밖에 없다. 국민은 다수자의 독단과 횡포를 감시하고 응징해야 한다. 국민이 깨어 있어야 한다. 국민이 다수자의 횡포를 기피하고 포퓰리즘을 외면한다면 표가 생명인 정당이나 정치인은 곧 국민이 바라보는 시선 앞에 줄을 설 것이다.

다수결은 진정으로 민의를 대변하는가

다수결이란 제도가 진정으로 민의를 대변하는가에 대하여 일찍부터 의문과 비판이 제기되어 왔다. 특히 3인 이상의 후보자 중 1인을 선택하는 경우에 일찍부터 다수결은 논란의 대상이 되었다.

1770년에 프랑스의 수학자이자 과학자인 장 샤를 드 보르다(Jean Charles de Borda)가 다수결의 문제점을 지적하고 '보르다 투표법'을 소개한 것을 시작으로, 역시 수학자인 마르키 드 콩도르세(Marquis de Condorcet)가 보르다이론을 비판하고 자신의 '콩도르세 투표법'을 제시하는 등 활발한 논의가 전개되었다.[•]

보르다와 콩도르세 모두 선택지가 2인 경우 즉 두 후보자 간의 맞대결 투표의 경우에는 문제가 없으나, 선택지가 3 이상인 3자 대결일 때는 다수결은 쓸모없다고 보았다. 보르다는 3자 대결에서 다수결로 1위를 한 후보가 다른 후보와 1대1의 맞대결을 가정했을 때 모두 패배하는 즉 '맞대결 패배자'가 되는 경우를 수리적으로 가려낸 다음, 다른 후보에게 맞대결에서 패배하는 후보가 당선자가 되는 다수결은 진정한 민의에 반한다고 주장했다. 그리하여 1, 2, 3위에 각각 점수를 배정하고 각자가 얻은 점수를 합산해 최고 득점자를 당선자로 정하는 '보르다 투표법'을 제시했다.

한편 콩도르세는 3자 투표에서 당선되지 못한 후보자가 당선자를

- 《다수결을 의심한다》(사카이 도요타카 저, 현선 옮김, 사월의 책, 2016)에 자세히 소개되어 있고 위 각 투표법의 내용은 이 책에서 인용한 것이다.

이회창
회고록

포함한 다른 후보자와 맞대결을 가정할 경우에 모두 이기는 경우를 수리적으로 가려낸 다음, 이런 '맞대결 승자'야말로 다수의 의사를 반영하는 당선자가 되어야 한다고 주장했다. 이들에 뒤이어 중위투표법 등 다수결을 보완하는 다양한 주장이 나왔다. 이들의 이론과 논쟁을 따라가다 보면 머리가 혼란해지므로 이 정도에서 그친다.

그런데 이들의 논쟁을 보면서 이러한 수리적 분석이 과연 현실에 맞는가 하는 의문이 든다. 이들은 3자 투표의 경우에 3자에 대한 투표자의 각 선택을 수리적으로 조합해 2자 간 맞대결을 가정했을 때의 승패율로 '맞대결 패자' 또는 '맞대결 승자'라는 개념을 도출하고 있다. 그러나 현실에서는 투표자가 3자 투표에서 당선자를 선택하는 기준과 2자 투표에서 선택하는 기준이 반드시 같지 않다.

예컨대, 연공과 경륜이 있는 후보자 2인과 연소기예(年少氣銳)의 젊은 후보자 1인을 상대로 한 3자 투표 경우에 투표자는 안정감 있는 후보를 선호해 연륜이 있는 후보를 1순위로 선택할 수 있다. 그러나 연륜 있는 후보자 1인과 연소기예의 젊은 후보자 1인이 1대1로 맞대결을 할 때는 3자 투표 때와는 달리 투표자는 안정감보다 연소기예의 변화에 더 끌려 젊은 후보자를 선택할 수도 있는 것이다. 요컨대 3자 투표든 2자 투표든 투표 당시의 상황에 따라 후보자를 선택하는 기준이 달라질 수 있는 것이 선거의 현실이다.

이것은 내가 직접 겪어본 일이다. 2002년 대선을 앞두고 나와 정몽준 후보 그리고 노무현 후보가 서로 경쟁할 때 선거 종반의 여론조사에서 지지율 순위는 이회창, 정몽준, 노무현의 순서였다. 그러나 선거 막판에 정몽준 후보와 노무현 후보 간에 후보 단일화가 이루어지고 이회창, 노무현의 2자 대결이 되면서 지지율은 역전되어 결국 노무현 후보가 당선되었다.

'보르다 투표법'이나 '콩도르세 투표법'이 3자 투표에 나타난 선택 결과를 가지고 2자 대결을 가정한 승자 또는 패자를 수리적으로 가려내는 방식은 현실적인 투표자의 의사와 다를 수 있다는 점에서 나는 회의적이다. 나는 다수결에 관한 문제의 근본 해법은 이런 수리적 계산 방법의 개선보다도 콩도르세 자신이 말한 대로 "나는 내가 좋다고 생각하는 것만 골라서는 안 된다. 자신의 의견에서 탈피해 이성과 진리에 근접한 무엇인가를 골라야 한다"*는 데 있다고 생각한다.

위 콩도르세의 말은 장 자크 루소의 '일반의지' 즉, 공동체 구성원 개개인의 특수성에서 벗어난 모두에게 일반화된 의지를 말하며** 그것은 다름 아닌 그 사회에서 보편타당한 가치로 받아들여지는 선과 정의를 지향하는 의지라고 말할 수 있다.

결국 다수결 문제의 근본적인 해법은 앞에서 말한 선과 정의를 지향하는 성숙한 민주시민의 자각심밖에 없다고 생각한다.

- 앞의 책, 88편 94쪽 참조
- 앞의 책, 88편 94쪽 참조

사법의 개입

　내가 정치에 처음 들어와 여당의 날치기 처리에 참여하면서 민주주의의 현실과 모순에 고민했다는 것은 이미 말했다. 그 후에도 역대 정권을 거치면서 원내 다수당이나 다수 연대 세력을 형성한 여당은 의장의 직권상정 권한을 활용해 표결을 강행하려고 하고, 소수당인 야당은 이를 막고자 의장석을 점거하거나 여당 의원들과 몸싸움을 벌리는 등 여야 격돌이 관행처럼 되었다. 그리고 중과부적으로 강행 처리를 막지 못한 야당은 장외투쟁으로 나서서 대국민 호소전을 폈다. 여대야소로 구성된 국회에서는 표결을 해봤자 다수당인 여당의 뜻대로 통과될 것이 뻔하므로 여당에게 표결은 일종의 통과의례일 뿐이다.

　그러니 소수당인 야당은 어떻게 하란 말인가? 야당이 토론과 심의에서 아무리 잘해도 표결로 들어가면 결과가 뻔한데도 법대로 한다고 얌전하게 표결에 참여해야 하는가? 야당이 결과가 뻔한 표결을 방해거나 불참하면 언론은 민주주의의 다수결 원리를 무시한다고 비판한다. 그렇다고 야당이 법대로 한다고 얌전하게 표결에 참여하면 이번에는 투쟁성이 없는 무력한 야당이라고 경멸한다. 여당은 이런 야당을 만만하게 보고 매사를 토론과 협상보다는 표결로 처리하려고 덤빌 것이다.

　나는 1998년부터 2002년까지 한나라당 총재로서 야당을 이끄는 동안 표결에 참여해야 할지, 아니면 표결을 거부해야 할지, 또는 장외투쟁으로 나가야 할지 고민스러운 결단을 해야 할 때가 많았다. 그러면서 이런 경우 쟁점법안이나 의안에 대해 궁극적으로 사법부가 개입해 그 위헌·위법 여부를 가려준다면 여야 간의 강경대결이나 대치 정국은 많이 줄어들지 않겠는가 생각했다. 특히 개인의 기본권 보장이라든가 소수자의 권익 보호와 같은 정의의 문제는 궁극적으로 사법의 개입에 기대할 수밖에 없다고 생각했다.

나는 원래 법조에 있을 때부터 사법 적극주의였다. 사법 적극주의의 개념을 간단명료하게 규정하기는 어렵지만, 앞의 사법에 관한 설명에서 말한 바와 같이 대체로 재판을 하는 법관은 소극적으로 법률문언의 해석 적용에만 충실하지 말고 정의실현을 위해 적극적으로 법률해석을 통해 법 창조적 기능을 발휘해야 한다는 입장이라고 말할 수 있다.[*]

권력의 상호 견제와 균형으로 위헌법률 심사권이 부여된 헌법재판소는 적극적으로 입법부의 입법권 행사의 내용과 절차에 관해 심사하고 위헌·위법 여부를 심판해야 한다. 특히 국회 구성이 여대야소인 이른바 단점정부(單占政府)일 경우에는 사실상 대통령은 원내 다수당인 여당을 통해 국회의 입법권에 영향을 미칠 수 있다. 때문에 행정부의 정치권력과 입법부의 다수의 힘이 결합된 막강한 힘을 견제해 정의를 실현하는 일은 사법부 아니고는 할 곳이 없다.

사법 소극주의가 주장한 바는 여러 가지 있으나 그중에서도 주목할 만한 것은 첫째로, 입법부는 선거에 의해 선출된 국민의 대표 기관인데 이런 기관의 다수결에 의한 결정을 선거에 의해 선출되지 않

●　〈사법의 적극주의〉(이회창, 《법학》, 서울대 법학연구소, 제28권 2호, 1987. 7)

은 법관이 그 효력을 좌지우지하는 것은 민주적 정통성 내지 정당성 (democratic legitimacy)을 결여한 것이라는 견해다. 미국에서 법원의 위헌 심사권이 확립되어 가던 시기에 그 반론으로 유력하게 주장되었지만 지금은 큰 논거가 되지 못하는 것 같다. 국회가 국민의 대표 기관으로서 국민의 의사를 대변해 입법권을 행사한다고 말하지만 실상 그 과정과 내용을 들여다보면 정당이나 국회의원들 간의 이해타산과 유권자와 이익 단체들의 압력에 의한 타협 등으로 위법·부당한 입법이 이루어지는 경우가 많다. 이 경우 '선출된 기관의 다수의사'라는 형식적인 민주주의의 명찰을 달고 있지만 실제로는 민주주의의 정신과 정의를 배반한 것이고, 이렇게 다수의 집단 판단이 잘못될 경우에 이를 수정하는 것은 개인인 법관의 가치판단에 의존할 수밖에 없다. 법관의 판단이 민주적 정통성이나 정당성을 결여한다는 논리는 잘못된 논거다.

또 사법 소극주의의 두 번째 논거는 고도의 정치성을 가진 입법부의 행위에 대해 정치적 책임을 지지 않는 사법부가 개입해 심판하는 것은 부당하며, 사법부의 정치 관여는 사법부의 독립성까지 흔들 수 있으므로 위상을 지키기 위해서도 개입을 자제하는 사법의 자기억제 (judicial self-restraint)가 필요하다고 주장한다. 쉽게 말하면 '쓸데없이 나서서 욕먹지 말고 조용히 있자'는 식이다.

그런데 내가 정치에 들어와서 느낀 것은 국회의원들은 국민에 의해 '선출'된 국민의 대표 기관이란 자부심과 자의식으로 민주적 정통성 내지 정당성에 대한 긍지가 매우 높으며, 선출되지 않고 대통령에 의해 임명된 법관들이 입법권에 개입하는 것에 대해 강한 거부감을 가지고 있다는 것이다. 심지어 적의까지 느끼는 경우도 있었다. 이미 언급한 바 있지만, 예를 들면 이명박 정권 때인 2011년 3월경 일부 하급심 판사들의 분별없는 '튀는' 판결과 '가카새끼' 등 저속한 발언으로 법원에 대한 비난 여론이 들끓자 여야 정치권은 재빨리 사법제도 개혁을 해야 한다면서 사법개혁 특위를 구성했다. 그리고 논의된 개혁안의 첫 번째가 대법관 수를 14명에서 24명으로 증원하자는 것이었다. 일부 하급심법관의 가치판단과 도덕성이 문제의 발단이었는데 엉뚱하게도 대법관 증원 문제로까지 비화시켜 다분히 대법원에 대한 보복 같은 인상을 주었다. 또 사법부의 제도 개혁을 입법부가 주도한다는 것도 정상이라고 볼 수 없었다.

이런 입법부의 거부감 내지 반감에도 사법부(헌법재판소를 포함해)가 사법 적극주의적인 입장을 가지고 국회의 입법 과정과 내용에 적극 개입해야 한다는 것이 나의 소신이다. 이 일만이 다수결과 다수의 힘이 초래하는 민주주의 모순을 견제할 수 있는 길이 되기 때문이다.

앞에서 언급한 헌법재판소 결정을 다시 보자. 이 결정에서 다수 의견은 신문법과 방송법 개정안 등(이른바 미디어법)에 관한 권한쟁의심판 사건에서 국회의 미디어법에 관한 표결은 토론과 심의절차를 생략한 것으로써 국회의원의 법률안 표결권을 침해한 것이라고 판단했다.

하지만 여기까지였다. 청구인들이 각 법률안의 무효 확인을 청구한 데 대해서는 '기능적인 권력분립과 국회의 자율권을 존중하는 의미에서 헌법재판소는 원칙적으로 처분의 권한 침해만 확인하고, 권한 침해로 야기된 위헌·위법 상태의 시정은 피청구인에게 맡기는 것이 바람직하므로 이 부분은 기각되어야 한다'고 물러섰다. 이 바람에 정치권에서는 여당 쪽에서 헌재가 위법이라고 보면서도 무효 확인을 거부했으니까 그 의결의 효력은 유지된다는 주장도 나왔던 것이다.

4

동물국회에서 식물국회로

／

　'국회선진화법'이라고 불리는 2012년 5월 30일자 개정국회법이 시행되면서 국회의 의사 운영 모습이 완전히 바뀌었다. 개정법의 주요한 대목을 간단히 말하면 다수당인 여당은 재적 의원 5분 3 이상의 다수를 확보하지 않는 한, 각 상임위나 법사위에서 심사 지연되는 안건을 신속하게 본회의 회부를 요구할 수 없고, 국회의장도 천재지변이나 전시·사변 또는 이에 준하는 비상사태 또는 각 교섭단체 대표의원 간 합의가 있을 경우가 아닌 직권회부를 할 수 없게 한 것이다. 이로써 여당은 과반수 의석을 가지고 있어도 재적 의원 5분의 3 이상의 의석을 확보하지 않는 한 야당이 합의해주지 않으면 안건 처리를 하기 어렵게 되었다. 야당은 애써 몸싸움을 할 필요 없이 안건 처리를 저지할 수 있게 되었다. 그 가시적 효과로 18대 국회에서와 같이 여야 간에 맞붙어 싸우는 '동물국회'의 모습이 싹 사라진 것이다.

　그런데 국회선진화법 시행 후 약 1년이 지나면서 이로 말미암아 국회가 '식물국회'가 되었다면서 이를 성토하고 재개정을 요구하는 목소리가 나오기 시작했다. 엊그제까지도 '동물국회'라고 성토하고 이런 국회는 없애버려야 한다는 극언까지도 서슴지 않던 민심이 '동물국회'의 모습이 사라진 뒤에 이제는 '식물국회'가 되었다고 야단을 치고 있으니 그야말로 조변석개(朝變夕改)가 아닌가?

하지만 현실을 들여다보면 이런 선진화법의 재개정 요구는 그럴 만한 이유가 있었다. 나는 처음 한나라당과 민주당이 국회선진화법에 합의했을 때 그 취지는 이해하지만 다수결의 기본 형태인 과반수 다수결의 작동을 아예 봉쇄해버릴 우려가 있어 반대했다. '동물국회'가 되는 원인은 다수당인 여당이 야당의 의사 방해를 이유로 충분한 토론·심의나 야당과의 성실한 협의 없이 국회의장 직권상정을 이용해 표결처리로 강행하려는 데도 있지만, 무엇보다도 야당이 여당의 이런 강행 처리를 막기 위해 몸싸움과 기물 손괴 등 극단적인 방해 행위를 자행한 데서 비롯된 것이다.

지금도 나에게 불쾌한 기억으로 남아 있는 것은 18대 국회에서 미디어법 개정안과 한·미 FTA법안을 둘러싸고 여야 간에 벌어진 격돌과 야당의 극렬한 반항이다. 야당인 민주당 의원들은 망치, 전기톱 등을 동원해 회의실 문을 파괴하는가 하면 국회 본회의장 출입문 앞에 국회의원이 아닌 건장한 청년 당원들을 동원해 사람 벽을 쌓고 타당 소속 국회의원들의 출입을 막는 등 상상할 수 없는 반의회주의적인 폭거를 자행했다. 심지어 본회의를 진행하던 국회의장석에 최루탄 분말을 투척해 본회의 진행을 할 수 없게 만들기도 했다. 이런 국회의 난장판은 외신을 타고 외국에도 보도되는 등 국제적인 망신감이 되었다.

여야 할 것 없이 이런 상황을 방치할 수 없다는 반성론이 나왔고 18대 국회 임기 말에 여야 간에 '국회선진화법'이 합의되었는데 이것이 '동물국회'를 바꿔야 한다는 의욕이 넘쳐 '식물국회'라는 말을 듣게 만든 입법이 되어버렸다.

이 법에 따라 여당은 다수당이지만 재적의원 5분의 3 이상을 확보하지 않는 한 야당이 반대하는 안건을 처리할 수 없게 되었다. 재적의원 5분의 3이란 현실적으로 확보하기가 매우 어려운 의석수이다. 결국 여야 간 의견 대립으로 다수결 처리가 불가피한 상황에서 사실상 다수결 처리를 불가능하게 만들어 국회를 '식물국회'로 만들었다는 비난을 듣게 된 것이다.

국회선진화법 찬성론자들이 말하듯이 다수결은 과반수 다수만이 아니라 가중다수도 포함하는 개념이기는 하다. 하지만 다수당이라고 할지라도 재적 의원 5분의 3 이상을 확보하는 일은 극히 어려운 일이다. 정상적인 국회에서 이것을 일반 안건의 다수결의 기준으로 삼는다는 것은 다수결을 의미 없게 만든 것이나 다름없다.

한나라당이 민주당과 국회선진화법을 공약하고 이를 실행한 것은 당시 한나라당이 과거의 여당과는 달리 안건의 강행 처리에 매달리지 않고 국회선진화에 앞장선다는 것을 보여주려는 포퓰리즘이 작용한 측면도 없지 않았다.

나는 국회법 개정 당시 국회선진화법에 반대했다. 하지만 이 법이 시행된 후 국회에서의 그 볼썽사납고 지긋지긋하던 여야 간 몸싸움과 욕설 등 '동물국회'의 모습이 사라진 것을 보고 이것만으로도 이

법이 제몫을 한다는 느낌이 들었던 것은 사실이다. 그리고 그 시행 초기에 여당은 상대방을 설득할 필요성을 느끼고 협상에 노력하는 모습을 보였으며, 야당도 스스로 자제하면서 여당과의 협상에 임하는 모습을 보였다. 그래서 19대 전반기인 2013년에 국회가 처리한 법안은 676건으로 과거 노무현 정부나 이명박 정부의 첫 해에 비해 두 배 이상 많았고 입법 효율성도 떨어지지 않는다는 평가를 받았다.•

그러나 양지는 여기까지였다. 야당의 지도부가 당내 세력 싸움으로 강경입장에 집착하고 청와대와 여당은 박근혜 정부의 4대 개혁안 관철에 집착한 나머지 여야 간 대치 상황이 격화되면서 국회의 입법 기능이 마비되기 시작했다.

2016년 4월 총선의 선거구 획정을 위한 선거법 개정안도 여야 간 협의가 되지 않고 정부의 4대 개혁안도 진전이 없자 청와대와 여당은 국회의장의 직권상정을 요구했다. 그러나 정의화 국회의장은 국회법상 직권상정 대상이 아니라는 이유로 거부해 여권과 국회의장 간에도 불화가 조성되었다. 그러자 박 대통령은 대기업 등이 길거리에서 일반 국민을 상대로 추진하는 국회에서의 경제활성화법 처리를 촉구하는 1천만인 서명운동의 자리에 나가 직접 서명을 하고 뒤이어 장관 등도 이에 동조하는 등 공공연하게 국회 성토 캠페인을 벌였다.

그러나 이러한 대통령의 행동은 문제가 있다. 3권분립 구도에서 대통령은 입법부와 상호 견제와 균형의 관계에 있고, 법이 정한 방식에 따라 입법부에 대해 입법을 촉구할 수 있으며, 또 집권당인 여당을 통

• 〈조선일보〉(2014. 2. 6), 양상훈 '식물국회가 동물국회보다 낫다'

해 입법을 촉구할 수 있다. 대통령이 기존 방식을 제쳐두고 직접 거리에 나가 입법을 촉구하는 서명운동에 참여해 서명을 하는 것은 대통령으로서의 직무를 벗어난 행동이고 분립된 권력의 한 축인 입법부에 대한 예의도 아니다. 이것이 만일 대통령이 국회나 국회의원들에 대한 국민의 거부감을 1천만인 서명운동을 통해 집단적 거부감으로 확산시켜 국회를 압박하려는 데 그 목적이 있었다면, 이는 대통령과 입법부의 견제와 균형 관계를 법 외적 수단으로 깨려는 것이므로 허용할 수 없는 것이다. 대통령이나 장관 등은 입법부 상대 서명운동에 참여해서는 안 될 일이었다.

그러다가 19대 총선으로 국회가 여소야대로 바뀌어 여당인 새누리당이 소수당으로 전락하면서 상황이 급변했다. 국회선진화법은 이제 소수당인 여당의 방패가 되었다. 그렇다고 불안한 다수가 된 야당이 다수결을 강행할 처지도 아니다. 결국 여야는 서로 협상해 타협을 이끌어낼 수밖에 없는 처지가 되었다. 그래서 몇 가지 쟁점 법안은 여야 협상으로 타협점을 찾아 처리했고, 2017년도 예산안도 야당이 주장해온 누리과정(3~5세 무상교육) 예산을 중앙정부가 부담하고 소득세 최고 구간을 신설해 최고 세율을 40퍼센트로 인상하는 대신 법인세를 인상하지 않기로 하는 타협안을 도출해 법정 시한인 12월 2일 예산안 처리에 합의했다.

그렇게 보면 국회선진화법은 결과적으로 잘된 개혁이라고 볼 수 있는 것인가? 그러나 여전히 근본적인 문제가 남아있다.

정치는 본래 협상과 타협이지 대결과 토멸이 아니다. 그런 면에서는 국회선진화법이 가져온 현상은 긍정적으로 볼 수 있지만 타협이 안 되면 어떤 일도 다수결로 해결할 수 없다는 문제가 그대로 남아있다.

여야가 모두 자기 입장을 고집하고 타협하지 않을 경우 어떻게 처리할 것인가? 또 이와 반대로 타협을 이루려고 양보해서는 안 될 본질적인 가치까지 양보하거나 심지어 정의를 훼손하면서까지 타협을 이루는 것이 선이라는 인식이 확산되면 이것은 정치의 개선이 아니라 심각한 개악이다.

나는 국회선진화법이 가져온 긍정적인 측면 즉, 성의 있는 토론과 심의 및 협상을 촉진시켰던 것을 살리면서 협상이 교착되어 입법 마비 상태가 되는 상황을 방지하는 선에서 개정해야 한다고 생각한다. 그 한 가지 방안으로 여야의 대치로 사실상 입법기능이 마비될 우려가 있는 경우에 국회의장의 판단으로 직권상정을 할 수 있게 하는 것이다.

국회선진화법(현행 국회법)에는 천재지변이나 전시·사변 또는 이에 준하는 비상사태, 각 교섭단체 대표의원 간 합의가 있을 경우에 한해 국회의장의 직권상정이 가능하도록 규정하고 있다. 여기에 여야 간 대치로 사실상 입법 기능이 마비될 우려가 있는 경우 비상사태에 준하는 것으로 보아 직권상정이 가능하도록 보완하자는 것이다.

이러한 막강한 권한을 갖는 국회의장의 판단은 공정하고 객관적이며 정의로워야 한다. 이것이 국회선진화법이 성공하는 열쇠가 될 것이다.

나는 국회의장의 공정성을 확보하기 위해 일단 국회의장이 되면 의장 재직 중만 아니라 퇴임 후에도 소속당적에 복귀할 수 없도록 하고 의장 재직기간을 국회의원 임기와 같이 하는 것도 고려해볼 만하다고 생각한다.

그리고 국회의장은 3부요인의 한 사람이고 국가의전 서열 2위인 만큼 다른 공직 예컨대, 대통령직에 대한 욕심을 갖지 말아야 한다. 과거 국회의장 중에는 이런 허황된 욕심으로 눈이 가려져 의장직도 제대로 수행하지 못하고 퇴임 후에도 눈살을 찌푸리게 만드는 행태를 보였던 이들이 있었다. 오직 공정하고 객관적이며 정의로운 가치판단으로 국회의장직을 훌륭하게 수행하면 대통령을 하는 것보다 못할 것이 없지 않는가?

5

보수가 가야 할 길

정치에 이념은 필요한가

이제 정치적 이념은 필요 없는 시대가 되었다고 말하는 사람들이 있고, 이런 주장에 동조하는 언론도 있다.[•]

이들은 현재의 정당 정치는 이념의 틀을 벗어난 지 오래이며 탈이념 정당으로 가야 한다고 주장한다. 또 정치는 국민을 어떻게 효율적으로 잘살게 하느냐 하는 것이므로 정당이 가야 하는 길은 중도와 실용이지 이념 같은 것은 쓸데없는 것이라고 주장한다. 또 이념을 진영 논리라는 용어를 써가면서 폄하하는 사람들도 있다.

나는 이러한 주장에 동의하지 않는다.

• 〈중앙일보〉(2012.1.6) 사설

1) 정치의 주체와 객체

정당이나 정치인은 자신들의 정치적 목표를 이루기 위해 자신들의
정치적 이념을 분명히 해야 한다. 정치는 동태적으로 보면 정치 행위
를 하는 주체인 정당, 또는 정치인이 있고 그 정치 행동의 대상 즉 객
체인 국민 또는 유권자가 있다. 다른 말로 표현하면 정치 행위자와 그
상대방이라고 할 수 있다. 정당과 정치인은 자신들의 정치적 이념과
정책을 가지고 국민 또는 유권자를 설득하고 그들의 지지를 획득하
려고 노력한다. 여기에서 정치적 이념과 정책은 정당과 정치인이 가
진 정치적 가치관과 정체성을 보여준다. 또한 그들의 행동 방향을 가
늠케 하는 것이므로 국민 또는 유권자가 지지 여부를 결정하는 데 주
요한 기준이 된다.

그런데 여기에서 염두에 둘 것은 정치의 주체인 정당이나 정치인
은 자신들의 정체성을 분명하게 하기 위해 정치적 이념을 가지고 스
스로를 이념화할 필요가 있지만, 정치의 객체인 국민이나 유권자까지
이념화할 필요는 없다는 것이다. 예를 들면 2002년 대선에서 국민의
다수가 노무현 후보를 지지해 좌파적 정권을 탄생시켰으나 2007년
대선에서는 이와 반대로 국민의 다수가 이명박 후보를 지지해 보수
정권을 탄생시켰다. 그렇다고 2002년의 노 후보 지지자가 모두 좌파
적, 진보적 이념을 가졌다거나 2007년의 이 후보 지지자는 모두 보수
적 이념을 가진 유권자였다고 단정할 수는 없는 것이다.

최근 2017년 대선에서는 더불어민주당의 문재인 후보가 국민 다수
의 지지를 얻어 대통령으로 당선되었는데, 이때에도 그의 지지층이
모두 좌파 이념을 가진 유권자라고는 볼 수 없다.

좌우 양쪽의 이념화된 고정 지지층을 제외한 중간의 중도층은 이념화되지 않고 그때그때 정당과 후보의 정치적 이념과 정책을 선택했을 뿐이며 그들의 이동이 당락을 갈랐던 것이다. 2017년 대선에서도 박근혜 전 대통령과 새누리당에 실망한 많은 중간층이 문 후보 지지로 돌아선 것으로 보인다.

위에서 보듯이 정치 현장에서 정당은 그 정치적 이념에 따라 정체성과 정책이 다른 당과 차별화 된다. 이것이 지지정당을 선택하는 주요한 기준이 되므로 이념이 쓸데없다는 주장은 선뜻 수긍할 수 없다.

또 탈이념론자들은 중도와 실용으로 가야 한다고 주장하지만 이것도 현실과 괴리가 있는 주장이다. 우선 중도가 무엇인가? 정치의 객체인 유권자 중에서 스스로를 좌파 또는 우파라고 생각하는 이념화된 층을 제외한 중간층은 좌도 우도 아닌 중도라고 할 수 있다. 즉 정치의 객체에는 색깔이 없는 중도층이 존재한다. 이 중도층은 선거에서 좌·우 각 정당이 내세우는 이념과 정책을 듣고 지지정당을 선택하므로 각 정당에는 중요한 설득 대상이 된다.

그러나 정치의 주체인 정당과 정치인은 좌든 우든 자신의 정치적 이념과 정체성을 가지고 유권자를 설득하고 선택을 구하므로 그들에게는 좌도 우도 아닌 무색투명한 중도라는 영역은 사실상 존재하지 않는다. 다만 자신의 이념과 정체성을 훼손하지 않는 범위 내에서 상대방이 내세우는 정책도 수용하는 유연한 태도를 취할 수 있다. 이에 대해 중도좌파 또는 중도우파라고 부를 수는 있겠지만, 좌도 우도 아닌 무색투명한 별개의 중도라고 볼 수는 없다. 이와 같이 '이념무용론'은 정치의 주체와 객체를 구분하지 못한 데서 나온 주장이다.

또한 실용주의나 실용성은 수단적 개념으로 좌파든 우파든 모든 정당이나 정권이 필요로 하는 정책수단이지 국민이나 유권자에게 자신의 정체성을 차별화할 수 있는 기준이 되지 못한다.

요컨대, 정치의 객체인 국민은 이념화할 필요가 없으나 주체인 정당과 정치인은 스스로 정치적 이념을 신념으로 가지고 국민을 설득해야 한다. 이념이 없는 정치인은 영혼이 없는 정치인과 같으며, 그래서 이들은 이념이 전혀 다른 정당을 이웃집 드나들 듯 들락날락한다. 철새 정치인이란 비난을 받아도 개의치 않을 뿐 아니라 오히려 이념의 벽을 넘은 신시대의 정치인처럼 자기정당화를 하지만 이것은 국민을 속이는 것이다.

대의정치 제도하에서 정당은 유권자와 국민을 대신해 그들의 의사와 요구를 국가정책 결정에 반영하는 정치집단이며 국가와 시민사회를 매개하는 기능을 갖는다.*

따라서 정당은 수시로 유권자와 시민사회와 접촉하면서 그들의 의사와 요구를 파악하고 이를 정당의 정책으로 수용하는 일을 게을리해서는 안 된다.

다만 여기에서 잊지 말아야 할 것은 정당이 국가와 시민사회를 매개하는 기능을 갖는다고 해서 시민사회의 의사와 요구를 그대로 전달·반영만 하는 것은 아니라는 점이다. 정당은 그 이념과 정체성을 잣대로 시민사회의 의사와 요구를 평가하고 수용 여부를 결정한다.

---

* 〈한국정당정치의 위기와 변화 방향〉(성병욱,《대한정치학회보》제23집 3호, 2015) 참조

이회창
회고록

2) 탈이념이 세계적 추세인가

탈이념론자들은 탈이념 정당이 세계적 추세라고 주장하지만 현실은 오히려 반대이다. 유럽을 보자. 정치적, 경제적 상황이나 사회적 변화에 따라 유권자들은 때로 안정과 성장을 추구하는 이념의 우파정당을 선택하기도 하고 때로는 변화와 개혁을 추구하는 이념의 좌파정당을 선택하기도 하며 좌우파 간의 정권 교체가 추세를 이룰 때도 있다.

그래서 유럽 정치는 여전히 과거의 좌우정치(left-right old politics)가 정치 전반의 가장 큰 흐름을 형성하고 있으며, 이를 넘어선 탈물질주의나 지역주의적인 새로운 정치 시도가 있으나 좌우정치의 세력에 미치지 못한다고 설명되고 있다.**

바로 얼마 전인 2017년 5월의 프랑스 대통령 선거에서 그동안 프랑스 정국을 주도해온 우파인 공화당과 좌파인 사회당에 속하지 않는 에마뉘엘 마크롱(Emmanuel Macron) 후보가 당선되고 의원총선에서도 그의 신생 정당인 앙 마르슈(En Marche!·전진하는 공화국)가 압승하는 이변이 일어났다. 국내 언론에서는 좌우이념과 기성정치의 틀을 뛰어넘는 '탈이념'의 정치 현상이라는 평가가 나왔다.

그러나 마크롱이 전통적인 좌·우 정당의 대립을 뛰어넘은 제3의 세력화를 이룬 것은 사실이지만, 이것은 탈이념이라기보다도 이념의 활용이라고 보는 것이 타당하다.

마크롱은 기업을 뒷받침하고 성장과 분배를 아우르는 자유주의적

** 〈유럽 국가들의 '정당체계'와 '정당'의 지속과 변화 양태에 관한 비교 분석〉(진영재·서명호, 《국제정치논총》 제48집 2호, 2008) 참조

중도노선을 취하지만 그의 뿌리는 중도좌파이다.*

　그는 중도좌파이면서 개혁이란 이름으로 중도우파의 합리적 정책을 수용하여 유권자의 마음을 사로잡았던 것이다. 이것은 탈이념과는 다르다.

　탈이념이 세계적 추세라는 주장은 먼 미래라면 모르지만 현재에 있어서는 현실과 다르다.

좌파와 우파, 진보와 보수

　그러면 우리나라 정치에서 이념은 어떤 것들이 있는가? 학술적 또는 전문적인 탐구로서가 아니라 내가 정치 현장에서 보아온 경험을 토대로 한 상식적인 수준에서 말하면, 가장 두드러진 것은 좌파와 우파, 진보와 보수의 이념 대립이다. 이 개념들은 시대와 국가 그리고 구체적 상황에 따라 다르게 사용되기도 하기 때문에 보편적으로 통용되는 한 가지 개념으로 설명하기는 어렵다.

　나는 자유와 평등을 기준으로 좌파와 우파로 구분하는 것이 가장 무난하다고 생각한다. 자유의 역사는 길다. 흔히 그 기원을 고대 그리스의 민주정에서 찾지만 이때의 자유는 모든 남성 시민이 공동체의 정치에 참여할 수 있다는 참정의 자유를 의미하고 '자유인'이란 외국의 지배하에 있는 노예가 아니라는 뜻에 지나지 않았으며, 로마공화

---

*　〈Economist〉 3rd, 9th, 2017, 40, 45면

정 시대에 와서 자유의 다른 측면 즉 모든 시민은 법 앞에 평등하다는 것이 강조되기에 이르렀다.[**]

그 후 계몽주의 시대를 거치면서 자유와 평등은 인간의 기본권을 상징하는 개념으로 자리 잡았는데 인류의 역사 과정에서 자유와 평등 중 어느 쪽에 더 무게를 두느냐에 따라 좌파와 우파의 구별이 생겼다고 볼 수 있다. 즉, 우파의 자유주의는 자유를 평등보다 중시하는 입장으로 그 극단적인 입장은 자유방임주의, 자유지상주의라고 할 수 있다. 한편 좌파는 자유보다 평등을 중시하는 사회주의 계열로 마르크스 체제는 극단적으로 자유를 희생시키면서 사회적 평등을 추구한 예이다.

이러한 구분은 우리나라에도 적용할 수 있다. 우리나라에서는 정확히 일치하지는 않지만 좌파에 대해서는 진보, 우파에 대해서는 보수라고 부르는 것이 관행화되어 있다. 그러나 좌파나 우파 내에서도 진보적인 입장과 보수적인 입장이 병존할 수 있기 때문에 좌우를 진보·보수로 나누는 관행은 적절하지 않다고 생각하지만 일단 관행에 따르기로 한다. 또 우리나라의 정치학자들 중에는 기본적으로 자유주의와 보수주의는 같지 않다고 주장하는 사람도 있다는 것을 지적해둔다.

한편 우리나라에서는 남북 간 공존과 대립이라는 이중구조 속에서 북한체제를 어떻게 대하느냐의 입장 차이가 좌우를 구별하는 입장과 결합되어 있다. 즉, 우파는 자유 및 인권을 탄압하는 북한의 수령 독재 체제에 대해 부정적이고 인권보호와 개혁·개방을 촉구해야 한다

[••] 《The Future of Freedom》(Fareed Zakaria, Norton, 2004), 제1장

는 입장이다. 이에 반해 좌파는 무엇보다도 북한과의 평화 공존이 최우선이고 한반도의 평화를 위해 북한 체제에 대해 유화적인 입장을 강조한다.

이러한 좌파의 입장은 김대중 정권이 2000년 6월 평양을 방문해 김정일과 남북 정상회담을 갖고 6·15 남북 공동선언을 발표한 이래 더욱 두드러졌다. 특히 이명박 정권하에서 우리 해군 장병 46명을 수장시킨 천안함 폭침 사건이 발생했을 때 우파와 좌파는 극명한 입장 차이를 보였다. 우파는 국방부의 진상조사 위원회가 발표한 대로 북한의 소행임을 의심치 않았으나 좌파는 일부 예외가 있긴 하지만 대체로 진상조사 위원회의 발표를 불신하거나 회의적인 태도를 취했다. 요컨대 북한 소행이라는 확증이 없다는 것이었다. 야당 지도부의 초기 대응도 마찬가지였다.

또한 19대 국회 말에 북한인권 법안을 둘러싸고 여야가 벌인 논쟁을 보면 남북관계에 대한 보수와 진보의 기본적 입장 차이가 분명하게 드러난다. 북한의 열악한 인권 개선을 요구하는 북한인권법 결의는 유엔을 비롯해 미국, 일본, 유럽 각국 등에서 앞다투어 이루어졌다. 하지만 정작 남북 당사국인 한국에서는 2005년 한나라당이 발의한 후 야당의 반대로 처리되지 못하고 국회에서 묶여 있었다. 그러다가 19대 국회 말에 여야 간 협상으로 타결이 될 듯하다가 또 결렬되었는데 그 원인은 '함께'라는 단어의 위치 때문이었다. 여당인 새누리당의 안은 "국가는 북한 인권 증진 노력과 '함께' 남북관계의 발전과 한반도에서의 평화 정착을 위한 방향으로 노력해야 한다"라고 되어 있는데, 야당인 더민주당은 "국가는 북한 인권증진 노력을 남북관계 발전과 한반도에서의 평화 정착과 '함께' 추진해야 한다"로 해야 한다는 것이었다. 즉, 북한인권 결의안에서 북한의 인권 증진을 앞세우느냐, 남북관계 발전과 평화정착을 앞세우느냐의 차이였다. 하지만 북한인권 촉진을 위한 결의안에서 이와 직접적인 관련이 없는 남북관계 발전과 평화정착을 앞세우자는 야당의 주장은 황당한 것이었다.

그런데도 당시 더불어민주당 정책위의장은 새누리당 안대로라면 더민주당의 정체성과 골격이 흔들릴 것이라고 강하게 반발한 것으로 보도되었다.● 그 이유는 간단하다. 좌파는 북한의 약점인 인권 문제로 북한체제를 자극하는 것을 꺼리는 것이다. 인권보다도 평화가 최고의 가치라던 노무현 대통령의 대북관이 더민주당의 정체성과 골격이 되고 있는 것을 말해준다. 그들은 될수록 북한을 자극하지 말아야 한다는 전통적인 대북유화정책의 기조에서 한 발짝도 벗어나지 못했다.

보수주의란 무엇인가

그러면 도대체 보수주의란 무엇을 의미하는가? '보수'라고 하면 과거에 집착하고 진보를 거부하는 수구, 기득의 권리나 이익을 붙잡고 변화와 개혁을 거부하는 집단처럼 매도하는 비판의 목소리가 있어왔다. 그래서 뒤의 '보수는 반성해야 한다'에서 언급하는 것처럼 심지어 보수진영 내에서조차 '보수'란 말을 쓰지 말자는 제안이 나올

● 〈조선일보〉(2016. 1. 30)

정도였다.

　그러나 우리는 보수주의를 제대로 보고 평가해야 한다. 과거에 보수주의의 깃발을 든 정당이나 정치인 또는 정권이 실수나 실정을 저질러 보수주의의 이름에 먹칠을 했다고 해도 그들의 행위와 보수주의 자체는 구별해야 한다. 진정한 보수주의는 변함없이 그 자리에 있어왔고 정치가 가야 할 정도를 가리켜 왔다. 보수주의자는 보수주의라는 간판에 매달리기만 하지 말고 그 진정한 뜻을 헤아리면서 신념을 가지고 이를 실천하는 용기를 가져야 한다.

　보수주의를 몇 마디로 줄이면 '우리가 지녀야 할 가치를 보존하면서 스스로 끊임없이 혁신해 나가는 것'이라고 말할 수 있다. '우리가 지녀야 할 가치'란 무엇인가? 그것은 자유 민주주의와 시장경제 질서의 가치이며 그 가치의 기초는 바로 인간의 존엄성과 자유이다. 이 자유란 타인이나 집단 또는 국가로부터 어떤 강요나 핍박을 받지 않고 인간으로서의 존엄성과 자율을 존중받고 향유할 수 있는 자유를 말한다. 이런 자유의 보장은 헌법상 개인의 기본권 보호와 법치주의 및 권력분립 등 헌법의 제도적 뒷받침을 받는다는 점에서 헌법적 자유주의라고도 부른다. 이와 같은 자유주의는 개인의 자유와 권리를 보장하고 자유경쟁을 통해 개인의 창의력 개발과 성취 욕구를 충족시켜 공동체 발전에 기여하게 한다.

　이렇게 인간의 존엄성과 자유의 존중을 바탕으로 한 자유주의를 보수주의의 핵심가치라고 볼 때 보수주의가 남북관계에서 어떤 입장을 취할 것인지는 자명해진다. 이 점에 관해서는 아래에서 좀 더 설명하도록 하겠다.

이회창
회고록

남북관계에 대한 보수의 입장,
김대중·노무현 대통령의 잘못된 대북 정책

　김대중 대통령의 대북 정책 기조는 '햇볕정책'이었다. 이는 한마디로 '주면 변한다'는 것으로 조건 없이 지원·협력을 해주면 북한체제가 변화한다는 것이었다. 그리하여 금강산 관광, 개성공단 개설 등 지원·교류를 확대했고, 뒤이은 노무현 정권도 '햇볕정책'을 이어받았다. 두 정권의 대북 경제지원 규모는 현금을 포함해 8조 원이 넘는다. 그리고 두 대통령이 모두 평양을 방문해 김정일과 회담을 하고 '6·15 남북 공동선언'과 '10·4 남북 공동선언' 등을 발표했다. 이렇게 10년 동안 북한에 조건 없이 지원·협력했지만 북한은 전혀 변하지 않았다. 핵개발을 포기하기는커녕 오히려 핵무기를 고도의 기술로 개발하고 핵실험을 단행했다. 그 운반수단인 장거리 미사일 개발에도 박차를 가하는 등 한반도의 군사적 긴장 상태를 더욱 악화시켰다. 이렇게 북한이 핵무기와 미사일 등 대량살상 무기를 보유한다는 것은 한반도만이 아니라 세계의 안보까지 위협하는 것으로 북한의 턱 밑에서 핵 위협을 받으며 살아야 하는 대한민국은 그야말로 재앙의 시대를 맞게 되었다.

　왜 이런 지경이 되었는가?

　이것은 모두 김정일의 치밀하게 계산된 사기극 때문이다. 그는 핵개발을 포기할 의지가 전혀 없는데도 마치 있는 것처럼 위장해 두 차례의 남북 간 정상회담을 열고 6자회담에도 참여하는 등 사기극을 벌였다. 김대중·노무현 대통령들은 여기에 동조하는 모양새가 되었다.

정치 9단인 김대중 대통령이 이런 김정일의 속셈을 몰랐던 것일까?

김대중, 노무현 대통령의 대북 인식은 기본적으로 잘못되어 있었고 '햇볕정책'은 이런 잘못된 기본 인식에서 나온 어설픈 대북 수단이었다. 북한이 어떤 체제인가? 인간의 존엄과 가치, 개인의 인권과 자유를 부정하고 억압하는 독재체제이다. 개인의 자유와 권리를 핵심가치로 하는 자유 민주주의 체제의 대한민국과는 도저히 양립할 수 없다. 그럼에도 우리가 북과 대결이 아닌 공존을 모색해야 하는 것은 북한이 한반도의 북반부를 현실적으로 지배하는 이상 전쟁이 아닌 평화적 공존으로 포용하는 길밖에 없기 때문이다.

그러나 이런 반인간적이고 반가치적인 독재체제를 용인하고 포용하는 정당성은 단순히 평화를 얻는다는 것 외에 북한체제를 자유화·개방화로 이끈다는 명제가 전제되어야 한다.

그래야만 한반도가 깡패에게 굴복하는 평화가 아니라 서로 공존하면서 장차 통일로 가는 진정한 평화를 구축한다는 명분을 가질 수 있다. 그러므로 대북 정책의 기조는 북한체제의 자유화·개방화를 유도하는 데 두어야 하고, 이를 실현하는 실용적 수단으로 대북지원·협력을 북의 자유화·개방화 조치와 연계시켜 실현의 과정을 밟아가는 상호주의 원칙이 필요한 것이다.

그런데도 김대중 대통령은 대북 정책의 기조를 북한체제의 자유화·개방화와 연계시키지 않는 대북지원 협력 자체에 두었다. 아무런 조건 없이 지원·협력을 계속하면 북한이 스스로 감응해 폐쇄의 외투를 벗을 것이라는 논리의 햇볕정책으로 남북관계를 처음부터 잘못 설정해 버렸다. (그 결과가 어떤 재앙을 가져왔는지는 오늘의 김정은 체제를 보면 능히 짐작할 것이다.)

이제 좌파 정권 10년을 끝내고 들어설 다음 정권이 명심하고 해야 할 일은 분명했다. 그동안의 '햇볕정책'을 걷어내고 새로운 대북기조로 첫 단추가 잘못 꿰어진 남북관계를 바로잡는 일이다. 쉽지 않겠지만 이 길이야말로 대한민국의 정체성과 이념을 지키면서 핵의 재앙을 막고 한반도에 진정한 평화를 구축하는 유일한 길이다.

그런데 좌파 정권 10년 동안에 국내에서는 북한 특수니 뭐니 하는 무지갯빛 평화무드가 팽배해 북한의 개혁·개방을 말하거나 '햇볕정책'을 비판하는 것이 금기시되고 반진보, 수구꼴통으로 매도되는 분위기가 되었다.

2007년 대선을 앞둔 시점에서는 보수당인 한나라당 내에서조차 평화무드에 편승하려는 기미가 보였다. '햇볕정책'의 문제점이나 폐기를 정면으로 거론하는 일이 없고 오히려 경선후보들 중에는 김대중 전 대통령을 찾아가 남북 문제에 관한 자문을 얻겠다거나 이제 좌·우의 이념론은 쓸데없고 오직 경제 문제만이 중요하다고 강조하는 후보도 있었다.

그러다가 2007년 7월 4일 한나라당이 '한반도 평화 비전'이라는 이름으로 새로운 대북 정책을 발표했는데 나는 이를 보고 깜짝 놀랐다. 그 기본 요점은 북에 대한 경제적 지원·협력을 대폭 확대하면서도 북핵 폐기 및 북의 개혁·개방과 연계시키지 않겠다는 내용이었다. 그동안 한나라당이 견지해온 상호주의 원칙을 포기한 것이 분명했다. 내가 보기에 이것은 아류 '햇볕정책'이었다.

언론에서도 "햇볕정책의 복제"라느니(〈문화일보〉, 2007. 7. 5), 또는

"닮은꼴 햇볕정책"이라느니(〈조선일보〉, 2007. 7. 6) 하는 비아냥과 비판이 나왔고 나도 한나라당 대표에게 새 대북 정책의 문제점과 우려되는 점을 지적하는 서한을 보냈으며 보수층의 강한 비판과 항의가 이어졌다.

다시 강조하지만 보수는 인간의 존엄성과 개인의 자유와 권리를 부정하는 북한체제를 변화시켜 개혁·개방으로 유도하는 것을 대북 정책의 기조로 삼아야 한다. 이를 현실적으로 실현시키는 수단으로 대북지원·협력을 북의 핵무기 등 대량살상 무기의 폐기 및 체제 개방·개혁과 연계시키는 상호주의의 원칙을 반드시 지켜야 한다. 북의 반발과 위협이 있더라도 이를 극복해야 하며, 국내에 반대 여론이 나오더라도 국가 지도자는 끈질기게 국민을 설득하고 납득시키는 노력을 해야 한다. 이것은 보수주의 지도자만이 할 수 있는 일이다.

보수는 정의로워야 한다

보수는 항상 정의의 편에 서 있어야 한다. 정의란 무엇인가? 앞서 언급했지만 극히 개략적으로 정의한다면 공정과 배려라고 할 수 있다. 우선 공정은 공동체 구성원인 개개인의 존엄과 가치를 차별하지 않고 공평하게 존중하고 대우해주는 것이며 또한 공동체의 구성원에게 실질적으로 평등한 경쟁과 성취의 기회를 보장해주는 것이다. 실질적으로 평등한 경쟁과 성취의 기회를 보장한다는 것은 단순히 기회를 평등하게 준다는 것만으로는 부족하고 그 기회가 실질적으로 평등한 것이 되도록 해야 한다는 뜻이다. 예컨대, 본인에게 책임을 돌릴 수 없는 성장이나 교육 배경 또는 가난의 대물림 등 사회적 여건으로 동일한 출발선에서 경쟁하는 것이 공평하지 못할 경우에는 이를 감안해 특별한 고려와 특혜를 주는 실질적인 공평의 기회를 주어야 한다. 위에서 말한 공정성의 정의는 1차적 정의라고 말할 수 있다.

더 나아가 위에서 말한 공정한 경쟁의 보장에도 공동체 안에서는 이미 빈부격차 등 심각한 사회적 격차가 존재하고 있고, 이를 방치하면 공동체의 연대성이 파괴되어 공동체의 존립 자체를 붕괴시킬 우려가 있다. 그러므로 공정한 경쟁의 기회 균등을 넘어 사회적 약자를 위한 특별한 배려가 필요하며 이러한 배려는 공동체 유지를 위한 2차적 정의가 된다. 여기서 주의할 것은 이러한 배려도 자유주의와 시장경제 질서의 핵심가치에서 벗어나지 않도록 유념해야 한다는 것이다.

나는 이렇게 공정과 배려라는 정의를 추구하는 보수주의를 '공정한 보수주의' 및 '따뜻한 보수주의'라고 부르고 정치적 신념으로 삼았다.

보수는 반성해야 한다

1) 보수는 수구(守舊)가 되어서는 안 된다

보수주의는 위와 같이 인간의 존엄성과 자유의 가치, 그리고 정의를 추구하는 흠 잡을 데 없는 이념인데도 왜 보수주의 세력이나 집단은 수구니 기득권 집단이니 하는 말을 들어왔는가?

2012년 1월 4일 19대 총선을 앞두고 구성된 한나라당 비상대책위원회에서 한나라당 정강정책에 있는 '보수'라는 표현을 삭제하자는 방안이 논의되었다. 비대위의 김종인 정책쇄신분과 위원장이 "어느 정당이 보수인지, 진보인지는 유권자와 언론이 평가하는 것이지 정당 스스로가 표방하는 것이 아니다. 세계 어느 정당도 보수를 표방한 예가 거의 없다", "요즘 20에서 40대가 보수란 단어에서 기득권을 지키려는 수구를 떠올리며 거부감을 갖는 상황이다"라고 말했다. 이에 대해 당내에서 반발이 쏟아지고 언론에서도 비판이 일자 박근혜 비상대책위원장이 보수 삭제에 반대해 삭제 방안은 철회된 것으로 보도되었다.

김종인 분과위원장의 발언 중 "어느 정당이 보수인지, 진보인지는 유권자와 언론이 평가하는 것이지 정당 스스로 표방하는 것이 아니다"는 부분은 보도된 대로라면 그 진의가 무엇인지 헷갈릴 만큼 논리적 모순이 심하다. 정당이 보수인지, 진보인지는 정당이 표방하는 이념과 정책을 보고 유권자와 언론이 평가할 수 있는 것이지, 정당이 그 이념과 정책을 표방하지 않는다면 유권자와 언론이 어떻게 그 정당이 보수인지, 진보인지를 평가할 수 있다는 것인가?

또 보수정당인 한나라당(그 후 '새누리당'으로 개명했다가 다시 '자유한국당'으로 개명)이 보수라는 단어가 수구 이미지를 떠올린다 하여 이를 삭제하는 거라면 문제의 핵심을 비껴가는 비겁한 자세라고 하지 않을 수 없다. 보수에게 잘못이 있다면 반성하되 보수주의의 가치에 대해 왜 당당하게 설득하지 못하는가? 또 "세계 어느 정당도 보수를 표방한 예가 거의 없다"고 말했으나 이것도 전혀 사실과 다르다. 영국의 보수당은 200년 넘게 보수당의 간판을 달고 있고 노동당보다도 더 과감한 사회개혁과 복지정책을 도입해 스스로 변혁했다. 또 보수당은 정권을 노동당에 뺏겼을 때도 당명을 바꾸거나 보수당이란 이름을 부끄러워하지도 않았다.

미국에서도 공화당은 보수당과 동의어로 통한다. 미국 내에서 보수당인 공화당과 그 상대인 진보당인 민주당과의 경쟁은 일진일퇴의 양상으로 관전자를 흥미롭게 하지만 보수당이나 진보당이나 스스로의 정체성에 자긍심을 가지고 있다. 한때의 선거에 패배했다고 하여 당명을 부끄럽게 생각하고 바꾸자는 어리석은 제안은 나오지 않았다. 때로 당내의 권력화된 지도부와 기득권층이 정당 운명을 독점 농단해 거부감이 확산되는 일이 있었지만 그렇다고 당명을 바꾸자는 제의가 나왔다는 말은 듣지 못했다.

이렇게 '보수삭제론'은 보수의 지나친 자기비하이고 한때의 해프닝으로 끝났지만, 이때의 한나라당 비상대책위원회가 제안하고 시도한 몇 가지 정책 변화는 한나라당에게 '변화하는 정당'의 이미지를 심어주어 19대 총선에서 유리한 결과를 가져오는 데 기여한 것은 부인할 수 없는 사실이다. 이는 보수의 자기혁신이 왜 필요한지를 보여주는 것이다. 보수는 스스로 반성하고 보수의 부정적 이미지를 바꿔나가야 한다.

2) 박근혜 전 대통령 탄핵과 보수주의

박근혜 전 대통령에 대한 탄핵 사태가 일어나면서 새누리당(지금의 '자유한국당')과 보수주의까지 싸잡아 비판 대상이 된 점은 눈여겨 볼 필요가 있다.

이번 탄핵 사태의 주된 책임자는 누구인가? 바로 탄핵을 당한 박근혜 전 대통령이다. 본인의 말대로 억울한 점이 있을 수도 있지만 헌법재판소는 그에게 책임이 있는 것으로 판단했다. 그 다음의 책임자는 새누리당이다. 새누리당 지도부는 그동안 박 대통령의 수직적이고 권위적인 당 관리 체제에 유유낙낙 순응하면서 한 번도 제대로 직언하지 못하는 나약한 행태로 최순실 일당이 대통령을 에워싸고 국정을 농단하는 기막힌 일을 가능하게 했다.

대통령과 여당 사이의 소통은 1차적으로 대통령 책임이지만 여당의 책임도 없지 않다. 소통이란 쌍방이 응해야 가능한 것이고 대통령이 원하지 않으면 불가능하지만, 집권당은 그러한 불통 사태를 당연한 것처럼 받아들였지 한 번도 대통령에게 이를 항의하고 시정을 요구하는 행동을 보이지 못했다. 옛날 왕조 시대에도 도끼를 들고 대궐 앞에서 왕에게 충간(忠諫) 하는 조상들이 있지 않았던가?

민주화된 이 시대에 도끼를 들고 가지는 않더라도 대통령에게 당과의 소통을 강하게 요구하고 불응할 때는 청와대 앞에서 단식하는 용기를 보였더라면 하는 생각마저 든다. 박 전 대통령의 고집으로 보아 끝내 불응했겠지만 새누리당 만큼은 지금처럼 깨지지 않았을 것이다.

그래놓고도 친박·비박으로 갈려 싸우면서 탄핵에 찬성한 비박들에게 탈당하라고 강박하다가 비박계 의원들이 탈당하여 신당을 창당하는 일이 생기고 말았다. 새누리당은 자유한국당과 바른정당으로 분열되었고, 결국 2017년 5월 9일에 열린 대선에서 분열된 보수정당들은 모두 패배했다. 새누리당의 전신인 한나라당을 창당했던 나로서는 이런 사태를 보면서 침통한 심정을 금할 수 없었다.

그렇다고 이번 사태가 보수주의의 책임인 것처럼 야당이나 일부 시민세력이 보수주의를 공격하는 것은 잘못이다. 정말로 책임지고 반성해야 할 사람은 보수주의의 가치에 배반한 행동을 한 정치인들이지 보수주의가 아니다.

보수는 정직해야 한다

1948년 대한민국 정부가 수립된 후 1998년 김대중 정부로 정권 교체가 될 때까지 반세기 동안 보수주의와 보수정당이 정권을 이어 오면서 이 나라의 주류 세력을 형성해왔다. 이 보수주의와 보수세력이 북한의 남침으로 국토의 상당부분이 초토화되고 250만 명에 이르는 군인과 민간인 사상자 및 실종자를 낸 6·25전쟁을 치러 내고, 다시 그 잿더미 위에 나라를 재건해 오늘날 세계경제 규모 10위권대의 중견강국으로 성장하는 데 많은 기여를 해온 것은 부인할 수 없을 것이다.

그러나 그 오랜 시간 동안 정권을 유지하면서 기득권층이 만들어지고, 정당이나 공공기관 등의 권력화가 심화되어 정경유착의 폐단도 끊이지 않았다. 특히 대선자금을 둘러싼 정경유착은 거의 관행화되다시피 하여 대선 때마다 여야 할 것 없이 서로 규탄하고 고발하는 사태가 벌어지곤 했다.

2002년 대선 직후 터진 대선자금 사건은 나로서는 뼈아픈 실수이고 국민 앞에 너무나 부끄러운 치욕이었다. 대선 후 검찰은 나와 노무현 대통령 당선자 양 진영의 대선자금을 조사한 후 7대 1 정도의 비율로 한나라당 측이 대기업으로부터 더 많은 정치자금을 받은 것으로 결론지었다. 당시 한나라당 일부에서는 불공정한 조사라고 불만을 터뜨렸지만 나는 어찌되었던 검찰이 야당 후보만이 아니라 현재의 권력인 신임 대통령의 대선자금까지 조사한 것은 유례없는 일이어서 이것만은 긍정적으로 평가하고 있다.

당시 나는 기자회견을 열어 국민 앞에 진심으로 사과를 드리고 정치적 책임뿐만 아니라 법적 책임도 전적으로 후보인 나에게 있기에 처벌도 감수하겠다는 뜻을 밝혔다. 그리고 검찰에 자진출두하여 밤늦게까지 조사를 받았다. 그 후 검찰은 노무현 대통령 당선자와의 형평을 고려해서인지는 모르겠으나, 그와 나는 불입건 처리를 하고 나머지 각 당의 당직자와 관련자 등을 기소했다. 사실 이 당직자 등은 사리사욕을 위한 것이 아니라 대선에서 승리해야 한다는 당에 대한 충성심으로 뛴 사람들이고, 대기업은 대선 후보를 의식해 대선자금을 내놓은 것이다. 그런데 후보인 나는 불입건되고 당을 위해 뛴 당직자들이 처벌되어 나는 이들에게 미안한 마음을 금할 수 없었다. 지금도 내 마음에 짐으로 남아있다. 그리고 당이 '차떼기당'이란 불명예스런 오명을 쓰게 된 데 대해서도 국민과 당원들에게 미안한 마음을 금할 수 없다. 하지만 2002년의 대선자금 사건은 정당과 대기업 간의 정경유착을 단절하고 우리 스스로를 정화하는 계기가 되었다.

나는 이 사건을 통해서도 보수는 정직해야 한다는 것을 뼈저리게 느꼈다. 잘못한 것은 솔직하게 인정하고 사과할 줄 알아야 한다. 국민이 바라는 것은 정직한 정치, 정직한 정치인이다. 불신이 팽배한 이 사회에서 특히 정치에 대한 불신은 위험 수위에 이르렀다. 이제 국민들은 정치인의 말을 믿으려 하지 않는다. 오늘 이 말을 하고 내일 저 말을 한다. 다수를 얻기 위한 선거에서 무책임하게 내놓은 포퓰리즘 정책이 정치에 대한 불신을 더욱 부추긴다. 각 정당이 무상급식, 무상의료, 무상보육, 반값등록금 등 복지 공약을 쏟아 붓는 포퓰리즘 경쟁을 하는 바람에 지금 어떤 상황이 벌어지고 있는가? 교육 재원이 취약한 지자체는 중앙정부에 미루고, 중앙정부는 지자체에 미루는 등 서로 싸우고 있다. 이 바람에 보육원이나 유치원 보육교사에 대한 급여 지급 중단을 우려해야 할 사태까지 일어났다.

선거에서 표를 얻기 위한 어느 정도의 포퓰리즘 정책은 불가피한 측면이 없지 않다. 하지만 보수정당은 적어도 약속을 하면 꼭 지키고 책임질 수 있는 공약을 내놓아야 한다. 최소한 재정적 뒷받침이 되지 않고 실현 가능성이 없는 약속은 하지 말아야 한다. 이러한 약속은 국민을 기만하는 것이다. 몇 표 잃더라도 '보수당은 거짓말하지 않는다'는 이미지를 국민들에게 확실하게 심어주는 것이 보수의 부정적 이미지를 바꾸는 확실한 길이 될 것이다. 보수당은 크게 미래를 보아야 한다.

보수는 혁신해야 한다

흔히 개혁과 보수를 대치시켜 '개혁파'니 '보수파'니 하고 구분하는 사람들이 있다. 이것은 은연중에 보수는 반개혁적이라는 인상을 준다.

그러나 이런 구분은 아주 잘못되었다. 세계 역사를 보더라도 좌파 정권보다는 우파 정권, 보수 정권하에서 더 많은 의미 있는 개혁이 이루어져 왔다. 영국의 경우 앞에서 말한 벤자민 디즈렐리 외에도 개혁의 지도자로 불리는 윈스턴 처칠, 마가렛 대처 등도 모두 보수당 소속이었다. 독일의 경우에도 통일과 부국강병의 토대를 닦은 철혈재상 비스마르크(Otto Eduard Leopold von Bismarck), 그리고 2차대전 후 나치 정권의 반인류적 만행으로 공황 상태에 빠진 독일의 재건 기초를 쌓은 콘라드 아데나워(Konrad Adenauer) 서독 수상 등도 모두 보수 정치인이었다.

우리나라 경우에도 마찬가지이다. 나의 경험과 기억에 비추어 보아도 김영삼 정권 5년 동안에 공직자 재산공개, 금융실명제 시행, 율곡사업 등 군 무기사업 비리 및 군부내 파벌척결, 농업구조 개선 사업시행, 고속 정보통신망 구축 등을 통해 그 후 10년의 좌파 정권 시대보다 더 의미 있는 개혁을 해냈다.

보수는 끊임없이 스스로 혁신해야 한다. 보수의 이념과 정체성을 지키면서 미래를 향해 끊임없이 자기개혁의 길을 가는 것이 진정한 보수의 모습이다. 개혁을 위해 고루한 기득권 의식이나 틀에 박힌 사고에서 과감히 벗어나야 한다. 과거 좌파가 선호해온 정책이라도 그것이 정의에 반하지 않고 보수의 이념과 정체성에 저촉되지 않으며 국민의 이익을 위해 필요한 것이라면 과감하게 도입하고 추진해야 한다.

특히 빈부격차와 같은 사회 양극화의 문제는 보수의 중요한 과제가 되어야 한다. 사회 양극화는 단순한 구휼이나 복지 차원의 문제가 아니다. 공동체적 가치인 정의의 문제, 공동체 존립의 문제이다. 심각한 빈부격차나 사회적 강자와 약자 간의 불평등은 공동체 내의 연대성을 파괴하고 존립 자체를 위태롭게 할 수 있다. 또한 양극화는 그 격차가 대물림되었을 때, 더 심각한 문제가 된다. 이것은 사회가 나아지는 것이 아니라 더 나빠지고 있는 것을 뜻하기 때문이다.

지금 우리 사회에는 부모의 돈과 힘이 자식의 인생을 결정한다는 '금수저', '흙수저'라는 말이 유행하고 있다. 한국보건사회 연구원 자료에 의하면 우리나라에서 아버지와 아들이 모두 하층인 가난의 대물림은 1세대 만에 36퍼센트에서 51퍼센트로 증가한 것으로 드러났다.*

이는 그대로 방치할 수 없는 큰 문제이다. 가난의 대물림에서 벗어날 수 없는 하층은 미래에 대한 희망을 포기하고 상대편에 있는 부자, 강자 층에 대한 적의(敵意)를 불태우는 공동체의 위기를 가져올 수 있다. 이런 위기를 이용하고 부추기는 축이 있겠지만 보수는 이 위기를 적극적으로 막아야 한다.

정치를 왜 하는가? 내가 처음에 언급한 보육원에 맡겨진 어린 형제들과 그 가족들처럼 궁지에 내몰린 이들에게 그들의 생활과 인간의 존엄성을 찾아주는 일, 이것이 바로 보수가 해야 할 일이다.

* 〈중앙일보〉(2016. 2. 1)

정치인의 길

정치인으로

걸어온 길

3

1

1997년도
"김대중 대통령 후보와 박빙의 승부"

15대 총선

1997년의 제16대 대선을 눈앞에 두고 치러지는 15대 국회의원 총선은 여야가 그야말로 당력을 총동원한 총력전이고 피를 말리는 혈전이었다.

앞에서도 말했지만 신한국당의 총선 전망은 별로 좋지 않았다. 일부 언론에서는 여당의 예상 의석수를 100석 이하로 분석하기도 했다.

1996년 3월 26일 신한국당, 민주당, 자민련 등 각 당의 15대 국회 전국구 의원 후보 명단이 발표되었다. 신한국당 내 일각에서는 내가 김영삼 대통령의 권유로 입당한 대가로 전국구 의원 자리 몇 개를 약속받았을 것이라는 등 헛소문이 돌았던 모양이다. 하지만 김 대통령은 그와 비슷한 말을 꺼낸 일이 없고, 나 또한 그런 일을 할 생각이 전혀 없었다. 말 그대로 도와주기로 했으면 그냥 도와주는 것이지 그 대가를 흥정하는 것은 내 성미와는 전혀 맞지 않는다.

다만 선대위의장 비서실장으로 기용하려는 황우여 씨는 국회에 들어올 필요가 있다고 생각해 김 대통령에게 그 뜻을 말했다. 또 한 사람, 당시 선대본부의 상황실장을 맡고 있던 전국구 의원인 강용식 씨에 대해 당내에서는 총선을 치르기 위해 꼭 필요한 인물이란 것이 중론이었으므로 김 대통령에게 그대로 전달했더니 처음에는 전국구 의원을 다시 전국구 후보로 할 수 없다는 이유로 난색을 표했지만 결국 수용해 주었다.

김 대통령은 지역구 후보 공천에서 특히 수도권을 중심으로 새로운 인물들을 영입했다. 이른바 물갈이 공천을 감행했다. 당시에 좌파로 분류되던 인물들, 국가보안법이나 반공법 위반으로 수사를 받거나 재판을 받은 경력이 있던 인물들을 대폭 기용해 보수계에서는 물론 진보 진영조차도 깜짝 놀라게 했다. 그래서 사람들은 그를 뛰어난 정치 감각을 지닌 정치 9단으로 평가하는지도 모른다.

대체로 선거 때가 되면 국민은 '변화'를 기대하고 그래서 변화가 시대정신이 되곤 한다. 김 대통령은 문민정부 출범 초기에 내세웠던 개혁의 깃발이 상당 부분 퇴색해진 그때, 좌파로 활동하던 인물들까지 영입해 변화의 이미지를 주려고 했던 것 같다.

선거에서 나는 개혁 보완론과 안정론을 내세워 역설하고 다녔다. 반면에 김대중 씨와 김종필 씨 그리고 이기택 씨 등 야당 인사들은 독재 견제론과 부패정치 청산 등을 들고 나와 여당과 정부를 공격했다. 막판으로 갈수록 비방과 모략중상, 그리고 흑색선전 등 네거티브 선거전이 치열해졌다.

나는 선대본부에서 편성하는 일정대로 수도권을 비롯한 전국을 그야말로 샅샅이 훑고 다니다시피 했지만 정치 초년생으로서 어느 정도 성과가 나오는지는 도무지 감이 잡히지 않았다. 그저 죽자 사자 정신없이 쫓아 다녔다는 표현이 맞을 것이다.

감투는 그럴싸한 선대위의장이지만 실제 선거전에 돌입하자마자 소수의 수행 인원을 데리고 각 지역의 연설장과 집회, 행사장을 훑고 다니는 기병대장(奇兵隊長)의 역할이 바로 나의 일이었다. 나의 이런 활동이 여당에 얼마나 기여할지도 도무지 자신이 없었다.

마침내 선거일이 다가왔다. 개표 당일의 일이 어제의 일처럼 생각난다.

나와 선대위의 간부 몇 사람이 개표가 시작되는 6시에 여의도 63빌딩의 일식당에 모여 TV 앞에 앉았다. 6시 정각에 TV를 켜자마자 화면에 주먹만한 글씨로 "신한국당 압승", "170석 이상 예상"이라는 자막이 나오고 아나운서가 흥분한 목소리로 공중파 방송 3사의 출구 조사 결과 신한국당 후보들이 압승한 것으로 나왔다고 보도하고 있었다.

우리는 환성을 질렀고 동석했던 박찬종 씨에게 모두 축하 인사를 건넸다. 박찬종 씨는 전국구 후보 순서가 21번인데 당시는 각 정당의 지역구 당선자 비율에 따라 전국구 배정의석이 정해지게 되어 있고 당초 신한국당의 득표 예측으로는 박찬종 씨의 당락은 아슬아슬했기에 더 기뻤던 것이다.

TV 화면에서도 난리가 났다. 출구 조사에서 당선자로 발표된 후보에게 기자가 축하인사를 하면서 마이크를 들이대면 본인은 당선 소감을 말하고 있었다.

당의 상황실에 나가니 그곳에서도 난리였다. 압승 분위기에 들떠 있었고 몰려온 기자단은 나에게 소감과 당선자 명단에 꽃을 꽂는 포즈를 취해달라고 졸랐다. 당선 확정은 밤늦게 되므로 미리 취재를 해두어야 한다는 것이다. 나는 이것은 너무 앞서 나간 행동이란 생각이 들었다. 공중파 방송 3사의 조사라고 하지만 출구조사는 틀릴 수도 있는데 마치 확정 발표처럼 좋아하는 것이 어째 조금은 불길한 생각이 들었다. 그래서 기자단의 요청을 거절하고 선대위의장실에 올라가서 TV로 개표 결과를 지켜보았다.

개표가 진행되면서 압승은커녕 초반부터 엎치락뒤치락 고전하는 지역이 늘고 있어 손에 땀이 쥐어졌다. 결국 신한국당은 139석을 얻어 제1당의 체면은 지켰지만 기존 의석 169석에 비하면 그저 반타작 정도를 한 셈이었다. 다만 그동안 약세 지역이었던 서울지역에서 47석 중 27석을 차지한 것은 큰 수확이었다. 출구조사에서 당선자로 발표되어 TV에서 당선 소감을 말했던 사람들 중에서 낙선자도 있었다. 박찬종 씨도 당선권에 들지 못했다.

김대중 씨의 국민회의는 79석, 이기택 씨의 민주당은 15석, 김종필 씨의 자민련은 50석을 얻었다. 자민련이 가장 좋은 성과를 거둔 셈이다. 충청도 기반의 정당이 대구지역을 석권하다시피 했으니까 말이다. 대구에서 신한국당 당선자는 강재섭, 김석원 씨 두 사람뿐이어서 참담한 기분이 들었다. 김종필 씨는 의기양양했고 덩달아 야권은 그야말로 목에 잔뜩 힘이 들어간 것처럼 보였다.

그러나 정치에서 오뉴월 햇볕은 순식간에도 스러지는 경우가 많다.

총선이 끝난 후 김영삼 대통령의 신한국당은 야권 특히 자민련과 무소속의 당선자들을 속속 입당시켜 전국 총의석을 과반수가 넘는 169석으로 늘렸다. 가장 큰 타격을 받은 당은 아마도 자민련이었을 것이다. 대구의 자민련 당선자 거의 전부가 탈당해 신한국당으로 들어왔다. 어제 웃다가도 오늘 울어야만 하는 정치판이란 참으로 요지경이다.

야당 의원들의 소속정당 변경은 대체로 여당으로 들어가거나 공천 보장을 받기 위해 하는 경우가 많은데, 정치에 들어와 처음으로 이런 상황을 지켜보자니 그저 황당할 뿐이었다.

국회의원은 소속정당의 공천을 받아 유권자를 설득해 당선되는 것이다. 특히 야당소속 후보의 경우에 유권자는 야당 정치인으로서의 활동을 기대해 당선시켰다고 볼 수 있는데, 당선되자마자 여당으로 자리바꿈하는 게 유권자를 배신하는 것이 아니고 무엇인가 하는 생각이 들었다.

지금 생각하면 이것도 정치 초년생의 순진한 감상에 지나지 않았던 것 같다.

여소야대 국회를 피하기 위해 여당은 의원 빼가기에 여념이 없고 야당의 고생보다 여당의 풍족함을 동경하는 야당 당선자들은 철새 소리를 들으면서도 여당진영을 기웃거렸다. 야당은 여당의 의원 빼가기가 민주주의와 선거 원칙을 배반하는 행위라고 소리 높여 규탄하지만 자신들이 여소야대의 여당이 되면 서슴지 않고 의원 빼가기에 열중했다. 이것이 그 후 내가 겪어온 정치판의 관행이 되다시피 한 행태였다.

김대중 씨가 대통령이 되자마자 제1당인 한나라당 의원에 대한 의원 빼가기가 시작되어 야당인 한나라당으로 하여금 그야말로 생존을 위한 싸움을 하지 않을 수 없도록 만들었는데 이에 대해서는 뒤에 말하겠다.

차기 대선후보로 거론되다

총선이 끝나자마자 전국은 선거에 들뜬 분위기에서 여야 간 치열한 정쟁과 1년 6개월 뒤의 대선을 겨냥한 대결정국으로 급변했다.

나는 정치에 들어온 동기가 다른 사람들보다 뚜렷하지는 않았고, 총선 동안에도 주인의식보다는 꾸어다 놓은 손님 같은 기분이 더 컸던 것이 사실이다. 여전히 정치판이 어설프고 생소했다.

그러다가 총선이 끝나자마자 나는 대선 주자군의 한 사람으로 등을 떠밀리다시피 거론되기 시작했고, 가끔은 차기 후보의 여론조사에서 1위를 하기도 하면서 이제는 후퇴할 수 없는 상황이 되어 버렸다는 것이 당시 솔직한 나의 심정이었다.

내가 대통령 후보로 출마하기로 결심한 동기와 상황은 이미 앞에서 말했다.

나는 '기왕 이렇게 된 바에는 죽자사자 한 번 뛰어보자. 목표를 정한 이상 목표를 향해 정정당당하게 겨루어 다음 대통령에 도전해보자'고 마음을 먹었다. 일단 목표와 행동을 정하기가 어렵지 정하고 나면 나는 주저하거나 후회하지 않는다.

필마단기로 정치에 들어왔지만 차기 후보군으로 떠오르면서 당내에서도 지지세력이 조금씩 자연스럽게 형성되기 시작했다. 동시에 나에 대한 견제와 비판도 당내는 물론 야당 쪽으로부터도 나오기 시작했다.

정당에서 대선 후보를 선정하는 과정은 그 자체가 국민의 관심을 끄는 가장 큰 정치 행사 중 하나이고 대선 결과에도 큰 영향을 미친다. 야당은 김대중 씨나 김종필 씨 같은 거물들이 정당을 거머쥐어 그들을 제쳐놓고 다른 대선 후보를 선출한다는 것은 상상하기 어려웠다. 그만큼 대선 후보 선출은 보나마나이고 재미없게 되어 있었다.

그러나 신한국당은 사정이 달랐다. 3김 씨 중 한 분인 김영삼 대통령이 퇴임하면 3김 후의 새로운 세대가 등장하게 되어 있고 김윤환, 이홍구, 최형우, 김덕룡, 이인제, 박찬종, 이회창 등 다양한 인물들이 당내 외에서 대선 후보군으로 속된 말로 득실거리고 있어 그 선출 과정은 진진한 흥밋거리가 되었다.

그런데 김영삼 대통령은 5월 29일 불교방송과의 대담에서 대통령 임기가 1년 10개월이나 남아있는데 차기 대선후보 선정에 관해 자신이 언급하는 것은 국정 전반에 도움이 되지 않는다고 선을 그었다. 그리고 당에서는 대선 논의를 기피하고 자제하는 분위기로 몰아갔다. 대통령의 권력 누수를 가속화시킨다는 우려 때문이었다.

한편 야당에서 다시 차기 대선후보가 될 것이 확실한 김대중 씨나 김종필 씨 등 양 김 씨도 다른 후보 주자군이 떠오르는 것을 바라지 않는 터여서 각 당에서 차기 대선후보 선출 거론이 금기시되어 있었다. 오죽했으면 이런 현상에 대해 일부 언론에서 차세대 주자들이 납작 엎드리고 있다느니 재갈이 물렸다느니 하는 비판이 나왔겠는가.

나는 이런 분위기가 못마땅했다. 차기 대선까지 3김 씨의 의중과 입김에 따라 좌우될 수는 없었다. 차기 대선은 3김 정치 청산의 계기가 되어야 하며 권위주의의 장막을 걷어낸 진정한 민주주의가 등장하는 자리가 되어야 한다는 것이 나의 변함없는 신념이었다.

그래서 나는 차기 대선후보의 완전 경선론을 주장하고 나섰다. 5월 14일 시사주간지와의 인터뷰를 통해 차기 대선후보는 실질적이고 완전한 경선에 의해 선출되어야 하고, 대통령도 당원의 한사람으로서 그 위치에서 자기의 의사표현을 할 수 있을 것이라고 말했다.

이것은 당내에서 차기 대선 관련 거론을 억제하면서 대통령의 낙점으로 후보를 정하는 제한 경선론이나 후보 단일화론이 나오는 것에 대해 정면으로 반론을 제기하는 뜻이었다. 뒤이어 8월 1일에는 차기 대선후보의 조기 가시화가 바람직하다고 주장하고 나섰다. 당내에 한바탕 찬반양론이 뜨겁게 달아올랐다.

그러면서 당내 일각에서 떠돌던 '이회창 대권 불가론'의 파장이 커지기 시작했다. 김 대통령에 도발하는 모습을 보이는 이회창으로서는 김 대통령이 퇴임 후를 보장받지 못한다는 것이다. 심지어 민주계의 한 중진은 "절대 그에게 대권후보를 주면 안 된다. 만일 그리되면 우리 모두 어려워진다. 대통령이 그를 밀더라도 나는 따를 수 없다"라는 발언을 했다는 언론보도도 있었다.

신한국당 내 민주계는 정권을 창출한 주도세력이라는 자부심이 있어 민주계 일각에서는 외부에서 영입되어 들어온 내가 차기 대선후보로 거론되는 것에 대해 강한 거부감과 반발을 보이기 시작한 것이다.

야당에서도 나에 대해 포화를 집중하기 시작했다. 엊그제까지만 해도 야당의 서울시장 후보로 나와 달라고 찾아와 온갖 좋은 말을 하던 사람들이 180도 돌변해 인신공격을 해대는 것이 정말 황당했다. 심지어 야당 측에서 배포했다는 '이회창 흔들기' 자료 중에는 "이회창이 변덕이 심해 자동차 기사도 6개월 버티지 못하고 수시로 바뀐다"는 유치한 내용도 있었다. 당시 내 차를 운전하던 장병주 씨는 내가 두 번째로 대법원 판사가 된 1989년경부터 그 후 줄곧 나를 도와주었고 정치에서 물러난 지금까지도 나를 도와주고 있으니 그들의 인신공격이 얼마나 황당한 것인가!

정치판은 참으로 기묘한 곳이다. A가 B를 욕하고 공격하면 누가 옳고 그른가를 가리기 전에 이전투구의 모습으로 비쳐져 결국 둘 다 흙투성이가 되어버린다. 그럼에도 A가 공격하는 것은 B를 이전투구 판으로 끌어들이기 위함이다. 공격당한 B는 억울하다며 진실을 호소하지만 이미 이전투구로 뒤집어 쓴 흙덩이는 쉽게 털어지지 않는다.

나는 앞으로 내 앞에 펼쳐질 정치판의 길이 그야말로 피와 땀 그리고 진흙으로 범벅된 가시밭길이라는 것을 뼈저리게 느꼈으나, 오히려 전의를 느꼈다. 나에게는 돌아갈 뒷길은 없고 오직 앞으로 나아갈 길 뿐이라는 생각이 들었다.

이때까지만 해도 나의 이미지는 '대쪽'이란 별명대로 법관 출신의 샌님 정치인으로 점잖고 문약(文弱)한 모습에 가까웠을 것이다. 그러나 실제의 나는 그렇지 않았다. 앞에서도 잠시 언급했지만 나는 많이 방황하고 주저하다가도 일단 결단을 하고 길을 정하면 끈질기게 매달리면서 뒤를 돌아보지 않는 집념을 가지고 있다.

말이 나온 김에 정치에 들어온 후 내가 겪어온 정신적 방황의 역정을 털어놓고 싶다. 단칼로 베듯 결단하고 그 결정에 자신감이 넘쳐흐르는 사람들이 있는데, 나는 이런 사람들이 부럽다. 사실 나는 그렇지 못하다. 법관 시절에도 "그 사건은 뻔해"라며 처음부터 자신 있게 말하는 동료들을 보면 부러웠다. 나는 결론을 내리기 전까지는 자신이 없었다. 정치에 들어와서도 결단하기 전까지는 혼자서 무척 방황하고 주저했다. 도무지 자신이 서지 않아 이리저리 여러 사람들의 의견을 들어보기도 하고 고민하고 헤맸다. 일단 방향을 잡았더라도 자신이 없으면 다시 바꿔본다. 그야말로 좌고우면하는 것이다. 이것은 내가 정치 신인이라서가 아니라 원래 내 성품이 그러했기 때문이다.

　그러다가 일단 결단을 내리고 나면 달라진다. 이 길이 나의 운명의 길이라고 생각한 후 다시는 뒤돌아보지 않기로 작심한다. 정치 입문도 이러한 힘든 고뇌의 과정을 거쳤고 그 후 정치 신인으로 정치판에서 파장을 일으킬 수 있는 말 한마디나 행동을 할 때마다 스스로 고뇌하고 번민하고 주저했다. 그러나 일단 결단한 뒤에는 후회하지 않고 좌고우면하지 않았다.

　정치에 들어온 후 문득 법관 시절이나 감사원장, 국무총리 시절을 떠올리면서 내가 어쩌다 이렇게 진흙탕에서 뒹구는 신세가 되었는가 하고 참담한 심정이 드는 때가 없지 않았다. 하지만 정치에 들어온 것을 후회한 적은 없다. 아마도 이런 실상을 미리 알았더라면 정치할 생각을 안 했을지 모르지만, 일단 정치에 들어온 이상 이 참담함을 겪어내고 극복하는 것 또한 정치의 일환이고 나의 운명이라고 생각했다. 그리고 그 운명에 최선을 다하는 것이 내 삶의 의미라고 믿었다.

이런 판국에 김영삼 대통령의 '독불장군론'이 나왔다. 신한국당 총재를 겸한 김 대통령이 8월 19일 당직자 임명장 수여의 자리에서 조기 대권 논의 금지 지시를 일깨우면서 당내 대선 후보군에게 "당의 조직원으로서 당이 큰 길을 걸어가는데 함께 가야 하며 독불장군에게는 미래가 없다"라고 강하게 경고한 것이다.

도대체 대통령의 의중 인물이 누구이며 독불장군은 누구를 지칭한 것인가? 대통령의 경고 후 잠시 당내의 차기 대선 논의가 수그러든 것처럼 보였다. 내가 완전 경선론, 조기 가시화론의 화두를 던지면서 당내에 차기 후보 논의가 촉발된 셈이어서 나를 독불장군으로 지목한 것이 아닌가 하는 생각을 했지만 누구를 지목했던 대통령의 그런 언급은 적절하지 못한 발언이었다.

민주주의라는 게 독불장군도 있고 순종장군도 있어 서로 겨루고 경쟁하는 자리가 아닌가. 나는 대통령에게 도발하거나 맞서는 것이 차기 후보군으로서 얼마나 어리석은 일인지 모르는 바 아니나 대통령의 이 발언에 무조건 복종하는 태도는 옳은 일이 아니라고 생각했다.

나는 8월 23일 대구의 지구당 개편대회의 축사 자리에서 지역주의 탈피와 당내 민주화를 강조하고 당원을 무시하는 정당이 되어서는 안 된다는 점을 역설하면서 "당내 자율화와 민주화가 이뤄지지 않는 정당에게는 미래가 없다"라고 갈파했다. 대통령이 독불장군에게 미래가 없다고 했는데 내가 오히려 비민주적 정당에는 미래가 없다고 받아친 모양이 되었으니 시끄러워질 수밖에 없었다. 언론은 '사실상의 반기'라고 부추겼으나 나는 더 이상 깊이 들어가지 않았다. 나는 대통령의 기피 인물이 되는 것은 결코 현명한 일은 아니지만 그래도

해야 할 말은 하면서 정정당당하게 정치를 하고 싶었다.

그 대신 나는 국민정당론을 주장했다. 이미 언급했지만 신한국당 내에는 민주화 투쟁의 주체세력인 민주계와 그 상대방이었던 민정계가 서로 대치한 상황이었고, 정권을 창출한 영남권과 비영남권 사이에도 눈에 보이지 않는 긴장 관계가 형성되어 있었다. 이처럼 갈라진 당의 힘을 한데 모으지 않는 한 정권 창출은 무망했다. 나는 9월 4일 경기도 지구당 개편대회에서 당내의 산업화 세력과 민주화 세력이 서로 산업화의 경륜과 민주화의 힘을 합치는 국민정당이 돼야 하며, TK끼리, PK끼리, 중부권끼리 뭉치는 정당이 되어서는 안 된다고 역설했다.

그런데 김윤환 전 대표가 다음 대통령은 비영남권에서 나와도 되지 않겠냐고 말한 것이 도화선이 되어 영남권, 비영남권 간 논쟁으로 매우 시끄러워졌다. 특히 이만섭 고문은 경남지구당 개편대회에서 김윤환 전 대표의 비영남 후보론을 통렬하게 반박하면서 "영남이 나라가 이만큼 성장하는 데 중심 역할을 했고 문민대통령을 탄생시켰는데 왜 안 된다는 것인가, 영남인이여 단합하라! 정권 재창출은 영남 지지 없이 불가능하다"라고 절규하며 지역감정을 자극하는 듯한 발언을 했다. 대회장 참석자들이 이만섭 고문의 연설에 흥분해 장내가 떠나갈 듯 환호와 박수를 치면서 열광했다.

그 자리에서 그의 연설을 듣고 있던 나는 적지 않게 놀랐다. 신한국당은 지역주의 타파를 주장해 왔는데 이 고문의 연설은 지역감정을 선동하는 것처럼 들렸기 때문이다.

다음에 등장한 나는 아무리 열광적인 분위기라도 이대로 지나칠 수는 없다고 생각되어 "우리 당은 어느 도나 어느 지방의 지역당이 아니라 전국의 정당이며 국민의 정당이다"라고 이만섭 고문의 연설을 반박했다. 그래도 대회장을 꽉 매운 참석자들은 야유를 하지 않고 할 말을 하는 나에게도 많은 박수와 갈채를 보내주었다.

당내 분위기는 갈수록 단합보다는 갈등으로 치닫는 것처럼 보였다.

김 대통령으로서도 이러한 분위기는 권력 누수를 부추길 수 있으므로 대선 후보 경쟁 열기를 식히고 자제시키는 데 주력했지만 당내 세력 간 갈등에는 속수무책이었다. 나에 대해서도 야당은 물론 여당 내의 다른 주자군조차 여전히 정치 신인이고 정치 경력이 없음을 꼬집어 헐뜯는 공격이 드셌다.

아직 정치적 검증을 받지 않았다느니 정치인은 지역구민의 사랑을 받으면서 자라는 느티나무와 같은데 엊그제 정치에 들어온 사람이 무엇을 알 수 있겠냐느니, 눈물 젖은 빵을 먹어본 사람만이 국민의 아픔을 안다느니 하면서 나를 무경험, 무경륜의 정치 초년생으로 깎아내렸다.

어차피 나는 조직, 인맥의 배경 없이 필마단기로 정치에 들어온 사람이다. 웃어 넘겨버릴 수 있지만 공격에는 공격이 최상의 방어라는 생각으로 반격했다. 나는 11월 27일 춘천 강원대학교의 초청강연에서 "'더러운 정쟁'이라고까지 부를 수 있는 구태의연한 낡은 정치판의 경험을 거쳐야 정치적 검증을 받았다고 이야기하는 것은 참으로 도착된 심리상태"라고 질타했다. 그리고 "서로 헐뜯고 비난하고 욕하는 낡은 정치가 '네거티브 캠페인'이라는 그럴듯한 이름으로 포장되고 정직하지 않은 것이 당연한 덕목으로 받아들여져 왔던 것이 과거의 정치풍토가 아닌가"라고 꼬집었다. 과거 정치를 '더러운 정쟁'이라고 깎아내렸으니 조용할 리 없다. 벌집을 쑤셔놓은 듯 비판과 욕설 수준의 비난이 쏟아졌다.

김대중 씨의 국민회의 측을 비롯해 야당과 일부 언론들은 나에 대해 80년 신군부에 협력해 대법관이 되었고 노태우 정권 출범 초기에도 적극 참여하는 등 군사정권하에서 출세가도를 달렸던 인물이라고 깎아내렸다. 신한국당 내의 다른 대선주자군에서도 부글부글 비난이 들끓었다. 일부 언론은 내가 '더러운 정쟁' 발언으로 사면초가에 빠졌다고 보도했다.

그러나 나는 이렇게 있지도 않은 사실로 인신공격을 하는 데는 면역이 되어 가고 있었고 그럴수록 오히려 투지가 끓어오르는 기분이었다. 어차피 신한국당은 3김 정치를 탈피한 새로운 변화를 시도해야 하며 그러기 위해 어느 정도 홍역을 치러야 한다고 믿었다. 언제까지나 산업화 시대의 추억이나 민주화 시대의 공적에 매달려 있어서는 안 되며 이제는 선진화 시대를 열어가는 변화가 우리에게 주어진 시대적 사명이라고 믿었다.

정치에 들어온 후 나에 대해 김대중 씨의 야당이 가장 모욕적으로 내뱉는 말은 "우리가 민주화 투쟁을 할 때 당신은 무엇을 했느냐"는 것이었다. 신한국당 내의 민주계 사이에서도 노골적으로 표현하지는 않지만 비슷한 정서가 있는 것을 감지할 수 있었다. 열심히 민주화의 길을 닦아 놓았더니 엉뚱한 놈이 지나간다는 그런 심정 말이다.

이 점에 대해 나는 꼭 하고 싶은 말이 있었다. 11월 30일 서울의 지역구 개편대회에서 야당의 공격에 대해 반박하는 형식으로 다음과 같이 말했다.

"야당은 나에게 5·6공 치하에서 대법관으로 영달을 누렸다. 이는 민주화 투쟁을 한 야당인사들에 대한 모독이라고 했는데 이것이야말로 중상과 모략의 저질스러운 정쟁이다. 나는 5·6공 시기에 대법관으로 일한 것을 지금도 떳떳하게 생각하고 있다. 나는 정권을 위해 일한 것이 아니라 국가를 위해 일한 것이다. 어찌 법관이 되거나 공무원이 된 것이 정권 협력자인가. 오늘의 문민정부를 탄생시킨 민주화 투쟁은 참으로 값진 것이다. 그때 나는 홀로 판사실에 앉아 고독하게 정의와 양심의 기준으로 재판을 했다. 민주화 투쟁을 하는 사람들에 대한 영장을 기각했고 대통령의 독단적인 통치 행위는 사법심사의 대상이 되어야 함을 역설했으며 대통령의 선거 개입을 준절하게 경고했다. 민주화 시대의 도래에는 민주화 투쟁을 직접 주도한 분들께 가장 큰 공이 있는 것은 사실이다. 그러나 이분들만의 공으로 민주화가 이루어졌다고 생각하면 이는 오산이다. 민주화를 염원하는 많은 국민들, 법관이나 공무원뿐만 아니라 심지어 여당 안에 있던 양심적이고 합리적인 정치인들도 민주화의 역사인식을 가지고 동참했으며 이러한 사람들의 뜻이 모아져 김영삼 대통령의 문민정부가 탄생한 것을 알아야 한다"라고 말했다. 이에 대해 야당 측에서 또 와글와글 성토가 벌어진 것은 더 말할 필요도 없다.

당시 야당에 속해 있었던 민주당 이부영 씨의 말은 지금도 잊히지 않는다. 그는 개인 논평을 내고 "이 고문(이회창)의 발언은 국민정서를 있는 그대로 반영한 것인데도 망국적 지역할거 정치를 조장해온 주역들이 더욱 흥분한 모습을 보이는 것은 도둑이 제 발 저린 모습이 아니겠는가. 오직 대권을 위해 한 개인을 흠집 내고 음해하는 정치행태야말로 더러운 정쟁의 실상을 생생하게 보여주는 것이다"라고 통박했다.

노동법과 안기부법 개정안 기습 처리

당시 정국의 최대 이슈는 노동법과 안기부법 개정안 처리였다.

특히 노동법은 정부와 여당이 경제 개혁을 위해 노동 시장과 노사 관계의 정상화가 시급하다고 보고 그 개정을 시도했지만, 김대중 총재의 국민회의 등 야당이 몸싸움도 불사하면서 극렬하게 반대해 다수당인 여당도 속수무책인 상황이었다.

이미 앞에서 말했지만 1996년의 크리스마스인 12월 25일 저녁에 서청원 원내총무로부터 노동법 등 법 개정안을 더 이상 미룰 수 없어 내일 새벽 국회 본회의장에서 기습 처리하려고 하니 나와 달라는 전화를 받고 가슴이 철렁했다. 마침내 올 것이 왔구나 싶었다.

야당이 발목을 잡고 있으니 기습 처리나 강행 처리를 해서라도 통과시켜야 한다는 주장이 있었으나, 여당 의원이라고 할지라도 내심으로는 이런 식의 기습 처리를 회피하고 싶은 게 솔직한 심정이었다.

나는 서 총무에게 법정 개의시간 외의 시간에 본회의를 개최하려면 야당 측에도 소집통지를 해야지, 안 하면 의결의 효력 문제가 생길 수 있으니 물리적으로 출석이 가능한 최소한의 시간적 여유를 두고라도 소집통지를 해줘야 한다고 말하자 서 총무는 그리하겠다고 답했다.

정치에 들어와 처음 이런 일을 당한 나는 고민에 **빠졌다**. 아무리 형식상 소집통지를 한다고 해도 사실상 출석하기 어려운 새벽에 기습 처리한다는 것은 정당한 처사가 아니다. 명색이 대법관 출신이고 정의와 법치주의를 입에 달고 다닌 내가 이런 날치기에 동참하면 이는 자기부정이 아닌가. 나는 정치에 들어와 처음으로 접한 민주주의의 현실에 머리가 혼란스러웠다.

　대체로 민주주의라고 하면 대체할 다른 제도가 없는 최상의 정치제도라고 인식한다. 과연 그런가? 민주주의는 개인의 존엄과 핵심가치인 자유와 평등에 기반한 정치이념이란 것만으로 숭고한 아우라(氣)같은 것을 느끼게 한다. 나는 정치에 들어오기 전까지는 이런 민주주의의 숭고성에 대해 의심하지 않았다. 그러나 막상 정치에 들어와 목격한 현실은 때로 과연 민주주의가 옳은 제도인가 하는 회의까지 들게 했다.

　우선 민주주의 핵심요소인 다수결의 원리가 과연 정의에 맞는 것인가 헷갈렸다. 선거에서 국민은 다수결로 다수당과 소수당을 선정하고 다수당은 다수결을 무기로 의회를 지배하는 힘을 갖는다. 그러나 현실은 다수당이 순조롭게 다수결로 일을 처리할 수 있는 경우는 오히려 예외에 속한다. 여야는 회기마다 충돌하고 몸싸움을 하고 단상점거를 하는 등 아수라장을 만든다.

　소수당인 야당 입장에서 보면 표결 회부된 의안은 정의에 반하는데 다수결로 가면 질 것이 뻔하기 때문에 힘으로라도 막을 수밖에 없고 이것이 궁극적으로 정의를 위한 길이라고 강변한다. 한편 다수당인 여당 입장에서는 정의를 위해 의안을 처리해야 하는데 소수당이 물리적으로 제지하기 때문에 강행 처리나 변칙 처리를 할 수밖에 없고 이것이 정치적으로 흠이 있다고 해도 결국 정의에 부합한다고 강변했다. 서로 정의를 내세우는 것이다.

흔히 민주주의는 다수와 소수가 충분한 토론과 협의를 거친 후 표결에 임하는 것이라고 말하지만 토의와 협의 과정에서 다수와 소수의 입장이 달라질 수 있다고 전제하면 그것 자체가 비현실적인 이야기가 아닌가. 또 선거에서 이미 다수와 소수를 갈라놓았는데 다시 국회 안에서 의안마다 다수결을 하라는 것은 어찌 보면 민주주의의 위선이라고도 생각된다. 다수당은 마지막으로 강행 처리를 할 수단을 가지고 있다고 치고 소수당은 결국 당할 수밖에 없는데 다른 구제수단은 없는 것인가.

여기에서 사법의 개입이 필요하다. 국회의 다수당에 의한 의결이 부적법하거나 현저히 정의에 반할 때는 헌법재판소 등의 적극적인 사법판단에 의해 그 효력이 견제되어야 하고 이것은 3권분립의 견제와 균형의 원리에도 부합한다.

이런저런 여러 가지 생각을 하면서 나는 노동법 개정은 시급하게 필요한 일이므로 기습 처리란 방법은 옳지 않으나 동참을 거부할 수는 없다고 판단했다. 또한 나는 당원의 의무에 관해서도 생각해 보았다. 민주화된 정당에서는 사안에 대해 토론을 거쳐 당원들의 의견을 수렴한 후 결론을 내려야 하고 이렇게 내려진 결론에 대해서 당원은 설령 반대 의사를 가졌다 해도 따르는 것이 도리이다. 만일 도저히 당론에 따를 수 없고 양심에 반하면 당을 떠나는 각오도 해야 한다. 당시의 개정안에 대해서는 사실 당내에서 충분히 논의가 되지 않아 불만이 없지 않았으나 나는 노동법 개정안의 변칙 처리에 대해 그 문제점을 지적은 하되 당론에 따르기로 했다. 이에 대한 비판이 쏟아지겠지만 당당히 대처하기로 결심했다.

이 일을 통해 나는 법관은 흑백을 가리는 일도양단식 판단으로 족하지만 정치는 불의도 정의로 보일 수 있는 흑과 백 사이의 여백을 고려해 판단해야 한다는 것을 실감했다.

이미 각오는 했지만 기습 처리 후 야당 측과 노동계 그리고 일부 언론으로부터 나에게 대쪽이 갈대가 되었느니 하면서 맹렬한 비난과 성토가 쏟아졌고 여론조사 결과 지지율도 약간 하락했다.

노동법과 안기부법 개정안 기습 처리의 후유증은 심각했다. 노동계가 총파업에 돌입했고 국민회의와 자민련은 국회의원들이 국회농성을 시작하고 강경투쟁을 선언했다. 정권타도 구호까지 등장했다.

당내 주류는 공권력 투입과 강경진압을 주장했으나 나는 반대했다. 대의야 어떻든 날치기 처리를 해놓고 강경진압까지 나간다면 국민은 이 정권을 용납하지 않을 것이다.

나는 복수노조 유예는 충분한 논의가 이뤄지지 않았고 현실적으로 존재하는 노동 세력을 제도권 안으로 끌어들일 필요가 있으므로 복수노조 유예 문제는 부분 개정을 해서라도 재고할 필요가 있다고 주장했다. 또한 이런 문제는 정치권이 대화를 통해 해결해야지 이런 노력 없이 곧바로 강경조치를 취한다는 것은 현명치 않으며 필요하면 여야 총재회담도 해야 한다고 말했다.

이것은 청와대와 당의 지도부 의견과 반대되는 것으로 당내에서는 찬반양론이 쏟아졌다. 결과적으로 노동법 개정안은 재개정으로 귀착

되었지만 기습 처리를 주도한 이홍구 대표와 지도부는 인책사퇴하고 새로운 지도부가 구성되는 등, 당으로서는 큰 내상과 변화를 겪게 되었다.

신한국당 대표가 되다

노동법과 안기부법 개정안 기습 처리로 야당 측의 강력한 반발과 여론이 악화되자 이홍구 대표와 서청원 원내총무, 강삼재 사무총장 등 당 지도부는 당총재인 김영삼 대통령에게 사의를 표명했다.

이에 따라 다음 대표가 누가 될 것인가에 이목이 집중됐고 언론의 추측 기사도 만발했다. 대체로 후보 경선을 앞둔 만큼 관리형 대표가 필요하고 여기에는 이한동 씨가 가장 가능성이 큰 것으로 보도되었다. 그러나 본인은 후보 자격이 없는 관리형 대표에는 관심이 없는 것으로 보도되기도 했다.

3월 12일 청와대 요청으로 김 대통령과 단독면담을 했다. 김 대통령은 나에게 당대표를 맡아달라고 말했고 관리형 대표라는 말은 전혀 없었다. 나는 그 자리에서 응낙했다. 다음날 청와대의 대표인선 발표가 나오자 난리가 났다. 그야말로 전혀 예상치 못한 인선이었기 때문이다.

그동안 청와대 관계자는 차기 대표는 경선 관리가 주 업무이기 때문에 후보될 사람은 제외될 것이라고 시사해왔고, 또 주로 이한동 씨가 물망에 올랐지 나는 별로 거론되지 않았다. 나는 감나무 밑에 앉아 있다가 뜻하지 않게 떨어진 감을 받아먹은 것 같은 모양새가 되었고 당내의 다른 후보군과 민주계는 격렬하게 반발했다. 특히 유력한 대표 후보로 거론됐던 이한동 씨의 반발이 거셌다. 그는 이회창 씨는 대통령이 지명한 것이지만 자신은 국민이 지명한 정신적 대표라고까지 단언했다.

이 정권의 적장자라고 할 수 있는 민주계의 반발도 컸다. 최형우 씨 같은 자파세력의 리더를 제쳐두고 외부에서 들어온 나와 같은 무리도 세도 없는 사람이 대표가 되는 것은 참으로 받아들이기 어려운 일이었을 것이다. 그들에게는 정권을 창출한 김 대통령에 이어 차기도 자신들이 맡아야 한다는 기득권 의식 같은 것이 있었다.

이한동 씨와 민주계는 이한동 기용설이 나왔을 때 내가 당대표와 경선후보 분리론을 주장했다면서 대표 수락은 기회주의자와 같은 행동이라고 비판했다. 이 점은 그 후 야당이나 언론까지도 나를 비판, 공격하는 빌미가 되었고 나로서는 억울한 일이므로 바로 잡고자 한다. 문제된 나의 발언은 일부 언론에서 '이회창 측'이라는 애매모호한 표현을 써서 내가 그런 말을 한 것처럼 보도한 데서 비롯되었다. 나는 그런 발언을 한 일이 없고 그 보도 후 주변사람들에게 말조심까지 시켰던 것이다.

그러면 김 대통령은 왜 나를 지명했을까. 당시는 대통령 둘째아들 김현철 씨가 얽힌 한보사태가 터져 정치권이 크게 요동치고 있을 때였다. 영입파인 이홍구 씨를 대표로 내세워 노동법 개정안을 강행 처리했듯이 이번에는 역시 영입파인 나를 내세워 한보사태를 정면돌파하려고 한 것이 아닌가 짐작할 뿐이다.

나는 한보사태는 재조사하고 법대로 처리해야 한다는 것을 강조해왔다. 그래서 일부 언론에서는 김 대통령이 난국 상황에서 고군분투하기보다는 어느 정도 국민의 지지도를 갖고 있는 나를 내세워 그동안 내가 내놓은 달갑지 않은 해법조차도 받아들여야 할 부담을 안으면서도 난국을 정면돌파 하려는 승부수를 던진 것이라고 평했다.

어찌됐든 다른 대선 후보들과 당내 민주계 세력의 반발, 한보사태 등의 상황으로 보아 당대표의 길은 가시밭길일 수밖에 없다는 예감이 들었지만 기왕 정치를 할 바에는 이런 정도의 모험은 극복해야 된다고 생각해 그 자리에서 응낙했던 것이다.

나는 김 대통령이 나에게 다른 후보군보다 유리한 프리미엄을 주기 위해 대표로 지명했다고는 생각하지 않았다. 또 김 대통령은 그럴 분도 아니다. 한보사태는 제 자식 감싸기가 아닌 '법대로'의 기초 위에서 돌파하려고 하면 여러 가지 인연으로 연결된 민주계나 민정계 출신보다도 자화자찬 같지만 고집과 돌파력을 가진 영입파인 내가 적격이라고 생각했을 것이다.

우선 신임대표로서 당직을 개편해야 했다. 나는 당내 역학구도로 보아 사무총장은 민주계가 맡되 노동법 개정 파문으로 책임지고 물러난 전 지도부 인사는 배제한다는 원칙만 세우고 대통령과의 주례회동에 들어갔다. 대통령은 자신의 견해를 말하지 않고 먼저 나의 의견을 물어서 위에서 말한 원칙만을 이야기했다. 그런데 김 대통령은 사무총장으로 서청원 전 원내총무를 시키면 어떠냐고 물었다. 아마도 노동법 개정의 악역을 맡은 그를 배려하고 싶은 심정이었을 것이다.

나는 서청원 씨와는 좋고 나쁜 감정이 전혀 없었다. 오히려 내가 국무총리로 있을 당시 그가 정무장관으로서 보인 적극성과 능력을 높이 평가하고 있었다. 그러나 노동법 개정안 강행 처리에 대해 책임지고 사퇴한 전 지도부의 서청원 씨를 새 사무총장으로 기용한다는 것은 명분이 없으므로 그 대신에 박관용 씨를 임명해 달라고 요청했다. 김 대통령에게 지금 박관용 씨한테 전화를 걸어 통보해 달라고 거듭 떼쓰다시피 말했다.

박관용 씨는 대통령과의 전화에서 처음에는 완강히 사양했으나 결국은 응낙했다. 정치 신인이고 이 정권의 주류인 민주계와는 전혀 연관이 없는 내 밑에서 사무총장을 한다는 것이 얼마나 힘든 일인지 짐작되기에 그가 응낙해준 것은 정말로 고마웠다. 원내총무에 박희태, 정책위의장에 김중위, 그리고 대변인에 이윤성 의원을 선정해 임명했다.

대표 끌어내리기 전쟁

나에 대한 당총재의 대표 지명은 그 후 전국위원회에서 만장일치로 의결되어 확정되었다. 총재의 대표 지명에 대한 반발은 이제 잠잠해지려니 생각했다. 그러나 그것은 순진한 생각이었다. 얼마 지나지 않아 대표 끌어내리기 전쟁이 시작되었다.

일부 후보군과 민주계 쪽에서 내가 대표 자리를 자진사퇴해야 한다고 압박하기 시작했다. 후보가 될 사람이 대표를 맡는 것은 그 자체가 불공정하니 스스로 사퇴하라는 것이었다. 이것은 참으로 기이한 논리였다. 대표 지명이 불공정하다면 지명을 한 당총재, 즉 대통령에게 지명을 철회하라고 대들어야지 대통령에게는 아무 소리 못하고 왜 나한테 자진사퇴하라고 야단인가.

또 불공정 시비도 틀린 말이다. 국가수반의 중임제를 채택한 나라에서 현직을 가진 채 재선에 임하는 것이 불공정하다 하여 사퇴해야 한다는 말을 들어본 일이 없다. 우리나라에서도 중임제인 지방자치단체장들은 현직을 가진 채 재선에 임하고 있다. 무엇보다도 3당 합당 후 민자당 총재가 된 김영삼 후보도 총재직을 가진 채 대선 후보 경선에 나섰는데 이것도 불공정 경선이었던가?

그런데도 당내의 일부 후보군과 민주계 등 이른바 반이(反李)세력들이 끈질기게 때로는 집단적으로 대표 사퇴론을 주장하면서 일종의 노이즈 마케팅을 해대니 나의 대표 취임 초의 당은 분란에 휩싸인 것처럼 보이게 되고 이런 분란은 내가 대표를 사퇴한 7월 경선 직전까지 계속됐다.

TV 토론에서도 대표 사퇴론이 큰 이슈거리였다. 어느 TV 토론에서인지 패널로 나온 모 교수가 나에게 "민주주의는 다수결인데 대표 사퇴를 주장하는 다른 후보들의 목소리를 무시하는 것은 당내 민주화에 배치되는 것이 아닌가?"하고 물어왔다. 나는 기가 막혔다. 민주주의를 가르친다는 교수조차 이런 질문을 하다니. 나는 즉각 역습했다. "그러면 만일 다른 후보들이 나에게 경선 후보를 사퇴하라고 요구해오면 사퇴해야 하는가. 이것이 민주주의인가" 그는 말문이 막혔다.

이러한 분란은 신한국당 자체의 구조와 세력 판도에 원인이 있었다.

신한국당은 민정당, 민주당, 자민련의 3당합당으로 탄생한 민자당을 총재인 김영삼 대통령이 집권한 후 신한국당으로 개명한 정당이다. 대통령이 총재를 겸하고 당대표에는 민정계 출신인 김윤환 씨가 자리 잡고 있으나 실제 당무는 민주계 출신인 사무총장을 통해 김 대통령이 장악 총괄했다. 민주계와 민정계 그리고 김종필 씨의 공화계가 힘을 합쳐 문민 정권을 창출한 것이지만 김 대통령이 기반이었던 민주계는 자신들이 정권 창출의 적장자라는 주류 의식과 기득권 의식이 강했다. 3당 합당의 구도는 그 후 김종필 씨가 탈당해 자민련을 창당하면서 깨어졌는데 이때 김종필 씨 쪽에서는 당내의 민주계가 김종필 씨를 축출한 것이라고 비난했다.

민주계의 지도급 인사들은 차기 정권 창출도 민주계의 인사 또는 민주계가 지원하는 인사를 대선 후보로 만들어 주도해야 한다고 생각했다. 최형우, 김덕룡, 이인제 등 대선 후보군도 쟁쟁했다. 김영삼 대통령도 같은 생각이었는지는 속단할 수 없다. 당시 대통령은 어느 한쪽을 편드는 것 같은 행동이 권력 누수를 앞당길 수 있는 위험한 행동이라고 생각하여 중립적 태도를 취했던 것으로 추측할 뿐이다.

나는 민주계와 악연은 없었다. 오히려 개인적으로 좋아하는 인사들도 있었지만, 감사원장과 총리 시절 김영삼 대통령과 대립하고 충돌한 일 때문에 나를 불편하게 생각하는 민주계 인사들이 있었던 게 사실이다. 이런 시점에 내가 대표로 지명되고 주요 당직인사에서 대통령이 처음 거명했던 서청원 씨 대신 박관용 씨를 사무총장으로 임명하자 민주계 핵심은 기분이 상한 듯했다.

무리와 세력들이 판치는 방목장 같은 정당에서 나는 무리도 세력도 없이 필마단기로 들어온 행객이지만, 어느 세력의 등에 업혀 꼭두

각시 노릇이나 하는 허수아비 대표를 할 생각은 전혀 없었다. 일단 대표가 된 이상, 어떻게라도 내 철학과 신념으로 당을 이끌고 싶었다.

민주계는 내가 대표로 지명되기 불과 이틀 전에 대선 후보군의 유력주자인 민주계의 최형우 씨가 뇌출혈로 쓰러져 정신적 타격을 받은 상태였다. 그런데 내가 대표로 지명되자 민주계는 다시 정신적 충격을 받은 것 같았다. 일부 언론은 민주계가 안방을 내주고 비주류로 전락하는 게 아닌가 하는 위기의식을 갖게 된 듯 하다고 보도했다. 또 다른 언론은 일종의 공황상태에 처했다고 보도하기도 했다.

신상우 씨 등 3선 이상 의원 13명이 모여 '민주화 세력 모임'을 만들어 민주화 세력 규합을 선언하고 그 후 '정치 발전 협의회(정발협)'로 확대 발전시켰으며, 나중에는 민주계 초 재선 의원이 주축이 된 '시월회'까지 흡수해 당내 최대 계파 조직이 되었다. 정발협의 실세는 공동의장인 서석재 씨와 간사장인 서청원 씨였는데 정발협을 당내 반이회창 세력의 주축으로 이끌었다.

정발협은 그 후 권역별 시도지부와 시군구 단위 연락 사무소 등 지방 조직까지 구성하면서 당내 당과 같은 세력권을 형성하고 자파가 지지할 대선 후보를 선정하기 위한 대선 후보들의 정견 발표회를 주재하겠다고 까지 나섰다. 그야말로 당의 공조직이 형해화될 판이었다.

그러면서 나에게 불공정을 이유로 대표직을 사퇴하라고 강하게 압박했다. 당무회의는 때때로 정발협의 서청원, 서훈 의원 등이 격렬하게 대표 사퇴를 요구하고 이에 대해 다른 의원들이 반격하는 격전장이 되곤 했다. 이런 정발협의 반발에도 당내에 나에 대한 동조세력이 확산되고 정발협으로부터 이탈하는 사람이 늘자 정발협의 공격은 더욱 거세졌다.

대표 사퇴를 요구하는 지역구 위원장들은 집단 서명운동을 벌이겠
다고 하고 또 대표 교체를 위한 전국위원회 소집도 요구하겠다는 등
그야말로 물불 가리지 않고 총공세를 펴다시피 했다.

이것은 마치 김 대통령이 나를 나무 위에 올려놓았는데 대통령의
수하들인 민주계가 나무를 흔들어대는 꼴이었다. 나는 이것이 김 대
통령의 뜻이었다고는 믿지 않는다. 한보사태 등 난국 속에서 나를 일
할 수 없게 만들어 김 대통령이 덕 볼 게 없지 않는가.

다만 이런 사태를 조기에 대통령이 나서서 수습해주기를 기대했으
나 그렇지 않았다. 주례보고 시에 김 대통령은 나에게 대표 중심으로
단합할 것을 강조하곤 했으나 정발협은 대통령의 이 말은 대표에 대
한 립서비스일 뿐 본심이 아니라는 식으로 물 타기를 했다. 이 시기가
정치인이 된 나로서는 처음 겪는 전쟁이어서인지 가장 어렵고 힘들
었다.

정치판에서는 서로 싸우면 어느 쪽이 옳고 그른지를 떠나서 일단
이전투구가 되고 만다. 언론도 처음에는 책임 있는 쪽을 비판하지만
싸움이 길어지면 양쪽을 다 이전투구로 몰아친다. 나는 대법관, 감사
원장, 국무총리를 거쳐 정치에 입문하기 전까지 대쪽이니 법치주의
화신이니 하는 분에 넘치는 평을 받아왔지만, 정치에 발을 들여놓은
뒤 그야말로 개판인 정치판에서 대쪽이나 법치주의 이미지를 지키기
는 어렵다는 것을 실감했다.

상대방이 싸움을 걸어 진흙탕에 끌어들이면 대쪽이고 뭐고 진흙
묻은 개 꼴이 될 수밖에 없었다. 그렇다고 내가 나의 대쪽 이미지를

지키기 위해 누구와도 싸우지 않고 현실과 동떨어진 법과 정의만을 읊조린다면 나는 정치에 들어올 필요도 없고 들어와서도 안 되는 것이었다. 정치에 들어온 이상 때로 진흙탕에 뛰어들어야 하며 내가 지닌 법과 원칙의 신념을 지키기 위해서도 필요하다면 진흙을 뒤집어써야 한다는 것을 깨달았다.

나는 원래 강골이 아니다. 싸움을 좋아하지 않으며 가급적 피하고 싶어 한다. 하지만 나는 아버지의 영향 때문인지 어릴 때부터 내가 옳다고 생각하는 일을 관철하기 위해 필요하다면 싸워야 하고 이를 피하는 것은 비겁하다는 생각이 머리에 박혀 있었다.

초등학교 때부터 전학을 자주 다녀 전학할 때마다 새로운 환경과 무리에 맞닥뜨려야 했다. 그때마다 나는 왕따를 당하지 않기 위해 무리에 복종해 그 일원이 되기보다 적극적으로 내 개인의 입지를 만들어 나의 자존심과 존재감을 지키고자 했다. 그를 위해 때로는 주먹질의 싸움도 마다하지 않았으며 때로 때려주기도 하고 또 얻어맞기도 했다.

정치에 들어와 처음 맞닥뜨린 당내 민주계, 정확하게는 정발협과의 대립이 처음에는 매우 당혹스러웠지만 나는 곧 이 싸움에서 물러설 수 없다는 것을 깨달았다. 어찌되었든 나는 대표가 된 이상 당을 통솔해나갈 책무가 있는데 정권 창출의 주역이었던 민주계가 나를 가로막고 서서 대표자리에서 끌어내리려 하는 것이다. 이에 굴복하면 나는 정치를 할 능력이 없다고 할 수밖에 없다. 아마도 민주계는 아무런 세력이나 무리도 없이 정치에 들어온 나를 오로지 김심(金心)에만 기댄 정치 초년생쯤으로 보고 압박하면 길들일 수 있다고 잘못 생각하지 않았을까.

나는 건전한 당 운영을 위해서는 먼저 당내 당이 되어가는 정발협과 맞서 그들을 해체시키기로 결심했다. 결코 그들의 요구대로 타협하지 않으며 개별적으로 포섭해 와해시키기로 마음먹었다.

그러는 동안 6월 17일 당내 민정계가 민주계의 정발협에 맞서 '나라회'를 구성했다. 이 '나라회'의 구성은 나와는 아무런 관계가 없었다. 나라회는 일단 중립을 표방하고 나섰고 민정계 중에는 반이 세력에 속하는 이한동 씨 계도 포함되어 있기 때문에 반드시 나의 지지세력이라고는 말할 수 없었다. 또 나도 '나라회'에 대해 중립적인 관계를 유지하기로 했다. 당내 대립적인 두 개의 세력이 형성된다는 것은 바람직한 일이 아니었다.

나는 6월 하순경 김영삼 대통령과의 면담 자리에서 정발협의 문제점을 보고하고 해체를 강하게 요구했다. 김 대통령은 입맛을 다시면서 정발협의 행동이 못마땅한 듯한 표정을 보이고 '알았다'고만 했다. 하지만 그 후 정발협은 전국지부 조직을 결성하고 대표 경질을 위한 전국위 소집을 주장하는 등 막나가는 모습을 보였다. 나는 김 대통령과 담판을 짓기로 결심했다.

나는 6월 말경 주례회동 때 김 대통령에게 정발협이 지방조직까지 만들어 당의 공조직을 형해화시키고 있는데 맞서 민정계가 주축이 된 '나라회'가 조직되었으니 이렇게 가면 당은 깨질 수밖에 없다, 민주계가 대통령 말밖에 듣지 않으니 대통령께서 정발협의 해체를 지시해 달라고 거듭 강력하게 요구했다. 그러나 그 뒤에도 정발협은 여전히 활동을 계속했다. 내가 대표직을 사퇴한 7월 1일 마지막 주례회동 때 다시 한 번 대통령에게 정발협의 해체를 집요하게 요구했다.

나는 김 대통령에게만 의존하지 않고 정발협 소속 의원들을 개별적으로 포섭했다. 1997년 대선이나 2002년 대선에서 나를 위해 헌신적으로 노력해준 많은 인사들이 이때 왔다. 그 후 정발협은 자체의 지지후보 선택을 포기하는 등 내분에 휩싸였다가 김 대통령의 해체 지시로 7월 7일 서청원 간사장이 사퇴했다.

김 대통령의 회고록을 보면 서청원 간사장에게 즉시 해체하라고 지시해 서 간사장이 7일 저녁에 사퇴함으로써 정발협이 해체된 것처럼 기술하고 있으나 이 부분은 사실과 약간 차이가 있다.

7월 7일에도 서석재 공동의장은 7월 21일 전당대회에서 이회창 후보가 1위를 할 경우 2위로 경선투표에 올라간 후보를 지원하는 방안을 정발협에서 추진 중이라고 발표했다가 7월 10일에 이르러서야 경선에서의 중립을 선언하고 중립지대에 머무르겠다고 말했으나 그 후 유야무야되면서 사실상 해체의 길을 밟게 된 것이다.

대표 끌어내리기 전쟁에서의 나의 상대는 민주계의 정발협뿐만이 아니라 다른 대선 후보군도 있었다. 대표 지명 직후 다른 대선 후보군 중에서는 특히 이한동 씨가 강하게 반발한 정도였으나 날이 갈수록 나의 노력에도 김윤환 씨를 제외하고는 반이 세력화되어 갔다.

후보군 중에는 내각제 문제를 거론하면서 권력 구조 개헌을 위해 야당 총재와도 만나겠다는 주장, 또 당 구조를 집단 지도체제로 개정하자는 주장 등이 나왔는데 이와 같이 권력구조와 당 구조 개편론이 제기되자 내각제 개헌론을 주장하던 자민련이 적극 호응하고 나섰다. 당내 민주계 일부에서도 동조하는 움직임이 생겼다.

권력구조의 문제, 특히 내각제의 당부(當否)를 떠나서 대선을 코앞에 둔 시점에서 권력구조 개헌을 하자고 나서는 것은 말이 안 되었다. 나는 대표를 제쳐두고 야당 총재들과 만날 수 있다는 식의 개헌론은 대표 흔들기에 다름 아니라고 보았고 언론도 이러한 개헌 발언 배경은 이 대표에 대한 견제라고 보도했다. 나는 이에 대해 단호한 입장을 보일 필요가 있다고 생각해 한마디로 이 시기에 개헌 논의는 적절하지 않다고 잘랐다. 그 후 김 대통령도 개헌론에 반대한다는 뜻을 밝힘으로써 개헌론 소동은 가라앉았다. 그 후에도 대선 후보군은 줄기차게 대표 사퇴론을 주장하면서 나를 압박했다.

사실 나를 대표로 지명한 건 대통령인 만큼 다른 후보들의 자진사퇴 주장이 옳다면 대통령이 나를 사퇴시키고, 만일 자퇴론이 옳지 않다면 그들을 자제시켜야 할 터인데 대통령은 그저 수수방관하는 태도여서 그 뜻을 가늠하기 어려웠다. 그래서 김 대통령에게 당내 후보군들을 직접 만나서 조정해 달라고 요청했고, 김 대통령은 이를 받아들여 5월 29일 청와대에서 이홍구, 이수성, 김윤환, 이한동, 박찬종, 최병열, 김덕룡, 이인제, 그리고 나를 포함해 아홉 명의 후보군과의 오찬회동을 열었다.

그런데 이 오찬회동의 분위기가 처음부터 이상하게 흘렀다. 내가 대표 사퇴문제를 대통령에게 조정해 달라고 요청해 모인 회동의 자리인데도 대통령은 그저 경선의 페어플레이와 결과승복에 대해서만 말하고 대표 사퇴 문제는 전혀 언급하지 않았다. 오히려 후보 중에서 당대표는 당경선의 심판인데 경선에 참여하는 것은 불공정하니 내가 대표를 사퇴해야 한다고 주장하고 나섰고 그중에는 대표 사퇴는 이 대표

양식(良識)의 문제라고까지 몰아붙이는 발언을 한 사람도 있었다.

나는 당대표는 경선의 심판자가 아니며 대표직 사퇴는 내가 결정할 일이니 맡겨달라고 말했고 김윤환 씨만이 나에게 동조하는 발언을 했다.

이수성 씨가 김 대통령의 의견을 구하자 김 대통령은 대표 사퇴 문제는 이 자리에서 언급하지 않겠다면서 오늘은 그 문제로 모인 것이 아니라고 피해버렸다. 나는 기가 막혔다. 처음부터 대통령의 언동이 이상하게 느껴졌는데 일이 이상하게 꼬여버린 것이다. 나는 지금도 김 대통령이 왜 그랬는지 알 수 없다. 결국 대표 사퇴 문제는 나중에 후보군이 따로 모여 논의하기로 하고 회동을 끝냈다.

나는 쇠뿔은 단숨에 빼랬다고 이틀 뒤인 5월 31일에 여의도 전경련 회관에서 후보군과 만찬 회동을 갖고 사퇴 문제를 결말 짓기로 했다.

이날의 회동은 참으로 가관이었다. 8명의 후보군 중 김윤환 씨는 나의 결정에 맡기자는 의견을 말한 뒤에 약속이 있다면서 일찍 나갔고, 김덕룡 씨는 별로 발언을 하지 않았다. 나머지 사람들이 그야말로 나를 에워싸다시피 앉아 파상적으로 대표직을 사퇴하라고 윽박지르다시피 했다. 나와 나머지 후보군과의 일대회전(一大會戰)이라고 할만했다. 박관용 사무총장이 배석했으나 박 총장은 공정경선관리의 책임을 지고 있어 나를 편들어 발언할 수 없었다.

나는 처음에는 예의를 갖추어 그들을 대했다. 내가 지금까지 공정하게 대표직을 수행해왔고 앞으로도 그러려고 하니 대표직을 사퇴하는 문제는 나를 믿고 맡겨달라고 했다. 그런데도 나에게 사퇴 시기를 지금 밝히라는 등 강하게 압박해 오는 데에 모욕감을 느꼈다. 나는 대표로서 포용과 화합을 위해 참을 만큼 참아왔지만 나의 결심은 단호했다. 나는 일관되고 인내심 있게 세 시간 반 동안 계속되는 그들의 요구에 대표 사퇴 문제는 여러분이 강요한다고 될 일이 아니라 내가 스스로 결정할 문제이고 결정되면 알리겠다고 대답했다. 그런 후 나는 벌떡 일어나 이제 이야기는 나올 만큼 나왔고 내 뜻은 충분히 말했다고 잘라 말하고 회동을 끝내겠다고 선언하고 일어서자 난리가 났다. 이대로 끝내면 방 밖에서 기다리는 기자들에게 무엇이라고 설명하느냐는 것이다. 결국 언론에 어떻게 비칠지가 더 걱정거리였던 것이다. 나는 "오늘 나온 말 그대로 얘기하세요"라고 말하고 방을 나와 버렸다.

내가 이렇게 장황하게 설명한 것은 지금 돌이켜 보면 내가 정치에 들어온 뒤 처음 겪은 가장 힘들었던 일이 바로 이 '대표 사퇴 소동'이었기 때문이다. 정치 입문 전에는 알 수 없었던 정치권의 적나라한 인간관계를 처음으로 겪게 된 것도 기억에 생생하다. 물론 그 뒤에 세 차례의 대선을 치러낸 일, 특히 2000년 16대 총선을 앞두고 당 혁신의 일환으로 단행한 개혁 공천의 후유증으로 김윤환 씨 등 일부 당지도급 인사들이 탈당해 민국당을 창당하고 한나라당에 격렬하게 대항해온 일 등 어렵고 힘든 일이 많았다. 하지만 신한국당 대표 시절은 정치를 모르는 신인이 필마단기로 정치로 들어와 그야말로 혈투를 벌인 시절이어서 새롭게 겪게 된 정신적, 문화적 충격이 컸던 만큼 더 힘들게 각인된 것 같다.

사실 후보군 모두 나와는 생소한 사이가 아니며 일부는 친밀한 관계라고까지 말할 수 있었다. 이홍구 전 총리는 나와는 고교 동기동창으로 친하게 지내온 사이이고, 이한동 전 대표는 법관시절 한 사무실에서 함께 근무한 일도 있고 가끔 포커도 함께 즐긴 사이였다. 이수성 씨는 법대학장 시절부터 서로 존경하는 지기로서 주석 형법 각칙이라는 책의 저작에 함께 참여한 일도 있었다. 그밖에 박찬종, 이인제 씨 등도 친분은 없지만 정치 입문 전부터 알고 지낸 사이이다. 김덕룡 씨는 민자당 사무총장 시절 국무총리를 사퇴하고 칩거 중이던 나를 민자당 서울특별시당 후보로 영입하려고 설득하는 등 애쓴 인연이 있다.

그러나 대표 사퇴 전쟁을 치르면서 김윤환 씨를 제외한 이들이 나를 비판하고 압박하다시피 하는 모습을 보고 정치란 이렇게 다툴 수밖에 없는 것인가 하는 비감한 생각이 들기도 했다. 이 점은 아마 서로 마찬가지로 느꼈을 것이다. 다른 후보군은 그들대로 나에게 불만이 있었을 것이다.

이즈음 주변에서는 나에게 "그까짓 대표 자리 그냥 주어 버리세요. 그것 아니라도 충분히 대선 후보가 되실 수 있어요"라고 말하는 의원들도 있었다. 그러나 나는 생각이 달랐다. 대선 후보가 되기 위해 대표가 된 것이 아니거니와 명분이 없는 자진사퇴론에 굴복하는 것은 기싸움에서 밀리는 것이라고 생각했다. 정치판에서는 서로 자기가 옳다고 믿는 바를 고집하다보면 서로 양보하기 어려운 기싸움이 될 때가 있다. 조금이라도 스스로 100퍼센트 옳다는 확신이 서지 않을 때는 기싸움은 절대로 해서는 안 되지만, 만일 옳다고 확신이 선다면 쉽게 양보해서는 안 되며 단호하게 관철해야 한다. 정치판에서 어설프게 타협하고 자기 입장을 바꾸게 되면 다른 일에서도 밀리고 결기와 과단성이 없는 정치인으로 낙인찍히게 된다.

나는 그 후에도 이 원칙을 가슴에 새겼다. 옳다는 확신이 서지 않는 일에는 기싸움을 벌이지 않았다. 상대방의 말에 일리가 있을 때는 양보하고 타협했으며 일단 정한 결론도 그 뒤 옳다고 생각되는 이론(異論)이 나오면 서슴없이 결론을 바꿨다. 때로는 귀가 얇다는 말도 들었지만 개의치 않았다. 그러나 내가 옳다고 확신하는 일에는 양보하지 않았다. 고집불통이라는 말도 들었지만 밀어붙였다.

나는 1997년 7월 1일 경선 등록을 앞두고 당 대표직을 사퇴했다. 여러 차례 공언한 대로 내 뜻에 따라 내가 적절하다고 생각하는 시점에 사퇴한 것이다. 이제는 대표를 사퇴하라는 시끄러운 소리를 들을 필요 없이 마음껏 경선 운동에 몰두할 수 있다고 생각하니 마음이 홀가분했다. 그러나 이것을 놓고도 언론은 이러쿵저러쿵 억측을 했다. 마치 대표직에 미련이 있는데 어쩔 수 없이 내놓았다느니, 김 대통령으로부터 무슨 언질을 받지 않았냐느니 하는 추측이었다.

나는 웃어버렸다. 대표 사퇴의 이전투구장에서 스스로 걸어 나왔다는 홀가분한 심정을 아무리 설명해봐야 이해하지 못할 것이다.

중국 공식 방문

나는 5월 25일 중국 공산당의 공식 초청으로 중국 상해와 북경을 방문했다. 대한민국의 집권당 대표가 중국 공산당의 초청을 받고 중국을 공식 방문한다는 것은 과거의 한중 관계에 비추어 볼 때 금석지감(今昔之感)을 금할 수 없는 일이었다.

일행에는 김중위 정책위의장, 정재문 통일외무 위원장, 김태호 한중의원 친선협회 위원, 권영자 여성위원장, 이명박 한중친선협회 위원, 이윤성 대변인, 황우여 대표위원특보 등이 포함되었는데 뒷날 이 중에서 대통령과 당대표 등이 나왔으므로 가히 인재 집단이라고 할 만 했다.

5월 25일 먼저 상해로 가서 대한민국 임시정부 청사와 윤봉길 의사 거사 장소인 홍구공원을 들러본 후 곧바로 북경으로 향했다. 북경 공항에는 이숙쟁(李淑錚) 중국 공산당 대외연락부장이 영접을 나왔고 숙소는 조어대 국빈관 2호동이었다. 다음날인 26일 인민대회당으로 장쩌민(江澤民) 국가주석을 예방해 만났다.

인민대회당의 넓은 계단을 오르는데 얼핏 보니 몇 그룹의 아프리카인, 중동인 등으로 보이는 사절단 같은 사람들이 계단을 오르내리는 광경이 눈에 들어왔다. 예전 당(唐)이나 청(淸)나라 때 세계 각국의 사절단들이 중국에 와서 황제가 있던 왕궁을 드나들던 모습이 이러했을까 하는 생각이 머리를 스쳤다.

외국 사절단의 접견 장소를 장대한 인민대회당으로 잡은 것도 중화사상의 발현일까.

나는 장쩌민 주석에게 김영삼 대통령의 친서를 전달하고, 종래에 교역에 치중해온 한중경제협력을 더 발전시켜 중국내륙 지역의 자원 개발에 참여하는 등 전방위 산업협력이 필요함을 역설했다. 또한 한반도의 안정과 평화를 위해 중국이 역할해 주기를 크게 기대한다고 말했다. 장쩌민 주석도 1992년 한중수교 후 무역 분야 등에서 큰 발전을 가져왔지만 아직도 상호협력의 여지가 많고 공동으로 노력해야 할 부분이 필요하다고 본다면서 긍정적인 공감을 표시했다.

장 주석과 회견하면서 눈길을 끈 장면이 있었다. 나와 장 주석이 중앙에 나란히 앉고 나의 우측, 그리고 장 주석의 좌측에 각 수행 인원과 배석자들이 앉았는데, 중국 측 배석자들은 이숙쟁 연락부장, 다이빙궈(戴秉国) 부부장 외에 국장급 두 명이었다. 그런데 이 배석자들의 태도와 표정이 주석 앞이라고 경직되거나 주눅 들어 보이지 않았다.

장쩌민 주석은 다리를 반듯이 세우고 바로 앉아 있는데 이 배석자 중에는 국장급 사람들도 때로 다리를 꼬는 등 유연한 모습을 보였다. 반면에 우리 쪽 수행팀은 모두 다리를 바로 세우고 모범생 같은 자세로 앉아 있었다.

나는 기묘한 느낌이 들었다. 당시만 해도 중국은 전체주의 국가로 인식되고 국가주석은 예전의 황제와 같은 절대적 권위를 가진 존재로 알고 있었는데 오히려 자유 민주주의와 평등을 내세우는 한국 사람들이 더 권위 앞에 경직된 모습을 보이지 않은가. 당시만 해도 우리나라에서는 대통령 앞에서 정부각료나 당의 당료들이 다리를 꼬고 앉는다는 것은 마치 불경죄를 저지르는 것처럼 여겨지고 있었던 게 사실이다. 나는 내가 국무총리로 있을 때 대통령 연두 기자회견의 자리에서 다리를 꼬고 앉았다가 입방아에 오른 일이 떠올랐다.

나는 한국 주중대사관의 외교관들에게 위에서 본 광경처럼 중국 측이 한국보다 덜 권위적으로 보이는 이유가 무엇인지 물어보았다. 그중 한사람이 확실히는 모르지만 아마도 중국공산당이 혁명동지의 결속에서 출발했고 그래서 한때 중국군에 계급장이 없었던 것처럼 지금도 공산당 내에서는 위계질서는 엄격하지만 동지적 관계라는 의식이 남아있기 때문이 아닌가 하는 의견을 내놓았다. 그럴듯했다.

장쩌민 주석 예방에 이어 후진타오(胡錦濤) 상무위원을 면담했고 저녁에는 후 상무위원이 주최한 만찬에 초청받았다. 당시 후진타오 상무위원은 이미 장쩌민 주석을 이을 차기 국가 지도자로 알려져 있었고 그렇게 대우받고 있었다. 이것도 우리에게는 특이하게 보였다. 우리나라에서 권력자는 제2인자를 인정하지 않으려 하고 제2인자로 인식되는 일은 때로 위험할 수도 있다. 그러나 중국은 꾸준히 차세대 지도자들이 경쟁하고 길러지다가 차기 국가 지도자 급으로 선택되는 단계가 되면 사실상 제2인자로 공인되고 그 후 권력승계로 이어지는 것이다. 그래서 잘 훈련되고 다듬어진 지도자들이 권력을 승계해가는 과정은 매우 효과적인 것처럼 보인다.

그러나 우리나라와 같은 민주주의 국가에서는 가끔 느닷없이 출현한 인물이 선거 전략을 잘 써 대통령으로 당선되는 경우도 있었는데, 이런 인물들은 대체로 국가 지도자로서의 실력과 경험, 통찰력 등에 대한 검증이 안 돼 있어 대통령이 된 뒤에도 국민에게 불안감을 주고 대통령 임기의 초반을 학습에 소비하거나 국가운영에 시행착오를 거듭하는 등 값비싼 비용을 치르게 된다. 이렇게 보면 민주주의의 지도자 선택은 중국식 지도자 선택과 비교해볼 때 그 효율성이 떨어지는 것처럼 보인다.

그러나 긴 안목으로 본다면 대중 속에서 경쟁하고 선택되는 민주주의 방식이 특정 그룹이나 특정 계층에 의해 선택되는 중국식 방식보다 국민과 소통하는 안정적 방식임에는 틀림이 없을 것이다.

다만 '엉뚱한 선택'이 나오지 않게끔 선거의 질을 높이는 것은 민주주의가 풀어야 할 숙제라고 생각한다.

집권당 초유의 다수 후보 간 완전 경선

1997년 대통령 후보 선출을 위한 신한국당의 경선은 집권당 초유의 다수 후보 간 완전 경선이라는 점에서 국민의 이목을 끌었고 언론에서도 크게 보도를 했다. 완전 경선이라 함은 일곱 명의 대선 후보들이 전국을 돌면서 합동연설회를 통해 서로 자유로운 경쟁을 하고, 당총재인 대통령의 입김이나 영향력이 없다는 뜻이다.

지금의 시점에서 보면 이런 경선이 뭐 그리 대단하냐고 생각할지 모르겠다. 그러나 당시만 하더라도 여당은 당총재인 대통령의 의중에 있는 인물이, 야당에서는 당을 이끄는 당수 본인이나 당수가 지지하는 인물이 대선 후보가 되는 것이 당연한 일처럼 여겨져 왔다. 더구나 당시 야당 쪽은 국민회의 김대중 총재나 자민련의 김종필 총재 등이 뚜렷한 경쟁자 없이 독점하는 상황이었다. 이에 반해 일곱 명의 후보가 그야말로 와글와글 경쟁하는 신한국당의 경선은 국민의 관심을 독점할 만했고 야당으로서는 배가 아플 수밖에 없었다.

신한국당 대선 예비후보는 추첨 순서에 따라 ①김덕룡 ②박찬종 ③이한동 ④최병렬 ⑤이회창 ⑥이수성 ⑦이인제의 일곱 명이었다. 1997년 7월 5일 경기도 합동연설회를 시작으로 각 권역을 순회하면서 7월 19일까지 12회에 걸쳐 대의원 상대로 한 권역별 합동연설회를 갖고 7월 21일 전당대회에서 전국 대의원이 참석해 후보를 최종

이회창
회고록

선출하도록 되었다. 경선의 과정에서 몇 가지 기억나는 일만 여기에 남기고자 한다.

우선 매번 합동연설회가 열릴 때마다 시작 전에 치르는 거창한 의식이 있었다. 모든 후보가 경선 후 결과에 승복하고 불복하지 않겠다는 서약을 마치 법정에서의 증인선서처럼 대의원 앞에서 오른손을 들어 공동선서하고 서약서에 서명 날인하는 행사였다. 각 합동연설회마다 모두 엄숙하게 치르는 이 의식을 보노라면 감히 어느 누가 이런 선서를 깨겠는가 하는 생각이 들 정도였다.

그러나 뒤에 말하겠지만 이런 선서를 휴지조각으로 만들어 버리면서 대선에 뛰어든 사람이 나왔다. 이 일 때문에 그 뒤 경선 불복을 금지하는 법률까지 생겼지만 이런 경선 불복은 국민 사이에 정치에 대한 불신과 경멸감을 확산시킨 계기가 되었고 결과적으로 1997년 대선에서 당락을 좌우하는 일까지 벌어졌다.

경선 과정에는 유쾌하지 못한 일도 있었다. 선두주자라는 이유로 다른 후보들의 공격이 나에게 집중된 것은 큰 부담이었다. 심지어 나의 캠프를 향해 뜬금없는 다른 경선 후보에 대한 중상모략 문서살포와 자금 살포설까지 퍼뜨렸으나 모두 근거 없는 것으로 밝혀졌다. 나는 처음부터 타 후보에 대한 개인비방을 하지 않는다는 원칙으로 나왔지만 때로 너무 심한 공격에 대해서는 강하게 반격하기도 했다.

그런데 지금도 머리에 남는 것은 순회 합동연설회 중 어느 지역에서도 청중이 후보 개인에 대한 야유나 욕설은 하지 않았다는 것이다. 이것은 참으로 희한한 일이었다. 각 지역마다 연고를 가진 후보들이 있었다. 예컨대, 경기는 이한동과 이인제, 대구와 경북은 이수성, 부산은 박찬종과 최병렬, 호남은 김덕룡, 충청은 이회창 하는 식이다. 이런 연고자는 그 지역 연설회 때마다 청중에게 박수갈채와 환호를 더 받기는 했지만, 연고자가 아니라고 해서 야유나 비방을 듣진 않았다. 모두 진지하게 경청해 주었다. 나는 이것이 우리 정치의 큰 발전과정이라고 생각했지만 그 후 한나라당의 이명박, 박근혜 후보 경선의 현장에서 상대 후보에 대한 거친 야유와 비난이 쏟아져 나온 것을 보고 실망했다.

또 기도의 덕(?)을 본 일도 있었다. 부산 합동연설회 때 이곳과 연고가 있는 박찬종 후보에 대한 인기가 대단했다. 그가 연설할 때는 환호와 갈채가 폭발하다시피 터져 나와 부산은 이제 끝났구나 싶었다. 더구나 나는 부산 출신 국회의원 중 단 두 명 김진재, 류흥수 의원만 나를 위해 뛰고 있고, 합동연설회 전날 저녁 만찬에 부산시의원을 초청했는데 전 시의원 한 명만이 참석하는 그야말로 참담한 지경이었다.

당시에 일간지들이 각 지역 합동연설회가 끝난 뒤 오후 8시부터 11시 사이에 참석 대의원을 상대로 출구조사 비슷한 여론조사를 실시해 발표하고 있었는데 꽤 정확했다. 나는 부산에서 1등하기를 포기했지만 우리나라 제2의 도시인 부산에서 1등과 사이에 너무 큰 격차가 나오면 경선 결과에 좋지 않은 영향을 미치지 않을까 걱정되었다. 게다가 만찬에 나온 시의원 출신이 분위기로 보아 아무래도 1등은 박찬종, 2등은 이인제, 3등은 이회창인데 그 지지율도 저조할 것 같다는 비관적인 예측을 했다.

그날 밤 나는 호텔방 침대 옆에 무릎을 꿇었다. 그리고 하느님께 열심히 기도했다. "1등은 못해도 좋으니 그저 큰 표 차만 안 나게 해주

이회창
회고록

십시오."

세상에 이런 기도가 이뤄질 수 있는 일인가. 게다가 나는 평소에 기복신앙은 진정한 신앙이 아니라고 생각해 왔는데 다급하니까 무릎을 꿇었던 것이다. 다음날 아침, 방에 배달된 조간신문(조선일보)을 조심 조심 펼쳐보니 내가 23.2퍼센트를 얻어 1등으로 나와 있지 않는가! 나에 이어 박찬종 후보는 17.5퍼센트, 이인제 후보는 15.8퍼센트로 나와 있었다. 생각해보면 그때만큼 간절한 기도를 드려본 일이 없다. 아마 그래서 본선에서 떨어졌는지 모르지만.

나에 대한 반이 세력 집결은 7월 21일 전당대회 당일까지도 계속되었다.

이수성 후보의 총괄본부장을 맡은 서청원 의원의 추진으로 전당대회 전일에 이수성, 김덕룡, 이한동, 이인제의 4자연대가 결성되어 합동 기자회견을 열고 4인 중 1차 투표에서 제일 표를 많이 받는 사람에게 결선투표 시 지원하기로 합의했다고 발표했다.

전당대회 당일은 가관이었다. 대의원들이 가득 메운 대회장 안에 들어가 보니 이미 4자연대를 맺은 네 사람이 함께 장내를 돌면서 인사를 하고 열띤 박수를 받고 있었다. 나는 그들과 반대편으로 돌면서 인사를 하기 시작했고 열렬한 호응을 받았다. 이날 전당대회에서 박찬종 후보는 사퇴했다.

전당대회 대의원 1만 2,104명이 참여한 1차 투표에서 나는 41.12퍼센트인 4,955표를 얻어 1등을 했고 이인제 후보는 14.6퍼센트인 1,774표를 얻어 2등을 했다. 그러나 과반수 미달이어서 2등인 이인제 후보와 함께 결선투표를 하게 되었는데, 이때 이인제 후보 측에서 결선투표 전에 10분씩 정견 발표 기회를 달라고 요구해왔다. 이것은 전당대회 절차 규정에도 없었다. 민관식 선거관리 위원장이 나에게 결선 전 정견 발표는 대회 절차 규정에 없지만 후보 사이에 합의되면 가능하다고 하면서 의견을 물어왔다. 나는 이인제 후보 측에서 꼭 요구한다면 해도 좋다고 동의했다.

그런데 박희태 의원이 나에게 오더니 결선 투표 전 연설은 절대로 해서는 안 되니 동의하지 말라고 말리는 것이다. 당시 이인제 후보는 연설을 잘하는 것으로 정평이 나있었다. 실제로 웅변조로 아주 잘했다. 박 의원은 나와 이인제 후보가 나란히 연설 대결을 하면 내가 절대 불리하다고 보고 말렸던 것이다. 캠프에서도 결선 연설을 해서는 안 된다는 의견이 많았다. 그러나 상대방이 요구해 왔는데 피한다면 비겁하게 도망가는 것이 아닌가. 또 막판에서 대결한다면 나는 이길 수 있다는 신념과 결기 같은 것이 있었다.

연설 순서는 추첨결과 이인제, 이회창 순이 되었다. 나는 후 순위를 바랐으므로 이것은 좋은 징조였다. 먼저 연단에 선 이인제 후보는 준비해온 원고 카드를 밑에 놓고 열변을 토하기 시작했다. 그런데 내가 보기에 그는 막판 연설 대결이란 것에 상기된 듯 약간 높은 옥타브로 강한 톤으로 일관했다. "새로운 가치와 질서가 숨 쉬는 정치의 명예혁명을 완수하겠다", "미래를 위한 결단을 내려 위대한 웅비의 시대, 21세기로 나가자"는 등의 내용이었는데 그의 평소 연설보다는 호소력이 떨어진 것 같이 느껴졌다. 아마도 결선 연설이라고 긴장한 탓이리라.

두 번째로 연단에 선 나는 캠프에서 만일의 경우를 위해 준비해준

연설 초고를 연단 위에 엎어두고 즉석연설을 하기로 결심했다. 이인 제 후보와는 반대로 부드럽게 시작하면서 포용과 화합을 호소해야겠 다는 생각이 순간 떠올랐던 것이다. 이것은 큰 모험이었다. 나는 먼 저 이인제 후보가 연설을 잘한다는 청중의 선입관을 털어버리기 위 해 "나는 말 잘하는 것을 자랑하기 위해 이 자리에 선 것이 아니다. 나는 여러분에게 나의 진심을 열어 보이기 위해 이 자리에 섰다"고 시작했다.

그런 다음 뒤에 앉은 다른 경선후보 전원을 돌아보면서 한사람, 한 사람 나와의 인간관계를 언급하면서 감사하고 칭찬하는 인사를 하며 청중을 향해 "이분들을 포함한 모든 분과 함께 갈 것"이라고 선언했 다. 그리고 1차 투표의 의미를 강조하기 위해 "여러분은 41퍼센트를 얻은 후보와 14퍼센트를 얻은 후보 중 누구를 선택하겠느냐"며 다수 가 지지한 후보를 뽑아줄 것을 호소했다. 그리고 비전과 포부를 말한 후 "정직과 소신, 안정된 정치 지도력으로 여러분의 미래를 열어갈 대통령이 되겠다"고 다짐했다.

자화자찬 같지만 나는 이후로도 이런 감동적인 즉흥연설을 해본 기억이 없다.

결선 투표 결과는 투표 참가자 총 1만 1,544표 중 이회창 6,922표, 이인제 4,622표를 얻어 60퍼센트 대 40퍼센트로 나의 승리로 끝났다. 만일 내가 원고를 읽는 식의 감동 없는 연설을 했더라면 이인제 후보 의 4자연대가 효력을 발휘했을지도 모르는 일이다.

사실 내가 결선투표의 연설 대결에서 즉흥연설을 한 것은 지금 생 각해도 가슴이 서늘해진다. 연설 잘한다고 소문난 후보와의 말 대결에서 나는 죽기 아니면 살기로 덤벼들었던 것이다.

그러나 그 후 그가 경선 불복의 길을 택함으로써 나의 노력은 허사가 되고 말았다.

신한국당 경선의 의미

1997년의 신한국당 대통령 후보 경선이 갖는 가장 큰 의미는 여당에서 최초로 대통령 후보를 대통령의 의중이 아니라 당원(대의원)이 직접, 자유선거로 선출했다는 점일 것이다.

대통령이 지명한 사람을 단독 선출하던 체육관 선거 시절 후에도 대통령의 의중에 있는 인물이 선출되던 것이 여당의 관행이었다.

그래서 신한국당에서도 대선 후보군이 7~8명이 있었지만 초기에는 김영삼 대통령의 의중에 있는 사람이 누구인가가 언론의 관심거리였다. 김 대통령이 어느 자리에서 "깜짝 놀랄 만한 젊은 후보"라고 언급한 후에 그가 누구인지 탐색이 벌어졌고 젊은 이인제 후보일 것이라는 추측이 퍼지기도 했다.

그러나 다수의 후보군에 대해 언론의 여론 지지도 조사가 빈번하게 이루어지고, 여론 지지도에 따라 후보에게 힘이 붙고 머리가 커지면 대통령이라고 하더라도 함부로 제어하기 어려워진다. 후보군의 행태를 보면 초기에는 대통령의 눈치를 보고 심기를 살피는 태도를 취하다가 후반에 이를수록 점점 담대해져 청와대의 심기를 거스르는 언행도 하기 시작한다. 한보사태와 김현철 씨 처리에 관한 과정을 보면 이런 경향이 뚜렷하게 드러났다.

김영삼 대통령도 초기에는 대선 후보 선정에 개입할 듯한 언동을 보였지만 갈수록 신중해졌다. 경선 막판에는 청와대 비서실 일부 인사들의 부적절한 처신이 비판 대상이 된 일도 있다.

이번 신한국당 경선은 여러 가지 경선의 부작용에도 그 후 각 정당의 대선 후보 선출의 관행을 바꾸는 효시가 되었다. 물론 야당의 경우 국민회의의 김대중 씨나 자민련의 김종필 씨는 실질적인 경선 없이 자신들이 대선 후보로 나서는 구태의연한 행태를 보였지만 그 후로는 여야 할 것 없이 자유경선이 대선 후보 선출방식으로 자리 잡게 되었다.

그런데 일부 정치평론가 중에는 신한국당의 경선이 이러한 혁신적인 변화를 가져올 계기가 될 것을 읽지 못하고, 3김이라는 거물급 지도자들과 같은 정치력을 갖추지 못한 2류급 지도자 간의 경쟁 정도로 폄하하는 글을 쓴 사람들이 있었다. 3김 시대의 물꼬를 바꾸기 시작한 경선의 역사적 의미를 이해하지 못한 것이다. 3김 씨가 천하를 삼분(三分)하던 3김 시대의 정치에 익숙해진 시각으로 보면 3김 씨가 가부장적 통솔 대신에 다수의 후보군이나 지도자들이 자유롭게 경쟁한 경선은 뛰어난 영도력이 결여된 난장판으로 비칠지 모르지만 이것이 바로 3김 정치에서 탈피하는 첫 과정이었다는 것을 놓친 것이다.

박근혜 대통령의 임기 2년차에 야당인 새정치민주연합은 그야말로 죽을 쑤고 있었다. 당내 각 계파의 세력 싸움에다 장외투쟁 일변도의 행태로 지지도는 10퍼센트대로 추락하기도 했다. 그럴 즈음 야당 내에서 과거 김대중 씨의 지도력을 그리워하고 그를 배워야 한다는 목소리가 나왔다.

나는 한심한 생각이 들었다. 김대중 씨의 지도력은 3김 시대의 소산이고 그 시대에 통했던 것이지, 지금 다시 나온다면 김대중 대통령도 새정치민주연합에서는 버티기 어려웠을 것이다.

당시 외국 언론들은 이런 신한국당의 대선 후보 경선의 의미를 정확히 파악해 보도했다. 〈LA Times〉와 〈월스트리트저널〉 등 미국 언론과 또 〈아사히〉, 〈요미우리〉, 〈마이니치〉 등 일본 언론들은 신한국당 경선으로 대통령 후보를 선출한 것은 한국 정치에 새로운 변화의 바람이 불기 시작한 것이라는 취지로 보도했다.

그러나 내가 대선에서 실패한 뒤 정당 역사상 처음으로 다수 후보자 간에 치러진 완전한 대통령 자유경선의 역사적 의미는 무시되거나 망각되었고 더 이상 언급되지도 않는다. 하지만 3김 정치 시대의 가부장적 계승 정치를 끝내고 당내 자유 경쟁이라는 변화를 이끈 신한국당 경선의 역사적 의미는 반드시 기억되어야 할 것이다.

한편 언론들은 경선 직후 신한국당의 경선이 정당 사상 최초의 자유경선이라는 의미를 인정하면서도 경선 과정에서 터져 나온 비방과 모략선전 등으로 승리한 이회창 후보에게 돌아온 것은 상처뿐인 영광이라고 보도했다. 이것은 일면 진실이었다. 그래도 전국을 도는 후보합동 연설의 자리에서 야유나 비방, 매도의 소리가 전혀 나오지 않았다는 점만큼은 지금 생각하면 하나의 기적처럼 여겨진다.

후보들은 서로 공격과 방어에 열을 올렸지만 청중인 당원(대의원)들은 요즘에 비하면 훨씬 더 예의와 자존심을 지킬 줄 알았다. 신한국당의 경선 이후로 정당의 대통령 후보 선출은 원칙적으로 자유 경선 방식으로 진화되어 왔지만 경선 과정에서의 치열한 공방이 상대방에 대한 비방과 중상의 감정 싸움으로까지 번져 국민의 눈살을 찌푸리게 하는 현상은 오히려 심해진 것 같다.

그 후 2007년 제17대 대통령 선거에 앞서 치러진 한나라당의 이명박 후보와 박근혜 후보의 경선에서는 후보끼리의 검증이라는 명목으로 개인적 약점을 들춰내는 행태까지 보여 나는 "지독한 경선"이라고 평한 바 있다. 상대당인 민주당의 경선도 사정은 매한가지였다. 그렇게 보면 경선은 경쟁의 과열을 피할 수 없어 승리자에게는 항상 상처뿐인 영광이 될 수밖에 없는 것일까?

병풍의 회오리

김대중 후보 측에서 내 두 아들의 병역문제 의혹을 제기하자 정치권에는 큰 회오리바람이 일어났다. 이 병풍으로 대통령 선거의 판세가 바뀌었다고 김대중 후보 측이 자신했을 만큼 나나 여당인 신한국당 측에 큰 타격이었다.

솔직히 나로서는 이 문제를 기억하고 싶지 않고 언급하는 것도 기분이 내키지 않는다. 그러나 나의 정치 이력을 회고하는 마당에 중요한 선거 변수가 되었던 이 문제를 제쳐두고 넘어갈 수는 없다고 생각되어 가능한 한 해명이나 변명은 줄이고 사실 관계와 나의 생각을 위주로 말하려고 한다.

이 병풍 사건을 돌이켜 보면서 느끼는 것은 내가 정치적으로 얼마나 미숙하고 어리석었던가 하는 것이다. 나나 당은 이 문제에 대해 전혀 대비가 없었다. 생각해보면 두 아들이 모두 병역면제 판정을 받았다는 사실만으로도 충분히 의혹을 살 만하고 상대방인 새정치국민회의 측에서 볼 때는 이런 호재가 따로 없었는 데도 말이다. 그런데도 나는 병역면제 과정에 아무런 위법이 없었으므로 그들이 이를 문제화해봤자 잠시 시끄럽겠지만 충분히 대응할 수 있다고 가볍게 생각했다. 그리고 아무런 대비책도 생각해두지 않았다.

병역문제가 자식을 둔 부모들에게 얼마나 민감하고 또 폭발성이 있는 문제인지 미처 깨닫지 못했다. 참으로 내가 어리석었다.

게다가 당내에서는 치열하게 당대표 끌어내리기 전쟁을 치르다가 대선 후보 경선에 돌입했고 7월 21일자 전당대회에서 비로소 내가 대선 후보로 확정되었으므로 당에서는 구체적인 대선전략이나 상대 당의 네거티브 책략에 대비한 대책을 마련할 겨를이 없었다.

그런데 상대방인 김대중 후보 측에서는 이미 치밀하게 네거티브 전략을 세우고 이를 터뜨릴 시기만을 엿보고 있었던 것이다.

김대중 후보의 최 측근 참모였던 이강래 씨의 회고록《12월 19일》에 보면 내가 1997년 3월 13일에 신한국당 대표가 되자 깨끗하고 강직한 대쪽 이미지를 가졌기에 네거티브 선거전에 매우 취약할 것으로 보고 이때부터 병역관계 자료 수집과 선거 전략 수립을 해왔다고 말했다.

그들은 치밀하게 계획한 대로 먼저 국회본회의장에서 김영환, 천용택 의원 등이 차례로 대정부 질문을 통해 병역 문제를 제기해 쟁점화하고, 당에서는 사실관계 일부를 허위 또는 과장되게 부풀리면서 대대적인 홍보전에 열중하여 나와 나의 가족들을 난타했다.

한편 이쪽에서는 국무총리와 국방부 장관 등 관계자들의 답변을 통해 사실관계가 밝혀지기를 기다리는 것 외에 뾰족한 대응책이 없었다. 야당이 의혹 사실을 제기할 때마다 이를 부인하고 반박하기에 급급했다.

병역면제의 기본적인 사실관계는 이렇다. 큰아들 이정연은 미국 유학 중 1990년 12월 유학생 병역연기 기간 만료로 귀국해 1991년 2월 춘천에 있는 부대에 입대했는데 그때 신체검사에서 키 179센티미터, 체중 41킬로그램으로 5급 판정을 받았다. 큰아들을 포함한 20여 명이 춘천에 있는 군병원에서 4일 간 고의감량 여부를 가리기 위한 정밀관찰과 검사를 받았다. 그 결과 고의감량이 아닌 것으로 판명되고 5급 판정이 확정되어 병역면제가 되었다. 또 작은아들 이수연은 대학 재학 중에 사법시험에 1차 실패한 후 먼저 군복무를 마치기로 하고 1989년 입소했다. 당시 키 164센티미터에 체중 41킬로그램이 나와 5급 판정이 되었다가 특수층 자녀관리 대상이라 해서 4급으로 상향 조정되었다. 1990년에 방위병으로 입소했고 이때 신체검사에서 체중이 역시 41킬로그램으로 나오자 며칠 동안의 정밀관찰과 검사를 받은 후 5급 판정이 확정되어 병역면제가 되었다.

군대 가겠다고 입대한 아들들이 모두 군복무 부적격자로 집에 돌아오자 나는 걱정이 앞섰다. 첫째는 우리나라는 남북대치의 상황에서 젊은이들의 국방의무 이행에 대해 매우 엄격하고 민감하다. 특히 고위공직자 자녀들에 대해서는 특수층 자녀관리 대상자로 지정해 더욱 엄밀하게 관찰하는 정도인데 앞으로 이들이 사회생활을 하면서 군복무 미필자로 불이익을 받게 되지 않을까 하는 걱정이었다.

둘째는 이기적인 생각일지 모르지만 대법관인 내가 아들들이 모두 병역면제된 것으로 손가락질 받지 않을까 하는 걱정도 솔직히 했다.

그런데 이런 병역면제 의혹에 대한 나의 해명이 미숙했다. 처음으로 해명하는 자리인 7월 28일 한국신문협회와 한국방송협회가 공동 주관한 TV 토론에서 위에서 말한 기본적 사실관계를 이야기하고 병역면제가 된 후 여러 가지 걱정을 했지만 아들들이 정직하게 살아왔고 국가가 정한 절차에 따라 병역면제된 것이기 때문에 받아들였다는 취지로 해명했다.

그러나 이것은 '법대로 했으니 아무 잘못이 없다'는 식으로 받아들일 수 있는 매우 미숙한 어리석은 대응이었다. 사실관계가 어떻든 이번 병역문제로 인해 국민이 품게 된 의혹과 상심을 알아차렸다면 이런 식의 해명을 하기 전에 먼저 이런 문제가 불거진 것 자체에 대해 대통령을 하겠다고 나선 사람으로서 진심으로 국민께 머리 숙여 미안한 마음과 유감을 표명했어야 했다. 그 후 나는 거듭해 국민께 송구스러운 마음을 전하는 해명을 했지만 이미 돌아선 민심을 되돌리기가 쉽지 않았다.

당에서는 지금이라도 두 아들을 군에 입대시켜 국민의 감정을 달래야 한다는 주장도 나왔지만 나는 그것은 국민을 속이는 것이라고 생각했다. 지금 군에 입대할 수 있다면 그때 면제받은 것은 잘못한 일이 되고, 적법한 면제 조치였다는 내 말도 거짓말이 되지 않는가? 선거는 논리가 아니라 감성이라고 주장하지만 나는 그렇게까지 하면서 스스로를 속이고 싶지 않았다.

나와 김대중, 김종필 등 예상 대선 후보 중 줄곧 선두를 달리던 나의 지지율은 10~15퍼센트로 하락하면서 2위로 밀렸고 나중에는 3위로까지 밀렸다. 치밀한 조사와 계획으로 병풍을 제기한 김대중 후보측의 공격과 이에 허를 찔리다시피 대응한 우리 쪽의 방어는 프로와 아마추어 차이라고 할 만했다.

그들은 병역면제 판정 절차에 병적부를 변조하는 등 불법이 개입했다느니 또는 고의감량을 했다느니 하고 줄기차게 주장했지만 그런 주장을 입증하는 데는 모두 실패했다. 하지만 병역면제 문제제기로 여론의 지지율이 역전되어 김대중 후보가 나보다 앞서가기 시작했고 대선 결과까지 영향을 미치는 큰 성과를 거두었다.

다음에 말하겠지만 그들은 여기에 그치지 않고 2002년 대선에서도 김대업을 내세워 병역면제를 받기 위해 돈을 건넸다는 허위사실까지 날조해 제2의 병풍을 일으켰다. 이것도 결국 허위조작된 것으로 검찰 조사와 대법원 확정판결로 확정되었지만 이미 대선이 끝난 뒤였다.

이인제 씨의 탈당과 출마 선언

김영삼 대통령은 자신의 회고록에서 이인제 지사의 탈당을 막으려고 노력한 경위를 장황하게 설명하면서 나에게 이 지사를 직접 찾아가서 설득하라고 수차례 권고했는데도 하순봉 비서실장을 대신 보냈을 뿐 찾아가지 않았다고 했다. 그리고 말을 물가까진 데리고 갈 순 있어도 물을 먹일 수 없는 것처럼 이회창 총재 본인이 실행하지 않으니 대통령으로서도 어쩔 도리가 없었다고 술회하고 있다.

이것은 사실과 다르다. 나는 이인제 지사를 찾아가 만나고자 무척 노력했다. 우선 소재를 파악해야 찾아갈 것 아닌가? 그는 도청과 도지사 관사 그리고 행사참여 등 한시도 한자리에 머무르지 않는 것처럼 매우 활동적으로 움직였다. 한 번은 도청에 있다고 하여 찾아가려고 했는데 을지연습으로 자리를 비운다는 소식을 듣고 방문을 포기한 일도 있다.

하순봉 비서실장이 이 지사 측의 김학원 의원을 통해 만날 수 있는 장소를 주선해 달라고 요청했으나 이것도 소용이 없자 하 실장이 예고 없이 경기도청을 방문해 이 지사를 만났다. 그러자 이 지사는 자신이 만든 당 개혁안을 가지고 8월 26일 오전 당사를 방문해 나를 만나겠다고 말했다. 하 실장은 이 지사의 소재와 면담일자를 파악하기 위해 이 지사를 접촉한 것이지 나를 대신해 이 지사를 설득하기 위해 만난 것은 아니었다.

이 지사는 8월 26일 신한국당 당사로 와서 자신이 작성한 당 개혁안을 가지고 기자간담회를 먼저 가진 다음, 당후보실로 올라와 나와 비공개로 만났다. 이 지사의 개혁안 핵심은 대통령과 당 총재직의 분리였다. 당 개혁안은 나도 추진 중이므로 충분히 검토하겠다고 약속했다. 그런 후 나는 진심으로 그에게 협력을 구하고 함께 3김 시대 후의 새로운 정권을 창출하자고 말했다. 당시 미국에서 대통령으로 선출된 빌 클린턴과 부통령 앨 고어의 예를 들면서 우리도 그들처럼 대통령과 국무총리로 명콤비를 이루자고 성심을 다해 설득했다.

하지만 그는 나의 제의에는 즉답을 하지 않고 당 개혁안만 얘기하고 자리에서 일어났다. 나는 직감적으로 이 사람은 자기 갈 길을 가기로 이미 결심했구나 하는 느낌이 들었다.

이런 와중에 내 두 아들의 병역면제 의혹이 제기되고 지지율이 흔들리자 이인제 지사의 탈당과 출마설이 퍼지기 시작했다. 김 대통령은 내가 설득해야 만류할 수 있다고 말했지만 이 지사 말마따나 김 대통령과 이 지사는 정치적 부자 간이다. 아버지인 대통령의 말도 안 듣는데 내가 말한다고 말릴 수 있겠는가? 경선에서 합동연설 때마다 거듭했던 경선결과 승복의 서약은 그에게는 한낱 휴지조각에 불과했다.

그는 9월 9일 서울 63빌딩에서 대규모 집회를 열고 경기도 지사 사퇴를 공식 선언했다. 당시 당내의 반이 세력들 측에서 후보 교체설이 나돌 때라서 이인제 후보의 도지사 사퇴는 따로 출마하겠다는 의사표시였다.

나는 포기할 수 없었다. 그 다음날 63빌딩에서 이 지사와 오찬 회동을 갖고 다시 한 번 간곡하게 만류했으나 그는 매우 고민 중이라면서 2, 3일 안에 거취를 밝히겠다고 말했다. 그리고는 9월 13일 마침내 탈당과 대선출마를 선언했다.

나의 심경은 착잡했다.

신한국당 내의 민주계 핵심세력들은 후보경선 후에도 나에 대한 거부감을 버리지 않았다. 그들로서는 확실한 지역적 기반이나 조직, 세력도 없이 당에 들어와 대선 후보 자리를 틀어잡은 나에게 도무지 승복할 수 없었던 것이다.

당시 민주계 지도자의 한 사람인 서석재 씨를 서울 프라자호텔에서 만나 간곡하게 협력을 구한 일이 있다. 그때 그는 자신은 김 대통령과 한길을 가는 사람인데 김 대통령으로부터 확실한 말이 없어 아직은 움직일 수 없다고 말했다. 이것은 매우 함축성 있는 말이었다. 당시 청와대나 대통령은 대선 후보 중심으로 단합해야 한다는 메시지를 언론에 내보내고 있었지만 실제로는 관망하는 자세처럼 느껴졌다. 게다가 병역 문제가 크게 부각되면서 나에 대한 지지율이 곤두박질쳐서 급기야 이인제 지사보다 낮게 추락했고 일부 반이 측에서 후보 교체설을 들먹이기 시작했던 것이다. 상황이 이러니 이인제 지사로서는 서약이고 뭐고 출마의 유혹을 뿌리치기 어려웠을 것이다.

그가 나중에 국민신당을 창당하자 신한국당 내 대통령 직계인 민주계 핵심세력의 상당수가 동조 참여했다. 나의 후임으로 신한국당의 대표를 맡았던 이만섭 씨마저 탈당해 신당의 대표를 맡으면서 나와 신한국당에 치명적인 타격을 가했다.

전두환·노태우 전 대통령 사면 건의 소동

나는 당내 주요간부들과의 협의를 거쳐 1997년 8월 31일 전두환·노태우 전 대통령에 대한 추석 전 사면을 김 대통령에게 건의하겠다고 발표했다.

이것은 갑작스럽거나 돌발적인 착상이 아니었다. 원래 나는 대법관 시절부터 사면권의 남용은 법원의 재판에 대한 신뢰를 훼손할 수 있고, 또 사면권은 대통령의 고유권한인 만큼 함부로 제3자가 언급할 것이 아니라는 신중한 입장을 갖고 있었다. 하지만 전·노 전 대통령은 어찌되었든 우리나라의 국가수반을 지낸 분들인 만큼 사면은 시대적 화합의 정치라는 의미에서 논의해볼 만하다고 생각하고 있었고 당내에서도 찬성론이 많았다.

그런데 야당인 국민회의의 김대중 총재가 '사과와 반성'을 전제조건으로 사면을 주장하고 나왔다. 나는 8월 29일 TV방송토론회에서 사회대통합을 위해 국민 간 갈등, 불화를 씻어내는 차원에서 사면을 반대하지 않는다고 일단 운을 띄웠다. 그러자 곧바로 다음날인 8월 30일 김대중 총재는 그동안 사면의 전제조건으로 내걸었던 '사과와 반성'을 철회하고 '용서론'을 들고 나왔다.

이렇게 정치쟁점화 된 마당에 나는 여당 입장에서 대통령에게 추석 전 사면을 건의해 쟁점을 주도하기로 했고 언론에 이를 공표했던 것이다.

그런데 김 대통령은 9월 2일 언론에 지금은 사면을 할 적절한 시기가 아니라고 사면 건의를 거부할 뜻을 표명한 것으로 보도됐다.

청와대 측으로부터 사면은 대통령의 고유권한인데 여당 대표가 청와대와 사전조율도 없이 건의발표를 했다고 불만스러운 말도 나왔다. 대통령의 고유권한이기 때문에 대통령에게 '사면 건의'를 하겠다고 말한 것 아닌가. 또 '사전조율'이라지만 이것이 지금까지 당정관계에서 고질적인 당의 종속을 가져온 족쇄였다. 만일 사전조율 과정에서 청와대가 거부하면 당은 꿀 먹은 벙어리가 될 수밖에 없고, 야당의 일방적인 쟁점 주도를 손 놓고 지켜볼 수밖에 없게 된다. 일단 사면 건의를 던져보고 설령 김 대통령이 반대의 뜻을 가졌더라도 당의 사면 건의에 대해 신중히 검토해 보겠다는 정도의 모습만 보여도 야당의 쟁점 주도를 막을 수 있다고 생각했던 것이다.

나는 청와대의 반응을 보고 직접 김 대통령을 만나 그의 진의를 알아볼 필요가 있다고 생각해 긴급면담을 요청했다. 만일 김 대통령이 여야 대치국면에서 당 처지와 사면 건의를 하게 된 경위를 이해하고 당의 체면이 상하지 않게 수습할 생각이라면 좋지만, 그렇지 않고 대선 후보에게 흠이 가든 말든 칼로 베듯 당의 건의를 차버린다면 속된 말로 받아칠 각오였다.

청와대는 9월 3일 나의 대구·경북 일정 때문에 9시 이후 귀경시간에 맞춰 면담 일정을 잡아주었다. 청와대의 대통령 관저에 안내되어 접견실에서 김 대통령과 마주 앉았고 김 대통령은 와인을 한 병 내놓고 나에게 권했다.

나는 앞에서 말한 것과 같은 사면 건의의 경위를 설명하고 대통령의 의사를 물었다. 대통령이 사면 건의가 공론화된 것에 대해 나를 힐난하거나 질책하는 말은 없었다. 다만 그는 전두환·노태우 전 대통령 재판은 역사 바로 세우기를 위한 큰 의미를 지닌 사안이고 이 대표가 국민화합 차원에서 조기사면을 건의하기로 했던 일은 이해가 가지만 이 문제는 기본적으로 국민적 공감대가 형성되어야 할 일로 시간이 더 필요하다고 말하고 대통령 임기 중 적절한 시기에 처리하겠다는 취지로 말했다.

그러더니 그는 미리 써 둔 메모지를 한 장 꺼내어 오늘 회동 내용의 요지는 이런 취지로 발표하겠다면서 나에게 보여주었다. 앞에서 말한 것과 같은 내용의 요지였다. 대체로 메모 내용이 사실이고 당의 사면 건의론에 대해 대통령은 동의하지 않지만 이해했다는 내용이므로 그대로 발표해도 좋겠다고 말하고 청와대를 나왔다.

이회창
회고록

그런데 그 후 나온 언론의 보도가 이상했다. 회동 내용은 김 대통령이 보여준 메모와 비슷했으나 회동 배경에 관한 보도가 고약했다. 김 대통령이 사면 건의에 대해 대노했고 그래서 내가 긴급회동을 요청했다느니, 내가 긴급회동 후 엄청난 충격을 받은 것 같다느니, 긴급회동에서 내가 후퇴하고 머리를 숙였다느니 하는 보도였다. 이것은 긴급회동 당시의 상황과 전혀 다르고 이런 보도는 청와대의 배경 설명 없이는 나올 수 없기 때문에 매우 불쾌했지만 참았다. 그런데 그 후 김영삼 대통령의 회고록에서 이 부분에 관한 내용을 읽고 위와 같은 잘못된 보도의 근거가 바로 김 대통령 자신이라는 것을 확인한 것이다. 그의 회고록에 보면 이렇게 되어 있다.

9. 2. 밤 10시가 넘은 시각 나는 이회창을 만났다. 나는 크게 화를 냈다. '이회창 대표, 몰라도 이렇게 모릅니까. 사면을 해도 대통령인 내가 하는 것입니다. 더구나 내가 사전에 충분히 설명까지 해줬는데 이럴 수 있어요! 정신 좀 차리세요. 전두환, 노태우 두 사람은 선거가 끝난 후 내 임기 중에 사면 할 것이니 더 이상 그 말은 꺼내지 마시오.' 이회창 씨는 크게 당황해 다시는 이를 거론하지 않겠다고 약속했다. (…) 이런 엉뚱한 발상을 해낸 이회창 씨의 미숙한 정치적 판단력이 한심스럽기까지 했다.

나는 이 부분을 읽고 기가 막혔다. 어떻게 이처럼 사실과 다른 내용을 쓸 수 있는가.

회동 당일 단둘이서 화기애애할 정도는 아니지만 와인까지 나눠 마셨고 그가 나에게 화를 내거나 큰소리칠 상황은 아니었던 것이다.

이회창 총재 체제 출범

당총재인 김영삼 대통령이 9월 말경 총재직을 나에게 이양하기로 함에 따라 새로운 당체제 구축이 절실해졌다. 나는 경선 후보들과 당내 각계 세력을 모두 포용해 당직 개편을 단행하기로 했다. 이미 8월 7일에 사무총장에 강삼재 씨, 정책위의장에 이해구 씨, 원내총무에 강재섭 씨, 대변인에 이사철 씨 등을 기용했고, 중하위 당직자들은 각 계파에 관계없이 골고루 기용할 생각이었다.

그런데 핵심은 김 대통령으로부터 총재직을 이양받은 후 대표직에 누구를 지명하는가였다. 나를 경선에서 지지한 그룹 중 민정계는 경선에 크게 공헌한 김윤환 씨를 대표로 지명해야 한다는 의견이 대부분이었고, 김윤환 씨 본인도 그렇게 생각하고 있었다. 하지만 젊은 개혁그룹 일부는 이에 반대했다.

경선에서 나를 적극적으로 지지해준 것을 생각하면 당연히 김윤환 씨를 대표로 선정하는 것이 마땅할 것이다.

그러나 나는 무엇보다도 경선으로 갈라지고 흐트러진 당을 화합으로 결속하기 위해서는 차기 대표는 경쟁상대이던 경선 후보군에서 지명해야 한다는 생각을 가지고 있었다. 그래서 이한동 씨를 지명하기로 내심 정했다. 이한동 씨는 경선 과정을 전후해 나에게 몹시도 비판적이었지만 당의 화합이 최우선이었다. 그에 앞서 김윤환 씨를 이해시키는 일이 큰일이었다. 그와 조찬을 하면서 이한동 씨를 대표로 하자고 간곡하게 설득했다. 처음에는 크게 반발했지만 나중에는 그도 받아들였다.

1997년 9월 30일 신한국당은 대구에서 전당대회를 열어 새 총재로 나를 선출하고 새로운 정강정책과 당헌 당규를 확정했다. 나는 새 대표 최고위원에 이한동 씨를 지명하고 김영삼 대통령을 명예총재로 추대했다. 9명 이내의 최고위원은 총재가 지명하기로 했다.

나는 총재 수락 연설에서 "김영삼 총재의 명예로운 정치일선 후퇴는 '3김 시대'로 일컬어져 온 한 시대를 마감하고 새로운 시대의 개막을 알리는 선언으로 새로운 시대, 새로운 목표는 우리에게 새로운 주체와 새로운 방법, 새로운 과제를 요구하고 있다"고 말하고 4대 비전으로 ① 국민대통합의 정치 ② 법치주의에 의한 국가운영 ③ 제도화된 개혁의 추진 ④ 국가대혁신을 제시했다.

일간지들은 대회 분위기가 경선 후유증에서 벗어나 정권 재창출을 이루겠다는 의지를 다지는 자리였고, 이 총재는 무려 100여 차례의 박수와 환호를 받았다고 보도했다.

DJ비자금 폭로

1997년 10월 초 정형근 의원이 큰 보따리를 들고 나에게 왔다. 김대중 총재의 670억 원 비자금 자료라면서 내놓은 것을 보고 깜짝 놀랐다. 자세한 자금 출처와 보관자 그리고 수표 사본 등이 첨부된 방대한 자료였다. 정형근 의원은 우리 당의 정보통이었다. 그는 나에게 신빙성 있는 정보 자료인데 자기에게 어떻게 전달되었는지는 말하지 않겠으니 양해해 달라고 말하며, 당 차원에서 어떻게 처리할지는 총재께서 결단해 달라고 말했다. 나는 자료를 집으로 가져와 좀 더 세밀하게 훑어보았고 신빙성이 있다고 판단했다. 그 전에 박관용 사무총장 시절에 청와대에서 입수했다는 DJ의 비자금 관련 메모를 본 일이 있다. A4용지의 두세 매에 요약된 내용이었는데 정형근 의원이 가져온 자료는 그 메모의 자세한 원본처럼 여겨졌던 것이다.

이것을 폭로할 것인지를 두고 나는 매우 심각하게 고민에 빠졌다. 폭로는 곧 정치권에 폭탄을 던지는 일과 같고 김대중 총재 측과의 일대 혈전을 선포하는 것을 의미했다. 그쪽도 가만히 있지 않을 것이다. 정계에 큰 충격파를 일으키고 우리에게 유리한 국면을 기대할 수 있지만, 그 효과가 얼마나 갈지, 어떻게 진전될지는 우리나라 정치판에서 예측하기 어려운 일이기도 했다. 게다가 김 대통령에게 미리 통고해야 할지도 문제였다. 총재직을 이양받은 뒤이므로 당 차원에서 대통령의 허락을 받을 필요는 없으나 청와대에서 나온 자료인 만큼 미리 김 대통령의 양해를 구하는 것이 도리일 터이다. 하지만 당시 분위기로 봐서 대통령이 동의할 것 같지 않았다. 김 대통령은 나를 당선시키는 것보다 큰 분란 없이 대선을 관리하는 쪽에 더 신경 쓰는 것처럼 느껴졌기 때문이다.

밤새워 고민하던 나는 결국 여러 가지 이해타산을 접고 내가 지녀온 한 가지 원칙, 즉 무엇이 정의인가를 가지고 결단하기로 했다. 자료대로라면 김대중 총재의 이러한 비자금 조성과 관리는 옳은 일이 아니었다. 그런데도 그는 이를 숨기고 오히려 김영삼 대통령의 대선자금 문제를 거론하면서 대통령과 우리 당을 압박해온 위선적인 행동을 해왔던 것이 아닌가. 아무리 정치판이라 해도 이러한 거짓과 위선이 통하지 않게 하는 것이 정의라고 판단했다.

하지만 정의를 실현하는 일은 큰 용기를 요한다. 야당의 거센 반발과 역습 그리고 청와대의 반발도 예상됐고 만일 결과가 여의치 않을 때는 당내의 비주류도 들고 일어날 것 같았다. 이런 고난과 불이익이 예견되지만 나는 정의라는 한 가지 신념을 가지고 정면으로 대응하기로 결심했다. 전쟁에서는 대장의 확고한 신념이 군대의 운명을 좌우하는 법이다.

다음날 아침 일찍 강삼재 사무총장을 불러 비자금 자료를 건네주고 당 차원에서 공개, 발표할 것을 지시했다. 이에 따라 강 총장은 10월 7일 기자회견에서 DJ비자금 내용을 발표했다.

예상한 대로 난리가 났다. 김대중 총재 측에서는 "말도 안 되는 거짓말"이라고 반박하고 사실 관계를 구체적으로 해명하기보다 정치공작에 의한 날조라고 주장했다. 나는 김 대통령과 10월 9일 청와대에서 비공식 회동이 예정되어 있었으나 청와대에서는 시기적으로 미묘한 시점이라는 이유로 회동을 취소했다. 김 대통령의 불편한 심경이 느껴졌다. 나는 당원들에게 이번 비자금 공개는 단순히 상대방의 비리 폭로 차원이 아니라 3김 정치의 낡은 정치청산을 위한 것이며 우리는 혁명적 과업을 수행하고 있는 것이라고 강조했다. 이번에 한 단계 높은 정치문화를 창조하지 못하면 결국 우리 정치는 주저앉게 될 것이라고 말했다.

당은 김대중 총재를 검찰에 고발했다. 이후 한 지역 TV 토론에 나갔을 때 나는 김영삼 대통령의 1992년 대선자금 자료가 나오면 어떻게 할 것인가 하는 질문을 받았다. 자료가 나온다면 DJ비자금과 같이 성역 없이 처리할 수밖에 없지 않겠느냐고 답했다. 당시 김대중 총재의 국민회의에서는 김 대통령의 1992년 대선자금과 나의 경선 비용에 대해서도 검찰에 고발해야 한다는 말을 하고 있어 나는 원론적인 입장에서 공정한 처리를 강조했던 것이다. 하지만 언론에서는 내가 YS와의 차별화를 시도하는 것이 아닌가 하는 추측성 보도가 나왔다.

청와대 조홍래 정무수석이 "신한국당은 김 대통령이 만든 당이고 당원과 정강정책이 그대로 골격을 유지하고 있는데 거기서 이 총재가 무엇을 차별화하겠다는 것이냐? 만일 차별화하겠다면 그것은 자가당착이고 자기모순"이라고 강하게 비판하고 나왔다. 조 수석의 비판은 김영삼 대통령과의 차별화를 기정사실화한 논리여서 초점이 맞지 않았지만 김 대통령이 가진 나에 대한 강한 거부감을 보여주었다. 이러한 청와대의 반응은 당내의 반이 세력들이 들먹여온 후보 교체론을 더욱 부채질하는 결과를 가져왔다.

DJ비자금 폭로는 보기에 따라서 매우 무모한 짓처럼 보일 수도 있었다. 이것은 단순히 김대중 총재 측만이 아니라 연대를 모색하는 김종필 총재 등 야당 전체와 또 우군이 되어야 할 김영삼 총재 및 당내의 반이 세력들까지 적으로 돌릴 수도 있었다. 그러나 나는 정치목표인 3김 정치 청산, 즉 3김 정치로 틀이 잡힌 이 정치판의 구도를 깨고 우리가 주체가 되는 새로운 정치를 실현해야 한다고 생각했다. 그러려면 이런 무모해 보이는 모험도 해야 하고 이것이 곧 내 운명이라는 신념을 가지고 있었다. 나는 이것을 "혁명적 과업"이라고 표현했다. 그런데 고소장을 접수한 검찰의 비자금 수사는 지지부진하게 진행되었다.

김 대통령에게 탈당을 요구하다

나는 10월 21일 국회 본회의에서 정당 대표연설을 했다. 나는 닥치고 있던 경제 위기(그때는 아직 IMF 말이 구체적으로 나오기 전이다)에 대해 정부가 제대로 작동되지 않은 시장원리만을 내세우는 것은 기아자동차를 비롯한 대기업 사태에 대한 본질과 경제에 대한 엄청난 악영향을 외면하는 일로 무책임하다는 비판을 면하기 어려울 것이라고 말했다.

또한 구체적인 대책으로 기업의 자구 노력을 적극 지원하기 위해 한시적으로 기업이 금융기관의 차입금을 갚기 위해 소유 부동산을 양도할 때 내야 하는 특별부가세를 면제하고, 기업의 증자를 촉진하기 위해 증자소득 공제세를 부활시키겠다고 말했다.

결론적으로 "오늘 총체적 위기의 근본 원인은 3김 정치이다. 대권 위주의 선동정치, 극도의 사당화정치, 지역감정을 무한 악용하는 정치, 고비용 정치구조를 악용해 부정 축재하고 그럼으로써 고비용 정치구도를 더욱 악화시켜 온 정치로 국민을 힘들게 해왔다. 이제는 3김 정치는 20세기에 남겨두고 우리는 21세기로 새 출발하자"고 말했다.

이것은 단지 여당만이 아니라 야당을 포함한 전 국민에 대한 호소였다. 당시는 태국의 바트화 하락으로 시작된 동아시아의 경제 위기가 시시각각 우리나라에도 닥치고 있어 우리나라도 폭풍전야와 같은 위기감에 휩싸여 있었다. 그런데도 정부의 경제부총리는 전국 각지를 돌아다니면서 우리나라 경제는 펀더멘탈(fundamental), 즉 물가와 성장률, 수출 등 거시지표가 튼튼하기 때문에 크게 걱정할 것이 없다는 무책임한 말만 하고 다녔다.

경제 위기 대책에 대해서는 경제 전문가들이 여러 가지 정책을 제시하고 있었지만 문제는 정부가 위기의식을 가지고 적극적으로 필요한 개입정책을 써야 하는데도 기본적 경제지표가 괜찮다는 이유로 방관하는 자세를 취하고 있었다는 것이다. 나는 이를 무책임하다고 여겼다. 막상 경제 위기가 닥치면 여당은 여당이기 때문에 정부와 함께 그 책임을 뒤집어쓸 수밖에 없다. 실제로 그 후 경제 위기로 IMF 관리체제가 되자 야당은 여당인 신한국당과 그 대선 후보도 책임을 면할 수 없다고 공격해왔다.

당시 이런 상황에서 나는 경제 위기가 우리에게 미칠 악영향을 피부로 느끼고 있었다. 위기의 그 근저에는 경제 위기에 대한 걱정보다도 정치의 선동과 정치의 사당화 그리고 지역 패권주의에 집착하는 기성정치, 즉 3김 정치를 과감하게 깨는 개혁이 필요하다고 느꼈다. 그래서 국회본회의 대표연설은 여당의 대선 후보로서 내가 마지막으로 심혈을 기울여 국민에게 호소하는 출사표라고 할 수 있었다.

그런데 기막힌 일이 벌어졌다. 김 대통령이 김태정 검찰총장에게 DJ비자금에 대한 수사중단을 지시했고 검찰은 하필이면 내가 국회에서 대표연설을 하는 동안에 수사중단을 발표했다. 내가 의정단상에서 대표연설을 하고 있는 생중계 TV방송에 '비자금 수사중단'이라는 자막이 크게 넣어져 보도되었다. 나는 마치 대중 앞에서 뺨을 맞은 것 같은 모욕감을 느꼈다.

사전 양해 없이 DJ비자금을 폭로한 것에 대해 김 대통령이 아무리 불쾌했기로서니 그래도 집권당의 총재이고 대선 후보인 내가 국회대표연설을 하고 있는 그 시간에 수사중단을 발표하게 할 수 있는가. 이것은 김 대통령이 우리의 대선활동에 재를 뿌리는 것과 다를 것이 없었다. 나는 김 대통령과 예정된 10월 9일 회동에서 비자금 폭로에 대한 당의 부득이한 처지와 심경을 충분히 설명하고 양해를 구할 생각이었는데 앞에서 말한 대로 김 대통령은 회동을 취소해 버렸던 것이다.

김 대통령이 DJ비자금 수사를 결코 해서는 안 된다고 생각했다면 그의 권한으로 검찰의 수사를 중단시킬 수는 있겠지만, 집권당의 대선 후보를 떨어뜨릴 생각이 아니라면 그 영향을 최소화하는 방법으로 중단시키는 배려는 보였어야 했다.

당내에서 주류 측은 격앙된 모습을 보이며, 오히려 이를 위기극복의 기회로 삼자는 분위기가 지배적이었다. 김 대통령이 전두환 대통령처럼 노태우 대통령 후보에게 "나를 밟고 지나가라"고 말한 그런 자세는 보이지 못할망정 훼방을 놓는 것이 말이 되느냐고 분개했다. 반면 비주류 측에서는 검찰의 수사중단으로 김 대통령이 나를 버리는 의중을 내보였다고 해석하고 후보 교체론을 더욱 가속화할 기세였다.

나는 중대한 기로에 섰다고 느꼈다. 집권당 후보가 정치혁신의 카드로 내세운 비자금 폭로를 집권당의 대통령이 뒤엎어 버리는 것은 나에게 회복할 수 없는 타격을 가한 것이다. 대통령이 버린 집권당 후보를 국민이 어떻게 생각하겠는가. 내가 만일 김 대통령의 처사에 머리를 숙이고 복종한다면 나는 후보 자리를 지키기 위해 굴종하는 비겁자가 될 뿐이다. 그리고 이런 비겁자는 국민도 돌아보지 않을 것이다.

나는 정면으로 돌파하기 위해 김 대통령에게 탈당 요구를 하기로 결심했다. 나는 강재섭 정책특보와 하순봉 비서실장 등 몇 사람들과 협의를 했다. 강삼재 사무총장에게는 일부러 미리 말하지 않았다. 민주계인 그의 입장을 고려해서였다. 만일 그에게 미리 알리면 청와대와 민주계 측으로부터 미리 막지 못했다는 지탄을 받을 것이 뻔했기 때문이다.

나는 10월 22일 당사에서 긴급 기자회견을 열어 다음과 같은 내용을 발표했다. 우리는 타락한 3김 정치를 청산하고 새로운 미래를 여느냐, 아니면 또다시 3김 정치에 휘말려 21세기 문턱에 좌초하느냐의 갈림길에 서 있다는 것, 우리가 DJ비자금 축재 문제를 제기하고 나선 것은 구시대 부패정치 구조의 청산 없이는 이 나라의 미래가 없다는 절박한 사명감에서였다는 것, 비자금 축재 수사에는 여야가 따로 없고 나의 경선자금은 물론 1992년 대선자금에 관한 의혹도 불법이 있다면 이번 기회에 철저히 조사해줄 것, 우리 당은 철저하게 법정 선거비용 한도를 지킬 것이며 지정기탁금 제도도 전면폐지 하는 등 기득권을 포기하고 야당과 똑같은 입장에서 국민심판을 받겠다는 것 등을 말하고 우리 당의 명예총재인 김영삼 대통령이 당적을 떠나 공정하고 객관적인 입장에서 이번 선거를 관리해줄 것을 요청한다고 발표했다.

김 대통령에 대한 탈당 요구이고 나의 홀로서기 선언이었다. 나의 노선에 동조하지 않은 비주류들의 분당도 예상되었지만 나와 당의 새로운 정체성을 확립하기 위해서는 이 정도 홍역은 각오해야 했다.

특히 지정기탁금 제도는 법인 등이 야당에 대한 후원금 기탁을 기피하고 여당에 대해서만 기탁을 해와 그동안 야당에서는 지정기탁금 제도의 폐지를 요구해 왔었다. 이런 지정기탁금 제도를 여당이 스스로 포기하는 것에 대해 당내 주류 중에서도 반대가 적지 않았고 현실적이지 못한 조치라는 비판도 있었다. 하지만 그동안 우리에게 비판적이던 언론에서도 여당의 프리미엄 포기는 여야 정치권에서 집권여당으로서는 상상하기 어려운 '혁명적' 입장 전환이라는 점에서 큰 이견이 없다고 보도했다.

1997년 대선의 선거 방식이 과거와 같은 엄청난 비용이 들어가는 대규모 군중집회 대신에 TV 토론 중심으로 바뀌고 천문학적인 고비용 선거 양태를 변화시킨 것은 누구도 부인하지 못할 것이다. 그 대신 나 자신이 1997년 대선에서 낙선되는 호된 대가를 치르지 않았느냐고 반문한다면 할 말이 없다.

김영삼 대통령은 회고록에서 10월 19일 아침 김태정 검찰총장을 직접 불러 DJ비자금 수사를 유보하고 이를 즉각 발표할 것을 지시했다고 밝혔다. 김대중 씨가 부정 축재를 조사받게 되면 구속은 피할 수 없고, 그렇게 되면 전라도 지역은 물론 서울에서도 폭동이 일어날 것이며 대통령 선거를 치를 수 없게 될 것이 불을 보듯 뻔했기 때문이라고 그 이유를 설명했다.

그러나 이것은 그야말로 핑계에 지나지 않는다. 우선 대선자금 폭로가 있은 후 전라도나 서울 지역에서 폭력적인 반발은 거의 없었다. 뿐만 아니라 국민은 그 진실에 대해 궁금해했다. 검찰이 수사를 진행하면서 일단 그 진실을 밝혀내면 되지, 선거기간 중 대선 후보를 어떻게 구속한다는 말인가. 그보다도 DJ비자금 수사 중단 지시는 이 수사가 여론의 향배에 따라 1992년에 있었던 김영삼 대통령 자신의 대선 자금 조사로까지 확산되지 않을까 우려했기 때문이었을 것이다. 김영삼 대통령과 김대중 총재는 서로 너무나 잘 아는 사이가 아닌가.

나는 김 대통령에게 탈당을 요구했지만 그와의 결별까지 결심한 것은 아니었다. 당의 명예총재로 있고 당내 민주계 세력의 대부와 같은 위치에 있으면서 당의 대선 후보인 나를 도와주기는커녕 오히려 훼방만 하고 있으니 국민의 눈에 어떻게 비치겠는가.

차라리 대통령이 당을 떠나 공정하게 선거관리를 해준다면 대통령과의 관계는 머리 썩힐 일이 없고 또한 당내의 반이 세력으로 하여금 진로를 결정할 수 있게 해주는 것이 당이 환골탈태할 수 있는 계기가 될 수 있다고 생각했다.

의원들의 탈당 사태와 그 배후

국민회의 김대중 총재의 비자금 폭로와 김영삼 대통령에 대한 탈당 요구 후 나와 신한국당에 대한 여론조사상 지지도는 오히려 떨어졌다.

정당 지지도는 국민회의가 1위이고 심지어 이인제 씨가 창당한 국민신당에도 뒤져 3위였다. 후보 지지도도 김대중, 이인제에 이어 3위였다.

김대중 총재 비자금 폭로에 대해 오히려 같은 당의 명예총재인 김 대통령이 반발해 수사 유보를 지시함으로써 그 의미를 희석시켜 버렸다. 또 내가 김 대통령에게 탈당을 요구한 것이 당내의 하극상과 대립 갈등으로 비쳐졌고, 내가 병역면제 공방의 어려운 상황에서 탈출하려고 고육지책으로 비자금과 같은 무리수를 둔 것이라는 비판도 먹혀들은 것 같았다.

상황은 최악으로 치달았다. 당내의 반이 세력들은 후보 교체론으로 더욱 당을 흔들어댔다. 그들은 "정권 창출을 위한 국민연대를 만들자"느니, "구당대회를 열자"느니, 또는 "주류, 비주류가 모두 참여하는 비상대책회의를 만들자"느니 갖가지 요구를 내놓았는데 속셈은 후보 교체였다. 그런가 하면 이미 일부 비주류는 탈당하거나 이인제 신당에 참여할 뜻을 공공연하게 비쳤다.

또 한 번 내가 결단해야 할 시점이고 넘어야 할 고개였다. 탈당 사태가 일어나 당 일부가 부서지더라도 당을 지키고 나의 원칙대로 밀고 나가기로 결심했다. 어떠한 난관이나 가시밭길도 짓밟고 넘어간다는 강철 같은 신념을 다졌다.

10월 28일 이만섭 상임고문이 탈당과 의원직 사퇴(비례대표이므로 탈당하면 어차피 의원직을 상실하게 되어 있다)를 발표하고 이어서 서석재, 한이헌 등 주로 김 대통령의 직계 민주계로서 이인제 지사를 지지했던 인사들이 탈당 의사를 밝혔다. 이만섭 고문은 내가 신한국당 대표에서 물러난 후 대표 서리를 맡기도 했거니와 나와는 경선 전에 서로 상대방이 후보가 되면 밀어주자고 농담까지 나누던 사이였으므로 그의 탈당 소문은 의외였다. 그에게 전화를 걸어 무슨 소리냐고 물었더니 본인은 아직 결정한 것은 아니지만 고민이 많다고 해서 그럴 수 있느냐고 만류했었다. 그러나 결국 그도 떠나고 말았다.

그는 탈당 회견에서 "신한국당이 유례없는 파국에 직면해 있는데 대해 당의 원로로서 책임을 지고 상임고문 및 의원직을 사퇴한다"라고 말했다. 그러나 불과 5일 후인 11월 3일 다른 탈당의원들과 함께 이인제 씨의 국민신당에 입당해 그 당의 대표를 맡았다.

이미 마음이 떠난 사람은 차라리 탈당하는 것이 낫다. 당에 남아 당을 흔들어대는 것은 당을 깨자는 것밖에 되지 않는다. 당시 언론(조선일보)도 "신한국당에 남아있는 민주계 의원들은 만일 이회창 후보가 아닌 이인제 후보를 지지한다면 어서 탈당해 국민신당으로 당을 옮기는 것이 좋다. 그렇지 않고 당에 남아 현실성도 없는 '국민연대' 등을 주장하며 이회창 후보를 흔들어대는 것은 정치 도의에도 맞지 않다. 당에 남을 것이라면 자당 후보의 당선을 위해 힘껏 노력하는 게 올바른 태도이다"라고 질타했다.

그런데 이러한 탈당사태의 배후에는 김영삼 대통령과 청와대가 있다는 소문이 돌았다. 몇몇 중진의원이 김 대통령으로부터 직접 전화를 받고 이 총재를 돕지 말라는 말을 들었다는 것이다. 일부 의원들은 청와대의 정치특보나 비서실장, 정무수석 등으로부터 이 총재를 떠나 이인제를 도우라는 말을 들었다고 했다.

국민회의 정동영 대변인도 청와대와 김현철 사단의 이인제 지원설을 거론하면서 김 대통령에게 이를 즉각 중단하지 않으면 김 대통령을 국민신당의 '정신적 총재'로 간주하겠다고 까지 비판했다. 일부 언론(한겨레신문)도 사설에서 김 대통령의 이인제 지원설을 언급하면서 김영삼 대통령을 비롯한 청와대 측은 앞으로라도 행여 유권자들로부터 오해받을 수 있는 일은 극도로 삼가야 한다고 일침을 가했다.

이회창
회고록

청와대는 입으로는 선거를 공정하게 관리한다고 말했지만 나를 확실하게 낙선시키기 위해 안간힘을 쓰는 것처럼 보였다.

조순 총재의 민주당과 합당

나는 3김 중 2김의 나눠 먹기식 야합인 DJP연합을 보면서 3김 정치에 대항하는 건전하고 도덕적인 세력 간 연대가 필요함을 절실히 느꼈다. 연대의 대상으로는 조순 씨가 총재로 있는 민주당이 적격이었다.

우선 조순 총재는 기성정치에 물들지 않은 깨끗하고 도덕적인 이미지를 가지고 있고 그가 가진 경제전문가로서의 중량감은 큰 자산이었다. 그동안 이기택 씨가 이끌다가 조순 씨를 총재로 영입한 민주당은 김대중 씨 세력이 국민회의를 창당하며 떨어져 나가 당세가 줄어들어 '꼬마민주당' 소리를 들었지만, 그러기에 더욱 3김 정치에 저항하는 정치 세력의 이미지가 부각되었다.

나는 조순 총재의 민주당과 합당하면 첫째, 3김 정치의 구태인 2김 씨의 야합에 대해 3김 정치 청산의 기치를 더욱 선명히 할 수 있고, 호남과 충청이라는 각 지역할거주의 야합인 DJP연합과 차별화되게 지역주의를 탈피해 새로운 정치를 지향하는 양심적이고 개혁적인 세력의 연합으로서 국민에게 어필할 수 있다고 생각했다.

조순 총재와 개인적으로 친밀하지는 않았다. 하지만 그는 나의 고등학교 4년 선배이고 내가 국무총리로 있을 당시 한은총재로 있던 조

총재를 초청해 조찬을 함께하면서 경제 문제에 관해 의견을 듣고 자문을 구한 일도 있어 마음으로 존중하던 분이었다. 중간에 사람을 넣어 연대 의사를 타진하자 긍정적인 회답이 왔다. 11월 5일 조 총재는 나와의 2자 연대 방침을 공개적으로 밝혔다. 나는 직접 조 총재와 단둘이 만나 결론을 내기로 결심했다. 나는 처음부터 후보 단일화와 합당을 생각하고 있었다.

이런 일은 질질 끌면서 이리저리 살필수록 말이 퍼지고 될 일도 안되는 경우가 많기 때문에 큰 원칙만 정하면 두 총재가 만나 전격적으로 합의하고 발표해야 한다고 생각했다. 다행스럽게도 조 총재도 나와 같은 생각을 가진 것 같았다.

나는 11월 5일 조순 총재와 단둘이 비공개로 만나 직설적으로 후보 단일화와 합당을 제안했고 조순 총재도 흔쾌하게 응했다. 우리는 신한국당과 민주당이 당 대 당으로 합당하고 나는 대선 후보, 조 총재는 당총재를 맡기로 합의했다. 우리 둘은 큰 줄기만 합의하고 합당의 조건과 절차 등은 양당의 공동 기구에 맡겨 처리하기로 했다.

우리는 11월 8일 저녁 여의도 63빌딩 양식당에서 공개적으로 만나 합당과 후보 단일화를 공개적으로 선언했다. 그야말로 속전속결이었다.

합당한 새로운 정당의 명칭은 조순 총재의 제안에 따라 '한나라당'으로 정했고 새로운 당의 정강정책도 정했다. 양당의 인적 구성은 민주당 측의 요구를 받아들여 7:3으로 배정하기로 했다.

'한나라당'이란 이름은 처음에는 좀 어설프고 야당 쪽에서는 곧장 '두 나라당'이니 '당나라당'이니 하는 비아냥이 나왔지만 불러볼수록 나는 이 이름이 참으로 마음에 들었다. 흔히 쓰는 한문 용어로 된 규격적인 당명보다 신선하고 폭이 넓은 인상을 주었다. 조 총재는 한문학에도 조예가 깊지만 이 작명을 보고 나는 그의 균형 잡힌 감각을 알 것 같았다. 영어 명칭은 내가 'Grand National Party(약칭 GNP)'로 붙였는데 이 명칭도 마음에 들었다.

민주당과의 합당 후 나에 대한 지지율이 5.3퍼센트에서 5.9퍼센트까지 상승했는데 언론은 이것이 조 총재와의 연대 및 김영삼 대통령의 국민신당 지원 논란 때문인 것으로 분석했다. 나와 조 총재는 양당의 합당 절차가 완료되기 전에도 공동으로 활동을 시작했다.

우리는 11월 21일 대전에서 창당대회를 열고 공식적으로 '한나라당'을 탄생시켰다. 채택된 새로운 정강정책은 신한국당 것과는 몇 가지 차이가 있었다. 특히 신한국당 당헌의 전문에 있던 '역사 바로 세우기'를 삭제해 김영삼 정권과의 차별화를 분명히 했다. 전당대회에서 조순 총재를 초대 한나라당 총재로, 나를 한나라당 대선 후보와 명예총재로 추대했고 조 총재는 당대표로 이한동 씨를 지명했다. 이날 나와 조 총재는 연설에서 당이 앞으로 지향할 방향으로 30년 묵은 3김 구도와 3김 정치 청산을 역설했다.

언론은 이날 김영삼 정권과 확실히 선을 그은 한나라당 출범으로 지난 90년에 민정·민주·공화당이 만들어낸 '3당 합당 구도'는 해체되고 정치구도 개편의 전기가 마련되었다고 평가했다. 이제 우리는 사실상 여당이 아닌 정당으로 선거에 임하게 된 것이다.

그동안 김영삼 대통령과의 관계에서 겪어온 인정과 인연, 애환의 감정 관계를 돌이켜 보면서 만감이 교차했다. 난들 왜 대통령과 원만

한 관계 맺는 것을 바라지 않았겠는가. 다만 나는 남의 마름 노릇이
나 하는 정치를 원하지 않았고 대통령은 이런 내가 마땅치 않았을 뿐
이다.

IMF 외환위기와 각서 소동

김영삼 대통령 임기 말에 외환위기로 국가부도 사태가 우려되는
국가 위난이 닥쳤다. 경제 위기는 이미 감지되고 있었는데도 정부의
경제 각료들은 경제지표들이 건전하고 IMF(국제통화기금) 지원을 받
을 필요가 없다는 말로 현실을 호도해왔던 것이다.

마침내 IMF의 지원을 받아야 할 지경이 되자 김영삼 대통령은
11월 21일 나와 조순 한나라당 총재, 김대중 국민회의 후보와 자민련
박태준 총재를 청와대 만찬에 초청해 당면한 경제난국 극복 방안에
관한 의견 교환의 자리를 마련했다. 국민신당의 이인제 후보와 이만
섭 총재는 불참했다.

이 자리에서 김 대통령은 금융·외환 시장의 조속한 안정을 위해
IMF 자금지원을 받는 문제를 검토하겠다고 말하고 참석자들은 모두
그 필요성에 공감했다. 금융개혁 법안의 조속한 처리에도 대체로 의
견을 같이했다. 사실 이번의 청와대 회동은 김 대통령이 자발적으로
발의했다기보다도 IMF 측에서 임기 말인 정부와의 합의 외에 차기
대선후보들의 동의를 요구하고 있어 부득이 회동을 하게 된 측면이
강했다.

이날 회동의 분위기는 마치 내가 야당 같고 김대중 씨가 여당 같 았다.

나는 김 대통령에게 "정부가 지금까지 IMF 자금지원이 불필요하다고 공언해 오다가 이제 와서 받지 않을 수 없게 돼 국민의 자존심이 상하고 불만이 많다"고 전하고, 또 김 대통령이 APEC 정상회담에 참석하기 위해 출국할 예정인 것에 대해 비상시국이고 고통을 받는 국민감정을 고려해 출국하지 않는 것이 좋겠다고 말했다. 그러자 김 대중 후보가 나서서 "이런 때일수록 일부러라도 나갈 필요가 있다"고 김 대통령을 편들고 나섰다. 얼핏 들으면 그럴듯하게 들리지만 나는 지금도 김대중 후보의 그 말에 동의하지 않는다.

당시는 국가 부도로 나라가 결단 나는 것이 아닌가 하는 위기의식에 국민의 실망과 좌절감이 부글부글 끓어 오르고 있었고, 정부와 대통령에 대한 비난이 빗발칠 때이며 김대중 후보 등 야당은 한나라당도 여당이라는 이유로 공동책임이 있다고 공격을 퍼붓고 있을 때였다.

게다가 대선이 코앞이었다. 이런 국가의 비상시에는 대통령이 소매를 걷어붙이고 위기 극복에 앞장서는 모습을 보이고 국민 앞에 우리 스스로 힘을 합쳐 난국을 헤쳐 나가자고 진심어린 호소를 해야 할 판인데, 한가하게 APEC 회담이라는 다수의 정상들의 연례적인 회동에 나가는 게 과연 옳은 일인가. 외환위기 극복을 위해 외국을 다닐 필요가 있다면 영어로 대화도 제대로 못하는 대통령보다는 경제부총리 등 경제책임자나 전문가들이 나가야 옳을 터이다. 김대중 후보의 말은 나와 김 대통령을 이간질 하려는 것처럼 들렸다.

앞에서 말한 대로 김대중 후보는 경제난 사태는 김영삼 대통령과 신한국당의 후신인 한나라당 책임이 매우 크고 대선에서 마땅히 평가받아야 한다고 공동책임론을 주장했다. 이론상으로는 집권당인 여당은 정권과 책임을 공유하므로 정권의 실패에 대해 책임을 면하기 어렵겠지만, 당시의 한나라당은 어느 모로 보나 집권당이라고 보기 어려웠다.

나는 대통령의 실책을 한나라당 책임이라면서 대선에서 평가받아야 한다는 야당의 주장은 본말이 전도된 것으로 김 대통령이 대선 후보로 나선 것이 아니라고 반박했다. 이유야 어쨌든 김 대통령의 경제 각료와 행정부의 경제정책 운용에 대해서는 당으로서도 불만이 많고 견제도 시도했지만 소용없었던 것이 현실인데, 그 책임을 뒤집어써야 한다고 하니 정말로 억울한 생각이 들었다. 이 공동책임론은 여론 지지도에서 우리에게 불리한 영향을 미쳤다.

이렇게 대선을 앞두고 정치공방을 하면서도 마음으로는 부끄러운 생각이 들었다. 어찌되었든 나라가 이 지경이 된 것은 국가운영에 관여해온 사람들, 정치를 주도해온 사람들의 책임이 아닌가. 그렇게 보면 나나 한나라당도 그 책임을 면할 수 없는 것인데도 선거 때문에 야당과 아웅다웅해야 하는 것이 부끄러웠던 것이다.

우리는 11월 30일 긴급 당직자 회의 후 기자회견을 갖고 야당 측에 선거운동을 중단하고 즉각 국회를 소집, 금융개혁법과 금융실명제 보완 관련 법안을 정기국회 회기 중에 처리하자고 제안했다. 우리 당은 회견 직후 국민회의 및 국민신당과의 총무회담을 갖고 금융실명제 등 6개 항을 다루기 위한 3당 총무 및 정책위의장 연석회의를 갖기로 합의했다.

정부와 IMF는 12월 3일 IMF와 미국·일본 등의 협조 융자를 포함한 570억 달러를 4일 긴급 지원하기로 합의했다. 그리고 IMF는 이 합의 각서에 대해 대선 후보들의 이행보증을 요구했다. 임기 말의 정권뿐만이 아니라 다음 정권의 이행 약속도 받아야겠다는 뜻이었다. 12월 4일 재경원의 강만수 차관이 대구 유세를 가려고 김포공항에 나간 나를 급하게 쫓아와 '본인이 대통령에 당선되면 IMF 협의 내용을 협의된 대로 이행한다'는 내용이 기재된 각서를 내밀고 서명해 달라고 했다. 그런 식의 각서 요구는 국제관행에 어긋나고 국민 자존심에도 반하는 것이지만 나라가 위급한 상황인 만큼 불만을 참고 서명해 주었다.

이인제 후보도 각서에 서명했는데 유독 김대중 후보만은 각서에 서명하지 않고 별도 서면에 각서와 같은 내용을 담고 여기에 '계속적인 논의와 세부적인 협상을 통해 대량 실업 등에 따른 고통을 최소한으로 줄여야 할 것'이라는 하나마나한 단서를 붙여 서명해 주었다.

이것은 눈 가리고 아웅하는 데 지나지 않았다. 당시 진보계의 〈한겨레신문〉은 3당 대선 후보들이 변변한 저항 한 번 해보지 않은 채 '임창렬 항복문서'에 보증도장을 찍어 버렸다고 비판했다. 이런 보도가 옳고 그르고 간에 참으로 자존심이 상하는 일임에는 틀림없었다.

그런데 IMF 1차 긴급자금이 들어온 뒤에 김대중 후보는 IMF 합의 상황에 대해 재협상을 주장하고 나왔다. 이것은 바로 외국의 언론과 금융기관들의 부정적 반응을 불러 일으켰고 과연 한국 정부가 IMF 합의를 지킬 수 있겠느냐는 의혹이 일게 만들었다. 김대중 후보는 12월 6일 농협 방문과 또 12월 7일 TV 토론에서 IMF 협정을 재협상하겠다고 말하고 12월 11일 신문 가판 광고에서도 IMF 재협상을 강력히 거듭 주장했다. 이런 주장은 나라가 어찌되든 국민의 불만에 영합해 선거에서 덕을 보려는 포퓰리즘에 지나지 않았다.

나는 조순 총재와 함께 긴급 기자회견을 갖고 "대통령에 당선되면 IMF 협정을 철저히 이행함으로써 우리의 대외신인도를 회복할 수 있는 길을 트는 데 앞장서겠다"고 말했다. 제1차 긴급자금 지원 후 경제가 제자리로 찾은 듯 보이는 이 시기에 김대중 후보가 재협상론을 주장함으로써 외국 금융기관들이 한국의 신뢰성에 근본적 문제를 제기한 데 대해 강하게 비판했다. 이에 대해 김대중 후보 측은 '재협상'이란 용어를 '추가 협상'으로 슬며시 바꾸더니 IMF와의 합의사항의 기본 골격을 재협상한다는 것이 아니라 세부 내용에 대한 추가 협상을 주장한 것이라고 해명했다.

그러나 외국의 불신은 가시지 않았고 대통령과 3당 후보의 의견 일치를 재차 요구해왔다. 이에 따라 12월 13일 청와대에서 김 대통령과 3당 후보의 4자 회담이 열렸다. 김 대통령은 "IMF와 IMF를 통해 한국지원에 나서고 있는 미국, 영국, 프랑스, 독일 등 참여국들이 한국의 대선 후보들이 IMF와의 합의사항 이행에 대해 이견이 있는 것을 심각하게 생각하고 있다. 우리나라에 대한 국제신인도를 높이기 위해 정치 지도자들이 단합하는 것이 중요하다"고 말했다. 이어 임창렬 부총리가 IMF와의 합의사항을 확고히 이행하겠다는 의지를 보이기 위해 세 후보의 합의사항에 대한 지지 표명이 필요하다고 말했다.

나는 화가 치밀었다. 임창렬 부총리에게 따져 물었다. 후보들이 다시 만나야 할 정도로 요 며칠 사이에 국제신인도가 나빠진 이유가 무엇인가, 후보들의 각서가 필요하다고 하여 써줬는데도 산업은행이 기채를 못하는 사태가 일어난 이유가 무엇인가 따져 물었다. 그러자 김대중 후보가 나서서 임 부총리에게 정부가 외채 총액의 실상을 제대로 말하지 않은 것과 IMF가 제일, 서울 두 은행을 국유화해 살린 것이 시장경제에 어긋난다고 본 데서 불신 요소가 생겼고, 정부가 보유한 IMF 비밀문서가 일간지에 유출되었기 때문에 대외신인도가 급격히 나빠진 것이 아니냐고 힐난하듯 물었다. 말하자면 자신의 재협상론 때문이 아니라는 취지였다.

마침내 나는 화가 폭발했다. 나는 김 후보에게 "김 후보가 집권 후 재협상을 하겠다고 해 불신사태가 온 것이 아닌가, 김 후보가 책임지고 사과해야 한다. IMF국제금융은 피를 토할 일이지만 일단 합의했으면 성실히 준수해 대외신인도를 높여야지 왜 재협상을 주장하는가. 문제가 생기니까 추가 협상이라고 말을 바꾸는데 정치인으로서 말 바꾸기를 한 것을 솔직히 시인해야 한다"라고 고함치듯 다그쳤다. 나는 평소에 연배가 높은 김대중 후보에게 예의를 갖추어 대했으나 이때만큼은 도저히 참을 수 없었다.

김 후보는 처음에는 맞서는 듯하더니 나중에는 내일 TV 토론회에서 다시 이야기하자며 물러섰다. 내가 공식회동 자리에서 다른 사람에게 이렇게 고함치면서 화를 낸 것은 이때가 처음이었던 것 같다. 결국 그날 김 대통령을 비롯한 4자는 IMF와의 합의사항을 준수해 우리나라의 국제적 신인도를 높이고 금융시장의 조속한 안정을 위해 최선의 노력을 다하겠다는 내용의 합의문에 공동서명했다. 두 번씩 각서를 쓴 셈이고 그만큼 나라사정이 다급했다.

뒷날 김대중 후보는 대통령으로 당선되어 IMF 외환위기를 수습함으로써 IMF 외환위기 초기의 각서 소동은 역사의 뒤안길에 묻히고 말았지만 정치인은 나라를 먼저 생각하고 포퓰리즘을 경계해야 한다는 교훈을 남겼다고 생각한다.

DJP연합의 출현

국민회의 김대중 총재와 자민련의 김종필 총재 사이에 대선 후보를 단일화한다는 이야기는 일찍부터 떠돌았고 양당이 이를 적극 추진 중이라는 말이 돌았다. 나는 이념과 정치적 지향점이 전혀 다른 두 사람이 연합해 후보 단일화를 한다는 것은 순전히 선거에서 이기기 위한 뻔한 야합에 지나지 않으므로 아무리 정치 9단이라고 한들 이러한 무리수까지 두면서 하겠느냐는 회의적인 태도를 갖고 있었다.

김대중 총재는 대통령이 되기 위해 목숨까지 잃을 뻔했고 바로 전해에 있었던 총선에서 내각제 개헌을 막기 위해 국회의석 100석이 필요하다며 역설하고 다녔고, 김종필 총재는 철저한 내각제주의자로 입만 열면 내각제를 주장하면서 대통령제의 허점을 맹공격하지 않았던가.

이런 두 사람이 연합을 하면 그것은 이념이나 정치적 신념을 다 팽개치고 오직 정권욕을 위한 것에 지나지 않는다. 즉 김영삼 씨는 이미 대통령을 했으므로 다음 차례로 김대중 씨가 하고 그 다음은 김종필 씨가 하는데, 김종필 씨는 국민적 지지도나 지역적 기반으로 보아 대통령제 보다는 내각제가 더 유리하므로 김대중 씨 임기 중 내각제 개헌을 조건으로 야합한 것에 지나지 않는다고 볼 수밖에 없었다.

그런데 11월 3일 마침내 두 사람은 대선 후보 단일화와 DJP연합을 성사시키고 공동선언문을 발표했다. 나는 DJP연합은 권력 나눠 먹기이고 3김 정치의 연장 획책에 다름없다고 강하게 비판했다. 그 뒤의 일이지만 대선에서 김대중 후보는 나와는 1.6퍼센트의 차이로 대통령에 당선되었는데 DJP연합으로 인한 충청권의 지지율이 그 승리의 기반이 되었다. 전쟁에서는 이기는 것이 장땡이듯이 선거에서도 무조건 이기고 봐야 한다고 말하는 사람들은 이념이고 뭐고 간에 DJP연합을 정치 9단들의 성공한 정치라며 칭송했다.

과연 이것이 성공한 정치인가. 그렇지 않다고 생각한다. 그들이 선거에서는 성공했는지 모르지만 정치에서는 성공하지 못했다는 것이 나의 생각이다. 이 대목은 자칫 선거 패배자의 푸념처럼 들릴 수도 있어 언급을 피하고 싶지만 DJP연합에 대한 공정한 평가를 위해 내 생각을 밝혀두는 게 좋을 것 같다.

김대중 대통령은 취임하자마자 DJP연합의 약속 때문에 김종필 씨를 국무총리로 지명했으나 한나라당의 임명 반대로 곤욕을 치러야 했다. 김대중 대통령 측은 한나라당이 신임 대통령의 정부 구성을 발목 잡았다고 말했지만 처음부터 DJP연합을 반대해온 한나라당으로서는 김종필 국무총리 안을 반대할 수밖에 없었고, 이는 당연히 예상했어야 했다.

김대중 대통령 측에서는 대선에 승리함으로써 DJP연합은 국민의 승인을 받았다고 주장했지만 이것도 한나라당으로서는 받아들일 수 없는 억지 논리였다. 김종필 총재의 후보 단일화로 충청 유권자 일부가 김대중 씨에게 표를 찍어 이것이 캐스팅 보트가 되어 그가 선거에서 이긴 것은 틀림없으나 그렇다고 전국의 유권자가 DJP연합 자체를 승인했다고 보는 것은 억지였다.

국무총리 임명 지연만이 아니라 그 후의 DJP 공동정부는 앞에서 말한 바와 같이 여러 가지 불협화음이 나왔다. 특히 내각제 개헌의 약속을 둘러싼 갈등과 약속 파기의 여파 때문에 김대중 정권의 에너지 소모가 적지 않았다.

뿐만 아니라 DJP연합으로 탄생한 김대중 정권이 대한민국에 과연 무슨 기여를 했는가? 이 점도 앞에서 상세하게 설명했지만 김대중 정부와 이에 이은 노무현 정부, 이른바 진보 정권, 좌파 정권은 잘못된 남북관계 설정으로 북한이 핵보유국이 되는 데 일조했으므로 결코 성공한 정권이라고 볼 수 없다. 반세기 만에 진보, 좌파 정권을 겪어본 국민에게 그들의 무능과 무책임함을 각인시켜 주었을 뿐이다.

보수 정권만이 유능하고 책임 있는 정권이라고 말하는 것은 결코 아니다. 다만 반세기 동안 보수 정권을 보아온 국민은 그들이 보여준 무능과 부패상에 은연중 진보·좌파의 유능하고 참신한 정부를 기대했는지 모르지만 위 두 정권을 거치면서 그들의 진면목을 보게 되었고 그것은 이명박, 박근혜 대통령의 연이은 보수 정권 시대를 도래하게 했다고 생각한다.

김대중 대통령 개인적으로는 성공했다고 말할 수 있을지 모른다. 역경을 이겨내어 대통령이 되었고 남북정상의 최초 만남으로 노벨평화상까지 탔으니 말이다. 그러나 국가에 기여한 것이 없고 정권 차원에서 성공했다고 평가할 수 없다면 역사적으로 그를 성공한 정치인이라고 말할 수 있을까.

요컨대 나는 정치인이 한 행동과 정치인 자신의 성공 여부는 역사적 안목으로 평가해야지, 야합과 같은 행동으로도 선거에 이기기만 하면 성공한 정치라고 평가하는 것은 옳지 못하다고 생각한다.

나에게 그때 김종필 씨와 손잡았으면 대선에서 이겼을 텐데 왜 안 했느냐고 묻는 이들이 있다. 또 당시 정말 김종필 씨의 뜻인지 아닌지는 모르지만 그와의 연고를 강조하면서 연대를 설득한 국회의원들도 있었다. 내각제 개헌을 약속하면 된다는 것이었다. 그러나 나는 당선 후 대통령제를 내각제로 바꿀 생각이 없으면서 대통령이 되기 위해 거짓말로 김종필 씨를 속이는 것은 국민을 상대로 사기 치는 일이라고 생각해 하기 싫었다.

오해를 피하기 위해 다시 말하면, 선거에서 이기는 것과 정치에서 성공하는 것은 별개의 문제라고 생각한다. 선거에서는 일단 이겨야 한다. 이겨야만 정의를 세울 수 있는 자리에 서는 것이다. DJP연합은 일종의 야합이지만 선거에 이기는 신묘한 수임에는 틀림없고 나는 여기에 완벽하게 패한 것이므로 승패의 결과에 전혀 이의가 없다. 다만 그렇게 해서 선거에 이겼지만 선거에 이기기 위해 한 야합이 그 후 정권의 국정운영에 부담이 되거나 족쇄가 되고 그로인해 국정수행에 지장을 받았다면, 또 국가에 기여한 게 없다면 과연 그를 성공한 정치인이라고 할 수 있을까 하는 것이다.

김대중 후보는 DJP연합을 합의할 때 진심으로 임기 중반에 대통령 임기를 포기하고 내각제로 개헌할 의사가 있었을까? 아니라고 생각한다. 김 후보는 충청권 표를 얻기 위해 DJP연합이 절실했던 것이지 대통령 임기 절반을 포기할 생각은 전혀 없었다고 나는 단정한다. 말하자면 김종필 총재를 속인 셈이다.

그러면 김종필 총재는 정말로 속아서 DJP연합에 합의한 것인가? 나는 이것도 아니라고 생각한다. 2김 씨는 모두 세상이 일컫는 정치 9단의 고수들이다. 김대중 후보도 김종필 총재가 속아 넘어가리라고 생각하지는 않았고, 김종필 총재 또한 김대중 후보가 임기 절반을 포기하리라고는 믿지 않았을 것이다. 다만 김종필 총재로서는 선택의 여지가 없었던 것이다. 주로 충청이라는 지역에 기반을 둔 자민련은 15대 총선에서 반김영삼, 반신한국당 정서에 힘입어 50석의 의석을 확보하는 기대 이상의 성과를 얻었지만 이런 지역 기반의 제3당은 대통령을 낼 수 있는 수권 정당이 못 되는 한 결국 왜소화되고 소멸되는 운명을 피할 수 없다. 그 후 자민련의 의석은 17석으로 줄었다. 신한국당과 국민회의 양대당 구도하에서 자민련이 스스로 수권 정당이 될 길은 전혀 없었다. 총선에서는 버텼지만 대선을 앞두고 수권 능력이 없는 자민련은 지역 기반인 충청권에서조차 버림받을 수 있었다. 자민련과 김종필 총재가 살아남는 길은 충청도에 목을 매는 김대중 후보와 거래해 김 정권에 참여하면서 내각제 개헌으로 자민련이 수권정당이 될 기회를 만들어내는 길밖에 없다. 설령 김대중 후보가 임기 중반 개헌 약속을 지키지 않는다고 해도 최소한 임기 말에는 내각제 개헌의 가능성이 충분히 있다고 판단했을 것이다.

그 근거는 두 가지다. 첫째로 현임 대통령들은 대체로 퇴임 후의 정치적 보복을 우려해 어느 정도의 정치적 영향력 내지 힘을 갖고 있기를 바라는데, 거기에는 내각제가 안성맞춤이다. 둘째로, 각 정당의 다선 중진의원 등 많은 의원이 내심으로는 내각제를 선호한다. 대통령제에서는 대통령의 측근이나 몇몇 발탁된 장관 외에는 정권의 핵심이나 실세가 될 기회가 별로 없으나, 내각제에서는 국회의원 각자가 정권 창출과 유지의 주체가 되고 실세가 될 기회를 갖는다. 자민련의 김종필 총재는 출중한 인물이지만 대통령제하에서는 자력으로 대통령이 될 기회가 거의 없는 반면 내각제하에서는 국가수반인 총리를 차지할 수 있는 기회가 있다고 생각했을 것이다.

그러면 왜 이회창이 아닌 김대중과 손잡았을까. 이회창은 김대중보다 젊고 그 주변의 차세대 주자들도 젊다. 이회창이 임기 절반을 포기할 가능성은 전혀 없을 뿐 아니라 같은 충청 출신인 이회창과 손잡는다는 것은 자칫 자민련의 충청 기반을 잃을 수도 있다고 생각하지 않았을까.

DJP연합에 따라 국민회의와 자민련은 공동정부를 구성하는 형태로 김종필 총재가 국무총리를 맡고 장관 몇몇 자리가 자민련에 할애됐다.

자민련은 이로써 정치적 입지를 군건하게 확보했다고 생각했는지 모르지만 권력이란 때로 비정한 것이다. 자민련 몫으로 임명된 총리들이 김 총재보다도 대통령의 사람이 되는 현상이 벌어져 자민련 측에 배신감을 안기는 일이 생겼고 자민련은 점점 무력화되어 결국 소멸하고 말았던 것이다.

결과적으로 DJP연합은 정권 창출에는 성공했지만 김대중 총재나 김종필 총재를 성공한 정치인으로 만들지는 못했다고 생각한다.

DJP연합은 정치는 원칙에 충실하고 멀리 내다보아야 한다는 교훈을 남겼다.

　아무튼 1997년 대선을 앞두고 DJP연합으로 두 야당은 공동 전선을 형성하는 한편, 이인제 씨의 제3당은 한나라당의 표밭을 잠식할 기세였고 여기에 김영삼 대통령의 청와대까지 이인제 신당을 지원한다는 소문이 나돌고 있어 나와 한나라당은 앞뒤로 적에 둘러싸인 형국이었다.

박근혜 씨 입당

　한참 선거운동 중인 12월 2일 박근혜 씨 측에서 중간에 사람을 넣어 나를 만났으면 하는 요청이 와서 비공개로 만났다. 중간에서 나와 접촉한 사람은 지금은 고인이 된 언론인 출신의 강 모 씨인데 이름은 밝히지 않겠다. 사실 나는 박근혜 씨와 개인적으로 만나는 것은 처음이었다. 매우 차분하고 침착하다는 인상을 받았고 부모님이 모두 비명에 가신 참담한 일을 겪었는데도 어두운 이미지는 전혀 없었다. 그는 한강의 기적을 이루어낸 우리나라가 오늘날 경제난국에 처한 것을 보고 아버님 생각에 목멜 때가 있다면서 이럴 때 정치에 참여해 국가를 위해 기여하는 것이 국가와 부모님에 대한 도리라고 생각해 정치를 하고 싶다고 말했다. 그리고 이왕이면 깨끗한 정치를 내세우는 한나라당에 입당해 정치를 했으면 한다고 말했다.

　사실 당시 나는 그에 대해 그다지 좋은 인식을 갖고 있지 않았다.

이회창
회고록

이미 말한 대로 나는 박정희 대통령의 근대화 업적과 '유신정치'의 잘못을 별개로 보아야 한다고 생각하지만 박근혜 씨는 아버지의 '유신정치'를 적극 옹호하고 다녀서 좋은 인식을 가질 수 없었다. 게다가 당시의 당내 분위기도 그에게 썩 호의적이라고 보기는 어려웠다. 당내에는 과거 박정희 정권 때 유신 반대나 긴급조치 위반 등으로 구속되거나 재판받은 인사들이 있고 또 김영삼 대통령의 반박정희 정서는 잘 알려진 사실이어서 당내 민주계 인사들도 박근혜 씨 입당을 환영할 것 같지 않았다.

그렇다고 해도 이미 박정희 시대는 과거가 되었고 이제 3김 정치도 과거로 넘어가려는 시점에 과거에 매달려서는 안 된다고 생각했다. 3김 후의 새로운 시대, 새로운 통합과 도약의 시대를 열어야 했다. 그런 면에서 박근혜 씨도 한나라당의 외연을 넓히는 데 좋은 자산이 될 수 있다고 생각했다. 그래서 그의 입당을 흔쾌히 응낙했다.

뒷날의 일이지만 2002년 대선 패배 후 그가 한나라당을 맡아 천막 당사로 옮겨 당의 재기를 이루어내는 것을 보면서 그의 정치 입문을 받아들인 내 결정이 잘못된 것은 아니었구나 하는 생각이 들었다. 그러나 솔직히 당시 나는 그가 뒷날 대통령까지 되리라고는 미처 생각하지 못했다. 더구나 그가 대통령이 된 뒤에 최순실 국정농단 사건으로 온 나라를 들끓게 하면서 탄핵당하고 구속까지 되리라고 어찌 상상이나 할 수 있었겠는가?

그는 12월 11일 한나라당 조순 총재실을 방문해 입당원서를 내고 기자회견을 가졌다. 이 자리에서 정치에 입문하게 된 동기와 한나라당 입당의 이유에 관한 소견을 밝혔다.

여담이지만 2012년 대선에서 박근혜 후보는 박정희 시대의 유신정치와 긴급조치 등에 대해 짚고 넘어가지 않을 수 없게 되자 처음에는 박정희 시대에는 그 나름의 이유가 있었다는 식으로 넘어가려고 했다. 그러나 이것은 피해자들의 감정과 아픔을 이해하지 못한 것이었다. 박정희 대통령의 퍼스트레이디 역할을 하면서 유신정치를 옹호했던 당자로서 피해자들에게 마음으로부터 우러나오는 미안하다는 말 한마디가 절실히 필요하다는 것을 몰랐던 것 같다.

당시 나는 박근혜 후보가 반드시 대통령이 돼야 한다는 생각을 가지고 있었기 때문에 답답하기 짝이 없었다. 다행히도 며칠 뒤 피해자들에 대해 진심으로 사과한다는 성명이 나와 안도했지만.

대선 후보 등록과 박빙의 승부

나는 11월 26일 중앙선관위에 대선 후보 입후보 등록을 하고 전국구 의원직을 사퇴했다. 선거에 전념하기 위해서였다.

후보 등록 후의 여론조사 지지율 추이는 조사기관에 따라 다르고 정당마다 차이가 있었지만 대체로 2강(이회창, 김대중)과 1중(이인제) 구도라는 데는 이의가 없었다. 2강의 차이는 2~4퍼센트, 1중은 2위에 비해 10퍼센트 내외로 뒤처지고 있었다. 여론조사 전문기관인 리서치엔 리서치나 미디어 리서치의 조사 결과는 '1, 2위 간 0.7퍼센트의 박빙상태'라거나 '1, 2위 간 오차한계 내의 격차가 유지되고 있는 상태'라고 했다. 대선일인 12월 18일까지의 선거 기간 중에 운명을

이회창
회고록

가를 피 말리는 선거전을 치러야 했다.

이번 선거부터 대규모 합동연설회 대신 TV 토론회 방식이 도입되어 후보들은 TV 토론회 준비에 온 힘을 쏟아야 했다. 또한 공중파 방송 3사 외에 각 언론기관이 주재한 토론회까지 수십 번의 패널 토론, 후보 간 토론에서 격전을 치러야 했다. TV 토론이 있는 날은 방송사 앞에 각 당의 당원들이 각각 진을 치고 서서 로고송을 부르고 후보 이름을 연호하다가 자당 후보가 나타나면 환성과 박수가 터져 나와 큰 축제 분위기를 자아냈다. 그러나 후보 당사자인 나는 축제고 뭐고 그게 아니었다. 마치 격투기장에 끌려가는 격투사처럼 얼굴은 웃고 있지만 마음은 잔뜩 긴장되어 있었다.

TV 토론에서는 첫 번째로 필요한 것은 자신감이다. 이 자신감은 충분한 사전 준비만이 가져다줄 수 있다. 하지만 빡빡한 선거운동 스케줄 때문에 충분하게 사전 준비할 시간이 항상 부족한 게 고민거리였다. 지금의 정치인들에게 조언을 하면 평소에 현안 이슈에 대해 TV 토론을 한다고 상정하고 쟁점분석과 논리추구를 훈련해 내공을 쌓아두기를 권하고 싶다. 그야말로 '공부해 남 주나'이다.

두 번째로, 정치 토론은 논리만으로는 이기지 못한다. 정치적 거짓말이나 정치적 허풍이 때로 논리를 압도할 때가 있다. 이때에 그런 거짓말이나 허풍을 찌르는 촌철살인의 반격이 필요하다. 나는 30년 가까이 법관을 지낸 탓으로 논리에 치중하고 정답만을 말하려는 버릇 때문에 TV 토론에서 고생을 했다. 상대방인 김대중 후보는 정치판에서 뼈가 굵은 이른바 정치 9단이 아닌가.

초기에 TV 토론을 관전한 사람들 중에는 "토론 현장에서는 김대중 후보가 더 말을 잘하고 그럴싸하게 들렸는데 나중에 신문에 난 토론 내용을 보니 당신의 말은 핵심을 찌르고 논리가 있는데 김대중 후보의 말은 핵심을 피하고 다른 말로 덮어 버리는 식이었다”고 평하는 분들이 있었다. 그러나 TV 토론은 즉석에서 채점이 되고 기억되는 만큼 그 뒤의 평가는 별로 도움이 되지 않는다. 상대방의 말에 허점이 있다면 반론의 기회를 잡아 사정없이 허점을 찔러야 한다. 그런데 각 후보에게 배정되는 발언 기회 중 상대방이 재반론을 할 수 없는 마지막 반론 기회를 확보해야 결정타를 가할 수 있는데 이것이 그리 쉽지 않다.

세 번째로, 토론에서 상대방을 공격하거나 반격할 때는 예의를 갖추되 무자비할 정도로 상대방을 파괴한다는 결기가 있어야 한다. 어차피 선거는 전투가 아닌가. 예컨대, 김대중 후보는 TV 토론에서 내 아들들의 병역문제를 거론하면서 내가 국군통수권을 가진 대통령이 될 자격이 없다고 공격해왔다.

어이가 없었다. 나는 아들들의 병역 문제지만 김대중 후보는 본인이 병역을 기피한 의혹이 있었다. 김대중 후보는 자신의 병역 문제에 대해 처음에는 연령상 징집대상이 아니라고 했다가 징집대상임을 말해 주는 관보를 제시하자 징집영장을 받지 못했다고 변명했다. 그리고 해상방위대를 만들어 활동함으로써 군복무를 한 것이라고 주장했으나 이것은 해군의 공식기록상 근거가 없고 미국 교포인 해군예비역 제독이라는 사람이 써준 확인서 같은 것이 있을 뿐이었다.

병역미필 의혹을 받는 사람이 병역을 마친 사람에게 국군통수권자의 자격이 있느냐 시비를 걸고 있는 것이다. 어이가 없어 세게 받아칠까 하다가 참았다. 내 아들들의 병역처리가 적법한 것이었다고 해도 선거에서 국민의 심정을 상하게 만든 이슈였던 만큼 참아야지 하는 생각이 들었던 것이다. 하지만 지금 생각하면 나는 이때 김 후보를 강하게 반격하겠다는 결기가 결여되어 있었던 것 같다. 차라리 국민께 다시 한 번 병역문제에 관한 미안한 심정을 토로한 후 병역미필 당자인 김 후보를 강하게 반격했어야 하지 않았는가 하는 생각이 드는 것이다.

이상에서 나의 TV 토론 경험에서 느낀 점을 참고로 적어 보았다.

1997년 대선 TV 토론에서 야당 후보들이 집중 토론한 쟁점은 한나라당의 IMF 공동책임론과 내 아들들의 병역문제였다. 3당 후보 토론이라지만 사실상 2대 1의 토론이나 마찬가지였다. 김대중 후보와 이인제 후보가 연대하듯 나에 대한 공격에 함께 집중했다.

때로는 대선 후보 토론회의 격에 맞지 않은 한심한 공격도 있었다. 예컨대, 이인제 후보는 나의 차남의 키가 160센티미터인데 165센티미터로 조작했다고 시비를 걸고 나왔다. 그래서 당시 미국에 유학 중이던 차남이 하버드대 병원에 가서 키 측정을 하고 그 측정서(165센티미터)를 제출했는데도 믿을 수 없다며 본인을 국내에 불러 직접 측정해야 한다고 집요하게 요구했고 심지어 TV 토론에서는 만일 자기 말이 틀렸으면 후보를 사퇴하겠다고까지 말했다. 결국 기말고사를 치르는 중인 차남이 귀국해 공개적으로 신장을 측정했더니 164.5센티미터로 나왔다. 한나라당에서 이인제 후보에게 약속대로 후보 사퇴하라고 요구했지만 이 후보는 모든 병역 의혹이 해소된다면 사퇴하겠다고 말한 것이라며 발뺌을 했다.

선거 막바지로 갈수록 나와 김대중 후보 사이에는 그야말로 숨 막히는 박빙의 각축전이 벌어졌다. 2에서 4퍼센트 내외의 격차가 유지되다가 당내의 여론조사로는 나의 지지율이 상승세를 타면서 역전의 기미를 보이고 있었다. 12월 16일 아침 나는 전격적으로 광주를 방문했다. 이 무렵은 그야말로 시간이 금싸라기 같은 때였다. 김대중 후보의 아성인 광주에 가본들 표가 나오지 않을 텐데 아까운 시간을 허비할 필요가 있느냐는 것이 당내의 다수 의견이었으나 나는 생각이 좀 달랐다. 한국을 대표하는 대통령이 되겠다는 사람이 자신에 대한 지지세가 약한 곳이라고 피하는 것은 국가 지도자답지 않은 사고라고 생각했다.

나는 그날 모인 400여 명의 광주 시민 앞에서 "금싸라기 같은 시간에 표 나올 데로 가야 한다는 말이 있지만 나는 표만을 생각해 온 것은 아니다. 대통령은 이 나라 전부를 대변하는 사람이기에 여러분을 뵈러 왔다. 여러분은 깨끗하고 정직한 정치를 하는 저를 지지해 주셔야 한다. 부산에서 김대중 후보가 받는 표의 절반만이라도 주신다면 성공으로 생각하겠다"고 연설했다. 나중에 보니 이 연설은 전혀 약발이 먹히지 않았다.

선거운동 마지막 날인 17일, 부산 유세에 온 힘을 쏟았다. 비가 쏟아지는 가운데 우산을 쓰고 몰려나온 시민들이 환호하면서 함께 행진하고, 마지막 연설에서 모두 환호하며 열광하는 것을 보면서 힘이 솟는 것을 느꼈으나 좀 늦었다는 생각이 들었다. 이러한 부산의 열기가 전 지역으로 확산돼야 하는데 다음날이 바로 투표일이라서 시간이 남아있지 않았던 것이다.

부산에서 서울로 돌아온 밤에는 명동에서 마무리 유세를 폈다. 유세가 끝난 후 아내와 함께 명동성당에 가서 무릎을 꿇고 기도를 드렸다.

이회창
회고록

마음을 비우고 모든 것을 주님께 맡기겠다는 기도를 드리는데, 마음이 충만하기보다도 어쩐지 허전함을 느꼈다. 최선을 다했다는 자족감도 승리를 낙관하는 자신감도 들지 않았다. 그저 허전할 뿐이었다. 실패를 예감한 것이었을까.

대선 패배 그리고 정권 교체

운명의 날 12월 18일이 왔다. 나는 아내와 함께 투표를 한 후 당으로부터 각지의 투표 현황에 대한 보고를 받았다. 개표시간이 가까이 되어서 우리 내외는 시내 호텔에 들러 TV를 통해 개표 결과를 지켜보았다. 나와 김대중 후보는 초반부터 내가 앞섰다가 김 후보가 앞서는 등 시소게임을 벌였다. 밤 10시 가까이 까지도 엎치락뒤치락 선두가 바뀌더니 밤 11시경부터 김대중 후보가 계속 앞서 나갔다. 나는 마음을 졸이는 것보다 차라리 자는 게 낫겠다 싶어 자리에 누웠는데 금방 잠이 들었다.

잠결에 아내의 "여보, 여보" 하는 소리를 듣고 깼더니 아내는 어두운 표정으로 "잘못된 것 같아요" 하면서 한숨을 쉬는 것이었다.

그때가 아마 새벽 두 시나 세 시쯤 되지 않았을까 생각된다.

나는 새벽 네 시 전에 당사의 상황실로 나갔다. 분위기는 예상대로 초상집이고 고생한 여성당원들이 눈물을 흘리고 있었다. 아직도 표차는 2퍼센트 내외지만 김 후보가 계속 앞서고 있고 이미 방송들은 김 후보의 당선을 예측하고 있었다. 개표할 표가 100만 표 가량 남아 있었지만 내가 보기에도 결말은 난 것 같았다. 아직 더 지켜보아야 한다고 주장하는 사람들도 있었지만 나는 구차스럽게 결과를 기다리기보다 의연하게 패배를 인정하는 것이 낫겠다고 생각했다.

나는 상황실에 모인 당원들에게 짧게 "패배를 인정하자. 여러분이 너무나 고생이 많았다. 고맙고 미안하다"고 말했다. 곳곳에서 당원들의 흐느끼는 소리가 들렸다. 나는 둘러싼 기자들에게 "당선된 김대중 후보에게 아낌없는 축하와 경의를 표한다. 국민 여러분의 뜻을 엄숙하게 받아들여 선거 결과에 깨끗이 승복한다. 돈 안 쓰는 깨끗한 선거를 치를 수 있었던 것을 보람으로 생각한다. 저를 위해 끝까지 헌신해 준 당원 동지 여러분에게 깊이 감사드린다. 안정과 화합 속에서 오늘의 경제 위기를 극복해 나가는 데 당선자에게 전폭적인 협력과 지원을 아끼지 않겠다"는 취지의 대국민성명을 발표하고 당사를 떠났다.

최종 확정된 투표 결과는 김대중 후보가 총 유효투표의 40.3퍼센트인 1032만 표, 내가 38.7퍼센트인 993만 표를 얻어 그 표차는 불과 39만 표로 1.6퍼센트의 근소한 차였다.

당과 주변에서는 모두 낙담하고 아쉬워하고 슬퍼했지만, 오히려 나는 담담한 기분이었다. 어찌 미진하고 아쉬운 감정이 없을 수 있겠는가. 하지만 나는 여러 가지 악조건 속에서도 최선을 다했다고 생각했고 패배한 이상 그 책임은 패장인 나에게 있으므로 일체 변명하거나 누구를 탓하지 않겠다고 스스로 다짐했다.

나의 패배에 어떤 역사적 의미가 있다면 그것은 김대중 당선자나 야당 측이 주장하듯이 보수에서 진보로의 50년만의 정권 교체가 아니라, 5·18로 야기된 국민 간의 갈등과 상처를 치유하고 화합할 수 있는 계기가 되었다는 데 있다고 생각했다. 그러나 지나고 보니 이러한 나의 기대는 이루어지지 않았던 것 같다.

왜 졌는가

나는 왜 졌는가? 대선이 끝난 후 언론이나 논평가들은 나의 대선 패배 원인에 대해 여러 가지 분석을 내놓았다.

나의 입장에서 무어라고 말하든 그것은 패자의 변명으로밖에 들리지 않겠지만 그래도 대선 패배의 원인에 대해서는 정직하게 나의 생각을 말하는 것이 도리라고 생각한다.

언론이나 논평가들이 내놓은 원인 분석은 대체로 ①여권 분열(이인제 탈당, 출마), ②야권 연대(DJP연합), ③병역 문제 ④IMF 외환위기 등을 패배 원인으로 꼽았다.

일부 언론과 논평가들은 특히 ①, ②의 사유 즉, 여당 내에서 경선까지 치른 후보가 탈당해 신당을 만들고 현 대통령 측으로 지원까지 받음으로써 여권의 표가 상당부문 분산되는 반면, 야당은 연대해 호남과 충청의 표가 결합하는 상황을 가져온 것이 결정적인 패배 원인이라고 분석했다. 그리고 이회창이 이를 막지 못한 것은 이회창의 포용력 부족 때문이라고 말했다.

그러나 이것은 결과를 보고 꿰맞추는 전형적인 사후약방문에 지나지 않는다는 게 나의 생각이다. 1.6퍼센트의 차이는 근소한 차이로 언론이 표현한 대로 간발의 차였다. 만일 내가 1.6퍼센트 차이로 이겼다면 어떻게 설명했을까. 아마도 논평가들은 이인제 탈당이나 DJP연합은 당선을 좌우할 결정적인 요인이 아니었다고 분석할 것이다. 그리고 대선 결과에 불복한 배신 행위와 표를 얻기 위해 이념과 정의를 팽개친 DJP연합을 끝까지 배격한 나에 대해 정의와 원칙을 지켰다고 평가하지 않았을까.

물론 1.6퍼센트의 차이가 아무리 근소하다고 해도 당락을 가른 만큼 이런 사유가 결과적으로 패인이 된 것은 틀림없다. 그러나 이것들이 반드시 패배를 가져올 필연적인 사유였는가 하는 점은 별개 문제라는 점을 지적하는 것이다.

이인제 후보의 탈당과 신당 창당이 한때 여론조사에서 나를 3위로 밀어낼 만큼 불리하게 작용했지만 그 후 반전되어 나와 김대중 후보가 1, 2위를 다투는 동안 이인제 후보는 당선권 밖으로 밀려났다. 또 DJP연합도 초기에는 여론조사에서 김대중 후보를 1위로 끌어올렸고 대선에서 충청표를 가져가 나에게 패배를 안겼지만 충청권과 호남권을 제외한 다른 지역에서는 영향력을 크게 발휘하지 못했다.

결국 이인제 후보의 배신 행위와 DJP연합은 결과적으로 승패를 갈랐지만 그것이 당연히 내가 패배할 수밖에 없는 필연적인 이유라고 분석하는 것은 결과에 맞춘 견강부회라고 생각되는 것이다.

여기에 사후분석에서 들고 있는 ③, ④의 원인들까지 합치게 되면 이인제의 배신과 DJP연합이 필연적 패인이라는 논리는 설득력이 떨어진다.

면밀하게 따져보지 않고 결과에 맞춘 사후약방문으로 이인제 탈당과 DJP연합 등이 필연적인 패배 원인이라고 단정해 버리면 결국 그 반대인 필승조건은 배신이고 야합이라는 결론이 되는데 이것이 과연 옳은 것인가?

특히 3김 씨와 비교하듯이 이인제의 배신과 DJP연합이 나의 포용력 부족이라고 지적한 대목은 솔직히 나의 고개를 갸웃거리게 한다.

3김 씨도 결합했다가 분열하는 등 얼마나 어지럽게 이합집산을 거듭했던가. 예컨대, 김영삼 대통령은 민자당 시절 김종필 대표를 포용하지 못하고 그가 탈당해 자민련을 창당하게 만들지 않았던가. 또한 김대중 총재도 자신이 서울시장으로 영입한 조순 씨를 포용하지 못하고 결국 그를 떠나게 만들지 않았던가. 이인제 후보를 붙잡지 못한 것은 아쉬웠지만 앞에서 말한 대로 그는 자신이 대선 후보가 안 되는 한 탈당하기로 작심한 사람이었기에 원초적으로 포용이 불가능했다.

변명처럼 들릴지 모르지만 이념과 정의를 팽개친 사람들의 야합을 막지 못한 것은 원칙과 정의의 문제이지 포용력의 문제가 아니라는 게 나의 생각이다.

다만 DJP연합에 대해 이것만은 꼭 말해두고 싶다.

나는 위에서 사후 분석이 내놓은 필패론에 동의하지 않지만 1.6퍼센트의 근소한 차이라도 진 것은 진 것이다. 선거에서는 이기고 보아야 한다. 어설픈 정의나 도덕론은 쓸데없다. 이것이 정치의 현실이다. 그런 면에서 나는 DJP연합이라는 선거 연대 자체를 그것이 야합이라는 이유로 그 의미를 부정하지 않는다.

어찌되었든 그것은 선거의 승패를 가르는 유효한 수단이 되었고 그것을 막지 못한 내가 패자가 된 것은 엄연한 현실이 아닌가. 요컨대 선거에 진 것은 나의 잘못이지 다른 누구 탓도 아니다.

대선 패배 직후에는 담담하게 선거 결과를 받아들였으나 그 후 김대중 정권이 햇볕정책으로 남북관계를 잘못된 방향으로 이끌어 가고 이와 더불어 친북세력들이 발호하는 것을 보면서 대선 패배 책임을 뼈저리게 느꼈다. 나와 한나라당을 지지했던 많은 국민들 그리고 보수층이 나를 원망 어린 눈으로 보는 것 같았다.

패배 직후 앞으로 어떻게 할 것인가에 대해 깊이 생각해 보았다. 패자는 말없이 사라지는 길이 있다. 그러나 나는 이것이 옳은 길이라는 확신이 서지 않았다.

나는 본래 법조계 출신으로 정치를 하던 사람이 아닌데 선거를 돕기로 하고 들어 왔다가 대통령 후보까지 된 사람이다. 이제 대선에서 실패했다고 정치를 훌쩍 떠나버린다면 사람들은 "저 사람은 꽃가마를 타고 정치에 들어왔다가 뜻대로 안 되니까 훌쩍 사라져버렸다"라고 말할 것이다. 즉 이회창의 정치는 실패한 해프닝 정도로 치부될 것이다. 이것은 나로서는 견딜 수 없는 일이었다.

나는 우선 대선 후에 찾아온 허탈감에서 벗어나고 머리를 식히면서 좀 더 깊이 생각해볼 필요가 있다고 생각했다.

마침 내가 법관 때 연수를 갔던 미국 버클리대에서 선거 전에 나에게 특별명예상(Distinguished Honor Award)을 수여하겠다는 통지가 왔으나 선거 때문에 가지 못한 일이 있었다. 이제 선거도 끝났으므로 머리도 식히고 밀린 상도 받을 겸 1998년 1월경 미국 여행을 떠나 버클리에 가서 총장으로부터 상을 받고 로스쿨에서 기념특강도 했다.

이렇게 다니면서 나는 차츰 안정을 되찾았고 가야 할 행로에 대해 대강의 방향을 잡게 되었다.

2

1998년도
"들이닥친 사정의 칼과 장외투쟁"

대선 후의 혼돈

전투에서 패전해 전장을 후퇴한 패군의 처지는 처참하다. 우선 지휘체계를 정비하고 손실을 수습해야 하며 이를 제때 하지 못하면 군 조직은 와해의 위기에 처하게 된다.

대선도 마찬가지다. 한나라당은 대선에서 패배하면서 처음으로 여당에서 야당으로 전락했다. 당원들의 상실감과 불안감은 말할 것도 없이 컸다. 한나라당은 원내 과반수를 가진 제1당이지만 야당이 된 후에도 이를 지킬 수 있겠는가. 여권이 야당을 허물기 위해 의원 빼가기에 나설 텐데 과연 이를 막을 수 있겠는가. 당내에서도 당이 살아남을 수 있을지 불안해하며 벌써 양지인 여권 쪽에 추파를 보내는 사람들도 있었다. 시급한 것은 첫째로 당의 정비와 수습이고, 둘째로 당원들의 불안감을 떨쳐 내고 그 자리에 굳건한 야당으로 홀로 설 수 있다는 자신감을 갖게 하는 일이었다.

여기에 지난 대선에서 비록 졌지만 당선자보다 불과 1.6퍼센트 적은 1000만 표에 가까운 득표를 했다는 사실은 당이나 당원들에게는 미래에 대한 불안감을 어느 정도 덜어주는 부적과 같은 힘이 있었다. 이 정도의 득표를 한 정당이 여권 입맛대로 공중분해될 수는 없다는 믿음 같은 것이었다.

그렇다고 당시에 내가 다시 나서겠다는 생각을 한 것은 아니다. 생각해보라. 전투에서 져 패군을 이끌고 돌아온 패장에게 다시 전장에 나가 싸우라고 하면 응하겠는가. 우선 패군을 수습하고 군을 재건하는 것이 급선무이지 이 일을 팽개치고 다시 전장에 나가겠다는 생각을 한다면 정신 빠진 장수라고 지탄받을 것이다.

나는 대선 후 정치에서 은퇴하는 것도 생각해 보았다. 하지만 졌다고 손 털고 나가는 것은 당의 재건과 수습이 필요한 판에 이를 팽개치고 1000만 표라는 부적마저 떼어버리는 무책임한 처사라고 생각했다.

이러한 당의 정비와 수습은 조순 총재가 주체가 되어 할 일이고 패장인 나는 그를 적극 도울 생각이었다. 대선 후 내가 쓰던 후보실(원래 총재실)을 조 총재가 쓰던 명예총재실과 맞바꾸고 조 총재와의 사이에 잡음이 일어나지 않도록 주변 인사들에게도 특별히 주의를 주었다. 그러나 당내에서는 추대된 총재 체제로 갈 것인지 아니면 새로운 지도체제를 구성할 것인지를 놓고 의견이 분분했다. 언론마저도 나와 조 총재 사이가 서먹서먹해졌느니 내가 일선 복귀를 하려고 한다느니 하는 추측 보도를 내보내고 있어 손 놓고 방관만 할 형편이 아니었다.

이회창
회고록

새로운 지도체제 구성론은 명예총재인 나의 일선 복귀를 의미하는 것으로 보는 견해가 있었지만 이는 내 의중과 달랐다.

나는 야당이 된 한나라당이 첫 번째 할 일은 당원들에 의해 선출된 새로운 지도체제를 구성하는 일이라고 믿었다. 신한국당 시절의 경험에 비추어 지명되거나 추대된 당 지도부는 당을 이끌어갈 힘을 발휘할 수 없다. 그 힘은 당원들에 의해 선출되어야만 생기는 것임을 뼈저리게 느끼고 있었다. 야당으로서 생존이 걸린 이 시점에는 당원들이 당을 살리겠다는 일념으로 뽑은 대표만이 자신 있게 당을 이끌고 당을 살릴 수 있는 것이다.

나는 조 총재가 이런 나의 뜻에 공감한다면 그를 적극 도울 생각이었다. 그는 인품과 능력 모든 면에서 가장 적격자이고 다만 경선에서 필요한 당내 지지기반이 취약하지만 이 부분은 내가 보완할 수 있다고 생각했다.

조 총재의 생각이 어떤지가 중요했다. 그래서 나는 2월 중순경 조순 총재와 조찬회동을 갖고 이 문제에 관해 진지하게 논의했다.

처음에 그는 앞으로 당내의 모든 계파 보스들과 협의 조정하면서 화합으로 당을 이끌어 가겠다는 취지로 말했다. 보통의 경우라면 이것도 좋은 당 운영 방침일 수 있을 것이다. 그러나 지금은 비상 시기였다. 처음으로 야당이 된 한나라당은 정권을 잡은 여권의 야당 허물기 공격을 눈앞에 두고 있는 것이다.

나는 야당이 된 한나라당을 앞으로 이끌고 가려면 당내 계파 보스들의 추대만으로는 부족하고 당원들을 결집시키는 힘을 가져야 되는데 그 힘은 전당대회에서 당원들에 의해 선출되는 데서 생기는 것이므로 조 총재에게 이런 선출 과정을 거쳐야 한다고 강조했다. 또 조 총재가 전당대회에 총재 후보로 출마하겠다면 내가 적극 돕겠다고 말했다.

지난 대선 때 나는 조 총재와 대선 후보와 당총재를 나눠 갖기로 약속했었다. 대선이 끝났지만 조 총재가 당을 제대로 혁신 수습하는 일을 택한다면 총재 임기인 2년 동안은 그를 도우면서 그 성과를 기다려 볼 수 있다고 생각했던 것이다. 만일 조 총재가 나의 견해에 반대해 끝까지 추대된 조정자로서 가겠다고 한다면 당이 어려워질 것이 틀림없어 참으로 고민거리가 아닐 수 없었다. 그런데 조 총재는 나의 말에 대해 그 뜻을 이해했다면서 깊이 생각해 보겠다고 말했다.

그 무렵 당 지도부는 조순 총재와 이한동 대표 그리고 서청원 사무총장으로 구성되어 있었는데 언론은 이들을 당권파, 나와 김윤환 씨 등을 비당권파로 불렀다. 당권파는 당헌상 3월 10일로 예정된 전당대회를 4월 10일에 열고 조순 씨를 총재로 재추대하는 안을 내놓았지만 이것은 대선 패배 후의 당 재건안으로서는 부족했다.

나와 조 총재는 3월 24일 밤 다시 만나 조율을 시도했다. 나는 4월 10일 전당대회에서의 총재경선 필요성을 역설했지만 조 총재의 생각은 확고했다. 6월 지방선거를 앞둔 시점에서의 경선은 적당치 않으며 합당 당시의 총재 임기 2년 보장은 지켜져야 하므로 총재는 경선 없이 재추대되어야 한다는 의견이었다. 당의 재건 방향에 대해 나의 생각과 다름을 분명히 한 것이다. 하지만 이런 일로 당이 분열될 수는 없었다.

비당권파와 당권파 사이에 4월 10일 전당대회에서 조 총재를 다시 추대하기로 하되 조 총재는 지방선거 후 재적 대의원 3분의 1 이상이 요구하면 차기 총재 경선을 위한 전당대회를 소집하겠다는 뜻을 밝히기로 하는 선에서 타협을 했다. 이에 따라 4월 10일 전당대회에서 조순 총재가 다시 총재로 재추대되었다.

결국 당의 재건 방향에 대한 기본적인 견해 차이로 나와 조 총재는 대립된 진영에 서게 되었고 이것은 나를 우울하게 만들었다. 야당이 DJP연합으로 공격해 올 때 조순 총재와의 합당은 나와 당에는 큰 힘이 되었고 둘은 손잡고 DJP연합과 싸웠다. 그런데 대선 후 그와 대립된 처지가 되고 보니 새삼 정치라는 게 이런 것인가 싶었다.

하지만 일이 어렵게 된 이상 이제는 전선을 분명히 할 필요가 있었다. 나는 당권파와 맞서 전당대회에서 총재 경선에 나가 총재가 된 후 내 손으로 당을 재건하기로 결심했다.

정계 개편과 탈당의 바람

이른바 50년 만의 정권 교체로 정권을 잡은 김대중 대통령이 여소야대의 국회를 그대로 놔둘 리가 없었다.

대선이 끝난 후 얼마 되지 않아 국민회의 김상현 의원이 찾아와서 김대중 대통령의 뜻이라면서 과거 정권과 같이 여소야대를 허물기 위해 의원 빼가기를 하지 않겠으니 잘 협조해 갔으면 좋겠다는 말을 했다. 나는 이 말을 액면 그대로 신뢰하기 어려웠다. 임기 초인 만큼 선의로 이런 말을 할 수도 있겠지만 앞으로 국회에서 여소야대로 대

립되어 다투는 상황이 오면 권력을 쥔 여권은 여소야대를 허물려고
덤벼들 것은 불을 보듯 뻔했다.

아니나 다를까. 김 대통령이 동의 요청한 김종필 국무총리 후보에
대해 한나라당이 반대하고 나서자 여권의 야당 허물기가 시작되었다.
먼저 1997년 대선 후보 중 한사람이었던 이수성 씨가 민주평화통일
자문회의 부의장으로 임명되더니 당 고문으로 있던 이홍구 전 대표
가 주미대사로 임명되었다.

국가를 위한 일을 맡았다고 대범하게 넘길 수도 있겠지만 위 두 자
리는 정권의 신임이 두터운 인물이 가는 자리인 만큼 한나라당으로
서는 충격이 컸다. 더구나 이홍구 씨는 당대표까지 지냈고 나와는 가
까운 사이였던 관계로 당내에서 그에 대한 비난이 쏟아질 때는 듣기
가 민망했다. 나는 당시 미국과의 관계가 원활치 못했던 김대중 대통
령이 한미 관계 개선을 위해 대미 관계에 정통한 그가 꼭 필요했을
것이라고 생각한다.

4월에 들어 김종호, 박세직 의원이 탈당하고 이어 오장섭 의원이
탈당했다. 오장섭 의원은 나의 본향인 충남 예산 출신이고 1997년 재
보선에서 그를 당선시키는 데 전력을 쏟았던 만큼 탈당은 큰 충격이
었다. 충청권 의원 빼가기에 자민련이 발 벗고 나선 것이다. 4월 28일
에는 하루 동안에 서정화(華), 이강희, 서한샘, 이성호, 김인영 등 인
천, 경기 지역 다섯 명이 한꺼번에 탈당했다. 5월에 들어서도 이완
구, 이의익 의원 두 명이 탈당함으로써 한나라당 의석은 150석이 되
어 과반수의 벼랑 끝에 서게 되었는데 이어 김명섭 의원이 탈당했다.
7월 21일 재보선에서 한나라당이 좋은 성적으로 의석 4석을 얻어 다

이회창
회고록

시 과반의석을 회복했다 싶었는데 그 후에도 의원 빼가기와 탈당 사태가 이어져 결국 139석까지 내려앉았다.

내가 이렇게 장황하게 탈당 의원들을 언급한 이유는 처음으로 야당이 된 한나라당이 빤히 눈뜨고 있는데도 때로는 하루에 다섯 명씩 당에서 빠져 나가는 의원들을 보고만 있어야 했던 참담한 기억을 말하고자 함이다.

탈당하는 사람들은 대체로 사전 통고도 없이 떠났다. 뭐라고 변명하기도 어려웠을 것이다.

그러나 예외도 있었다. 김명섭 의원은 나와 가깝고 내가 아끼던 인물이다. 탈당설이 나돌아 그럴 리가 없다고 생각했는데 본인이 운영하던 제약회사 때문에 몹시 어려운 상황이 되어 여권의 힘을 빌려야 할 처지라는 말을 들었다. 마침내 그가 찾아와 탈당할 수밖에 없는 처지를 말하고 양해를 구했는데, 그는 눈물을 흘리면서 오열했다. 나도 그를 붙잡고 위로하면서 눈물을 흘렸다. 대개 탈당한 의원들의 행태를 보면 옮겨간 당에 충성하기 위해서이겠지만 얼마 지난 후에는 때로 친정이었던 한나라당을 인신공격 비슷하게 매몰차게 공격하는 경우가 있었다. 그러나 김명섭 의원은 내가 기억하는 한, 한 번도 한나라당에 칼을 겨눈 일이 없었다.

나는 탈당 자체가 악이고 매도될 일이라고 생각하지 않는다. 원래 정당은 정치적 이념을 같이하는 사람들의 결사체이므로 당의 정치적 이념에 동조할 수 없게 된다면 탈당하는 것이 오히려 선명한 정치인의 태도이다. 윈스턴 처칠(Winston Churchill)도 정치적 신념을 이유로 여러 차례 정당을 옮겨 다니지 않았는가. 정치적 이념 외에도 정당이 능력이 없고 정당의 미래가 불확실 한 경우에도 정당에 꼭 남아있어야 한다고 요구하는 것은 무리일 수 있다.

문제는 위와 같은 경우가 아니라 이른바 철새 정치인이라고 불리는 사람들의 행태이다. 오로지 이해타산만을 따져서 음지가 된 야당을 떠나 양지인 여당으로, 정치적 신념과는 상관없이 공천이 어려워진 정당을 버리고 다른 정당의 공천을 받기 위해 탈당하는 경우는 지조 없는 정치인으로 경멸받아 마땅할 것이다. 이런 의미에서 한나라당이 야당이 된 후 탈당한 정치인들 모두에 대해 일률적으로 비난하고 지탄하는 것은 옳지 않다.

한나라당은 야당이 된 후 뒤에서 보는 바와 같이 2000년 16대 총선을 계기로 당을 혁신하고 다시 원내 제1당으로 자리 잡았는데 그때까지 하루하루가 고난의 행군이었다. 여권의 의원 빼가기가 계속되고 사정한파로 당의 내부 동요도 심각해 모두가 불안해했다. 이런 불확실하고 불안정한 당의 미래에 희망을 접고 탈당의 유혹에 쉽게 넘어갈 수도 있어 당사자만을 나무랄 수도 없는 형편이었다.

하지만 계속되는 의원 빼가기와 탈당 사태를 손 놓고 보고만 있을 수는 없었다. 그것은 마치 제 살을 저미는 고문을 앉아서 당하고 있는 것과 같았다. 그래서 김대중 대통령과 여권의 인위적 정계개편에 대항하는 대대적인 장외투쟁을 전개했다. 그리고 당에서는 탈당사태를 경계하기 위해 탈당의원들에 대한 영정을 만들어 국회의사당 앞에서 불태우는 야만적(?)인 일도 서슴지 않았다.

참으로 어렵고 힘든 시기였다. 김대중 대통령의 정계개편은 국회의 여소야대 구도를 허무는 수준을 넘어 동서화합과 지역구도 개편이라는 명분을 내걸었으나 속셈은 한나라당의 텃밭인 영남권에까지 여권 세력을 확장하려는 의도에 지나지 않았다. 여기에 나의 존재는 눈의 가시였던 것이다.

먼저 검찰은 신한국당이 고소한 DJ비자금 사건에 대해 김대중 총재가 기업으로부터 받은 비자금 금액은 고소금액 134억 원 보다 크게 줄은 39억 원이고, 그밖에 처조카를 통해 관리해온 48억 원을 인정한 후 이 금액도 당의 선거운영 자금으로 쓰였고, 정치자금법상 공소시효 3년이 지났다는 이유로 무혐의 처분을 내렸다. 정권이 바뀌면서 이미 예상했던 결과였다.

수사 결과가 발표되자 여권 측은 "비자금 사건은 결국 대선 승리를 위해 한나라당 이회창 후보 측이 정략적으로 일으킨 정치적 음해사건으로 밝혀졌다"고 일제히 공격하고 나섰다. 이 수사 과정에서 여당은 나를 실명제 위반으로 사법처리해야 한다고 주장하고 검찰은 나를 소환조사하느니 마느니 하고 괴롭혔다.

여기에 또 북풍공작설도 제기됐다. 대선 때 우리 측에서 정재문 의원을 통해 북측 인사에게 미화 360만 달러가 든 가방을 전달하고 "김대중을 쳐 달라"고 부탁했다는 내용으로 그야말로 말도 안 되는 소설이었지만 나와 한나라당을 압박하는 소재로 활용됐다.

바야흐로 6·4 지방선거가 닥치고 있었다. 여권은 정권 교체의 기세를 몰아 지방선거에서 압승하고 동요하는 한나라당 의원을 대규모로 빼가는 정계개편의 책략을 세운 것 같았다.

지방선거 결과는 여권은 서울, 인천, 경기 등 수도권에서 크게 우세했고 한나라당은 영남과 강원에서 우세했으나 전반적으로는 여권의 승리였다.

한나라당은 서울시장 선거에서 최병렬 의원을 내세워 야당의 고건 후보와 맞섰으나 역부족이었다. 사실 서울시장 후보로는 임명 시장이었지만 시장 경험이 있는 최병렬 의원 만한 적격자가 없었다. 고건 후보를 행정의 달인이라고 하지만 최 후보도 행정의 달인이고 더구나 그에게는 추진력이 있었다. 하지만 정권 교체의 기세를 모은 여당 바람을 막을 수 없었다.

광야 한가운데에 선 한나라당은 한 겨울의 매서운 칼바람을 맨몸으로 맞고 있었다.

〈동아일보〉를 고소하다

〈동아일보〉는 7월 10일 "청구(靑丘)그룹 장수홍(張壽弘) 회장이 한나라당 이회창 명예총재 측과 김윤환 부총재 측, 국민회의 권노갑 전부총재 측에게 수억 원에서 수십억 원을 전달했다는 진술을 했다"고 대대적인 특종 보도를 했다. 그 무렵 '장수홍 리스트'라는 것이 돌아다닌다는 음해성 루머가 있긴 했지만, 주요 일간지가 장 회장의 진술 사실을 단정적으로 보도한 것은 처음이었고 나는 큰 충격을 받았다. 대구의 기업인인 장 회장으로부터 돈은커녕 돈 이야기도 들은 바 없기 때문에 이것은 분명한 음해인데 주요 일간지가 정확한 사실 확인도 없이 대대적으로 보도한 데 충격을 받은 것이다.

당시는 6·4 지방선거로 여권이 승리의 기쁨을 맛보았지만 그것도 잠시일 뿐, 그들이 기대했던 한나라당의 분당이나 대거 탈당 등 한나라당 붕괴 현상은 나타나지 않았다. 오히려 벼랑 끝에 몰린 한나라당 내에서 이대로 물러설 수 없다는 공감대가 퍼지기 시작했다. 6월 17일 열린 1박 2일의 한나라당 국회의원 합숙 토론회에는 소속의원 148명 중 133명이 참석했는데 정당의 국회의원 연찬회나 토론회에 이런 높은 참석률은 매우 드문 일이었다.

여기에서는 여권의 의원 빼가기에 대비한 지도체제와 당 분위기 쇄신 그리고 정국주도 전략 등을 놓고 열띤 토론을 벌였다. 여권 인사들이 이 현장을 보았다면 그들이 기대한 한나라당 붕괴론이 뜻대로 실현되기 쉽지 않다는 것을 깨달았을 것이다. 당내의 당권파와 비당권파 간의 경쟁·갈등을 한나라당이 깨지는 것처럼 여권에서 부추기기도 했지만 이것은 보기에 따라서는 오히려 당에 활력을 넣는 역할을 한 측면도 있었다.

여기에 7월 21일의 국회의원 재보선이 닥치고 있었는데 이 선거는 여야 모두 질 수 없는 선거였다. 이런 판국에 장수홍 사건에 대한 검찰수사 보도가 터져 나왔던 것이다.

〈동아일보〉는 이를 특종 보도하면서 한나라당의 이회창 명예총재, 김윤환 부총재, 국민회의 권노갑 전 부총재 등이 연관된 것으로 보도하고, 특히 검찰이 장 회장이 나의 측근을 통해 돈을 전달한 것으로 보고 있다는 것과 검찰이 나에 대한 사법처리 수위에 고민하고 있다는 식으로 보도했다.

이것은 명백한 허위 보도였다. 완전한 조작 내용이었기에 우리는 국민회의의 권노갑 부총재는 구색용이고 나의 제거와 정계개편이 주목적이라고 보았다. 또 7. 21 재보선에 대한 대비까지 겸한 다목적 책략이라고 판단했다. 이것은 새로운 한파였다.

우리는 〈동아일보〉가 이런 사실 관계를 정확하게 확인하지도 않고 보도한 것은 여권의 정치적 장난에 놀아나는 것이라고 생각했다. 우리는 이런 보도 내용을 방관할 수만은 없었다.

당시 한나라당은 야당으로서 홀로서기를 위한 생존 투쟁을 하는 비상 시기인데 이런 보도내용이 진실인 것처럼 굳어지면 나 개인만이 아니라 당의 생존에도 위험한 사태가 올 수 있었다.

당내에서는 이 보도 내용에 대해 어떻게 대응할 것인가를 놓고 고소 등 강경대응을 해야 한다는 쪽과 언론과 싸워 덕 볼 것이 없으니 강하게 항의하는 수준에서 끝내자는 쪽으로 견해가 엇갈렸다. 결국 결론은 내가 낼 수밖에 없었다. 나는 법관 시절부터 표현과 언론의 자유를 줄기차게 옹호해왔던 만큼 고민에 빠지지 않을 수 없었다.

언론이 정치인을 비판하는 것은 언론의 기본적 기능에 속하므로 보도에 대해 정치인이 일일이 호불호의 반응을 보이는 것은 어리석은 일이다. 하지만 그 내용이 근거가 없고 사실과 다를 때도 정치인은 대범하게 웃어넘기고 입을 다물어야 하는가. 더구나 보도내용이 사실과 다르고 정치적으로 파장을 가져올 경우에는 아무리 정치인이라도 언론에 정정을 요구할 수 있음은 물론, 언론도 이를 정정할 의무가 있다.

우리는 〈동아일보〉 측에 보도내용이 사실과 다르므로 정정해 달라고 요청했으나 돌아온 대답은 기사 내용은 정확한 것이고 만일 우리가 계속 항변한다면 취재기자들이 가지고 있는 보다 상세한 자료 내용을 공개할 수도 있다는 것이었다. 이제 이 문제는 대범의 문제가 아니라 정치 생명을 좌우할 진실규명의 문제가 되어버렸다.

〈동아일보〉는 나의 고교 동문, 대학 동문들이 편집국장 등 요직으로 많이 근무했고 대법관 시절에는 나를 '올해의 인물'로 선정한 인연도 있어서 마음으로 친근하게 느끼고 있었던 언론사였다. 고민 끝에 나는 내가 어려울 때마다 해왔듯이 무엇이 옳은 길인가에 따라 결단하기로 했다. 이 경우에도 많은 불편한 상황들이 예상되었지만 〈동아일보〉를 고소해 허위보도에 대한 사과를 받아내는 것이 옳다고 결론을 내렸다.

나는 7월 13일 〈동아일보〉 편집국장과 사회부장, 그리고 취재기자 등을 상대로 출판물에 의한 명예훼손으로 서울지검에 고소했다. 그러자 〈동아일보〉는 바로 다음 날인 7월 14일자 신문에서 "동사가 7월 10일 보도한 내용에 대해 김태정 검찰총장이 13일 기자간담회에서 '돈을 준 정치인의 이름이 나온 것은 사실'이라고 확인해줌으로써 이들 정치인이 장 회장에게서 돈도 받았을 가능성을 뒷받침했다"고 거듭 보도했다.

말하자면 고소한 데 대해 반격을 가한 셈이었다. 그러나 안 받은 것을 받은 것으로 할 수는 없지 않은가.

검찰조사가 진행됨에 따라 돈 전달은 근거 없는 것으로 밝혀졌다. 〈동아일보〉에서는 고소 취하를 종용해 왔지만 나는 사과를 받기 전에는 취하할 수 없다고 응하지 않았다. 돈 전달설 자체가 음해인 것을 확실하게 드러내기 위해서도 보도한 언론의 사과를 받아야 한다는 것이 내 생각이었다.

그러자 〈동아일보〉 김병관 회장 측이 저녁 자리를 마련해 거기에 〈동아일보〉 사장과 편집국장을 동석시켜 사과하겠다는 연락이 왔다. 나는 사과는 비공개로 받더라도 사후에 이 사실을 보도자료로 내겠다는 것을 분명히 했다. 그리고 저녁 자리에 나가 사과를 받았고 며칠 후 〈동아일보〉에 대한 고소를 취하했다.

꽃다발 대신 들어온 사정의 칼

8월 3일 국회에서 제15대 국회 후반기 국회의장 선거가 실시되었다.

한나라당 후보인 오세응 의원과 국민회의·자민련의 여당 공동후보인 박준규 의원이 3차 결선투표까지 가는 혼전을 벌였다. 그 결과 박준규 후보가 149표를 얻어 139표를 얻은 오세응 후보를 누르고 의장에 당선되었다. 당시 한나라당은 과반수를 차지하는 제1당이고 투표 참석 의원도 149명이었으므로 능히 이길 수 있었는데도 이탈 표가 생겨 박 후보를 돕는 바람에 지고 만 것이다. 한나라당 내에서는 분노와 자책의 목소리가 폭발했고 결국 조순 총재 등 당 3역이 사퇴하는 사태가 벌어졌다. 조 총재는 이기택 부총재를 총재권한 대행으로 임명했다.

이기택 총재대행의 주요한 임무는 말할 것도 없이 총재 등 당 지도부 선출을 위한 전당대회의 준비와 개최였다. 이때까지 총재 경선 출마의사를 밝힌 사람은 이한동, 김덕룡, 서청원 그리고 나, 네 명이었으며 조 총재는 지도부 사퇴 등 돌발 사태로 사실상 경선 출마가 어려워졌다.

　마침내 8월 31일 서울 올림픽 체조경기장에서 한나라당 전당대회가 열렸다. 대의원 7,326명이 참석해 총재 후보 네 명의 정견발표를 듣고 투표에 들어갔는데, 내가 과반수인 4,083표(55.7퍼센트)를 얻어 총재로 당선되었다. 두 번째로 한나라당 총재가 된 셈인데 당원(대의원)들의 직접투표에 의해 선출된 총재로서는 처음이며 명실공히 야당의 당수가 된 것이다.

　하지만 당시의 정치 상황은 매우 험난해지고 있어 앞길은 그야말로 가시밭길처럼 보였다. 우선 김대중 정권이 야당 의원 빼가기에 올인하고 있어 이에 맞서 당을 지키는 일이 시급했다. 그 다음은 총재경선을 거치면서 더더욱 갈등에 노출된 각 계파들을 조정하고 화합해 당의 힘을 결집시킬 필요가 있었다.

　나는 총재 수락 연설에서 대통령과 여당에게 야당 파괴 공작을 즉각 중단할 것을 요구하고 대통령과 만나 여야를 떠나 솔직하고 진지하게 국정을 논의하기 위해 여야 총재회담을 제의했다. 또한 당원들에게는 화합과 협조를 강조하고 당내 모든 세력과 협조해 화합으로 당을 이끌 것이라고 선언했다.

　이날 수락 연설의 표현은 평범했지만 나의 진심을 담은 것이었다. 어차피 앞으로 5년 간은 정권을 잡은 김대중 대통령의 시대가 펼쳐질 것이다. 김 대통령에게는 무엇보다도 IMF 외환위기를 가져온 경제 위기를 극복해야 할 국가적 과제가 있고 또한 최초의 호남출신 대통령으로서 극심한 동서 간 갈등과 대립을 완화시키는 일도 그의 몫이었다.

김 대통령이 의원 빼가기와 편파사정 등으로 야당을 파괴하고, 숨통을 조이는 탄압을 중단하면 나는 김대중 정권을 도와 국가적 과제를 잘 수행하게 함으로써 과거와 같은 투쟁 일변도의 야당이 아니라 상생정치의 동반자로서의 야당 상을 선보이고 싶었다.

민주화 투쟁 당시의 김영삼 총재나 김대중 총재의 야당은 당시의 정치 상황 때문에 투쟁 일변도로 갈 수밖에 없었고 언론의 지지도 받았다.

그래서 일부 언론이나 논평가들은 한나라당에 대해 때로 투쟁성 부족을 탓하면서 과거의 YS와 DJ 때의 야당을 배우라고 질책하기도 했다.

그러나 나는 민주화 투쟁 당시의 야당과 민주화 시대의 야당을 동일하게 보는 것은 무리라고 생각했다. 의원 빼가기 등으로 벼랑에 떠밀려 어쩔 수 없이 강경투쟁을 외쳤지만 김 대통령과 여당이 이런 압박을 중단한다면 과거의 야당 정치 경력이 없는 내가 새로운 상생의 야당 상(像)을 만들 수 있는 적격자라고 생각했다. 그래서 여야 총재 회담도 제의했던 것이다.

그러나 김대중 대통령은 당선 직후 한나라당 당사를 찾아와 웃던 그 얼굴은 어디로 갔는지 너무나 매몰찼다. 8월 31일 전당대회에서 내가 총재로 선출된 바로 그날 대선자금 수사를 이유로 대선 당시 대선대책위원회 기획본부장을 맡았던 서상목 의원을 출국금지시켰다. 또 바로 그날 노승우, 김기수 의원이 탈당해 한나라당 의석은 148석으로 마침내 과반수가 무너졌으며 다음날인 9월 1일에는 한나라당을 탈당한 권정달 의원이 국민회의에 입당했다.

언론은 여권이 권 의원의 입당을 계기로 영남권의 한나라당 의원들을 대상으로 적극적인 영입교섭을 벌이고 있다고 보도했다. 김대중 대통령은 야당 총재로 선출된 나의 상생 제의를 발로 걷어찬 것이다.

여권은 여소야대의 국회를 여대야소로 바꾸려는 정계개편을 하기 위해 야당 의원 빼가기를 매몰차게 감행했다. 또 그 수단으로 야당 의원들의 문제점이나 약점을 헤집는 사정(司正)이 동원되었다. 검찰은 서상목 의원이 국세청을 통해 대선자금을 모금한 혐의가 있다고 출국금지 시킨 데 이어, 지난 대선 당시 한나라당 사무총장이었던 김태호 의원도 금품수수 혐의를 이유로 출국금지시켰다. 언론에서는 자신들의 대선자금 문제는 덮어두고 상대당의 대선자금만 문제 삼는 것은 전례가 없던 일로 형평성을 잃은 편파 사정이라는 지적이 잇따랐다. 또한 이런 여권의 공격은 한나라당이 이회창 체제로 전열이 정비되어 강한 야당이 되는 것을 방치하지 않겠다는 김 대통령의 뜻이 반영된 것이라고도 보도했다. 또한 당내에는 위에 말한 의원들 외에도 많은 의원과 친인척에 대한 계좌 추적이 폭넓게 진행되고 있는 사례가 보고되었다. 당내에는 이런 야당 씨 말리기 술책에 앉아서 당할 수만은 없다는 분노가 끓어올랐다.

하지만 여권은 이에 아랑곳하지 않고 압박 강도를 더욱 높였다. 검찰은 서상목 의원 사건과 관련 이회창 총재도 소환 조사할 수 있다는 말을 흘리고 청와대도 전면에 나서 이강래 정무수석이 이 총재의 사과가 있어야 한다고 주장했다. 이것은 이번 사정의 배후에 청와대가 있음을 보여준 것이라고 생각됐다. 또한 수사대상이 확대되어 김윤환 부총재, 이기택 전 총재권한대행도 포함될 것이라는 소문이 돌아 당

3
정치인으로 걸어온 길

225

내 분위기는 흉흉하기까지 했다.

어느 언론이 표현한 대로 김대중 정권은 8월 31일 전당대회로 새롭게 출발하는 한나라당에 축하의 꽃다발 대신 사정의 칼을 들이 댄 것이다.

김 대통령은 대선 후보시절 3금법을 만들어 정치보복을 금지시키겠다고 공약하고 다녔는데 대통령이 된 후에는 정치보복에 발 벗고 나선 꼴이었다. 김 대통령은 언필칭 법치주의를 들먹이면서 법 위반을 다스리는 사정은 정치보복이 아니라고 강변했지만 현대의 정치보복은 합법적 법집행을 빙자해 자행되는 것이지 옛날처럼 곧바로 잡아다 족치는 것만을 보복이라고 말하는 것이라면 김 대통령의 3금법 주장은 그야말로 위선의 극치라고 할 수밖에 없었다.

또 법치주의를 들먹이지만 김 대통령이나 여권의 과거 잘못은 덮어두고 야당의 문제점만 적출하는 편파사정, 기획사정은 형식적 법치주의에는 맞을지 몰라도 형평과 공정성을 결여해 실질적 법치주의의 정의에 반하는 것이었다.

이제 내가 기수(騎手)가 된 한나라당은 매서운 권력의 광풍이 휘몰아치는 광야에서 이와 맞서야 했다.

강경투쟁을 결심하다

나는 심각한 고민에 빠졌다. 이 난관을 어떻게 뚫고 나갈 것인가.

나는 장외투쟁 등 강경투쟁으로 싸우기를 본업으로 삼는 야당을 만들고 싶지 않았다. 누구와 싸운다는 것은 법관으로 반평생을 보낸 내 성미에 맞지 않았고 싸운다는 생각만 해도 입맛이 떨어질 정도였다. 일단 싸울 수밖에 없는 상황이 되면 결코 물러서지 않겠지만 아무튼 싸우는 것은 싫었다. 신한국당 시절에는 3김 씨의 정치구도 속에서 움직였으니까 어쩔 수 없었다고 하더라도 이제 새롭게 당원에 의해 선출된 야당의 총재가 된 이상 싸움박질만 하는 '등산화' 야당이 아니라 합리적이고 현대적인 '이회창 표' 야당을 만들고 싶었다.

그러나 김대중 대통령은 이런 나의 소망에 찬물을 끼얹고 벼랑으로 몰았다. 내가 한나라당 총재 수락 연설에서 말한 진심에 대해 전혀 귀를 기울이지 않은 것이 분명했다. 어쨌거나 당이 이렇게 벼랑에 몰리고 국회의원들의 머리 위에 사정의 칼날이 번뜩이는 상황에서 나는 심약해지고 무력감에 빠지는 것을 뼈저리게 느꼈다.

강경투쟁 아니면 협상인데, 김대중 정권은 여소야대 국회를 허무는 것이 목적이므로 이를 협상을 통해 양보할 리 없었다. 결국 협상을 한다면 우리가 여소야대 국회를 허무는 것을 허락하는 것인데 이것은 그 비민주성은 제쳐두고서라도 야당으로서의 생존을 포기하는 것과 같았다.

그렇다면 강경투쟁밖에는 길이 없었다. 과연 그 길을 가야 하는가? 정치판에서의 강경투쟁은 일반 국민에게는 인기가 없었다. 군사정권에 대한 민주화 투쟁 시절에는 야당의 강경투쟁이 국민의 지지와 호응을 받았지만 민주화 후에 국민은 정치판의 정쟁이나 강경투쟁을 보고 "싸움박질만 한다"고 타박을 주었다. 민주화 시대에 들어와 정당의 강경투쟁을 보는 시각이 달라진 것이다.

욕먹을 것이 뻔한 장외투쟁을 해야 하나? 김대중 대통령은 마치 우리에게 강경투쟁을 하라고 부추기고 있는 것처럼 보였다. 이때 내가 뼈저리게 느낀 것은 3김 씨의 구태의연한 정치 감각이었다. 김영삼 씨나 김대중 씨나 민주화 정권의 대통령인데 야당을 대하는 기본적 인식은 과거 군사정권이 당시의 야당을 대하는 것과 전혀 다를 것이 없어 보였다. 기본적으로 야당은 압박하고 무력화시키는 대상이지 이해하고 대화하는 파트너가 아니었다. 그래서 야당을 벼랑으로 몰고 싸우게끔 만들어 정치를 더욱 힘들고 어렵게 만들었다.

군사정권이 곧바로 물리력을 가지고 야당을 압박했다면 민주화 정권은 주로 사정이니 법치주의니 하는 법의 수단을 이용해 압박하는 차이가 있을 뿐이었다. 흔히 3김 씨를 정치 9단이라고 부른다. 나도 그분들의 정치적 능력과 경륜은 높이 평가하지만 야당을 압박해 오히려 정치를 어렵게 만드는 수법은 민주주의를 외면한 과거 정권과 기본적으로 다를 것이 없었다.

또 김대중 정권이 사정이나 법치주의를 야당 압박의 수단으로 내세우는 것은 실정법대로 하면 모두 정의라는 형식적 법치주의의 오류에 빠져있거나 이를 악용하는 것으로 보였다. 아무리 합법의 포장을 뒤집어썼더라도 정권이 야당을 탄압하기 위해 형평성이 없는 불공정한 편파사정을 자행한다면 이는 정의에 반하는 것이다.

물론 야당도 법을 위반한 부분이 있다면 그 책임을 져야 되겠지만 편파사정을 정치도구로 사용하는 정권에 대해 야당은 저항할 수 있다고 봐야 한다. 당시 검찰의 수사는 주로 야당 정치인을 상대로 집중되었고 일부 여권 정치인도 수사 대상에 올랐지만 구색 맞추기에 불과했다.

김대중 정권은 김종필 국무총리 임명 동의를 거부하는 한나라당을 용서할 수 없고 새로 출범하는 이회창의 야당을 싹부터 짓밟기로 작심한 것 같았다. 내가 보기에 그는 나와 한나라당을 얕잡아 보고 있음이 분명했다. 그는 대통령이 된 후 역대 대통령들이 그랬듯이 권력이 집중된 대통령의 막강한 권한에 자신감이 충만해졌음이 틀림없었다. 그는 '이회창은 3김과는 달리 법관 출신의 아마추어인 만큼 세게 밀어붙이면 밀릴 것이다', '강경투쟁은 아무나 하는 게 아니다'라고 생각하지 않았을까. 그리고 한나라당의 민정계는 양지인 여당만 해오던 사람들로 찬바람 부는 음지에서 투쟁할 근성이 없고 야당을 해본 민주계도 5년 동안 여당을 해오면서 많이 연화(軟化)되었을 것이라고 생각하지 않았을까. 아마 틀림없을 것이다.

며칠 동안을 밤잠을 설칠 정도로 고민하던 끝에 나는 한나라당이 이 난관을 헤쳐나가 살길은 강경투쟁 밖에는 없다는 결론에 이르렀다.

나는 싸움을 싫어하지만 싸울 수밖에 없다면 온몸을 던져 싸운다. 김대중 정권이 나를 법관 출신의 백면서생쯤으로 생각했다면 크게 잘못 본 것이다. 나는 싸울 바에는 야만(?)스럽게라도 싸워서 김대중 정권이 스스로 야당 탄압이 자신들의 손해라는 것을 깨닫게 만들어야겠다고 결심했다. 강경투쟁은 9월 10일의 정기국회 개회식에 불참하는 것으로 시작해 김대중 정권의 부당한 정계 개편 시도 규탄투쟁을 하며 전국 규모로 확산해 가기로 했다.

우선 당내에 확고한 경경투쟁의 공감대를 형성하는 것이 급선무였다.

장외투쟁의 가시밭길

장외투쟁을 벌이던 당시를 회상하면 지금도 끔찍하고 괴롭고 무거운 기억들이 교차한다. 아마 민주화 정권이 들어선 후 야당이 전국 규모로 대대적인 장외투쟁을 벌인 것은 이때가 처음이 아니었는가 싶다.

나는 9월 10일 아침에 당내 다선 중진인사들과 조찬모임을 갖고 장외투쟁 방침에 관한 의견을 들었다. 그 후 10시에 의원총회를 열어 당의 진로에 대한 난상토론을 벌였다.

나는 오랜 법관 생활을 거치면서 토론의 소중함을 체득한 사람이다. 재판은 합의(合議)를 거쳐 결론을 도출하는데 이 합의가 바로 토론이다. 재판부 안에서 연조나 지위에 상관없이 갑론을박의 맞장토론을 하는 과정에서 미처 착안하지 못한 쟁점이나 잘못된 논리를 발견해 바로잡게 된다. 또 말은 생각의 표현이라지만 토론을 하다 보면 새로운 생각이 떠오르게 되어 말은 생각의 표현을 넘어 생각 자체를 창조한다는 것을 실감했다. 나는 정치에 들어와서도 당의 정책이나 방향을 논의하는 자리라면 토론을 유도했다. 그렇게 안 하면 결론이 항상 불안했다.

또한 당의 힘을 결집시키는 일에도 토론이 필요했다. 중요한 문제에 관해 갑론을박을 하다 보면 의견이 갈려 오히려 대립과 갈등을 조장한다는 반론도 있었다. 하지만 토론을 거쳐 의견의 차이가 드러나게 한 뒤에 당의 방향을 설득하는 것이 당의 힘을 모으는 데 더 효과적이다. 특히 소속 국회의원들의 의원총회에서의 토론은 매우 중요하다.

그러나 의원총회에서 토론의 방향이 어디로 가든지 그 결과에 승복하는 것이 민주주의라고 생각한다면 이는 순진한 생각이다. 다수결은 민주주의의 기본요소이긴 하지만, 다수결이 항상 정의를 의미하지는 않는다. 때로 정의에 반하는 경우도 생긴다. 당을 이끄는 대표나 총재는 의원총회의 다수결이 정의에 반하는 방향으로 가지 않도록 챙겨야 할 책무가 있다. 다수의 의사가 그렇게 나왔으니 잘못된 결론이라도 어쩔 수 없지 않느냐고 생각하는 사람은 당을 이끌 리더십이 없다.

나는 의원들의 의견을 들어보는 정도가 아니라 당내 의사를 모으고 당력을 결집하는 의원총회의 경우에는 사전에 발언자나 발언자 수 등 세밀한 점까지 신경을 썼다. 그리고 의원총회에서 중요한 안건에 관해 토론을 마감할 때는 반드시 마지막 결단은 총재에게 위임해주도록 요청해 위임을 받았다. 이 위임을 근거로 정의를 위해 필요하다면 다수의 의견을 수정하는 결단을 내리기도 했다. 이로 인해 '제왕적 총재'라는 달갑지 않은 평도 들었지만 나는 지금도 나의 소신에 변함이 없다.

말이 옆길로 샜지만 9월 10일의 의원총회에서는 분기탱천해 김대중 정권에 대한 성토가 벌어졌고 장외투쟁으로 강경하게 맞서야 한다는 강경론이 대세를 이루었다. 소수지만 정기국회에 참석해 국정감사와 상임위 활동을 통해 원내투쟁을 벌이자는 온건론도 나왔다.

나는 의원총회에서 의원들의 의견이 충분히 토론되었고 장외투쟁으로 갈 수밖에 없다고 보고 마지막으로 당의 앞으로 투쟁 방법과 시기에 대해서는 총재의 결단에 위임해줄 것을 요청해 위임을 받았다.

나는 의원총회 후 기자회견을 갖고 정기국회 개회식 불참을 시작으로 장외투쟁에 나설 것임을 선언했다.

장외집회는 수도권에서 시작해 영남권으로 내려갔다가 다시 서울로 올라와 마무리 짓는 것으로 계획을 세우고 9월 11일 인천지역 부평에서 첫 테이프를 끊었다. '김대중 정권 야당 파괴 및 철새 정치인 규탄대회'를 열고 김 정권의 야당 의원 빼가기 정계 개편을 강하게 규탄했다. 이런 강경투쟁과 병행해 우리 당의 박희태 원내총무로 하여금 국민회의의 한화갑 원내총무와 편파사정 중단 및 국회정상화를 놓고 협상을 시도하도록 했다. 장외투쟁은 하더라도 국회정상화를 위한 노력을 다하는 것은 보여줘야 했다.

그런데 검찰은 9월 15일 이기택 전 총재권한대행에 대한 소환조사를 발표하고 그 다음날에는 이부영, 김중위 의원의 소환조사를 발표함으로써 한나라당을 발칵 뒤집어 놓았다. 김대중 대통령은 한나라당의 협상 시도도 걷어차고 오히려 강경한 사정 압박을 가해온 것이다. 당내에서는 김윤환 부총재와 여권의 사이의 막후 협상설이 나왔으나 나는 지금은 협상할 때가 아니라고 판단해 협상설을 막아버렸다.

9월 17일 비상의원 총회를 열어 세 시간 이상 열띤 토론을 벌인 끝에 나는 강한 어조로 더 이상 타협이나 양보, 대화는 없으며 죽기를 각오하고 민주주의를 수호하겠다고 선언했다. 정치판의 정쟁에서 무슨 죽는다는 살벌한 말이 나오느냐고 빈정거릴 수도 있을 것이다. 그러나 그때 내 심정은 사정이란 칼을 들이대면서 압박하는 치사스럽고 더러운 정치를 하는 정권에 굴복하는 것은 죽기보다 더 치욕스럽게 느껴졌다.

나는 내 몸을 던져 김대중 대통령의 구태정치에 대항할 결심을 했다. 대다수의 의원들이 자발적으로 의원직 사퇴서를 작성해 당 지도부에 제출했고 국회의장에 제출하는 여부와 시기는 지도부에 일임했다. 그야말로 한 치 양보 없는 싸움판이 되어버린 것이다.

우리는 9월 19일 부산집회를 강행했다. 부산역 광장에서 개최된 '김대중 정권 야당 파괴 부산 경남 규탄대회'에는 1만 5천여 명의 군중이 꽉 들어찬 가운데 열기가 끓어올랐다. 대회 후 대형 국기를 들고 시가행진에 나섰는데, 행진에 참여한 군중들이 점점 불어나 김대중 정권 규탄을 외치면서 흥분의 도가니가 되어 가는 듯해 우리는 자제를 호소해야 했다. 만일의 불상사를 우려해 중간에 행진을 끝내고 해산했다. 이 대회에서 연설한 이기택 전 총재권한대행은 당일 귀경하자 곧바로 한나라 당사에서 '편파사정과 야당 파괴 공작 중단' 요구를 내걸고 단식농성에 들어갔다.

부산집회 등 강경투쟁의 성과는 우리에게는 고무적인 것으로 드러났다. 국민회의 정책분석 위원회의 자체 여론조사에서 응답자의 52퍼센트가 진행 중인 정치권 사정이 불공정하다고 답했고 국회의 공전이 여야의 공동책임이라는 응답도 50퍼센트 넘는 것으로 문화일보에 보도되었다. 또 공동정부의 한축인 자민련이 사정 조기종결을 주장하고 나오기도 했다.

그런데 9월 21일 검찰이 김윤환 전 부총재를 소환조사할 것이라고 언론에 말한 것이 보도되었다. 이기택 씨에 이어 김윤환 전 부총재에 대해서까지 사정의 칼을 들이대는 것은 한나라당을 초토화하겠다는 것으로 볼 수밖에 없었다. 9월 26일 대구에서 야당 탄압 규탄대회를 열었는데, 부산대회 때보다 더 많은 3만여 명의 군중이 운집해 야당 탄압 정권에 대한 규탄 분위기를 고조시켰다. 문자 그대로 한나라당에 대한 열광적 성원이었다. 너무 분위기가 과열되는 것 같아 주최 측이 자숙을 호소할 정도였다. 대회 종료 후에도 참석자들은 예정에 없는 도심지까지의 시가행진을 벌였다.

여권에서는 대구대회에 대해 지역감정을 선동한 대회라고 폄하하고 관련자를 고발하겠다는 말까지 나왔다. 수만 군중이 열광한 집회가 이어지면서 여권이 신경과민이 되어 가고 있음이 분명했다.

우리는 9월 29일 대규모 장외집회의 마무리로 서울역 광장에서 김대중 정권의 국정 파탄 및 야당 파괴 규탄대회를 열었다. 언론은 이대회가 대치정국의 분수령이 될 것이라고 보도했다. 이날 대회는 많은 군중이 운집했으나 폭력배에 의한 집회 방해로 크게 얼룩졌다. 대회 시작 전부터 일단의 괴청년들이 조직적으로 연단과 군중 사이를 헤집고 다니면서 플래카드를 찢고 여성당원들에게 폭언을 퍼붓는 등 행패를 부렸다. 내가 연단에 입장할 때 나에게까지도 우산대를 휘두르고 던지는 등 위협했고 김덕룡 의원에게도 폭행을 가했다. 많은 당원들이 돌, 유리병, 각목 등에 맞아 머리, 얼굴 등에 상처가 났다. 이 괴청년들의 일부는 웃옷을 벗고 행패를 부렸는데 온몸에 문신이 새겨져 있어 동원된 폭력배들이 틀림없다는 보고를 받았다.

세상에, 백주대낮에 수도 서울 한복판에서 어떻게 이런 일이 벌어질 수 있단 말인가? 이른바 '땃벌떼'가 동원되던 독재정권 시절도 아니고 민주화 투쟁을 했던 김대중 대통령의 시대에 이런 폭력배들의 집회 방해가 버젓이 자행되는데 과연 김 정권이 민주화 정권이 맞는가? 과거 정권처럼 "백주의 테러는 테러가 아니다"라고 강변할 것인가? 코앞에 남대문 경찰서가 있는데도 아무 소용이 없었다. 이런 때 검찰에서 나를 적극 돕던 당 원로인 황낙주 전국회의장을 소환조사한다는 소식이 또 전해져 당원들을 더욱 격앙시켰다.

나는 서울대회를 마무리한 다음에 30일에 경제기자 회견을 열고 경제난국 극복을 위한 방안을 제시하면서 정국 정상화를 모색할 예정이었으나 사태가 이렇게 악화되자 경제기자 회견을 취소했다. 그리고 반민주적 폭거를 강력하게 규탄하는 성명을 냈다.

나는 정치 9단들의 행동을 도무지 이해할 수 없었다. 여권은 폭력배들의 행동은 자신들과 전혀 관련이 없다 강변했다. 그 말이 사실이라면 백주에 서울 한복판에서, 그것도 경찰서 코앞에서 일어나는 폭력 사태를 막지 못할 만큼 무능한 정권임을 인정하는 것이 아닌가. 무능 정권이라는 치욕스러운 말을 듣지 않으려면 최소한 사후 수습에 발 벗고 나서는 모습이라도 보여줬어야 하는 것 아닌가. 한나라당이 자초한 것이 고소하다는 식으로 조롱하고 있으니 뒤에서 폭력배를 조종했다는 말은 들을 수밖에 없었다. 나는 이런 정치를 이해할 수 없었다.

판문점 총격 요청설의 광풍

한나라당의 서울집회가 폭력배들에 의해 조직적으로 방해된 사태가 일어나자 정국은 다시 얼어붙었고 김대중 정권의 서투른 정국운영과 무능이 그대로 드러나는 듯했다

그러나 이때 김대중 정권은 정국 상황을 일거에 뒤집어 놓을 일대 반격을 꾀하고 있었다. 10월 1일 검찰은 진로그룹 고문이라는 한성기 씨, 전 청와대 행정관 오정은 씨, 대북 교역사업가 장석중 씨 등 3인이 지난해 대선 당시 한나라당 이회창 후보를 돕기 위해 북한 측에 '판문점 총격'을 요청한 혐의로 안기부로부터 구속 송치받아 수사 중이라고 발표했다.

안기부와 검찰을 취재한 언론 보도에 따르면 오 씨는 이회창 후보의 비선조직을 운영하면서 한 씨와 장 씨를 작년 12월 10일 중국 베이징에 보내 북한 대외 경제위원회 참사관 리철문과 통일선전부 산하 아태위원회 참사 박충을 만나게 했다는 것이다. 그리고 "대선 3, 4일 전 판문점 공동경비구역 안에서 우리 군과 총격전을 벌여달라"고 요청하게 했다는 것이 그 내용이었다. 또 한 씨는 중국으로부터 돌아온 후 이 후보의 동생인 이회성 전 에너지연구원장을 만나 수고비로 500만원을 받았다는 것이다.

이것은 참으로 기막힌 일이었다. 대한민국의 대통령이 되겠다는 사람이 선거에 도움을 받기 위해 북한에게 총격해 달라고 요청했다니 말이 되는 소리인가? 내가 그런 의심을 받을 만한 인물밖에 못 되었던가? 이회성 전 원장은 곧바로 보도 내용을 반박하는 성명을 냈다.

검찰 발표와 함께 청와대와 여당은 일제히 나와 한나라당에 대한 비난을 폭포처럼 쏟아냈다. 청와대는 나를 비롯한 한나라당 지도부가 사전에 알았을 것이라는 당연한 전제하에 '당시 후보 측이 모르고 그런 일을 했겠느냐'며 사실상 이회창 배후설을 기정사실화했다. 여당인 국민회의와 자민련도 일제히 포문을 열었다. 국가안보를 팔아 대통령이 되려고 한 반국가범죄, 전쟁유발, 외환유치 범죄행위라며 나에게 사과와 정계은퇴를 요구하고, 심지어 대한민국을 떠나라는 말도 나왔다.

처음부터 포격은 나에게 집중되어 있었다. 검찰이 3인 혐의에 대한 수사 개시를 한 단계에서 청와대와 여권이 그 배후가 이미 확인된 것처럼 일제히 나를 상대로 공격하고 나온 것은 나에게는 정신 나간 광인들의 칼춤으로밖에 보이지 않았다. 왜냐하면 내가 배후인지 아닌지는 누구보다도 내가 가장 잘 아는 일이 아닌가. 오 씨 등 3인이 무슨 일을 했고, 또 그 배후가 누구인지는 검찰이 수사해봐야 알 수 있는 일인데, 여권이 검찰수사가 시작되기도 전에 기정사실화해 공격하고 나온 것은 그들의 의도가 무엇인지 충분히 짐작할 수 있게 하는 일이었다.

언론들은 한나라당의 서울집회 폭력 방해나 편파사정 시비가 총격요청 태풍에 날아갈 것이라고 보도했다. 또 김대중 대통령은 총격요청의 진위 여부와 관계없이 나를 정치 파트너로 인정할 생각이 없으며 나를 정치권에서 제거하고 한나라당도 괴멸시키려는 것이 아닌가 하는 추측 보도도 나왔다. 나는 가슴 깊은 곳으로부터 참기 어려운 분노가 끓어오르고 투지가 전율처럼 온몸에 흐르는 것을 느꼈다. 정치 9단이라는 그들이 하는 수법이란 게 바로 이런 것이구나, 민주화 투사의 탈을 쓴 채 자신들을 압박했던 독재정권 뺨치는 음흉하고 더러운 모략정치를 일삼는 것이 3김 정치라면 이는 바로 민주주의를 죽이는 정치가 아닌가.

언론에 보도된 내용과 위 3인의 변호인 등의 진술에 의하면 안기부가 한 씨 등 3인을 조사하는 과정에서 구타, 폭행 등 가혹한 고문을 가해 허위 자백을 받아냈고 한성기의 변호인 강신옥 변호사는 한성기 몸에서 고문의 흔적까지 확인했다고 한다. 우리가 보기에 이 사건은 안기부가 주연이 되어 사건을 구성한 후 검찰에 송치했고 검찰은 마치 배후설이 상당한 근거가 있는 것처럼 수사 내용을 흘리는 조연 노릇을 하고 있었다.

법원의 증거 보전을 위한 한성기 씨와 장석중 씨에 대한 신체검증 및 감정에서는 고문받았다고 주장하는 신체 부위에서 외력에 의한 상처의 흔적을 발견했다. 한성기 씨 등은 검찰수사에서 일관되게 안기부에서 고문받았고 특히 이회성 원장으로부터 돈을 받았다는 부분은 완전히 허위 자백이라고 말하고 있는데도 안기부는 확실한 물증이 있는 것처럼 계속 언론에 흘리고 있었다.

고문 의혹이 불거진 것 자체가 김대중 정권으로서는 치욕스러운 일이다.

김 대통령 자신이 과거 독재정권하에서 고문을 받은 피해자인데 김 대통령의 소속기관인 안기부에서 저질러진 고문에 대해 여권이 이를 덮으려고 한다면 이 정권의 위선과 이중성을 그대로 보여주는 것이 아닌가.

한나라당은 '판문점 총격 요청사건'을 야당 파괴를 위한 조작사건으로 규정하고 안기부가 피해자의 수사자료를 의도적으로 흘리는 데 대해 이종찬 안기부장을 피의사실 공표 및 직권남용죄로 고소하기로 했다. 여권은 여전히 나에 대한 사법처리가 불가피하다고 주장했지만 내가 보기에 이 사건은 '고문에 의한 허위 자백설'이 나온 뒤로 이미 고개를 넘어가고 있었다. 여권은 수세로 몰릴 수밖에 없을 것으로 보였다. 검찰은 이회성 원장에 대해 이 사건에 관한 공개적인 수사를 일체 하지 않고 비공개로 호텔에서 1회 진술을 받는 데 그쳤다. 그리고는 이 사건이 아닌 세풍 사건에 연루된 것으로 발표했다. 코에 안 걸리면 귀에라도 걸어보자는 속셈 같았다.

10월 초에 이르러 여당 당직자들로부터 "야당과 정치할 용의가 있다"느니 "특정인의 야당 총재 자격을 시비한 적이 없다"느니 하는 말이 나오기 시작해 그들도 총격 요청 사건에 대한 자신감이 흔들리고 있음을 보여주었다. 또한 정기국회가 장기간 공전되고 있는 것도 여권에게는 큰 고민거리였다. 국회 공전이 야당 핍박으로 비롯된 것인데 진정으로 야당과 협의할 시도는 하지 않고 오히려 총격 요청과 같은 허무맹랑한 사건으로 야당을 괴멸시키려고 덤볐으니 참 무능하고 철이 없는 정권이었다.

이제 다급해진 것은 여권이었다. 겉으로는 단독국회라도 불사하겠다고 으름장을 놓고 있었지만 속셈은 대화를 원하고 있음이 분명했다.

나는 이 시기가 정국을 정상화시킬 시점이라고 생각했다. 그래서 우리는 10월 9일 장외투쟁을 접고 국회에 복귀하기로 결정했다. 그 후에도 여권은 판문점 총격사건에 미련을 못 버리고 집착하는 모습을 보였다.

하지만 없는 것은 없는 것이다. 무(無)에서 유(有)가 나올 수는 없다.

결국 검찰은 11월 26일 한성기 씨 등 세 사람을 국가보안법상의 회합죄 등으로 기소하는 데 그쳤고, 이회성 원장의 배후설에 대해서는 확인된 것은 없지만 의심이 간다는 애매모호한 발표를 했다. 한 씨 등이 진짜로 총을 쏴 전쟁을 일으켜 달라는 것은 아니라고 보았기 때문에 외환유치죄가 아니라 단순한 회합죄로 기소하고 말았던 것이다.

언론들은 일제히 여권과 안기부를 비판하고 나섰다. 그동안 나를 이 사건의 배후로 기정사실화해 규탄하고 반국가사범이라고까지 공격했던 여권과 충분한 증거가 있다고 주장해온 안기부의 정치적 행동에 대해 준절하게 비판했다. 내가 보기에 이 사건은 안기부가 공작을 꾸몄으나 실패한 사건이다. 청와대나 여권은 이를 짐작하면서도 덩달아 북을 치다가 망신만 당했다.

한나라당은 판문점 총격 사건을 정리해 "이 사건은 이회창 죽이기와 야당 파괴를 위해 현 정권이 고문으로 짜 맞춘 국민 기만극임이 만천하에 드러났다"고 규정하고 대통령 사과 및 국민회의 지도부 퇴진과 이종찬 안기부장 파면을 요구했다. 우리는 광풍을 일으킨 판문점 총격사건은 이렇게 태산명동에 서일필(泰山鳴動鼠一匹)로 끝났다고 생각했다. 하지만 김 대통령은 우리가 생각한 것 이상으로 집요했다.

훨씬 뒤의 이야기지만 2001년 4월 11일 서울고등법원은 검찰기소에 대해 한성기 등 관련자 세 명의 대북접촉 등을 인정하면서도 '사전모의'에 의한 것이라는 검찰 주장을 배척하고 한 씨 등의 우발적, 돌출적 행동이었다고 판단했다.

언론은 안기부와 검찰이 실제 내용을 크게 부풀려 실체가 없는 '총풍'을 사실상 조작한 것이라고 보고 대통령이 사과해야 할 처지가 되었다고 보도했다.[*]

---

[*] 〈조선일보〉(2001. 4. 12)

이회창
회고록

국회 등원, 그러나 다시 평화는 깨지다

판문점 총격사건으로 인한 여야 공방이 막바지에 이른 10월 8일 의원총회를 열어 의원들의 의견을 들었다. 여권의 무능한 정국운영에 대한 성토가 뜨겁게 들끓었다. 나는 여권이 야당을 압박하고 야당 총재를 인정하지 않겠다고 나오는 것은 극히 비민주적인 오만불손한 발상이며 정국운영을 이런 식으로 계속하면 우리는 정권 퇴진 운동도 불사할 것이라고 김대중 정권에 대한 강한 비판을 퍼부었다. 그런 후 의원총회 마무리에서 앞으로 국회 등원 등 정국대응 방안에 대해서는 나에게 맡겨 달라고 요청해 의원들의 만장일치로 전권을 위임받았다. 이것은 우리도 국회정상화를 진지하게 검토할 시점이 되었다고 생각했기 때문이다.

정기국회가 공전된 지 30일이 되어 가고 있었다. 그동안 김대중 정권은 섣부른 정계개편 시도와 야당탄압으로 여야 간 극한대립만 초래했을 뿐 아니라 무모하게 판문점 총격사건 배후설을 고문 수사까지 하면서 조작했다가 망신만 당하는 등 정국운영의 무능과 미숙을 그대로 드러냈다.

그동안 우리의 적극적인 항쟁으로 김대중 정권의 정국운영에 대한 무능과 미숙이 드러나면서 언론은 물론 여권 내부에서도 야당을 정치 파트너로 존중해 국회를 정상화해야 한다는 목소리가 나오기 시작했다. 여권에 의한 의원 빼가기도 일단 중단되었다. 국민은 여야 간 정쟁이나 강경대립이 오래 끌면 그 원인이나 책임이 어디에 있던 양쪽 모두를 비판하기 마련이다. 더 이상 국회정상화가 지연된다면 야당도 비판의 대상이 될 것이 뻔했다.

　나는 국회 등원으로 방향을 틀기로 결심했다. 그런데 강경투쟁으로 장외로 나가는 것은 쉬우나 장외투쟁을 접고 장내로 들어오는 것은 그리 쉽지 않다. 원래 강경파의 목소리가 장외로 나갈 때는 도움이 되지만 장내로 들어올 때는 장애가 된다. 원내 복귀, 국회정상화 문제를 의원총회의 토론에 붙였다가는 강경 분위기 때문에 부결되기 십상이다. 그래서 나는 국회 정상화 등 앞으로의 대응에 대해 미리 전권을 위임받았고 총재의 결단으로 원내 복귀를 결행한 후 그에 대한 책임은 내가 지기로 결심했다.

　위에서 강경파 얘기가 나왔지만 사실 정당 내의 강경파는 야당에게는 매우 필요한 존재이다. 강경파가 있기 때문에 야당이 어려운 상황에 처해도 앞으로 나갈 힘을 결집할 수 있는 활력소를 가질 수 있는 것이다. 하지만 강경파에 휘둘리게 되면 정당이 극단주의, 근본주의에 빠지기 쉽고 유연한 정국 대응이 어려워진다. 그러므로 정당의 리더는 적절히 강경파를 활용하되 필요할 때는 그들의 목소리를 제압할 줄도 알아야 한다.

　나는 따로 당내 의견을 묻지 않고 10월 9일 오전 기자회견을 열어 국회 등원을 전격 선언했다. 정국을 정상화하면서 여야 간 싸울 일은 원내에서 싸우겠다는 뜻이었다. 내가 8일의 의원총회에서 '정권 퇴진 운동' 등 강경 발언을 했기 때문에 당내에서도 국회 등원 선언이 나오리라고는 낌새를 채지 못했을 것이다. 나갈 때 힘차게 나갔고 들어올 때는 깨끗하게 들어와야 한다는 것이 내 소신이었다.

　여권에서는 어리둥절한 듯했으나 나에게 내뱉었던 '파트너 배제론'은 와전된 것이라는 반응이 나왔다. 그리고 언론은 편파 시비를 일으킨 정치권 사정이나 총격 사건과 관련한 '이회창 배제론' 등에 대해 여당 내에서 정국 운영, 행정능력 미숙에 대한 자성론이 나오고 있다고 보도했다.[•]

나는 이어 10월 20일 '경제 위기 극복을 위한 기자회견'을 가졌다. 야당은 여권과 싸울 때는 싸우더라도 경제 위기와 같은 국가적 난관을 타개하는 일에는 적극 동참하고 협력할 일이 있으면 협력해야 한다는 것이 나의 지론이었다. IMF 외환위기 속에 정권을 넘겨받은 김대중 대통령은 위기 극복을 위해 나름대로 애쓰고 있었지만 내가 보기에 그는 본말을 전도하고 있었다. 경제 회복에 필요한 기본요소는 정치안정과 국민신뢰인데 이 정권은 오히려 정치판을 흔들어 요동치게 만들었으니 경제가 제대로 풀릴 리 없었다.

이 회견에서 나는 지금 우리 경제가 정부의 원칙 부재와 일관성 없는 정책추진으로 최악의 위기를 맞고 있다고 진단하고, 이러한 위기 극복에 가장 중요한 것은 국민의 단합인 만큼 여권은 표적 사정과 야당 파괴를 중단하고 특검제를 도입해 쟁점 현안에 대한 진상규명을 맡기고 정치권은 경제 위기 극복에 힘을 모아야 한다고 역설했다. 그리고 이것을 위해 여야협의체 구성을 제안했다.

또 보다 구체적으로 정부의 불필요한 개입을 차단하고 시장질서에 바탕을 둔 구조조정이 이루어질 수 있도록 기업구조조정 특별법 제정을 이번 정기국회에서 추진하겠다는 입법구상을 밝히기를 제안했

• 〈문화일보〉(2001. 10. 10)

다. 정부에 대해서는 IMF와 협의해 BIS 자기지분비율 적용에 탄력성을 부여할 것과 정부의 공공부문 구조조정도 서둘러야 하며 저소득 실업자 생활보호 대책 마련에 최우선 순위를 두도록 정책 방향을 제시했다.

그런데도 여당은 나의 경제협의체 구성에 대해 불응한다는 부정적인 반응을 내놓아서 언론의 호된 비판을 받았다.

김대중 대통령의 반격

김 대통령은 느닷없이 11월 3일 청와대에서 전국 검사장들과의 오찬 회동을 갖고 모처럼 정상화되어 가던 정국을 다시 얼어붙게 만드는 발언을 했다.

김 대통령은 검사들에게 세풍, 총풍 사건에 대한 철저한 수사를 지시하면서 한나라당은 이들 사건에 대해 정치적, 도의적 책임이 있다고 말했다. 그러면서 총풍, 즉 총격 요청 사건과 관련해 "연루자들이 수사기관(안기부)에서 자백한 사건인데 검찰에서 부인했다고 이렇게 끝날 수는 없다"며 철저한 배후수사를 강력히 촉구했다. 야당의 국회 복귀 후 여야관계가 정상화되어 가는 듯했고 여야 총재회담 얘기까지도 나오던 판에 정국을 다시 대치 상황으로 되돌린 것이다.

더구나 고문 관련 발언에 나는 아연 실색했다. "안기부에서 자백한 사건인데 검찰에서 부인했다고 이렇게 끝날 수는 없다"니 이게 무슨 해괴한 소린가? 안기부에서의 자백이 고문에 의한 것이라고 주장하고 고문의 정황이 인정되는데도 그 자백의 효력을 인정하라는 말인가?

김 대통령의 발언은 법체계를 뒤흔드는 위법한 발언이기도 했다. 검찰의 구체적 사건수사에 대해서는 법무부 장관도 직접 지시를 못하고 검찰총장을 통해야만 하도록 되어 있는데 하물며 대통령이 구체적 사건에 대해 철저한 배후조사를 하라느니, 피의자가 고문에 의한 자백이라고 말한다고 그대로 끝낼 수는 없다느니 하며 구체적 사건 수사를 지시한 것은 검찰의 독자성을 침해하는 위법한 발언이었다.

또한 증거의 증거력에 대해서는 적법 절차주의가 확립되어 있어 부적법하게 수집된 증거는 실체적 진실에 부합 여부와 상관없이 증거력이 배제되는 것이므로 수사기관에서의 자백이 고문에 의해 이루어진 것이라는 주장과 자료가 나온 이상 이를 무시할 수 없음은 더 말할 나위도 없다.

다른 사람도 아니고 민주화 투쟁을 하다가 고문받은 경험이 있다는 김대중 대통령이 아닌가. 그런 그가 피의자가 안기부 수사과정에서 한 자백이 고문에 의한 자백이라고 그 임의성을 부인한다 해서 그대로 끝낼 수는 없다고 말한 것은 도저히 이해할 수 없는 발언이었다.

게다가 김 대통령은 한나라당은 법 이전에 정치적, 도의적 책임을 느껴야 한다고 공격했다.

나는 이미 국세청 대선자금 모금사건(세풍)에 대해서는 서상목 의원이 관련되어 있고 당이 국세청장이나 국세청 차장에게 개입을 요구한 적은 없지만 결과적으로 금액이 당에 유입된 데 대해 국민들에게 송구스럽다고 사과했었다.

그러나 총풍 사건에 대해 김 대통령이 우리 당에 정치적, 도의적 책임을 묻는 것은 언어도단이라고 생각했다. 오히려 고문을 가하면서까지 사건 배후를 조작하려 한 수사기관 조사를 두둔하는 김 대통령과 여권에 정치적, 도의적 책임을 물어야 할 판이었다.

뒤에 말하겠지만 정치적, 도의적 책임에 관해서는 여야 총재회담에서도 토론거리가 되었다.

첫 여야 총재회담

김 대통령의 느닷없는 수사지시 발언에도 정국을 정상화시키기 위해 여야 총재회담이 필요하다는 인식은 여야 모두 같았다.

양당의 원내총무 외에 한나라당 신경식 사무총장과 국민회의 정균환 사무총장까지 나서서 여야 간 협상을 벌였다. 그런데 여권에서는 총격요청 사건에 대한 나의 사과를 조건으로 내걸고 나왔다. 이것은 그야말로 적반하장이었다. 여권이 주장하는 배후설을 우리가 시인하게 만들고, 고문 문제는 묻어버리자는 속셈이었기에 우리로서는 도저히 받아들일 수 없었다.

그런데 막후 조정 과정에서 마치 우리가 '검찰수사를 지켜본다'는 선까지 양보해 협의가 된 것처럼 잘못 알려졌다. 검찰 수사는 김 대통령의 강력한 재수사 지시로 다시 시작된 것인데 그 '검찰수사를 지켜본다'는 말은 결국 김 대통령의 재수사 지시를 인정하는 꼴이 되기 때문에 이 또한 받아들일 수 없는 것이었다. 나는 이 점을 분명히 할 필요가 있다고 생각되어 "여권이 우리에게 사과를 요구하는 것은 어불성설이며 오히려 여권이 사과해야 한다"고 못을 박았다.

협상을 하더라도 이쪽이 지킬 것은 지켜야 하는 법이다.

양측은 협상 중에 일단 여야 총재회담 일자를 김 대통령의 중국 방문 전인 11월 9일로 잡았다. 여권은 대통령의 방중 전에 여야 총재회담을 하려고 서두르고 있었고 또 이렇게 날짜까지 못 박아 놓으면 이 시한에 쫓겨 야당이 협상을 끌기 어려울 것으로 본 것 같았다.

그러나 아직도 협의가 안 된 사항이 많았다. 특히 IMF 외환위기에 대한 경제청문회의 개최시기 문제, 정치권 사정과 야당 의원 빼가기 중단 문제 등도 협의가 안 된 상태였다. 이런 상황에서 김 대통령과 만나 무슨 말을 나누겠는가? 서로 자기주장만 하고 끝낸다면 그런 회담이 무슨 소용이 있는가?

나는 11월 9일의 여야 총재회담에는 참석할 수 없다는 것을 청와대에 통보하게 했다. 당에서는 대통령과 잡힌 회담 일자를 일방적으로 취소할 수 없지 않느냐는 의견이 있었지만 의미 있는 만남이 필요하다는 게 나의 소신이었으므로 그대로 통보하게 했다.

11월 9일 하루 동안과 다음날인 11월 10일 오전 10시 반경까지 끈질긴 협상 끝에 어느 정도의 의견 접근이 이루어져 11월 10일 12시 30분에 마침내 김대중 대통령이 취임한 후 그리고 내가 야당 총재가 된 후 최초로 청와대에서 김대중 대통령과 마주 앉았다. 회담은 15시 20분까지 2시간 50분 간 진행되었는데 꽤 긴 시간이었다.

참으로 어렵게 성사된 회담이었고 그 의미는 컸다. 그동안 여야는 격렬한 대치상태로 상대방을 토멸하듯이 공격해왔다. 여권에서는 심지어 야당 총재인 나를 정치 상대로 인정하지 않겠다는 극언까지 서습지 않았고 이에 맞서 야당에서도 김대중 대통령에 대해 인신공격성 발언을 서슴지 않았다. 이제 이런 상극과 대립 일변도의 정치에서 상생과 대화의 정치로 정치 정상화의 계기를 잡은 것이다. 또한 야당 총재인 나로서는 한나라당 총재 당선 후 선언한 상생정치를 실행해 볼 수 있는 기회였고 야당의 총수로서 여권의 총수인 대통령과 정국을 풀어가는 입지를 구축하는 큰 의미가 담긴 회담이었다.

11월 10일의 총재회담에서 김 대통령과 나는 여야가 동반자적 관계를 토대로 상호존중과 협력의 정신으로 국정을 운영해나갈 것과 국가위기 극복을 위해 각 당의 정책위의장을 포함한 여야 협의체를 구성하고 경제청문회를 12월 8일부터 개최하며, 국회 내 정치개혁특위를 구성해 정치관계법 등을 개정하는 등 원론적 합의를 보고 이를 발표문에 담았다.

그동안 뜨거운 쟁점이었던 정치인의 당적 변경, 판문점 관련 사건, 감청에 대한 제도적 개선, 공무원 사정 등에 대해서는 서로의 견해를 담화록에 담아 발표하기로 했다.

대화에서 나는 먼저 여당의 야당 의원 빼가기를 중단할 것을 요구했고 김 대통령은 강제적, 인위적인 의원 빼가기는 할 생각도 없고 하지도 않을 것이라고 분명히 말했다. 원래 우리가 장외투쟁을 시작한 계기를 돌이켜 보면, 김대중 정권의 야당 의원 빼가기와 야당 허물기에 있었기 때문에 김 대통령이 이를 안 하겠다는 약속으로 우리의 장외투쟁의 목표는 어느 정도 이루어진 셈이었다. 또 사정은 당연하지만 보복적, 편파적 사정을 해서는 안 된다고 내가 강조한 데 대해 김 대통령은 그런 일은 하지 않는다고 다짐했다.

또한 나는 판문점 사건에 관해 철저한 진상규명은 해야겠지만 강압수사나 도청이 있어서는 안 되고 사실 왜곡을 해도 안 된다고 말했다. 이에 대해 김 대통령은 고문이나 도청 같은 불법 수사는 있을 수 없고 철저히 밝혀야 한다, 그러나 판문점 사건은 이 총재가 직접 관련되어 있다고 생각하지 않지만 관련자 3인이 이 총재의 선거운동을 도운 주변사람인 만큼 정치적, 도의적 책임은 있지 않느냐고 말했다.

나는 즉각 김 대통령의 말에 반박했다. "선거 때는 온갖 사람들이 주변에 모이는데 그 사람들의 행동에 대해 일일이 정치적, 도의적 책임을 질 수 있는가, 김 대통령도 주변에 있는 사람 중에 간첩죄로 처벌받은 사람이 있지 않느냐, 김 대통령에게 정치적, 도의적 책임을 묻는다면 동의하겠느냐"고 반문했다. 그러자 김 대통령은 그 간첩은 중앙정보부에서 정형근이 조작한 것이라고 받아넘겼다.

김 대통령은 나라를 위해 여야가 힘을 합쳐 각자 할 일을 하면서 협력해 나가자고 말했고 나는 정치 안정과 경제·민생 안정을 위해 협력할 일은 적극 협력하겠다고 말했다.

내가 이렇게 장황하게 회담 경과와 내용을 적은 것은 이 회담이 극도로 냉각된 대치정국을 풀었던 첫 여야 총재회담이고 또 2시간 50분이라는 긴 시간 동안 서로 진지하게 마음을 열고 때로 토론하면서 나눈 대화였기 때문에 뒷날 여야 정치 협상에 참고가 될까 해서이다.

나는 회담에 앞서 어떤 마음 자세를 가져야 할지 생각해 보았다. 김 대통령은 이른바 정치 9단으로 뛰어난 정치기술과 책략을 가진 것으로 정평이 나있었다. 그에 비해 정치 경력이 짧고 정치 신인 같은 내가 그의 정치 기술과 책략을 흉내내 대화할 수는 없었다. 나는 나대로 정치 신인이지만 신념을 가지고 열린 마음, 진지한 마음으로 대화에 임하되 각자의 견해가 맞서는 부분에 대해서는 정면승부하기로 결심했다. 이 회담 후에도 6차례 단독 총재회담을 더 가졌지만 나는 이러한 원칙을 유지했다.

김대중 대통령은 여러 가지 면에서 장점이 많은 분이었다. 이 회담에서도 쟁점사항을 정리한 노트와 회담에서 논의할 사항을 꼼꼼하게 준비한 노트를 가지고 나와 이를 보면서 이야기하는데 그 성실성과 철저한 준비가 돋보였다.

김 대통령이 꼼꼼하다는 것은 잘 알려져 있어 나 또한 사전 준비에 공을 들였다. 우선 당내 상임고문단과 부총재 등 당 지도부와 만나 총재회담에 대한 의견을 취합했고 쟁점별로 내가 제기할 문제와 김 대통령의 예상되는 논점에 대한 답변까지 준비했다. 여야 총재회담 특히 대통령과의 회담은 그 성격과 개념이 무엇이든 철저하게 준비해야 한다는 것을 잊어서는 안 된다.

또한 회담 전에 대강의 사전 협의와 조율을 반드시 해야 한다. 합의가 가능한 기초적, 원론적 사항 외에 의견 일치를 이루기 어려운 부분은 서로의 견해를 나누는 형식으로 정리하되, 회담에서 양 당사자는 형식적이 아니라 진지하게 마음을 열고 대화해야 한다. 서로 다른 점을 인정하더라도 상호 신뢰를 가져야만 국민도 그 회담에 기대를 건다.

그러나 여야 총재회담도 필경 정치이다. 정치는 변화무쌍하다. 지금은 화합의 한 목소리를 냈지만 언제 또 그 분위기가 깨져 대치정국으로 치달을지 모른다. 정치에서 회담은 당시 상황을 처리하고 정리하는 것이지 항구적인 해결책은 결코 아니라는 점을 또한 잊어서는 안 된다.

대통령과의 회담은 필요한가

야당의 총재가 행정부 수반인 대통령과 회담할 필요가 있는가? 당시는 대통령이 여당의 총재를 겸하고 있어 공식명칭은 여야 총재회담이지만 대통령이 여당 총재가 아니더라도 여권의 총수인 대통령과 야당 당수인 야당 총재는 정국의 양대 지주라고 할 수 있어 정국이 막혔을 때 두 사람의 대화는 정국을 풀어가는 중요한 열쇠가 되었다.

그러나 앞에서도 말했듯이 대통령과의 회담은 당시의 정치적 상황을 풀어가는 수단일 뿐 그 이상도 그 이하도 아니었다. 한 번의 대통령과의 회담으로 정치적 대립이 해결되고 화합의 정치가 오래 이뤄질 수 있다면 야당의 존재 의미는 약화되고 여당은 제 역할을 잃게 될 것이다. 여야 간 경쟁과 견제는 정치의 본질과 같다.

여야 총재회담에서는 흔히 여야는 동반자 관계라는 말이 애용된다. 하지만 이 말은 자칫 오해를 불러올 수 있다. 말 그대로 서로 손잡고 가는 길동무라고 해석한다면 야당의 본질을 부인하는 것이 된다. 이 경우의 동반자란 서로 건전하게 정국을 이끌어가는 주도적 위치에 있다는 뜻이지 행동을 같이한다는 뜻은 아니라고 보아야 할 것이다. 그런데 여야가 서로 싸우다가 화해하면서 동반자 관계임을 강조할 때는 자칫 손잡고 가는 길동무가 된 것처럼 오해하기 때문에 다시 싸우게 되면 서로 상대방에게 배신했다고 비난하게 되는 것이다.

11월 10일의 여야 총재회담 후 결빙되었던 정국이 풀리고 평화가 온 듯했다. 하지만 이것도 잠시였다. 국민회의 조세형 총재대행이 11월 10일의 회담 후 불과 1주일이 지난 시점에서 총재회담 당시 내가 김윤환 전 부총재에 대해서만 김 대통령에게 장시간 구명운동을 한 것처럼 발언해 언론에 일제히 보도되었다. 모처럼 이루어진 여야 간 평화의 풍선을 찔러 터뜨린 발언이었다.

이 발언은 매우 모략적인 것으로 한나라당 내에 내분과 갈등을 조장하려는 저의도 있어 보였다. 나는 우선 대통령과 비공개로 나눈 대화 중 외부에 발표하지 않은 부분을, 그것도 왜곡해 여당 대표가 발설한 무례함에 대해 화가 났다. 그 실상은 이렇다. 나는 김 대통령에게 정국 불안의 근원적 원인은 야당 의원 빼가기와 보복사정에 있으며 예컨대, 김윤환 전 부총재에 대한 사정은 영남권 공략을 위한 사정으로 비쳐져 바람직하지 않다고 말했다. 김윤환 부총재 외에도 사정 대상 의원들을 일일이 거명하며 모두 경선 때 나를 돕거나 내 주변에 있는 사람들만 골라서 하는 것은 보복, 표적 사정이 아니냐고 추궁했던 것이다. 이것을 마치 김윤환에 대해서만 구명운동을 했다고 왜곡했으니 화가 날 수밖에 없었다.

이와 더불어 검찰은 이회성 관련 사건으로 더욱 압박을 가하고 김윤환 전 부총재에 대해 추가로 30억 원 정치자금 혐의를 흘리는 등 다시 야당을 짓누르기 시작했다. 언론은 여권의 야당 뒤통수 때리기가 다시 시작되었다고 보도했다.

한나라당도 처음 야당을 하는 것이라서 어설플 때가 있었지만 국

이회창
회고록

민회의는 처음 집권당이 되어서 그런지 하는 일마다 서툴러 보였다. 하지만 이것이 정치이다. 여야 총재회담으로 대통령은 경색된 정국을 풀어서 좋지만 대통령과 야당이 손뼉을 맞추면 여당은 별 볼일 없게 되고 정국 주도권을 놓치게 된다. 요컨대, 야당을 압박하고 정국이 흔들려야 여당의 할 몫이 생기는 것이다.

나는 한나라당 총재로 있는 동안 김대중 대통령과 일곱 번 단독 총재회담을 가졌는데 이중 세 번은 내가 제의했고 나머지는 김 대통령의 제의에 의해 이루어졌다. 이렇게 많은 단독회담은 유례가 없는 일일 것이다. 김 대통령이나 나나 총재회담을 잘 활용한 셈이다. 그런데 만나고 나서 얼마 지난 뒤에는 어김없이 다시 여야 간 맞붙고 평화는 깨졌다. 오죽하면 7차회담 뒤에 한나라당 권철현 대변인은 '칠회칠배(七會七背)'라는 말로 김 대통령과의 총재회담을 묘사한 바 있다. 일곱 번 만났으나 그때마다 뒤통수를 때렸다는 뜻이다. 그럼에도 나는 대통령과 야당 총재와의 만남과 대화는 자주 있어야 한다고 생각한다.

여야가 싸울 때 싸우더라도 대통령과의 회합은 정국을 푸는 가장 확실한 해법이고, 서로 소통하면서 나랏일을 걱정하고 상의하는 모습 자체가 국민을 안심시킨다. 이런 점에서 박근혜 전 대통령은 야당 대표와의 대화에 인색했던 것 같다. 대통령은 야당 대표와의 회담을 통해 막힌 정국을 풀고 야당 대표의 입지도 세워줌으로써 정국을 안정시키는 푸근하고 넉넉한 모습을 보일 필요가 있는데 그렇지 못했다.

파벌 중심 체제에서 주류 중심 체제로

전통적으로 한국의 야당은 파벌 중심 정당이었다. 조병옥, 신익희 시대에 이어 장면, 윤보선, 그리고 김영삼, 김대중, 이철승 시대에도 야당은 파벌 보스들의 정치력 경쟁 마당이었다.

이승만, 박정희의 강권정치에 맞선 민주화 투쟁 때문에 당시 야당에 대한 기억은 상당부분 미화되어 야당을 이끌던 지도자들, 김영삼, 김대중조차도 그 지도력과 카리스마는 거의 신화가 되었다. 야당은 일사불란하게 독재정권에 맞서 투쟁한 것처럼 알려져 있다.

나는 이들 야당 지도자들의 경륜과 지도력은 높이 평가한다. 하지만 당을 내부분란이나 갈등 없이 포용력과 카리스마로 이끌었다는 부분에는 과장이 있다. 우선 김영삼, 김대중 씨를 예로 들더라도 한 정당 안에서 서로 싸우다가 갈라섰고, 그 후 몇 차례 대선에서도 서로 정권 욕심 때문에 후보 단일화에 실패해 정권 교체에 실패하지 않았던가? 나는 이것이 두 대통령의 잘못이라기보다 파벌 중심의 정당에서는 극심한 갈등과 대립은 피할 수 없는 운명이라고 생각했다.

당내 당직, 심지어 대변인까지도 파벌 사이의 안배로 정해지고 당수는 파벌 간 이해 조정을 잘해야 명맥을 유지할 수 있다. 파벌 보스와 소속원과의 관계는 기본적으로 형님 아우님 관계이다. 당직을 맡거나 공천을 받기 위해서는 파벌 보스의 지원이 절대 필요하기 때문에 당수보다 파벌 보스에게 충성하고 파벌 보스와 당수가 대립할 때는 매몰차게 당수를 공격하는 선두에 선다. 아무리 민주정당이라지만 이것은 당의 꼴을 우습게 만든다.

나는 한나라당 총재가 되면서 당을 파벌 중심 체제에서 주류 중심 체제로 바꾸기로 결심했다. 파벌을 해체해 총재와 당직자 중심의 주류가 당을 이끌고 비주류와는 비판적 협력관계를 갖는 체제를 구상했다. 막강한 권력을 가진 여권과 맞서 생존하기 위해서도 강한 야당이 되어야 했고, 그러기 위해 파벌 중심 정당에서 벗어나 주류 중심 정당이 될 필요가 있었다. 하지만 파벌 해체가 쉬운 일은 아니다. 해체하라고 말한들 말을 들을 사람들이 아니다. 그래서 일단 파벌 보스들을 포함한 총재단을 구성한 다음 16대 총선을 계기로 공천 과정에서 획기적인 개혁 공천을 통해 당체제를 일신할 구상을 세웠다.

당내 파벌은 TK 의원들이 중심이 된 김윤환계, 구 민주당계 중심인 이기택계, 경기인천 등 수도권 중심인 이한동계, 서울, 호남, 중심인 김덕룡계로 대별할 수 있는데 이들 파벌 보스들을 포함한 총재단 구성부터가 쉽지 않았다. 김윤환 씨는 수석부총재를 바라고 있었지만 다른 보스들이 받아들이지 않는 상황이었으므로 나는 수석부총재제를 만들지 않기로 하고 총재단 참여를 설득했고, 11월 26일의 전국위원회를 앞두고 일단 각 계파 보스들을 포함한 총재단 구성에 합의했다.

그런데 전국위원회 대회 바로 전날 김윤환 씨가 느닷없이 총재단 불참을 선언해 상황이 뒤틀렸다. 대회 바로 전날에 파투를 놓은 것에 기분이 상했지만 일단 김윤환 씨를 다시 설득해 보았다. 그러나 그는 백의종군 하겠다는 뜻을 굽히지 않았다. 나는 즉각 생각해 두었던 플랜B 즉, 계파 보스 대신 그 대리인들과 당내 중진들이 참여하는 실무형 총재단을 구성하기로 결심했다. 나는 이한동 씨와 이기택 씨를 만나 김윤환 씨가 불참하게 된 사정을 말하고 이 기회에 계파 보스들이 일선에서 물러나고 실무형으로 총재단 구성을 하겠으니 각자 대리인을 추천해 달라고 말했다. 이한동 씨로부터 김영구 의원을, 이기택 씨로부터 강창성 의원을 추천받았다. 김덕룡 씨는 젊은 세대인 만큼 본인이 직접 참여하기로 했다.

이 밖에 당 중진 중에서 양정규 의원, 박관용 의원, 여성 몫으로 박근혜 의원, 초선 개혁그룹으로 이우재 의원, 원외 몫으로 최병렬 전 의원을 선정했다. 나중에 김윤환 씨가 빠진 TK그룹의 대표성이 있는 강재섭 의원을 총재단에 포함시켰다.

이로서 파벌 보스체제 해체로 가는 중간 단계에 들어선 것이다. 원래 정당의 당직인사에는 말이 많고 불평불만이 없을 수 없지만 총재단을 지금처럼 당내 경선을 하지 않고 총재가 임명하던 당시에는 특히 불평불만이 쏟아지게 마련이었다. 일부 언론에서는 김윤환 씨 외에도 일부 파벌 보스들이 총재단 참여를 거부한 것처럼 보도했지만 사실이 아니었다.

잔인한 12월

김 대통령과의 총재회담에서 경제청문회를 하기로 합의한 것을 놓고 당내 민주계가 불만을 터뜨렸다. 그들은 김영삼 전 대통령 부자를 증인으로 내세우려는 김대중 정권의 책략에 내가 말려든 것이라고 비난했다.

IMF 외환위기로 국가가 위난에 처했고 나는 지난 대선에서 집권당 후보로서 그 정치적 대가를 톡톡히 치렀다. 하지만 이런 사태의 재발을 막기 위해서도 그 책임의 소재와 대응조치 및 예방대책 등에 관한 청문회는 불가피하다는 것이 나의 소신이었다. 다만 김영삼 전 대통령 부자까지 청문회 증인으로 불러 세워야 한다는 여당의 주장은 정략적 공세에 지나지 않아 반대했다.

여기에 새로운 당 지도부 체제 정비에서 2선으로 후퇴한 파벌 보스들의 불만도 분출됐다. 김윤환 전 부총재는 언론에 나와의 결별을 선언하고 심지어 "강재섭 의원 등을 중심으로 반이회창 계를 만들든지 아니면 다른 길을 모색하겠다"라고 분당 가능성까지 내비쳤다. 이러한 당내의 동요는 내가 모두 감당해야 할 몫이었다.

지난 전당대회에서 총재로 선출되었지만 날로 거세지는 여권의 공세 앞에 많은 당원들은 이회창 체제에 대해 아직도 확신을 갖지 못한 게 사실이고, 또 파벌 보스들은 새 체제 정비로 자신들이 주류세력이 될 기회가 없어졌다고 생각했을 것이다. 나는 홍역을 치르는 중이었다. 열심히 설득하겠지만 파벌 타파를 향한 당 개혁의 기본노선은 끝까지 관철해 이 난관을 극복할 의지를 더욱 굳혔다.

여기에 더해 검찰의 공세는 더욱 집요했다. 그야말로 내우외환이었다. 판문점 총격 사건의 보강수사에서 검찰은 내가 총격 요청을 알고 있었다는 사실을 뒷받침할 증거가 새롭게 나왔다면서 나를 직접조사할 뜻을 밝혔다. 언론은 11월 10일 총재회담으로 끝난 총풍 1라운드와는 달리 총풍 2라운드에서는 총구를 나의 동생인 이회성이 아닌 이 총재에게 직접 겨냥하고 있다고 보도했다.

새로운 증거란 한성기 씨의 법정진술과 컴퓨터 수록문건인데 내가 배후라고 볼 만한 자료가 될 수 없는 것들을 침소봉대하고 있었다. 나는 검찰에 대해 정면대응하기로 했다. 나는 박희태 원내총무를 통해 검찰이 소환을 요구하면 떳떳이 조사에 응하겠다는 뜻을 밝혔다.

그런데 검찰은 그동안 나의 동생인 이회성 전 에너지 경제 연구원장을 총풍사건의 배후인 것처럼 계속 언론에 흘려 오다가 총풍에 관해서는 입건도 하지 않은 채 느닷없이 12월 10일 이 전 원장을 한 번의 소환조사도 하지 않고 세풍관련 혐의로 연행하였다.

다음날 청와대 박지원 대변인은 "이 총재와 그 동생 회성 씨는 구별돼야 하고 어떤 경우에도 정부는 야당 총재에게 상응하는 예우를 항상 갖춰야 한다"고 말했다. 그야말로 야당에게 병 주고 약 주는 얄팍한 재주를 부리는 것으로 볼 수밖에 없었다.

이회성은 나의 바로 아래 동생으로 열 살 차이가 나서 평소에 나를 어려워했다. 회성이는 6·25 피난 당시 다섯 여섯 살 어린 나이로 피난 살림의 고생을 견뎌냈기에, 나는 동생을 볼 때마다 그때 기억으로 안쓰러운 마음이 들곤 했다. 그가 미국에서 경제학 박사학위를 받은 후 미국 휴스턴에서 엑슨(EXXON)의 이코노미스트(Economist)로 일할 당시 법원에 근무하던 나는 방미 기회에 휴스턴으로 그를 찾아간 일이 있다. 휴스턴 공항에 도착해 비행기 밖으로 나서자마자 유난히 키크고 건장한 텍사스인들 사이에서 유난히 키가 작은 회성이가(우리 형제 중에서도 키가 작다) 제수 씨와 함께 "형님!" 하고 뛰어 나오는 것을 보자 갑자기 코끝이 찡해졌다. 장대같이 큰 미국인들 사이에서 버티고 사는 작은 회성이를 보자 느닷없이 안쓰러운 생각이 밀려왔던 것이다.

회성이는 나와 활동분야가 다르고 또 나이 차이가 많아 평소에 대화를 많이 나누는 편은 아니었다. 하지만 내가 정치에 들어온 뒤에 내 걱정을 많이 했고 또 여러 사람들을 그들의 요구로 접촉하면서(선거에서는 불가피한 일이기도 하다) 나와의 직접 연결을 적절히 견제하고 정리해주는 등 신경을 많이 썼다. 에너지 경제연구원장을 맡아 일하던 그를 겪어본 사람들로부터 그의 전문성 외에 정직하고 성실한 성격에 감명을 받았다는 말을 많이 들었다.

이러한 동생이 연행되었다는 소식을 듣는 순간 아버지와 어머니가 걱정이 되었다.

명륜동으로 쫓아가 뵈니까 두 분은 오히려 담담한 표정이셨다. 어머니는 "회성이가 검찰에 연행된 뒤에 전화를 해왔더라"면서 회성에게 "너의 아버지가 과거에 모략으로 구속되고 고문을 당하면서도 어떻게 의연하게 처신하셨는지 알고 있지? 너도 흔들림이 없이 의연하게 처신해라"고 말해주었다고 말씀하시고 나에게는 "기죽지 말고 꿋꿋하게 행동하라"고 격려해 주셨다.

과연 우리 어머니셨다. 그런데 며칠 뒤의 일이지만 내가 부모님을 찾아가 뵈었더니 어머니께서 안방에 앉아 홀로 울고 계셨다. 추운 겨울에 회성이가 고생할 것을 생각하니 너무 안쓰럽다는 것이었다. 강하게 말씀하셨지만 아들의 고통에 어머니의 마음은 여리셨던 것이다.

내가 정치하는 바람에 여러 사람을 고생시키고 동생까지 고생하게 만들었다는 생각이 나를 우울하게 만들었다. 12월 25일 크리스마스에 명동성당 미사에 참여했는데 미사 도중 회성이 생각이 떠올라 나도 몰래 눈물이 흘렀다. 누가 볼까봐 황급히 훔쳤지만 참으로 가슴 아푼 나날이었다.

그렇지만 지금에 와서 굴복하거나 머리를 숙일 수는 없었다. 김대중 대통령이나 그 정치세력들이 어떤 박해를 가하든 그것은 칼을 쥔 자들의 일이고 내가 좌우할 수 있는 일이 아니었다. 내가 할 수 있는 일은 나 스스로 의연하게 신념과 정의를 더욱 굳건히 지키면서 그들의 박해를 버텨내는 일이었다. 내가 할 수 있는 일과 다른 사람이 할 수 있는 영역을 구분하고 자유의지로 내가 할 수 있는 일에 대해서는 전력을 다하기로 했다.

이런 시기에 필요한 것은 당총재인 내가 개인의 안위보다 당을 지키기 위해 몸을 던져 이 박해를 돌파한다는 강단과 용기라고 생각했다. 나는 의원총회에서 의원들에게 결연하게 "나는 더 이상 잃을 것이 없어 오히려 홀가분하다, 잡아가겠다면 감옥에 갈 것이고 죽이겠다면 죽겠다. 무슨 낯으로 혼자 살아남겠는가. 당이 살기 위해 다 같이 고민하고 돌파하자"고 절규하듯 말했다. 순간 의원들의 분위기가 숙연해지고 똘똘 뭉쳐 돌파하자는 결연한 분위기가 형성되는 것을 피부로 느꼈다.

검찰에서는 서상목 의원 외에 오세응, 백남치 의원에 대해 국회에 체포 동의안을 이미 제출했고 12월 22일에는 김윤환 전 부총재, 황낙주 전 국회의장, 권익현 의원에 대한 체포 동의안이 제출되었다. 여당 측에서는 김운환, 정호선 의원에 대한 체포 동의안이 끼워 넣기로 포함되었다. 그야말로 한나라당에 대한 초토화 작전이었다. 위 야당 의원들은 모두 역량 있는 정치인으로 특히 나를 적극적으로 도운 인사들인데 이렇게 쓸어내다시피 검찰이 덮치는 것은 아무리 법 집행이라지만 우리로서는 기획적인 편파사정이라고 볼 수밖에 없었다.

이기면 관군(官軍)이요, 지면 적군(賊軍)이란 말이 있지 않은가.

그런가 하면 23일 검찰은 대선 당시 나의 후원회 조직이었던 '부국팀'이 국세청 대선자금 모금을 기획했다는 이유로 이흥주 총재행정특보, 석철진 보좌역에 대해 소환 방침을 밝혔다. 우리는 분별없는 검찰조사에 당당하게 정면 대응한다는 뜻에서 모두 검찰소환에 응하기로 했다.

아무튼 1998년 12월은 나에게는 잔인한 달이었다. 이런 가운데 12월 30일 국회 내 안기부 분실인 529호 사건이 터졌다.

국회 내 안기부 분실 529호 사건

앞에서 말한 대로 한나라당과 나는 김대중 대통령과 여권의 공세에 계속 벼랑에 몰리고 있었고 우리는 살아남기 위해 안간힘을 쓰는 상황에서 안기부 분실 529호 사건이 터졌다. 이 사건은 사태를 반전시켜 우리에게 반격을 가할 수 있는 계기를 만들어줬다.

그 뇌관을 터뜨린 사람은 이신범 의원이었다. 그는 12월 30일 의원총회 중에 국회 내 529호실은 안기부 분실이고 여기에 안기부 직원들이 상주하면서 국회의원들에 대한 정치 사찰을 한다는 제보가 들어왔다고 놀라운 보고를 했다. 분노한 의원들은 즉각 529호실 앞으로 몰려가고 당원 50여 명이 그 앞에서 농성하면서 국회 측에 방문 개방과 책상 및 서류함의 내용물 공개를 요구했다. 그러나 박실 국회사무총장과 김인영 국회 정보위원장 등은 안기부 직원이 사용하는 방인 사실은 인정하면서도 개문과 서류 공개를 거부했고, 이종찬 안기부 장은 자기는 모르는 일이라고 발뺌을 했다. 이제는 그 방 안의 서류들을 확인하기 전에는 농성을 풀 수 없는 상황이 되어버렸다. 농성을 푼 사이에 안기부에서 서류 등의 자료를 가져가 버리면 닭 쫓던 개 지붕 쳐다보는 격이 되어버릴 테니까.

우선 의원총회를 열어 의원들의 의견을 들었다. 그대로 놔두면 안기부 측에서 틀림없이 서류들을 빼내어 갈 것이므로 우리가 열쇠를 부수고라도 서류를 확보해야 한다는 강경론이 다수였다. 일단 구체적인 결정은 총재단 회의에 일임하도록 하고 밤 9시경 총재단 회의를 열어 총재에 일임하기로 했다.

나는 총재단 회의에 앞서 홀로 고뇌에 잠겼다. 안기부 직원들이 비공개로 사용한 529호실에는 안기부의 정치사찰에 관한 문건들이 있을 개연성이 매우 컸는데 만일 우리가 농성을 풀면 즉시 안기부에서 그 문건들을 가져갈 것이 분명하고, 그렇다고 농성을 장기간 계속하기도 어려웠다. 그날은 섣달그믐이고 그 다음날은 신정 초하루인데 연말·연초에 할 일이 많은 국회의원, 당원들이 얼마나 결속력을 유지할 수 있을지 자신이 없었다. 느슨해지고 지치게 되면 국회 경비원과 여당 인원만으로 쉽게 농성을 뚫고 방 안의 내용물들을 가져가 버릴 것이다.

결국 우리는 자력구제로 529호실의 열쇠를 부수고 개문을 할 수밖에 없는데 과연 이것이 적법한 일인가? 529호실이 안기부의 정치 사찰로 사용되었다면 이는 용서할 수 없는 일이다. 우리나라 헌정체제

이회창
회고록

의 핵심가치인 자유 민주주의를 지키기 위해 안기부와 같은 국가정보기구는 필요하지만 이 기구가 본래의 정보수집 기능을 벗어나 국회나 국회의원 등 정치인을 사찰하는 헌정질서 위반행위를 하고 있다면 자유 민주주의를 뒤흔드는 행위에 다름 아니다. 이런 안기부의 정치사찰 증거를 놓쳐서는 안 된다는 당위성은 충분히 있었다.

하지만 아무리 불법을 뒷받침하는 증거라도 이것을 취득하기 위해 위법한 방법을 쓴다면 이것 역시 불법이다. 법의 집행권한이 없는 우리가 직접 529호실의 열쇠를 부수고 들어가는 것은 특별한 사정이 없는 한 위법하다고 볼 수밖에 없는 것이다. 대법관을 거치고 정치에 들어와서도 법과 정의를 외쳐온 내가 지금 급하다고 강제 개방을 하는 것이 과연 옳은 일인가?

나는 깊은 고민 속을 헤매다가 문득 평소 의지하던 정의의 기준에 생각이 미쳤다. 문을 개방하는 것이 정의인가, 아닌가. 지금 우리가 529실의 열쇠를 뜯지 않는다면 529호실 안에 있는 서류가 안기부의 정치사찰의 자료일 경우 헌정질서 위반행위의 증거를 고스란히 놓치는 결과가 될 것이다. 어느 법익이 더 중요한가? 국가기관의 헌정질서 위반을 막는다는 법익과 사인(私人)의 위법한 자력구제를 막는다는 법익 중 어느 것이 더 중요한가? 나는 당연히 전자가 더 중요하고 이 법익을 지키는 일은 바로 정의이며 우리가 지금 해야 할 일이라는 결론에 이르렀다. 그리고 이 일에 대한 나의 결정과 신념에 대해 타인이 어떻게 평가하거나 비난하든 감수하기로 결심했다.

만일 내가 법관으로서 이 문제를 판단하는 처지라면 다른 결론을 내렸을지도 모른다. 그러나 정치의 현장에서는 수시로 생생한 정의의 문제에 부딪치게 되는데 이번과 같은 경우에 우리의 정의를 확보하는 길은 자력구제밖에 없다고 생각되었다. 이후에 법적 판단의 자리에서 나의 주장이 받아들여지지 않는다면 총재인 내가 흔쾌히 법적 책임을 지고 처벌을 감수하겠다는 결심이 섰다. 미국에서 민간 불복종 운동의 예로 흔히 마틴 루터 킹 목사의 평화행진 운동을 거론하는데 당시 킹 목사는 질서위반 행위에 대한 처벌을 스스로 감수하지 않았던가. 나는 지금도 이때의 결정이 옳았다고 생각하고 있고 후회하지 않는다.

나는 밤 10시경 의원총회를 다시 열어 우리 스스로 529호실을 개방할 것을 선언하고 도구를 사용해 열쇠를 뜯고 방문을 열었다. 방 안에는 '첩보 보고서'라는 제목의 문서 등 150건이 넘는 자료가 보존되어 있었는데 이중에는 여야 국회의원들의 동향과 야당 의원의 영입 가능성에 관한 것 외에도 내각제 개헌에 관한 각 당의 동태와 개헌 저지를 위한 대응전략 등 정치사찰이라고 볼 수 있는 자료들이 포함되어 있었다.

한나라당은 529호실이 안기부의 불법정치권 사찰의 본산이라고 규정하고 그 책임을 물어 안기부장 등 관계자들을 안기부법 제9조의 정치개입 금지규정 위반으로 고발했다.

여권에서는 난리가 났다. 정치사찰의 문제가 아니라 야당이 방문 열쇠를 뜯고 개방한 행위를 크게 문제 삼고 나왔다. 당연히 그럴 것이다. 그들은 현 정권에 대한 도전적 범죄행위로 규정하고 국기(國基)의 문제라는 극단적인 용어까지 써가며 나와 한나라당을 비난했다. 안기부는 나를 비롯한 당 관계자 40여 명을 비밀침해 및 특수절도 혐의로 고소하고 우리가 확보한 문서에 대한 배포금지 가처분신청을 냈다.

이제는 전면전의 양상으로 가고 있었다. 우리는 안기부 관계자들을 맞고발하고 대통령의 시인과 사과도 요구했다. 안기부는 정치사찰이 아니라 통상적인 정보수집에 불과해 지난 정권 때부터의 관행이었다고 주장했으나 언론과 여론은 이와 반대로 비판론이 높았다. 예컨대, 1999년 1월 6일자 〈세계일보〉 사설은 529호실 사건과 관련해 "여러 시민단체는 한 목소리로 안기부의 사찰에 대해 의혹을 제기했고 여권의 주장과는 달리 부정적인 시각이 국민 사이에도 존재하며 안기부가 소속요원을 국회에 상주시킨 것 자체가 원천적인 잘못"이라고 지적했다.

그런데도 여권은 강공으로 나왔다. 여당은 1999년 1월 5일부터 7일까지 3일 간 연속해 야당 불참 속에 여당 단독으로 은행법 개정안 등 법률안과 한일어업협정 비준안, 경제청문회 개최를 위한 국정조사특위 구성안 그리고 국정조사 계획서 등 안건을 야당의 격렬한 봉쇄를 제치고 날치기하듯 변칙 처리했다. 때를 같이해 검찰은 김문수 등 한나라당 의원 11명에 대해 529호실 강제진입사건 관련자로 출국금지 조치를 내렸다.

언론은 김대중 대통령이 강공수로 나오는 것은 올해에 경제청문회와 세풍사건 수사 발표를 통해 나와 한나라당을 크게 흔들어 정계개편을 시도하려 했으나 529호실 사건이 터져 차질이 생겼기 때문인 것으로 보았다. 1999년 1월 8일자 〈조선일보〉에서는 김대중 대통령의 정계개편 시나리오는 1단계로 설날 전 원내 제1당을 위한 야당 의원 추가 영입, 2단계로 취임 1주년에 즈음한 동진, 전국 정당화 박차,

3단계로 내년 총선 3분의 2 의석확보 그리고 정권의 재창출인데, 최근의 연이은 강공은 그 서곡이라는 시각이 지배적이라고 보도했다.

대통령과 여권이 공권력을 앞세워 밀고 나오면 야당은 당할 수밖에 없다. 그러나 이러한 김 대통령의 안기부 정치사찰 문제를 은폐한 강공책이 결코 민심을 얻을 수는 없었다. 뒤에서 보듯이 김 대통령의 정계개편 시나리오는 철저하게 실패했고, 다음 총선에서 한나라당은 다시 원내 제1당으로 재부상했다.

우리는 일방적으로 날치기 통과시킨 경제청문회에는 불참하되 반쪽짜리 청문회의 실상을 국민이 알 수 있도록 실력 저지는 하지 않기로 했다.

서울남부지원은 1999년 1월 8일 검찰이 529호실 개방을 직접 실행한 한나라당 사무처 요원 세 명에 대해 신청한 구속영장을 개인 이익을 도모한 것이 아니고 도주 및 증거인멸의 우려가 없다는 이유로 기각했다.

이것은 계속 당하기만 하던 한나라당에게는 가뭄에 단비를 만난 것과 같았고 우리의 신념을 더욱 굳게 해주었다.

법원의 결정이 가져다준 여파는 컸다. 여권에서도 더 이상의 강공 일변도는 자신들의 손해라고 보았는지 국민회의 조세형 총재권한대행이 여야 지도부의 대화를 제의하는 등 대치정국 풀기에 나섰으나 나는 이를 거절했다. 그리고 오히려 규탄대회와 가두 당보 배포 등 장외투쟁에 돌입했다. 김 대통령의 3단계 정계개편 시나리오를 막기 위해서는 어설프게 타협할 때가 아니라고 판단했기 때문이다.

1월 14일 국회의 대정부 질문의 자리에서 김종필 총리는 529호 사건에 대해 유감표명을 했으나 정치사찰이 아니라는 변명도 곁들였다. 총리가 사과한 것은 진일보한 측면이 있지만 아직도 우리는 진정성이 없는 입에 발린 사과로 보고 수용하지 않기로 했다.

한나라당은 박희태 원내총무가 매끄럽지 못한 대여교섭으로 자진 사퇴한 후 공석 중인 원내총무를 1999년 1월 15일 의원총회에서 경선을 실시해 재선의 이부영 의원을 선출했다. 당시만 해도 원내총무는 경선을 거치지만 총재의 의중에 크게 좌우되었던 것이 사실이다. 나는 집요하게 정계개편을 시도하는 김대중 정권에 맞서 야당을 지켜내기 위해서는 투사형의 원내총무가 필요하다고 생각했다.

박희태 총무는 명석하고 임기대응이 빨라 여러모로 유능한 분이었지만 각박한 여야 대치상황에서는 더 강하게 밀어붙일 수 있는 투사가 필요했다. 이부영 의원은 과거 진보진영에서 활약해온 진보성향의 의원으로 구민주당과 합당 시에 한나라당에 입당해 당내 기반은 없었지만 나는 이 시기에 적합한 원내총무라고 생각되어 그를 추천했다.

처음에는 당내 중진, 다선 의원들과 보수계, 특히 영남의원들의 반대가 드셌지만 나는 왜 그가 필요한지를 끈질기게 설득해 결국 그를 당선시켰다. 그는 참으로 성실하게 원내총무 일을 해냈다. 자신의 진보적인 신념은 마음속에 지니면서도 한나라당의 노선에 따라 원내대책과 대응에 적극적으로 임했고 대여협상과 대응에서도 나의 기대를 저버리지 않았다. 나는 지금도 당시의 그의 활동에 대해 고마움을 잊지 않고 있다.

검찰은 당초 529호실 사건을 국가기밀을 탈취한 집단폭력 사태로 규정해 공안부가 아닌 강력부가 담당하게 하고 당총재인 나도 조사할 수 있다고 큰소리쳤다. 그러던 검찰이 한나라당 당원에 대한 영장신청이 기각되고 정치권의 분위기가 뒤바뀌면서 한나라당 국회의원 11명에 대해 취했던 출국금지 조치를 해제하고 수사를 슬며시 마무리했다. 언론은 검찰의 '망신살'이라고 표현했다.[*]

또 안기부가 국회 529호실 사건과 관련해 한나라당 이회창 총재 등 6명을 상대로 서울남부지원에 낸 문서배포 및 공개금지 가처분신청에 대해서도 법원은 1999년 1월 21일 국가기밀의 증거가 없다는 이유로 기각했다.

나는 이 시점에서 좀 더 반격을 강화해 쐐기를 박으면서 화전양면으로 나갈 필요가 있다고 생각했다. 그래서 1월 21일 마산역 광장에서 대규모 정부규탄 장외집회를 강행했다. 2만여 명(언론집계)이 참석한 가운데 우리는 안기부 정치사찰 의혹, 한일어업협정 비준안 단독처리, 지역경제 파탄 등 정권의 실정을 규탄했다. 나는 규탄사에서 정치권 사찰에 관한 대통령 사과와 안기부장 파면을 요구하고 진정으로 정계개편을 포기하고 야당을 대화 파트너로 인정한다면 정국타결을 위해 언제든지 대통령과 만나 일괄 타결을 논의할 용의가 있다고 말했다.

이 날 대회의 열기는 대단했다. 그런데 1999년 1월 27일 뜻하지 않은 검찰 내 항명사태가 터졌다. 평소 청렴과 올곧은 처신으로 명성이 높던 심재륜 대구고검장이 검찰의 정치권력 시녀화를 규탄하고 나선

---

[*] 〈문화일보〉(1999. 1. 19)

것이다. 그는 "검찰지도부와 정치검사들이 수많은 시국사건과 정치인 사건에서 권력의 뜻을 파악해 시녀가 되기를 자처해왔다"면서 김태정 검찰총장의 지도부와 정치검사들을 규탄하는 폭탄선언을 했다. 언론은 '심 검사장의 이와 같은 지적은 김 총장이 지난 1년 간 이회창 한나라당 총재를 원색적으로 비난하고 국회의 비리의원 감싸기 행태를 비난하는 등 검찰이 직접 정치에 개입하는 듯한 행태를 보였다는 소장검사들의 시각을 대변하고 있다'고 보도했다.**

이것이 바로 민심이었다. 우리는 쉬지 않고 1999년 2월 1일 경북 구미에서 경북 규탄대회를 열었다. 1만 5천여 명(언론집계)이 참석해 열띤 분위기를 이루었으며 한 목소리로 김대중 정부에 대한 비판을 쏟아냈다.

여권은 한나라당이 지역민심을 자극한다고 비난했다. 하지만 대통령이라면 이런 지역민심도 무시해서는 안 되는 것이다. 그러자 김대중 대통령은 갑자기 1999년 2월 8일 청와대의 이강래 정무수석을 김정길 씨로 경질했고 행정자치부 장관도 김기재 씨로 경질했다.

언론은 한나라당의 '마산집회'를 계기로 청와대의 정국운영 기조가 바뀌기 시작했고 이번 인사는 이와 무관하지 않다고 평가했다.

•• 〈동아일보〉(1999. 1. 28)

3

1999년도
"후3김 시대의 도래, 삼면김가"

춘래불사춘

김 대통령은 위에서 말한 대로 강공책이 먹히지 않자 여야 총재회담 준비를 지시하기에 이르렀다.

앞에서 말한 대로 나는 마산 규탄집회에서 김 대통령이 진정으로 야당 의원 빼가기 등 정계개편 시도를 포기하고 야당을 대화 상대로 존중한다면 직접 만나 정국의 일괄타결을 논의할 수 있다고 화전양면의 제의를 한 바 있다. 그러나 문제는 결국 여권의 정계개편 시도이다. 지지기반이 약한 여권이 다수 의석을 확보하기 위해 무리하게 야당 의원을 빼가고 또 사정으로 야당 의원들을 옥죄어 야당을 벼랑으로 모는 여권의 정계개편 시도가 정국을 첨예한 대립과 갈등으로 몰고 간 직접적인 원인이 아닌가. 그런데 김 대통령은 지난번 여야 총재회담에서 정계개편을 하지 않겠다고 나에게 약속하고서도 이를 지키

이회창
회고록

지 않았다. 그러니 어떻게 김 대통령을 믿을 수 있는가.

나는 이번에는 김 대통령이 정계개편을 포기하고 야당을 대화 상대로 존중한다는 진정한 뜻을 공개선언하지 않는 한 대화에 응할 수 없다고 생각했다. 김 대통령은 2월 8일 김정길 정무수석을 나에게 보내 '인위적 정계개편은 물론 야당 의원 영입도 하지 않겠다'는 뜻을 전하고 여야 총재회담을 공식 제안했다.

그러나 이것만으로는 선뜻 믿기 어려웠다. 춘래불사춘(春來不似春). 봄은 왔으되 아직 봄 같지 않았던 것이다.

아니나 다를까, 여권 쪽에서 내가 총재회담에 조건을 고집하는 것은 이회성, 서상목 등 세풍사건을 정치적으로 타결하려는 저의가 있다는 말을 퍼트리고, 일부 언론 매체에서도 이와 비슷한 억측을 했다. 이러한 터무니없는 말을 퍼뜨리니까 진정성을 믿기 어려운 것이다. 나는 이런 말이 나오는 한 총재회담의 협상에는 응할 수 없다는 것을 분명히 했다.

그러다가 2월 24일 김 대통령은 연두 기자회견에서 '이제 야당 의원을 개별적으로 공작해 빼오는 일은 안 하겠다. 안정 의석을 갖고 있기 때문이다. 또 야당을 국회의 동반자로서 존경하고 협조하겠다. 야당도 협력하고 원내에서 대화와 협력으로 풀어 달라'고 공개적으로 선언하기에 이르렀다. 돌이켜 보면 국회 529호실 정치사찰 사건이 터진 후 김 대통령은 자신의 정계개편 시나리오에 차질이 생겼다고 보고, 끊임없이 야당에 퍼부어 왔던 강공책이 결국 별 효과가 없음을 스스로 깨닫게 된 것이다.

나도 2월 2일 연두 기자회견을 갖고 꽉 막힌 정국 상황에 관한 심정과 당의 입장을 솔직하고 담담하게 밝혔다.

"지난 1년 간은 한나라당과 저에게는 가시밭길과 같은 1년이었다. 우리는 오직 살아남기 위한 투쟁에 모든 것을 다 바칠 수밖에 없었다. 검찰과 정보기관을 동원해 총풍이다, 세풍이다 하며 살벌하게 야당을 압박하는 정치행태에 나는 전율을 느꼈다. 어떻게든 야당이 살아남아야 한다고 결심했다. 국회에서 수가 부족하면 장외에서 국민께 피를 토하는 심정으로 호소해라도 야당을 지켜야겠다고 마음먹었다"고 말하고, "김 대통령이 진심으로 야당을 와해시키려는 의도를 포기하고 야당을 존중하면서 정국을 풀어가려는 뜻이라면 대통령과 만나 정국 전환의 계기를 만들겠다"고 김 대통령의 여야 총재회담 제의를 받아들일 뜻을 분명히 했다.

아울러 경제문제에 관해 우선 김 대통령이 다급한 외환위기를 극복하고 어려운 경제구조 조정에 많은 노력을 쏟고 있는 데 대해 높이 평가하고 위로의 뜻을 표했다. 하지만 정부의 경제회복에 대한 안이한 생각과 빅딜 등 실책에 대해서는 따끔한 비판을 가했다.

또 대북 정책에 대해서도 김대중 정부의 대북관과 인식 및 추진방식에 대해 대단히 불안하고 걱정스러운 대목을 지적했고 민생 문제에서 한일어업협정의 문제점 등을 비판했다.

3월 15일 한나라당의 신경식 사무총장과 국민회의 정균환 사무총장이 만나 3월 17일 여야 총재회담을 갖기고 합의했다. 사실 그동안 사무총장 간의 협의에서는 쌍방의 의제를 조율하는 일이 지지부진했었다. 하지만 꽉 막힌 정국을 푸는 일은 여야 어느 쪽의 독점적 이익이 아니고 모두에게 필요한 일이었으므로 세세한 조율에 시간을 허비할 필요가 없다고 생각한 나는 신경식 사무총장에게 의제와 조건의 사전합의 없이 총재회담에서 총재 간에 일괄협의하고 타결하는 방식을 제의하도록 해 3월 17일로 총재회담 일정이 잡혔다.

이 날의 제2차 총재회담은 오전 8시 조찬으로 시작해 2시간 45분간 진행되었는데 제1차 때와 마찬가지로 대통령과 나, 단둘만의 대화였다.

나는 꼼꼼히 준비해간 자료를 바탕으로 사안별로 발언을 했고 여기에 대해 김 대통령이 역시 꼼꼼하게 준비한 자료를 참고하면서 답하는 형식으로 진행했다. 의견이 다른 부분에 대해서는 공박이 이뤄졌으나 서로 정중하지만 솔직하게 토론했다. 여야 총재회담 합의문에 6개 사항을 담기로 합의했는데, 이중에 그동안 우리가 요구해온 인위적 정계개편 중단과 국정운영 동반자로서의 상호존중이 단순한 대통령의 의견이 아니라 공동선언의 내용으로 포함되었다. 또한 정치개혁 입법을 조속히 합의 처리한다는 것도 들어갔다.

나는 회담에서 표적 사정, 정치보복, 의원 빼가기 등 야당을 와해시키려는 '인위적 정계개편'을 중단하고 야당을 진정한 '국정 동반자'로 존중하고 여야 간의 대화정치와 정책대결을 펴나가야 하며 국회에서의 법안 날치기와 같은 일이 결코 있어서는 안 된다는 점을 강력하게 요구했다. 이에 대해 김 대통령은 "대통령이 된 후 1년 간만 도와 달라고 했지만 도와주지 않았다. 그래서 국민 여론은 여당이 과반수가 되는 것을 원하고 있었기 때문에 부득이 과반수를 만들었다. 이런 과정에서 인위적 정계개편을 했다면 여당도 반성해야겠지만 야당도 반성해야 한다. 앞으로 정계개편은 절대 하지 않을 것이다. 국회

내의 날치기 처리도 있어서는 안 된다"고 답했다.

나는 또 국가권력기관의 불법도청, 감청과 고문 등 인권침해와 특히 국정원(1999. 1. 22일자로 명칭이 국정원으로 바뀌었다)의 국회 529호실 정치사찰 행위의 근절을 요구하고 정치적 중립을 훼손한 검찰총장과 국가정보원장의 경질을 요구했다. 김 대통령은 보복도청, 감청, 고문, 정치사찰은 결코 용납하지 않을 것이라고 답했으나 위 두 기관장의 경질 요구에 대해서는 언급하지 않고 529호실은 국회의장에게 그 폐쇄를 요청하겠다고 말했다.

그밖에도 경제와 대북문제에 대한 논의가 있었는데 김 대통령은 제1차 회담에 비해 좀 더 유연한 태도를 보였다. 전과 같으면 끝까지 자기 논리를 폈을 사항에 대해서도 이번에는 나의 비판을 수긍하고 국민께 미안하다는 표현을 쓰기도 했다. 예컨대, 정부의 국민연금 확대 실시 방안에 대해 내가 소득신고자가 극소수에 불과하고 소득 확인도 부정확한 현실을 그대로 두고 확대 실시부터 하는 데는 문제가 있다고 비판을 한 데 대해 수긍을 하고 국민에게도 미안하다고 말했다.

또 쌍끌이어선 현황 등 정확한 사전조사와 어민 등의 여론수렴 등 충분한 사전준비 없이 졸속으로 이루어진 한일어업협정의 문제점과 특히 한·일 공동관리수역에 독도를 포함시킴으로써 우리의 독도 영유권을 훼손한 점을 지적한 데 대해 쌍끌이어업 문제 등이 잘못돼 국민에게 미안하고 최대한 보상을 하겠다고 답했다. 그러면서도 독도 부분에 대해서는 독도와 어업협정은 별개라면서 독도는 그냥 두면 우리 땅인데 왜 분쟁으로 끌고 가려는지 이해할 수 없다는 식으로 말했다. 독도의 실효적 지배를 이유로 우리가 나서서 분쟁지역으로 만들 필요가 없다는 논리는 당시에는 다수설이라고 할 수 있었다.

그러나 나는 지금도 한일어업협정에서 공동관리수역에 독도를 포함시킨 것은 실수였다고 생각한다. 당시에는 일본이 정부 차원에서 독도의 영유권을 주장하고 나서지 않았지만 아베정권이 들어선 후 적극적이고 도전적으로 독도가 일본 영토라는 주장을 하고 있어 우리가 침묵한다고 분쟁지역이 되는 것을 피할 수 없게 되었다. 독도의 영유권에 의한 배타적 수역을 공동관리수역 속에 포함시킴으로써 일본의 독도영유권 주장을 더욱 부채질한 것이 아닌가 생각되는 것이다.

일단 여야 총재회담으로 정국은 다시 풀리고 정상화되었다. 내가 줄기차게 주장해왔던 '상생정치' 즉 여야가 상대방의 존재를 존중하고 생산적인 경쟁을 해가는 정치의 기본이 외형상 다시 복원된 셈이었다. 하지만 나의 마음은 그리 개운하지 않았다. 총재회담으로 봄이 왔지만 언제 또 찬바람이 불지 알 수 없었다. 지난번 총재회담 후 불과 2개월도 되지 않아 다시 2차 회담을 해야 할 만큼 정국이 냉각되지 않았던가. 총재회담은 막힌 정국을 푸는 현실적인 처방이지만 근본적으로 문제해결의 방식은 아니다. 앞으로 재보선·총선 등 여야 간에 격돌할 일들이 쌓여 있는데 정국이 또 언제 냉각될지 모른다.

여야 간에 격돌해 정국이 꽉 막히게 되면 국민은 정당과 정치인, 국회에 대해 실망하고 '선의의 경쟁'을 하지 못한다고 그들을 비판한다.

하지만 그동안 야당 총재로서 제2차 총재회담을 하기까지 겪어온 여야 간 격돌의 과정을 돌이켜 보면 과연 정치에서 '선의의 경쟁'이나 '상대방에 대한 존중'이란 것이 가능한 것인가 회의가 든다.

정치에서 '상생'이니 '선의' 또는 '상호존중'이란 말은 위선의 냄새가 풍기는 게 사실이다. 차라리 정치의 본질은 투쟁대결과 휴전·화해의 반복에 있다고 인정하고 다만 이러한 정치가 정당화되는 것은 그것이 정의를 지향하고 있는가 아닌가에 달려 있다고 봐야 하지 않을까.

제2의 창당과 민주화 투쟁 선언

내가 야당의 총재로서 그동안 해온 일은 스펙트럼이 넓은 한나라당 내에서 계파보스들과 그 소속의원들, 초선 중심의 개혁그룹과 그밖의 방황파들을 추스르고 조정하면서 당을 한 방향으로 이끌어간 일과 여권의 인위적 정계개편, 편파사정 등 야당 압박에 저항해 당을 지켜내는 일이 거의 전부였다고 해도 과언이 아니다.

한나라당의 스펙트럼은 "국가보안법을 위반하고 도망 다니던 피의자, 그를 붙잡아 구속기소한 검사, 기소에 따라 그를 재판한 판사, 이런 이종(異種)의 구성원이 모두 모인 곳이 바로 한나라당"이라고 비유할 만큼 넓었다. 보혁 간 논쟁도 심심찮게 일어났다. 예컨대, 4월에 일어난 지하철 노조의 파업에 대해 보수주의자들은 무조건 파업철회를 주장하는 반면 개혁주의자들은 정부에게 1차적 책임을 물어야 한다고 반박하는 식이었다.

게다가 민정당, 민주당, 자민련의 3당 합당 후 김종필 씨 탈당으로 자민련 계는 대부분 이탈해 갔으나 남은 민정계와 민주계 사이의 틈새는 메꿔지지 않았다. 특히 당 밖에서 김영삼 전 대통령이 한마디 던질 때마다 당내의 민주계는 요동을 쳤다. 그야말로 '잡탕밥' 정당이라

송동훈의 그랜드투어 동유럽/서유럽/지중해

보고 느끼고 인생이 바뀌는 기적과 감동을 선사하는 유럽 여행. 서유럽, 동유럽, 지중해에서 살아 있는 세계사 수업이 펼쳐진다.

송동훈 | 각권 13,000원 | 세트 39,000원

빈에서는 인생이 아름다워진다

문화여행자 박종호가 유럽 예술의 절정, 오스트리아 빈에서 위대한 예술과 인생의 아름다움을 전하는 예술 기행서.

박종호 | 15,000원

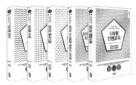

5차원 학습법 시리즈 5차원 전면교육/5차원 독서법과 학문의 9단계/5차원 독서치료/5차원 수학/5차원 영어

카이스트 미래교육 전략서 선정! 20년 동안 300만 독자와 교실을 변화시킨 공부혁명 교과서! 지력·심력·체력·자기관리력·인간관계력 등 5가지 능력 향상으로 아이의 평생교육을 완성한다.

원동연·유혜숙·유동준·임소영 | 각권 12,000원

주리애 교수와 함께하는 태교 컬러링

미술치료·색채심리 분야 국내 최고 권위 주리애 교수가 완성한 그림 태교북. 태아의 두뇌와 감성을 키우고 엄마의 행복감을 높여주는 '컬러 테라피' 효과를 만나다!

주리애·신성희 | 12,800원

새로 만든 먼나라 이웃나라 전15권

집집마다 한 권씩, 도서관마다 한 세트씩. 영원한 베스트셀러!
유럽을 지나 미국과 중국, 일본 그리고 대한민국까지,
멀게만 느껴졌던 나라들이 모두 이웃이 되었습니다!

1권 네덜란드 | 2권 프랑스 | 3권 도이칠란트 | 4권 영국 | 5권 스위스 | 6권 이탈리아 | 7권 일본(일본인) | 8권 일본(역사) | 9권 우리나라 | 10권 미국(미국인) | 11권 미국(역사) | 12권 미국(대통령) | 13권 중국(근대) | 14권 중국(현대) | 15권 에스파냐

이원복 | 각권 280쪽 내외 | 각권 12,900원 | 세트 193,500원 | 올컬러

식객 전27권

한국만화의 살아 있는 전설, 허영만 30년 집념의 역작!
세계 속 한국 음식의 자긍심을 선사한 대한민국 만화의 자존심.

1권 맛의 시작 | 2권 진수성찬을 차려라 | 3권 소고기 전쟁 | 4권 잊을 수 없는 맛 | 5권 청주의 마음 | 6권 마지막 김장 | 7권 요리하는 남자 | 8권 죽음과 맞바꾸는 맛 | 9권 홍어를 찾아서 | 10권 지방김고등어 만들기 | 11권 도시의 수도승 | 12권 완벽한 음식 | 13권 만두처럼 | 14권 김치찌개 맛있게 만들기 | 15권 돼지고기 열전 | 16권 두부대결 | 17권 원조 마산 아귀찜 | 18권 장 담그는 날 | 19권 국수 완전정복 | 20권 국민주 탄생 | 21권 기자 미식해를 아십니까? | 22권 임금님 밥상 | 23권 아버지의 꼴단지 | 24권 동래파전 맛보러 간다 | 25권 소금의 계절 | 26권 진수 성찬의 집들이 날 | 27권 팔도 냉면 열기

허영만 | 각권 260쪽 내외 | 각권 8,500원 | 세트 229,500원 | 부분컬러

김영사는 독자를 섬깁니다

저희가 만든 책을 독자께서 기쁘게 읽을 때 김영사는 가장 행복합니다

에 세 이 / 마 음 명 상 / 인 문 역 사 / 자 연 과 학 / 경 제 경 영 / 실 용

에세이

신도 버린 사람들

불가촉천민에서 세계경제를 좌우하는 지도자가 된 나렌드라 자다브 박사의 인도 역사상 가장 뜨겁고 애절한 드라마.

나렌드라 자다브 | 강수정 옮김 | 11,000원

나는 천국을 보았다

뇌사에서 7일 만에 살아온 하버드 신경외과 의사가 영혼, 신, 사후세계의 실재를 입증한 감동실화. 화제의 베스트셀러.

이븐 알렉산더 | 고미라 옮김 | 12,000원

나는 천국을 보았다 두 번째 이야기

삶과 죽음의 정의를 뒤바꾼 세계적 베스트셀러 《나는 천국을 보았다》 그후의 이야기. 마침내 천국의 지도가 공개된다!

이븐 알렉산더 | 이진 옮김 | 12,000원

학문의 즐거움

즐겁게 공부하다 인생에 도통한 어느 늦깎이 수학자의 이야기. 평범한 두뇌의 그가 수학의 노벨상 필즈상을 받고, 업적을 이루어낸 비결.

히로나카 헤이스케 | 방승양 옮김 | 9,500원

우리가 사랑한 헤세, 헤세가 사랑한 책들

카프카에서 도스토옙스키까지, 노자에서 붓다까지, 노벨문학상 수상작가 헤세가 평생에 걸쳐 쓴 책 이야기에서 가려 뽑은 가장 빼어난 73편.

헤르만 헤세 | 안인희 옮김 | 14,000원

기적의 사과

평생 사과에 미쳐서 세계 최초로 썩지 않는 기적의 사과를 생산하며 온 세상을 뒤흔든 한 농부의 눈물과 성취의 감동 실화.

기무라 아키노리·이시카와 다쿠지 | 이영미 옮김 | 11,000원

먼지에서 우주까지

우주를 얘기하려는데 먼지를? 모든 존재와의 소통을 위해 시작한 '마음으로의 대화' 완결 편. 인간과 마음, 자연과 우주의 비밀에 대한 본격 탐구.

이외수·하창수 | 13,000원

뚝,

세상에서 가장 어려운 질문에 답하는 이외수의 '뚝' 신공. 문제 많은 세상에서 행복찾기.

이외수·하창수 | 13,800원

마음에서 마음으로

깨어 있는 삶, 사랑하는 삶, 아름다운 삶으로 안내하는 이외수식 마음 소통법. 한칸 방 안에서도 우주를 만나는 법.

이외수·하창수 | 13,800원

차이나 핸드북

대한민국을 대표하는 차이나 싱크탱크 성균중국연구소와 대한민국이 숨겨둔 최고의 중국 전문가들이 머리를 맞댔다. 늘 곁에 두고 참고하는 단 한 권의 중국.

성균중국연구소 | 18,900원

사막을 건너는 여섯가지 방법

인생이라는 자신의 사막을 슬기롭게 건널 수 있도록 안내하는 책, 삶의 모든 순간을 충만한 가슴으로 포용하게 한다.

스티브 도나휴 | 고상숙 옮김 | 12,000원

단순하게 살아라

물건, 시간, 건강, 인간관계, 자기자신을 단순하게 정리하는 법. 펼치는 순간 삶의 문제는 더 구체화되고 행복이 가까워진다.

베르너 티키 퀴스텐마허 | 유혜자 옮김 | 12,800원

3개의 소원 100일의 기적

아마존 베스트셀러 1위. 꿈꾸던 인생을 실현시켜준 비법의 내용은 100일 동안 3개의 소원을 3번씩 쓰는 것! 입에서 입으로 전해지던 비밀을 공개한다.

이시다 히사쓰구 | 이수경 옮김 | 12,800원

제3의 성공

세계에서 가장 성공한 여성, 아리아나 허핑턴이 말하는 '진짜 성공'. 더 가치있게, 더 충실하게, 더 행복하게 살기. 후회 없는 인생을 위해 더 늦기 전에 읽어야 할 책.

아리아나 허핑턴 | 강주헌 옮김 | 15,000원

말을 듣지 않는 남자 지도를 읽지 못하는 여자

100개국 판권 계약, 51개 언어로 번역된 글로벌 초대형 베스트셀러. 과학적 분석과 실증적 사례로 남녀 간 차이를 풀어낸 남녀 심리학 개론의 바이블.

앨런 피즈·바바라 피즈 | 이종인 옮김 | 13,000원

실용

새로 만든 내몸 사용 설명서

30만 부 판매. 150쇄 신화. 전 세계 1천만 독자의 인생을 바꾼 혁명적 고전. 몸이 어떻게 움직이고 노화하는지 인체의 진실을 알려준다.

마이클 로이젠·메멧 오즈 | 유태우 옮김 | 16,000원

내몸 다이어트 설명서

다이어트와 지방, 뱃살에 대해 의학적으로 분석한 책. 유행을 넘어 탄탄한 몸매와 건강을 평생 유지할 수 있는 차별화된 다이어트 전략을 소개한다.

마이클 로이젠·메멧 오즈 | 박용우 옮김 | 16,000원

내몸 임신출산 설명서

어떤 의사도 말해주지 않았던, 어떤 책에서도 볼 수 없었던 가장 과학적이고 사려 깊은 임신과 출산을 위한 인체 매뉴얼.

마이클 로이젠·메멧 오즈 | 안기순 옮김 | 18,000원

우리 아이를 위한 내몸 사용설명서

탄생의 순간부터 6세까지 내 아이의 폭발적 성장 과정을 추적하라! '후성유전학'을 바탕으로 성장을 위한 최적의 환경과 전략 공개.

마이클 로이젠·메멧 오즈 | 김성훈 옮김 | 김동수 감수 | 18,000원

통증박사 안강입니다

30만 환자의 통증을 다스린 명의. 기존 의학의 상식을 뒤엎는 독보적인 치료법으로 세계 통증 치료의 흐름을 바꾼 자신만의 연구와 처방 공개.

안강 | 12,000원

음식중독

먹고, 후회하고, 나도 모르게 또 먹는 악순환. 의지의 문제가 아니라 중독을 일으키는 맛 때문이다. 최고의 비만 전문가가 밝힌 중독의 고리를 끊는 비법.

박용우 | 13,000원

나는 아직, 어른이 되려면 멀었다

여러 번의 실망, 여러 번의 상처, 여러 번의 실패. 그사이 겁쟁이로 변해버린 청춘에게 보내는 설렘, 두근거림, 위안의 이야기. 이적, 김동률, 스윗소로우, 테이가 추천한 감성 에세이.

강세형 | 11,000원

나는 다만, 조금 느릴 뿐이다

세상의 속도에 맞추기 위해, 그렇게 어른처럼 보이기 위해 달려온 당신에게 보내는 담담한 위안과 희망. 내면을 그리는 작가 강세형의 두 번째 이야기.

강세형 | 14,000원

나를, 의심한다

사실과 거짓, 진실과 환상, 현실과 꿈, 그 사이를 헤매는 우리들의 이야기. 마지막 마침표가 끝날 때까지도, 절대 의심을 멈추지 마라.

강세형 | 13,000원

하루 3시간 엄마 냄새

세상의 모든 엄마가 가진 놀라운 능력, 엄마 냄새가 기적을 만든다. 아이들에게 제2의 탄생을 선물한 333법칙의 놀라운 효과.

이현수 | 12,000원

오늘도, 골든 땡큐

심리학 박사 이현수 원장이 뇌과학과 심리학을 통해 밝힌 '감사'의 강력한 효과. 삶의 진정한 의미와 기쁨을 되찾도록 이끄는 경쾌한 셀프 테라피.

이현수 | 13,800원

서천석의 마음 읽는 시간

지치고 힘든 마음에 새 살을 돋게 하는 정신과 전문의 서천석의 따뜻하고 명쾌한 인생 조언. 아픈 마음을 치유하는 정확한 처방전.

서천석 | 14,800원

생겨요, 어느 날

아직은 혼자여도 괜찮은 대한민국 1인 가구 마음 탐방기. 〈별이 빛나는 밤에〉 〈두 시의 데이트〉 메인작가 이윤용의 싱글녀를 위한 마음 토닥 에세이.

이윤용 | 13,000원

내가 정말 좋아하는 농담

마음을 움직이는 문장으로 광고계를 흔드는 천재적 카피라이터 김하나의 반짝이는 아이디어를 위한 1g의 교양 사전. 아이디어는 이렇게 시작된다.

김하나 | 12,000원

비가 오지 않으면 좋겠어

비가 오지 않기를 바라는 여행자에게 비가 와도 괜찮은 여행을 제안하는 특별한 여행 사유집. 결코 낭만적이지 않은 여행에 지친 이들에게 건네는 위로.

탁재형 | 13,500원

아, 김수환 추기경 1·2

역사의 격랑을 헤치고 나아간 인간의 존엄함과 위대함에 대한 탐구

우리 시대의 스승 김수환 추기경의 삶과 영성을 감동적으로 그려낸 천주교 공인 전기. 그에게 교회와 세상은 하나였다. 360여 장의 사진이 함께하는 한국현대사 교과서.

이충렬 | 조광 감수 | 각권 16,500원

빵 굽는 CEO

고교 1년 중퇴 후 빵집 보조로 시작, 한국 최고의 빵 장인으로 우뚝 선 김영모의 눈물 젖은 빵 인생, 그리고 빵처럼 맛있는 경영이야기.

김영모 | 9,900원

성공하는 사람들의 7가지 습관

내면의 변화와 원칙 중심의 성품 개선으로 기업 혁신의 패러다임과 전 세계인의 삶을 바꾼 자기계발의 고전. 평생 곁에 두고 싶은 최고의 책.

스티븐 코비 | 김경섭 옮김 | 17,900원

원칙중심의 리더십

진정한 리더를 완성하는 감동의 자기 혁신서. 존경받는 내면의 힘과 강한 조직력은 어디에서 나오는가.

스티븐 코비 | 김경섭·박창규 옮김 | 12,900원

스티븐 코비의 마지막 습관

"더 나은 답은 있다!" 7가지 습관 이후 20년, 스티븐 코비 성공학의 완성판. 생각의 차이를 넘어 최고의 결과를 찾아내는 기념비적 명저.

스티븐 코비 | 안기순 옮김 | 김경섭 감수 | 22,000원

2030 미래의 대이동

미래 생태계가 당신에게 원하는 것은 바로 이것이다! 한국과 아시아를 대표하는 미래학자 최윤식이 10여 년에 걸쳐 내놓은 미래통찰과 전략의 핵심 총망라.

최윤식·최현식 | 17,000원

미래학자의 통찰법

미래는 통찰하는 자의 것. 통찰력, 어떻게 당신의 도구로 만들 것인가. 정부기관과 핵심기업들의 전략멘토, 미래학자 최윤식이 공개하는 통찰 노하우.

최윤식 | 14,000원

경영은 사람이다

기업은 왜 존재하는가. 시장은 어떤 곳인가. 생산과정의 요소이자 존엄한 존재인 노동하는 인간의 역설을 어떻게 경영 가치로 창조할 것인가. 시장, 기업, 인간의 공생을 위하여.

이병남 | 14,800원

죽은 경제학자의 살아있는 아이디어

하버드 대학 최우수 강의상을 거머쥔, 100번쯤 웃다 보면 경제의 흐름이 한눈에 잡히는 경제교양서. 애덤 스미스부터 카너먼까지 300년 경제사 명강의.

토드 부크홀츠 | 류현 옮김 | 25,000원

로버트 라이시의 자본주의를 구하라

《부유한 노예》《위기는 왜 반복되는가》, 세계적 경제사상가 로버트 라이시의 상위 1%의 독주를 멈추게 하는 법.

로버트 라이시 | 안기순 옮김 | 14,800원

나는 나를 어떻게 할 것인가

트레이더 김동조가 경제학의 관점에서 분석한 36가지 생각과 행동 전략. 가보지 않은 길을 가야 하는 우리 모두를 위한 지침서.

김동조 | 15,000원

문병로 교수의 메트릭 스튜디오

수치로 확인하지 않고서는 한 발짝도 움직이지 마라! 한국의 제임스 사이먼스, 세계적 최적화 전문가 문병로 교수가 안내하는 수치와 확률에 기반한 투자 기법.

문병로 | 17,900원

이야기 회계

'기업의 언어' 회계를 마스터하기 위한 강력한 첫걸음. 핵심적인 회계 용어를 우리 주변의 흥미롭고 구체적인 이야기를 통해 쉽고 재미있게 배운다.

정현석·정병수 | 13,000원

달라이 라마의 행복론

당신은 행복한가. 달라이 라마와 미국의 저명한 정신과 의사 하워드 커틀러가 나눈 행복에 대한 보석 같은 이야기.

달라이 라마·하워드 커틀러 | 류시화 옮김 | 12,800원

달라이 라마의 종교를 넘어

최고의 종교 지도자가 깊은 고뇌 속에서 깨달은 종교를 초월한 진정한 삶의 방식. 인류의 미래를 위한 새로운 삶과 행복의 길.

달라이 라마 | 이현 옮김 | 13,500원

마음에는 평화 얼굴에는 미소

달라이 라마와 함께 두 송이 아름다운 꽃으로 일컬어지는 영적 스승 틱낫한 스님이 전하는 깨어 있는 삶의 예술.

틱낫한 | 류시화 옮김 | 12,000원

오늘도 두려움 없이

삶과 죽음의 공포부터 일상 속 외로움과 불안까지. 두려움에 사로잡힌 우리의 마음을 지혜로운 가르침으로 어루만지는 틱낫한 스님의 따뜻한 인생 처방.

틱낫한 | 진우기 옮김 | 12,000원

날마다 웃는 집

뜻대로 되지 않는 자녀, 무관심한 가족 등 가정에서 벌어지는 크고 작은 고민과 갈등을 명쾌하게 해결해주는 법륜스님의 혜안.

법륜스님 | 10,800원

행복한 출근길

매일 아침 출근길이 괴로운 현대인들에게 웃음과 행복을 찾아주는 법륜스님의 인생문제 해결 비법.

법륜스님 | 10,800원

흔적 없이 나는 새

당대唐代 지성 배휴와 스승 황벽 선사가 묻고 답한 진리의 문답 《전심법요》를 현대인이 이해할 수 있도록 풀어 쓴 수불스님 선 수행 길라잡이.

수불스님 | 25,000원

마음꽃을 줍다

법정스님의 맏상좌인 덕조스님의 첫 번째 에세이. 산골 불일암에 살며 하루하루 소중하게 써내려간 작고도 섬광 같은 깨달음.

덕조스님 | 12,900원

선심초심

스티브 잡스의 멘토이자 미국 선수행의 돌풍을 일으킨 스즈키 순류 선사의 마지막 말씀. 일상 속에서 선수행을 할 수 있도록 돕는 가장 대중적인 입문서.

스즈키 순류 | 정창영 옮김 | 13,000원

이것이 깨달음이다

구도의 길에서 목도하는 뜨거운 질문과 명쾌한 해답. 앞서 길을 발견한 저자가 안내하는 친절하고 구체적인 수행의 지침서.

백창우 | 28,000원

너무 늦기 전에 들어야 할 죽음학 강의

행복하게 살기 위해서 꼭 필요한 공부! 죽음학 권위자 최준식 교수가 안내하는 삶의 완성을 위한 인생수업.

최준식 | 12,000원

당신, 전생에서 읽어드립니다

15년 동안 1만 5천 명의 전생을 읽고 상담해온 박진여 선생의 진정한 삶을 위한 메시지. 당신의 전생은 당신에게 어떻게 조언하고 있는가.

박진여 | 12,800원

아웃라이어

타고난 지능과 탁월한 재능이 성공을 보장하는가? 성공을 위한 매직넘버 '1만 시간의 법칙' '상위 1%의 부'의 비밀을 밝힌 최고의 경영교양서.

말콤 글래드웰 | 노정태 옮김 | 13,000원

구글은 어떻게 일하는가

구글 회장 에릭 슈미트가 직접 최초로 공개하는 구글 방식의 모든 것. 전 세계에 새로운 일의 기준, 새로운 생각의 기준을 제시하는 비즈니스 명저.

에릭 슈미트 외 | 박병화 옮김 | 15,800원

스프린트

구글은 어떻게 기획하는가? 구글 수석 디자이너 제이크 냅 최초 공개. 세상에서 가장 혁신적인 프로젝트 수행법.

제이크 냅 외 | 박우정 옮김 | 14,800원

좋은 기업을 넘어 위대한 기업으로

괜찮은 기업에 머무를 것인가, 위대한 기업으로 도약할 것인가? 짐 콜린스가 치밀한 연구를 토대로 밝힌 위대한 기업을 만드는 핵심요인들.

짐 콜린스 | 이무열 옮김 | 15,900원

생각에 관한 생각

노벨경제학상을 수상한 최초의 심리학자 대니얼 카너먼의 첫 대중교양서. 인간의 정신생활을 가장 적나라하게 파헤친 명작.

대니얼 카너먼 | 이진원 옮김 | 22,000원

무엇이 행동하게 하는가

통제하지 않아도 간섭하지 않아도 원하는 대로 상대를 이끌 수 있다! 인간 행동을 변화시킨 20년의 현장연구 총망라.

유리 그니지·존 리스트 | 안기순 옮김 | 16,000원

보이지 않는 고릴라

심리학 역사상 가장 유명하고 독창적이며 흥미로운 실험이 공개된다! 인지, 사고, 기억의 힘과 한계를 속속들이 알려주는 하버드 최고의 자기계발서.

크리스토퍼 차브리스·대니얼 사이먼스 | 김명철 옮김 | 14,000원

일론 머스크, 미래의 설계자

지구상에서 가장 먼저 미래에 도착한 남자, 천재적 재능으로 미래과학의 판타지를 실현하는 일론 머스크의 삶과 성공을 들여다본 첫 번째 공식 전기.

애슐리 반스 | 안기순 옮김 | 18,000원

알 왈리드, 물은 100도씨에서 끓는다

컨테이너에서 시작해 세계 4위의 부호가 되기까지, 편견 없이 들어야 할 억만장자의 매우 특별한 이야기. 성공의 비결은 우연이 아니라 완벽한 준비에 있다.

리즈 칸 | 최규선 옮김 | 22,000원

돈은 아름다운 꽃이다

대한민국 최고의 금융전략가, 가장 닮고 싶은 금융 CEO 등 화려한 수식어 뒤에 감춰진 박현주 미래에셋 회장의 돈과 투자 철학 그리고 인생 이야기.

박현주 | 12,000원

양치기 리더십

노련한 양치기가 양떼의 마음을 사로잡는다. 세계적 CEO들이 반해버린 강력한 현대 우화. 시대를 초월해 최고의 양치기가 되기 위한 조직·인재 경영의 비법.

케빈 리 | 김승욱 옮김 | 11,000원

스타벅스, 커피 한잔에 담긴 성공신화

빈민가에서 입신, 세계 커피시장의 판도를 하루아침에 바꾸어버린 스타벅스 회장 하워드 슐츠의 인간중심 경영, 그 도전과 성공스토리.

하워드 슐츠 외 | 홍순명 옮김 | 12,800원

영원의 철학

《멋진 신세계》의 올더스 헉슬리가 동서 고금 420여 개의 빛나는 인용문과 함께 밝혀낸 모든 위대한 가르침의 공통 핵심. 영성 분야의 혁명적 고전.

올더스 헉슬리 | 조옥경 옮김 | 오강남 해제 | 19,800원

늘 펼쳐지는 지금

진짜 나 자신으로 살아가는 자유에 이르는 18단계 탐험 세션. 심리학과 과학, 영성의 진정한 만남인 '다이아몬드 어프로치' 국내 최초 안내서.

알마스 | 박인수 옮김 | 17,800원

진실이 치유한다

폭력과 중독을 이겨내고 찾아낸 마음의 법칙, 에너지 힐링. 세계적인 에너지 힐러 데보라 킹이 전하는 몸·마음·인간관계를 위한 메시지.

데보라 킹 | 사은영 옮김 | 14,800원

켄 윌버의 통합비전

'의식 연구 분야의 아인슈타인' '통합이론'의 창시자 켄 윌버의 핵심 사상을 1000여 개의 컬러 이미지와 도표, 산뜻한 설명을 통해 정리한 켄 윌버 입문서.

켄 윌버 | 정창영 옮김 | 13,500원

모든 것의 역사

켄 윌버의 핵심 개념을 알기 쉽게 풀어낸 유일한 대담집. 인간과 세계에 관한 거의 모든 이론과 해석을 종합하여 인간의식과 물질우주의 진화 과정을 밝힌다.

켄 윌버 | 조효남 옮김 | 22,000원

켄 윌버의 신

혜민 스님 추천 도서. 인류 지혜의 핵심 '영원의 철학'을 사회학에 최초로 도입, 종교에 관한 환원론적 해석을 완전히 뒤엎은 책.

켄 윌버 | 조옥경·김철수 옮김 | 15,000원

인문 역사

재레드 다이아몬드의 나와 세계

세계적 석학 재레드 다이아몬드의 신작. "인류에게 주어진 시간은 50년뿐이다." 한국어판 서문, Q&A 수록. 당신과 세계의 미래를 위해 꼭 읽어야 할 책.

재레드 다이아몬드 | 강주헌 옮김 | 13,000원

어제까지의 세계

문명사회는 전통사회에서 무엇을 배울 것인가? 6백만 년간 지속된 전통사회가 가르쳐주는 미래에 대한 통찰과 생존 해법.

재레드 다이아몬드 | 강주헌 옮김 | 29,000원

문명의 붕괴

자멸할 것인가, 살아남을 것인가. 파괴된 문명의 역사에서 배우는 인류의 미래에 관한 보고서.

재레드 다이아몬드 | 강주헌 옮김 | 28,900원

생각의 지도

왜 동양인은 '종합적으로' 생각하고 서양인은 '분석적으로' 사고할까. 동서양의 차이를 연결하는 다리, 생각의 핵심을 찾아가는 지도 같은 책.

리처드 니스벳 | 최인철 옮김 | 12,900원

무엇이 지능을 깨우는가

당신의 IQ를 바꾸는 21세기 지능 전략. 환경과 지능의 관계를 흥미로운 비교연구로 풀어낸 《생각의 지도》 저자 리처드 니스벳의 화제작.

리처드 니스벳 | 설선혜 옮김 | 최인철 감수 | 15,000원

마인드 웨어

《생각의 지도》 리처드 니스벳이 마침내 완성한 생각의 활용법 '마인드웨어'에 주목하라! 선택과잉의 시대 '결정장애'에 시달리는 현대인을 위한 필독서.

리처드 니스벳 | 이창신 옮김 | 18,000원

과학의 망상

혁신적 과학사상가 루퍼트 셸드레이크가 현대 과학에 던지는 10가지 질문. 토머스 쿤 《과학혁명의 구조》 이후 현대 과학에 새로운 이정표를 제시한 문제작.

루퍼트 셸드레이크 | 하창수 옮김 | 22,000원

통제 불능

태어난 것과 만들어진 것이 결합하기 시작했다! 인간과 기계 생태계에 대한 가장 설득력 있는 예고편. 영화 〈매트릭스〉에 결정적 영감을 준 바로 그 책.

케빈 켈리 | 이충호·임지원 옮김 | 이인식 해제 | 25,000원

바이러스 폭풍의 시대

메르스, 사스, 에볼라… 치명적 신종, 변종 바이러스들의 시대. 세계적인 생물학자 네이선 울프가 수십 년간의 연구와 추적을 통해 완성한 바이러스의 모든 것.

달네이선 울프 | 강주헌 옮김 | 15,000원

포크는 왜 네 갈퀴를 달게 되었나

디자인공학의 구루 헨리 페트로스키가 들려주는 유용한 물건들에 숨겨진 탄생과 진화 이야기, 전 세계에 '디자인 경영'의 시작을 알린 명저.

헨리 페트로스키 | 백이호 옮김 | 16,000원

아파야 산다

진화의학의 권위자 샤론 모알렘이 들려주는 인간의 질병·진화·건강의 놀라운 삼각관계. 유전자 속에 숨겨진 건강과 장수의 비밀을 파헤친다.

샤론 모알렘 | 김소영 옮김 | 13,000원

유전자, 당신이 결정한다

유전자는 주어진 운명이 아니다! 진화의학의 최고 권위자, 샤론 모알렘이 전하는 유전과 질병, 건강에 관한 혁신적 메시지. 후성유전학에 관한 가장 만족스러운 가이드.

샤론 모알렘 | 정경 옮김 | 15,000원

커넥톰, 뇌의 지도

인간의 정신, 기억, 성격은 어떻게 뇌에 저장되고 활용되는가? 게놈 프로젝트 이후 최대의 과학혁명, 전 세계 과학계가 주목한 휴먼 커넥톰 연구의 모든 것.

승현준 | 신상규 옮김 | 23,000원

자연에서 배우는 청색기술

세계 경제의 패러다임을 주도해나갈 청색기술의 모든 것. 38억 년 진화의 결정체, 자연 속에 감춰진 강력한 번영과 생존의 전략.

이인식 외 | 18,000원

2035 미래기술 미래사회

1000명의 공학계 석학과 산업계 리더가 선정한 20년 후 당신과 한국을 먹여 살릴 20대 기술. 앞으로 20년, 당신이 살아갈 미래 생태계, 바로 이것이 주도한다.

이인식 | 15,000원

이성적 낙관주의자

경제위기, 인구폭발, 기후변화, 빈곤. 모두 해결될 것이다. 왜, 어떻게 그것이 가능할까? 세계적 과학사상가 매트 리들리가 과학적 이성주의로 밝힌 인류의 미래.

매트 리들리 | 조현욱 옮김 | 25,000원

해부하다 생긴 일

세계적 권위의 해부학자, 30년간 한 우물을 판 칼의 고수, 정민석 교수가 만화로 그려낸 흥미진진한 몸 이야기.

정민석 | 14,000원

배명진 교수의 소리로 읽는 세상

우리가 몰랐던 소리에 숨[...]력, 부자로 만드는 소리[...]수사를 해결한 1,2초의 [...]단숨에 빠져들게 할 [...]

배명진·김명숙 | 13,0[...]

THE PATH

《정의란 무엇인가》를 뛰어넘은 하버드 최고의 인기 강의, 마이클 푸엣 교수의 동양철학 강의를 책으로 읽는다! 좋은 삶을 고민하는 우리 자신과 미래에 새로운 가능성을 제시하는 책.

마이클 푸엣 외 | 이창신 옮김 | 14,800원

성격이란 무엇인가

성격학의 대가이자 3년 연속 하버드 학생이 직접 뽑은 인기 교수, 브라이언 리틀이 전하는 '내 성격 그대로 잘사는 법'. 행복한 삶으로 안내하는 본격 성격 탐구서.

브라이언 리틀 | 이창신 옮김 | 15,000원

깊은 마음의 생태학

우리 인문학을 세계 수준으로 끌어올린 한국의 석학 김우창 교수의 강철 같은 사유. 문학, 철학, 경제학, 사회학, 수학, 생물학을 망라하여 '이성과 마음'의 문제를 생생하게 파헤친다.

김우창 | 27,000원

대한민국의 대통령들

개인의 삶과 국가의 운명을 바꾼 12명의 최고권력자들. 그들이 써내려간 70년 한국 현대사의 거대한 흐름과 치열한 뒷모습.

강준식 | 19,800원

김광석과 철학하기

문화철학자 서울대 김광식 교수가 '노래하는 철학자' 김광석 노래를 통해 전하는 행복한 삶의 비밀. 서울대 최고 인기 행복특강, KBS·MBC 화제의 강연.

김광식 | 13,800원

나와 너의 사회과학

인생이여, 사회과학과 통하였는가? 세상이 어떻게 돌아가는지 모르겠다면 이 책이 등대가 되어줄 것이다. 우석훈 박사의 사회과학 방법론 강의.

우석훈 | 12,000원

괴짜 사회학

연구실을 박차고 거리로 나선 괴짜 학자의 세상 탐구. 10년에 걸쳐 마약상, 코카인 중독자, 경찰, 주민대표와 어울려 가난과 빈곤의 얼굴을 그려내다!

수디르 벤카테시 | 김영선 옮김 | 15,000원

행복에 걸려 비틀거리다

탁월한 심리 실험과 통찰력 있는 연구를 통해 밝혀낸 행복의 비밀! 행복해지고 싶다면 행복의 지도를 다시 그려라.

대니얼 길버트 | 최인철·김미정·서은국 옮김 | 14,900원

무엇이 가치 있는 삶인가

역설적 발상, 상식을 깬 추론으로 인생을 통찰한 하버드대 천재 철학자 로버트 노직 명강의. 삶의 진정한 가치를 찾아 분투하는 세상의 모든 소크라테스를 위한 책.

로버트 노직 | 김한영 옮김 | 18,000원

사피엔스 · 호모 데우스

버락 오바마, 빌 게이츠, 마크 저커버그, 재레드 다이아몬드 강력 추천

사피엔스는 어떻게 세상의 지배자가 되었는가? 인간은 멸종할 것인가, 신이 될 것인가? 멀고 먼 시원부터 인공지능과 유전공학으로 새롭게 진화할 인류의 미래까지, 《사피엔스》는 우리가 어디에서 왔는지 알려주고 《호모 데우스》는 우리가 어디로 가는지 알려준다!

유발 하라리 | 조현욱·김명주 옮김 | 각권 22,000원

★ 동아일보·중앙일보·경향신문·세계일보·한겨레신문·한국경제신문·예스24 올해의 책 선정
★ 현대경제연구소 추천도서, 한국출판문화산업진흥원 선정 대학 신입생 추천도서

이덕일의 고금통의 1·2

1000개의 역사 순간에서 길어 올린 가치 있게 사는 지혜. 감춰진 역사에서 정치·경제·문화·생활에 이르기까지. 역사학자 이덕일의 역사 지혜서.

이덕일 | 각권 18,000원

고전의 대문

《라디오 시사고전》 박재희 교수의 '고전의 대궐 프로젝트' 1탄. 마음, 공부, 부, 미래… 인생에서 꼭 마주치는 질문에 대한 고전의 답.

박재희 | 14,800원

한자의 탄생

3500년 한자 역사에 담긴 인문학적 진실. 중화권 최고의 문화학자 탕누어가 한자의 탄생을 통해 추적한 인류 문화의 시원始原과 진화 과정.

탕누어 | 김태성 옮김 | 15,000원

자 연 과 학

만들어진 신

상상해보라, 종교도, 십자군도, 9·11도, 자살 테러범도 없는 세상. 신의 이름 뒤에 가려진 인간의 본성과 가치를 탐색한 리처드 도킨스 세기의 문제작.

리처드 도킨스 | 이한음 옮김 | 25,000원

지상 최대의 쇼

진화가 펼쳐낸 경이롭고 찬란한 생명의 역사. 다윈 이후 가장 위대한 진화생물학자 리처드 도킨스 최고의 쇼.

리처드 도킨스 | 김명남 옮김 | 25,000원

현실, 그 가슴 뛰는 마법

눈부신 비유와 아름다운 문장. 이보다 더 감동적인 과학 해설서는 없다. 우리의 심장이 뛰는 순간부터 현실의 마법은 시작됐다.

리처드 도킨스 | 김명남 옮김 | 22,000원

리처드 도킨스 자서전 1·2

뜨거운 논쟁과 명료한 논증의 상징! 지적으로 냉철하고 인간적으론 더없이 다정한 한 세기적 과학자의 세상에 다신 없을 위대한 회고록.

리처드 도킨스 | 김명남 옮김 | 19,500원·24,500원

평행우주

이론물리학계 거장, 세계적 석학 미치오 카쿠가 들려주는 최첨단 우주 이야기. 블랙홀, 다중우주, 고차원공간 등 혁명적인 변화를 겪고 있는 현대의 우주론에 대한 친절한 해설.

미치오 카쿠 | 박병철 옮김 | 24,900원

마음의 미래

우주에 존재하는 가장 큰 미스터리, 인간의 마음과 뇌에 관한 독보적 탐사. 의식세계의 가장 깊은 비밀이 풀리면 인간의 미래는 상상 그 이상이 될 것이다.

미치오 카쿠 | 박병철 옮김 | 24,000원

미래의 물리학

의학, 컴퓨터, 인공지능, 나노기술 그리고 우주 항공학까지, 미래 세계를 지배할 과학의 거대하고 경이로운 도전을 물리학적 추론과 압도적 지식, 번뜩이는 논증으로 조망하다.

미치오 카쿠 | 박병철 옮김 | 25,000원

불가능은 없다

지금 불가능한 것들이 수십, 수백 년 후에도 불가능하리라 장담하는가? 인류가 도전해온 과학의 모든 불가능에 종지부를 찍는 극단적 물리학의 세계를 밝히다.

미치오 카쿠 | 박병철 옮김 | 23,000원

멀티 유니버스

카오스 우주, 브레인 다중우주, 멀티버스, 시뮬레이션 우주까지, 거대한 패러다임의 전환을 겪고 있는 우주론의 미스터리를 낱낱이 밝히다.

브라이언 그린 | 박병철 옮김 | 25,000원

하버드 교양 강의

지성의 전당 하버드에서는 무엇을 가르치는가? 하버드 각 분야의 석학들이 하버드생을 위해 새롭게 구성한 기초 교양 강의의 핵심.

스티븐 핑커 외 | 이창신 옮김 | 16,000원

간송 전형필

천년의 보물창고 간송미술관, 비밀의 문이 열린다. 우리 문화재와 사랑에 빠진 한 남자의 가슴 뭉클하고도 숭고한 일대기. 최초로 공개되는 간송의 위대한 삶과 뜨거운 승부.

이충렬 | 18,000원

심미주의 선언

이성과 마음의 심미주의를 탐구해온 인문학자 문광훈 교수의 삶에 대한 절실한 탐색이 빚어낸 역작. 개인과 공동체, 지식인 집단과 사회문화 전반의 심미적 각성을 촉발한 문제작.

문광훈 | 25,000원

흥, 손철주의 음악이 있는 옛 그림 강의

대한민국 그림교과서 《그림 아는 만큼 보인다》 손철주의 신작! 해박한 식견과 유쾌한 입담, 멋과 맛이 넘치는 한판.

손철주 | 14,800원

유혹하는 글쓰기

"나는 이렇게 독자를 사로잡았다" 영화보다 재밌고 박진감 넘치는 소설을 쓰는 세계적 베스트셀러 작가 스티븐 킹의 글쓰기 비결. 독자의 눈과 귀를 사로잡는 글쓰기의 핵심 기법.

스티븐 킹 | 김진준 옮김 | 12,000원

이야기 인문학

5개 국어를 하는 언어천재 조승연의 색다른 시선이 돋보이는 인문서. 단어 속에 숨어 있는 시공간을 관통하는 흥미진진한 이야기와 지식의 향연.

조승연 | 15,000원

비즈니스 인문학

세계를 지배해온 고대 제국의 리더, 중세의 창의적인 예술가, 현대의 유능한 엔지니어에게 배우는 비즈니스의 더 깊은 원리. 세상살이의 기술을 알려주는, 《이야기 인문학》의 실전 편.

조승연 | 14,000원

오직 독서뿐

조선 지식인들은 어떻게 책을 분류하고, 정독과 다독을 변주하며, 읽기의 강약을 조절했을까? 조선 지식인의 창조적인 핵심 독서 전략.

정민 | 13,000원

일침

진흙탕 같은 세상에서 잃어버린 나를 어떻게 찾을까? 생각을 잡아둘 뿐 아니라 막힌 생각까지 단숨에 꿰뚫는 정민 교수의 정문일침.

정민 | 14,000원

다산선생 지식경영법

역사상 유례없는 성취를 이룬 전방위적 지식경영. 정약용은 어떻게 지식의 기초를 닦고 정보를 조직하고 생각을 단련했을까? 정약용 지식경영 전략의 요체.

정민 | 25,000원

이야기 동양신화

반고·여와의 천지창조부터 황제·치우·서왕모 등 신들의 전쟁과 사랑을 거쳐 요괴들의 활약에 이르기까지 우리가 잊었던 동양 신들의 역사가 펼쳐진다!

정재서 | 23,000원

삼국지 강의 1·2

중국 대륙에서 가장 유명한 스타 학자 이중텐의 야심작. 역사와 문학을 넘나들며 400년 삼국지 논쟁에 마침표를 찍는다.

이중텐 | 김성배·양휘웅·홍순도 옮김 | 16,000원·18,000원

고 할 만했다. 나는 한나라당의 총재가 된 뒤에 비록 한나라당이 3김 정치의 틀 속에서 태어나기 했지만 그 틀에서 벗어나고자 '3김 정치 청산'을 줄기차게 외쳐왔다. 하지만 당내의 확고한 공감대가 아직 형성되어 있지 않은 것이 사실이었다.

또한 군사정권의 강권통치하에서 국민의 호응을 받았던 민주화 투쟁의 시대는 가고 그 민주화 투사들이 대통령이 된 민주화 시대에 들어오면서 야당의 강경투쟁이 그전과 같이 국민의 호응을 받지 못했다. 야당의 강경투쟁이 언론의 비판을 받으면 야당 의원들은 쉽게 위축이 되었고 대부분의 의원들은 투쟁의 전면에 서서 언론의 카메라에 찍히는 것을 꺼려했다.

말하자면 시대가 변하고 있었다. 군사정권의 강권통치에 결사적으로 대항하고 환호받던 투쟁의 시대로부터 보다 세련되고 효과적인 항쟁이 필요한 시대로 변화해가는 과도기라고 할 수 있었다. 일부 언론에서는 한나라당이 과거의 야당에 비해 투쟁력이나 야당성이 부족하다거나 지도부의 지도력이 3김만 못하다고 비판했지만 근본적으로 시대의 변화에 따라 의식의 변화가 생기고 있었던 것을 무시할 수 없었다. 물론 그 후에도 야당의 강경투쟁은 빈발했지만 그 투쟁의 방법과 강도가 변한 것은 틀림없었다.

이즈음 공동여당은 과반수 의석을 확보하고 걸핏하면 야당의 반대를 무릅쓰고 일방적인 표결강행 처리를 했다. 3일 간 연속해 강행 처리를 한 경우도 있었다. 아마도 역대 여당 중 가장 많이 변칙적 표결 처리를 강행한 여당일 것이다. 그것은 야당인 한나라당의 투쟁력을 얕잡아 보았던 게 틀림없었고 또 실제로 당시 한나라당은 의총에서

"결사반대", "몸을 던져 막자"는 등 강경발언이 쏟아졌지만 막상 본회의장에서는 원내 총무단과 몇몇 열성의원 외에는 몸을 사리고 방관하는 의원들이 많았다. 때문에 당내에서는 총재가 원내로 들어와야 한다는 목소리가 나오기 시작했다. 나는 지난 대선전에 의원직을 사퇴한 후 계속 원외 당원이었다.

한나라당은 3김 정치의 구도에서 1노 2김의 3당합당을 모태로 한 정당이었다. 거기에 당내 2대 세력인 민정계와 민주계의 기반은 영남권이어서 '영남당'이라는 말을 들었고 중부권과 수도권 기반이 취약했다. 한나라당은 더는 그런 상태로 미래로 나아갈 수 없었다. 정말로 변화해야 했고 변화하지 않으면 다음 총선에서는 와해될 위험도 있었다. 당내 파벌만이 아니라 다양한 구성원들이 일체감을 가질 수 있는 당 정체성의 재정립이 필요했고 또 전국정당의 기반을 더욱 강화해야 했다.

이러한 정당 개혁은 결국 16대 총선 공천 과정을 거쳐 결과에 따라 마무리될 터이지만, 지금부터 당 개혁을 표방하고 공론화해 당원들로 하여금 당 개혁이 필연적인 과제라는 인식을 갖게 할 필요가 있었다. 그래서 나는 '제2창당' 수준의 당 개혁을 제안했다.

그 내용의 요지는 4월 14일 성균관대 경영대학원 초청 조찬강연에서 한 특강 내용에 잘 정리되어 있다. 그 강연에서 나는 먼저 그동안 정부 여당의 일방적인 정치보복과 탄압에 맞서 생존을 위한 투쟁에 나설 수밖에 없었으나 우리도 국민의 개혁요구를 충분히 수렴하지 못했고, 정책적 대안을 가지고 여당의 독주를 견제하지도 못했으며, 국민께 새로운 시대에 맞는 정치철학과 비전도 보여 드리지 못했음을 솔직히 인정했다.

이러한 반성 위에서 '제2의 창당'을 하는 심정으로 당을 탈바꿈할 것을 다짐하면서, 먼저 우리 당이 경제발전의 과정에서 소홀이 해왔던 사회적 소외계층에게 보다 많은 정책적 관심을 기울여 사회적 통합을 이루어내는 방향으로 당의 정체성을 재정립 한다, 사회각계 각층의 요구와 여론을 보다 효과적으로 수렴하기 위해 과감하게 문호를 개방해 참신하고 역량 있는 신진엘리트들이 정치에 참여할 수 있는 기회를 확대한다는 두 가지 방향을 제시했다. 이어 4월 15일, 16일의 대구, 부산 방문에서도 나는 '제2창당론'을 강조했다.

당내에서는 비주류측 일부가 물갈이의 뜻으로 받아들이고 사당화하려는 것이 아니냐는 등의 의심의 눈초리를 보이는가 하면 일부에서는 이런 큰 혁신을 총재 힘으로 할 수 있겠느냐는 회의론도 나왔다.

나는 1998년에 총재로 선출된 후 어느 주요일간지의 주필과 만나 나눈 대화가 기억난다. 그는 나의 당내 파벌해체와 당 개혁론을 화제로 삼아 특유의 직설화법으로 "당내에 머리 큰 파벌 보스들이 진을 치고 있는데 총재가 당내 개혁을 할 수 있겠습니까?" 하고 비아냥거리듯 물었다.

지역 기반도, 세력도 없이 필마단기로 정치에 들어와 어쩌다 총재까지 되었지만 지역과 정치적인 인연으로 얽혀 있는 당내에서 무슨힘으로 당 개혁을 하겠냐는 회의론이 많았던 게 사실이다. 그러나 나의 생각은 간단했다. 당 개혁을 하겠다는 것은 나의 신념이고 내가 포기하지 않는 한 이룰 수 있다고 믿었다. 나의 이런 신념에 대해 왈가왈부하고 의심하는 것은 그들의 일이다.

내가 좋아하는 스토아 철학자인 에픽테투스의 말대로 나는 내가 할 수 있는 나의 권내(權內)의 일에 전력을 쏟는 외에 다른 생각을 할 필요가 없었다. 다른 사람들의 의심이나 회의는 내가 좌우할 수 없는 나의 권외(權外)의 일이고 그들이 무어라고 말하던 그것에 좌고우면 할 필요가 없다고 생각했다.

'제2의 창당'의 천명에 이어 나는 '제2의 민주화 투쟁 선언'을 내놓았다. 나는 5월 6일 기자회견을 열고 김대중 정권의 독재화와 국정 파탄을 막기 위해 제2의 민주화 투쟁을 하겠다고 선언했다. 나는 김대중 정권이 입으로는 민주주의를 말하지만 인위적 정계개편 시도와 편파사정 그리고 정부조직법 개정안 등 법안의 변칙 처리 등에서 보듯이 반민주적 행태를 자행하는 독재화의 길로 가고 있고, 또 지역편중인사, 미숙한 한일어업협정 처리와 조급한 국민연금 확대실시 등으로 국정혼란을 야기하고 있어 이를 막기 위해 제2의 민주화 투쟁을 하지 않을 수 없다고 말했다.

민주화 시대에 웬 '민주화 투쟁'이냐, 생뚱맞다고 생각하는 사람도 있을 것이다. 아니나 다르랴. 여당 쪽에서는 "어이없다"느니 "군부독재에 맞서 민주화 투쟁을 벌일 때 이 총재는 어디에 숨어있었는지 묻고 싶다"느니 하며 군사정권 시절에 법관으로 있었던 것을 꼬집는 비아냥거림도 나왔다. 이것은 '민주화 투쟁'이 과거 야당의 전유물인 것처럼 착각하고 야당 정치인 외에 민주화 과정에 음으로 양으로 기여한 많은 사람의 노력을 무시하는 오만함이 아직도 그들의 의식 저변에 깔려 있음을 보여주었다.

그러나 나의 '제2의 민주화 투쟁 선언'은 단순한 대여투쟁의 수단이 아니라 나대로 좀 더 깊은 뜻이 있었다.

군사정권의 시대를 종식시키고 문민정권 시대, 민주화 시대를 연 3김 씨를 비롯한 민주화 투쟁 세력의 공로는 어떤 말로도 다 표현할 수 없을 만큼 크고 의미가 있다. 그 공로가 큰 만큼 그들이 길을 열고 직접 참여한 민주화 정권은 과거 정권과는 전혀 다른 정권 즉, 개인의 자유와 인권을 존중하고 민주주의와 법치주의의 가치를 실현하는 새로운 정권이 되어야 할 책무를 지고 있는 것이다.

그런데 과연 그랬는가? 김영삼 대통령의 정권은 금융거래 실명제라든가 농업구조개선 등 몇 가지 의미 있는 개혁을 내놓았지만 근본적으로 민주화 정권이 과거 정권과 다르게 지향해갈 민주적 제도의 틀과 관행, 의식의 개혁에 관한 확고한 철학과 신념을 보여주지 못했다. 심지어 당시의 청와대는 과거 정권이 해왔던 권위적 관행의 일부를 그대로 답습하는 일도 있었다.

그러나 문제는 김대중 정권이었다. 그들의 말대로 50년만의 정권교체에다 불과 1.6퍼센트의 근소한 차이로 당선되어 그 지지기반이 취약한 것을 지나치게 의식한 탓인지 여권 세력을 확장하고 야당 세력을 와해시키는 데 급급했다. 정계개편과 사정이라는 피리를 시도 때도 없이 불어댔다.

총선 결과 여소야대로 정해진 의석비율을 야당 의원들을 빼내와 여대야소로 만들겠다는 것이 정계개편 주장인데 그야말로 입에 담기도 부끄러운 반민주적 행태인데도 부끄러운 줄 몰랐다. 야당 의원들이 자신의 정치신념으로 스스로 여당으로 건너간다면 그들을 받아들인 여당을 어떻게 나무랄 수 있겠는가.

3

그러나 정권과 여당이 사정을 빌미로 야당 의원들의 약점을 잡아 협박해 여당으로 끌어들인다면 이것은 합법적 수단을 빙자한 강탈행위와 다를 바 없다. 이것이 이른바 민주화 정권이 할 수 있는 짓인가.

김대중 정권은 집권 초기부터 사정권을 남용했다. 김 정권의 사정은 주로 야당 의원들에게 집중되고 더 집요해 공정성을 결여한 편파적인 사정이고 정치보복이라고 볼 수밖에 없었다.

김 정권은 집권 초기에 야당에게 협조를 구했는데도 김종필 총리 인준 반대 등 비협조적이었다는 이유로 공공연하게 정개개편을 표방하고 검찰을 동원해 사정의 칼을 휘둘러댔다.

과거 군사정권 시대에 말을 잘 듣지 않는다고 정치인을 중앙정보부로 함부로 끌고 가던 시절이 있었다면, 김대중 정권은 체포영장 또는 구속영장이라는 합법적 수단을 동원한 것이 다를 뿐 불공정한 야당 탄압과 정치보복을 자행한 것에는 본질적으로 차이가 없었다. 즉 야당이 여권에 비협조적이란 이유로 적대시하고 토멸 대상으로 삼는 데는 과거 정권과 다를 것이 없다는 말이다. 더구나 중요한 국가 사정기관인 검찰을 정치검찰로 타락시켜 검찰 내부에서조차 검찰지도부와 일부 정치검사들에 대한 규탄성명이 나오는 사태까지 이르게 한 것은 참으로 용서받지 못할 일이었다.

또한 김대중 정권은 여소야대일 때는 야당 의원 빼가기에 열중하더니 여대야소가 되자 번번이 국회 본회의에서의 일방적 표결강행 처리를 서슴지 않았다. 다수결이 민주주의의 기본요소이긴 하지만 그에 앞서 여야 간 충분한 협의와 토론이 선행되어야 한다. 이런 선행절차를 제대로 갖추지 않은 채 다수결을 강행하는 것은 민주주의에 역행하는 것이다.

앞에서 말한 대로 김영삼 정권도 초기에 노동법 개정안 등에 대한 새벽 변칙표결 처리를 했고 나도 이에 참여한 부끄러운 기억이 있지만, 이로 말미암아 당시 신한국당이 얼마나 큰 후유증을 앓았던가.

그런데 김대중 정권의 공동여당은 집권당의 당연한 권리인 것처럼 변칙적인 표결 강행처리를 밥 먹듯이 하면서 한나라당의 투쟁성이 약한 것을 마치 비웃는 듯했다. 김대중 정권이 진정 민주화 정권이라면 이런 비민주적인 원내 관행부터 뜯어고치고 어떻게든 야당을 설득하는 노력을 해야 할 터인데 이를 팽개치고 과거 정권과 같이 편한 길로만 내달렸던 것이다.

나는 이런 행태를 보면서 진정한 민주주의를 실천하는 정권이 민주화 정권이지 대통령이 민주화 투쟁을 했다고 민주화 정권은 아니라는 것을 실감했다.

나는 과거 군사정권이 주로 물리적 강제력을 사용한 탄압에 항거해 '민주화 투쟁'이 필요했다면 이제 민주화 정권이라는 이름을 단 정권의 합법적 수단으로 포장한 반민주적 속성을 국민 앞에 노출시켜 '제2의 민주화 투쟁'이 필요한 시점이라고 결론을 내렸다. 이것이 '제2의 민주화 투쟁 선언'을 하게 된 동기였다.

요컨대 제2의 민주화 투쟁은 3김청산과 맞닿아 있고 단순한 강경 투쟁 선언이 아니라 한나라당의 대여투쟁의 성격과 방향을 명백히 하는 데 초점이 맞춰져 있었다.

6 · 3 재보선과 고승덕 해프닝, 그리고 출마 선언

서울 송파갑과 인천 계양·강화갑의 6·3 재보선이 다가오고 있었다.

나는 처음에 이 재보선을 우리 당에 새로운 인물을 수혈하는 문호 개방의 기회로 활용할 생각이었다. 그래서 송파갑에 정치 신인인 고승덕 변호사를, 계양·강화갑에 이 지역구에서 한번 실패했지만 비교적 참신한 이미지를 갖고 있는 안상수 후보를 공천했다.

그런데 고승덕 후보에게 사고가 터졌다. 고승덕 후보는 당시 자민련 박태준 총재의 사위였는데 야당 후보로 출마하겠다고 나에게 왔었다. 이는 매우 이례적인 일이었으므로 나는 본인에게 직접 출마 동기와 박태준 총재와의 관계를 따져 물었다. 본인은 야당 국회의원으로서 정치를 하고 싶고 박태준 총재의 양해를 구했으며 아무리 사위라도 정치적 신념은 장인과 다를 수 있다고 잘라 말했다. 고승덕 변호사는 재기 발랄한 젊은 법조인으로 방송에 가끔 출연해 인지도가 있는 좋은 후보감이었으므로 나는 그를 믿고 받아들이기로 했다.

그런데 어느 날 아침 갑자기 고 후보가 사무실에 들이닥친 사람들에 의해 자민련의 박태준 총재에게로 끌려 간 다음 한나라당 후보를 사퇴한다는 본인의 성명이 나왔다. 황당하기 짝이 없는 일이었다. 고 후보가 왔을 때 내가 장인인 박태준 총재에게 직접 확인해보지 않은 게 실수라면 실수였다.

새로운 마땅한 후보를 찾기도 쉽지 않았다. 그래서 당내에 총재가 출마해야 한다는 의견도 있는 터에 내가 직접 나서기로 결심했다. 원래 나는 이번 재보선의 성격을 이름 그대로 국회 결원보충 선거 정도로 규정하고 인물 본위로 치를 생각이었으나 이제 생각을 달리해야 했다.

대통령 임기 중에 치러지는 재보선은 그 선거 지역의 수가 적더라도 현 정권에 대한 중간평가의 성격을 띤다. 그리고 그 결과는 때로 여권에게는 치명적일 수도 있는 것이다. 나는 여권의 정부조직법 개정안에 대한 변칙적 강행처리를 보면서 이번 재보선에 내가 직접 나섬으로써 '제2의 민주화 투쟁'의 불씨를 지피는 기회로 삼기로 했다. 비록 2개 지역의 국회의원 재보선이지만 정국 흐름을 바꾸는 큰 판을 만들 수 있다고 본 것이다.

나는 5월 10일 송파갑 재보선에 출마를 선언했다. 그러자 여권에서 난리가 났다. 국민회의, 자민련이 각각 대책회의를 열었다고 언론에 보도됐고 또 "당선되어도 후회하게 될 것이다"라느니 "치명상을 입게 될 것이다"느니 온갖 협박성 발언도 쏟아져 나왔다. 이번 재보선을 김대중 정권에 대한 중간평가로 몰고 간 우리의 전략은 옳았던 것으로 후에 판명되었다.

성급한 국민연금 확대와 한일어업협정 졸속처리 등으로 정권에 대한 비판이 고조되는 가운데 5월 24일 김대중 대통령은 개각을 단행했다. 야당이 해임을 요구했던 김태정 검찰총장을 야당에 앙갚음하듯 법무부 장관에 기용했다.

그런데 5월 26일 국민회의가 3월 30일 시행된 재보선에서 안양, 구로을에 최소 50억 원 이상 썼다는 증언이 국민회의 고위인사로부터 나왔다는 사실이 언론에 보도되어 여론이 들끓었다. 또 엎친 데 덮친 격으로 외화도피 혐의로 구속 중이던 신동아그룹 최순영 회장 부인

3
정치인으로 걸어온 길

이 남편 구명차 김 법무부 장관 부인을 비롯한 고위직 부인들에게 고가의 옷을 선물로 주어 로비했다는 '옷 로비 의혹설'이 보도되자 여론은 극도로 악화되었다. 여권은 악재에 묻히다시피 된 것이다. 그런데도 김 대통령은 재보선이 코앞에 닥친 6월 2일 옷 로비 의혹 사건으로 해임 압박을 받던 김태정 장관을 유임시키고 공직기강 확립을 제시하는 발표를 했다. 그야말로 재보선의 의미와 여론을 무시한 오만하기 짝이 없는 행동이었다.

6·3 재보선에서 서울 송파갑의 여권후보는 자민련의 김희완 후보였고 인천 계양·강화갑의 여권후보는 국민회의의 송영길 후보였는데 국민회의와 자민련 두 여당의 공동후보라고 할 수 있었다. 6월 3일 투표결과는 서울 송파갑에서는 24퍼센트 차이로 인천 계양·강화갑에서는 13퍼센트 차이로 한나라당 후보가 대승했다.

정권의 야당 강압 앞에 제2민주화 투쟁의 머리띠를 매고 맞선 한나라당에게 6·3 재보선의 승리는 단순히 국회의석 두개를 얻은 것을 넘어 자신감과 신념을 불어넣어준 쾌거였다.

또한 97년 대선 이래 한나라당을 짓눌러온 DJP연합의 주술이 이미 녹아내리고 있음을 보여줬다.

6·3 재보선 후의 정국 변화

6·3 재보선 결과는 정국의 분위기를 바꿔놓았다. 옷 로비 의혹과 3·30 재보선 정치자금 의혹 등 악재가 터져 나와도 막무가내로 야당

이회창
회고록

을 압박하고 국회에서의 일방적 변칙 처리를 자행하던 여권이 주춤거리기 시작한 것이다. 비록 2개 지역의 국회의원 재보선이지만 여권에 대한 국민의 회초리는 매서웠다. 나는 6월 4일 기자회견에서 김대중 대통령에게 김태정 법무부 장관의 해임과 옷 로비 의혹 사건의 재수사 및 50억 부정선거자금 의혹의 수사를 요구했다.

여기에 설상가상으로 6월 7일 '조폐공사 파업유도 사건'이 터졌다. 대검 공안부장으로 있다가 대전고검장으로 전임된 진형구 검사장이 기자들과 만난 자리에서 조폐공사 파업은 노사분규 조짐이 있어 공기업 파업에 대한 검찰의 강경대응을 보여주려고 검찰공안부가 일부러 유도했다는 발언을 한 것이다.

이 발언이 보도되자 여권은 취중발언이라며 그 의미를 축소하려고 했다가 한국노총과 민주노총 등 노동계가 강력히 반발하고 여론이 들끓자 김대중 대통령은 마침내 김태정 법무부 장관을 전격 해임했다.

검찰이 노조 파업을 유도했다는 것은 농담으로라도 있을 수 없는 일이었다. 민주화 투쟁을 한 대통령의 민주화 정권하에서 어떻게 검찰이 이런 정치공작을 버젓이 할 수 있단 말인가. 한나라당은 옷 로비와 파업유도 등 의혹 사건에 대해 특검제 도입과 국정조사를 강력히 요구했다.

여권에서는 처음에는 파업유도 사건에 한해서만 국정조사 요구를 하는 등 소극적 태도를 견지하다가 여론이 워낙 악화되자 옷 로비 의혹 사건과 파업유도 사건에 한해 특검제를 도입하고 국정조사는 파업유도 사건에 대해서만 실시하는 내용의 수정안을 제시해왔다.

나는 전면적인 특검제 도입과 국정조사 실시를 강력히 요구하면서도 한편으로는 여권이 이 정도라도 양보해 왔다면 검찰의 독단적 수사는 견제할 수 있으므로 야당도 이쯤에서 결단을 내려 특검수사와 국정조사를 하루빨리 시행되도록 할 필요가 있다고 생각했다. 그래서 나는 7월 21일 그동안의 강경 기조를 바꾸어 여권의 수정안을 받아들이기로 결단하고 그동안 꽉 막힌 여야 정치 협상의 길을 열었다.

6·3 재보선 후 사실상 여권이 정국 주도권을 놓치고 흔들리는 상황이 되었지만 정치 9단인 김대중 대통령이 수수방관하고 있을 리 없었다. 7월 15일 그동안 말이 많았던 DJP연합 내각제 약속 이행에 관해 김종필 총리가 내각제 개헌을 포기했다는 보도가 나왔고 그 후 이것이 사실로 판명되었다. DJP연합의 고리였던 내각제 개헌 약속은 여러 곡절 끝에 결국 휴지가 되어버렸고 김 대통령의 부담을 덜어준 것이다. 그러고 나서 여권의 정계개편론이 또다시 불거지기 시작했다. 이번의 정계개편은 단순히 야당 의원 빼가기 정도가 아니라 여야의 경계를 넘나드는 정당의 통폐합이라는 대대적 개편론이었다.

여당의 당직개편으로 국민회의의 총재권한대행이 된 이만섭 씨가 이번에 정계개편론의 총대를 메고 나섰다.

언론에 보도된 정계개편의 내용은 '2+a', 즉 국민회의와 자민련이 통합하고 여기에 한나라당의 비주류 등 이탈세력이 가세하는 '신3당 통합'을 목표로 한다는 것이었다. 이만섭 대행은 7월 24일 긴급 기자회견에서 8월 중 중앙위원회 결의를 거쳐 이르면 9월 중에 신당 창당을 하겠다고 구체적 일정까지 발표했다. 이것이야말로 정계개편이란 미명으로 야당을 와해시켜 일당 독재의 구도로 바꾸겠다는 정치공작에 다름 아니었다. 민주화 투쟁을 한 대통령의 민주화 정권하에서 이

이회창
회고록

런 반민주적 정치공작이 버젓이 거론되고 있다니 기가 막힐 노릇이었다. 이러한 어지러운 판에 김영삼 전 대통령이 뛰어들었다.

다시 3김 시대

김영삼 전 대통령은 97년 대선 직후 김대중 당선자의 당선을 축하하면서 그의 승리를 기대하고 있었던 듯한 발언을 하여 대선 패배로 실의에 빠진 한나라당과 그 지지자들의 분노를 샀었다. 한동안 김대중 대통령과 밀월관계를 즐기는 듯하더니 김대중 정권이 전 정권에 대한 경제청문회와 사정을 강행하고 나서자 김 전 대통령은 그 특유의 독설로 김 대통령에 대한 비난을 쏟아내기 시작했다.

그러면서 그는 한나라당과는 별개로 현 정권과 대립각을 세우는 입지를 구축하려는 듯 나와 한나라당에 대해서도 비난과 공격을 퍼부었다.

그는 4월 6일 경남 통영의 첫 공개모임인 저녁 자리에서 김대중 대통령을 독재자라고 부르고 "입만 열면 거짓말만 한다"는 등 험한 말을 쏟아내면서 언론통제 인권탄압, 야당 파괴 등을 비판했다. 언론은 그가 영남권의 반 DJ정서를 이용해 사실상 정치 재개를 선언했다고 보도했다.

또한 그는 측근들에게 "다음 정권은 반드시 영남이 찾아와야 한다. 내가 부산에서 사람을 키우겠다"라고 말한 것으로 언론에 보도되었다. 심지어 그의 측근에서는 16대 총선의 부산지역 공천은 한나라당이 김 전 대통령과 협의해야 한다는 말까지 나왔다. 그러다가 6월 23일 김 전 대통령이 일부 민주계 의원들에게 "한나라당은 여권의 2중대"라느니 "김대중 정권과 함께 없어질 정당"이라느니 비난했다는 말이 전해지자 마침내 한나라당 내에서 그에 대한 분노가 일부 언론 표현대로 '폭발'했다. 나도 몹시 불쾌했지만 "지금은 진정으로 나라를 생각할 때이며 분별 있는 행동이 필요하다"는 정도로 점잖게 대응했는데 당내에서는 그에 대한 과격하고 원색적인 비난이 쏟아져 나왔다.

그는 마침내 7월 26일 기자회견을 갖고 정치복귀를 공식 선언하면서 자신이 반DJP세력의 중심임을 강조하고 "국가를 바로 세우기 위한 투쟁을 본격화하려 한다"고 말했다. 그의 측근에서는 일단 민주산악회 전국조직을 완료하고 한나라당과 국민회의 안에 있는 구 민주계 의원들을 재결집하는 작업을 벌여나간다는 말도 나왔다.

김영삼 전 대통령의 일은 한나라당으로서는 계륵 같은 골칫거리였다. 일도양단으로 잘라내자니 김 전 대통령을 추종하는 당내 민주계와 부산지역 민심의 향배도 무시할 수 없었다. 실상 당내의 민주계 의원 중 소수의 김 전 대통령 골수 추종자들을 제외하고 다수는 그의 행동에 눈살을 찌푸리곤 했다.

민산(민주산악회) 재건 주장이 나오기 전까지 나는 신중한 태도를 취했다. 내가 김 전 대통령과 정면대결한다면 오히려 민주계 텃밭인 부산, 경남의 민심을 악화시켜 당의 분열을 가져올 수도 있다고 생각했기 때문이다. 일부 언론에서는 내가 제대로 대응하지 못하느니 칼날이 무뎌졌느니 비판했지만 나는 참고 기회를 기다리고 있었다. 그런데 김 전 대통령이 김 정권에 대한 성토를 넘어 민주산악회를 재건해 정치세력화하고 여기에 구 민주계를 결집시키려는 의도를 분명히 하는 것을 보고 더는 방치할 수 없다고 판단했다.

바야흐로 정국은 다시 3김 시대가 오고 있었다. 아니 '후3김 시대'가 오고 있다는 표현이 더 정확할 것이다. 우리의 전면에서는 김대중, 김종필 2김 세력이 연합전선을 펴서 '2+α'의 정계개편 공격을 하고 있고, 우리의 후면에서는 김영삼 전 대통령이 자신이 대여투쟁의 주력임을 내세우며 민주산악회를 정치세력화하여 한나라당을 무력화시키려 하고 있었다. 일부 언론은 이런 상황을 사면초가(四面楚歌)에 빗대어 한나라당은 '삼면김가(三面金歌)'에 빠져 있다고 표현하기도 했다.

마침내 나는 8월 4일 기자회견을 갖고 3김 청산을 선언하면서 후3김 시대의 도래를 결코 용납하지 않겠다는 뜻을 선언했다. 나는 DJP의 내각제 개헌 약속 파기와 정계개편 시도, 그리고 김 전 대통령의 정치재개는 '지역할거주의'와 '사당화정치'를 일삼아온 3김 정치 부활이라고 단정하고 이를 저지하겠다고 다짐했다. 그리하여 김대중 대통령에게는 재신임 투표를, 김종필 총리에게는 총리직 사퇴를 요구하는 한편 김영삼 전 대통령에게는 민주산악회 재건 및 정치세력화는 야당의 갈등을 조장하는 것이므로 중단할 것을 요구했다. 그리고 한나라당 당원들과 의원들에게는 민주산악회 참여를 자제할 것과 그럼에도 참여한다면 이는 해당 행위라고 못 박았다.

이제 후3김 시대의 도래를 막기 위해 3면 대결을 분명히 했고, 특히 그동안 은인자중하던 김영삼 전 대통령에 대한 정면대응을 선언한 것이다. 3면대결의 전장에서 우리가 물러설 곳은 없었다. 우리는

3김 청산과 제2의 창당의 기치를 들고 전진하는 외에 다른 길이 없었다. 나는 8월 10일의 기자회견에서도 이 점을 분명히 했다. 나의 '3김 청산론'은 일부 언론의 표현대로 '국민적 화두'가 되었다.

언론에서는 찬반양론이 나왔으나 대체로 '3김 청산론'에 동조하는 논지가 우세했다. 예컨대, 8월 5일자 〈동아일보〉, 〈국민일보〉, 8월 10일자 〈조선일보〉 사설은 동조하는 취지였고 8월 9일자 〈경향신문〉, 8월 7일자 〈한겨레신문〉의 사설은 반대하는 취지였다. 반대쪽의 논리는 무엇보다도 내가 '3김 정치' 구도에서 자유로울 수 없다는 점을 들었다.

이미 말했다시피 내가 '3김 정치' 구도 속에서 정치에 입문했고 한나라당 또한 이 구도의 3각축 중 한 축을 이루어왔던 점은 부인하지 않는다. 그러나 그렇기 때문에 '3김 정치'의 폐단을 직접 체험해온 나로서는 새로운 정치의 출현을 위해서는 '3김 정치' 청산이 불가피하다고 절감했던 것이다.

한나라당은 우선 8월 10일 김종필 총리 해임 건의안을 제출해 여권을 압박했다. 8월 13일 김 총리 해임 건의안 표결은 결국 무산되었다. 해임 건의안은 8월 13일 국회본회의에 상정되었는데 우리가 예상한 대로 국민회의와 자민련 의원들은 표결장에서 퇴장했다. 투표에 들어갔을 경우 두 여당에서 나올 이탈표, 반란표를 우려해 표결 전에 퇴장함으로써 의결정족수 미달을 만든다는 여당 전략의 소문은 이미 돌았었다. 하지만 한나라당 의원들은 호명에 따라 기표소에 나가 투표를 완료했고 박준규 의장은 거듭 여당 쪽의 투표참여를 기다리다가 결국 의결정족수 150석 미달로 투표가 성립되지 않았다고 하며 회의

이회창
회고록

종료를 선언하고 말았다.

김종필 총리해임 건의안은 자동 폐기되어 성공하지 못했지만 과반수를 차지하는 여권이 스스로 퇴장전술로 표결을 기피한 것은 정국 운영에 대한 자신감이 없음을 보여주는 것이어서 우리에게는 부정적인 결과만으로는 볼 수 없었다.

김영삼 전 대통령 측은 민주산악회 회장으로 김명윤 의원, 사무처장으로 강삼재 의원을 임명하고 민주산악회 재건을 여전히 추진 중이었다. 게다가 당내에서 김 전 대통령 측과 대립할 것이 아니라 포용해 연대해야 한다는 주장이 나오기도 했다. 그러나 나는 지금 이 시점에서 이러한 어중간한 제휴 주장은 백해무익한 것으로 받아들일 뜻이 없음을 분명히 했다.

나의 민산조직화와 참여 반대에도 김 전 대통령 측은 민산조직화에 박차를 가하면서 참여 의원이 늘고 있는 것처럼 언론에 흘렸다. 부산과 경남에 지역구를 둔 의원들은 나와 김 전 대통령 사이에서 이러지도 저러지도 못하는 고민스런 처지가 되었던 것이다.

나는 9월 9일 민주산악회 조직에 참여해 회장을 맡고 있는 김명윤 의원과 사무처장을 맡은 강삼재 의원 그리고 적극적으로 참여해 김 전 대통령의 대변인 노릇을 하고 있는 박종웅 의원 3인에 대해 본보기로 그들이 맡고 있는 당직인 당무위원직을 해당 행위를 이유로 박탈했다. 이밖에도 참여자가 있을 때는 서슴없이 제재를 가할 생각이었다. 일단 칼을 뺀 이상 뒤돌아보지 않았다. 김 전 대통령 측에서 격렬한 반응을 보였으나 개의치 않았다.

그리고 다음날인 9월 10일 나는 미국의회 및 학계 관계자들과의 면담 및 국제민주연합(IDU) 당수회의 참석을 위해 미국과 독일을 방문하는 길에 올랐다. 미국 뉴욕에서 재미동포 초청만찬에 참석 중 수행팀에서 쪽지를 넣었는데 보니까 김 전 대통령이 민산조직화 중단을 선언했다는 국내 소식이었다. 큰 짐 하나를 던 것이다. 나중에 들은 바로는 김 전 대통령이 민산재건에 대한 부산, 경남지역 여론이 좋지 않고 세 확산도 되지 않아 서청원 의원 등이 극력 반대하자 9월 13일 민산재건을 중단하기로 결정했다고 한다.

일단 후3김 시대는 막아냈고 전면의 2김만 상대하면 되었지만 그렇다고 후면이 조용하고 편할 것 같지는 않았다.

미국과 독일 방문

한미동맹은 예나 지금이나 강대국에 둘러싸인 반도국가인 우리나라에는 생존기반이나 다름이 없다.

건전한 한미관계를 유지하기 위해서는 한미 양측이 민주주의와 시장경제 등 자유 민주주의의 핵심적 가치를 공유해야 함은 기본이고 현재의 정치권력과 예상되는 미래의 정치권력에 관해 서로가 객관적이고 정확한 인식을 가지고 있을 필요가 있다. 그래야만 미래지향적으로 어떠한 변화에도 적절하게 대응할 수 있기 때문이다.

당시 김대중 대통령이 취임한 초기에 미국 조야에는 우호적인 반응이 꽤 높았던 게 사실이다. 그는 민주화 투쟁을 했고 박정희 대통령 시절에는 일본에서 한국중앙정보부에 납치되어 송환되던 중 살해당

할 뻔한 극적인 경력도 있으며 전두환 대통령 시절에는 망명하다시피 미국으로 건너가 그곳에서 한국 민주화 활동을 하다가 귀국했다. 재미시절 그는 독재국가인 한국에서 민주화 투쟁을 해온 정치인으로 대접받았다.

그러므로 그가 50년 만의 정권 교체를 이루어 대통령으로 당선되자 미국에서는 그에 대한 관심과 호감이 높을 수밖에 없었다.

그러나 앞에서 말했듯이 김대중 대통령은 대통령이 된 후에는 민주화 투사라는 경력에 걸맞지 않는 길을 걸었다. 여소야대 국회를 여대야소로 만들고 야당을 약화시키기 위해 야당 의원들을 사정의 수단을 동원해 여당으로 이적시키는 인위적 정계개편에 몰두했다. 끝내 여대야소를 만들고 나서는 야당의 반대를 무릅쓰고 일방적인 표결강행 처리를 셀 수없이 자행했다. 이렇게 정권의 강압으로 벼랑에 몰리면서 야당은 벼랑에서 떨어지지 않기 위해, 살아남기 위해 대여 강경투쟁을 하지 않을 수 없게 되었다. 이렇게 김 대통령의 국정운영이 비민주적인 길로 가고 있는 데 대해 우리가 부득이 '제2의 민주화 투쟁'을 선언하지 않을 수 없었던 것은 이미 앞에서 말한 바와 같다.

이러한 김대중 정권의 비민주적 행태와 수권정당을 지향하는 제1야당인 한나라당의 입장은 국내뿐만 아니라 국외에서도 정확히 인식될 필요가 있었다. 왜냐하면 현재와 미래의 정치권력 변화에 민감할 수밖에 없는 미국 등 주변국가에서 민주화 투사인 김대중 대통령 정권이 모범적인 민주주의 정권이라는 선입감을 계속 갖고 있다면 이 정권에 맞서 대여투쟁을 하는 야당에 대해 부정적인 시각을 가질 수밖에 없기 때문이다. 미래권력을 지향하는 한나라당으로서는 이러한 주변국의 부정적 시각을 불식시킬 필요가 있었다.

또한 김대중 정권의 대북 정책인 햇볕정책도 심각한 문제였다. 북한은 김대중 정권 출범 후에도 동해에 무장간첩선을 남파하고 금강산 관광객인 민영미 씨를 억류하는 등 도발행위를 계속했지만 김대중 정부는 강력한 대응이나 응징을 하지 못했다. 마침내 6월 13일경 서해에서 북한경비정들이 NLL선을 침범했고 우리 해군이 밀어내기로 북한경비정들을 NLL 북방으로 몰아내는 서해교전이 발생했다. 국방부는 '햇볕정책'을 의식해서인지 '침범'아닌 '월선'으로 표현하고 확전을 우려해 선제사격을 하지 않을 방침이라고까지 말했다.

나는 김대중 대통령에게 1차 서해교전 등 안보문제를 논의하기 위한 여야 총재회담을 제의했고 6월 16일 청와대에서 김대중 대통령과 나, 그리고 김영배 국민회의 총재 권한대행과 박준규 국회의장 등이 만나 국방부 보고를 받는 형식으로 회동이 이루어졌다.

나는 이 자리에서 북의 도발 행위, 안보위협 행위에 대해서는 초당적으로 대처할 필요가 있음을 강조한 후 햇볕정책의 재고를 요구했다. 포용정책 기조는 좋으나 상호주의를 포기한 햇볕정책은 더 이상 안 되며 군사적 대응강화와 대북협력중단 등으로 단호히 대응해야 하고 북의 재발방지 약속을 받아낼 때까지 금강산 관광과 비료 보내기는 중단해야 한다고 주장했다.

김 대통령은 '햇볕정책'은 확고한 안보를 전제로 이루어지는 것으로 그 주목적은 북한의 미사일과 대량 살상무기가 동원되는 것을 막기 위한 필수적 정책이라고 반박해 나와 약간의 논쟁이 벌어졌다.

이러한 '햇볕정책'이 유일무이한 대북 정책의 대안인 것처럼 국내

외에 인식되는 것을 막기 위해서도 내가 방미할 필요가 있었다. 그래서 나는 미국 헤리티지재단(Heritage Foundation)의 강연초청에 응해 9월 10일 미국을 방문하기로 했다. 이 기회에 미국의 정계와 지식인들을 만나 한국 정치의 실상과 미래, 그리고 남북관계에 대해 솔직한 의견을 나누고 싶었다. 또한 그 무렵 독일 베를린에서 국제민주연합(IDU) 당수회의가 열리게 되어 있어 방미 후 귀국길에 독일도 방문하기로 했다

나는 9월 10일 미국 로스앤젤레스에 도착해 다음날인 11일 국제문제협의회(World Affairs Council) 주최 강연회에서 강연하는 것을 필두로 뉴욕, 워싱턴 등지에서 미외교협회(Council on Foreign Relations), 아시아 소사이어티(Asia Society), 헤리티지재단 등이 주최한 강연회에서 국내의 정치 및 경제상황과 대북문제 등을 주제로 강연했다.

또한 데니스 해스터트(Dennis Hastert) 미국하원 의장을 비롯한 중요 상하원 의원들과 만나 의견을 교환했다. 또 각지에서 재미동포들과의 만찬 모임을 갖고 국내 정치와 한미관계 그리고 남북관계에 관해 강연을 하고 질의응답을 할 수 있었던 것은 참으로 값진 기회였다.

대체로 나의 강연 내용은 위에서 말한 것과 같은 취지이므로 상세한 설명은 생략하고 요지만 간추리고자 한다.

먼저 국내 정치에 관해서는 "한평생 민주주의를 옹호했던 김대중 대통령이 대통령이 되었지만 대통령의 말 한마디에 모든 것이 좌우되는 제왕적 대통령(regal presidency)의 관행이 여전히 계속되고 있어 권력을 분산할 수 있는 진정한 민주적 리더십이 필요하다", "민주화 정권이라는 김대중 정권하에서도 야당탄압, 국회경시, 언론공작 등

과거 권위주의시대의 관행이 계속되고 있어 법과 원칙이 무시되고 선심정책이 남발되는 등 포퓰리즘이 판치고 있다"고 비판했다. 결론적으로 이러한 반민주적 구태정치가 쇄신되고 건전한 민주주의가 실현되어야 하며 그래야만 우리나라의 미래가 있다고 강조했다.

또한 경제에 관해서는 김 대통령이 집권 초기에 외환위기를 극복한 노력을 높이 평가하지만 우리나라 경제의 근본 개혁을 위한 구조조정이 제대로 안 되고 있음을 지적하고 야당인 한나라당은 핍박을 받으면서도 민생안정을 위해 협력할 것은 협력해야 한다는 원칙을 지키고자 추경예산이나 민생법안 등 필요한 것들을 통과시켰다고 설명했다.

끝으로 대북문제, 안보문제에 관해서는 대북 정책의 기조는 포용정책이어야 하지만 포용정책은 북의 변화와 개방유도를 분명한 목표로 하고 상호주의 원칙을 지켜야 한다는 것을 잊지 말아야 하며 또 당근과 채찍을 함께 구사하는 균형 잡힌 정책이어야 한다고 강조했다. 따라서 "주면 변하겠지"하는 막연한 기대만으로 일방적으로 지원하는 햇볕정책은 실패할 수밖에 없으며, 햇볕정책의 실패로 서해에서 해군은 NLL을 침범한 북 함정과 사력을 다해 싸우고 있는데 한편에서는 그 서해에서 비료 50만 톤을 실은 배를 북으로 보냈고 관광료를 갖다 바치는 현대의 배가 북으로 가는 희한한 사태가 벌어진 것을 예로 들었다. 그러므로 이제 대북 정책은 조건적인 포용정책, 균형 잡힌 포용정책이 되어야 한다고 역설했고 남북관계에서 특히 한미동맹의 중요성을 역설했다.

이렇게 내가 미국에서 강연하고 다니는 동안 국내에서는 여권이 벌집을 쑤신 듯 나에 대한 비판을 쏟아냈다. 특히 여당인 국민회의가 난리가 난 듯 거당적으로 비난하고 나섰다.

"전 세계가 인정하는 민권 대통령인 김 대통령을 '제왕적 대통령'이라고 모함했다"느니, "초당적 입장에서 한국에 대한 투자와 지원을 호소하기는커녕 국내의 통일안보 노력과 경제개혁을 왜곡하고 있다"느니, "외국에 나가 나라파산을 획책하고 있다"느니, "국내 시빗거리에 대해 할 말이 있으면 국내에서 해야지 외국에서 하는 것은 국익을 해치는 것"이라느니, "대통령에 대한 인신공격과 햇볕정책 비난은 시대착오적이다"느니, 심지어 "이런 식으로 나라 망신만 시키고 다닐 바에는 차라리 이 총재를 귀국시키라"는 발언까지 나온 것으로 언론에 보도되었다. 그야말로 최고 지존을 모독한 매국노인 양 들고 일어나 폭풍 비난을 쏟아부은 것이다.

한나라당에서 "과거에도 야당 당수들은 외국에 나가 국내 문제에 대해 언급해왔다. 김 대통령의 야당 시절은 말할 필요도 없다"고 반박한 데 대해 국민회의 대변인은 "과거 김 대통령이 외국에 나가 정부를 비판할 때도 있었지만 그때는 국내에 언론자유가 없을 때였다"고 주장했다.

우리나라에는 집안일을 밖에 나가 탓하는 것은 집안 망신시키는 일이라는 도덕관념이 있는 게 사실이고 또 정치적 견해 차이 정도를 가지고 외국에 나가 자국의 국가수반을 비난하는 것은 보기 좋은 일이 아니다.

그렇지만 나라의 정치에 관해 대통령이 아무리 잘못해도 국내에서만 비판해야지 국외에 나가 비판해서는 안 된다는 사고는 지극히 전

근대적이다. 뿐만 아니라 민주주의와 법치주의 같은 민주국가의 보편적 가치에 관한 문제라면 국내외를 가리지 않고 비판이 허용되는 것이 민주주의이다.

실제로 김대중 대통령 자신이 야인시절 미국이나 일본 등 외국에 체류하면서 국내 정치와 지도자들에 대해 얼마나 신랄하게 비판을 했던가.

당시는 국내에 언론 자유가 없을 때였다고 변명하지만 언론 자유가 있을 때는 국내에서만 비판해야 한다는 논리는 참으로 기상천외한 발상이라고 하지 않을 수 없다. 아무리 민주화 투쟁을 한 대통령이라도 과거 정권과 같은 비민주적 행태를 보인다면 마땅히 비판받아야 하는 데는 아무런 차이가 없는 것 아닌가.

나는 9박 10일의 미국·독일 방문을 마치고 귀국했다. 김포공항에서 기자회견을 하는 자리에서 나의 해외 발언을 문제 삼은 국민회의 측의 비판에 대한 질문이 나와 이렇게 대답했다.

"야당 당수가 밖에 나가서 정치나 경제를 비판했다고 하여 나라 경제를 어렵게 만들고 명예훼손을 한 것처럼 얘기하는 것은 19세기적 사고다. 이번 독일에서 열린 국제민주연합(IDU) 회의에서도 각 나라의 야당 당수가 자국의 여당이나 그 지도자들을 신랄하게 비판했다. 그렇다고 해외투자가 끊어지고 국익이 손상되었다고 보는 바보들은 없었다. 정확히 비판하고 대안을 제시하는 야당이 있다는 것은 오히려 해외투자에 긍정적으로 작용할 수 있다"고 잘라 말했다.

그 후 나의 해외 발언 시비는 잠잠해졌다.

〈중앙일보〉 홍석현 사장 구속, 그리고 〈조선일보〉의 사과

검찰은 10월 1일 홍석현 사장이 대주주로 있는 보광그룹의 탈세 혐의로 홍 사장에 대한 구속영장을 청구했고 홍 사장은 결국 구속되었다.

권력을 잡은 새 정권이 자신을 비판해온 언론에 대해 앙갚음을 하는 일은 과거에도 있었지만 언론사 사장을 구속하는 일은 좀체 없었던 일이다.

홍 사장은 나의 고교 후배이고 지난 97년 대선 때는 나를 지지, 후원한 것처럼 알려져 있었기에 그의 구속은 정치보복으로 비쳐질 수밖에 없었다.

내가 아는 한 그는 김대중 대통령 측에 대해서도 소홀하지 않게 대해 왔는데도 그에게 칼을 댄 것은 보수 언론에 대한 손보기의 시작이 아닌가 하는 의구심이 마음 한구석에 들었는데 뒤에 언론문건 사건이 터지면서 이 의구심은 현실로 드러났다.

한나라당은 "대선에서 다른 후보를 밀었다고 하여 정치보복으로 언론탄압을 하는 정부는 민주국가가 아니라 독재국가이고 이번 조치는 언론 죽이기"라며 "내년 총선에 대비해 언론을 길들이기 하려는 것이다"고 비판했다. 국민회의 측에서는 "거액의 탈세 혐의가 있다면 누구라도 조사를 받아야 하고 언론 사장이라고 해서 예외가 될 수 없다. 한나라당과 이 총재는 탈세 혐의를 비호하느냐"고 반박해왔다.

천 번, 만 번 옳은 말이지만 이것은 포장이고 이번에도 김 대통령 정권은 법을 위반한 개인 비리의 사법처리라는 전가의 보도를 빼들고 나온 것이다. 나는 '실정법 위반에 대한 사법적 추궁에 대해서는 왈가왈부하지 않겠지만 그것이 정치보복이고 언론탄압이 되면 민주주의를 파괴하는 행위'라고 규탄했다.

이러한 논쟁은 여야 간에 같은 답을 이끌어낼 수 없다. 그러나 나의 생각은 확고했다. 탈세행위는 위법하고 묵인할 수 없는 범법행위이지만 정치보복과 언론탄압의 의도로 유독 특정 언론인에 대해서만 통상의 경우보다 과중한 세무조사를 하여 비리를 적발한다면 이런 행위는 불공정한 사정으로 정의에 반하는 것이고 언론탄압이므로 용납될 수 없는 것이다. 실정법 위반을 트집 잡아 괴롭히는 것은 법비(法匪)들이나 할 짓으로 결코 법치주의가 아니다. 그러나 이른바 '불법의 평등'과는 구별해야 한다. 나는 다른 언론사 사장들도 불법을 하는데 왜 중앙일보 사장만 문제 삼느냐고 불법의 평등을 주장하는 것이 아니다. 불법이나 비리가 있다면 처벌받아야 한다. 그러나 유독 특정 언론 사장에 대해서만 정치보복이나 언론탄압의 의도로 통상보다 과중한 세무조사를 하여 적발하는 것은 그 자체가 불공정한 것이므로 정의에 반한다는 것을 지적한 것이다.

국민회의는 중앙일보에 대해 6개항의 공개질의를 내고 중앙일보는 이에 공세적인 답변을 내놓는 등 일부 언론에서 '전면전'이라는 표현을 쓸 만큼 치열한 공방전을 벌였는데 그 내용을 보면 정치보복과 언론 손보기임을 짐작케 했다. 예컨대, 국민회의의 질문 중에는 언론의 특정 후보 지지는 불법인데 사과 한마디 하지 않는 것과 또 〈중앙일보〉 측의 이회창 후보 지지가 '이회창 대통령-홍석현 국무총리'라는 밀약에 의해 이루어지고 문건까지 만들어졌다는데 사실이냐고 묻는

이회창
회고록

대목이 있었다. 들어보지 못한 전혀 근거 없는 헛소문을 마치 사실인 것처럼 공론화하는 여당을 보면서 한심스러운 생각이 들었다.

이런 가운데 10월 25일 정형근 의원이 국회 대정부 질문에서 여권에서 입수했다는 이른바 '언론장악문건'을 공개해 정국을 뒤흔들어 놓았다. 작성자가 명시되어 있지 않은 이 문건에서는 언론사주 또는 고위간부를 전격 사법처리할 것과 대표적 언론인들의 비리를 외곽 언론매체에 흘려 사법당국의 수사를 유도할 것, 그리고 조선일보를 타깃으로 할 것 등의 내용이 들어 있었다. 실제로는 조선일보가 아니라 중앙일보 사장이 구속되었지만 주요한 줄거리는 대체로 대책 문건의 건의와 일치하는 것으로 보기에 충분했다. 정형근 의원은 추가로 문건을 공개했는데 여기에는 내각제 문제, 8·15경축사, 16대 총선거 등 주요 정치 과제에 대한 구체적 전략이 기재되어 있었다.

며칠 후 이 언론대책 문건은 유학차 중국 베이징에 체재 중인 문일현 〈중앙일보〉 기자가 작성해 국민회의의 이종찬 부총재에게 전달한 문건인 것으로 밝혀졌다. 한나라당은 즉각 의원총회와 지도부회의를 열었는데 여기에서는 현 정권의 언론장악 시도에 대한 규탄이 쏟아지고 그 진상규명을 위한 국정조사와 대통령 사과를 요구하자는 주장이 나왔다.

한편 곤혹스러운 처지에 빠진 것은 여당이었다. 명분이 뚜렷한 야당의 국정조사 요구를 마냥 거부할 수 없어 정 의원이 당초 문건 작성자를 이강래 전 청와대정무수석으로 잘못 지목한 것을 트집잡아 이에 대한 사과와 문건의 제보자를 밝힐 것을 조건으로 국정조사를 수락하겠다는 궁색한 답을 내놓았다. 한나라당은 물론 이를 거부했다. 언론대책 문건 사건의 핵심은 이 문건 내용대로 정권의 언론 장악대책이 이루어졌느냐 하는 점이지 이 문건을 누가 정 의원에게 제보했느냐는 지엽적인 문제에 지나지 않은 것이었다. 그런데도 여권은 제보자 문제를 부각시켜 야당의 정치공작으로 몰아가려 노심초사했다.

이 문건을 정형근 의원에게 제보한 사람은 〈평화방송〉 이도준 기자로 그는 문일현 기자가 국민회의 이종찬 부총재에게 컴퓨터 팩스로 보낸 문건을 입수해 정 의원에게 전달한 것으로 밝혀졌다. 이도준 기자는 정 의원에게 전달하면서 국정원이나 청와대에서 작성한 문건이라고 말했다는 것이다.

그런데 이 기자는 문건 문제가 시끄러워지자 자신이 문건에 관해 정 의원에게 말한 내용을 부인한다는 것을 듣고 더 이상 제보자를 보호할 필요가 없다고 생각되어 공개했다. 제보자를 공개하고 나자 국민회의 측에서는 정 의원과 이도준 기자 사이에 1,000만 원의 금전수수 관계가 있다는 사실을 폭로하고 나섰다.

여권은 그동안 언론대책 문건으로 곤경에 몰려 있다가 반전의 호기를 잡은 것처럼 일제히 반격의 포문을 열었다. 정 의원이 이도준 기자와 돈을 미끼로 거래해온 것이 확실하다며 공격했다. 일부 언론에서는 정부와 여당이 쾌재를 부르며 이번 기회에 눈엣가시 같았던 정 의원을 정치적으로 매장할 수 있다고 생각하는 듯하다고 보도했다.

하지만 정 의원은 전혀 거리낌이 없었다. 그는 즉각 이도준 기자에게 돈을 준 적은 있지만 그것은 이 문건을 건네받기 훨씬 이전인 6, 7월경이며 그가 경제적으로 어려운 처지에 있음을 호소해 도와준 것뿐이고 여·야의 몇몇 의원도 형편이 어려운 그를 도와준 일이 있다고 해명했다. 그것은 사실이었다.

여권은 언론대책 문건의 핵심인 언론장악 문제를 기자매수 공작문제로 덮어 버리고자 안간힘을 썼다. 심지어 내가 이도준 기자의 제보 사실을 사전에 알고 깊숙이 개입했을 가능성이 있다고 주장하고 나섰다. 그러던 중 11월 3일자 〈조선일보〉 1면에 사직당국의 한 관계자 말이라면서 이도준 기자가 국민회의 이종찬 부총재 사무실에서 빼내 온 언론대책 문건을 정형근 의원에게 전달하기 전 먼저 이회창 총재에게 가서 보여줬고 이를 본 이 총재가 "정형근 의원에게 설명해 주라고 해서 정 의원을 만났다"는 사실이 검찰에 구속된 이 기자의 진술을 통해 밝혀졌다는 내용의 보도가 나왔다.

너무도 어처구니 없는 허위보도였다. 〈조선일보〉가 이런 실수를 하다니 하는 깊은 실망과 좌절감이 엄습했다. 사직 당국자가 누군지 모르지만 김 정권은 야당 총재까지 얽어 넣어 언론대책 문건 문제를 희석시키려는 의도가 분명했다. 한나라당은 즉각 현 정권에 대해 허위사실유포를 중단할 것을 강력히 촉구하고 사전 접촉사실을 보도한 언론에 대해 법적 조치를 취하기로 했다.

그러자 〈조선일보〉는 바로 잘못된 보도임을 시인하고 편집국장과 정치부장 등이 당사로 찾아와 나에게 사과했다. 그리고 그 다음날인 11월 4일 조선일보 1면에 '이회창 총재에게 사과합니다'는 제목하에 위 11월 3일자 보도는 사실로 확인되지 않았음에도 제작상 실수로 출고됨으로써 이 총재에게 본의 아닌 누를 끼치게 됐다면서 이 총재와 독자 여러분께 사과의 말씀을 드린다는 내용의 기사를 게재했다.

신문이 신속하게 허위보도를 인정하고 사과보도를 한다는 것은 자존심이 상하는 일일 텐데도 공정언론의 본분을 지키기 위해 사과를 한 것이다. 우리는 〈조선일보〉에 대한 법적 대응을 하지 않기로 했다.

나는 이번 문건 사건을 겪으면서 다시 한 번 김대중 대통령의 국정 스타일, 특히 정국운영에서의 대야 태도에 관해 깊은 회의를 느꼈다. 야당이 여권에서 나온 언론문건을 제시해 정권의 언론장악 음모 의혹을 제기했다면 정권으로서는 그런 의혹의 진실 여부에 대해 국민 앞에 밝히는 것이 정도일 터이다. 그런데도 정형근 의원의 제보자 접촉방식 등 곁가지를 문제 삼아 '매수공작'으로 몰아가면서 또다시 야당 총재까지 옭아 넣어 의혹의 핵심을 비껴가려는 수법은 그동안 이미 보아온 수법이라는 감이 들었다. 말하자면 데자뷰였다.

국정조사의 원칙을 합의해 놓고도 여당은 언론장악 음모를 가리는 특위의 명칭을 트집 잡아 지연시키고 있었다. 또 한 번 장외규탄대회로 꽁무니 빼는 정권을 압박하는 것 외에 별다른 방법이 없었다. 한나라당은 11월 4일 부산에서, 11월 9일 수원에서 대규모 집회를 열고 김대중 정권의 언론장악 음모와 국정운영 혼선 등을 국민께 호소하고 강도 높게 비판했다. 정국은 여야 간 격돌로 치달았다. 역설적이지만 김 정권하에서 하루빨리 정국을 정상화시키기 위해서는 이렇게 강하게 몰고 나갈 수밖에 없다고 생각했던 것이다. 언론도 국정조사에 소극적인 여권의 태도를 비판했다. 일부 언론은 양비론으로 여권과 장외투쟁을 하는 야당을 싸잡아 비난했다.

언론대책 문건의 국정조사 외에도 선거법 개정은 여야 간 중요 쟁점이었다. 여권에서는 김대중, 김종필, 박태준 3인 사이의 '1구 3인제 중선구제' 합의에 따라 중선구제와 1인 2표식 권역별 정당명부제 등

이회창
회고록

을 내용으로 한 선거법 개정을 추진하고 있었다. 통상의 경우라면 이러한 선거법 개정은 나름대로 의미가 있을 수 있지만 당시 여권의 개정 의도는 그 동기가 불순하고 신뢰할 수 없다는 게 한나라당의 인식이었다.

'2+α'식 신당 창당론으로 꾸준히 야당을 압박해 오면서 한편으로는 중선구제와 권역별 정당 명부식 투표로 선거법을 개정해 여당 후보 당선이 어려운 지역에서도 당선자를 내겠다는 것이 그 속셈이었다.

여당의 지지기반인 호남에서의 야당 지지율은 그야말로 바닥이어서 중선구제와 권역별 정당 명부제로 바뀌어도 야당이 호남지역에서 당선자를 내기는 어려운 상황이었다.

그래서 한나라당은 이러한 여권의 정략적인 선거법 개정에는 반대하고 적절한 개혁의 기회가 있을 때까지 현행 소선구제와 국회의원 정수를 유지하겠다는 입장을 분명히 했다. 이 선거법 개정 문제는 여야 대치정국의 핵심 쟁점 중 하나가 되었던 것이다. 우리는 부산, 수원에서의 규탄집회 후 11월 15일 원내총무협의를 통해 언론장악 문건에 대한 국정조사와 국회 정치개혁특위에서의 선거법 개정 합의처리 등 여야 합의를 이끌어내고 국회 정상화를 이루어냈다.

우리가 합의하지 않는 한 중선구제 등 선거법 개정은 불가능하게 된 것이다.

뒷날의 이야기이지만 김대중 정권은 〈중앙일보〉 사장 외에 〈조선일보〉 방상훈 사장, 〈동아일보〉 김병관 회장 등 주요 보수언론의 경영인들도 모두 탈세 혐의로 구속 수감하는 언론사상 희유한 일을 벌였다. 〈중앙일보〉 홍 사장 구속이 그 시작일 것 같다는 나의 예감이 결국 적중했던 것이다.

여권에 겹친 악재

어느덧 1999년이 저물어가고 있었다. 12월 9일에 있었던 그해의 마지막 선거인 안성시장과 화성군수 재보선에서 또 한 번 한나라당은 여권의 DJP연합공천 후보들을 모두 누르고 완승했다. 언론은 김대중 정권의 옷 로비 의혹 등 국정운영 혼란에 대한 국민의 감정이 반영된 결과라고 평가했다. 또 천용택 국정원장이 97년 대선 당시 김대중 후보가 삼성그룹으로부터 정치자금을 받았다고 발언해 정치권에 큰 파장이 일어나자 12월 17일 사의를 표명했다. 1999년의 마지막 고비에서도 여권 측에 악재가 겹치고 있었다.

국민회의 진영에서는 이런 상황을 반전시켜 보려는 듯 신당론의 2+a 즉, 국민회의와 자민련의 합당론이 급부상했다. 김대중 대통령은 이미 12월 1일 국민회의 지도부와의 오찬에서 여야 간 대화의 필요성을 인정하면서도 "야당이 협력하지 않는데 여당이 잘할 수 없다"고 대치정국의 책임을 야당에게 떠넘기고 "신당은 전국 정당, 정국 안정의 구심점이 되어야 한다"고 말했다. 계속 신당론 추진 등 대야 강경기조로 국정을 운영해 나가겠다는 내심을 비친 셈이다.

그러나 자민련과 합당해 신당을 창당하겠다는 그의 구상은 내가 보기에는 이루어질 길이 없는 허망한 꿈이었다. 무엇보다 자민련의 김종필 총재가 그의 충청 기반인 자민련이 소멸되는 것을 바랄 리 없고 실제로 그는 합당에 반대하는 의사를 표명한 바 있었다. 그런데도 정치 9단인 김대중 대통령이 신당론에 집착하는 것은 결국 정국운영의 기조를 야당 압박에 두는 기존의 사고틀에서 벗어나지 못한 탓이라고 생각한다.

마침내 천주교의 김수환 추기경까지 나서서 김 대통령의 국정운영에 대해 따끔한 쓴소리를 했다. 김 추기경은 월간중앙 2000년 1월호 인터뷰에서 최근 김 대통령에게 남은 임기 3년 동안 당적을 떠나 온 국민이 바라는 정치를 펴줄 것을 건의했다고 밝혔다. 그리고 김 대통령이 야당 시절에는 역대 대통령들이 북한 김일성 정권과는 대화하겠다고 하면서도 왜 국정의 동반자인 야당 총재와의 대화는 기피하는지 모르겠다고 말했었는데 그가 권좌에 오르고도 여야 대화가 잘 이루어지지 않는 것이 아쉽다고 말했다.

이런저런 상황 때문인지 김 대통령은 12월 19일 방송 대담 프로에서 옷 로비 사건과 천용택 국정원장 대선자금 발언 등 일련의 의혹 사건에 대해 사과하고 투명한 국정운영을 약속했다. 구체적인 의혹의 핵심은 피하고 여전히 야당의 협조를 강조하고 있었지만, 나도 10월 21일 김 대통령과 여당에게 여야가 이전투구에서 벗어나 새천년에 새로운 기분으로 새로운 시대를 맞는 넓은 마음으로 출발하자고 제안했다.

뒤이어 12월 24일 김 대통령으로부터 연내에 총재회담을 열자는 제의가 왔지만 나는 무조건 만나는 것보다 그동안의 문제들에 대해 매듭을 짓고 신뢰를 쌓는 것이 중요하다고 말하고 회담은 내년으로 미루었다.

이렇게 여권 측은 속된 말로 '죽을 쑤고' 있었지만 그렇다고 우리에게 좋은 일만 있었던 것은 아니다. 세풍 등 검찰의 사정의 칼은 여전히 야당의 목줄을 겨누고 있었고 무엇보다도 김 대통령과 국민회의 지지율은 계속 떨어지는데도 나와 한나라당의 지지율은 좀처럼 오르지 않고 제자리걸음을 하고 있었다.

여러 가지 이유를 댈 수 있겠지만 내가 생각하기에는 그동안 우리가 여권의 야당 압박과 '이회창 죽이기'에서 살아남기 위해 불가피했다고 해도 여권과 일진일퇴의 격돌을 벌여온 일이 국민에게 '싸움판 정치'에 대한 거부감과 피로감을 갖게 한 것 같았다.

하지만 이것은 우리에게 딜레마였다. 근본적으로 나는 김 대통령을 신뢰할 수 없었다. 그와 좌우이념을 달리하는 진영논리를 떠나 대통령으로서 왜 이렇게 야당을 토멸하는 식의 정치를 하는지 이해할 수 없었다.

1999년은 그의 임기 5년 중 2차년도로서 여야 간 정치게임의 차원을 넘어 그의 업적으로 남을 정치혁신을 이뤄야 할 중요한 시기였다.

대선에 승리해 정권을 잡았을 때 국회도 집권당이 다수당을 차지하고 있다면 다행이겠지만 김 대통령의 경우처럼 여당이 소수당일 경우도 있다. 이럴 때 김 대통령은 민주화 시대의 대통령으로서 이러한 정치현실을 그대로 받아들이고 어떻게 정국을 운영할지에 관해 깊은 성찰과 고민을 했어야 했다.

여소야대의 야당 의원들을 회유·협박으로 빼와서 여대야소를 만들고 야당을 약화시키는 이른바 인위적 정계개편은 과거 권위주의 시대의 정권들의 단골메뉴였지만 가장 비민주적이고 저급한 정치수단이다.

　민주화 시대의 대통령은 이런 잘못된 관행을 쇄신하고 여소야대의 여건에서도 야당을 설득하고 정국을 민주적으로 이끌어가는 진정한 민주적 리더십을 보기 바랬지만 허사였다. 그는 이러한 정치혁신에 관한 성찰과 철학이 없는 것 같았다. 과거 정권과 다름없는 '마초 정권'의 모습을 서슴없이 보여줄 뿐이었다.

　이러한 상황에서 한나라당이 여권에 협조하고 강경투쟁을 포기했더라면 야당이 살아남고 여론지지도 높아졌을까? 나는 아니라고 생각한다. 아마도 스스로 존립을 지키지 못한 야당은 와해되거나 소수당으로 왜소화되어 역사의 뒤안길에서 사라지고 말았을 것이다. 뒤에 말하지만 우리는 16대 총선에서 다시 야당이지만 원내 제1당이 되는 쾌거를 이루어냈고 이는 우리의 선택이 옳았음을 뒷받침해 주었다.

　살아남기 위해 발버둥을 치다 보니 여론 지지율이 오르지 않는 것은 어쩔 수 없는 일이라고 체념할 수밖에 없는 것인가. 아무래도 찜찜하지만 우선 살아남고 볼 일이 아닌가.

　섣달그믐 막바지인 12월 29일 이한동 의원이 한나라당을 탈당하는 우울한 일이 벌어졌다. 그는 1997년 신한국당 대통령 후보 경선에서 나와 경쟁한 후보였고 그 후 신한국당과 한나라당 대표, 한나라당 총재권한대행을 거쳤다. 신한국당 내의 전신인 민정당의 창당 멤버 출신으로 당을 지켜온 중진이었는데 결국 당을 떠난 것이다. 탈당의 동기에 관해 언론은 이러쿵저러쿵 추측을 내놓았지만 여러 말할 것 없이 내가 그를 포용치 못한 것이 원인이 아니겠는가. 그가 탈당 기자회견 자리에서 눈물을 흘렸다는 언론보도를 보고 정말 가슴이 아팠다.

그와는 법관시절 함께 술도 마시고 포커도 치는 등 가깝게 지냈고 내가 필마단기로 정치에 발을 담았을 때 당내에 평소 알고 지냈던 친구는 이 의원밖에 없었다. 그런데 이제 서로 갈라서는 입장이 되었으니 정치라는 것이 원래 이런 것이라지만 몹시 우울했다. 정치가 아니었으면 이렇게 갈라설 일도 생기지 않았을 것이다.

이회창
회고록

1995년 11월 23일, 회갑기념 논문집 봉정식

논문집 간행위원들과 함께

1996년 3월, 신한국당 선대위의장이 되다

1996년 3월, 제15대총선 선대위 현판식

1996년 3월, 제15대총선 필승결의대회

1998년 2월, 미국 버클리대학교에서 특별명예상을 받다

1998년, 한나라당 최고회의에서

1999년 4월, 영국 엘리자베스 2세 여왕 방한

1999년 9월, 데니스 해스터트(Dennis Hastert) 미국하원 의장을 예방하고 면담하다

1999년, 헨리 키신저(Henry Kissinger) 박사와 면담하다

2002년 9월, 중국 장쩌민 국가주석을 예방하고 면담하다

1999년 9월, 국회본회의 정당대표 연설에서

2000년 5월 12일, 야당으로 장외투쟁에 나서다(부산규탄대회)

2001년, 김대중 대통령과 여야 영수회담을 갖다

2003년 2월 8일, 후버연구소 특별연구원으로 초청받다

2002년, 태릉선수촌을 방문하다

2004년 10월 12일, 후버연구소 오찬 세미나에서 발표하다

2013년 6월 '결혼 50주년' 기념 가족사진

국민대통합과
상생의 정치를 제시하다

4

1

2000년도
"여야의 사활을 건 전투"

/

선거의 해, 2000년 새해가 오다

2000년 새해가 밝았다. 이 해의 가장 큰 화두는 아무래도 4·13, 16대 국회의원 총선거였다. 나는 이번 총선의 공천을 계기로 당내 파벌체제를 혁파하고 그 결과를 총선에서 심판받고자 결심하고 있었다. 이번 총선은 한나라당의 사활이 걸렸다고 할 만큼 중요했다. 총선이 관권이나 정권의 불공정한 개입이 없이 공명하게 치러져야 하고 아울러 새로운 인재들을 영입해 새로운 당의 면모를 선보이는 것도 급한 일이었다.

그런데 김대중 대통령이 신년사에서 국민 앞에 여러 가지 정책 과제를 약속하고 민주신당 창당을 언급하면서 앞으로 신당을 통해 국민에게 약속하는 정책을 구현해 나가겠다고 말했다. 일부 언론에서는 16대 총선의 제1당 예상을 아직 창당도 안 된 민주신당이 45.1퍼센트로 한나라당 31.7퍼센트에 대비해 앞설 것이라는 여론 조사 결과를 보도했다.

대통령이 말한 신당은 앞에서 언급한 그 신당을 가리키는 것으로 대통령이 벌써 신당에 바람을 넣고 언론이 띄워주는 격이어서 선거의 공명성을 허물 위험성이 있었다. 김 대통령은 당선된 후 여소야대의 국회를 이어받아 이를 여대야소로 만들고자 노심초사해 왔으므로 이번 총선의 기회에 국회를 확실하게 여권 지배구조로 만들고자 할 것이 분명했다.

야당에서는 어떻게든 총선의 공명성을 확보하는 일이 시급했고 그래야만 미래를 바라볼 수 있었다. 나는 신년 언론 인터뷰에서 상생의 정치를 강조한 다음 "대통령이 나서면 공명선거가 깨질 수 있으므로 국가수반인 대통령은 어느 한 정파의 총재직이나 당적에서 떠나 있어야 한다"고 주장했다. 나아가 선거 중립내각을 구성할 것도 제안했다. 물론 청와대로서는 받아들이기 어려운 제안임을 알지만 총선의 공명성 확보가 시급한 야당으로서는 이렇게 해서라도 선거관리의 중요성과 중립성을 강조할 필요가 있었다.

예상한 대로 청와대는 "어느 나라든 대통령이 당선된 뒤에 당적을 이탈하라는 논리는 없다"면서 반박했다. 청와대 말대로 대통령이라 해서 당적을 떠나야 한다는 논리는 없다. 하지만 당적을 가졌다 하여 선거에 관해 중립적 위치를 지키지 않고 자당이나 자당 후보를 지원하는 언동을 한다면 선거의 공명성은 크게 깨질 수 있는 일이다. 선거의 공정 관리를 위해 선거 동안 당적을 떠나 있으라는 것이었지 대통령이 됐으니 당적을 떠나라는 뜻은 아니었다.

또 그동안 2년여에 걸쳐 여야 간 협상이 진행되어온 선거법 등 정치관련법 개정이 새해에 들어 2월 8일에 마침내 마무리되었다. 우선 현행 선거구당 인구의 상하선인 7만 5,000~30만 명이 표의 등가성을 저해해 위헌이라는 헌법재판소의 결정에 따라 그 상하선을 9만~35만 명으로 차이를 좁히고, 지역구 의원 정수를 현행 253명에서 227명으로 감축해 전국구 의원 46명을 포함 전체 의원 정수를 현행 299명에서 273명으로 조정하기로 했다.

선거구 획정 문제는 위헌성 때문에 총선 전에 반드시 해결해야 할 긴급한 사안이었다. 그밖에 국회의원 및 시·도의원 비례대표 후보 중 30퍼센트의 여성 할당을 의무화하고, 국무총리, 감사원장, 대법원장 등 국회 동의를 요하는 공직자에 대한 인사청문회를 제도화했다.

그밖에도 여권에서는 그동안 지역주의 완화와 동진정책을 내세워 중선구제, 1인2표제, 이중등록제, 석패율제 등을 줄기차게 주장해 왔었다.

이런 제도들이 나름대로 개혁의 의미가 없는 것은 아니지만 총선을 코앞에 둔 시점에서 이런 전면적인 제도 개혁을 고집하는 것은 여권의 의석을 늘리려는 정략적 의도가 엿보여 한나라당은 이 시점에서의 개혁에 반대했고 이를 관철시켰다. 그동안 여러 차례 첨예한 대치 상황을 겪어온 터에 이 정도라도 선거법 등 정치관계법의 개정이 성사된 것은 여야 간 꾸준히 협상력을 발휘해온 결과라고 생각했다.

특히 한나라당의 이부영 원내총무는 당내의 갖가지 의견을 아우르고 여당 원내총무와 밀고 당기는 협상 과정에 참으로 힘든 고비가 많았지만 이를 이겨내고 우리의 요구를 반영하는 데 크게 애썼다.

그러나 저러나 선거구 획정으로 상하한선에 미달되어 합쳐지는 선거구에서는 현역 의원 사이에도 치열한 생존경쟁이 벌어지게 되어 지역구의원 공천은 더욱 더 어렵고 무거운 짐으로 내 어깨를 짓눌렀다.

선거법을 무시하라는 대통령의 지시, 그리고 정형근 의원 체포 소동

새해에 들면서 여권은 시민단체의 낙천·낙선운동을 합법화하려고 이를 금지한 선거법 제87조를 폐지하고 사전선거운동을 금지한 선거법 제57조도 개정해 법정 선거운동 기간 전이라도 시민단체의 낙천·낙선운동을 허용해야 한다는 주장을 펴기 시작했다. 겉으로는 시민단체의 정치 활동 보장이라는 미명을 달았지만 속셈은 뻔했다. 당시 대부분의 시민단체가 친진보, 친여적인 성향을 띠고 있어 주로 야당후보를 상대로 한 낙천·낙선운동이 확산될 게 분명했다.

그런데 김대중 대통령이 한걸음 더 앞서 나갔다. 그는 1월 19일 여당 간부와의 만찬에서 김정길 법무부 장관에게 "4·19 혁명이나 6월 민주항쟁도 당시에는 불법이었으나 국민의 의사에 따라 정당성이 인정되었다"고 말하고 국민들의 강력한 요구를 법으로 금지하거나 처벌하는 것으로는 해결되지 않는다면서 시민단체의 낙천·낙선운동을 법으로 규제하지 말라고 지시했다. 그는 근거로 "민주주의가 대의 민주주의에서 참여 민주주의로, 그리고 전자 민주주의로 전환하는 큰 변혁기를 맞고 있어 시민단체의 낙천·낙선운동을 법률로 규제하기 어렵다"는 점을 들었다.

나는 대통령의 이 말을 듣고 기가 찼다. 4·19 혁명은 현행법 체제를 뒤엎는 국민에 의한 혁명이며, 현행법 체제의 정점에 있는 대통령이 주도할 수 있는 것이 아니다. 대통령이 선거에 관해 이런 변혁이 필요하다고 생각한다면 스스로 법체계를 바꾸도록 주도해야지, 자신이 정점에 있는 법체제를 무시하라고 위법행위를 조장하는 것은 자기모순이었다.

더구나 김 대통령이 그동안 야당 국회의원에 대한 사정을 할 때마다 내세우는 논리가 '법대로'였다. 그러던 대통령이 이제 시민단체의 낙천·낙선운동에 대해서는 이를 금지한 선거법을 무시하라면서 그것이 민주주의에 맞는다는 논리를 편 것이다. 우리는 법체제를 무시하라고 말하는 김 대통령이 과연 민주주의와 법치주의에 대한 올바른 인식을 갖고 있는지 심각한 의문을 제기하지 않을 수 없었다. 김 대통령은 이번 총선을 시민단체의 힘을 빌려 치르겠다는 속셈을 드러낸 것이다.

현행 선거법을 무시한 시민단체의 낙천·낙선운동을 규제하던 중앙선관위는 일부 언론이 표현한 대로 '대혼란'에 빠져 들었다. 우리는 시민단체의 정치 활동 허용을 위해 선거법을 개정하는 일 자체에는 반대하지 않으나 편파적인 부정선거 운동을 획책하는 위장 시민단체나 관변단체 등의 발호를 규제하는 장치가 필요하고 법 개정까지는 현행법대로 엄격하게 규제해야 한다는 입장이었다.

하지만 김 대통령의 말에 고무된 시민단체들은 주로 야당 후보를 상대로 '벌떼'처럼 낙천·낙선운동을 펼쳤다. 4월에 들어서 총선 시민연대는 86명의 낙선 대상자 명단을 공개했는데 이중 한나라당이 28명이었다. 16명이었던 민주당의 거의 두 배에 가까웠다. 후일담이지만 낙천·낙선운동을 하다가 현행 선거법 위반으로 기소되었던 사람들에 대해 그 후 대법원이 유죄확정 판결을 선고해 김 대통령의 견해에 따르지 않음을 분명히 했다.

여야의 관심이 총선에 집중되어 가는 가운데 검찰이 2월 11일 늦은 밤인 오후 10시경 느닷없이 정형근 의원 자택을 급습해 정 의원을 긴급체포하려 한 일이 벌어졌다. 검찰이 덮치는 과정에서 일부 주거시설이 부서지고 가족 중에 부상자가 생기는 등 소동이 일어났다. 정 의원은 자택내실로 피해 방문을 걸어 잠그고 전화로 긴급상황을 나에게 보고했고 당에서는 사무총장을 비롯한 당직자들이 몰려가 검찰의 체포조와 대치했다.

한나라당은 총선을 앞둔 시점에서 대대적인 야당 탄압의 신호탄으로 보고 강력 대응하기로 했다. 당시 검찰이 제시한 혐의 사실은 언론장악문건과 관련한 명예훼손 혐의로 기억된다. 중대한 국사범이나 현행범도 아니고 명예훼손 정도의 혐의를 가지고 심야에 국회의원 자택을 급습해 긴급체포한다는 것은 상식을 벗어난 일로 긴급체포 요건도 갖추지 못한 공무집행이라고 볼 수밖에 없었다.

일부 언론(〈조선일보〉, 2000. 2. 12)에서는 정 의원 강제연행이 선거를 앞두고 여당에 악재가 될 수 있는데도 이를 시도한 이유는 김 대통령의 정 의원에 대한 감정이 결정적 작용을 한 것이란 분석도 있다고 보도했다.

결국 검찰은 체포를 포기하고 당일 밤 물러갔다가 다음날 12일 정의원이 당사에 나온 후 다시 야간에 당사로 검사들이 몰려왔고, 연이어 그 다음날인 13일에도 3차로 당사에 몰려와 구인영장을 집행하려고 시도했지만 한나라당은 그 출입을 거부해 구인집행을 하지 못하고 돌아갔다.

한나라당의 입장은 분명했다. 우리는 법을 거부하는 것이 아니라 법을 정치보복으로 불공정하게 집행하는 방식 즉, 심야에 국회의원 자택을 급습하거나 야간에 당사에 몰려와 의원을 연행하는 야당 무시의 모양새를 공공연하게 연출하는 식의 집행 방식을 거부한 것이었다.

이런 불공정하고 위협적인 방식이 아니라면 정 의원은 얼마든지 검찰에 자진 출석할 수 있었다. 실제로 그 후 정형근 의원은 "비겁자 소리를 들을 수 없다"면서 검찰에 자진 출두했다.

여당은 야당이 시민단체의 낙천·낙선운동에 대해서는 '법대로'를 주장하더니 정 의원 구인에 대해서는 법을 거부했다고 비난했다. 일부 언론(〈한겨레신문〉, 2000. 2. 14)도 한나라당은 유리할 때는 '법대로', 불리할 때는 '멋대로'라며 비난했다. 얼핏 들으면 그럴싸하게 들릴 수도 있었다. 그러나 여권이 낙천·낙선운동을 금지한 선거법 적용을 거부한 것은 현행법 체계를 부정하는 혁명과 같은 논리였고 이러한 현행법 체계를 뒤엎는 그들의 논리에는 도저히 수긍할 수 없었던 것이다. 한편 우리가 정 의원의 강제연행을 거부한 것은 현행법 체계를 거부한 것이 아니라 현행법 체계 안에서 불공정한 법의 집행방식에 항거한 것이어서 낙천·낙선운동의 경우와 차원이 달랐다.

유리할 때는 '법대로', 불리할 때는 '멋대로'라는 비판은 적절하지 않은 것이었다.

공천심사 위원회 구성

당시 한나라당 당헌에 의하면 국회의원 등 공직후보자의 공천은 공천심사 위원회의 선정과 당무회의의 의결을 거쳐 당총재가 행사하도록 되어 있었다. 나는 이번 공천과 총선을 통해 당을 확 바꿀 생각이었다. 당을 쇄신할 기회는 이번밖에 없었다.

무엇보다도 먼저 당의 파벌체제를 타파하기 위해 파벌의 보스나 다선 중진의원 중 지역 연고에 안주하는 의원들을 공천에서 과감히 배제시킬 생각이었다. 또한 총선은 실험장이 아니라 실전장이다. 내보내어 이길 수 있는 사람 즉, 당선 가능성이 있는 사람을 공천하는 것이 필수적 조건이었다. 그러므로 나와 가깝거나 그동안 내 측근에서 일해온 사람이라도 객관적으로 당선 가능성이 희박하거나 당 개혁 방향과 맞지 않으면 공천에서 배제해 공정성을 확실하게 할 생각이었다.

이 부분은 말은 쉽지만 실제로는 말로 표현하기 어려울 만큼 인간적으로 감내하기 힘든 고뇌를 겪게 했다. 뒤에 말하지만 지금도 이 일을 생각하면 가슴을 찌르는 아픔을 느낀다. 그리고 나는 공천심사 위원회의 개인별 심사과정에 일절 간섭하지 않기로 했다.

이런 원칙을 관철하려면 우선 공천심사 위원회의 구성이 중요했다. 당 내외 평판이나 여론을 의식해 민주적으로 한답시고 당내 파벌이나 당내 세력들을 안배하는 식으로 구성했다가는 공천개혁은 물 건너가기 십상이다.

나는 처음으로 공천심사 위원회에 일정 비율의 외부 인사를 영입해 열린 공천을 시도하기로 하고, 내부에서 기용할 인사는 철저하게 실무자급으로 선정해 정치적 고려에 좌우되지 않고 공천의 원칙을 관철시킬 수 있는 팀으로 구성하고자 했다. 또한 중요한 것은 현역 국회의원에 대한 공정한 평가와 새로 영입할 정치 신인에 대한 객관적이고 정확한 적격판단인데, 이를 위해 신뢰할 만한 여론조사와 현지 답사 등 실지조사의 방법을 활용하기로 했다.

한나라당은 1월 26일 공천심사위원회의 구성을 발표했다. 외부인사로 참여연대 공동대표를 지낸 재야출신 변호사인 홍성우 씨, 그리고 정무2장관을 지내고 여성단체에서 활동한 이연숙 씨를 영입했고, 내부인사로는 중진급으로 부총재 중 최연장자인 양정규 의원과 실무급으로 당3역 즉 하순봉 사무총장, 정창화 정책위의장, 이부영 원내총무를 임명하고 그밖에 시도지부 위원장을 해당지역 공천 과정에 참여시키기로 했다.

그리고 외부 인사인 홍성우 변호사와 내부인사인 양정규 부총재를 공동위원장으로 지명했고 여론조사와 실지조사 등 실무는 윤여준 여의도 연구소장이 맡도록 했다.

공천심사 위원회 구성이 발표되자 언론은 공천심사위원회에 외부인사를 참여시키고 공동위원장까지 맡긴 일은 정당 사상 처음이라고 평가했다. 하지만 예상한 대로 당내 비주류 측에서는 '모두 이 총재와 가까운 인물들'이라며 당내 계보를 무시한 총재의 독단이라고 반발

이회창
회고록

했다.

그러나 '모두가 이 총재와 가까운 인물들'이란 비판은 맞지 않는 말이었다. 예컨대, 홍성우 변호사는 고교, 대학교, 법조계의 후배이고 마음으로 그의 훌륭한 인품을 존경해온 터이지만 '가깝다'고 할 만한 친밀한 교분은 없었고 이연숙 씨 또한 나와 교분이 있는 인물이 아니었다.

내부인사인 당3역은 나의 정당관에 따라 당내 계파와 상관없이 주류를 구성하므로 나와 가깝다고 말할 수 있을지 모르겠다. 하지만 나는 당3역을 가까운 인물 중에서만 선정하지 않고 폭넓게 기용했었다. 예컨대, 정창화 정책위의장은 원래 이기택 총재권한대행 체제 때 정책위의장을 맡았던 인사였고, 이부영 원내총무는 진보계 인사로 모두 원래 비주류에 속한 인사들이며 주요 당직자회의에서는 나에게 직언을 서슴지 않는 인물들이었다. 이기택 씨의 구 민주당계인 민주동우회 측에서 공천심사 위원회에 참여하지 못한 데 대해 강한 반발이 나왔으나 나는 개의치 않기로 했다.

나는 공천심사 위원회 구성 발표 후 2월 2일 기자회견을 갖고 이번 총선이 김대중 정권에 대한 중간평가라고 분명하게 못 박고 김 정권의 독선, 독주를 견제해야 한다고 주장했다. 이번 총선이 시민단체들의 무절제한 낙천·낙선운동으로 후보들에 대한 개인적인 평가나 비리 폭로전으로 전락하는 것을 막는 것이 급선무였던 것이다. 또한 나는 한나라당의 변화와 혁신을 약속하고 한나라당은 보수의 기조 위에서 개혁을 지향할 것이라고 천명했다.

공천 작업이 진행되면서 당 안팎이 시끄러워졌다. 여야를 막론하고 어느 정당에서나 공천이 조용히 치러지기는 어렵고 후보나 지역 지지자들의 지지 읍소 또는 반대시위 등으로 당사는 소란의 소용돌이에 갇히게 마련이다. 특히 이 해의 16대 총선 공천은 우리가 야당이된 뒤 처음 치르는 총선인 데다가 내가 대대적인 당 혁신과 공천개혁을 선언한 탓인지 유난히 소란스러운 집단민원과 협박성 시위에 휩싸였다. '낙하산 공천을 하면 가만 안 있겠다', '편파공천 시에는 당사를 점거하겠다'는 협박이 난무했다.

더구나 선거구가 통폐합되는 지역에서는 현역의원 사이에 생존을위한 혈투가 벌어지다시피 했다. 서로 경쟁하게 된 의원들이 각각 총재 면담을 요청해와 따로 만날 때가 있었다. 이런 때 보면 어떤 의원은 주로 상대방의 약점을 들춰내고 헐뜯는 데 열중하는가 하면 다른의원은 상대방의 약점보다 자신의 장점 즉 당선 가능성만 강조하는타입도 있어 서로 대조가 되어 씁쓸한 기분이 들기도 했다.

공천 발표, 그리고 대혼란

나는 공천심사 위원회의 심사과정에는 일절 개입하지 않기로 했지만 공천개혁의 원칙과 방향은 분명하게 해두었다. 즉 당의 변화와 개혁을 위해 계파 보스와 지역연고에 안주하는 다선 중진의원의 공천배제 원칙, 공정하고 투명한 적격 판단과 당선 가능성의 판단 그리고정치 신인 공천배려의 원칙 등을 주문했다.

아무래도 공천개혁의 초점은 계파 보스들과 다선 중진의원들의 공천배제였다. 나는 계파 보스 중 김윤환 전 부총재와 이기택 전 부총재는 지역구 공천에서 배제시키고 김덕룡 전 부총재는 아직 젊고 그 계파도 응집력이 강하지 않고 개방적이어서 배제하지 않기로 했다. 지역구 공천에서 배제하는 부총재들에 대해서는 본인들이 희망하면 비례대표로 배정해 당의 원로 역할을 부탁할 생각이었다.

그런데 계파 보스들의 공천배제 원칙에 대해 처음에는 공천심사위원들이 동조했는데 막상 결론을 낼 단계가 되자 선뜻 용기를 내지 못하고 주저했다. 심사위원 중에는 개인적으로 나에게 와서 당이 시끄러워질 텐데 정말 공천배제를 할 의향이냐고 내 진의를 묻고 걱정하는 이도 있었다. 심지어 홍성우 공동대표도 나에게 김윤환 씨 등을 공천배제하면 당이 분란에 빠질 텐데 괜찮겠느냐고 우려했다. 그는 진심으로 나와 당을 걱정했던 것이다.

그러나 나의 결심은 확고했기에 그들에게 강한 나의 의지를 전달했다. 이것은 보통의 상식으로는 엄청난 바보짓처럼 보일 수도 있었다.

만일 계파 보스들이 반발해 당이 분열되면 나의 정치적 미래만이 아니라 당의 존립 자체도 위태로워질 수 있었다. 나는 이런 결심에 이르기까지 며칠 밤잠을 설치면서 생각하고 또 고민했다. 고민의 초점은 첫째로 왜 공천개혁을 하려고 하는가, 둘째로 나의 사심이나 이기심이 동기가 되지는 않았는가, 셋째로 이 일을 끝까지 관철시킬 용기가 있는가 하는 것이었다.

첫 번째 고민의 답은 분명했다. 이미 말해온 대로 정당의 파벌 간 나눠 먹기식 체제는 3김 정치의 유산으로 더 이상 지탱할 수 없고 주류·비주류 체제로 바꿔야 하는데, 당에서 할거하고 있는 계파 보스와 파벌을 해체하는 일은 공천배제 이외에는 다른 방법이 없었다. 물론 나의 정치의 큰 목표는 대통령이 되어 이 나라를 선진국으로 이끌어 가는 것이다. 하지만 그에 앞서 현실 정치인으로서의 나의 존재 이유 내지 존재 의미는 현실 정치에 안주하지 않고 정치를 쇄신하는 것이었다.

두 번째 고민은 내가 당을 확실하게 장악하고 '이회창의 사람'으로 채우기 위해 개혁 공천을 한다는 비난이 예상되었던 데에 있었다. 실제로 공천 발표 후 이런 비난이 쏟아졌다. 내가 당 장악을 전혀 고려하지 않았다면 거짓말이 되겠지만 만일 당 장악이라는 이기적 동기만 있었다면 나의 미래와 당을 망칠 수도 있는 개혁 공천의 모험을 하지 못했을 것이다. 개인적 이해타산만 따진다면 안 하는 편이 나을 것이다. 3김 정치하에서 고착화된 파벌체제를 혁파해 주류·비주류 체제로 쇄신하는 것만이 당의 살길이라는 확실한 신념이 있었기에 용기를 낼 수 있었다.

세 번째 고민은 나의 용기에 관한 것이었다. 어떤 난관에도 이 일을 끝가지 관철시키는 것은 총재인 나의 용기에 달려 있었고 나만이 이 일을 해낼 수 있다고 생각했다. 다시 말하면 내가 바보가 되거나 미쳐야만 할 수 있는 일이었던 것이다. 나는 개혁 공천을 한 후 4·13 총선에서 국민의 심판을 받고 이어 5월쯤 전당대회를 열어 전당원의 신임을 물을 생각이었다. 만일 총선에서 당이 패배하는 결과가 나온다면 그때 나는 정치를 접고 떠날 생각이었다. 당 혁신도 해내지 못하는 내가 어찌 국가경영을 맡을 수 있겠는가. 사즉생의 심정이었다.

마침내 2월 18일 공천심사 위원회는 지역구 공천심사 결과를 발표했다.

계파 보스인 대구·경북의 김윤환 고문과 구 민주당계의 이기택 고문을 지역구 공천에서 배제했고 당내 5선 이상 의원 중에서는 김영구, 양정규, 박관용 의원 등 세명을 제외하고는 모두 배제했다. 그밖에도 주류·비주류와 상관없이 다수의 현역의원들이 공천에서 탈락되었는데 현역의원 교체 비율이 반드시 당 개혁성을 재는 척도는 아니지만 30퍼센트를 넘었다. 한편 신진인 30대의 386세대 중 16명을 새롭게 공천한 것도 특색이었다.

오세훈, 원희룡, 윤경식 변호사, 오경훈 전 서울대 총학생회장, 김영춘 광진갑 위원장 등 반짝반짝하는 젊은 인재들이 다수 공천에 포함되었는데 이들은 뒷날 우리 정계의 중요한 재목들이 되었다.

무엇보다 나와 가깝거나 내 옆에서 같이 일했던 사람들이 공천에서 탈락된 것은 인간적으로 견디기 힘든 아픔이었다.

김윤환 고문은 이들과는 공천배제 이유가 다르지만 내가 신한국당에 입당한 후 대통령 후보 경선을 거쳐 1997년 대선을 치를 때까지 나를 지지하고 후원해 주었고, 그 후 약간의 곡절이 있었지만 98년 총재경선에서도 나를 지지해줬다. 말하자면 그는 내가 정치에 들어온 후 나를 지켜준 은인이라고 할 수 있었다. 그는 경상도 사나이의 호방함과 함께 보기와는 달리 마음이 여린 데가 있어 사람을 끌었다. 음흉하거나 교활한 것과는 거리가 먼 좋은 인품을 지녔다.

하지만 그는 1997년 대선 후부터는 당을 계파 보스들의 다수집단 지도체제로 이끌어야 하고 이것이 야당의 살길이라는 생각을 가졌고 나에게도 이를 밝혔다. 이런 그의 생각은 나의 당 개혁에 관한 신념과는 정면으로 배치되는 것이어서 나를 고민에 빠뜨렸고 이렇게 간다면 공천에서 그와의 관계에 대해 결단을 내려야 할 어려운 때가 오지 않을까 걱정했는데 마침내 그 걱정이 현실이 된 것이다.

이밖에도 오세웅 의원, 백남치 의원, 김찬진 의원, 황영하 전 총무처 장관, 유경현 전 의원, 이홍주 총재특보 등 나와 가깝고 내 주변에서 나를 도와주던 많은 인사들이 공천에서 배제되었다. 이중에서도 황영하 전 장관, 유경현 전 의원, 이홍주 총재특보 등은 나의 측근들이기 때문에 내가 양보해줄 것을 요구해 배제된 것으로 총재와 가깝기 때문에 희생된 케이스였다. 공정하고 엄정한 공천 기준에 따른 것이라지만 참으로 뼈아픈 일이 아닐 수 없었다. 이 일로 "이회창은 자기를 위해 헌신한 사람도 내치는 의리가 없는 냉혈한"이라는 비난도 들어야 했다.

그 누구든 정치인에게 당의 공천배제는 정치를 폐업하라는 선언과 같아 정치인으로서는 감내하기 어려운 치명적인 오욕이 될 수 있었다.

그들에게 이런 고통을 주는 것이 과연 정의인가, 하는 회의에 빠지기도 했다. 하지만 공천개혁의 성공을 위해 그들의 희생을 감내할 수밖에 없다고 독하게 마음먹었고 이로 인해 그들 일부와는 가까웠던 인연이 단절되는 아픔을 겪어야 했다. 이미 15년이 지났지만 지금도 그때 일을 생각하면 가슴에 저미는 아픔을 느낀다.

공천심사 결과가 발표되자 예상한 대로 큰 소동이 벌어졌다. '2·18 대학살'이란 말도 나왔다. 공천에서 배제된 인사들의 반발은 더 말할 필요도 없다. 공천심사 발표 후 총재단 회의를 거쳐 열린 당무회의는 그야말로 전쟁터를 방불케 했다. 탈락된 인사와 비주류 측 위원들이 벌떼처럼 일어나 공천심사 위원회의 심사결과가 불공정하다며 20여 곳의 재검토를 요구했다. 이런 소란에 휘둘리다가는 아무 일도 못한다. 나는 결연하게 "여러분이 지적한 대로 재검토한다는 것을 조건으로 원안대로 의결한다"고 선언하고 방망이를 두드렸다. 그리고 항의하는 일부 당무위원들에게 "공천 결정권은 총재에게 있다는 것을 잊지 말라"고 일갈하고 회의실을 나왔다.

어찌 보면 매우 독선적이고 비민주적 행동으로 비칠지 모르지만 어차피 비상수단으로 개혁 공천을 한 이상, 일을 마무리 짓기 위해서는 이렇게 밀어붙일 수밖에 없었다. 예상한 대로 공천에서 배제된 파벌 보스들을 비롯한 낙천자들의 격한 반발과 비난이 폭포처럼 쏟아졌다. 개인적으로 또는 집단으로 당사로 몰려와 공천 결과에 항의를 하는 북새통에 당무가 마비될 지경으로 대혼란에 빠졌고, 하순봉 사무총장은 사무실을 지키고 있다가 쳐들어온 낙천자에게 폭행을 당하기도 했다.

과거부터 정당의 공천은 시끄럽다는 말을 들었지만 직접 겪어보니 이런 난리가 없었다.

탈당 파동과 민국당 출범

조순, 김윤환, 이기택, 신상우 씨 등이 2월 20일 한나라당을 탈당해 신당을 창당하겠다고 선언했다. 공천의 여파가 가장 우려했던 당분열의 방향으로 치닫기 시작한 것이다.

나는 공천의 후유증을 최소화하기 위해 모든 노력을 다했다. 하지만 공천 후유증이 크게 부각되면서 개혁 공천의 의미가 퇴색하고 여론도 좋지 않게 돌아가는 우려스러운 상황이 벌어지고 있었다. 개혁 공천이 당 개혁을 위해 불가피한 것이었다고 해도 말끔하게 처리하지 못하고 탈당사태에까지 이른 것은 어쨌든 나의 책임이었다. 나는 2월 25일 기자회견을 열고 국민 앞에 공천파동과 관련해 모든 것이 내 부덕의 소치이고 내 책임이라고 사과했다. 그리고 새 정치의 탄생을 위한 진통으로 알아달라고 양해를 구했다.

그러나 개혁 공천에 관한 나의 신념은 흔들림이 없었다. 당의 본래 모습인 양 굳어져버린 파벌체제를 깨기 위해서는 전례가 없고 또 앞으로 되풀이되어서는 안 될 비상수단을 쓸 수밖에 없었다. 그 후유증으로 당이 분열될 위험이 닥칠지 모른다는 생각은 이미 했다. 어떤 난관에 부딪치더라도 뚫고 나가겠다고 다짐하지 않았던가. 이제 와서 멈추거나 물러설 수 없고 그럴 생각은 추호도 없었다.

여론조사에서 좋지 않게 나왔다고 해도 여론조사는 현실적으로 그 시점에서의 반응을 나타낸 것뿐이지, 어떻게 공천 후유증을 수습하느냐에 따라 얼마든지 달라질 수 있었다. 수습을 잘하는 것이 시급했다. 이때 나에게 가장 절실한 것은 다른 사람의 도움보다도 나 자신의 흔들림 없는 용기라는 것을 뼈저리게 느꼈다.

탈당 인사들은 나에 대한 격렬한 비난전을 벌이다가 2월 28일 발기인 대회를 열어 민주국민당(민국당)을 창당하고 조순 대표최고위원, 김윤환, 이기택, 신상우, 장기표 최고위원 체제로 출범했다. 민국당은

이회창
회고록

지도부 대다수의 출신지역이 영남이어서 "PK와 TK가 협력해 영남 정권을 창출하자"는 영남 정권 창출론을 내세웠다. 특히 부산·경남 지역에서는 이들의 영남 정권 창출론이 먹혀드는 기미가 보였고, 이 지역 한나라당 의원 중 한두 명이 동요한다는 보고가 있어 전력을 다해 그들의 민국당 합류를 막았다.

심지어 이런 일도 있었다. 밤중에 한나라당 소속 경남지역 기초단체장 중 한 사람(이름은 밝히지 않는다)이 직접 나에게 전화를 걸어 "기초단체장 몇몇이 주동이 되어 경남의 한나라당 소속 기초단체장들에게 한나라당을 탈당해 민국당으로 가기로 하는 연판장에 서명을 받고 있다"는 제보를 해왔다. 나는 즉각 김혁규 경남도지사에게 전화를 걸어 이 사실을 아느냐고 묻자 모른다는 것이었다. 나는 그에게 즉각 사실을 확인하고 중단시킬 것과 만일 그대로 진행할 때는 위법한 집단적 정치 활동을 한 기초단체장 전원을 고발하겠다고 강하게 경고했다. 새벽녘에 처음 제보한 기초단체장으로부터 다시 전화가 와서 연판장 서명을 중단한다는 통문이 돌았다고 알려왔다.

그런가 하면 이런 혼란 속에 당내에서는 비주류들이 개혁 공천을 주도한 지도부, 특히 총재인 나에 대한 인책론을 주장하고 나섰다. 총재직을 내놓으라는 것이었다. 이를 듣고 당시 당 지도부 중 한 사람이 "먹구름이 끼고 비가 쏟아질 듯하니까 논의 개구리들이 일제히 울기 시작하는구나" 하고 중얼거리던 기억이 난다.

이렇게 겉으로 보기에는 내우외환으로 당이 큰 위기에 갇힌 것처럼 보였지만 나는 내가 확고한 신념을 가지고 한 일인 이상 수습할 수 있다는 자신이 있었다. 그리고 이런 개혁 공천의 홍역을 치르고 나면 당은 더 단합되고 강한 힘을 갖게 된다는 믿음이 있었다.

우선 대구·경북 지역에서는 강재섭 의원을 중심으로 지역 공천에서 배제된 의원들조차 민국당 행을 거부해 민국당 바람을 잠재웠다. 그리고 부산·경남에서도 그 지역 김진재, 김무성, 권철현 등 한나라당 의원 모두가 결속해 민국당 바람을 잠재웠다.

이렇게 되자 그동안 야당의 내분을 즐기면서 표정 관리를 하던 여권이 긴장하기 시작했다.

남북 정상회담의 돌풍

총선을 앞둔 3월 16일 갑작스럽게 검찰과 군의 병역비리 합동수사반은 정치인 27명의 자제 31명 등 모두 66명을 총선 이전에 소환조사하겠다고 발표했다. 또한 나의 아들들을 언급하면서 "재신검 대상자가 아니기 때문에 우선 수사 대상자는 아니나 사실 확인 차원의 조사는 할 방침"이라고 밝혔다.

언론 보도에 의하면 정치인 27명의 90퍼센트 이상이 야당이라는 것이었다.

이것은 코앞에 닥친 총선을 위해 야당을 흠집 내려는 관권개입이 분명했다. 참으로 유치한 관권개입이었다. 일부 언론은 수사팀이 이 총재의 두 아들에 대해 수사대상자가 아니라면서도 소환조사 가능성을 흘리는 등 특정인 흠집 내기를 서슴지 않고 있다면서 "김대중 정권의 안면몰수식 선거몰이는 실망의 정도를 넘어 위험하기까지 하

다"고 신랄하게 비판했다.[•]

정말 그랬다. 총선일이 가까워 올수록 청와대와 여당은 발버둥치듯 야당 목 조이기에 올인했다. 시민단체의 낙천·낙선운동을 부추기지 않나, 정형근 의원을 긴급체포하겠다고 심야에 급습하지 않나, 멀리 독일까지 가서 베를린 선언을 하지 않나, 이제는 해묵은 병역비리 카드를 다시 꺼내들지 않나, 총선 승리의 강박관념으로 머리가 살짝 돌아버린 건 아닌가 의심스러울 지경이었다.

그러더니 마침내 총선을 3일 앞둔 4월 10일 정부는 김대중 대통령과 북한 노동당 총비서인 김정일 국방위원장이 6월 12일부터 14일까지 평양에서 정상회담을 갖기로 했다고 발표했다. 그야말로 '이래도 냐' 하는 식으로 대형 깜짝 카드를 꺼내든 것이다.

한나라당은 긴급 대책회의를 열어 논의하고 총선에 이용하기 위한 구걸외교라고 규탄했다. 나는 다음날 긴급 기자회견을 가졌다. 그 자리에서 나는 "남북 정상회담이 한반도의 평화를 정착시키고 통일의 기틀을 만드는 중요한 전기가 될 수 있지만 선거 3일 전에 발표한 것으로 볼 때 치밀하게 기획된 음험하고 졸렬한 선거 전략"이라고 규정했다. 그리고 "북한은 그동안 정상회담의 조건으로 국가보안법 폐지, 좌경용공세력의 활동자유보장, 주한미군 철수 등 세 가지를 주장해 왔는데, 정상회담 합의를 서둘러 발표하기 위해 김정일에게 무슨 대가를 약속했는지 밝혀라"고 다그쳤다.

남북 정상회담 발표에 대해서는 자민련이나 민국당도 비판성명을

• 〈조선일보〉(2000. 3. 18)

냈다.

워낙 갑작스런 발표였기 때문에 이러한 여권의 선거 전략이 총선
에서 얼마나 먹혀들지는 지켜볼 수밖에 없었다.

드디어 4·13 총선

마침내 4월 13일 16대 국회의원 총선거의 날이 왔다. 이번 총선은
여당, 야당 할 것 없이 모두 사력을 다해 화력을 쏟아부은 선거라고
할 수 있었다. 특히 여권이 관권개입 시비도 아랑곳하지 않고 한나라
당에 대한 집요하고 파상적인 공격을 감행한 것은 전례를 찾기 힘든
일이었다.

4월 13일 투표를 마치고 집에 들어와 쉬고 있는데 투표 마감시간
가까이 되어 신영균 의원으로부터 전화가 왔다. 전화를 받으니 신 의
원이 착 가라앉은 목소리로 "총재님, 이거 어떻게 하면 좋지요?" 하
고 나서 방금 전에 SBS 쪽에 알아봤더니 방송 3사의 출구조사 결과
가 우리 당에 안 좋게 나왔다는 것이었다. 구체적으로 어느 정도인가
묻자 80석에서 잘해야 120석 정도로 예상한다는 것이었다. 나는 신
의원에게 15대 총선 때도 방송 3사의 출구조사가 크게 빗나간 일이
있지 않느냐, 너무 걱정하지 말고 개표를 지켜보자고 위로했다.

말은 그렇게 했지만 나도 마음이 편치 않아 홀로 서재에 들어가 명
상에 잠겼다. '이미 주사위는 던져진 것이고 나름대로 최선을 다했다.
이제 내가 할 일은 없다. 그 결과는 내가 좌우할 수 있는 일이 아니며

나는 오직 받아들일 뿐이다'라고 생각하니 마음이 편안해졌다.

오후 6시경 당 선거 상황실에 나가 당 간부들과 함께 개표상황을 TV를 통해 지켜보았다. 먼저 방송3사의 출구조사 결과가 보도되었는데 민주당이 제1당이 되고 한나라당은 제1당 자리를 잃는 것으로 나와 상황실의 분위기는 무겁게 가라앉았다. 출구조사에서 당선권에 든 충청권의 한 여당의원이 성급하게 당선 소감을 말하는 장면도 나왔다. (이 여당의원은 개표결과 낙선되고 한나라당 후보가 당선되었다.)

나는 어두운 기분으로 집에 돌아왔지만 이렇게 허망하게 무너질 리 없다는 낙관론 같은 것이 마음 밑바닥에 굳게 자리 잡고 있었다.

14일 새벽이 되자 나의 낙관론은 적중했다. 개표는 마지막까지 엎치락뒤치락 했지만 마침내 우리가 승리했다. 새벽까지 이어진 개표 결과, 한나라당이 지역구에서 112석을 얻어 비례대표를 합쳐 133석으로 당당히 제1당이 되었다. 집권당인 민주당은 지역구 96석에 비례대표를 합쳐 115석을 얻었으며 자민련은 지역구 12석에 비례대표를 합쳐 17석을 얻었지만 교섭단체 구성 요건인 20석에 미달했다. 그밖에 민국당과 한국신당이 지역구에서 각 1석을 얻었고 비례대표는 총 득표율 3퍼센트를 넘긴 민국당에 배당되어 민국당이 모두 2석을 얻었다.

이번 선거 결과는 일부 언론의 표현대로 집권여당의 패배이고 야당인 한나라당의 승리였다. 그러나 민주당은 호남 외의 다른 지역에서 의석을 늘린 것을 들어 민주당이 선전한 것이라고 자평했다.

한때 정국을 떠들썩하게 했던 민국당 바람은 춘천 지역구 1석과 비례대표 1석 등 2석을 얻는 데 그치고 영남 정권 창출을 외치며 기반으로 삼았던 영남권에서 1석도 얻지 못하고 전멸해 이미 당의 운명이 예견되었다.

한나라당은 집권여당에 비해 의석수뿐만 아니라 전국 득표율에서도 3퍼센트를 앞서는 큰 성과를 거두었다. 특히 그동안 한나라당이 취약했던 수도권의 초접전 지역에서 많은 한나라당의 정치 신인들이 근소한 차이지만 승리를 거둔 것은 매우 의미가 컸다.

무엇보다도 개혁 공천의 결과가 총선에서 국민의 승인을 받았다는 것이 중요했다. 이것은 나에게는 기쁨 이상의 감격이었다. 이제 파벌 체제를 청산하고 새로운 당체제 정착을 자신 있게 추진할 수 있게 되었다.

한나라당은 이번 총선의 의미를 김대중 정권에 대한 중간평가 그리고 그들의 독주, 독선에 대한 견제라고 주장했다. 이에 대해 여권은 정권의 안정론을 내세웠는데 결국 국민은 우리 주장에 손을 들어준 것이다.

또한 이번 선거 과정에서 앞서 말한 대로 여권이 갖가지 수단으로 마지막에는 남북 정상회담 카드까지 꺼내어 한나라당을 압박했지만 국민은 여기에 현혹되지 않고 냉정하게 판단해준 것이 너무나 고마웠다.

여러 가지 악조건 속에서 야당이 집권당을 제치고 과반수에 4석 부족한 다수의석을 얻어 제1당이 되었다는 것은 아마도 전무후무한 일일 것이다.

여야 정치의 마당에서 '상생'을 팽개치고 '압박'과 '토멸'의 정치는 더 이상 통하지 않는다는 것을 국민이 경고한 것이다.

여야 영수회담과 다시 얼어붙은 정국

4·13 총선 후 김대중 대통령은 4월 17일 여야 영수회담을 제의해 왔다. 야당에게 제1당의 자리를 내어준 총선결과를 수습하고 6·15 남북 정상회담에 대비하기 위해 일단 정국안정을 시킬 필요가 있다고 판단했을 터이다.

나도 4·13 총선의 정국을 매듭짓고 금융시장의 불안 등 경제상황과 남북 정상회담에 대비하기 위해 김 대통령과 만날 필요가 있다고 생각하고 있었기에 그 제의를 받아들였다. 처음에는 여야 영수회담 협의 과정에서 김 대통령의 부정선거 사과, 남북 정상회담 이면합의 공개, 인위적 정계개편 포기 확약 등을 전제조건으로 요구해야 한다는 당내 의견이 있었지만 나는 이를 물리치고 아무런 전제조건 없이 만나기로 했다.

김 대통령과 나는 4월 24일 청와대에서 여야 영수회담을 갖고 4개항의 합의사항을 공동발표문에 담았다. 그중 중요한 항목은 ①지역·계층·세대의 차이를 넘어 국민의 힘을 하나로 결집시킬 수 있도록 국민대통합의 정치를 펼쳐나간다. ②여야는 선거에서 나타난 국민의 뜻에 따라 건설적인 협력을 하며 신뢰를 갖고 인위적인 정계개편을 하지 않는다. ③여야는 남북 정상회담 실현을 다 같이 환영한다. 남북 정상회담은 한반도 평화와 화해협력에 실질적으로 기여할 수 있는 회담이 되어야 하며, 이를 위해 남북회담에서는 국가안보와 대한민국의 정체성을 확실히 지키며 경제협력 등에 있어서 상호주의의 원칙을 지키고 국회의 동의를 요하는 국민의 부담은 국회의 동의를 받도록 한다. ④부정선거 수사를 공정하고 엄정하게 처리한다. ⑤국회에 '미래발전위원회'를 설치해 국가비전과 발전전략을 수립하고 '여야협의체'를 구성해 16대 총선에서 양당이 공약한 사항 중 공통사항을 우선적으로 실천한다. 서로 다른 부분은 적극 조정해 실천한다는 등이다. 특히 상호주의의 원칙에 대해서는 청와대는 당초에 그 적용 대상을 경제협력에 한정할 의도였으나 우리 쪽에서 경제협력 '등'이란 표현으로 그 포괄성을 분명히 해야 함을 고집해 관철시켰다.

나는 김대중 대통령과의 대화에서 남북 정상회담을 갖게 된 것을 환영하고 성공하기를 기대한다고 말했다. 하지만 총선 3일 전에 서둘러 발표해 총선에 이용하는 것은 수긍할 수 없는 일이고 회담에 대한 신뢰성을 떨어뜨리는 일이었다고 지적했다. 또 북한은 그동안 남북회담의 전제조건으로 국가보안법 폐지, 한미일 공조 포기, 주한미군 철수 및 친북단체 인사들의 활동보장 등을 요구해 왔는데 이런 조건들을 수용하거나 타협한 것이 아닌가 하는 의혹이 있으니 분명히 밝혀주기 바란다고 말했다.

이에 대해 김 대통령은 북측이 4월 6일 갑자기 회담을 하자고 통보해와 어쩔 수 없었다고 변명하고 이면합의 같은 것은 전혀 없다고 답했다.

나는 남북 정상회담에 관해 세 가지 원칙을 지켜야 한다는 것을 재삼 강조했다. 즉 국가안보와 대한민국의 정체성을 지킬 것, 상호주의의 원칙을 지킬 것, 국민세금이나 재정부담이 되는 지원 협력은 국회의 동의를 얻을 것, 특히 대북지원은 군사용으로 전용하지 않는다는 것을 요구해야 할 것 등을 강조했다. 이 여야 영수회담은 당시로서는 여야 간 유익한 만남이었다.

총선은 입후보한 후보자 간 경쟁이지만 실제로는 여야정당 간의 사활을 건 전투라고 할 수 있다. 이 전투가 끝난 후 여야는 '전투모드'를 끝내고 정상적인 '평화모드'로 돌아가야 정국을 정상화시킬 수 있다. 여야 영수회담은 이런 '평화모드'의 정국 정상화에 매우 유용한 수단인 것이다.

그러나 앞에서도 언급했지만 여야 영수회담은 현재의 정국정상화를 위한 수단일 뿐이지 앞으로의 정국안정까지 보장하는 것은 아니므로 4월 24일의 영수회담의 약발이 언제까지 갈지는 나도 자신할 수 없었다.

그런데 이번에는 약발이 너무도 짧았다. 먼저 정부는 600억 원이 넘는 비료 20만 톤을 북측에 아무런 조건 없이 무상지원하기로 결정했는데 야당과 사전협의는커녕 통보도 없었다. 이런 일방적 지원은 여야 간 건설적 협력을 하기로 하고 특히 대북지원에서 상호주의의 원칙을 지키기로 한 여야 영수회담의 약속에 정면으로 반하는 것이었다.

또한 청와대는 방북단에 여야 정당 대표를 포함할 것을 검토 중이고 한나라당 대표로는 박근혜 의원을 희망한다는 것을 언론에 흘렸다. 이것도 참으로 어이없는 짓이었다. 북한이 그들의 통일전선 전술의 일환으로 주장해온 것에 남북정당·사회단체 연석회의라는 게 있다. 여야 정당 대표 방북은 바로 이런 북한의 대남전술에 말려들 개연성이 있어서 해서는 안 될 일인데도 청와대가 야당과 아무런 협의도 없이 흘리는 것은 해괴한 일일뿐 아니라 여야 영수회담의 공조합의에도 반하는 것이었다.

이뿐만이 아니다. 5월 22일 김대중 대통령은 새 총리에 이한동 자민련 총재를 임명함으로써 4·13 총선 과정에서 폐기되다시피 한 DJP연대를 다시 복원했다. 또 같은 날 호남지역 무소속 당선자 네 명을 민주당에 입당시켜 민주당의석을 119석으로 늘렸다. 연대세력인 자민련 의석 17석을 합치면 136석으로 한나라당의 의석수를 능가하고 과반에 한 석이 모자란다. 무소속인 정몽준 의원을 포섭하면 과반의 석을 확보하는 셈이다.

그야말로 전형적인 인위적 정계개편인데 여야 영수회담의 공동선언문 잉크가 마르기도 전에 약속을 어긴 것이다.

자민련은 4·13 총선 당시 내각제 약속을 파기한 민주당에 대해 DJP공조 파기를 선언했었다. 김종필 명예총재는 3월 13일 대전에서 열린 총선 필승 결의대회에서 민주당에 대해 "내각제 약속으로 공조해 왔는데 2년이 지난 오늘 헌신짝처럼 버리더니 급기야 대통령 후보는 민주당에서 경선할 것이라고 함으로써 완전히 약속을 짓밟았다. 선거가 끝나도 공조는 절대 없을 것이다"라고 공언했었다. 그밖에도 김종필 명예총재와 이한동 총재는 총선 내내 민주당의 내각제 약속 파기를 배신 행위로 규정하며 규탄하고 다녔다. 그런데 선거가 끝나자 다시 DJP공조를 복원하기로 한 것이다. 이러한 인위적 정계개편에 대해 언론은 '식언과 기만의 정치'라고 매섭게 질타했다.●

나는 김대중, 김종필 두 정치 9단의 현란한 재주넘기에 분노보다도

━━━━━━━━━

● 〈조선일보〉(2000. 5. 23)

이회창
회고록

환멸을 느꼈다. 이런 정치에 휘둘린 내가 정치에 미숙한 것인가?

내가 모르고 속았다고 하기는 어려웠다. 여야 영수회담을 할 때도 이런 가능성을 예감 못한 것은 아니지만 당시로서는 서로를 신뢰하는 길 외에 이런 가능성을 미리 막을 다른 방도가 없었다. 나는 지금도 이것을 정치기술의 문제가 아니라 정치신의(信義)의 문제라고 생각하고 있다. 나는 2김에 비해 정치기술이 떨어진다는 소리를 들을지언정 정치기술에만 의존하는 정치를 하고 싶지 않았다.

또한 여야 영수회담에서 부정선거는 공정하고 엄정하게 처리하기로 약속했는데 이것도 이상한 방향으로 틀어지고 있었다. 원래 부정선거 처리항목은 우리 측에서 4·13 총선에서의 여권의 관권·금권 선거를 규탄하면서 강력하게 요구해 공동선언문에 포함된 것이었다. 4·13 총선 기간 중 선관위가 선거법 위반으로 적발하여 검찰에 고발 또는 수사의뢰한 건수는 민주당이 182건, 한나라당 17건, 자민련 14건이었다. 그런데 5월 31일 검찰의 수사결과에 관해 언론이 보도한 바에 의하면 검찰이 수사 중인 당선자 중 한나라당 다섯 명을 기소하고 나머지 여권 측 소속인사들은 불기소할 방침이어서 선관위조차도 납득하기 어렵다는 반응이라는 것이었다.

편파적인 부정선거사범 처리의 대표적인 예가 정인봉 의원의 경우다.

정치 1번지인 서울 종로구에 출마한 정인봉 의원의 당선은 수도권에서 열세였던 한나라당에는 그 상징성이 매우 컸다.

그런데 검찰은 정 의원이 방송사 카메라맨들과 어울린 것을 향응 제공 혐의로 수사하고 기소했고 끝내는 국회의원직 상실로까지 몰고 갔다. 여권이 이렇게 나오면 야당은 상생정치를 하고 싶어도 할 수 없게 된다. 정국은 또다시 대치상황으로 되돌아가지 않을 수 없게 되는 것이다.

나는 이런 상황을 당할 때마다 스스로에게 묻곤 했다. '정치 9단들은 왜 이런 식으로 정치를 하나? 이렇게 하여 그들이 얻은 것이 무엇인가?'

제3차 전당대회, 당총재로 재선되다

한나라당은 5월 31일 잠실체육관에서 제3차 전당대회를 열고 당총재로 나를 재선출했다.

당총재 후보자는 나 외에 김덕룡 전 부총재, 강삼재 의원, 손학규 의원이었는데 전체 대의원 7,684명 중 7,133명이 참석한 가운데 내가 4,716표(66.3퍼센트)를 얻어 당선되었다.

한편 14명의 후보가 출마한 부총재 경선에서는 최병렬, 박근혜, 이부영, 하순봉, 강재섭, 박희태, 김진재 의원 등 7명이 선출되었고 나머지 5명의 지명직 부총재에는 당내 화합을 위해 경선에서 탈락한 김덕룡, 강삼재 의원과 여성 몫으로 이연숙 의원, 호남 몫으로 이환의 의원, 원외 몫으로 양정규 의원이 지명되었다. 지명직 부총재는 총재가 지명해 전당대회의 동의를 받도록 되어 있어 나는 경선 직후 지명자들에게 지명 사실을 통보해 승낙을 받았으나 김덕룡 후보만이 연락이 닿지 않아 승낙을 얻지 못했다. 본인이 끝내 사양해 총재단에서 빠졌다.

전당대회에서의 나의 총재 재선은 여러 가지 의미가 있었다. 16대 총선을 앞두고 과감한 개혁 공천으로 당이 대혼란에 빠지고 나를 포함한 당 지도부의 책임론까지 거론되었을 때 나는 총선 직후 전당대회를 조기에 실시해 나에 대한 재신임을 묻겠다는 생각이었다. 그래서 총선이 끝난 후 8월 31일의 정기 전당대회 일자를 5월 31일로 앞당겼던 것이다. 그러므로 제3차 전당대회에서의 나의 재선은 개혁 공천에 대해 당원들로부터 재신임을 받았다는 데 큰 의미가 있었다. 또한 위 전당대회는 한나라당이 새로운 수권정당으로 거듭 태어나 2002년 12월의 정권 창출을 위한 대장정의 깃발을 올렸다는 데 의미가 있었다.

나는 전당대회 후 사무총장에 김기배 의원, 정책위의장에 목요상 의원을 임명했다. 의원총회에서는 원내총무로 정창화 의원을 선출했다.

당3역에 이어 나는 제1사무부 총장에 이재오 의원, 제2사무부 총장에 홍문표 홍성지구당 위원장, 정책위 부의장에 김기춘, 김만제 의원, 정책 제1, 2, 3위원장에 정형근, 이한구, 이경재 의원, 기획위원장에 맹형규 의원, 총재비서실장에 주진우 의원, 총재특보단장에 함종한 의원을 임명했고 대변인은 권철현 의원을 유임시켰다. 원내 대책의 총 간사격인 수석부총무에는 김무성 의원이 선정되었다.

위에서 언급한 당직자들은 각자 그 자리에 각별한 의미를 가지고 선정한 것이었는데 이들은 그 후 우리나라의 정국을 움직이는 정치 지도자가 되었다.

어쨌든 내가 제2차 전당대회에서 당총재로 선출된 후 머리에 그려왔던 당내 파벌체제의 혁파가 이루어지고, 새로운 당체제가 출범하게 된 것이다.

피비린내 나는 개혁 공천의 파란을 겪고 많은 당 동지들의 아까운 희생을 감수하면서까지 당체제를 정비한 것은 우리의 지상 목표인 정권 창출을 위해 보다 쇄신되고 결집된 강한 당체제가 필요했기 때문이 아닌가. 이제 갖출 것은 갖춘 셈이다.

지난 힘든 시기를 돌아보면 감회가 깊었지만 앞으로 더 어려운 일이 닥치게 될 것이라는 생각에 긴장을 놓을 수 없었다.

6·15 남북 공동선언

마침내 김 대통령이 6월 13일 평양에서 북한의 김정일과 남북 정상회담을 갖게 되었다. 원래는 출발 일자가 6월 12일로 발표되었었는데 갑자기 하루 늦춰져 김 대통령은 6월 13일 평양으로 갔다.

국가정상 간의 회동일자가 갑자기 변경되는 것은 이례적인 일이어서 이러쿵저러쿵 뒷말이 무성했지만 나는 당대변인에게 부정적이거나 비판적인 논평은 내지 말도록 했다. 모처럼 열리는 정상회담에 우리 쪽 대통령의 힘을 빼는 일은 도리가 아니다.

그런데 사실 나는 걱정이 많았다.

첫째로, 우리 사회에 일기 시작한 '북한붐'이다. 친북단체나 좌파들은 이미 제 세상을 만난 듯 우리 사회를 지탱해온 이념적, 체제적 기틀을 뒤흔드는 발언을 쏟아냈다. 비전향 장기수 석방이나 공안사범

사면복권 같은 요구도 나왔다. 또 일반인 사이에서도 무지갯빛 환상과 기대가 일고 있었다. 희망과 기대를 갖는 것은 좋은 일이다. 그러나 북한이 핵무기와 미사일 등 대량 살상무기 개발에 박차를 가하고 있어 군사적 긴장이 고조되고 있는 이때, 남북 정상회담이 내세운 '한반도의 평화공존과 통일'은 이러한 북핵 등 군사적 긴장이 해소되지 않는 한 공염불이 될 것이 뻔했다. 남북회담은 하나의 불꽃놀이, '정치쇼'가 되고 말 것이다. 그런데도 남북 간 정상회담의 의제에 관해 군사적 긴장완화에 대해서는 한마디 언급도 없었다.

둘째로, 남북 정상회담이 가져올 남북관계의 구조적 변화이다. 지금까지의 '대치관계'가 '협력관계'로 바뀔 때 북측은 우월한 핵 군사력으로 남을 압박하며 경제 지원을 받아내는 것을 수입원(收入源)으로 삼고, 남측은 경제력으로 북한을 지원해 돈으로 평화를 사는 관계가 된다면 이는 최악의 재앙이나 다름없다.

셋째로, 김 대통령이 남북 정상회담을 발판삼아 정국의 주도권을 잡고 우리 사회 주류의 기류를 좌파사회로 변화시키는 시도를 한다면 정권 교체의 기회는 더욱 멀어질 수밖에 없다.

나는 남북회담이 열리기 전 6월 9일 기자회견을 갖고 남북회담에 대한 나와 한나라당의 입장과 우려를 밝혔다.

나는 먼저 남북회담에 대해 초당적 협력을 할 것을 약속한 다음, 김 대통령에게 남북 정상회담은 대량 살상무기 감축 등 한반도 평화정착과 통일의 길을 여는 선에서 진행되어야 한다는 것, 대한민국 정체성 유지와 안보 우선 대북상호주의 원칙을 유지, 회담 내용 공개 등 지난 여야 영수회담에서 거론되었던 기준을 지킬 것 등을 요구했다.

특히 남북 정상회담 발표 후 우리 사회에 일고 있는 '북한붐'으로 인해 안보에 대한 이완현상이 생기고 있는 점을 지적하고 김 대통령에게 이런 장밋빛 기대를 고조시키는 데 앞장서지 말라고 요구했었다.

김 대통령은 6월 13일 평양을 방문해 백화원 영빈관에서 김정일과 마주 앉아 역사적인 남북 정상회담이 이루어졌다. 그리고 두 사람은 6월 14일 '6·15 남북 공동선언문'에 서명해 발표했다.

이 공동 선언문은 5개항으로 되어 있는데 이 가운데는 걱정스러운 대목이 몇 군데 눈에 띄었다. 우선 1항은 '남과 북은 통일 문제를 그 주인인 우리 민족끼리 서로 힘을 합쳐 자주적으로 해결해 나가기로 했다'라고 되어 있는데 '자주적 해결'이란 부분이 문제였다. 그동안 북한이 사용해온 '자주'란 용어는 한·미·일 공조 배척, 주한미군 철수 등 외세배격을 의미하는 것인데 공동선언문의 '자주'도 같은 뜻인가 하는 점이다. 이에 대해 회담 당시 당사자들로부터는 아무런 설명이 없었고 김 대통령이 귀국 후 김정일로부터 주한미군 철수를 반대한다는 말을 들었다고 해명했을 뿐이다.

또 2항은 '남과 북은 나라의 통일을 위한 남측의 연합제 안과 북측의 낮은 단계의 연방제 안이 서로 공통점이 있다고 인정하고 앞으로 이 방향에서 통일을 지향시켜 나가기로 합의했다'고 되어 있는데 이 점도 문제였다. 우리 정부 차원의 통일 방안은 노태우 대통령 정부 때 발표된 것이 있고 그 후 김영삼 정부 때 이를 약간 수정해 발표한 것이 있다. 김대중 대통령은 야당시절 통일에 관한 견해를 밝힌 것이 있으나 집권한 후에 아직 공식적으로 정부차원의 통일 방안을 발표한 것이 없었다. 그러므로 대외적으로 대한민국의 통일 방안은 김영삼 정부 당시에 발표된 통일 방안으로 볼 수밖에 없는 것이다. 그런데 위 통일 방안에 규정된 '남북연합'은 남북이 각각 독립국가로서 서로 협력 체제를 갖는 '2국가, 2체제'가 그 골자이다.

그러나 북의 연방제, 즉 고려연방제는 연방제의 1국가 체제이며 '낮은 단계의 연방제'도 이런 1국가 체제로 가는 전 단계일 뿐이다. 그런데 어떻게 양자가 공통점이 있다고 말할 수 있는가? 또한 이렇게 기존의 통일 방안과 다른 내용이라면 국민적 합의가 필요한데 불쑥 북측과 합의를 해놓고 왔으니 그냥 넘어갈 문제가 아니었다. 이러한 문제들은 그 후 국회에서도 크게 논란이 되었다.

김대중 대통령은 남북 정상회담을 마치고 서울에 돌아와 "이제 한 반도에 전쟁은 없다"고 선언했다. 또 정부 관계자 중에서는 서방의 동유럽에 대한 유화정책 즉, '데탕트' 정책을 예로 들면서 북의 체제 는 앞으로 변화할 것이라는 낙관론을 폈다. 그러나 그뿐이었다. 그 후 에도 북은 핵무기 개발과 핵실험 그리고 탄도미사일 개발을 계속했 고 연평해전과 천안함 폭침, 그리고 연평도 포격 등 무력도발을 일삼 아 남북긴장을 오히려 고조시켰다. 김 대통령이 말하던 한반도의 평 화와 통일은 가물가물한 아지랑이가 되고 말았다. 지금 생각해보면 남북 정상회담을 왜 했는지 모를 지경이 된 것이다.

남은 것이라고는 김 대통령이 노벨평화상을 받은 것과 개성공단밖 에 없다. 그나마 개성공단도 그 후 폐쇄되고 말았다. 정령 김 대통령 은 이런 것을 위해 남북 정상회담을 했던가?

김 대통령이 귀국한 후 김 대통령의 제의로 6월 17일 청와대에서 여야 영수회담을 갖고 조찬을 함께했다. 그 자리에서 김 대통령은 회담의 내용을 설명했고 나는 이미 말한 여러 가지 문제점에 대해 묻고 걱정스러운 점을 솔직하게 말했다.

김 대통령의 설명은 이미 밝혀온 것과 별 차이가 없었다. 다만 김정일이 주한미군 철수를 반대한다고 하고 북의 노동당 규약의 대남 적화통일 노선도 수정할 수 있는 것으로 말했다고 한 부분은 처음 듣는 내용이었으나, 이런 김정일의 말을 어떻게 신뢰할 수 있는가?

나는 김 대통령이 김정일에 대하여 매우 호의적으로 이야기하는 것 같은 인상을 받았던 게 사실이다.

의약분업과 의료대란

정부는 그동안 논란이 많았던 의약분업 실시를 7월 1일부터 전국적으로 강행하기로 발표했다. 의약분업의 기본 취지는 '진료와 처방은 의사에게, 약조제와 판매는 약사에게'라고 말할 수 있다. 나 또한 의약분업은 선진국의 추세이고 우리나라도 장차 그 방향으로 갈 수밖에 없다고 생각했고 한나라당도 같은 생각이었다. 하지만 그동안 뿌리 깊이 정착되어온 의료시스템을 개혁하는 일은 결코 쉬운 일이 아니다.

우선 의사와 약사 사이에 처방과 조제의 범위를 놓고 극심한 대립과 갈등이 벌어졌다. 이것은 단순한 의료계와 약업계 간의 밥그릇 싸움으로만 볼 수는 없었다. 의사들은 불합리하고 비현실적인 의료보험 수가 등의 의료제도 개선이 선행되어야 한다는 입장이고, 약사들은

이회창
회고록

과다경쟁으로 생존이 위협받는 약국업계의 현실에서 의약분업을 돌파구로 보고 있어 양보할 수 없다고 맞서는 입장이었다. 물론 양쪽 다 국민건강을 위한다는 명분을 내걸고 있었다. 정말로 의약분업은 국민건강과 직결된 문제였다.

그런데 의약분업은 우리가 처음 가보는 길이어서 시행 과정에 어떤 문제가 생길지 정확히 추출하고 대응책을 세우기가 어려웠다. 그래서 한나라당은 의약분업의 방향에 대해 기본적으로 반대하지 않으나 다만 직할시와 도 중 몇 군데 표준지를 선정해 6개월 간 시범실시를 하고 거기에서 실제로 생기는 문제점을 추출해 이를 보완한 후 전면실시하자고 주장했다. 말하자면 표본검증(pilot test)을 해본 후 시행하자는 것이었다. 그러나 김 대통령은 이런 야당의 주장에 전혀 귀를 기울이지 않고 7월 1일부터 강행하겠다는 단호한 뜻을 밝혔다. 이에 대해 우리는 불만이었다.

의약분업은 김대중 정부가 추진한 야심찬 개혁 과제 중 하나였다. 그런데 대체로 집권한 정권은 초기에 개혁의 간판을 내걸고 이를 강행하려고 하며, 어떤 반대라도 제압하고 밀어붙이는 것이 성공하는 길이고 타협하거나 보완하는 것은 실패하는 것이라는 강박관념에 사로잡히기 쉽다. 김대중 정부도 의약분업의 7월 1일 전면실시에 집착한 나머지 의료계가 주장하는 의료체계 개선에 대해서는 성의 있고 실효적인 해법을 제시하지 않고 있었다.

그러자 먼저 동네 의원들의 집단 폐업이 시작되었고 이어 대학병원의 의사와 전공의의 진료거부, 특히 응급실 환자에 대한 진료거부로까지 확산되었다. 이에 긴급 투입된 의대교수 등도 장시간의 진료로 기진맥진이 되고 더 이상 투입 인력이 없어 응급실을 폐쇄할 수밖에 없는 비상상황에까지 이르렀다.

나는 국민건강을 위해 의료계의 진료거부 중단을 호소했지만 소용이 없었다. 6월 24일 토요일에 가톨릭대 여의도성모병원을 방문해 응급실 등 진료계의 상황을 직접 알아보았다. 이 병원을 택한 것은 이 병원의 병원장이 병원협회 회장을 겸하고 있기 때문이었다. 과중한 진료로 의사들은 모두 눈이 충혈되고 기진맥진한 모습이었다.

지금과 같은 의료수가 등 의료체계로는 의약분업은 의사들만 죽이는 제도에 지나지 않는다는 게 의사들의 주장이었다. 그 주장이 옳고 그르고 간에 우선 진료거부 사태만은 중단시켜야 하는데 의료계는 이번 기회가 아니면 영영 의료체계를 개선할 수 없다는 심정으로 필사적으로 똘똘 뭉쳐 있었다. 마치 그 모습이 마주 달려드는 기차를 보듯 위태로웠다.

가장 큰 피해자는 국민이었다. 아픈 사람들은 어디로 가야 하는가?

그런데 내가 병원 현장에 가서 느낀 것은 의사들도 극도로 지쳐 있어 정부가 약간 물러서 퇴로를 열어주면 당장의 충돌사태는 피하고 시간을 갖고 협상할 수 있을 것 같았다.

이 일을 할 수 있는 것은 김 대통령뿐이었다. 나는 내가 나서서 김 대통령을 만나 일단 진료거부라는 비상상황을 타개할 수 있도록 설득해 보기로 했다. 이 일에 나설 수 있는 사람은 현재로서는 야당 총재인 나밖에 없다고 생각했다. 나는 가톨릭대 여의도성모병원에서 당사에 돌아오자마자 토요일이지만 바로 총재비서실장에게 청와대에 의료계 파업과 관련해 대통령과의 면담을 요청하도록 지시했다. 청와대 남궁진 정무수석으로부터 오후 5시에 만나자는 회답이 와서 청와대로 향했다.

이런 일은 전례가 없었다. 상황이 긴박하기도 했지만 야당 총재가 아무런 사전 타진이나 협의도 없이 토요일에 긴급회담을 요청하고 대통령이 즉각 이를 받아들여 당일로 회담 일자를 잡아 만난 일은 앞으로도 보기 힘든 사례일 것이다. 급할 때는 격식에 얽매이지 않고 즉각 회담 일정을 잡아준 김 대통령의 결정을 나는 지금도 높이 평가한다.

나는 김 대통령에게 우선 야당이 주장해온 대로 일단 의약분업을 6개월 간 시범실시한 후 문제점을 보완해 전면 실시하는 것을 권고했다. 이것은 의료계가 즉각 휴업을 중단하고 복귀하는 명분이 되고 정부도 지금까지 제기된 여러 문제점에 대해 숙고하는 기회를 갖게 된다고 설득했다. 그러나 김 대통령은 완강했다. 예상한 대로 그는 의료인들이 국민건강을 볼모로 휴업하는 행동을 결코 용납할 수 없고 이한동 국무총리서리가 의약분업을 보완 개선하겠다고 약속했고 정부로서는 오랫동안 준비해왔던 만큼 더 이상 미룰 수 없다고 말했다.

답답했다. 나는 지금 일어나고 있는 문제는 의료계와 약업계의 밥그릇 싸움이라기보다 의료계가 그동안 제기해온 의료수가 등 의료체계개선 요구에 대해 정부가 그 개혁방안이나 개선책을 제시하지 못하고 성의없이 지연해온 데 대해 의료계의 불만이 폭발한 것이라고 말했다.

그리고 "지난 대선에서 김 대통령 자신도 의료보험수가 등 의료체계 개선을 공약하지 않았는가? 지금 의료계가 환자의 생명을 볼모로 하기 때문에 아무것도 들어줄 수 없다는 자세는 근본적인 의료계의 개혁을 묵살하는 것으로 분쟁 해결의 실마리를 찾기 어렵다"고 직설적으로 반론했다.

그러나 김 대통령이 고집을 꺾지 않는 한 강행실시를 놓고 "장군" "멍군" 해봐야 소용이 없었다. 그래서 나는 차선책으로 "국무총리서리가 발표한 개선안 중 약사법 개정 등을 약속한 부분은 이번 임시국회 회기 안에 처리함으로써 의료계로 하여금 정부가 이번만은 약속을 지킨다는 모습을 보여줘야 사태가 수습될 것이다"라고 말했다. 그제야 김 대통령도 실마리를 찾은 듯 안도하는 표정으로 나의 임시국회 회기 내 약사법 개정안 등 처리에 대해 자신도 똑같은 생각이라고 말하고 당정에 그렇게 하도록 조치하겠다고 대답했다.

이와 같이 김 대통령과 나 사이에 약사법 개정 처리 합의가 있은 다음날인 6월 25일 의사협회는 폐업철회 여부를 묻는 찬반투표를 실시했고 과반수가 폐업철회에 동의해 진료 복귀를 결정했다. 이로서 6일 간에 걸친 사생결단의 집단폐업으로 야기된 의료대란은 일단 가라앉았다.

그러나 이것은 당장의 진료거부 사태를 풀기 위한 해법이고 종국적 해결책이 아니었다. 그 후 임시국회에서의 약사법 개정 과정에는 곡절이 많았으나 6월말 보수가와 처방료, 조제료 등을 대폭 인상한 개정안이 본회의에서 통과되었다. 하지만 의료대란은 이것으로 막을 내린 것이 아니었다. 그 후 전공의와 의대 교수 등이 주축이 되어 약사법 재개정과 구속자 석방, 수배자 해제 등을 요구하는 제2차 의료대란이 뒤이어 일어났다.

최종적으로 복지부와 의료계, 약계 대표들이 11월 11일 의약정협의회를 갖고 대체조제 금지 등 12개 쟁점사항에 대해 일괄타결에 합의했다. 그 후 의료계와 약계의 추인을 받고 국회의 약사법 개정을 통해 마침내 의료대란은 막을 내렸다.

의약분업은 지금 생각해도 머리가 아프다.

보혁논쟁

앞에서도 말했듯이 한나라당에는 '국가보안법' 위반 피의자였던 사람, 검사로 그 피의자를 수사하고 기소했던 사람, 또 그 사건을 판사로 재판했던 사람 등, 이른바 다른 '진영'에 속했던 다양한 경력과 생각을 가진 사람들이 모여 있었다. 말하자면 스펙트럼이 넓은 정당이었다.

한나라당의 본류는 민정당, 민자당, 신한국당의 맥을 이어온 보수계의 다선중진 의원들로 영남출신이 다수를 점하고 있었다. 그런데 3당 합당으로 민주당 총재였던 김영삼 씨가 대통령이 된 뒤 15대총선에서 수도권 지역에 진보성향의 초선의원들이 여럿 당선되었고, 내가 총재가 된 뒤 16대 총선에서도 비보수계의 젊은 후보들이 다수 당선되었으며, 이들은 당내에서 소수지만 기성 보수계에 맞서는 진보성향의 개혁그룹을 형성했다.

나는 이들의 활동에 대해 긍정적인 시각을 가지고 있었다. 한 조직체 안에서는 일사불란하게 한 방향으로 몰고 나가는 단합이 필요할 때가 있지만, 또한 이에 못지않게 기성의 사고, 주류와 다수의 사고를 비판하고 도전하는 사고도 필요하다. 도전과 경쟁이 때로 당 지도부와 주류를 불편하게 하는 경우가 있지만 조직체를 활성화하고 새로운 사고를 만들어내며 발전시키는 동력이 된다는 게 평소 생각이었다.

그런데 16대 총선 후 진보성향의 소장파 의원 중에서 국가보안법 폐지 주장이 본격적으로 제기되기 시작했다. 특히 인천 출신의 안영근 의원은 ①국회 본회의장에서 여야의원의 기명공개투표에 의한 국보법 폐지 ②비전향 장기수 무조건 송환 ③한나라당과 북한 노동당의 대화채널 개설 등을 제안하고, 납북자들의 생사 확인을 위해 동료의원 서너 명과 함께 가까운 시일 안에 방북신청을 하겠다는 의견을 발표했다.

이것은 아무리 연소기예(年少氣銳)의 발랄한 발상이라 해도 지나친 행동이었고 보수계 의원들의 요란스러운 성토가 터져 나왔다. 나는 의원 연찬회를 열어 이번 기회에 당내의 보혁논쟁을 표면화시키고 끝장토론 방식으로 무엇이 당이 나갈 길인지 의원 각자가 깨닫게 하도록 당론토론을 갖기로 했다.

그래서 7월 3일 서울교육문화회관에서 대북, 통일정책에 관한 의원 연찬회를 열고 원내총무 대신 당총재인 내가 직접 사회를 맡았다. 보혁논쟁은 자칫 말꼬리 잡기로 말싸움만 하다가 끝나버릴 수 있으므로 내가 직접 사회를 맡아 이론적으로 토론을 정리하고 필요할 때 매듭을 짓겠다는 의도였다. 나는 연찬회를 열게 된 취지를 간단히 설명한 후 각자 희망에 따라 토론자를 지명하고 이에 대한 반론 희망자를 지명하는 방식으로 진행했다. 여기에서는 자세한 토론 내용과 토론자들의 이름은 밝히지 않겠다. 이날 연찬회는 공개적으로 진행되었으므로 언론에 그대로 보도되었다.

보수계의 의원들과 진보계 의원들 사이에 진지하면서도 치열한 공방이 벌어졌다. 그야말로 백화제방(百花齊放)이었다. 국가보안법 폐지와 북한 노동당과의 대화채널 개설 주장에 동의하는 의견은 그렇게 많아 보이지 않았지만 논쟁에서 서로 지지 않고 열변을 토했다.

대체로 토론이 끝난 뒤에 나는 사회자로서 그날의 토론 내용을 정리하면서 핵심 쟁점인 국보법 폐지와 북한 노동당과의 대화채널 개설 주장에 관해 의원들에게 찬반의견을 거수로 표시할 것을 요구했다. 그러자 진보계 의원들이 일제히 들고 일어나 총재가 당론을 의도적으로 몰아가려 한다면서 반발했고, 보수계 의원들이 고성으로 맞받아치는 등 약간의 소란이 벌어졌다.

그러나 거수 찬반 표시는 처음부터 내가 계획한 바였다. 보혁논쟁과 같은 주제는 활발한 논쟁은 좋지만 소수가 마치 다수의견인 것처럼 떠들고 다니면 외부에 당내에 이념과 정체성에 관해 큰 분란이 생긴 것처럼 비쳐진다. 이는 바람직하지 않다. 토론은 자유롭고 치열하게 하되 자신의 주장에 대한 허장성세(虛張聲勢)를 막기 위해 자신의 의견이 당내에서 어느 정도의 동조를 얻고 있는지 직접 보고 깨닫게 할 필요가 있다는 게 나의 생각이었다.

나는 단호하게 "지금 다수와 소수가 가려져서 다수의 논리가 오늘의 진리가 되더라도 소수가 뒷날 다수가 되면 그 논리가 진리가 된다. 이것이 민주주의이다. 그러므로 우리는 지금 어느 쪽이 다수 의견인지를 알아야 한다"라고 말했다. 그리고 진보계의 반대를 물리치고 거수로 찬반 표시를 해줄 것을 요구했다.

그러자 국보법 폐지에 대해서는 김부겸 의원만이, 대북 대화채널에 대해서는 서상섭 의원만이 손을 들었다. 이것은 놀라운 결과였다. 물론 찬반을 묻는 데 대한 반발로 찬반 표시에 참여 안 했다고 말할 사람이 있을지 모르지만 어찌되었든 그동안 그렇게 요란했던 진보계의 주장을 떳떳하게 표시한 사람은 겨우 한두 사람에 불과했던 것이다.

진보계 의원들의 불만은 컸다. 찬반 표시는 당론을 정하기 위한 표결이 아니라 의원들 간의 의견 차이를 의원들 스스로 확인하게 하기 위한 것이었지만 일부 언론에서는 '이상한 당론결정'이라느니 '우리나라 정당의 토론문화와 의사결정의 한계'라느니 하는 비판도 나왔다.

이렇게 보혁논쟁을 매듭지었지만 내 마음도 편치는 않았다. 젊은 의원들, 개혁그룹의 도전하는 정열과 패기만은 살려줘야 너무 기를 꺾어놓으면 당이 활력을 잃는다. 득보다 실이 커지는 것이다.

나는 연찬회가 끝나고 이틀 후 총재단 회의에서 공개적으로 "의원들의 명확한 의견을 물어보려 했을 뿐이고 젊은 의원들을 궁지에 몰아넣으려 한 것은 아니며 본의 아니게 파문이 확산된 것은 유감이다"라고 말했다. 그 후 어지럽던 보혁논쟁은 잦아들었다.

JP에 대한 나의 생각, 그리고 골프 회동

처음에 어떻게 골프회동 이야기가 나오기 시작했는지는 자세한 기억이 없다. 한나라당 총재비서실장, 대변인 등 총재 측근 인사들과 자민련의 김종호 의원 등 김종필 총재 측근 인사들 사이에 골프회동 이야기가 오가다가 7월 22일 골프회동을 갖기로 합의가 되었다.

이 기회에 김종필 총재와의 관계에 대해 내가 가지고 있던 생각을 밝혀 두는 것이 좋겠다. 사실 그동안 내가 김종필 총재를 우군화하지 못하고 김대중 대통령과의 연대를 이루게 만들어 1997년 대선에서 패배한 것에 대해 당 내외, 특히 언론에서 비판이 많았다. 비판자들은 그 원인을 나의 정치적 미숙이나 아마추어리즘 심지어 협량 즉, 속 좁은 탓으로 돌리기도 했다. 그리고 지금이라도 JP와 손잡는 것이 이득이라고 권하기도 했다.

특히 4·13 총선에서 김대중 대통령의 내각제 약속 파기로 김종필 총재가 '배신' 운운하면서 김 대통령과의 연대를 파기할 듯한 발언을 하자 이번이야말로 김종필 총재를 끌어들여 확실하게 국회 과반수 연대를 만들 호기라는 의견이 만만치 않게 나왔다. 그러나 내 생각은 달랐다. 이것은 나의 아마추어리즘이나 협량 따위의 문제가 아니었다.

어떻게든 내각제개헌을 표방해 충청권의 자민련 기반으로 권력 핵심에 진입하는 것이 1997년 DJP연대 당시의 김종필 총재의 집념이었다면, 지금은 17석의 자민련을 어떻게든 원내교섭단체로 만들어 3당 체제의 1각을 이루겠다는 것이 김종필 총재의 집념이라고 보았다.

만일 그의 소망대로 자민련이 교섭단체가 된다면 민주당, 한나라당과 더불어 원내 3당체제를 형성해 민주당과의 협상에서 힘을 얻게 되고, 한나라당과의 관계에서는 당내의 불만세력 또는 비주류세력을 유인하는 매우 귀찮은 존재가 될 수 있었다. 그야말로 정치 9단인 김종필 총재에게는 정치수단을 마음껏 발휘할 수 있는 꽃놀이패가 마련되는 것이다. 나는 교섭단체가 된 자민련은 결국 한나라당에 실이 될 지언정 득은 되지 않는다고 보았다.

젊은 시절의 김종필 총재는 풍운아였고 정열과 배짱 그리고 높은 문화적 감각까지 갖춘 매력적인 인물이었다. 그런데 최근의 3김 정치 구도에서 그는 상황에 따라 정치공학적으로 합종(合縱)과 연횡(連橫) 을 구사하는 정치인으로 비쳤다. 내각제를 고리로 DJ와 연합을 맺었 다가 DJ가 내각제 약속을 파기하자 한때 DJP연합 포기를 선언했지 만 자민련의 교섭단체 구성을 위해 DJ의 의원 꿔주기식 도움이 필요 하자 다시 DJP연합을 복원하는 등 종잡을 수 없었다.

이것을 정치 고수의 신묘하고 현란한 정치기술이라고 말할지 모르 지만 아마추어라는 나의 눈에는 도무지 신뢰하기 어려운 상대로 비쳤 다. 이것은 당시 내가 본 정치인으로서의 김종필 총재에 대한 나의 인 상이므로 주관적일 수 있다. 하지만 정치인으로서의 그에 대한 이러 한 인식과 풍운아인 인간 김종필에 대한 나의 생각은 별개라는 것과 김 총재에 대한 개인적인 존경심은 변함없다는 것을 분명히 해둔다.

무엇보다도 3김 씨의 한 사람인 김종필 총재를 원내3당이라는 다 당제의 한축으로 만드는 것은 근본적으로 그동안 내가 꾸준히 주장 해온 3김 정치 청산에 역행하는 것이고 총선에서 현 국회구성을 만들 어준 국민의 뜻과도 맞지 않는다는 것이 확고한 생각이었다. 하지만 나는 이런 나의 JP관(觀)을 가급적 외부에 표출하지 않았다. 내 편견 일 수도 있으므로 이를 경계한 것이다.

뿐만 아니라 당내에서 김 총재와의 연대론을 주장하는 사람들도 그것이 한나라당에 유익하고 또 2002년의 대선에서 승리할 수 있는 길이라고 믿고 있었다. 그들의 믿음을 미리 꺾을 필요는 없었다. 이런 와중에 김종필 총재와의 골프회동 이야기가 나온 것이다.

나는 김 총재에 대해 어떠한 생각을 가지고 있든 그와의 골프회동까지 기피할 필요는 없다고 생각해 동의했다. 골프광으로 알려진 그와 골프를 치면서 그야말로 '허리띠를 풀고' 허심탄회하게 그와 상생 정치가 가능한지 알아볼 수 있다면 그것도 좋겠다고 생각했다. 그러나 교섭단체 문제는 일절 논의하지 않을 생각이었고 만일 말이 나오더라도 경청하는 정도로 끝낼 생각이었다.

7월 22일(토요일), 골프장에서 만나 골프 코스로 나가기 전 기자들 요청으로 기자들 앞에 앉아 덕담을 나눴다. 하지만 그날 비가 세차게 와서 결국 골프 코스로 나가지 못하고 나와 김종필 총재 그리고 수행 인사들이 골프장 식당에서 오찬을 함께 했다. 그런 후 그의 요청으로 그와 나는 따로 식탁 근처에 놓여있던 응접 소파에 앉아 이야기를 나눴다. 식탁에 앉아 있던 다른 일행이 충분히 볼 수 있는 가까운 거리였다.

그는 앉자마자 나에게 자민련이 비교섭단체로서 겪는 어려움을 호소하면서 국회법 개정에 한나라당이 동의해줄 것을 요청했다. 예상한 대로였다. 나는 김종필 총재의 이야기를 겸손한 자세로 다 들은 다음 그에게 "자민련의 어려운 사정은 잘 알겠다. 그러나 오늘은 어차피 비 때문에 골프를 못 쳤으니 다음에 기회를 갖기로 하고 그 얘기는 다음에 합시다"라고 말했다. "생각해보자"든가 "검토해 보겠다"는 말도 하지 않았다. 이런 말은 자칫 잘못 와전될 수도 있어 나는 의도적으로 말을 조심했던 것이다.

그리고 자리에서 일어나면서 쓸데없는 와전이나 오해를 피하기 위해 그에게 오늘 이 식당에서 나눈 대화에 대해서는 일절 공개하지 말자고 제의했고 그도 동의했다. 이상이 김종필 총재와의 골프회동 전말의 전부이다.

그런데 일요일 하루가 지난 월요일인 24일 전혀 상상하지도 못한 일이 벌어졌다. 이날 오후 국회운영 위원회에서 민주당이 느닷없이 원내 교섭단체 기준의석을 20석에서 10석으로 낮추는 국회법 개정안을 날치기로 통과시켜 버린 것이다. 민주당 소속인 정균환 운영위원장이 강행 처리하려다가 운영위 소속 한나라당 의원들에게 제지당하자 천정배 민주당 원내 수석부총무가 의사봉으로 손바닥을 쳐 통과를 선언했고 자민련은 행동대원 역할을 했다고 한다.

토요일에 만나 화기애애(?)하게 덕담을 나누고 교섭단체가 될 수 있도록 도와달라고 간청하더니 월요일에 느닷없이 교섭단체에 관한 국회법 개정안을 날치기로 강행 처리하다니, 뒤통수를 얻어맞은 기분이었다.

김종필 총재가 나와의 회동 때 민주당의 날치기 계획을 미리 알고 있었는지 또는 나와의 골프 회동을 들은 민주당이 JP와 나의 접근을 차단하기 위해 서둘러 강행 처리에 나선 것인지 나로서는 알 수 없다. 일부 언론에서는 김종필 총재가 나와의 회동으로 민주당을 자극해 국회법 개정 강행 처리에 나서게 한 묘수를 두었다고 평가했다. 김대중 대통령은 날치기의 오명을 얻었고 나는 성급하게 정권의 근간을 건드리다가 역공을 당했으며 김종필 총재만 바라는 것을 얻었다는 것이다.

그러나 나는 이런 것을 묘수로 보는 것이 못마땅했다. 만일 김 총재가 의도적으로 그렇게 한 것이라면 이것은 당장 눈앞의 이득에만 집착한 하수(下手)에 지나지 않는다. 나는 제안 설명과 찬반토론도 없이 손바닥치기로 통과시킨 날치기는 무효이고 끝까지 그 무효를 관철시켜 묘수가 아니라 눈앞의 이득에만 집착한 악수임을 보여주기로 결심했다. 날치기가 무효가 된다면 민주당은 헛수고만 하고 JP의 묘수는 '헛수'가 되고 말 것 아닌가.

한나라당은 당장 여당의 사과와 날치기 처리의 무효선언을 요구했다. 그러나 여당은 국회의 파행적 진행에 대해 사과할 수는 있으나 무효선언은 할 수 없다고 맞섰다. 게다가 본회의 처리로 강행하겠다고까지 나왔다. 참으로 뻔뻔스러운 여당이었다. 이런 '묘수'라는 꼼수를 부리고 날치기하면 끝나버리는 더러운 정치가 결코 성공할 수 없다는 것을 반드시 보여줘야 했다.

나는 긴급 기자회견을 열어 국민에게 음모정치의 추태를 알리기 위해 가능한 모든 수단을 동원할 것이며 장외투쟁도 불사하겠다고 선언했다. 그 선언대로 한나라당은 3개조로 나누어 본회의장에서 농성하고 이만섭 국회의장과 김종호 부의장의 날치기 사회를 막았다. 결국 국회는 운영위를 날치기 통과한 국회법 개정안을 처리하지 못했다. 자동 폐회되었고 이 바람에 추경예산안, 약사법, 정부조직법개정안, 금융지주회사법 등 다른 법안까지 처리하지 못했다. 우리는 이들 법안은 다음 임시국회 회기에 국회법 개정안과 분리해 처리할 생각이었다.

이런 와중에 여권에서는 또 엉뚱한 '밀약설'을 퍼뜨렸다. 내가 JP와 회동했을 때 따로 앉아 이야기하는 자리에서 국회법 개정에 동조하기로 밀약했다는 것이다. 나는 기가 찼다. 그야말로 '더러운 정치' '썩은 정치'의 한쪽 배역을 내가 맡은 꼴이 되었으니 분통이 터질 노릇이었다. 나는 그따위 밀약이란 없었고 있을 수도 없음을 분명히 했다. 다만 그날 김종필 총재와 나눈 구체적인 대화 내용은 비공개하기로 약속한 이상 공개하지 않는다는 원칙을 지켰다. 나는 정치에 들어온 후 비공개 약속은 꼭 지켰다. 김종필 총재는 밀약은 없었다고 말했다가 소속의원들과의 회동에서 "이 총재가 자민련의 교섭단체에 대해 당의를 모아 충분히 검토하겠다고 말했다"며 이상한 발언을 하기 시작했다. 말하자면 밀약설을 암시하는 것 같은 말을 한 것이다. 나는 정치 고수들을 경계해 일부러 '검토'라는 말도 피하는 등 극도로 말조심을 했는데도 김종필 총재가 대담 내용을 사실과 다르게 공개하는 것을 보고 그와 만난 것 자체를 후회했다.

그 후에도 민주당과 자민련은 계속 '밀약설'을 퍼뜨리고 다녔다.

나는 운영위의 국회법 개정안 처리가 무효화되지 않는 한 대화 정국은 있을 수 없다는 입장을 분명하게 밝히고 임시회기의 운영위와 예결위를 실력 저지했다. 당내에서는 일부 비주류 의원들의 비판이 있었지만 나는 단호했다. 이 문제에 관하여 일절 타협하지 않는다는 원칙을 확고히 했다.

민주당 서영훈 대표는 사과 기자회견을 준비했다가 취소하면서 "날치기에 대한 유감의 뜻을 표명하고 한나라당의 날치기 무효 요구를 받아들여 국회법 개정안을 15에서 18석으로 재개정하는 방안을 제시하려고 했지만 한나라당이 상임위조차 열지 못하게 하고 강경입장을 고수해 부득불 기자회견을 취소한다"고 해명했다.

민주당 내에서도 무리하게 자민련을 도와주기 위해 날치기 처리를 한 데 대해 불만이 팽배하던 중 강운태, 이강래, 정범구 세 의원이 단독국회를 반대한다면서 해외로 출국해 버리는 일이 벌어졌다. 여당 안에서 항명 사태가 벌어진 것이다. 이제 여당은 단독국회를 강행할 동력을 상실해 버렸다.

　승부를 가리자면 일단 한나라당이 이긴 셈이지만 여전히 불씨는 남아있는 데다가 현대사태와 의료대란 그리고 금융불안 등으로 국내 정치가 표류하고 있는데 김대중 대통령은 오로지 남북문제에만 집착하고 국정혼선을 바로잡지 못하고 있었다.

여당의 부정선거 은폐 의혹과 여야 영수회담

　이런 와중에 민주당 사무부총장인 윤철상 의원은 8월 25일 민주당 의원총회에서 선관위와 검찰의 4·13 총선 부정선거 조사에 여당 의원들에 대한 조사를 축소하도록 압력을 가한 사실을 시인하는 발언을 했다. 심지어 이러한 압력으로 "기소가 안 된 의원이 열 사람을 넘는다"는 말까지 했다.

　민주당에서는 선관위와 검찰 조사에 대한 의원들의 불만을 달래는 과정에서 실언한 것으로 사실과 다르다고 변명했지만 전혀 없는 사실을 말했다고는 누구도 믿을 수 없었다. 나는 8월 28일 기자회견을 열어 이러한 국가기강을 흔드는 일에 대해 국정조사와 특검으로 진실을 반드시 규명해야 한다고 주장했고 긴급의총을 열어 김대중 대통령에게 사과를 요구하고 강력대응하기로 결의했다.

당혹감에 빠진 민주당에서는 사태 수습을 위해 서영훈 대표와 당 3역이 사퇴의사를 표명했다. 하지만 윤철상 사무부총장의 발언이 사실이 아니라고 끝까지 고집했으며 김대중 대통령은 아무런 말이 없었다.

집권당의 당직자가 검찰에 조사 축소 압력을 넣은 사실을 공언한 만큼 무너진 국가기강을 보고도 이를 방관한다면 야당으로서의 존재가치가 없는 것이다. 우리는 장외투쟁을 해서라도 관권개입의 의혹을 밝히도록 압박하기로 했다. 한나라당 의원들은 8월 30일 서울역 광장에서부터 내가 선두에 서서 경찰저지선이 쳐진 청와대 어귀까지 도보로 행진하는 침묵시위를 벌였다.

여기에 또 박지원 문화관광부 장관이 관련된 한빛은행 불법대출사건이 터졌고, 야당은 이에 대해 국정조사를 요구하기로 했다. 이래저래 여당에 악재가 연거푸 터지고 있었다.

그러나 김대중 대통령은 강하게 반격하고 나섰다. 야당의 국정조사 요구를 일축하고 정기국회 파행에 대해서는 일방적인 강행 처리로 밀어붙이겠다는 뜻을 밝혔다. 또 민주당 자체의 쇄신론도 받아들이지 않고 서영훈 대표 이하 당3역을 모두 유임시켰다. 요컨대 야당의 장외투쟁압박에 굴복하지 않겠다는 뜻을 분명히 한 것이다.

한나라당은 9월 4일 인천 부평에서 현 정권의 국정 파탄 규탄대회를 열고 김대중 대통령과 집권당의 국정운영 혼선을 강하게 비판했다. 민주당도 김대중 대통령의 강경의지에 맞추어 한나라당이 명분 없는 장외투쟁으로 사회불안과 시민불편을 야기하고 있으며 이는 오로지 이회창 총재의 대권병, 대권 욕심 탓이라고 공격하고 나섰다. 그러나 언론은 대체로 이러한 김대중 대통령과 여당의 태도에 대해 매우 비판적이었다.

"정국을 이렇게 꼬이게 만든 1차적 원인 제공을 여당이 했다는 점에서 김 대통령의 강공책은 안이한 해법이다. 국회법 개정안의 날치기 처리, 선관위 실사개입 발언파문, 한빛은행 대출의혹 등은 모두 여권으로부터 불거져 나온 악재들이다"라고 지적했다.(《경향신문》, 2000. 9. 5, 사설)

또 "국회법 날치기와 선거부정 의혹은 민주주의의 기본에 관한 사안이며 한빛은행 사건과 같은 권력비리 의혹은 마땅히 규명해야 할 일이다. 이런 의혹들로 인해 악화된 시국을 어떻게 야당 총재의 대권병 탓으로 돌릴 수 있는가. 집권당의 이런 동맥경화적인 자세가 오히려 오늘의 정국파탄의 근본원인이다"라고 매섭게 질타했다.(《조선일보》, 2000. 9. 9, 사설)

그러는 사이에 9월 14일 북한 노동당 김용순 대남담당비서 일행이 서울을 방문해 신라호텔에 묵었다. 내가 다른 일로 신라호텔에 갔더니 호텔 본관 정문부터 엘리베이터 있는 데까지 국가원수급이 왔을 때나 쓰는 진홍색 양탄자가 깔려 있었다. 호텔 직원에게 "누가 왔는가?" 하고 물으니 북의 김용순 비서라는 것이다. 그야말로 격에 맞지 않는 과공(過恭)한 대우였다.

그런데 호텔 직원이 신라호텔 구내와 주변에 살포되어 있던 북측이 만든 것으로 보이는 나에 대한 비방 삐라 300여 장을 수거하고 그 일부를 나의 수행원에게 전해주었다. 그 삐라에는 "민심 거역하는 이회창 한나라당, 반북·반통일은 천벌을 받는다"는 문구와 함께 나와 김영삼 전 대통령이 '민심'이라는 불솥에 처형되는 장면을 컬러로 인쇄했다.

백주대낮에 북측 고위인사가 묵는 서울 한복판의 호텔에 북측 삐라가 살포되었는데도 호텔 측과 관할 경찰서는 처음에는 그런 사실이 없다고 부인했다가 우리 당이 항의하자 사실을 인정했다. 그 뒤 신라호텔만이 아니라 시내 곳곳에 살포된 것으로 밝혀졌다. 무엇보다도 북한과 관계된 일이라면 그저 쉬쉬하고 덮으려는 정부당국의 태도가 문제였다.

그러다가 9월 20일 한빛은행 부정대출 사건 관련 의혹으로 야당으로부터 국정조사와 특검요구를 받아왔던 박지원 문화관광부 장관이 사퇴했다. 한나라당 내에서는 9월 21일로 예정된 부산집회를 강행할지 말지를 놓고 찬반양론이 벌어졌지만 강행하기로 했다. 국회 등원과 정국정상화의 시점이 다가오는 게 느껴졌지만 나는 아직도 장외집회를 중단할 때가 아니라고 판단했다.

우리는 9월 21일 부산집회를 대규모로 성대하게 열어 정권 규탄을 했다. 당원들과 군중의 열기가 후끈 달아올라 정권의 부정선거비용 실사의혹과 한빛은행 부정대출의혹 등 실정을 질타했다. 여권에서는 이런 야당의 장외집회를 야당의 푸닥거리 정도로 애써 무시하는 태도를 취했지만 집회에서의 정권 비판 분위기는 그대로 지방민심으로 확산되기 때문에 여권으로서는 여간 부담스러운 일이 아닐 수 없었다. 당시에 장외집회는 야당이 가진 거의 유일한 대여압박 수단이었다.

그런 후 9월 25일 의원총회를 열어 향후 당의 진로에 관해 의원들의 의견을 물었다. 대다수의 의원들이 구체적인 여권의 반응이 있을 때까지 강경투쟁을 계속할 것을 주장했고 소수의 비주류 의원들은 등원론을 주장해 엇갈렸으나 총재에게 등원여부 결정을 일임했다.

우리는 9월 29일 다시 대구에서 수많은 군중이 운집한 후끈한 열기 속에서 정권 규탄대회를 열었다. 이것은 마지막 쐐기를 박는 장외집회였다. 그런 후 나는 정국정상화를 위한 여야 영수회담을 제의했고 또 한편으로는 총무회담을 갖고 등원 협상을 진행하도록 했다. 그동안 여야대치로 냉각되어버린 정국을 풀고 국회도 정상화해야 할 시기가 되었다고 생각한 것이다. 또 10월 20일 서울에서 아셈회의가 개최되는데 여야가 싸우고 있는 상태로 손님들을 대접할 수는 없는 노릇 아닌가. 우리는 야당이지만 나라 걱정도 해야 했다. 여야 영수회담은 파행정국을 정상화하는 데 가장 효과적인 방법이었으므로 제의했던 것이다.

청와대나 여당으로서는 불감청고소원(不敢請固所願)이었을 것이다. 바로 긍정적인 응답이 왔다. 총무회담은 물론 순조롭게 진행되지 못하고 중단되었다가 다시 이어지는 등 줄다리기를 했고 또 여권에서는 안기부 비자금의 신한국당 유입의혹을 들고 나와 야당을 압박하는 등 곡절이 많았다. 마침내 10월 5일 총무회담에서 3대 현안에 대한 타결이 이루어졌다.

정국파행의 주범인 원내교섭단체 구성요건에 관한 국회법 개정안은 법사위원회로부터 운영위원회로 환원하고 이번 회기 내에 심의하되 강행 처리도 물리적 저지도 하지 않기로 합의했다. 드디어 우리는 JP의 '묘수'라던 국회법 개정안 날치기 처리를 무효화시킨 것이다. (일단 우리는 정치 9단들의 꼼수를 막아냈지만 그들은 뒤에 말하듯이 또다시 의원 꿔주기라는 기상천외한 꼼수를 부려 끝내 자민련을 교섭단체로 만들어 주었다.)

그밖에 선거비용 실사개입 의혹에 대해서는 소관 상임위에서 하루씩 국정감사를 하고 한빛은행 부정대출 의혹 사건에 대해서는 검찰 수사 발표 후 국정조사와 필요하면 특검도 실시하기로 했다. 이때쯤부터 각 여론조사기관의 여론조사에서 예상되는 차기 대선후보 중 내가 선두주자로 부상하기 시작했다. 이인제 씨의 탈당과 신당 창당 그리고 총선 직전 민국당 창당으로 인한 탈당사건 등으로 곤두박질쳤던 지지도가 이제 겨우 제자리를 잡아가는 듯했다.

나와 김대중 대통령은 10월 9일 오찬을 겸한 여야 영수회담을 청와대에서 가졌다. 그동안의 정국 파행을 청산하고 정상화하는 계기로 삼기 위한 회담이었다. 시작부터 끝날 때까지 무려 세 시간이 걸린 최장시간의 회담이었다.

나는 남북관계와 남북 정상회담 내용, 북미관계, 경제, 국회법 개정문제, 한빛은행 사건, 의약분업 문제 등 정국파행의 원인 사유 외에도 폭넓게 국정전반의 문제점에 대해 조목조목 따져 물었고 김대중 대통령은 이에 대해 해명하고 또 때로는 사과도 하면서 긴 시간이 걸렸다.

그 내용에 대해서는 생략하고 결론적으로 김대중 대통령과 나는 여야 영수회담을 2개월에 한 번씩 정례화하고, 국회의 남북관계 특위와 4월 24일 합의한 여야정책 협의회를 가동하며, 앞으로 서로 신뢰를 갖고 상생과 대화의 정치를 해나가기로 합의했다.

다만 내가 남북 정상회담 내용과 관련해 "자유 민주주의를 훼손하거나 자유 민주주의를 담보로 훼손하는 것은 안 된다. 빠른 통일보다 바른 통일을 해야 한다. 북한의 연방제는 대남적화전략의 핵심이다"
고 말한 데 대해 김 대통령은 "민주주의를 훼손하지 않고 빠른 통일
보다 바른 통일로 가야 한다는 데 전적으로 공감한다. 북한의 미군철
수, 국보법 폐지 주장은 이미 철회했다. 진전 상황은 야당과 협의하도
록 하겠다. 어쩌면 국민투표를 거쳐야 할 상황이 생길 것이다"는 취
지로 답변했다.

여기에서 김대중 대통령이 '국민투표'를 언급한 것은 그 후 한나라
당과 언론에서 크게 문제가 되었다. 김 대통령이 '국민투표' 이야기를
꺼낸 속셈이 무엇인가. 깊은 뜻이 있는 것 아닌가 하는 것이었다. 하
지만 나는 당시 대담 분위기로 보아 김 대통령이 계획적으로 '국민투
표'를 언급했다기보다도 내가 남북회담에 비판적인 질문을 쏟아내니
까 국민투표로 국민의 의사를 물을 수도 있다는 정도로 언급한 것이
라고 보았다. 때문에 크게 문제시하지 않았다.

'국민투표' 소동은 그 후에도 계속되고 심지어 일부 언론에서는 이
를 문제 삼지 않은 나에 대해 확고한 대북관, 통일관이 없지 않느냐는
식의 비판도 제기됐으나 이에 관한 내 생각이 확고했기 때문에 일절
대꾸하지 않았다.

김대중 대통령의 노벨평화상 수상

10월 13일 김대중 대통령이 올해의 노벨평화상 수상자로 발표되
었다.

나는 청와대로 김 대통령에게 직접 전화를 걸어 "진심으로 축하한다"고 말했고 김 대통령은 "감사하다"고 답했다. 그의 노벨평화상 수상에 대해서는 이러쿵저러쿵 뒷말이 많은 것도 사실이지만 나는 개인적으로 수상하기까지의 그의 집념과 활동은 참으로 놀랍다는 생각을 가지고 있다.

이어 10월 20일 한국주최로 서울에서 아셈(ASEM)회의가 개최되었다. 김대중 대통령으로서는 개인적으로 노벨평화상 수상에 이어 세계 정상들과 어깨를 같이 하는 가장 자랑스러운 시기였을 것이다.

아셈 개막식에 앞서 나는 10월 19일 아셈회의 참석차 방한한 주룽지(朱鎔基) 중국 총리와 국회 귀빈실에서 만났다. 중국 측에서는 탕자쉬안(唐家璇) 외교부장, 우리 측에서는 김기배 사무총장이 배석했다.

나는 주 총리에게 "남북관계 진전에 중국의 공헌이 큰 것으로 안다"고 치하하고 "한중 우호가 두터워져 정치·경제 등 모든 분야에서 큰 발전이 있기를 기대한다"고 말했다. 주 총리는 "남북한의 자주와 평화통일을 지지한다"고 말하고 "한국경제도 빠르게 회복되고 중국경제도 아시아 금융위기를 벗어난 만큼 양국이 전면적 협력관계로 발전시킬 여건이 되어 있다"고 답했다. 그는 내가 1997년에 방중했을 때 경제담당 부총리로 있었고 그를 예방해 환담을 나눈 적이 있어 구면이었다.

정치권은 10월 9일 여야 영수회담 후 김 대통령의 노벨평화상 수상과 아셈회의 등이 이어져 모처럼 정쟁이 없는 정국이 유지되었으나 격돌의 지뢰는 도처에 깔려 있었다. 우선 남북관계에 관해 지난번 여야 영수회담에서 김대중 대통령의 해명을 들었지만 그의 해명을 다 수용한 것은 아니며 대북 정책이 과속하지 않도록 계속 챙겨볼 필요가 있었다.

또 하락세로 떨어지는 경제도 문제였다. 연말, 연초까지 많은 흑자 기업이 도산할 것이라는 우려가 퍼져 있었다.

언제 또 대치정국으로 치달을지 몰랐다.

'옷 로비 의혹 사건' 검찰총장 탄핵표결 무산

지난해 검찰이 고관부인 옷 로비 의혹 사건과 조폐공사 노조파업 유도 의혹 사건 등을 수사하는 과정에서 정치권력에 편향된 조사를 하여 정치검찰이란 여론의 지탄을 받았고 검찰내부에서 검사들의 반발도 있었음은 이미 말했다.

그런데 검찰은 검찰조사를 받던 신동아생명 최순영 회장의 부인 이형자 씨가 남편의 구명로비로 당시 검찰총장 부인 연정희 씨에게 밍크코트를 제공했다는 옷 로비 의혹에 대해, 연 씨가 코트를 외상 구입했다가 돌려준 것으로 이형자 씨의 실패한 로비라는 결론을 내렸다. 이는 검찰의 자기 식구 감싸기 수사가 명백해 비판이 거세게 일면서 결국 국정조사와 특검수사로까지 이어졌다.

그런데 검찰은 국정조사의 청문회에서 이형자 씨가 연 씨가 외상 구입한 옷값의 대납요구를 받았다고 진술한 데 대해 위증죄로 기소했다.

한편 특검은 검찰수사 결과와는 달리 연 씨가 반코트를 공짜로 구입해 입고 다녔으며, 이형자 씨는 옷 외상 구입 중간자인 배모 씨 등의 지나친 옷값 요구에 옷 로비를 포기했다고 검찰과 상반된 결론을 내렸고 국회는 연 씨 등 관련자를 위증죄로 고발했다. 이 사건을 담당한 서울지법 형사부는 11월 9일 이형자 씨에 대해 무죄, 연 씨 등에 대해서는 유죄의 판결을 선고했다.

결국 법원은 이 씨의 옷 로비가 자작극이라는 검찰 결론을 배척하고 이 씨가 옷 로비를 포기한 것이라는 특검 결론을 받아들인 것이다. 검찰이 검찰총수인 검찰총장 부인의 수뢰혐의를 감싸려다 크게 망신을 당한 것으로 언론도 특검완승, 검찰완패라고 표현했다. 이제 정치검찰은 물러나고 국민의 신뢰를 받는 검찰, 정의로운 검찰로 새로 태어나야 한다는 소리가 높았다.

나는 평소에 대법원의 독립성이나 검찰의 중립성 문제는 그 총수인 대법원장이나 검찰총장에게 달려있다고 믿는 사람이다. 제도가 아무리 잘되어 있어도 총수가 독립성이나 중립성에 대한 확고한 신념과 용기가 없는 사람이라면 그 제도는 공염불일 뿐이다. 반대로 총수 한 사람이라도 그런 신념과 용기가 있다면 바로 세울 수 있다.

예컨대, 검찰총장의 임기제는 검찰의 중립성을 보장하기 위한 한 가지 방편으로 제도화되었지만 실제로 얼마나 중립성이 지켜져 왔던가.

국민은 더 이상 정치검찰이란 오명을 듣지 않고 정의로운 검찰을 바로 세우는 신념과 용기를 가진 검찰총장을 보고 싶은 것이다. 그래서 한나라당은 옷 로비 의혹의 수사를 담당했던 박순용 검찰총장, 신승남 대검차장, 신광옥 대검중수부장 등에 대해 탄핵소추안을 제출했고 11월 17일 본회의 대정부질문 종료 후 표결 처리하기로 했다.

이회창
회고록

그런데 이만섭 국회의장이 이상한 행동을 했다. 표결 준비를 위한 정회를 선포하고서는 국회의장실로 돌아가 버렸는데 바로 민주당 의원들이 의장실에 가서 의장의 본회의장 재입장을 막아 표결 처리가 무산되고 만 것이다. 한나라당 소속 홍사덕 부의장이 사실상 사회권 행사가 불가능한 의장에게 사회권을 넘겨달라고 요구했지만 그는 끝까지 거부하고 18일 새벽 0시 50분경 의장공관으로 퇴근해버려 본회의는 결국 재개되지 못한 채 끝나고 말았다.

이날 밤 본회의장에는 한나라당 의원들 외에 자민련의 강창희 부총재 등 6명, 한국신당 김용환, 무소속 정몽준 의원 등이 출석해 의결 정족수를 충족했고 우리는 본회의장의 분위기도 탄핵소추가결 가능성이 크다고 보았던 것이다. 집권당이 스스로 집권당 소속 의장의 본회의 사회를 막아 표결처리를 무산시킨 전무후무한 일이 벌어졌고 이는 참으로 후안무치한 일이었다.

언론이 지적했듯이 김대중 대통령 자신이 자민련을 교섭단체로 만들기 위한 국회법 개정안의 강행 처리를 한나라당이 막았을 때 "국회는 국회법에 따라 다수결로 처리해야 한다"고 말하면서 한나라당을 비난하지 않았던가. 거의 모든 언론이 여권을 비판했는데 특히 일부 언론(〈조선일보〉, 2000. 11. 20, 사설)은 이만섭 의장의 '괴이한 행태'를 꼬집었다. 그가 무슨 연고로 탄핵안의 상정을 미루고 정회부터 선언했으며, 의장실로 후퇴해 손쉽게 여당 의원의 인질(?)로 잡혀 주었고, 국회법을 어기고 사회권을 넘겨 달라는 야당부의장의 요구를 거부했는지 대답해야 한다고 신랄하게 비판했다.

한나라당은 격앙했다. 우리는 탄핵소추안 표결의 무산을 민주당과 국회의장의 정치사기극으로 규정했다. 그리고 검찰수뇌부 사퇴, 이만섭 의장 사퇴를 요구하고 국회일정을 거부하기로 했다. 결국 정국은 또다시 파행으로 치닫게 된 것이다.

그러나 나의 마음은 무거웠다. 지난달에 여야 영수회담으로 정국을 정상화시켰는데 한 달 좀 지나 다시 파국을 맞으니 누구 책임인가를 묻기 전에 나 스스로 부끄러운 생각이 들었다. 그리고 김대중 대통령을 이해할 수 없다는 생각을 지울 수 없었다. 여권에 악재가 겹쳐 어려운 처지임은 알지만 정치 고수라면 때로 자기 살을 베면서 야당과 타협도 하는 고단수 정치를 할 만한데, 김대중 대통령은 그런 모습을 보이지 않았다. 야당을 이끌던 투사 시절과 별 차이가 없어 보였다.

무엇보다도 지금 당장 경제회생을 위해 공적자금 투입이 필요하고 공적자금 조성을 위한 국회동의안이 국회에 제출되어 있었다. 한나라당은 남북관계와 김대중 대통령의 대북 정책에 대해서는 엄격히 따지고 견제하지만 경제와 민생문제에 대해서는 필요한 일은 초당적으로 협력한다는 입장이었다. 그래서 공적자금에 관해서도 공적자금 부실 운영을 방지하기 위한 공적자금 관리 특별법안을 내놓았고 정부가 제출한 공적자금 조성 동의안에 대해서도 조속한 시일 내에 처리해줄 생각이었다. 이러는 와중에 검찰총장 등 탄핵소추안 표결처리 무산으로 국회가 공전되니 답답한 마음이 들었다.

국회의 표결처리를 무산시킨 여권의 소행은 괘씸했지만 환율급등, 주가폭락, 한전을 비롯한 근로자파업 등 경제상황이 악화되고, 국정 혼란이 가중되고 있는 이때 국회를 팽개치는 것은 야당으로서도 할 일이 아니라는 생각이 들었다. 나는 고민 끝에 다시 한 번 총재결단으로 국회 등원 결정을 하기로 했다. 탄핵소추안 표결 처리 무산에 대한 분노가 당내에 팽배해 있는 만큼 내가 강경투쟁의 키를 국회정상화로 틀면 반발이 있을 수 있겠지만 총재로서 해야 할 일은 해야 했다. 나는 11월 24일 특별기자회견을 열고 한나라당의 조건 없는 국회정상화를 선언했다.

나는 "국회표결 처리를 무산시킨 여당의 소행은 용서할 수 없는 반민주적, 반의회적 폭거였지만, 지금 이 나라와 국민이 처한 형편이 너무도 절박하다. 그런데도 김 대통령은 뒷짐만 진채 침묵만 하고 있으니 이런 위기에서 이제 한나라당은 국정을 포기한 정권을 상대하지 않고 국민을 바라보며 제1당의 본분을 다하고자 한다"라고 밝혔다.

여야는 12월 1일 40조 원 규모의 추가공적자금 조성 동의안과 공적자금관리 특별법안 제정에 합의했다. 또 공적자금 사용에 대한 국정조사를 실시하기로 했는데 국정조사 대상은 1차로 투입된 공적자금 64조 원에 회수분으로 투입된 18조원과 준(準)공적자금 27조 원을 합치면 109조 원에 달했다.

2

2001년도
"10·25 재보선의 완승, 집권 야당의 출현"

의원 꿔주기

2001년 새해가 밝았다. 나는 당초에 정당대표 신년사에서 국민에 대한 밝고 희망찬 새해 포부와 또 작년 연말에 여야 영수회담 얘기도 있었던 만큼 여야의 관계개선을 바라는 생각을 담고 싶었다.

그러나 2000년 마지막 날을 하루 앞둔 12월 30일에 민주당에서 자민련의 교섭단체 구성을 위해 의원 세 명을 꾸어주는 참으로 해괴한 일이 벌어졌다. 민주당의 배기선, 송영진, 송석찬 의원 세 명이 탈당해 자민련에 입당한 것이다. 국회법 개정안 날치기로 자민련을 원내 교섭단체로 만들어 주려던 시도가 실패하자 의원 꿔주기 수법을 동원한 것이다. 이런 의원 꿔주기는 우리 정치사에서 전무후무한 일로 정상적인 정치인이라면 도저히 상상할 수 없는 일이었다.

야당은 지난 4·13 총선이 보여준 민의는 여소야대 국회이고 자민

이회창
회고록

련의 교섭단체를 인정하지 않는 것이었다고 생각했다. 여당은 진정으로 민의를 존중하고 국민이 정한 이런 정치구도 속에서 화합과 상생의 정치를 펼 생각을 해야지, 이런 정치구도를 바꿔보려고 의원 꿔주기 같은 희한한 수단을 쓰는 것은 의원 빼가기와 같은 인위적 정계개편과 다름없었다. 그리고 정치인은 자신의 정치적 신념을 위해 정당을 선택하고 정치를 해야 하는데, 특정정당을 교섭단체로 만들어주기 위해 꿔주기를 한다는 것은 그 의원 당자들에게도 불명예스러운 일이 아닌가. 그래서 나의 신년인사에는 여권을 강하게 비판하는 목소리가 담길 수밖에 없었다.

언론은 대체로 의원 꿔주기를 비판했다. 이러한 의원 꿔주기에 대해서는 자민련 내에도 반발이 있었고 특히 강창희 부총재는 원내교섭단체 등록날인을 거부하면서 항거했다. 그러자 자민련은 당기 위원회에서 강 부총재를 제명해 버렸는데 이는 김종필 총재의 의지에 따른 것이었다. 강창희 부총재의 제명으로 부족하게 된 한자리에 민주당은 또 장재식 의원을 자민련에 입당시켜 그 자리를 채워주었다.

의원 꿔주기는 어떻게든 국회를 여대야소로 구성해 야당을 압박하려는 수단이었다. 자민련과의 DJP 공조를 재건하려는 김대중 대통령과 김종필 자민련 총재의 집념이 만들어낸 기기묘묘한 합작품이었다.

마지막 여야 영수회담

지난번 여야 영수회담(2000년 10월 9일)에서 회담을 2개월에 한 번씩 정례화하기로 합의했으므로 작년 말부터 청와대 쪽에서 여야 영수회담에 관한 얘기가 나왔는데 의원 꿔주기 사태가 벌어지자 당내에서는 회담 제의를 거부하자는 의견이 나왔다.

나도 처음에는 이런 판국에 무슨 대화인가 하는 생각이 들었지만 또 한편으로는 이런 때일수록 직접 만나서 의원 꿔주기 등 따질 것은 따지는 것이 옳겠다는 생각도 들어 숙고한 끝에 회담에 응하기로 했다.

나는 1월 4일 오후 2시부터 3시 30분까지 90분 간 김대중 대통령과 단독회담을 갖고 안기부 자금 유입문제, 의원 꿔주기, 경제난국 등 현안문제에 대해 의견을 나눴고 때로 날선 공방도 벌였다.

나는 의원 꿔주기를 지극히 비민주적인 기만극으로 보고 몹시 분노하고 있었다. 처음부터 이번 회담은 과거와 같이 정국을 정상화하고 상생정치를 촉구하는 식의 회담이 아니라 여권이 일으켜온 문제점에 대해 대통령에게 조목조목 직설로 추궁하고 대답을 듣는 기회로 삼기로 했다.

나는 먼저 김대중 대통령에게 "지금은 경제난국이고 민생위기이기 때문에 야당도 경제 살리기에 집중해 초당적 협력을 하겠다고 말해왔는데 대통령이 의원 꿔주기와 같은 어처구니없는 일을 하고 개헌이니 정계개편이니 하는 얘기가 나오고 있으며 또 오늘 영수회담을 하루 앞두고 검찰이 안기부 자금 야당유입을 조사한다고 터트리고 나왔으니 이제 야당의 협조는 필요 없다는 것인가?" 하고 물었다.

이에 대해 김 대통령은 "앞으로 2년 간 야당과 협력 속에 국정을 운영하고 싶다. 이 총재는 나의 경쟁자가 아니다. 자민련과 공조하더라도 야당과의 협력은 필요하다"고 대답했다.

오늘 영수회담의 핵심 포인트는 의원 꿰주기이지만 경제 문제부터 먼저 꺼냈다. 나는 김 대통령에게 "지금 경제상황 특히 실물경제가 아주 안 좋은데 대통령이 제대로 인식하지 못하고 있는 것 같다. 거시지표가 괜찮다고 경제가 잘되고 있다고 생각한다면 매우 위험하다. 금융구조 조정만 해도 김 대통령은 작년 연말까지 완료한다고 약속하고도 이를 지키지 못해 국민과 시장의 신뢰가 떨어지고 있다"고 지적했다. 그리고 네 가지 경제정책 방향을 제시했다.

"첫째로 원칙이 흔들리지 않는 정공법으로 가야 한다. 지금 구조조정도 원칙이 흔들리고 약속을 함부로 했다가 지키지 못해 신뢰를 잃고 있다."

"둘째로, 지금 경기부양책 말이 나오는데 올바른 구조조정이 전제된 경기부양을 해야 한다. 올바른 구조조정이 없이 경기부양책만 쓰면 금년 말이나 내년에는 더 큰 경제 위기가 올 것이다."

"셋째로, 대통령이 전면에 나서서 정치적 책임을 지는 국정운영을 해야 한다. 관료들에게 책임을 미루고 관료들을 질책하는 식은 국민의 냉소만 받는다."

"넷째로, 총리를 바꾸고 전면개각을 단행하라. 자민련과 장관을 나눠 갖는 식의 개각으로는 국민의 신뢰를 얻을 수 없다. 실용적인 전략마인드를 가진 프로들을 등용해 경제를 맡기는 전면개각을 해야 한다"고 말했다.

그리고 이어서 정치에 관해 포문을 열었다. 나는 김대중 대통령에게 "경제가 어렵고 국민이 걱정하기 때문에 초당적 협력을 하겠다고 했는데 의원 꿰주기와 같은 정치행태를 할 수 있는가. 또 개헌, 정계

개편, 안기부 자금 유입, 정치사정 등이 회담 하루를 앞두고 나왔다. 이 무슨 행태인가. 의원 꿔주기에는 대통령의 가신도 포함되어 있는데 대통령이나 여당 대표 모두 몰랐다고 말한다. 지나가는 소도 웃을 일이다"고 다그쳤다.

그리고 "총선에서 여소야대를 만들어 주었으면 여소야대 안에서 정치를 해나가는 것이 민주주의이지 그게 어렵다고 여대야소 만들기 위해 자민련을 교섭단체 만들어서 껴안는다면 김 대통령의 민주화 투쟁 상대방이었던 이른바 독재정권이 여대야소에 집착했던 것과 무엇이 다른가?"하고 추궁했다.

또 안기부 자금 유입사건에 관해 "도대체 이 정권에서는 임기 내내 전 정권 파헤치기만 할 것인가. 작년에도 잠시 그 얘기가 나왔다가 슬며시 들어갔는데 이렇게 검찰을 시켜 야당을 압박하는 수단으로 써서는 안 된다. 전 정권의 도덕성을 탓하려면 먼저 김 대통령과 지금 이 정권이 과연 깨끗한가에 대해 물어야 한다"고 말했다. 그리고 정치에 관한 요구사항으로 다음과 같이 말했다.

"첫째로, 자민련에 간 세 사람을 백지화해 원대 복귀시켜라."

"둘째로, 이런 짓을 한 주역들은 국민에게 사과해야 한다."

"셋째로, 개헌 등 인위적 정계개편 시도를 포기하겠다고 선언해야 한다."

"넷째로, 전 정권에 대한 파헤치기나 정치보복 같은 수법으로 야당 흠집내기를 그만두어야 한다."

김대중 대통령은 먼저 경제사태가 심각하다는 것은 자신도 안다고 말하고 금융구조조정을 위해 작년 연말까지 최선을 다했는데 이제

가닥을 잡았다고 말했다. 또 경제에 대해 정공법으로 가라는 나의 말에 공감한다고 말하고 "구조조정을 등한시한 경기부양은 하지 않을 것이다. 나는 책임을 회피하지 않으며 수시로 지시도 하고 챙겨보고 있다. 금년 2월까지 4대 개혁을 마무리 짓겠다. 그리고 총리를 바꾸는 것은 참고로 하겠다"고 말했다.

다음에 정치에 관해 김대중 대통령은 "지난번 총선 민의는 여야 모두 과반수를 안 주고 자민련에게는 캐스팅보트를 주었는데 자민련과의 공조는 지난번 대선에서의 공약이고 국민이 인정한 것이다. 실질적인 정치 세력인 자민련을 교섭단체로 해주는 것은 당연한 것이다. 국회법에 따라 합법적으로 처리하려는 것을 한나라당이 물리력으로 막았기 때문에 이런 사태가 벌어졌다. 이 문제는 국회법대로 처리하지 않는 한나라당도 책임을 느껴야 한다", "솔직히 야당이 그동안 우리에게 제대로 협력했느냐. 야당과 협력해 정치를 풀어가려고 노력했지만 사사건건 발목잡고 예산통과도 지연시키고 그래서 결국은 고육직책으로 나온 것이다"라고 말했다.

안기부 자금 유입건에 대해서는 "아직 정식보고를 못 받았다. 그러나 안기부는 국가안보를 지키는 기관인데 국민세금에서 나오는 안기부 자금 중 1000억 원이 넘는 돈을 선거자금으로 썼다면 국가안전을 위태롭게 하는 문제다. 진실을 밝혀야 한다"고 말했다.

나는 대통령의 해명을 듣고 화가 났지만 참고 강하게 반론했다.

"대통령은 총선 민의를 잘못 읽고 있다. 총선 민의는 여당에게 제1당을 주지 않고 한나라당에게 주었다. 그리고 자민련에게는 17석밖에 안주어 교섭단체도 안 만들어 주었다. 이것은 민주당과 자민련의 공조를 불신임한 것이다. 대선 당시는 그 공조를 국민이 인정한 것인지 모르지만 지난 총선에서는 그 공조의 정치구도를 불신임한 것이다. 그렇다면 공조 구도를 끌어가기 위해 자민련을 교섭단체로 만들어줘야 한다는 것은 민의에 반한다. 김 대통령이 말한 민의와 정반대다"고 반박했다.

또 야당이 협력 안 했다고 말한 것에 대해 대통령이 인식을 바꿔야 한다고 말했다. 여야 간 대화 협력은 시간이 걸리고 쉬운 게 아니며 그게 바로 민주주의 아닌가.

"야당이 예산을 늦췄다는 말은 대통령께서 실정을 모르고 한 얘기 같다. 여야 정책위 의장 간의 정책협의체에서 예산의 기본방향에 관해 협의를 하게 되어 있는데 여당의 이해찬 정책위의장의 사퇴와 당 지도부 개편으로 시간이 걸린 것이다. 오히려 너무 늦지 않게 처리하기 위해 우리 당내 반발이 있었지만 내가 통과시키도록 지시했다"고 말했다.

또 국회법 개정을 한나라당이 물리력으로 막았다는 주장에 대해 "국회법 개정은 합의처리하기로 한 것인데 느닷없이 상정해 토론도 없이 사회자도 아닌 의원이 구석에서 손바닥을 치는 방식으로 날치기 처리를 하려고 했기 때문에 우리가 막은 것이다. 대통령께서 야당 총재 때 여당이 이런 짓을 하면 가만히 앉아서 박수치고 있었겠는가" 하고 반박했다.

또 안기부 유입자금에 관해 진실을 밝혀야 한다는 주장에 대해서는 "진실을 밝히는 것에 반대하는 것은 아니다. 진실을 밝혀라 그러나 왜 정치보복이나 야당탄압의 도구로 사용하는가. 작년에 이 말이

이회창
회고록

나왔을 때 슬그머니 바람만 피우고 덮더니 이번에 의원 꿔주기 문제가 나오면서 다시 터뜨리는데 왜 이렇게 하는가?"라고 말했다. 이밖에도 몇 가지 점에 관해 의견을 나눴으나 서로 평행선을 달릴 뿐 접점을 찾을 수 없었다.

그동안 여러 차례 여야 영수회담을 갖고 그때마다 접점을 찾아 공동성명을 내는 방식으로 막혔던 정국을 풀어왔는데 이번에는 달랐다. 나도 이번만큼은 적당히 넘어갈 수 없다고 생각했다. 나는 먼저 "이제 회담을 끝냅시다"라고 말하고 일어섰다. 언론이 표현한 대로 각자 할 말만 하고 끝났고 그동안의 여야 영수회담에서와 같은 합의문이나 공동발표문도 만들지 못했다. 이번 회담은 '결렬'된 것과 마찬가지였다. 매듭 없이 회담을 끝내는 뒷맛은 참으로 씁쓸했는데 김대중 대통령도 마찬가지였을 것이다. 아마도 앞으로 김대중 대통령과의 여야 단독 영수회담은 다시 갖기 어려울 것 같은 예감이 들었다.

안기부 자금 유용사건

2001년 1월 4일경 검찰이 김기섭 전 안기부 운영차장을 안기부 예산 총선자금지원 혐의로 구속한 사실이 언론에 보도되었다. (안기부의 명칭은 1999년 1월 22일자로 국정원으로 바뀌었으나 안기부 당시의 사건이므로 안기부로 표기한다.)

안기부 자금 유용사건을 검찰이 조사한다는 말은 이미 작년 후반부터 돌았으나 단순한 야당 겁주기로만 알았다. 내용은 김 차장이 안기부 예산을 불법 전용해 1996년 4월 11일 총선 때 940억 원을 경남 종금 서울지점의 신한국당 관리계좌에 선거자금으로 입금시켰고 또 그 전인 1995년 5월에도 6·27지방선거를 위해 안기부 관리계좌에서 217억 원을 당시 여당인 민자당 명의의 은행계좌에 입금시켰다는 것이다.

정국은 발칵 뒤집혔다. 특히 내용을 잘 모르고 허를 찔린 한나라당은 그야말로 폭격당한 분위기였다. 의원 꿔주기로 수세에 몰리던 정권과 여당은 일제히 야당과 나를 공격하고 나섰다. 민주당의 김중권 대표가 나서서 나를 직접 겨냥해 "1996년 총선 때 신한국당 선대위 의장이던 이 총재가 선거자금의 큰 흐름을 알고 있었을 것"이라고 몰아세웠다. 김대중 대통령도 1월 6일 저녁 청와대에서 민주당 국회의원과 지구당 위원장 등 260여 명과 만찬을 함께하는 자리에서 "안보를 지키고 공산당 간첩 잡으라는 예산을 선거에 쓴 것을 알면서 대통령이 어떻게 눈감을 수 있겠는가"라고 강하게 비난했다.

나는 이러한 여권의 반응을 보면서 안기부 자금 사건을 터뜨려 의원 꿔주기 사건을 덮고 야당을 역습해 여권이 어려워지던 정국을 여권 의도대로 반전시키는 속셈이구나 하고 느꼈다.

나는 이 문제가 터지자마자 당시 신한국당 사무총장이었던 강삼재 부총재를 불러 진상을 물었다. 그는 안기부 예산에 나온 돈인 것을 강력히 부인하고 그 돈은 김영삼 대통령으로부터 선거자금으로 직접 받아온 것인데 그분과의 의리상 밝힐 수 없으니 내가 안고 가겠다고 침통한 표정으로 말했다. 강 부총재는 젊지만 바르고 정직한 사람이어서 내가 평소 신뢰하던 사람이라 나 또한 마음이 아팠다.

이회창
회고록

내가 선대위의장이었으니 자금관계도 잘 알았을 것이라는 말은 선거 때 구성되는 선대위와 당 그리고 선대위의장의 역할과 위치를 아는 정치인이라면 할 수 없는 무지한 말이었다.

또 검찰이 관계자를 구속수사 하는 과정이고 아직 수사도 끝나지 않았는데 대통령이 이미 사실관계가 밝혀진 것처럼 "안보를 지키고 공산당 간첩 잡으라는 예산을 선거에 쓴 것을 알면서 어떻게 대통령이 눈감을 수 있겠는가"하고 말한 것은 그대로 지나칠 수 없는 대목이었다. 이것은 대통령이 검찰의 수사 방향과 결과를 미리 지시하는 것과 다름없고 권력분립과 법치주의의 민주국가에서 사법부의 판단이 나오기도 전에 대통령이 유죄를 단정하는 것과 다름없었다.

자민련도 민주당과 더불어 안기부 자금사건에 관해 언론의 표현을 빌려 그야말로 '융단 폭격'을 퍼부었다. 그러나 나는 무언가 김대중 정권의 조급증 같은 것이 느껴졌다. 언론들은 공조체제를 복원한 2김(金)이 1이(李)를 포위하는 전면전을 벌이는 것이라고 표현했다.

안기부 자금사건이 터지고 대통령의 '간첩 잡는 예산' 운운의 이야기가 나왔을 즈음, 언론인 출신인 한나라당 부총재 한 분이 급하게 나에게 면담을 요청해왔다. 그는 나에게 "큰일이 터졌다. 몇 사람 언론계 인사들의 의견을 들어 보았는데, 때를 놓치지 말고 내일이라도 당장 총재가 국민께 공개사과하고 한나라당 당사를 팔아서라도 받은 안기부 자금을 갚겠다고 약속하는 기자회견을 해 사태를 수습해야 한다"고 말했다.

나는 좀 어처구니가 없다는 생각이 들었다. 지금 그 돈이 안기부 예산인지 아닌지도 확실하지 않거니와 더구나 강삼재 전 총장의 말에 의하면 안기부가 아니라 김 전 대통령한테서 받았다는 것이므로 설령 돈의 출처가 안기부로 밝혀진다고 해도 당시 신한국당에 법적 책임이 있는지는 별개의 문제였다. 이런 상황에서 한나라당이 지레 사과하고 변상하겠다고 나서면 완전히 '간첩 잡는 예산'을 받아 선거에 쓴 부도덕한 정당으로 낙인찍힐 게 뻔했다. 국가가 한나라당의 변상 약속을 채무명의로 삼아 강제집행에 나서면 꼼짝할 수 없는 처지가 되고 만다. 이것은 기민한 사태 수습책이 아니라 오히려 당을 망칠 수도 있는 하책인 것이다.

나는 이런 이치를 그에게 설명하고 당장의 사태수습을 위해 그런 일은 할 수 없으니 앞으로 사과나 변상 이야기는 꺼내지 말라고 말했다.

때로 내가 이리저리 앞뒤 재느라고 결단이 늦어져 타이밍을 놓친다는 비판도 있었고, 정치판에서는 그때그때 타이밍을 놓치지 않고 적시타로 판을 바꾸는 결단이 필요하다는 충고를 하는 사람도 있었다. 물론 내가 타이밍을 놓친다고 보이는 경우가 없었던 것은 아니다. 하지만 나는 지금의 판세만을 볼 게 아니라 길게 무엇이 옳은 길인가를 보아야 한다고 항상 생각해왔기 때문에 당장 쏟아지는 비난이 아프더라도 진실이 밝혀지기까지는 맞을 수밖에 없다고 생각했다.

검찰 조사에서 강삼재 의원 외에도 구 여권의 핵심인사들의 이름이 언론에 오르내렸다. 동시에 당시 안기부 돈을 받았다는 신한국당 국회의원 후보들의 이름도 여권에서 흘러 나왔다. 그러자 언론(예컨대 〈동아일보〉, 2001. 1. 7, 사설)도 검찰의 수사내용이 여권에 전달되는 등 여권의 의원 꿰주기 악재를 희석시키기 위해 맞불을 놓은 것이 아니냐는 의심이 든다면서 검찰의 중립성을 문제 삼았다.

이회창
회고록

그러나 민주당은 이회창 총재가 몰랐을 리 없다고 계속 몰아붙이며 안기부 예산 유용을 전대미문의 범죄행위로 규정하고 나의 사과와 국고반납을 요구했다. 결국 그들의 최종 목표는 나였던 것이다. 일부 언론(예컨대 〈경향신문〉, 2001. 1. 7)은 지금의 상황은 일차적으로 수(數)의 우위를 확보하기 위한 권력게임이라고 규정하고 여권은 야당과의 협력노선을 배제하고 JP와의 연합을 통해 정국 주도권을 잡고 차기 정권을 재창출하겠다는 플랜을 분명히 한 셈이라고 보도했다.

여권은 큰 호재를 만난 듯 국회 본회의 때도 그야말로 신나게 야당을 두들겨 팼다. 안기부 자금을 선거자금으로 전용한 것은 국기(國基)를 뒤흔든 범죄 행위이므로 강삼재 부총재는 검찰에 출두하고 당시 선대위의장이었던 나는 사과해야 한다는 것이었다. 한나라당 의원들은 이 사건이 국면전환과 인위적 정계개편을 위한 음모라고 반박했다. 이 일은 김영삼 전 대통령 당시의 일이므로 김 전 대통령이 해명해야 할 터인데도 엉뚱하게 민주당과 한나라당의 싸움판이 되고 있다는 말이 나오기 시작했다.

나는 정국이 안기부 자금 사건의 수렁에 빠져 대치정국을 벗어나지 못하고 있는 것이 안타까웠다. 여권은 손해볼 일 없다는 듯이 야당 공격에 몰두하고 있지만 이전투구가 오래가면 양쪽 다 국민이 외면한다.

나는 정국의 해법으로 공정한 특검제 도입을 제시했다. 안기부 자금을 비롯한 정치자금의 전면적인 수사를 특검제에 맡겨 진실을 밝히도록 하고 정국을 정상화하자고 제의했다.

그런데 김영삼 전 대통령이 1월 18일 발매된 월간조선 2월호의 인터뷰에서 "문제된 선거자금은 92년 대선 잔금일 것"이라고 말했다가 바로 다음날 그런 발언을 한 일이 없다고 부인하는 해프닝이 있었다. 검찰은 22일 강삼재 의원을 불구속 기소했고 법무부는 한나라당을 상대로 안기부 돈 940억 원에 대한 손해배상 청구소송을 제기했다.

한나라당은 정권의 이런 야당탄압에 대한 분노와 좌절을 분출할 필요가 있었다. 우리는 의원·지구당위원장 연석회의를 열어 '의원 임대차 사기극과 얼토당토않은 안기부 자금 유입을 구실로 한 야당 탄압을 중지하라'고 규탄하고 잇달아 청와대 항의방문, 부산규탄대회, 국회 본회의장 항의농성 등 대여 성토에 전력을 다했다. 안기부 자금 사건이 법원으로 넘어감으로써 정국의 치열했던 대치국면은 한숨을 돌리게 되었는데, 언론은 이 상황에서 가장 큰 피해를 본 사람은 한나라당의 이회창 총재라고 보도했다.

그러면 진실은 무엇인가? 정말로 안기부 예산의 일부가 신한국당 선거자금으로 유입된 것인가? 당시 한나라당이 입수한 안기부 예산 관련 자료에 의하면 1995년 예산이 4920억 원이었다. 상세한 내용으로는 본예산 1670억 원, 예비비 3250억 원 중 인건비 56퍼센트, 기관 운영비 5~6퍼센트와 사업비 32.5퍼센트, 국가부담금 2.5퍼센트를 제외하면 안기부 예산은 선거자금으로 전용할 여력이 없었다.

결국 사건의 진실은 강삼재 의원에 대한 법원 판결에 의해 밝혀졌다.

검찰은 안기부 기획조정실장이었던 김기섭과 민자당(후 신한국당)사무총장이었던 강삼재 두 사람에 대해 특정범죄 가중처벌 등에 관한 법률위반죄(국고등 손실)로 기소하고 강삼재에 대해서는 예비적으로 특정 경제범죄 가중처벌 등에 관한 법률위반죄(증재)로 기소한 데 대해 서울고등법원은 2004년 7월 5일 국고 등 손실죄에 대해 무죄, 증재죄에 대해 벌금 1,000만 원을 선고했다. 국고등손실죄가 바로 안기부 자금 횡령이며, 증재 부분은 강삼재가 경남종합금융 서울지점장에게 신한국당 선거자금의 관리와 돈 심부름을 해준 데 대한 사례비를 지급한 것으로, 금융기관의 임직원에게 그 직무에 관해 금품을 제공한 것에 해당한다는 내용이었다.

서울고등법원은 안기부 자금횡령 부분에 대해 방대한 증거와 계좌 추적 자료 등을 꼼꼼히 검토했다. 그 결과 ①안기부의 1996년도 예산에서 기소횡령금액이 지출되었다면 당해 연도의 안기부의 각종 사업은 심각한 차질이 빚어졌을 터인데 당해년도의 예산 사업이 차질 없이 진행되었다. ②안기부 예산 중 당해년도에 사용되지 않고 남은 불용액이 횡령금액에 달한다고 볼 증거가 없고 오히려 크게 미달하는 상황이 인정된다고 판시한 다음, 그러면 신한국당에 전달된 자금이 어디에서 나왔는지 출처에 대해 강삼재 전 총장의 주장대로 당시 대통령이자 신한국당 총재이던 김영삼 전 대통령이 강삼재 전 총장에게 직접 건네준 것이고 강 총장은 그 출처를 알지 못했다고 인정하고 이 부분 공소사실에 대해 강 전 총장에게 무죄를 선고했다. 이 고등법원 판결은 상고심에서도 그대로 유지되어 확정되었다.

그렇지만 돌이켜 보면 2001년 1월 4일에 검찰이 이 사건을 터뜨린 후 대선이 끝난 뒤인 2004년 7월에 이르러서야 뒤늦게 그 진실이 밝혀졌다. 버스 지나간 뒤에 손 든 격이라고 말하는 이도 있었지만 어찌 되었든 한나라당이 그토록 반발하고 장외집회를 하면서까지 절규했던 진실이 밝혀진 것만도 다행한 일이라고 생각할 수밖에 없었다.

김대중 대통령과 여권이 쏟아부었던 "공산당 잡으라는 예산을 선거에 썼다"느니, "국기를 흔드는 중대 범죄이다"느니 하는 비난은 모두 근거 없는 것으로 들어난 셈인데, 여기에 대해 미안하다거나 유감이라는 말은 일언반구도 들어보지 못했다.

김대중 대통령의 방미와 나의 대북관

김대중 대통령은 미국을 방문해 3월 8일 미국 부시 대통령과 한미 정상회담을 갖고 공동성명을 발표했다.

첫째로, 부시 대통령은 한국정부의 포용정책에 대한 지지와 함께 남북문제 해결에 있어서 김대중 대통령의 주도적인 역할에 대한 지지를 표명했다.

둘째로, 양 정상은 1994년 제네바합의를 계속 유지한다는 공약을 재확인하고, 동합의의 성공적 이행을 위해 필요한 제반조치를 취하는 데 있어 북한이 동참할 것을 촉구했다. 셋째로, 양 정상은 세계안보 환경이 냉전 때와는 근본적으로 달라졌다는데 의견을 같이하고 대량 살상무기 및 운반수단의 위협에 대처하기 위해 적극적인 비확산 외교, 방어체제 및 여타 관련 조치를 포함하는 광범위한 전략이 필요하다는 데 의견을 같이했다. 넷째로, 양 정상은 양국의 통상현안을 협의해 나가기 위해 긴밀히 협력하기로 합의했다는 내용이다.

표면상으로는 한미 간에 이견이 없는 것처럼 보이지만 중요한 기본적인 문제에서 김대중 대통령과 부시 대통령 사이에는 중요한 의견 차이가 있음을 드러냈다. 김대중 대통령은 6·15 남북접촉으로 북한이 변하고 있다고 강조한 데 대해, 부시 대통령은 미사일 등 대량살상무기 문제가 투명하게 해소되고 또 그것이 검증되지 않는 한 북한을 신뢰할 수 없다는 견해를 보였던 것이다.

이것은 미국이 김대중 대통령의 북한 변화론에 동의하지 않음으로써 앞으로의 대북협상·지원은 한미 공조 속에 투명성과 검증확보라는 조건이 충족되어야 한다는 점을 강조한 것으로 해석되었다. 김대중 대통령은 자신의 남북문제 및 대북 정책의 기조와 철학을 가지고 부시 대통령을 설득하려고 했지만 실패한 것이다.

근본적인 차이점은 북한의 김정일을 신뢰하느냐, 않느냐였다.

나는 김대중 대통령의 포용이라는 기본구상에는 반대하지 않는다. 그러나 지금 한반도는 내가 항상 주장해온 것처럼 대결과 공존, 전쟁과 평화라는 이중구조 또는 모순구조를 가지고 있다는 것을 잊어서는 안 된다. 우리는 북한과의 평화공존을 위해 대화하고 협상·지원을 하는 공존관계이면서, 다른 한편으로는 휴전선에 쌍방이 모두 백수십만 군대와 강력한 재래식 및 대량 살상무기 등으로 대치하고 있는 대결 관계에 있다. 이것은 평화와 전쟁의 이중구조다. 이것은 모순으로 보이지만 우리는 이런 모순된 이중구조를 현실로 수용하고 평화공존이라는 포용정책을 추진하되 대결구조에서는 빈틈없는 전쟁 및 무력도발 억지능력을 가지고 대비해야 한다.

이러한 이중구조에서 가장 경계해야 할 일은 평화구조 속에서 평화의 환상에 사로잡힌 나머지 대결구조의 존재나 중요성을 잊어버리거나 소홀히 하는 일이다. 진정한 평화는 대결구조가 군비축소 등 군사적 긴장완화로 변화함에 따라 찾아오게 될 것이다. 이런 면에서 김대중 대통령이 김정일과의 대화가 시작되고 몇 가지 남북교류와 협상이 진행되는 것만으로 북한이 변화하고 있다고 본 것은 북한과의 대결구조라는 이중구조를 무시하거나 일부러 외면하고 있는 것이다.

북한이 핵무기와 미사일 등 대량 살상무기 개발에 박차를 가하고 있고 6·15 남북 정상회담 이후에도 무장간첩선을 남파하고 서해에서 교전상태를 촉발하고 있는데 어떻게 북한이 변했다고 말할 수 있는가.

김대중 대통령은 6·15 남북 정상회담으로 남북정상 간 소통의 길을 열었다. 그러나 나는 이중구조를 무시한 일방적인 대북지원 형식의 포용정책은 북한의 변화를 유도할 수 없다고 여겼고, 때문에 포용정책은 북한의 변화 즉 개혁개방과 연계시키는 상호주의의 원칙을 지켜야 한다고 강조했던 것이다.

나는 3월 12일 한나라당 총재단 회의를 통해 김대중 대통령에 대해 대북 정책의 전면적인 수정을 요구했다.

나는 한미정상회담의 결과를 분석한 후 북한이 변화하고 있다는 김대중 대통령의 대북관의 수정과 햇볕정책의 기조를 상호주의로의 전환, 투명성 및 검증의 원칙도입, 말이 아닌 행동이 따르는 군사위협 감소 및 대북 정책의 비밀주의 폐기 등을 요구했다. 예컨대, 말이 아닌 행동이 따르는 군사위협 해소는 군사적 신뢰구축 조치와 함께 북이 전진 배치한 군사력과 미사일 700기 등의 감축 및 후방 이동과 같은 실질적 위협 감소조치가 있어야 한다고 주장했다.

예상한 대로 민주당은 반격에 나섰다. 민주당 대변인은 "몇 가지 한미 간 시각차를 가지고 대북 정책 전반을 재검토하라는 주장은 부당하다"고 주장했다. 심지어 "아직 정리되지 않은 미국의 대북 정책에 대해 자신들과 생각이 같다는 반응을 보이는 것은 어느 정부의 국익을 논하는 것인지 의문을 갖게 하는 자세"라면서 "한나라당은 민족의 정통성을 회복하라"고 까지 비판했다.

이런 비판은 핵심을 벗어난 것이었다. 문제는 북한이 변했는지의 여부이고, 김대중 대통령이 변했다고 말한 데 대해 나는 틀렸다고 말한 것이다. 지금 돌이켜 생각해보면 남북관계에 관한 역사인식의 차이가 너무나 컸다.

그 후 북한이 어떻게 변했는가? 김대중 대통령이 공언한 것과 반대로 오히려 나쁜 쪽으로 변해 이제는 수소폭탄을 제조하고 핵탄두를 적재한 대륙 간 탄도미사일을 개발해 미국 본토까지 폭격할 수 있다면서 한국쯤은 언제라도 쑥대밭으로 만들 수 있다고 큰소리치는 상황이 되어버렸다.

내가 그동안 몇 차례 말한 우려대로 한반도에 재앙이 닥치고 있는 것이다.

이런 상황이 이미 예견되는데도 북한이 햇볕정책으로 변하고 있다고 강변한 김대중 대통령이나 민주당은 자신들의 희망을 현실의 역사로 착각한 것이라고 할 수밖에 없다. 현실이 이런데도 아직도 김대중 대통령의 대북 정책이 옳은 것이었다고 믿고 있는 사람들의 인식 수준을 나는 이해할 수 없다.

정권의 권력 누수 조짐

금년 들어 그야말로 기상천외한 의원 꿔주기라는 3김식 정치수단
이 등장해 정국을 파국으로 치닫게 한 것은 여권에게 악재였다.

게다가 회심의 반격이라고 퍼뜨린 안기부 자금사건은 언론에서도
의원 꿔주기 사건을 덮기 위한 것이 아니냐는 의심의 눈초리를 받았
고 신한국당에 전달된 자금이 간첩 잡는 안기부 예산이라는 김대중
대통령과 여권의 주장은 뒷날 전혀 근거 없는 것으로 고등법원 및 대
법원 판결에 의해 밝혀졌지만 이즈음에도 근거가 박약하고 설득력이
없었다.

그러자 김대중 대통령과 여당은 '강한 정부', '강한 여당론'을 내세
우며 인위적 정계개편과 개헌론까지도 흘렸다.

그러면서 언론개혁이란 이름으로 언론사에 대한 세무조사에 들어
갔는데 국세청은 23개 중앙 언론사에 대해 7년만의 세무조사에 착
수했고 공정거래 위원회는 언론계의 불공정 거래행위에 대한 조사에
착수했다.

여권은 합법적인 조사이고 언론탄압이 아니라고 강변했지만 특히
강도 높게 조사받은 〈조선일보〉, 〈동아일보〉, 〈중앙일보〉 등의 주요
일간지들은 평소 김대중 정부의 대북 정책과 경제정책 들에 대해 매
우 비판적이었기 때문에 자신들을 견제하기 위한 조치의 언론탄압이
라고 항변했다. 나와 한나라당도 동감이었다.

나는 2월 6일 국회교섭단체 대표연설에서 "세무조사가 아무리 합
법적이라고 해도 그것이 정당치 않은 목적, 즉 언론을 제압하기 위한

목적으로 사용될 때는 그 정당성을 부인하는 것이 법치주의의 원칙이다. 그런데 김대중 정권은 언론개혁이란 이름을 빌려 실제로는 그 언론을 위축시키고 제압하려 하고 있다"고 규탄했다. 또 "언론의 자유는 정치권력으로부터의 자유가 그 핵심이며, 권력에 대한 언론의 비판과 감시 기능이 죽은 사회는 바로 전체주의가 지배하는 독재국가에 다름 아니다"고 강조했다. 그리고 끝으로 18세기 프랑스 사상가 볼테르(Voltaire)는 "당신의 말에 동의하지 않지만 당신이 그렇게 말할 권리는 죽을 때까지 보호할 것이다"라고 말한 반면, 러시아의 공산주의 혁명가 레닌(Vladmir Lenin)은 "언론의 자유를 떠드는 자는 사회주의를 향한 일에 방해가 될 뿐이다"라고 말한 것을 대비해 인용했다.

언론계에서는 〈한겨레신문〉, 〈대한매일신문〉 및 방송매체 등 그리고 언론개혁시민연대 등 시민단체들이 적극적으로 정부의 언론개혁을 지지하고 나서 조선·중앙·동아 등 족벌언론의 탈법제재를 강조하는 등 찬반대립이 극명했다.

야당인 한나라당은 적극적으로 반대편에 섰다. 이것은 신문사의 탈세 등 탈법행위를 보호하자는 것이 아니라 탈세조사를 명분으로 한 언론탄압의 위험성이 더 크다고 보았고 언론의 자유, 표현의 자유는 민주주의의 필수적 요소이며 이를 지키는 일은 야당의 본령이라고 보았다.

이러한 언론에 대한 세무조사는 일부 좌파 매체나 시민단체들에게는 속 시원한 일이었는지는 모르지만 합리적인 시각을 가진 일반 국민들로서는 '강한 여당', '강한 정부'를 내세운 정부의 강권행사에 거부감을 느끼는 사람이 많았던 것 같다. 이즈음의 〈한겨레신문〉 여론조사에 의하면 1월부터 김대중 대통령의 국정운영 지지도가 계속 하락해왔다. 이것은 정초부터 시작된 의원 꿰주기 등 일련의 여권 행태에 대한 국민의 부정적 정서가 반영된 것이라고 생각되었다.

마침내 4월 26일에 치러진 7개 기초단체장 재보선에서 공동여당은 자민련 후보를 낸 논산시장 한곳만 건졌을 뿐 나머지에서 전패했고 한나라당은 수도권을 포함해 크게 이겼다. 이것은 기초단체장 선거에 불과하지만 민심의 향방을 가늠하기에 충분했다. 김대중 정권의 권력 누수가 피부로 느껴지기 시작한 것이다. 여권은 충격을 감추지 못했고 정부와 여당에 대한 국민의 불신과 위기감을 느끼기 시작한 것 같았다.

연초부터 안기부 자금사건 등으로 여권의 맹공을 받았던 한나라당은 그 위기를 헤쳐 나오면서 당이 결속되고 나에 대한 지지도가 상승되는 반사이익을 얻었다. 언론은 안기부 자금사건의 최대 피해자는 이회창 총재라고 보도한 일이 있었지만 결과는 반대의 상황으로 전개된 것이다.

김대중 대통령은 이런 위기를 헤쳐 나가기 위해 전면개각을 단행하고 자민련, 민국당과의 3당 정책연합으로 야당을 포위하는 역공으로 나왔다.

김 대통령은 3월 26일 장관급 12명을 교체하는 대폭 개각을 단행했는데 이중에서 산업자원부 장관, 건설교통부 장관, 해양수산부 장관 등 세 자리를 자민련에 할애하고 외교통상부 장관에 민국당의 한승수 의원을 임명해 3당 연합체제를 만들었다. 이로써 3당은 국회에서 재적 과반인 137석을 얻게 되어 133석인 한나라당을 포위, 제압할 수 있게 된 것이다.

그러나 이러한 전면개각에 대해 여론과 언론은 매우 냉소적이고 비판적이었다. 일부 언론(예컨대 〈조선일보〉, 2001. 3. 27, 사설)은 국민은 쇄신을 바라는데 이번 개각은 국민의 기대에 크게 못 미치는 '바둑알의 자리바꿈'이고 어떠한 쇄신의 분위기나 국민에 대한 미안함을 느낄 수 없으며, 타당과의 정책적 연합을 위한 장관 자리 꿔주기와 전문성이 요구되는 자리에 정치인을 포진시킨 '정치개각'으로 개각이 아니라 개악이라고 혹평했다.

내가 보기에 김대중 정권은 사태수습을 위해 계속 강수를 두고 또 김종필 총재와 연대를 유지하고자 무리수를 두면서 점점 권력 누수의 수렁에 빠져들고 있었다. 일부 언론(예컨대 〈동아일보〉, 2001. 1. 3, '횡설수설')이 지적한 대로 김대중 대통령은 김종필 총재의 '몽니정치'에 휘둘리고 있었으며 이것은 'DJP연대'의 값비싼 대가라고 여겨졌다.

민주당 내부에서도 비판론이 강하게 제기되었다. 5월 3일에 개최된 민주당 워크숍에서는 3당 연합에 따른 정체성 혼란과 인사의 적정성 유무 및 의원 꿔주기 등에 대해 의원들의 강한 불만과 비판이 쏟아진 것으로 보도되었다.

국가혁신 위원회 구성

나는 5월 9일 국가의 장기적 비전과 국가개혁 정책을 개발할 국가혁신 위원회를 구성하고 위원장은 당총재가 겸임하고 부위원장에 박관용, 이상득 의원을 임명했다. 언론에서는 대선용 선거대책 기구라 느니, 공약개발 기구라느니 추측이 돌았으나 나의 계획은 그보다 더 원대했다.

긴 안목으로 국가의 장래비전을 세우고 국가혁신 과제를 찾아 개발하는 일을 절대로 놓쳐서는 안 될 중요한 일이다.

이것은 1차적으로 국가 지도자인 대통령과 집권당이 할 일이지만 야당이라고 대통령과 여당에만 맡겨두고 손 놓고 구경만 하고 있을 일은 아니다. 야당은 정권을 감시견제하는 위치에서는 물론, 장차 국가운영을 준비하는 수권정당으로서 스스로 국가운영의 비전과 개혁 대안을 가지고 있어야 한다.

물론 정당은 당헌에 비전과 정강정책을 규정하고 있으나 추상적인 이상과 계획의 나열에 지나지 않는다. 수권을 눈앞에 둔 제1당이라면 당장 집권하더라도 국민 앞에 내놓을 수 있는 보다 구체적이고 실천적인 국가비전과 혁신안이 준비되어야 한다. 이것이 국가혁신 위원회를 출범시킨 동기였다.

그런데 나는 당초에 당내 기구이긴 하나 경륜과 인격을 갖춘 외부 인사를 위원장과 부위원장으로 영입해 국민과 호흡을 같이하는 기구로 만들고 싶어서 지금은 고인이 된 남덕우(南悳祐) 전 총리를 영입하고자 했다. 그러나 그는 끝내 고사했는데, 그 고사의 이유가 마음에 걸렸다. 그는 자신이 박근혜 부총재의 후원회장을 맡고 있기 때문에 다른 자리를 맡는 것은 적절치 않으니 양해해 달라는 것이었다. 그는 매우 성실하고 정직한 분이었다. 그의 말 뜻은 나의 부탁을 받고 그 자리를 맡으면 이회창을 돕는 게 되니 자신의 입장이 곤란하다는 뜻이었을 게다. 나는 나도 모르는 사이에 박근혜 부총재와 사이에 생긴 골을 새삼 깨닫고 또 박 부총재의 주변에 있는 박정희 정권 시절 인사들의 심리적 결속 같은 것이 느껴졌다. 지금 생각해보면 그즈음 이미 그들은 은연중에 박근혜 대통령 만들기의 연대의식 같은 것을 가지고 있었던 것 같다.

그래서 외부 인사를 영입해 쓸데없는 억측을 사는 것보다 내가 직접 위원장을 겸임하기로 했다. 당총재가 겸임함으로써 혁신위원회의 위상을 격상시키는 의미도 있었다. 국가혁신 위원회는 국가비전, 정치발전, 통일외교, 미래경쟁력, 민생복지, 교육발전, 문화예술 등 7개 분과위원회를 두고 해당 각 분야에 대한 분석과 연구 그리고 보고서 작성을 하기로 했다.

나는 국가혁신 위원회 제1차 전체회의에서 내가 생각하는 기본적인 방향을 이렇게 말했다.

우리는 굳건하게 보수의 기조를 견지할 것이며 대한민국의 기본이념과 가치를 훼손하려는 어떠한 도전에도 단호히 대처하며 자유 민주주의와 자유시장경제의 파수꾼의 역할도 다할 것이다.

그러나 우리가 추구하는 보수는 개방적이고 개혁적이며 공정하고 따뜻한 보수이다. 아직도 많은 문제를 안고 있는 대한민국의 민주주의와 시장경제를 꾸준한 개혁을 통해 완성시켜 나가야 한다.

개인의 경제·사회적 지위가 세습되고 극심한 빈부격차가 고착화되는 사회를 방치한다면 이는 수구에 지나지 않는다. 누구에게나 균등한 기회가 주어지되 결과의 차이는 인정하는 공정한 사회를 만드는 것이 개혁적 보수가 할 일이다.

지금의 생각도 그때와 크게 다르지 않지만 다만 마지막 항목의 "균등한 기회가 주어지되 결과의 차이를 인정하는 공정한 사회"라는 대목은 보완할 필요가 있다고 생각한다. 우리 사회는 사회양극화가 이미 고착화되어 있어서 균등한 기회를 주는 것만으로는 사회 격차를 줄일 수 없고 공정성을 확보하기 어려운 경우가 많다. 공동체 유지에 필수적인 사회 연대성을 확보하기 위해 기회 균등 외에 현격한 결과의 차이를 보완하는 배려의 정의가 또한 필요하다. 자세한 것은 앞서 '정의'에 관한 항목에서 말한 바 있다.

위원회의 활동은 한나라당을 정책정당으로 한 차원 높이는 데도 큰 역할을 했다. 5월 24일자 〈한겨레신문〉은 "정책경쟁 앞서가는 야당"이라는 제목으로 야당인 한나라당이 정책현안과 쟁점을 선점하면서 여야의 정책노선 경쟁을 주도하는 현상이 두드러지고 있다고 보도했다.

한나라당은 재벌옹호당이란 비판을 받으면서도 위축된 경제활성화를 위해 재벌의 투자와 사업규제를 완화한다는 일관된 입장에서 '재벌규제 완화책'을 제시했고, 또 위축된 부동산 거래와 침체된 건설경기 활성화를 위해 부동산 양도소득세 감면책을 제시했다. 여당은 곧 반개혁적이며 반서민적인 정체성을 들어낸 것이라는 상투적인 비판을 가했지만 정부는 기업 신규설립 및 투자에 대한 규제감면 폭을 넓히고 한나라당이 주장하는 건설경제 활성화 대책을 일부 수용했다.

힘의 균형의 변화, 국민대통합과 상생의 정치를 제시하다

모르는 사이에 정치의 분위기가 변하고 있었다. 지금까지 김대중 대통령과 여당은 나와 한나라당을 벼랑으로 몰며 목줄을 당기기에 여념이 없었고 우리는 살아남기 위해 그야말로 발버둥치며 항쟁하는 데 골몰했다.

그러나 어느 사이엔가 여권은 힘이 빠지기 시작했다. 이를 덮기 위해 전혀 근거 없는 나의 아버지의 친일파론을 퍼뜨리는 등 더욱 독설을 퍼붓고 언론사 세무조사를 강화했지만 여당 내부에서부터 불협화음이 나오고 있었다. 무엇보다도 경제와 민생이 매우 어려워지고 있었다. 경기불황이 장기화될 조짐이 보였고 중소기업은 퇴직금을 못 줄 정도로 어려운 상황이었다.

정부와 여당은 현재의 경제 위기가 미국·일본의 경기침체 등 대외 여건 악화 때문이라고 말했지만 이것은 매우 안이한 상황 인식이었다. 세계경제가 나빠지더라도 이에 대처하는 각 나라의 대응과 전략에 따라 아르헨티나와 같이 채무 불이행 위기에 빠지는 나라가 있는가 하면, 중국과 같이 연 8퍼센트의 고성장을 하는 나라도 생겨나지 않는가. 요컨대 국가 경쟁력에 달려있는 것이다.

국가 경쟁력 회복을 위해 정부는 경기 회복이 다소 늦어지더라도 착수한 구조조정을 제대로 했어야 하는데 성과를 과시하는 데 급급한 나머지 조급하게 IMF 외환위기에서 이미 벗어났다고 선언했으나 통화 증가율이 30퍼센트에 육박하고 공적자금은 방만하게 사용되는 등 우려스러운 일들이 벌어지고 있었다.

나는 7월 19일 지역경제인과의 조찬간담회에서 이 상황을 설명한 후 대안으로 대통령은 임기에 연연하지 않는 장기적 안목의 경제정책을 펼 것과 정책결정 과정에서 비판자들의 의견을 겸허히 수용하고 투명하게 처리하는 등 민주성과 투명성을 갖출 것과 이를 기반으로 구조조정을 일관성 있게 추진할 것을 요구했다. 하지만 정치권은 언론사 세무사찰문제로 이를 규탄하는 야당의 장외집회와 이에 맞불을 놓은 여당의 국정홍보 대회가 열리는 등 대립일변도로 치닫고 있었다.

나는 7월 29일부터 6일 간 여름휴가 기간에 일체 외부 일정을 잡지 않고 집에 칩거하면서 이 정국을 어떻게 풀어갈지 고민했다. 이제 한나라당은 여권의 칼끝으로 벼랑 끝에 몰려 살기 위해 발버둥쳐야 하는 처지가 아니다. 여권은 민주당과 자민련, 민국당 그리고 무소속과 합쳐 과반수를 이루고 있지만 공고한 연대라기보다도 사안에 따른 합종연횡 같은 성격의 것이어서 뒤에서 말하는 임동원 통일부 장관 해임 건의안 표결에서 보듯이 쉽게 깨질 수도 있었다. 반면에 한나라당은 133석으로 과반수는 아니지만 공고하게 뭉쳐있는 원내 제1당이며, 평소에는 당내에 주류다, 비주류다 하면서 시끄러운 소리가 날 때가 있고 또 젊은 개혁파들의 당쇄신 요구가 들끓을 때도 있지만 일단 유사시에는 똘똘 뭉치는 야당의 기개만은 사라지지 않았다.

나는 어렴풋이 여야 간 힘의 균형추가 야당 쪽에 기우는 듯한 변화

이회창
회고록

의 느낌을 감지하고 있었다. 물론 여권은 야당에 대한 칼끝을 거두지 않고 기회만 있으면 휘두르려 할 것이다. 그러나 우리는 이제 과거의 어느 야당도 경험하지 못한 거대 야당으로서의 새로운 길이 열려있다고 느꼈던 것이다. 뒤의 일이지만 10월 25일 재보선에서 우리는 완승하면서 136석의 야당이 되어 나의 이 예감은 현실화되었다.

나는 이제는 야당이 대결보다는 통합과 상생의 정치를 주도할 때가 왔다고 생각했다. 나는 6일 간의 휴가를 끝내고 8월 3일 당사에 복귀한 후 주요 당직자 회의에서 민생과 경제 그리고 국민대통합과 상생의 정치를 화두로 꺼냈다. 나는 "국민의 고통이 극심한데 여야 구분하지 말고 이를 치유하는 데 전력투구해야 한다. 비록 야당이 손해를 보더라도 야당의 협조로 인한 반사이익이 여당에 돌아가더라도 이에 개의치 말자"고 말했다. 그리고 구체적으로 ①여야 경제정책 협의회와 여·야·정 정책포럼의 즉각 가동 ②당내 민생특위 활성화 ③민생중심의 8월 임시국회 개회 등을 지시했다.

그러나 이것은 일단 민생과 경제에 관한 것으로 정경분리의 대응 가이드라인을 제시한 것이다. 나는 자유 민주주의와 인권, 시장경제의 원칙과 같은 것은 결코 양보할 수 없는 가치라는 것을 분명히 했다. 그리고 민생과 경제에 도움이 되기 위해 인내심을 갖고 정부·여당과 대화하겠지만 모든 게 좋은 게 좋다는 식은 아니며 언론탄압과 같은 헌법상 보장된 기본권에 관한 문제는 타협이 있을 수 없는 문제라는 것을 분명히 했다.

물론 당내에서는 불만의 소리도 나왔다. "지금은 오히려 싸울 때이지 야당 총재가 정쟁을 멈추자고 할 때가 아니다", "총재가 여론을 너무 의식하는 것 아니냐?", "벌써 대통령이 다 된 것처럼 대세론에 안주하는 것 아니냐?"는 등 반론도 나왔고 일부 언론에서는 일부 민주계 출신과 영남권 의원들은 이 총재의 해명에도 "뭐하는 야당이냐?"는 비난이 나온다는 불평이 있다고도 보도했다. 또 언론세무 사찰로 몰려있는 신문사에서는 야당이 언론탄압에 대한 투쟁을 타협·양보하지 않을까 우려했는지 당내 반론을 자세히 보도하고 나의 정경분리 대응 방침에 대해 찬성하지 않는 분위기였다.

그러나 나의 생각은 확고했다. 김대중 정권의 헌법상 보장된 언론의 자유에 대한 탄압이나 대한민국의 정체성을 위태롭게 하는 대북 정책의 방향 같은 것에는 어떠한 타협이나 양보도 있을 수 없었다. 하지만 경제와 민생 문제는 정쟁의 희생물로 삼아서는 안 되며 대통령과 집권당은 물론이거니와 야당도 협력과 상생의 길로 가는 게 정도라고 생각했다.

가장 심한 반론은 야당은 여권과 싸우고 견제하는 것이 본업이지 여권과 협력한다는 것은 야당이 아니라는 주장이었다. 야당은 싸워야한다는 논리는 3김 정치의 유산과 같은 것이다. 이는 군부독재 시대에 민주화라는 기치를 내세우고 투쟁했던 야당의 체질과 기억 속에서 유래된 것이라고 생각한다. 이제는 이를 극복하고 타협할 수 있는 가치와 타협할 수 없는 가치를 구분해 대화와 상생의 길을 모색하는 새로운 야당 상을 만들어야 할 때였다.

싸우기만 하는 야당에 대해서는 국민은 싫증을 낸다. 민주화 투쟁 시대와 달리 이제는 여야 간 갈등의 대치가 장기화되면 처음에는 시시비비를 가리던 언론도 나중에는 양비론으로 기울어 여야 간 갈등을 이전투구로 보게 되는 것이다.

나는 지금도 나의 정경분리의 가이드라인 제시가 시의적절했다고 생각한다. 그 후 우리는 10월 25일 재보선에서 완승함으로써 이를 확인했다.

싱가포르 리콴유 씨와의 대화

싱가포르는 참으로 희한한 나라다. 내가 방문한 2001년 8월 당시, 인구 400만이 조금 넘는 작은 도시국가이면서 매번 국가 경쟁력 조사에서는 1, 2위를 다투는 나라로 당시 1인당 국민소득이 2만 4,486달러로 선두 선진국 수준이었다.

그뿐 아니라 정치·외교에서도 유엔 내에서뿐만 아니라 ASEAN, APEC, ARF, ASEM 등 다자 협력체제에서도 주도적 역할을 담당했다. 한마디로 휘젓고 다녔다. 특히 리콴유 선임장관은 강대국의 어느 지도자 못지않은 경륜과 영향력을 발휘하면서 미국 방문시 미의회 연설에서 미국을 대놓고 비판하면서도 경청하지 않을 수 없게 만드는 강한 지도자의 모습을 보여주었다.

나는 싱가포르에 대해 관심이 많았다. 우선 국가 경쟁력의 바탕이 무엇인지, 또 싱가포르의 부패척결과 부정방지의 비결이 무엇인지 알고 싶었다. 나는 당시 싱가포르가 이 정도의 일을 해낸다면 우리도 얼마든지 해낼 수 있을 것이라고 생각했다. 이것은 대한민국이 싱가포르 같은 강소국이 되자는 것이 아니라 한국을 싱가포르 규모 정도의 여러 지역으로 나누어 각각 싱가포르 같은 강소국 수준으로 만들면 이들 지역을 합친 대한민국은 강대국이 될 수 있지 않을까 하는 생각이었다.

이 생각은 뒷날 뒤에서 말하는 강소국 연방제안으로 발전했지만 당시는 이런 구체적인 비전보다 막연한 기대였다.

싱가포르는 중국계, 인도계, 말레이계, 기타 등으로 구성된 다민족 국가로 싱가포르 사람들이 특별히 아시아에서 뛰어나게 우수한 종족이라고 볼 근거는 없었다. 다만 리콴유 씨의 탁월한 리더십이 이런 발전을 이룬 동력이 된 것만은 틀림없어 보였다. 그래서 싱가포르 방문의 주목적은 리콴유 씨를 만나 대화를 나누는 것이었다.

나는 8월 20일 싱가포르 고촉통 총리를 예방해 30분 간 면담한 후 바로 위층에 있는 리콴유 선임장관 사무실에 옮겨가 리콴유 씨와 약 50분 간 면담했다. 그는 그의 사무실에서 서성거리다가 내가 엘리베이터에서 내리자 바로 가까이 다가와 환하게 웃으면서 악수를 청했다. 마치 반가운 구면의 친구를 만나듯 다정하고 스스럼없었다. 사진에서 본 그의 인상은 냉엄하고 권위적인 느낌이 들었지만 실제로는 전혀 그렇지 않았다.

몇 마디 인사말을 나눈 뒤 나는 바로 질문했다.

"〈인터내셔널 헤럴드 트리뷴(International Herald Tribune)〉은 중국의 급속한 성장이 이웃 아시아국가에 그림자를 드리울 수 있다고 보도했는데 싱가포르도 이를 우려하고 있는 것으로 안다. 중국의 부상이 어떤 영향을 미칠 것이며 어떻게 대처해야 한다고 생각하는가?"

그는 대답했다. "중국의 부상은 동남아, 동북아 모두에 영향을 미칠 것이다. 중국은 아마도 100년 내에 국민총생산이 최소한 일본의 5배가 될 것이다. 중국인들의 학습 속도는 놀랍도록 빠르다. 중국의 한 가지 문제는 시스템, 즉 조직 측면에서 옛 소련의 시스템, 중국의 아시아적 관료주의, 그리고 관계를 중시하는 연고주의가 문제다. 그러나 해외 유학생들이 돌아와 창업하고 공직을 맡게 되면 변화할 것이다. 이러한 중국의 변화와 부상은 분명한 것으로 우리가 어떻게 할 수 없는 일이다."

나는 물었다. "그때도 중국은 여전히 공산주의를 유지할 것인가?"

리콴유 씨는 답했다. "그렇지 않다. 공산주의는 표면(façáde)에 불과하다. 중국은 사회주의적 공산주의란 표현을 쓰지만 사실상 완전한 자본주의 국가이다. 중국은 사회주의라는 명분하에 공산당의 힘, 영향력, 정당성을 유지하려 한다. 그들의 빠른 학습은 놀라울 정도이며 앞으로 중국의 성장에 따라 인도네시아, 필리핀, 태국 등 주변국의 성장이 둔화될 것이다. 중국이 발전하는 동안 우리도 이에 적응해가야 한다. 현재 30대, 40대의 중국인의 세계관이나 자아인식은 아주 다르다. 나는 이들이 50대, 60대가 되면 분명히 중국은 보다 체계적이고 효율적인 시스템으로 전환할 것이라고 생각한다. 그들의 관심사는 민주주의가 아닌 위대한 강대국을 건설하는 것이다."

나는 물었다. "그것은 매우 실용주의적인 사고가 아닌가?"

"맞다. 나는 중국이 마을 단위로 풀뿌리 선거를 실시할 것이라고 예상했다. 이때 대도시에서는 검증된 공산당 후보가 출마하도록 하여 선거 결과를 예측할 수 있도록 만든 후 피라미드형 구조를 만들어 나갈 것이다. 다시 말해 인재들을 공산당으로 영입(co-opt)하는 것이다."

"매년 유능한 전문직, 학자, 공직자 등을 물색해 당에 영입하므로 결국 재야세력은 2류, 3류가 된다. 중국에는 간부요원(cadre)시스템이 있어 엘리트 5,000 내지 1만 명을 검증한다고 한다. 학생들의 성적 기록부터 관리해 이들 중 추천된 사람에 한해 엄밀히 검토한 후 입당 여부를 정하기 때문에 정말로 능력이 뛰어난 인재들을 확보하게 된다. 그러나 이런 시스템은 2020년을 못 넘길 것 같다. 인터넷 등의 영향을 받아 이런 끌어들이기(co-opt)식 시스템을 유지하기가 어렵게 될 것이다."

나는 또 물었다. "21세기 지식정보 시대에 싱가포르는 작지만 강한 나라로 통한다. 강국이 된 비결은 무엇인가?"

그는 대답했다. "우선 현실적이고 실용적인 방법을 활용했다. 우리는 끊임없이 배우고 적응해 우리를 세계와 연결(relevant)시켰다. 우리는 주변국가가 아니라 세계일류 선진국인 미국·유럽·일본 등과 부와 지식을 연결시키고 꾸준히 지켜나갔다. 싱가포르는 아시아 지역 국가와 선진국의 허브 역할을 했고 세계에 필요한 국가로 만들었다. 싱가포르는 제3세계에 있는 오아시스와 같은 제1세계라고 말할 수 있다."

이밖에도 한반도의 안보상황과 아시아지역의 세력균형, 주한미군의 주둔 문제 등에 관해 의견을 나누었다.

내가 리콴유 씨와 중국과 관련된 이야기를 많이 나눈 것은 방문 당시 중국의 급속 성장은 세계적 관심을 모으고 특히 싱가포르를 포함한 중국 주변 국가들에게는 일종의 공황심리와 같은 위기감이 일고 있었기 때문이었다. 또한 중국 사람이 아니면서 중국을 더 잘 알고 통찰할 수 있는 사람이 바로 리콴유 씨라고 알려져 있기 때문이었다. 짧은 만남이었지만 나는 그가 작은 도시국가의 수장이면서도 세계의 현재와 미래를 통찰하는 아시아의 거인이라는 깊은 인상을 받았다.

그는 매우 해박한 지식과 통찰력을 갖춘 인물이었다. 동남아의 한 구석에 있는 도시국가의 지도자이면서 동북아의 한반도 정세와 한국의 입장, 그리고 주변강국 간의 세력견제와 균형에 관해 놀라울 만큼 정확한 지식을 가지고 있었다. 그는 싱가포르의 입장에서도 지역안보와 남중국해를 거쳐 인도양으로 향하는 해상항로의 안전을 위해 미국의 역할이 중요하며 주한미군의 주둔은 앞으로도 필요하다고 강조했다.

나는 그를 만나고 난 후 국가 지도자는 스스로 실력을 갖춘 사람이 되어야 한다는 것을 절감했다. 우리나라에서는 대통령이 되면 머리는 빌리면 된다는 말을 한 지도자가 있었지만 이제는 우스갯소리밖에 되지 않는다. 대통령 자신이 깊은 지식과 통찰력 그리고 미래를 내다보는 비전을 가지고 세계지도자들과 직접 부딪치며 설득할 수 있는 실력을 가져야 나라의 앞길을 열어갈 수 있다. 좋은 보좌진과 스태프들을 갖추면 나라를 다스릴 수 있다고 생각하는 지도자는 나오지 말아야 한다.

다만 나는 리콴유 씨(지금은 별세했지만)와 싱가포르에도 앞으로 풀어가야 할 문제가 많다고 느꼈다. 현재의 싱가포르는 거의 리콴유 씨의 작품이라고 말할 수 있는데 그가 세상을 떠난 뒤에도 그 체제가 별 탈 없이 유지될까 하는 문제와, 둘째로 싱가포르는 리콴유라는 거인이 이끌어온 교조적 민주주의 국가로 국가가 제시하는 지침과 간섭이 많고 국회는 여당의 과점적 지배하에 있어(나의 방문 당시 직선의

석 83석 중 여당인 인민행동당이 81석, 야당인 노동자당 1석, 싱가포르 인민당 1석, 무선거지구의원 1석, 지명국회의원 9석의 구성이었다) 국민의 보다 많은 자유와 민주화 요구가 분출될 경우 어떻게 체제 변화를 이뤄 나갈 것인가 하는 문제를 안고 있었다.

리콴유 씨 사후에도 싱가포르의 순조로운 국가운영을 보고 있으면 첫째 문제는 기우인 것 같다. 다만 둘째 문제는 앞으로 좀 더 지켜보아야 할 것 같다.

미국 9·11테러 사건

2001년 9월 11일 미국 뉴욕에 있는 세계무역센터(World Trade Center)의 쌍둥이 빌딩이 자살 테러리스트들에 장악된 여객기의 충돌로 붕괴되는 처참한 일이 벌어졌다.

이 상황은 CNN의 긴급뉴스 영상으로 온 세계에 보도되어 세계인들을 경악하게 만들었다. 공격자가 누구이고 그 배후가 어떤 세력인지는 즉각 밝혀지지 않았지만 공격받은 미국의 혼란은 전 세계의 안보질서에 혼란을 가져올 수 있고 미국과 안보동맹 관계에 있는 한국으로서는 중대한 일이 아닐 수 없었다.

나는 당일 밤 뉴스에서 이 소식을 듣고 바로 긴급 총재단 회의 소집을 지시하고 당사로 나가면서 0시 16분쯤 차 안에서 김대중 대통령에게 전화를 걸어 이번 사태는 한국의 안보 상황에도 중대한 영향을 미칠 수 있으므로 즉각 국가안보 회의를 소집하고 전군 비상경계령을 내려야 할 사안이라고 생각한다고 말했다. 그러자 김대중 대통령은 그렇지 않아도 내일 아침에 국가안보 회의를 소집했고 군 비상경계령도 조치를 취할 예정이라고 답했다.

나는 이어 리비어(Evans J.R. Revere) 주한미국대리대사(당시 허버드 미국대사는 아직 부임 전이었다)에 전화를 걸어 위로의 말을 전하고 사태에 대해 미국정부가 어떻게 대처하고 있는지 물었다.

그는 감사하다는 말과 함께 테러리스트와 그 배후세력에 대해서 미국정부는 우방국과 협력해 끝까지 추적해 응징할 것이며 결코 타협은 있을 수 없다는 점을 강조했다.

뒤이어 나는 조지 W. 부시 미국 대통령에게 위로전문을 보냈고 그 밖에도 지면이 있는 제임스 켈리 동아시아 태평양담당 국무차관보, 헨리 키신저 전 국무장관, 토머스 피커링 전 국무차관, 모턴 아브라모위츠 전 국무차관보, 스티븐 보즈워스, 제임스 레이니, 제임스 릴리 전 주한미대사 등에게 이메일을 보내 위로의 말을 전했고 그들로부터 감사의 답신도 받았다.

그리고 그날 총재단 회의에서 나는 재미동포들의 피해 유무와 피해 정도에 관해 당 차원의 조사를 지시했다. 그리고 앞으로 예상되는 상황 전개와 우리나라에 미칠 영향 등에 관해 서로 의견을 나누고 전문가들의 자문도 받기로 했다. 나는 오전에 자민련의 김종필 명예총재에게도 전화를 걸어 김대중 대통령과의 통화 내용을 알려주고 국회차원의 대책에 대해 의견을 나눴다.

이어 13일 한나라당은 총재 주재로 당 경제특위 및 국회재경위 의원 20여 명을 긴급경제 대책회의에 소집하고 9·11테러가 한국경제 특히 외환, 증권, 선물시장 등 우리 금융시장에 미치는 영향과 향후 대응책에 관해 논의했다. 여기에는 당외의 국제경제 전문가인 삼성증권 상무, 메릴린치증권 한국지사 대표, 한국경제연구원 연구위원 등을 초청해 토론을 벌인 후 장단기 영향, 금융분야에 대한 영향, 미국 경제 및 국내 경기에 미치는 영향, 그리고 그 대응에 관한 결론을 정리했다. 그 내용은 장황하므로 생략한다.

9·11테러로 나는 몇 가지 교훈을 얻었다. 첫째, 자화자찬 같지만 비상사태에 대응하는 자세와 행동에서 야당인 한나라당이 여당보다 더 기민하고 조직적이었다. 정부 특히 청와대의 대응이 기민하지 못한 점이 아쉽게 느껴졌다.

9·11테러 사고 당시에는 공격자가 상세히 밝혀지지 않았지만 세계무역센터와 국방부 본부건물에 대한 자살공격은 미국에 대한 무력공격을 의미하는 것이 분명했다. 그렇다면 군사동맹관계인 한국은 자국에 대한 공격과 마찬가지로 즉각 경계태세에 돌입하는 대응자세가 필요하므로 대통령은 즉각 국가안보회의를 소집했어야 했다. 그런데 다음날 8시에 소집한 것은 우리나라 일이 아니고 다른 나라에서 일어난 일이라는 의식 때문이 아닌가. 참고로 일본은 사태가 나자마자 총리가 비상 각료회의를 소집해 회의를 연 것으로 보도되었다.

둘째로, 9·11테러 같은 테러리즘은 한두 차례의 반격만으로 제압되지 않는다는 점이다. 9·11사태는 이슬람을 믿는 테러조직인 알카에다의 소행이며 그 주모자는 오사마 빈 라덴으로 밝혀졌다. 부시 미국 대통령은 테러와의 전쟁을 선포하고 알카에다의 지원세력인 아프가니스탄의 탈레반 정권을 공격해 붕괴시킨 다음, 이어 대량 살상무기 보유를 이유로 이라크까지 침공해 후세인 정권을 붕괴시켜 후세인을 제거했다. 그 후 오바마 대통령 시대에 이르러 은신 중이던 오사마 빈 라덴마저 찾아내 사살했다. 이렇게 전쟁은 일사천리로 진행되었지만 사태는 이걸로 끝나지 않았다. 아프간과 이라크는 내전 상태에 빠져 미군의 희생자가 늘자 결국 미국은 이들 나라에서 철군하기에 이른다.

그 후 중동사태는 더욱 악화되어 IS(이슬람국가세력)가 출현하고 시리아 내전까지 겹쳐 살육과 약탈 등이 자행되었다. 이 지역을 이탈하는 난민들이 홍수처럼 유럽지역에 유입하는 사태가 벌어졌으며 이 난민 사태는 유럽의 역사를 바꿀 심각한 사태라는 말까지 나오지 않았던가. 또한 테러리스트들은 중동지역만이 아니라 미국·유럽·아시아 지역 등 전 세계에 걸쳐 자살폭탄 테러를 감행해 대규모의 살상사태를 야기하고 경악과 혼란 상황을 조성했다.

이런 상황을 보고 있노라면 11세기 교황 우르바누스 2세(Urbanus II)의 공의회 발언으로 촉발된 십자군 전쟁을 떠올리게 된다. 이슬람 세력의 동로마 제국에 대한 침탈이 동기가 되었지만 기독교와 이슬람교 간의 오랜 종교전쟁은 뚜렷한 결말도 없이 얼마나 많은 인명살상과 재산피해를 가져왔던가. 9·11테러로 유발된 일련의 상항은 이슬람과 기독교 간 분쟁은 아니지만 정치적 신념과 종교적 집념이 얽혀있다는 점에서 십자군 전쟁을 연상하게 했다.

나는 미국의 오바마 대통령이 중동사태에 공습 외에 지상군 투입 등 본격적인 개입을 하지 않았던 것은 매우 현명한 처사라고 생각한다. 정치적 신념과 종교적 집념이 얽힌 분쟁은 전쟁으로 일거에 해결되지 않는다.

일단 테러리즘은 전 세계가 한 목소리로 강하게 배격하고 그 확산과 전파에 대해 일치해 대응하는 자세가 절대로 필요하지만 현실적으로 쉽지 않은 일이다.

임동원 통일부 장관 해임건의와 이한동 총리 해임건의

평양 8·15 통일축전에 참석한 일부 남측 대표 단원들이 북한찬양 발언을 하는 등 돌출행동을 하여 이들을 규탄하는 여론이 들끓었다.

이들이 대법원에서 이적 단체로 규정된 조국통일범민주연합(범민련) 남측본부와 한총련의 구성원이라는 것과 이들의 방북이 가능했던 것은 통일부가 현재 사법조치가 안 되어 있는 사람에 대해 방북을 승인할 수 있게 변칙적인 방침을 정했기 때문인 것으로 알려져 임동원 통일부 장관의 책임론이 제기되었다.

한나라당은 대법원이 이적단체로 규정한 단체의 구성원에 대해 변칙적으로 방북 허용을 한 데 대해 임동원 통일부 장관의 책임을 물어 국회에 해임 건의안을 제출했다. 단순히 이것은 방북단 몇 사람의 돌출행동이 문제가 아니라 대북 정책의 원칙이 혼선과 혼란을 빚고 있는 데 대해 경각심을 일으킬 필요가 있다고 절감했던 것이다. 자민련도 대북 문제에서는 민주당과 차별화된 태도를 보이면서 우리와 뜻을 같이했다. 그러나 청와대와 민주당은 해임에 반대하고 이 문제를 좌우이념 대립의 문제로 몰아가면서 적극적으로 자민련 설득에 나선 것으로 알려졌다.

　김종필 명예총재는 이 문제에 관해서는 자민련 당직자들에게 "국회에서 임 장관 해임의 이유를 당당하게 밝히고 표결에 임하라"고 주문한 것으로 보도되었다. 김종필 명예총재가 이렇게 결연한 태도를 취하는 그 진의에 대해 여러 가지 억측이 나왔다.

　자민련은 DJP공조에 끌려갈수록 '보수와 충청권'으로 집약된 김 총재의 존립기반이 와해 위기에 처하게 되고, 내년 대선과 지방선거에서 생존하기 위해서는 결사 방어가 필요하기 때문이라는 추측도 나왔다.

　하지만 나는 이 점은 선의로 해석한다. 김종필 명예총재는 정치공학적 계산보다 국가안보와 대북 정책의 원칙이라는 점에서 김대중 대통령의 대북 정책에 제동을 걸어야 하겠다고 생각한 것으로 본다.

　마침내 9월 3일 국회 본회의에서 임동원 통일부 장관에 대한 해임건의안이 표결에 부쳐진 결과 찬성 148표, 반대 119표로 통과되었다.

　한나라당과 자민련이 공동보조를 취한 결과였는데 양당에서는 이탈표가 거의 없었다.

　해임안 가결은 여권에 큰 충격이었다. 청와대와 민주당에서는 DJP공조시대는 끝났다는 이야기가 나왔다. 해임안 가결 후 자민련 소속의 이한동 국무총리는 사의를 표명했고 자민련에서 내각에 들어간 김용채 건설교통부 장관 및 정우택 해양수산부 장관도 사의를 표명했다.

　민주당의 김중권 대표를 비롯한 전 당직자도 일괄 사표를 제출하기로 했고, 자민련 교섭단체 구성을 위해 자민련에 입당했던 장재식, 송석찬, 배기선 의원 3명은 자민련 탈당을 선언함으로써 자민련은 교섭단체 지위를 상실했다. 이제 여소야대 상태로 되돌아온 것이다.

나는 9월 4일 총재단, 지도위원 연석회의의 자리에서 '책임정치'와 '대화정치'를 강조했다. 여소야대로 한나라당의 책임이 커진 만큼 책임지는 정치를 하고 여야대화를 복원해 국민이 안심하도록 하는 정치를 하자는 취지였다.

나는 사실 이런 상황이 무척 조심스럽게 느껴지고 기분이 무거웠다.

이제 한나라당은 더 이상 핍박받는 약자가 아니라 정국운영에 힘을 발휘할 수 있는 지위에 있으며 이번에 임동원 통일부 장관 해임건의안 가결을 계기로 그 힘을 확인한 셈이다.

이미 정경분리로 상생의 정치를 제안할 때부터 생각해온 것이지만 실질적인 여소야대의 상황에서는 한나라당의 정국대응 방식이 종전과 달라져야 하며 대여 비판 일변도로 갈 경우 정국파행에 대한 비판의 화살이 한나라당에 집중될 것이다. 나는 이 점을 당 지도부에 강조했다.

사실 현재의 여소야대는 한나라당 단독이 아니라 자민련의 협조하에 이루어진 것이므로 이후로 어떻게 바뀔지 알 수 없었다. 정치 9단이라는 김대중 대통령과 김종필 명예총재가 이런 상황을 어떻게 요리해 갈지는 나로서는 도저히 가늠할 수 없었다. 나의 현재의 위치에서 원칙대로 앞만 보고 가기로 했다.

그런데 김종필 명예총재가 9월 5일 일본 방문을 위해 출국하기 전 공항 간담회에서 밝힌 바에 의하면 이한동 총리는 총리 사퇴 후 자민련으로 복귀하기로 김 명예총재와 사이에 약속이 되었던 것 같다. 하지만 사의를 표명한 이한동 총리는 그 후 김대중 대통령의 잔류 요청을 받고 총리직에 남기로 하여 자민련 복귀를 거부하는 사태가 벌어졌다.

자민련은 긴급 당무회의를 열어 이 총리에 대해 만장일치로 제명 결정을 했다. 그리고 이한동 총리에 대한 해임 건의안 제출을 검토하면서 한나라당 이재오 원내총무에게 협조 요청을 해와 이 총무가 나에게 보고했다. 그러나 나는 이한동 총리에 대한 해임 건의안 제출이 적절치 않다고 보아 이를 제지했다. 일부 언론에서는 나의 이런 행보가 김 명예총재의 효율성에 대한 회의와 불신감, 정치적 격변에 대한 회피심리, '안정감 있는 대선 후보'로서의 이미지 관리 등이 복합된 것으로 보인다고 보도했지만 그게 아니었다.

이한동 총리에 대한 해임 건의는 임동원 통일부 장관 때처럼 한나라당과 자민련이 공조하면 얼마든지 가결시킬 수 있었다. 그러나 국무총리에 대한 해임건의 가결은 장관의 경우와는 달리 자칫 치명적인 정국파탄을 가져올 수 있다. 게다가 이 총리의 해임 사유는 자민련 내에서 의리를 지키지 않았다는 것이지, 국무총리로서의 특별한 결격 사유를 내세운 것도 아니지 않는가? 이제 한나라당은 3김 정치의 합종연횡식 정치에서 벗어나 책임 있는 야당으로서의 모습을 보여야 했다. 그러기 위해 여권과의 대화를 복원해 국민을 위한 상생의 정치를 열어가야 했다.

당내 일부에서는 이런 때 자민련을 도와주는 것이 지난번 임동원 통일부 장관 해임 건의 시의 협조에 대한 보답도 되고 또 앞으로 대선에서 김종필 명예총재의 협력을 받을 수 있는 발판이 된다는 의견이 적지 않았다. 나도 이런 이치를 모르는 것은 아니다. 하지만 이런 일 때문에 정국의 흐름을 큰 혼란과 극심한 갈등으로 몰고 가는 것은 거대 야당으로서 책임 있는 행동이 아니라는 것이 나의 확고한 생각이었다.

나는 9월 7일 김대중 대통령이 제의해온 여야 영수회담을 수락했다.

신 3김 시대? 다시 3김과 맞서다

이른바 이용호 게이트로 불린 G&G그룹 이용호(李容湖) 회장 금융비리 사건이 터지면서 김대중 정권의 권력형 비리사건으로 정국이 시끄러워지고 거기에다가 신승남 검찰총장의 동생이 연루된 의혹이 제기되어 김 정권은 더욱 곤혹스러운 상황에 빠져들었다. 김 대통령은 이용호 사건에 대해 특검제 도입으로 정면대응할 뜻을 비쳤다. 여기에 언론사 세무조사와 사주들 구속으로 언론탄압이라는 여론이 더욱 거세지고 세계 언론계의 비판도 겹쳐 김 대통령으로서는 참으로 어려운 상황이 되고 있었다.

나는 9월 18일에 김종필 자민련 명예총재와 조찬회동을 갖고 혼란스런 정국에 대처하기 위해 양당 3역 간 긴밀한 협의와 양당정책협의회 가동 등 공조체제에 관한 합의를 하고 언론탄압 등 현안에 대해 긴밀한 협조를 해나가기로 한 바 있다. 이로써 한나라당과 자민련은 재적 과반수를 10석 초과하는 146석의 정국 주도 세력으로 자리 잡은 것이다. 언론은 국회의 주도 세력이 그간의 'DJP'에서 '한·자 공조'로 바뀐 것이라고 평가했다.

그러나 나는 언론이 예측한 대로 확고한 공조관계는 되지 못할 것이라 생각했다.

'DJP'연대는 내각제 개헌이라는 고리가 있었고 이 고리가 풀리면서 'DJP'연대가 흔들리기 시작했다. '한·자 공조'에서 아마도 JP는 자민련의 교섭단체 구성을 바랐겠지만 겉으로는 내세우지 않았고 나도 그 문제를 포함시키고 싶지 않았다. 이런 고리가 없는 한·자 공조는 언제든 쉽게 흔들릴 수 있는 것이다.

아니나 다를까, 9월 24일 정계 밖에 있던 김영삼 전 대통령이 김종필 명예총재의 요청으로 그와 회동해 5개항의 합의사항을 발표했다.

그 내용은 ① 경제실정 ② 대북 정책 실패 ③ 권력핵심의 부패 ④ 언론탄압 ⑤ 불의한 정치권 풍토 등 주로 김대중 정권의 실정에 대한 강력한 비판이었다. 대북실패 항에서는 한나라당 총재의 대북 쌀 200만 섬 지원에 대해 "야당마저 대북 퍼주기에 나서 김정일 눈치 보기에 급급해 나라 장래가 참으로 걱정"이라며 비판했다.

쌀 지원 문제의 전말은 이렇다. 그달 19일 홍순영 통일부 장관이 나를 예방한 자리에서 남북장관급 회담 때 북측이 쌀 지원을 요청해 정부가 검토 중이라는 말을 했다. 그런데 주요 당직자회의에서 김만제 정책위의장으로부터 쌀의 과잉생산으로 재고미가 넘쳐 쌀 값 하락이 우려되고 창고 부족으로 창고를 새로 지어야 할 형편이어서 약 200만 섬 정도의 재고미를 대북지원에 충당하면 재고미가 줄어 쌀 값 하락과 창고 부족의 문제가 해결될 수 있다는 것이 농민과 농업계의 의견이라는 보고가 있었다.

나는 정부가 대북 쌀 지원을 하게 된다면 재고미로 충당하는 것은 우리 농민의 걱정도 덜어주는 것이어서 합리적이라고 생각되었으므로 당 정책위에 그런 방향으로 검토할 것을 지시했고 이것이 언론에 보도되었다.

그러자 조선일보 같은 보수언론 쪽에서 비판이 쏟아져 나왔다.

이 총재가 평소에 대북지원에 상호주의를 지켜야 한다고 주장하더니 원칙과 정체성을 포기하고 퍼주기로 돌아섰다느니, 쌀을 지원해도 실수요자인 굶는 주민들에게 가는 것이 아니라 북한군의 군량미로 돌아갈 수 있다느니, 이 총재의 이미지 바꾸기라느니 하는 내용이었다. 보수계 언론의 위력은 대단해 이회창의 보수주의에 대한 배신 행위로 비쳐져 해외동포까지 당사로 항의 전화를 해올 정도였다.

그러나 이 일은 나로서는 좀 의외였다. 나는 평소 대북지원 협력은 상호주의 원칙을 지킬 것을 강조해 왔지만 인도적 지원은 예외임을 말해왔다. 상호주의 원칙을 포기했다는 것은 맞지 않는 이야기이다. 또 대북지원 때 지원물이 실수요자에게 전달되고 다른 곳에 전용되지 않도록 전달과정이 투명해야 한다는 이른바 투명성의 원칙은 대북지원의 당연한 조건이었으므로 내가 특별히 강조하지 않은 것이며 정부가 눈을 부릅뜨고 챙겨야 할 일인 것이다. 다만 인도적 지원이 상호주의 원칙의 예외라고 해도 남북관계의 악화 등 상황에 따라서는 이와 연계해 지원 여부를 결정할 필요가 생길 수 있음은 물론이다.

이러한 여러 가지 사항은 그동안 한나라당이 주장하는 대북 정책의 기조에 포함된 것이므로 특별히 세세히 명시하지 않았을 뿐인데 마치 무조건 쌀 200만 섬의 퍼주기 지원을 지시한 것처럼 알려져 억울한 생각이 들었다. 변명이나 해명은 하고 싶지 않지만 사실관계를 밝혀 두기 위해 말하는 것이다.

뒤이어 10월 7일에 김영삼 전 대통령과 김종필 명예총재는 다시 회동을 했다. 회동 내용은 발표되지 않았으나 회동 후 김영삼 전 대통령은 "야당이 너무 못하고 인기가 없다"면서 나를 비판했다. 일부 언론은 두 사람이 앞으로 함께 비(非)이회창 노선으로 간다는 확고한 공감대를 형성했으며 양측의 관계자들은 두 사람의 공감대가 보수 대 연합 성격의 신당으로 발전하는 것은 시간문제일 뿐이라고 보고 있다고 보도했다. 심지어 이 신당 구상이 지방선거 후 DJ까지 포함한 3김 연합으로 발전할 가능성도 점치고 있다고 보도했다. 하지만 대개의 언론은 이런 신당론에 대해 '신3김 정치'라면서 비판적인 평가를 내놓았다.

나는 이런 언론 보도들이 어느 정도 사실의 근거가 있는지 모르나 신당설은 믿지 않았다. 김영삼 전 대통령은 전면에서 욕은 할지언정 뒤에서 다른 사람과 함께 신당을 꾸밀 성격이 아니다. 결국 신3김 정치의 신당설은 그 후 흐지부지 되고 말았다. 하지만 김종필 명예총재는 김영삼 전 대통령과 공동노선으로 갈 것이고 김대중 대통령과 이한동 총리의 잔류 및 자민련 제명으로 갈등관계에 있지만 언제든 다시 봉합할 수 있는 정치의 고수이다. 또한 김영삼 전 대통령은 두 김씨와 어떤 관계를 갖던 나에 대한 비난과 공격을 멈추지 않을 기세였다. 결국 나는 정치 9단들의 3김 정치에 다시 포위된 형국이었다.

그런데 김종필 명예총재가 나와 한·자 공조체제를 합의해놓고 왜 김영삼 전 대통령과 만나 그런 합의를 했는지 이유는 알 수 없다. 어쨌거나 한·자 공조도 신뢰성을 가지고 추진하기는 어렵겠구나 하는 생각이 들었다.

10월 18일 자민련을 탈당해 한국신당 대표로 있던 김용환 의원과 역시 자민련에서 나온 강창희 의원이 한나라당에 입당했다. 두 사람의 입당에 대해서는 당내에서 이해득실 따지는 사람이 있었지만 나는 기본적으로 나와 뜻을 같이 하겠다는 인사들에게는 문호를 개방한다는 원칙이었으므로 입당을 받아들이고 환영했다.

김종필 명예총재 쪽에서는 당연히 달가워하지 않겠지만 나는 이것과 자민련과의 선택적 공조는 별개 문제라고 생각을 정리했다.

10·25 재보선의 완승, 김대중 대통령 민주당 총재직 사퇴

10월 25일 서울 동대문을, 구로을, 강원도 강릉 등 세 곳에서 실시된 재보궐 선거에서 한나라당은 완승했고 여당은 완패했다. 서울 동대문을의 홍준표 후보, 구로을의 이승철 후보, 강원도 강릉의 최돈웅 후보가 모두 민주당 소속 또는 무소속의 상대 후보들을 큰 표 차로 누르고 당선되었다. 이로써 한나라당은 단독으로 과반수에서 한 석 부족한 136석을 차지했다.

이번 재보선 선거는 세 개의 의석이 걸린 선거였지만 그 의미와 여파는 참으로 컸다. 그것은 정권에 대한 국민의 심판이었다. 정권의 경제정책 실패와 이용호 게이트 등 비리의혹 사건 그리고 정부에 비판적인 언론에 대한 탄압 등 국정 혼란에 대해 넌더리를 낸 국민의 매서운 질타였다. 나는 선거를 여러 번 치러보았지만 불과 3석의 재보궐선거에서 이렇게 냉혹하고 칼날 같은 민심의 비판을 확연하게 보여준 경우는 별로 없었던 것 같다.

이중 동대문 을구와 구로 을구는 전통적으로 민주당세가 강한 곳으로 그동안의 선거에서 한나라당이 패배해왔던 곳이다. '김대중'이라는 말뚝에 힘을 쓸 수 없는 곳이었다. 그런데 이런 곳에서 근소한 차이가 아니라 큰 표 차로 민주당을 눌렀고 50퍼센트의 득표율을 보인 것이다. 여당 우세 지역에 유세를 다녀보면 한나라당에 대해 대체로 무관심하거나 냉소적이고 때로는 주먹을 내지르는 경우도 보게 되는데 이번에는 달랐다. 구로 을구의 동네 골목에서도 한나라당의 유세 방송 차가 지나가자 사람들이 나와 손을 흔들거나 미소로 응해주었다.

이 재보궐선거에서 나는 도도한 민심의 큰 흐름이 방향을 바꾸고 있는 것을 직접 느꼈고 때로 전율이 흐르는 감동을 느끼기도 했다. 민심이 돌아설 때는 이처럼 칼날같고 매서운 것이다. 승리는 우리에게 축복이었지만 이 칼날이 언제 우리에게 향할지는 알 수 없었다. 또한 이 재보선의 결과는 정국의 흐름을 뒤바꿔놓았을 뿐 아니라 뒤에 말하듯이 '집권야당'이란 말이 나오게끔 만들었다.

이것은 반드시 손 놓고 좋아할 일만은 아니다. 나는 나와 한나라당이 자만하고 오만해졌다는 말을 들을까봐 걱정이 앞섰다. 선거 다음 날인 10월 26일 총재단 회의에서 "이번 선거는 정권에 대한 국민의 경고이지만 동시에 야당이 잘했다는 칭찬이 아니라 야당에 대해서도 잘해야 한다는 채찍의 의미가 크다. 선거의 의미를 겸허하게 엄중한 책임을 느끼고 보아야 한다. 이런 민심은 야당이 잘못하면 여지없이 돌아서 버릴 수 있다는 느낌도 받았다. 기쁨과 축하는 오늘 하루로 끝내자"고 강조했다.

총재단 회의에서는 거대 야당은 정국운영에 대한 책임도 있는 만큼 지나친 정쟁을 지양하고 경제와 민생우선에 나서기로 의견이 모아졌다. 그런 면에서 정국의 핵심 쟁점이 되고 있는 이용호 게이트에 대해 국정조사로 정국과 연계시키지 않고 특검제에 맡기는 방안을 검토하기로 했고 그 뒤 기존의 당론이었던 '이용호 게이트 선(先)국정조사 후특검' 방침을 철회하고 특검에 맡기기로 했다.

재보궐선거 후 실시된 〈한겨레신문〉 여론조사에서 나와 한나라당의 상승세가 뚜렷이 나타났다. 나는 이인제 민주당 최고위원과의 가상대결에서는 46.2퍼센트 대 34.6퍼센트, 노무현 민주당 최고위원과의 대결에서는 50.1퍼센트 대 29.7퍼센트의 큰 격차로 우세를 보였다. 정당지지도에서도 한나라당(26.9퍼센트)이 처음으로 민주당(22.2퍼센트)을 눌렀다.

나는 11월 2일 〈문화일보〉와의 인터뷰에서 김대중 대통령에게 비상내각 구성을 요구했다. "지금은 국가가 위기상황이고 또 내년에 지방선거와 대통령선거를 공정하게 관리해야 하므로 대통령은 각계의 신망 있고 능력 있는 전문가들로 내각을 구성해 비상한 각오로 국가위기극복에 전념해야 한다. 대통령의 집권당 총재직 사퇴는 이를수록 좋을 것이다"라고 말했다.

10·25 재보선의 결과는 누구보다도 여권에 큰 충격이었다. 당내부에서 당정쇄신과 지도체제 개편을 요구하는 비판의 목소리가 봇물 터진 듯 쏟아져 나왔다. 그것은 김대중 대통령의 동교동계 측근중심

정치를 정면으로 비판하고 권노갑 전 최고위원과 박지원 청와대 정책기획수석 등의 퇴진 및 당권 대권분리와 집단 지도체제 등 당체제 쇄신의 요구로 모아졌다. 여기에 다음 대선을 노리는 권력내분과 세력다툼이 가세되어 지금까지 청와대 눈치를 살피던 대선주자와 최고위원이 청와대 회의에도 불참하는 등 권력 누수 현상이 심각했다.

한나라당의 총재단 회의에서는 이런 대통령의 권력 누수 상황이 정권도 정부도 없는 무정부 상태와 같다는 표현까지 나왔다. 이런 상황은 반드시 야당에게 좋은 것만은 아니다. 여가 무너지면 야도 없는 것이다. 나는 야당이라도 정신을 바짝 차리고 국가가 혼돈상태로 가는 것을 막아야 한다고 강조했다.

그래서 11월 5일 한나라당은 세 가지 수습안을 다듬어 다음과 같이 제시했다. 첫째, 김대중 대통령이 하루빨리 민주당의 당적을 이탈해 특정 정파와의 이해관계에서 벗어나 국정에 전념할 것, 둘째, 인적쇄신 즉 여권의 권력투쟁에만 여념이 없는 문제 인사들을 정리하고 국정운영시스템을 바꿀 것, 셋째, 내가 이미 말한 비상내각을 구성할 것.

여권 내의 혼란을 야당이 즐기는 것은 모르되 걱정한다는 것은 우스운 이야기가 아닌가? 야당이 제1당으로 의석이 늘고 지지도가 올랐다고 집권당이 된 것처럼 착각하는 것인가 하는 비판이 나올 법 했다. 그러나 나의 생각은 확고했다. 여당 내부의 혼란은 타당의 일이므로 야당이 왈가왈부할 일은 아니지만 대통령의 국정운영이 혼선에 빠지고 실책이 나오고 있는 것은 국가적 문제라고 보았다. 한국인이 중국에서 마약사범과 관련해 사형을 당했는데도 이를 정부가 파악하지 못했고 그밖에 신생아 역병 문제, 교대생과 교사들의 집단행동, 의료보험 재정문제 등 심각한 현안에 대해 정부는 손 놓다시피 하고 있었다.

마침내 김대중 대통령은 11월 8일 민주당 총재직을 사퇴한다고 발표했다.

그는 민주당 당무회의에 보낸 친서에서 10월 25일 재보궐선거에 대한 패배와 그 후 당내의 불안정한 사태에 대해 국민에게 사과하고 당 총재직을 사퇴해 국정수행에 전념하겠다고 말했다. 그리고 총재권한대행으로 한광옥 최고위원을 임명하고 그 외 최고위원 전원과 당직자 전원의 사표를 수리해 비상기구 과도체제를 구성하도록 했다. 그밖에 여권 내 권력분쟁과 인적쇄신 요구에 대해서는 당내 쇄신파로부터 사퇴 압력을 받아온 박지원 청와대 정책기획 수석의 사표를 수리하는 것으로 끝냈다.

11월 14일과 15일 〈세계일보〉와 〈문화일보〉에 보도된 여론조사에서 나와 이인제 상임고문 그리고 노무현 상임고문과 사이에 격차가 더 벌어졌고 정당별 지지도에서도 그 격차가 더 커졌다. 언론은 10·25재보선과 민주당 내분 사태 등을 통해 한나라당에 대한 지지결집 현상이 나타난 것이라고 풀이했다. 그런가 하면 일부 언론은 나와 한나라당의 지지도 상승은 김대중 정권의 실정과 반 DJ 정서 때문이라는 분석도 했다.

이 반사적 이익이라는 것은 음양의 이치와 같다는 게 내 생각이다. 세상에서는 한 쪽의 성공이 다른 쪽의 실수에 기인하는 경우가 많다. 예컨대, 민주화 투쟁에 성공한 김영삼, 김대중 양 전 대통령의 경우도 그들의 노력과는 별개로 박정희 정권의 장기화된 강압통치의 반사적 이익이 있었음을 부인할 수 없다. 이런 반사적 이익을 부인하고 오로

이회창
회고록

지 자신의 능력으로만 이룩한 성공이라고 자만한다면 치명적인 결과가 올 수 있고, 나는 이점을 스스로 경계하고 걱정했다.

정치권에서 한때의 호경기는 언제 한 바람으로 혹 날아갈지 모르는 것이다. 특히 대세론이라는 것은 악마의 미소와 같다. 악마는 이회창이 대세로 굳어졌다고 미소하면서 한편으로는 이회창은 이제 대세론에 안주하고 벌써 거만해졌다고 속삭인다. 당에서는 이런 대세론을 퍼뜨리는 정보지, 이른바 찌라시 등을 나에게 수도 없이 보고하곤 했다. 이런 대세론은 때로 우리 스스로가 아무리 조심하고 다짐해도 막기 어려운 측면도 있었다. 약한 야당에서 강한 야당으로 변모하면서 한나라당은 이제 동정의 대상이 아니라 경계와 질타의 대상으로 바뀌고 있는 것이다.

10월 25 재보선 후의 정국상황은 여야가 뒤바뀐 희한한 상황으로 흘러갔다. 언론은 이런 상황변화를 실감나게 보도했다. 예컨대, 그중 하나를 보면 이렇다.*

요즘 정국 돌아가는 모양을 보면 '벌써 정권이 바뀌었나?'란 착각이 들 때가 한두 번이 아니다. 21일 하루만 보자. 정기국회가 보름 정도 남은 시점에 이회창 한나라당 총재는 러시아 방문차 여유 있게(?)출국했다. 이 총재가 공항에서 출국 간담회를 갖는 동안 진념 경제부총리를 비롯한 경제팀은 한나라당사로 찾아가 정부의 재벌정책을 설명하고 야당의 의견을 들었다.

● 〈조선일보〉(2001. 11. 21), 홍준호 칼럼 '벌써 정권이 바뀌었는가'

집권 민주당은 이 시간 무얼 했는가? 아침에 당4역 회의 한 번 한 뒤로 사람들은 썰물처럼 중앙당에서 빠져나갔다. 이후 민주당 사람들의 관심은 기자 간담회다, 지방세미나 참석이다 등 대선주자들의 후보경선 게임에만 쏠렸다.

이 모든 것이 지난달 재보선 이후 두드러진 현상이고 김대중 대통령이 민주당 총재직을 떠난 이후 증상이 더 심해지고 있다.

김대중 대통령은 총재직을 떠남으로써 지금 민심의 역풍으로부터 한발 비켜서고 있다. 야당도 김 대통령에게 직공하지는 않는다. 이런 측면에서 만약 김 대통령의 총재직 사퇴가 '뒤로 숨는 전략'이었다면 일단 성공한 셈이다.

또 이런 보도도 있었다.*

한나라당은 대통령 자리를 못 가졌지만 사실상 국정운영의 실권을 쥐고 있다는 점에서 '집권야당'이라는 표현이 적절할 것 같다. 민주당은 여당이라고 하나 원내소수 세력인 데다가 오너격인 김대중 대통령마저 총재직을 사퇴함으로써 국정을 이끌기는커녕 제 앞가림도 하기 벅찬 신세가 됐다. 그에 반해 한나라당은 자체의석만도 원내 과반수에서 겨우 1석이 모자라는 거대야당인데다 자민련과 무소속이 언제든 도울 태세를 갖추고 있다.

---

* 〈국민일보〉(2001. 11. 26), 박화종 칼럼 '집권야당'

이회창
회고록

이런 원내세력 분포는 한나라당이 개헌이나 대통령에 대한 탄핵 등 극히 일부 사안을 제외하고는 국회에서 못 할 일이 없게 만들었다.

정부가 정책을 입안 추진하는 데 있어 민주당과는 대충 협의하고 한나라당의 눈치를 보면서 협조를 구하기 위해 안간힘을 쓰는 것도 권력의 추가 이처럼 급속히 이동한 데 따른 자연스런 현상이다.

그러나 한나라당으로서는 듣기가 참으로 거북하겠지만 한나라당이 이처럼 너무 빨리 집권야당의 처지가 되어버렸다는 사실이 명실상부한 집권여당으로 발전하는 데 오히려 암초로 작용할지도 모르겠다는 생각을 해봤다.

내가 이렇게 장황하게 두 칼럼을 인용한 것은 당시의 정국상황을 생생하게 묘사하고 있고 특히 두 칼럼이 각각 말미에 쓴 '불행의 예고'가 불행하게도 들어맞았기 때문이다.

또 당시 언론에 공개된 민주당 외곽연구소인 새시대 전략연구소가 내놓은 '이회창 대세론 분석'은 이 총재의 대한 당선 가능성이 수직상승(60퍼센트) 하고 있다고 하고, 한나라당의 대안 부재론은 "이 총재가 97년 대선 패배 이후 카리스마를 구축해 왔으며 과거 야당 총재로서의 3김을 능가하는 수준의 안정된 지도력을 구축하고 있고 야권 내에 이 총재를 추월할 가능성이 있는 정치스타가 부재한 데서 나오고 있다"고 분석하면서 이에 대한 여당의 대안도 제시했다. 이 문건은 여권을 결속시키기 위한 고도의 전략적 의도가 있다고 볼 수 있었다.

어쨌거나 내가 생각해도 이런 정국은 우리에게 반드시 유리한 것은 아니며 당혹스럽기까지 했다. 여권이 분열되고 세력 간 갈등이 격화된다는 것은 정치적 경쟁이 치열해진 것을 말하며, 그것은 김대중 대통령 퇴장 후의 여권 내 새로운 정치세력의 등장과 활력 있는 정치 국면의 변화를 의미한다. 국민은 이런 '활극'을 기대한다. 반면에 야당의 대세론과 안정은 변화의 이미지와는 동떨어진 '볼거리 없는 연극'처럼 국민의 관심에서 멀어질 수 있다.

야당이 대세는 잡았다 해도 역시 야당이고 집권당은 여당이다. 실제 정국운영에서는 여야 간 대립과 정쟁이 끊이지 않았다. 신승남 검찰총장에 대한 탄핵안 제기는 김종필 자민련 총재의 반대로 자민련의 협조를 얻지 못해 실패하는 등 좌절도 겪었다. 원래 자민련의 김종필 총재는 신 총장의 탄핵안에 동조하는 입장이었으나 한나라당이 김용환, 강창희 의원 등을 영입하자 심기가 불편해졌고 자민련이 지지하던 교원정년 연장안에 한나라당이 공조하다가 연장안을 철회하자 신 총장 탄핵안에 대한 종전 태도를 번복한 것이라고 우리는 짐작했다.

언론에서는 김종필 총재가 말 바꾸기와 줄타기로 한나라당을 견제함으로써 제3당의 힘을 과시하면서 다시 민주당과의 공조체제 회귀의 신호를 보낸 것이라고 해석하고 한나라당은 자민련의 선택과는 별개로 정치력 부재와 오만한 행보에 대해 비판받아야 한다고 보도했다.[*]

한나라당에 대한 비판은 바로 나에 대한 비판인데 나로서는 뼈아

---

[*]　〈문화일보〉(2001. 12. 7) 사설

폰 비판이고 나도 모르는 사이에 오만해지고 김종필 총재와의 관계를 소홀히 했던 것이 아닌가 되돌아보게 했다.

그 뒤의 이야기이지만 뒤이은 재보선의 승리와 자민련 의원들의 입당 등으로 한나라당은 과반수를 12석이나 넘는 149석까지 늘어나서 정당 역사상 유례 없는 거대야당이 되었다. 하지만 그 후 대세론은 흔들리고 노무현 바람이 불면서 이회창 대세론은 다시 곤두박질치게 된다.

러시아와 핀란드 방문

나는 러시아 의회(Duma) 초청으로 11월 21일부터 25일까지 4박 5일간 러시아를 방문하고 이어 핀란드 의회(Eduskunta) 초청으로 11월 26일부터 28일까지 2박3일 핀란드를 방문했다.

이들 두 나라는 내가 꼭 한번 가보고 싶었던 나라들이었다. 특히 러시아는 볼셰비키혁명으로 출현한 70년 간의 공산 독재체제가 무너진 후 현재 푸틴체제가 어느 정도로 민주화를 수용하고 있는지 몹시 궁금했다. 또한 나는 감수성이 풍부했던 청소년 시절부터 톨스토이, 도스토예프스키, 체호프, 솔제니친, 그리고 파스테르나크 등 러시아 작가들의 명작소설에 빠져서 이들 문화 작품에서 묘사된 러시아 사회와 문화를 만나보는 설렘도 컸다.

우리 방문단 일행은 우리 내외를 비롯해 김진재 부총재, 정재문 국제위 위원장, 박명환 국회통일외교통상 위원장, 김무성 총재비서실장, 권철현 대변인, 남경필 총재실 부실장, 임태희 정책위 제2조정위원장, 전재희 정책위 제3조정위원장, 박진 총재특보 등 11명이고 그 밖에 수행인원과 신문 TV 방송 기자단 등 대부대가 되었다.

나는 우리가 탄 KAL기가 오후 2시 반쯤 모스크바 셰레메티예보 II 국제공항의 활주로에 내릴 때 창밖으로 본 첫 광경이 잊히지 않는다. 바깥에는 눈발이 강풍에 휘날리는 우중충한 흐린 날씨였지만 멀리 흰 자작나무 숲이 보이고 공항 활주로 주변에는 영화에서 보았던 것과 같은 긴 외투를 입고 방한모를 쓴 경비병 몇 사람이 바람에 외투자락을 휘날리면서 서 있는 모습이 보였다. 흰 자작나무 숲, 그리고 긴 외투를 입은 군인. 바로 러시아적인 풍경이 아닌가. 모스크바 체류 중 눈은 수시로 와서 길에 쌓이고 제설차들이 열심히 눈을 치우고 다니는 모습이 눈에 띄었다.

푸틴 대통령은 얼마 전 방한했을 때 따로 면담한 일이 있어 따로 면담일정은 잡지 않았고 초청자인 의회를 방문해 셀레즈뇨프(Seleznyov) 하원의장과 부의장, 하원 외교위원장 등 의회 지도자들을 만나 반테러 국제 공조방안, 시베리아 횡단철도(TSR) 추진 방안, 한반도 정세 및 남북관계 개선 방안 등에 대해 의견을 나눴다.

행정부 쪽에서는 마트비옌코(Matviyenko) 부총리와 이바노프(Ivanov) 외무부 장관 등을 만났는데, 특히 마트비옌코 부총리는 러시아 정부의 경제정책을 총괄하는 여성 부총리로 나와의 면담을 요청해 만나게 되었다. 그는 사전에 세밀한 준비를 한 듯 빽빽이 적은 노트를 가지고 나왔는데 그가 나에게 말한 요지는 다음과 같다.

그는 한반도 문제는 경제를 토대로 안보문제를 다자 간 협력하에 논의하는 것이 중요하다, 러시아는 TSR 연결로 우리나라와 운송로를 개발하는 일에 관심이 많은데 다자 간 협력방안으로는 러시아가 북한의 에너지시설 현대화에 참여하는 데 있어 그 투자비용을 러시아가 한국에 부담하고 있는 부채로 대신 갚는 방식이 바람직하다, 이렇게 한다면 러시아는 부채를 상환해 좋고 한국은 북한에 인도주의적인 지원을 해줘서 좋고 북한은 경제협력을 위한 에너지 기반을 확충할 수 있어 좋으니 그야말로 3자가 다 좋은 다자간 협력 방안인데 그 첫 프로젝트(pilot project)는 평양의 화력발전소를 대상으로 할 것이라고 말하고 나의 의견을 물었다.

그밖에도 TSR 연결 문제, 이르쿠츠크 가스전 개발사업, 북한을 관통하는 가스관 배설문제 등 다양한 사안에 관해 한국과의 협력이 필요하다는 의견을 말했다.

TSR 연결 문제나 러시아의 북한 에너지 기반 확충투자와 한국에 대한 부채 대체 문제 등은 예상된 화두였다. 나는 한·러 간 교류 확대의 중요성을 강조한 후 TSR을 TKR과 연결하는 문제와 북한 에너지 기반 현대화 문제는 먼저 남북관계의 개선이라는 정치적 과제가 해결되어야 한다고 말했다. 남북 정상회담이 있었지만 아직도 DMZ에는 쌍방 170만의 군사적 대치가 계속되고 있는 것이 현실이다. 북한의 에너지 기반 현대화에 대하여 한국은 이미 북한의 경수로 원자력발전소 건설에 지원을 하고 있고 미국이 연 50만 톤의 중유를 공급하기로 되어 있지만 경수로 원전 건설 비용은 주로 한국이 부담하게 되어 있다고 설명하고 이런 사정을 이해해 달라고 했다.

그는 한반도의 경제, 정치, 안보에 대해 내가 말한 것을 이해한다고 답하고 공동의 노력을 통해 한반도 문제를 해결하는 데 러시아가 긍정적 역할을 할 수 있을 것이라고 말했다. 그가 행정부끼리 이야기할 구체적인 사안을 화두로 꺼낸 것은 한나라당이 국회의 제1당으로서 정부의 정책결정에 영향을 미칠 수 있다고 생각했기 때문일 것이다.

이밖에도 이타르타스 통신사 사장 등 언론 관계자, 가스프롬 (Gazprom) 사장 등 경제관계자 그리고 학계 등 각계각층의 사람들과 폭넓게 만날 기회가 있었다.

당시 러시아는 경제가 호전되고 있어 푸틴 대통령의 인기가 높았다.

그때는 세계 유가가 치솟고 있어 가스 산유국인 러시아는 한참 호황기를 만나 시중에 돈이 풀리고 시민의 생활이 나아지고 있는 것이 감지되었다. 우선 먹을거리도 풍성했다. 그때만 해도 한국 내에서는 고급요리에서나 한두 가지 맛볼 수 있는 캐비아가 지천으로 나왔다.

푸틴 대통령의 인기정책도 대단했다. 국민대화 형식으로 공개된 홀에 민원인들을 모아놓고 한사람씩 민원을 들어가면서 그 자리에서 결론을 내려주면 그대로 바로 시행이 된다는 식이었다. 소련연방 시대의 권위주의적 국정운영에 비교하면 천지개벽의 변화이지만 한편으로는 푸틴식 포퓰리즘이라는 비판도 있었다.

러시아 무명용사묘에 헌화한 후 크렘린 궁전 앞의 붉은 광장에 섰을 때 나는 인간이 예측할 수 없는 큰 역사의 흐름과 시대의 변화를 뼈저리게 느꼈다.

세계 2차대전 후 소련공산권과 서방세계와의 두 진영으로 냉전체제가 구축된 후 국제공산주의세력의 메카인 모스크바, 그중에서도 권력핵심인 크렘린 궁은 서방세계에는 음습한 공포의 대상이었다. 그런데 역사의 큰 흐름이 도도히 흐르면서 시대를 완전히 뒤바꿔 놓았다. 자유주의의 국가에서 온 내가 공산주의의 본관이었던 크렘린 궁 앞 붉은 광장에 서있다니 어찌 상상이나 할 수 있었겠는가? 이러한 선과 정의를 향한 도도한 역사의 흐름은 사람이 알 수 없는 신비한 신의 힘일 수밖에 없다는 생각이 머리를 스쳤다. 영하의 매서운 추운 날씨 속에 크렘린 광장에 서서 나는 잠시 명상에 잠겼다.

러시아의 정치인들은 간단하지 않다. 긴 세월 차르의 제정 시대를 거쳤고 러시아 혁명으로 세상이 뒤바뀐 뒤에는 스탈린식 공산주의 공포통치에 시달렸으며 그 후 소련연방주의 체제가 붕괴된 후에는 극심한 경제 불황과 내분을 겪었다. 이렇게 험난한 길을 거쳐 온 러시아의 정치적 배경과 그 속에서 숙성되고 단련된 정치적 감각과 집념은 결코 가벼이 볼 수 없다. 그래서 서방에서는 러시아를 '교활한 북극곰'이라고 부르는지도 모르겠다.

그러나 내가 짧은 기간이지만 만나본 일반 러시아인들은 서방 사람들과 비교하면 때가 덜 묻고 솔직하며 순수한 데가 있어 보였고 친근감이 느껴졌다.

또한 러시아 문화의 뿌리가 깊다는 것을 실감했다. 러시아 정교회의 십자가 첨탑을 비롯해 현재 남아있는 문화재는 용케 70년의 공산주의 시대를 살아남은 것들이지만 이런 문화재들을 보고 있노라면 러시아가 왜 대국인지를 알 수 있을 것 같은 생각이 들었다. 강대국은 문화적으로도 강대국이 되어야 가능한 것이다.

11월 24일 모스크바 일정을 마치고 상트페테르부르크로 향했다. 그런데 모스크바에서 탄 러시아 국내항공기가 참으로 희한했다. 승객들이 자리에 앉아 일부는 벨트를 미처 매지도 않았는데 활주로를 달리기 시작했다. 그런데 비행기가 움직이자 마치 고물자동차처럼 여기저기서 삐걱거리는 소리가 나고 환풍기가 아닌 다른 곳에서 바람까지 새어 나오는 것 같았다. 그런데 러시아 승객들은 전혀 신경을 쓰지 않고 태평한 얼굴들이었다. 이런 것이 러시아인 기질인가 보다. 상트페테르부르크에서 주지사를 만나는 등 1박 2일의 일정을 마친 후 11월 25일 핀란드 헬싱키로 향했다.

핀란드는 이른바 강소국에 속하는 나라로 무엇보다 청렴성과 투명성에서 세계 1위의 평가를 받은 나라이어서 꼭 가보고 싶은 나라였다. 그래서 러시아 방문에 끼어 넣었던 것이다. 헬싱키에 도착해 먼저 눈에 띈 것은 모두 영어를 잘한다는 것과 중요한 자리는 거의 여성이 차지하고 남성은 별로 보이지 않는다는 점이었다.

핀란드는 원래 우리가 백흉(白匈)이라고 부르는 핀(Fin)족 계통으로 알타이 어계(語系)에 속해 언어구조가 한국어와 같은 것으로 알려져 있다. 그래서 영어 배우기가 쉽지 않은 것으로 알고 있었는데 모두 원어민처럼 영어를 구사할 줄 알았다. 어릴 때부터 교육을 하고 일상생활에서도 영어를 많이 쓴다고 했다.

나는 우리나라에서도 영어를 제2공용어로 하자고 제안한 일이 있지만 이제 글로벌 시대에 극동의 변방국가가 아니라 세계의 중심국가로 진입하려면 소통의 수단인 영어의 공용어화는 정말 필요하다는 것을 핀란드에서 새삼 확인했다. 왜 이렇게 남자가 별로 안 보이느냐고 묻자, 골치 아픈 정치, 행정 등의 일은 여자에게 맡기고 남자들은 돈을 만지는 경제 쪽으로 몰려가 눈에 잘 안 띈다는 여성들의 대답이 돌아왔다. 그래서 아마도 핀란드는 더 투명하고 청렴한 나라가 됐는 지도 모를 일이다.

핀란드에서는 할로넨(Halonen) 대통령을 예방해 남북관계와 한반 도 문제 그리고 미국의 9·11테러 사건으로 인한 세계평화의 위협 등 에 관해 의견을 나눴다. 그리고 의회를 방문해 의회 지도자들을 만나 는 일정을 소화했는데 그곳도 여성이 과반을 차지하고 있는 것 같았 다. 하여튼 핀란드는 여성천국이었다.

또한 국가기술개발센터(TEKES)와 노키아(NOKIA) 본사를 방문했 다. 특히 기억에 남는 것은 노키아 방문이다. 당시만 해도 노키아는 세계 이동통신 분야를 석권하는 핀란드 간판기업이었다. 벨리 순드백 (Veli sudback) 부회장이 나와 회사 현황을 브리핑했는데 노키아는 세 계 최대의 이동통신 및 네트워크 장비 제조사로서 시장점유율 35퍼 센트이며 2위와 20퍼센트나 차이가 난다며 그 성공 비결을 설명했다.

나는 부회장에게 "2003년까지 이동통신시장이 크게 신장할 것이 라고 했는데 10년 후에도 신장이 지속될 것으로 보는가?", "노키아 는 현재 핀란드에서 수출의 24퍼센트, 주식시장 시가 총액의 60퍼센 트를 차지하고 있어 핀란드경제에 큰 영향을 미치는 규모인데 10년 후를 어떻게 예측하는가?", "10년 후의 상황변화에 대비한 다른 분 야 개발이나 투자를 생각하고 있는가?" 등을 물었다. 그는 10년 후에 대한 정확한 전망을 하기는 어렵지만 이동통신은 앞으로도 전통적인 이동전화만이 아니라 인터넷 접속 등 다양한 기능을 갖춘 것으로 계 속 성장할 것이라고 답했다.

그러나 그 후 10년이 되기 전에 노키아는 날개가 꺾여 정상에서 밀려나고 그 자리를 미국의 애플과 삼성의 스마트폰이 서로 다투는 지경이 되었고 노키아의 추락은 핀란드 경제에 큰 영향을 주었다. 그때의 의기양양해하던 부회장의 얼굴이 떠오른다. 기업이나 국가나 미래를 내다볼 줄 알고 이에 준비하지 않으면 화(禍)를 당하게 마련이다.

노무현 돌풍과
운명의 날

5

1

2002년도
"다시 시작된 중상모략, 3대 의혹"

정당 변화의 바람, 그리고 박근혜 부총재 탈당

2002년 1월 1일, 각 언론사가 2001년 연말에 실시한 여야 대선주자들에 대한 여론조사를 발표했는데 모든 조사에서 여전히 내가 앞선 것으로 나왔다. 예컨대, 〈한국일보〉와 미디어 리서치 여론조사를 보면 여야 간 양자대결의 경우 민주당 이인제 고문과는 45.9퍼센트 대 34.7퍼센트로, 노무현 고문과는 51.5퍼센트 대 32.3퍼센트로 내가 우세했다. 표면상으로 나의 대세론은 굳어진 것처럼 보였다. 그러나 나는 마음 한구석에 스며드는 불안감을 지울 수 없었다. 여권 쪽의 급격한 상황변화로 오는 불안감이었다.

김대중 대통령이 여당에서 손을 떼고 국정에 전념하는 자세를 취하면서 그동안 내연(內燃) 상태에 있던 여당 내 권력분쟁이 터져 나왔다.

이러한 여당 내의 분란은 이미 예견되었던 것이다. 김대중 대통령이 김종필 총재와의 DJP연대 유지를 위해 자민련을 교섭단체로 만들어 주려고 무리하게 교섭단체 구성요건을 완화하는 국회법 개정안을 강행 처리하려다가 민주당 내 의원들의 항명으로 성공하지 못한 일은 이미 앞서 말한 바 있다. 거기에 작년 12월 30일에 민주당 의원 세 명을 자민련에 꿰주어 교섭단체를 구성하도록 하는 등 지도부의 독단적 행동에 대해 민주당 내에 강한 반발과 당 쇄신론이 제기되었고, 이러한 당 쇄신론은 여권의 정치적 실세인 동교동계 핵심 세력을 겨냥했다.

이러한 민주당 내 분란과 더불어 이인제, 노무현, 정동영, 한화갑 등 대선주자들 간의 대권경쟁이 본격적으로 시작되었다. 당권·대권 분리와 집단 지도체제, 국민경선제 도입 등 당 쇄신의 방향과 경선게임의 룰까지 정리되면서 대선주자군의 경쟁이 관전자의 흥미를 돋우고 있었다. 이것은 1997년 대선 전에 여당인 신한국당에서는 나를 포함한 7룡, 8룡 등 다수의 대선주자군이 서로 경쟁하는 드라마를 연출하는 반면, 야당인 민주당은 김대중 총재라는 단일 대선주자만이 있어 여당의 경선경쟁이 국민의 관심과 흥미를 독차지했던 것과 너무나 흡사한 모습이었다.

당 쇄신이란 이름으로 시작된 여당의 변화는 단순히 국민의 관심을 끄는 드라마의 효과 이상으로 정당 내의 기존세력이 새로운 세력으로 재편되는 '변화'의 조짐을 보이고 있었다. 이제 3김 정치 시대는 때때로 3김 연대니 신3김 시대니 하는 말이 나오긴 했지만 김대중 대통령의 당직 사퇴 후 사실상 종말을 고하고 있었다. 그동안 3김 정치 청산을 줄기차게 주장해온 나는 이를 피부로 느꼈다.

3김 정치의 폐막은 필연적으로 새로운 정치세력의 등장을 의미한다. 나 스스로는 내가 그 한 축(야)의 세력이 될 것으로 자임하고 있었지만 상대 축(여)의 모양이 심상치 않았다. 이들은 기존 세력을 쟁탈하는 것이 아니라, 다 허물고 밑바닥부터 새로 시작하는 것 같은 혼전을 치르고 있었다. 기존 세력의 계승이 아니라 새로운 세력의 탄생이라는 변화의 이미지를 줄 수 있었는데 그렇게 되면 우리 쪽은 반사적으로 그 반대의 이미지, 즉 변화를 거부하고 대세론에 안주하는 세력으로 낙인찍힐 수도 있었다. 내 마음속에 스며드는 불안감은 바로 이것이었다.

나는 일반의 의표를 찌르고 한나라당이 먼저 여권의 변화를 뛰어넘는 수준으로 변화하는 경우를 생각해 보았다. 이것은 나의 성미에도 맞는다. 나는 과거에도 결단이 필요한 일이 생겼을 때 관망하거나 주저하지 않고 정면대응으로 돌파했다.

여당인 신한국당 시절 당총재인 대통령이 후보와 맞섰을 때 주저 없이 대통령의 탈당을 요구했다. 또 야당의 총재가 된 뒤 여권이 의원 빼가기와 사정 등으로 압박을 가해왔을 때 국회 개원식을 거부하고 바로 장외투쟁에 나섰다. 야당의 장외투쟁이 장기화되어 정국 정상화가 필요하다고 생각되었을 때 나는 당내 반대의견이 거셌지만 지체 없이 원내 복귀를 선언했다. 당의 파벌체제 혁파를 위해 당분열의 위험을 무릅쓰고 파벌 보스들을 공천에 배제했고, 이로 말미암아 민국당이 창당되는 등의 일부 분열을 겪었으나 이를 극복하고 2000년 총선에서 원내 제1당이 되었다. 그래서 제왕적 총재라는 말도 들었다.

이번에도 내가 먼저 총재직을 버리고 집단 지도체제와 국민경선제 등 당 개혁안을 주장하고 나서면서 경선의 장을 벌인다면 일거에 당내만이 아니라 정국에 변화의 바람을 휘몰아치게 할 수 있을 것 같았다.

　당내에서 일기 시작한 비주류들의 당 개혁 요구도 이 바람 속에 묻혀버릴 것이다.

　그러나 나는 망설였다. 대세론에 안주해서가 아니다. 집단 지도체제와 당권·대권 분리 및 국민경선 등 당 개혁방안 자체에 대해 나는 옳은 방향의 개혁이라는 확신이 서지 않았던 것이다.

　총재직은 언제든지 버릴 수 있고 미련이 없지만, 대선을 눈앞에 두고 총재직과 대선 후보를 분리했을 때 당이 후보의 기대만큼 움직이지 않은 경우가 생기면 치명적이다. 이것은 1997년 대선 때 이미 겪어본 일이 아닌가.

　또한 집단 지도체제에 대해 나는 본래부터 회의적이었다. 인류의 역사나 정치사에서 집단 지도체제가 본래의 뜻대로 성공한 사례를 보지 못했다. 집단 지도체제는 권력이 분산된다는 점에서 민주적으로 보일 뿐, 결국 권력 및 파벌 간의 패권투쟁으로 치닫게 되거나 그렇지 않으면 권력의 분산은 권력의 무력화를 가져와 집단 지도체제를 무력화시킨다.

　외관만 집단 지도체제일 뿐 내부적으로는 한 사람의 실력자가 권력을 장악하는 경우도 생긴다. 구소련의 공산당 체제나 현 중국공산당 체제의 집단 지도체제 역사를 보면 이 점은 쉽게 수긍이 될 것이다. 예컨대, 중국은 지금도 집단 지도체제의 형식을 취하고 있지만 실질적으로 시진핑 주석 1인에게 권력이 집중되어 있다.

더구나 나는 16대 총선에 앞서 야당의 고질이었던 파벌체제를 혁파하기 위해 개혁 공천을 단행했고 이로 말미암아 당 일부가 분열되어 민국당이 생기는 등 희생을 치렀는데 집단 제도체제 도입으로 파벌체제가 다시 되살아나지 않을까 하는 우려도 있었다.

국민경선제에 대해서도 그 취지는 이해되지만 이것이 과연 올바른 제도인지 확신이 서지 않았다. 국민경선제의 원형인 미국의 프라이머리(primary)는 민주당과 공화당이 1970년대에 인기를 만회하기 위해 도입한 것인데 지금까지도 정당기능을 허물어 정당 스스로 자살하는 결과를 가져왔다는 비판론이 나오고 있는 터이다.[•]

그렇다고 해도 미국에서 프라이머리 제도는 확고히 자리 잡았고 우리나라에서도 전부냐 일부냐의 차이만 있을 뿐, 그 도입이 추세가 되고 있지만 그것이 진정한 민주주의보다는 포퓰리즘에 가깝다는 데서 오는 거부감이 나의 마음 바닥에 깔려있었다.

그런데 한나라당 내에서도 주로 비주류에 속하는 박근혜, 김덕룡, 이부영 의원 등과 미래연대 등 개혁그룹 의원들이 당내 개혁요구의 목소리를 내고 있었다. 그 목소리가 더욱 거세지기 시작했다. 내용은 민주당 내의 당 쇄신 요구와 흡사했다. 주로 당총재에게 권력이 집중되어 있는 '1인 보스체제'를 비판하고 당내 민주화를 위해 당권·대권 분리, 집단 지도체제, 국민경선제를 도입해야 한다는 것이었다.

초기에 이들의 요구는 당내에서는 소수자의 주장에 불가했다. 국회

•　《The Future of Freedom》(Fareed Zakaria), 182쪽 참조

의원·원외지구당 위원장 연석회의에서 비주류의 개혁안에 대해 의견을 물어본 바, 약 70퍼센트에 가까운 수가 반대했다. 그러나 비주류는 수가 적다고 해도 그들의 주장은 다수결의 논리로만 배척할 수 없는 경우가 있다. 더구나 당 개혁 문제는 민주당 쪽에서 촉발되어 정국변화의 바람이 될 조짐을 보이고 있었으므로 한나라당 내에서 다수결로만 넘어갈 수 있는 일이 아니었다.

당내에서는 주로 다선 보수계 의원들이 당 개혁안에 대해 반대론을 고수하고 있었지만 나는 당 개혁의 바람이 옳으냐 그르냐를 떠나 정국을 변화시키는 바람으로 거스를 수 없는 추세가 될 것 같은 느낌이 들었다. 당 개혁안은 옳으냐, 그르냐는 가치의 문제를 넘어 변화의 바람 속에 당이 살아남느냐, 않느냐는 사활의 문제로까지 진전될지도 몰랐다. 당이 살아남기 위해 변화를 받아들일 수밖에 없게 된 것 같았다.

나는 12월 11일 국가혁신 위원회 정치발전분과 위원회에서 대통령과 총재직 분리 문제를 비롯해 당의 자율적 운영을 보장하는 방안을 심도 있게 검토해줄 것을 요청했다. 그 후 여러 차례 당론 수렴을 거쳐 2002년 2월 20일 당무회의에서 일반 국민 참여 50퍼센트의 국민경선제와 대통령 취임 후 100일 내지 180일 내에 당권·대권분리, 집단 지도체제를 도입하기로 하는 안을 의결했다.

박근혜 부총재는 초기에는 주로 국민경선제 도입을 주장하다가 그 후 국민경선 참여 비율을 50퍼센트로 하는 국민경선제와 당권·대권분리 및 집단 지도체제의 즉각 도입을 강하게 주장했고, 이것이 수용되지 않을 경우 탈당하겠다는 뜻을 밝혔다. 그때만 해도 당내에 박 부총재를 추종하는 사람들은 많지 않았고 여론조사에 나타난 지지율도 높지 않았지만 그가 탈당한다면 한나라당으로서는 큰 악재가 될 수 있었다.

나는 2월 19일 그의 의원회관 사무실로 찾아가 설득을 시도했으나 실패했다. 국민경선 비율을 50퍼센트로 한 것은 그의 요구를 그대로 받아들인 것이지만 그는 당권·대권 분리와 집단 지도체제를 대선전에 도입할 것을 주장하며 고집을 꺾지 않았다.

마침내 박근혜 부총재는 2월 28일 기자회견을 갖고 한나라당 탈당을 선언했다. 이유는 "한나라당이 국민 참여의 모양만 갖추고 제왕적 1인지배의 정당을 종식하지 않고서는 정권 교체를 해도 의미가 없다"는 것이었다.

주류 측에서는 박 부총재가 정치를 하는 뜻은 대통령이 되는 것인데 현재와 같은 당체제로는 그 기회가 올 것 같지 않으므로 탈당하는 것이라고 보았다. 이유야 어떻든지 간에 정치를 하겠다고 한나라당을 찾아왔던 박 부총재가 당을 떠나게 된 것은 결국 당총재인 내가 부족하고 부덕한 탓이라고 말할 수밖에 없었다. 참으로 우울했다.

9·11테러 후 미국 방문

1월 22일부터 28일까지 미국을 방문했다. 9·11테러 사건으로 유례없는 타격을 입고 아프간전쟁 등 대 테러전을 치르고 있는 미국을 위로하는 것과, 금년 대선에서 정권 창출을 목표로 하고 있는 야당의 대표로서 한반도 문제에 대한 미국조야의 인식을 알아보고 나의 남북 문제 및 한미관계를 비롯한 국제관계에 대한 신념과 비전을 설명하고 토론의 기회를 갖는 것이 목적이었다.

접촉 대상은 미국정책 형성에 관여하는 세 분야의 인물들로 첫째로 미국행정부의 고위정책 결정자들, 둘째로 미국의회의 지도자들, 셋째로 미국정책에 영향을 미치는 연구기관 및 언론 등이 있었다. 당은 이들 접촉 대상을 미리 세밀하게 선정하고 접촉 계획을 짰으며 주미 한국대사관 등 공관을 경유하지 않고 직접 교섭하는 방식을 택했다. 당시 주미대사는 고교동창이고 친구인 이홍구 대사였다. 그러나 지난번 러시아 방문 때 현 정권은 현지공관장이 야당 총재를 예우한 것을 문제 삼았던 일이 있었다. 그래서 나는 현지 공관에 부담을 지우지 않기 위해 일체 그 도움을 받지 않기로 했다.

방문단 일행은 총재 내외 외에 정재문 국제위원장, 김만제 당경제 정책 특위위원, 김정숙 여성위원장, 정형근 혁신위정치발전분과 부위원장, 조웅규 국제위 부위원장, 김무성 총재비서실장, 남경필 대변인, 오세훈 부대변인, 이홍주 총재특보, 박신일 총재특보, 박진 총재특보 등 21명이고, 수행 기자단도 30명이 넘었다.

워싱턴에 도착한 당일은 한국전 참전기념비 헌화와 워싱턴 지역 교민을 비롯한 미국 16개 주요도시 이회창후원회 임원 700여 명이 참석한 환영회 등의 일정을 소화했고 본격적인 일정은 다음날부터 시작되었다.

23일 오전에 백악관을 방문해 콘돌리자 라이스(Condoleezza Rice) 대통령 국가안보보좌관을 만났고, 국무부로 와서 콜린 파월(Colin

Powell) 국무장관 및 리처드 아미타지(Richard Armitage) 국무부 부장관을 만나 면담했다. 정오에는 미국기업 연구소(AEI)와 헤리티지(Heritage)재단의 공동초청 오찬연설회에 참석해 연설했다.

그리고 오후에는 의회로 가서 크리스토퍼 콕스(Christopher Cox) 공화당 하원정책위의장, 제임스 리치(James Leach) 하원 아태소위원회 위원장, 데니스 해스터트(Denis Hastert) 하원의장, 톰 딜레이(Tom Delay) 공화당 하원수석 부총무(이 사람은 부총무이지만 텍사스 출신으로 공화당의 실세로 알려져 있었다) 등을 만나 면담했다. 그밖에 국제전략문제 연구소(CSIS)를 방문해 즈비그뉴 브레진스키(Zbig Brzezinski) CSIS 상임고문을 면담하고 CSIS 간부 등과 대좌해 면담했다.

이렇게 자세한 일정을 적는 이유는 야당 총재가 외국에 나가 놀고 다니지 않았다는 것과 얼마나 빡빡한 일정을 소화했는지를 기록해둘 필요가 있다고 생각하기 때문이다. 면담에는 안은영이라는 유능한 통역이 수행했지만 짧은 시간에 많은 인사를 만나야 하기 때문에 일일이 통역을 통해 대화하는 것은 너무 시간이 걸렸다. 아주 중요하고 의전을 갖춰야 할 경우가 아닌 한 나의 짧은 영어로 직접 대화해 시간을 절약했고 통역이 녹취해주어 비교적 자세한 대화록을 가질 수 있었다.

이 날의 면담 내용을 몇 가지만 소개하겠다.

콘돌리자 라이스 보좌관은 부시 대통령의 최측근으로 알려져 있는 인물인데 나와 대담 중에 "앞으로 대 테러전으로 광범위하게 국제관계가 변할 가능성이 큰데, 미국과의 관계에서 세계 국가들을 네 가지로 분류할 수 있다고 말했다. ①오랜 기간 미국과 동맹 또는 친구관계를 맺어온 국가들(한국, 일본, 영국 등) ② 때로 관계가 불편해도 대테러 전에서는 미국의 편을 드는 국가들(러시아, 인도, 중국 등) ③ 테러 지지를 재고하는 국가들(리비아, 시리아, 수단 등) ④ 희망이 없고 무모하며 모든 악을 옹호하는 국가들(이란, 북한 등)이 그 내용이었다. 이중 마지막으로 꼽은 국가들에 대해서는 대량 살상무기 확보 유혹에 대해 강력한 압박을 가해야 한다고 말한 것이 기억에 남는다.

또 국무부에서 콜린 파월 국무장관과, 리처드 아미티지 국무부 부장관을 만났을 때 아미티지 부장관 방의 소파가 서양인 체구에 맞게 높고 등받이가 깊어 나처럼 다리가 짧은 사람은 발이 방바닥에 닿지 않고 허리도 등받이에 기댈 수 없어 엉거주춤 앉을 수밖에 없었다. 나는 그와 면담을 끝내고 일어서면서 그에게 농담반 진담반으로 "오늘 만남은 유익했는데 이 의자는 나에게 편하지 않았다. 나같이 다리 짧은 사람도 편하게 앉을 수 있도록 좀 더 낮고 등받이가 가까운 의자로 바꾸는 게 좋겠다"고 충고하자 그는 파안대소하면서 "그렇게 하겠다"고 대답한 것이 기억난다.

그날 정오에 세인트레지스호텔에서 열린 미국 기업연구소와 헤리티지재단이 공동초청한 오찬연설회에서는 "기로에 선 한국: 미래의 도전"이란 제목으로 연설했다. 이 연설에서 나는 대북 정책의 기조는 현실적으로 고립화나 봉쇄보다 포용이 되어야 한다고 전제하고, 그러나 김대중 대통령의 퍼주기식 '햇볕정책'은 북한의 심각한 위협과 도발을 잠시 억제한 긍정적인 측면이 없지 않지만 지나친 열정과 관용으로 국민적 합의를 무너뜨리고 국민의 안보의식을 약화시켰으며 경제에도 부정적 영향을 미쳤다고 평가했다. 그리고 나의 대북 정책은

'전략적 포용정책(Strategic Engagement)'이라고 할 수 있는데, 그 요점은 ①포용정책의 목표는 한반도의 평화와 안정이어야 한다. ②남북관계는 상호주의의 원칙에 바탕을 두어야 한다. ③대북 정책은 국민적 합의에 역행해서는 안 된다. ④통일도 중요하지만 보다 궁극적인 대북 정책의 목표는 인권과 민주주의 그리고 자유시장 경제를 지키는 데 두어야 한다. ⑤대북 정책은 강력한 국방력으로 뒷받침되어야 한다의 다섯가지로 설명했다. 참석한 미국인들로부터 많은 질문이 나와서 토론도 벌였다.

연설에 앞서 헤리티지재단의 퓰너(Feulner) 이사장은 나를 한국의 다음 대통령 후보가 될 분이라고 소개하면서 몇 마디 덕담을 해주었다. 나는 연설을 시작하기에 앞서 퓰너 이사장의 덕담에 고맙다고 말하고 "그러나 이곳이 한국이었으면 당신은 사전선거법 위반으로 체포될 수도 있으니 말조심해야 한다"고 농담을 하자 장내에 폭소가 터졌다.

다음날인 24일에는 워싱턴포스트 본사에서 그레이엄(Graham), 하얏트(Hiatt) 외 여러 명의 간부들과 조찬을 함께했다. 그들과 나는 대북 정책, 경제정책과 금년 대선의 전망, 김대중 대통령의 햇볕정책 평가, 주한미군 문제 등에 관해 질의응답을 하면서 토론했다. 미국을 대표하는 언론의 하나인 워싱턴포스트의 사주 및 편집인 등 간부들과 머리를 맞대고 앉아 아침식사를 같이하면서 토론하는 것은 익숙한 일이 아니었지만 긴장되지는 않았다. 다만 질문을 듣고 답하느라 맛있어 보이는 팬케이크를 충분히 즐기지 못한 것이 아쉬웠던 기억이 난다.

이회창
회고록

오전 10시에 백악관을 다시 찾아 리처드 체니 부통령을 예방해 면담했다. 그는 먼저 미국의 대테러 활동에 대한 한국 조야의 지지에 대해 감사하다고 말하고 한국의 지지는 큰 도움이 되고 있다고 했다. 나는 9·11테러 사건에 대해 심심한 위로를 전하고 미국의 대통령과 부통령 그리고 지도자들의 용기와 결단, 단결에 경의를 표했으며 동맹국으로서 반테러에 대한 전폭적인 지지와 공감을 표한다고 말했다.

그는 북한과의 관계 개선 전망에 대해 나의 의견을 구했다. 나는 현재 남북관계가 정체된 것은 남북관계가 진전되면 북한의 체제 위험을 감수해야 한다고 생각하는 북한의 딜레마 때문이다, 나와 한나라당은 대북 정책에 대해 기본적으로 포용적이어야 하지만 그 목표는 북한을 개방시켜 한반도의 전쟁 위험을 해소하고 평화를 정착시키는 데 있다고 생각한다, 이런 목표를 달성하기 위해 상호주의, 국민합의와 투명성, 검증이라는 세 가지 전략적 원칙을 지켜야 한다고 말했다. 그는 나의 말에 공감을 표했고 그 밖에 경제문제 관해서도 의견을 나눴다.

그는 특히 9·11테러 사건으로 정말 놀란 것은 테러 네트워크가 매우 방대하게 조직화되어 있어 최소한 7만 명이 테러 훈련을 받았고 알카에다 세부조직은 세계 도처(영국, 독일, 스페인, 이탈리아, 말레이시아, 인도네시아, 싱가포르, 필리핀 등)에 퍼져 있어 대대적이고 지속적인 대응이 필요하다고 말했다. 이 글을 쓰고 있는 지금도 IS(이슬람국가)의 전쟁도발과 시리아 내전으로 인한 처참한 살육전이 벌어지고 중동만이 아니라 유럽과 동남아 등 전 세계에 걸쳐 잔혹한 테러 사태가 터지고 있는 것을 보노라면 테러는 9·11 때보다 더욱 확산되고 있는 것 같다.

체니 부통령은 미국정가에서 이른바 보수 매파에 속하는 사람으로 평가되고 있고 민주당이나 진보진영의 공격 대상이었다. 그는 나와의 만남에서 뾰족한 정치철학이나 신념을 드러내지 않았다. 그러나 미리 준비한 듯한 자세로 매우 성실하게 이야기를 하여 인상적이었다. 그와의 대담은 예정된 20분을 넘겨 꽤 오래 진행되었다.

그날 오후에는 국방부에서 폴 월포위츠(Paul Wolfowitz) 부장관을 면담하고 이어 의회로 가서 조셉 바이든(Joseph Biden) 상원외교위원장, 톰 대슐(Tom Daschle) 민주당 상원 원내총무, 리처드 게파트(Richard Gephardt) 민주당 하원 원내총무를 만나 면담했다.

이로써 미국 대통령을 빼고 백악관과 미국 의회의 주요 인사들을 두루 만난 셈인데 이렇게 이틀 동안에 많은 지도자들을 만난 것은 아마도 전례가 드문 일일 것이다. 나는 한 사람이라도 많이 만나 지한파를 만들 수 있다면 앞으로 대미 외교에서 꼭 도움이 될 일이라고 생각했던 것이다.

의회 방문 뒤에는 브루킹스 연구소(Brookings Institution)을 방문해 아마코스트(Armacost) 소장과 그레이스틴(Greysteen) 등과 면담했고 저녁에는 미국외교협회(CFR) 한국 TASK팀(대표 Abramowitz)이 초청한 만찬에 참석해 환담을 나눔으로써 워싱턴 일정을 모두 마쳤다.

25일에는 뉴욕으로 출발해 월스트리트 저널 임시본사에서 피터 칸(Peter Kann) 회장을 비롯한 신문사 간부들과 이른 오찬을 겸한 간담회를 가졌다. 여기서도 〈워싱턴포스트〉에서와 같이 여러 가지 주제로 대화를 했다. 특히 월스트리트 저널답게 한국에서 자유시장 경제가 유지·발전될 수 있을지에 대해 관심과 우려를 나타냈다. 그밖에 마이클 블룸버그(Michael Bloomberg) 뉴욕 시장을 예방해 면담했고 아시아소사이어티(Asia Society)가 주최한 기업·금융계 인사들과의 간담회에 참석했으며, 저녁에 뉴욕지역 교민 환영회에 참석함으로써 공식일정을 모두 마쳤다.

다음날에는 9·11테러 현장인 WTC빌딩이 무너진 그라운드 제로(Ground Zero)를 방문했다. 당당했던 쌍둥이 건물은 간 곳 없고 깊이 파헤쳐진 현장과 황량해진 주변의 거리를 보면서 테러가 가져온 잔혹한 결과에 몸서리쳐지는 기분이었다. 현장 옆에는 그날 희생된 400여 명이 넘는 소방관들의 사진을 내걸은 조촐한 빈소에 꽃이 쌓여 있었는데, 그곳에서 들은 설명에 의하면 이 많은 소방관들이 공격받은 건물이 언제 붕괴될지 모르는 위기상황에서도 그 안의 인명구조를 위해 건물 안에 뛰어 들어갔다가 붕괴와 함께 희생되었다고 한다. 건물에서 내려오는 생존자들은 비상계단으로 건물을 빠져나오는데 반대로 소방관들은 건물 위로 올라가면서 서로 조심하라고 격려했다고 한다.

영웅이란 바로 이런 사람들이다. 인명구조가 자신이 해야 할 일이라고 믿어 사지에 뛰어드는 사람들, 이런 영웅들이 있기에 인류사회는 동물사회로 타락하지 않고 오늘의 문명사회로까지 발전해온 것이다.

그 다음날인 27일(일요일)은 귀국하는 날인데 아침 조찬을 헨리 키신저(Henry Kissinger) 박사와 함께했다. 그와는 세 번째 만남이었다.

일본 방문, 일본에 대한 나의 생각

나는 2002년 3월 11일 일본 기자클럽(NPC)이 초청한 오찬 연설회에 참석하고 일본 정관계자들과 대화하는 기회를 갖기 위해 3박4일 일정으로 일본을 방문했다. 구체적인 일본의 방문 일정을 말하기 전에 평소 내가 가지고 있던 일본에 대한 생각과 바람을 말해두는 게 좋을 것 같다.

1) 일본에 대한 나의 생각

나의 생각은 간단하고 명료하다. 한국과 일본은 상생의 동반자 관계를 가지고 동아시아의 미래를 함께 열어가야 한다. 한국과 일본은 과거부터 역사적, 문화적으로나 정치적, 경제적, 사회적으로 밀접한 상관관계를 가져왔다. 심지어 만세일계(萬世一系)를 자랑하는 일본 황실의 왕(천왕) 중 조선 도래족(渡來族)임을 고증하는 고고학적 자료도 나온 바 있다. 이렇게 가장 가까워야 할 한국과 일본은 지금 서로를 믿지 못하고 등을 진 채 앉아있는 형국이다.

그 원인은 한마디로 일제의 조선병탄, 즉 식민지 지배에 대한 과거사 인식 때문이다.

우리는 일제의 한국 식민지화는 무력에 의한 강제병합으로 불법이며, 또 일제는 한국인의 한국어 사용을 금지하고 일본어 상용과 창씨개명을 강요하는 등 한국인의 정체성과 문화를 말살하고자 했고, 한국인을 징병·징용해 전쟁준비와 전쟁에 내몰았을 뿐 아니라, 심지어 한국의 부녀자를 군 위안부로 강제 동원해 전쟁의 현장에서 참혹한 삶을 살게 만드는 등 반인류적 범죄행위를 저지른 것으로 인식하고 있다.

그런데 일본은 이런 우리의 인식에 동의하지 않는다. 그동안 일본의 정치 지도자들은 입으로는 과거사에 대해 반성하고 사과한다는 뜻을 표해 왔지만 대체로 진심이 담겨있다고 보기 어려운 경우가 많았다. 특히 최근 일본사회의 우익화 경향이 강해짐에 따라 이에 편승한 아베총리는 과거의 반성과 사과의 태도 대신 강한 일본을 내세우고 독도의 영유권도 정면으로 주장하는 등 역대 정권과 다른 과거사 인식을 분명하게 드러냈다.

왜 과거사 인식이 중요한가? 우리나라에는 과거사는 한·일 각자가 인식하는 대로 놔두면 되지 구태여 일본에 대해 우리와 같은 역사인식을 가지라고 요구할 필요가 없다고 말하는 이들도 있다. 그러나 과거사의 인식은 현재와 미래의 역사를 만드는 바탕이 되므로 안이하게 생각할 문제가 아니다.

우선 과거 군국주의 일본이 한국을 식민지 지배하면서 한국인의 잠재의식에 어떤 영향을 미쳤는지 생각해보자. 나같이 식민지 지배를 직접 겪은 세대의 잠재의식에는 일본에게 속고 멸시당했다는 치욕감과 식민지 피지배자로 살면서 느꼈던 열등감이 아직도 남아있다. 일제는 일본과 조선은 똑같다는 '내선일체(內鮮一體)'란 구호를 내걸었지만 철저하게 한국인을 1등 국민인 일본인에 종속되는 2등 국민으로 취급했다.

이와 반면에 일본인들, 특히 전쟁을 겪은 세대는 잠재의식 속에 한국을 식민지 지배했다는 우월감과 식민지인인 한국인에 대한 경멸감을 여전히 갖고 있다. 대개의 일본인들, 특히 지성적이고 문화적인 교양을 갖춘 일본인들은 평소 이런 잠재의식을 표출시키지 않으려고 하지만 완전히 숨기지는 못한다.

나의 형님(會正)이 1960년대에 미국 대학병원에서 연수할 때 뒤늦게 연수하러 온 일본인 의사의 숙소를 잡아주는 등 여러 일을 친절하게 도와준 적이 있었다. 그 일본인 의사는 매우 고마워하며 가깝게 지냈다고 한다. 그런데 어느 날 같은 연구소에서 형님과 일본인 의사가 일본어로 대화하는 것을 보고 있던 미국인 의사가 일본인 의사에게 "너는 한국말을 할 줄 아느냐?" 하고 묻자 그는 "Oh No!" 하면서 펄쩍 뛰다시피 부인하더라는 것이다.

그 의사와 같이 전쟁을 겪은 연배의 일본인 세대들이 갖는 식민지 지배에 대한 잠재적인 우월감이 '내가 어떻게 식민지 언어를 하겠느냐'는 식의 반응으로 비쳐져 형님은 그 일본인에게 정나미가 떨어져 버렸다고 술회한 일이 있다. 말하자면 식민지인인 한국 사람은 일본말을 배워야 했지만 식민지 지배자인 일본인은 한국말을 모르는 게 당연하다는 우월의식 같은 것 말이다. 나도 법관 시절인 1970년대에 일본을 방문한 일이 있는데 호텔에서 영어를 쓰면 지배인이나 직원들이 속된 말로 쩔쩔매지만 일본어를 쓰면 태도가 금방 달라지는 것을 종종 보았다. 이것도 그들의 잠재의식을 엿보이게 했다.

우리나라의 그 후의 세대들은 나와 같은 세대가 갖는 잠재적인 열등의식은 없고 당당하며, 일본의 대부분의 젊은 세대도 과거 세대가 갖는 우월의식을 그대로 이어받지는 않았으리라고 생각한다.

그러나 잠재적인 우월의식을 가진 일본의 과거 세대가 과거의 역사, 제국주의 시대의 침략과 식민지 지배의 역사, 이웃나라에 고통과 굴욕을 안겨준 역사를 부끄럽고 치욕스러운 것이 아니라 오히려 자랑스런 역사로 생각하고 이를 미화하면서 재현해야 할 일본의 영광스런 모습으로 후세대들을 교육한다면 어떻게 될까? 후세대들은 장차 어떤 의식을 갖게 되며 일본은 장차 어떤 나라가 될 것인가? 참으로 걱정스러운 일이다. 그래서 나는 과거사 인식과 역사교과서 문제가 한·일 간에 풀어 나가야 할 가장 중요한 문제라고 생각한다.

나는 유창하지는 않아도 일본어 회화를 할 수 있지만, 일본에 갔을 때나 공식적인 회합에서는 일절 일본어를 쓰지 않고 통역을 썼다. 주한 일본대사의 오찬이나 만찬초청을 받아 갔을 때도 마찬가지였다. 그러나 그중에도 예외가 있었다. 일본 민주당 대표였고 총리를 지낸 하토야마 유키오(鳩山由紀夫) 씨의 경우가 그러했다.

그는 민주당 대표 시절 방한했을 때 나와 단둘이 만찬을 했는데 한국말을 못했다. 그래서 내가 "나는 평소 일본인과 만나도 일본말을 쓰지 않지만 오늘은 당신과 단둘이어서 일본어로 말하려고 한다. 서툴더라도 양해해주기 바란다" 하고 일본어로 말했다. 내가 일본어를 쓰지 않는 것으로 알려진 탓인지 그는 감동을 받은 듯한 표정을 감추지 않았다. 유독 하토야마 씨에게 이렇게 한 것은 그는 위에서 말한 잠재적인 우월의식이 없어 보이는 드문 일본인이었기 때문이다. 하토야마 씨 부인이 남편을 우주인이라고 부른다는 보도를 본 일이 있다. 그 정도로 그는 정치인으로서는 드물게 순수함과 진정성을 가진 인물이었다.

일본의 과거사 인식과 역사교과서 기술에 대해서는 한·일 간에 갈등을 거듭해 왔는데 지금 돌이켜 보면 그래도 내가 방일한 당시만 해도 예컨대, 역사교과서 중 가장 문제가 많았던 출판사 '후소샤(扶桑社)'가 편집한 중학교 역사교과서의 채택율이 전체 중학교의 0.1퍼센트에 그쳤었다.

그리고 독도 문제도 일본정부가 나서서 정면으로 거론하지 않았다. 그러나 지금은 어떤가? 역사교과서는 이미 한국의 눈치를 보지 않고 있고, 독도는 2005년 고이즈미 준이치로(小泉純一郎) 정권 이래로 방위백서에 일본영토라고 공개적으로 표기해오고 있으며 심지어 한국의 독도시설을 문제 삼는 지경에까지 이르렀다. 그리고 국제 문제로까지 비화된 위안부 문제에 관한 갈등은 더 말할 필요도 없다. 왜 이렇게 상황이 악화된 것일까?

1차적으로는 일본정계의 우익화 경향이 원인이지만 우리나라에서 김대중 정권 시절 한일어업 협정체결에서 독도를 공동관리 수역에 포함시켜 일본의 독도에 관한 영유권 주장의 빌미를 준 것을 비롯해 보수 정권인 이명박 정권과 박근혜 정권에 들어와 일관성 없는 대일 정책을 펴온 것에도 그 책임이 있다고 생각된다.

어찌되었던 일본은 우리나라와 지리적으로만 아니라 정치적, 경제적, 문화적으로 가깝고 서로 깊은 연관을 갖고 있어 과거사 인식과 교과서 문제를 보다 정직하게 그리고 미래지향적으로 해결해야 하며 이것이 앞으로 한국의 정치를 주도할 지도자들의 과제라고 생각한다.

2) 방일 중의 일정
나는 3월 10일 오후에 일본에 도착해 저녁에 재일 거류민단간부

주최의 환영만찬에 참석했다. 당시 재일동포는 약 64만 명(재외국민 등록자 약 45만 명)이고 이중 거류민단원은 25만~30만 명, 조총련계는 약 10만 명이었다. 내가 방일했을 때 거류민단이 추진 중인 최대 역점사업은 재일동포 지방참정권 획득으로 조총련계에서는 일본사회에의 동화를 가져온다는 이유로 강력 반대하고 있었다. 만찬의 자리에서도 이 문제에 대한 본국의 지원이 필요하다는 요청과 나의 의견을 물어 나는 적극 지원하겠다는 뜻을 말했고 그 후 일본의 정부 및 정당관계자를 만날 때마다 재일동포 지방참정권 부여를 역설했다.

그 다음날인 3월 11일 오전에는 일본국회를 방문해 와타누끼(綿貫民輔) 중의원 의장과 이노우에(井上馨) 참의원 의장을 예방하고 정오에 일본기자클럽 초청 오찬에 참석해 '상생의 한·일 동반자 관계를 위하여'라는 제목으로 연설한 후 참석한 기자들과 질의응답의 시간을 가졌다.

나는 연설의 앞머리에서 우리나라의 국내 문제에 관해 산업화와 민주화 이후 지금은 법치주의의 확립과 지역주의를 청산한 국민대통합이 당면한 과제라는 것과 남북관계에서는 대북 포용정책의 3원칙(①상호주의의 원칙, ②정책 추진과정의 투명성과 국민적 합의, ③합의의 실천 여부 검증)이 기반되어야 하고, 핵무기와 미사일 등 대량 살상무기 문제의 해결이 급선무임을 강조했다. 그리고 동아시아 지역의 안보를 위한 대화와 협력 그리고 경제공동체의 필요성을 역설했다.

그러고 나서 이날 연설의 핵심이라고 할 수 있는 한·일관계에 대해 그동안 과거사 인식의 차이로 양국관계는 때때로 어려움을 겪었지만 한·일은 이런 걸림돌을 제거하고 동북아의 평화와 번영을 함께 선도해

나가야 한다고 강조했다. 그러기 위해 무엇보다도 일본이 과거를 직시하고 겸허하게 받아들이는 진실한 마음가짐이 필요하며, 한국도 일본의 변화된 모습을 평가할 수 있도록 마음을 열 것이라고 역설했다.

이어 역사교과서 문제 등을 언급했고 마지막으로 21세기 동북아의 평화와 번영을 위해 한국과 일본은 상생의 동반자 관계를 발전시켜 나가야 한다는 말로 마무리했다.

그리고 오후에는 고이즈미 준이치로 일본 총리를 예방해 대화를 나누었다. 주로 21세기의 한·일 협력, 남북관계, 동아시아 협력 그리고 한국과 일본의 경제협력과 발전 및 월드컵 공동개최 문제 등에 대해 견해를 주고받았다. 특별히 기록에 남길 만한 내용은 없었던 것 같다. 기억에 남는 것은 그의 언행인데 그는 두뇌회전이 빠른 재사(才士)형으로 실례의 말이 될지 모르지만 매우 가벼워 보였다. 말하는 것도 그렇거니와 행동하는 것이 좋게 말해 경쾌하다고나 할까. 아무튼 중량감 있는 지도자로는 느껴지지 않았다.

그는 초기에 자민당의 오래된 집권으로 인한 적폐에 대해 성역 없는 구조개혁을 내세워 80퍼센트 대의 높은 지지율을 보였으나, 개혁의 파트너이고 외무성 장관으로 외무성 개혁을 추진하던 다나카 마키코를 해임한 데다가 개혁을 거부하는 자민당 내 구세력과 관료들의 반발로 개혁이 지지부진한 상황까지 겹쳐 내가 방일했을 당시 그의 지지율은 급강하하는 상태였다.

그날 오후에 일본 내의 중요 각 정당을 예방했다. 공명당, 자유당, 민주당, 보수당, 사민당 등을 방문해 각 당수를 비롯한 당 지도부와 대담하는 기회를 가졌다. 이것은 일본의 각 정당의 모습을 외관상으로나마 서로 비교하고 인물들을 평가하는 귀한 기회였다.

이들 중에는 총리를 역임한 분들도 있고 도이 다카코 사민당 대표나 오자와 이치로 자유당 대표, 간자키 다케노리 공명당 대표, 노다 다케시 보수당 대표 등과 같은 일본정계를 뒤흔드는 정치 지도자들도 있었는데 대체로 매우 친절하고 내가 묻는 것에 성실하게 대답하려고 애썼다. 물론 일본은 이른바 막후정치가 활발해 그들의 바깥모습만으로 판단할 수는 없지만 과거에 듣던 것과 같은 권력화되고 무게를 잡는 식의 정치 스타일은 찾기 힘들었다.

당시 일본의 정당정치는 자민당의 파벌정치 시대에서 분열과 분화를 거듭해 좀 어수선하고 아직도 변화 중이라는 인상을 받았지만 그럼에도 총체적으로 일본정치가 쌓아온 연륜의 무게가 느껴졌다. 저녁에는 한일의원연맹 모리 요시로 회장 주최의 만찬에 참석해 일본 정치인들과 스스럼없이 술잔을 나누는 기회를 가졌다.

다음날인 3월 12일 오전에는 일본 〈아사히신문〉과 단독 인터뷰를 한 다음 일본 민주당 하토야마 유키오 대표 주최의 오찬에 참석했다. 그와는 구면일 뿐더러 마음으로부터 좋아하는 정치인이어서 오찬 자리가 즐거웠다. 오후에는 게이오기주쿠(慶應義塾) 대학을 방문해 대학생들과의 대담을 갖고 한·일 문제에 대해 의견을 나누었다. 일본 대학생들은 대체로 구김살이 없고 성실하다는 인상을 주었다. 그리고 일본 월드컵 조직위원회를 방문해 준비상황을 살펴보았다.

3월 13일 아침에 일본 도쿄방송(TBC)과 인터뷰를 마치고 우리나라의 전경련에 해당하는 일본의 경단련을 방문해 이마이다카시 회장과 만나 한일의 경제관계에 관해 기탄없는 의견을 나누었다.

이렇게 해 3일 간의 빽빽한 방문 일정을 모두 마치고 귀국길에 올랐는데 국내에서는 당 내외적으로 골치 아픈 일들이 벌어지고 있었다.

화불단행

화불단행(禍不單行)이란 잘못된 일, 어려운 일이 닥칠 때는 한 가지가 아니라 여러 가지가 함께 닥친다는 뜻이다. 정말로 그랬다.

박근혜 의원이 탈당하고 난 뒤 같은 비주류인 김덕룡 의원도 탈당 의사를 언론에 흘리는 등 당내 행보가 심상치 않았다. 이런 와중에 민주당 설훈 의원이 3월 5일 기자회견을 갖고 "이회창 총재와 장남 정연 씨가 105평짜리 가회동 빌라 두 채를 월세로 얻어 거주하고 있는데 한 채의 2년 사용료가 2억 원이 넘는 호화빌라"라고 주장하면서 자금원을 대라고 요구하고 나섰다.

처음에 나는 대수롭지 않게 생각했다. 설훈 의원은 한나라당에는 민주당의 저격수로 알려져 있고 그동안 나에 대해 근거 없는 의혹을 부풀려 제기한 전력이 있었다. 또한 가회동 빌라는 숨겨놓은 재산도 아니고 당시 내가 거주하던 곳으로 매일 아침 기자들과 조찬을 해오고 있어 언론에 그 위치와 구조가 이미 알려져 있었다.

그러나 이러한 생각이 탈이었다. 후다닥 놀라 대책을 세우고 신속하게 해명했어야 되는데 그렇지 못한 사이에 민주당 쪽에서는 '호화빌라 게이트'니 '가족타운'이니 이름을 붙여 공격해 대면서 일파만파 '빌라 게이트'로 퍼졌다. 마치 내가 고가의 호화빌라를 소유하거나 또는 재력가로부터 무상으로 사용하는 것처럼 만든 것이다.

이제는 다 지나간 일이라 이러쿵저러쿵 변명이나 해명할 생각은 없다. 다만 나는 당시 집이 없었고(1997년 대선 때 구기동 소유주택을 팔았기 때문) 대선을 치르려면 큰 집이 필요했으므로 때마침 사돈이 소유한 빌라를 빌려 쓴 것뿐이다. 그런데 신속하게 대응하지 못하고 어설프게 "사실은 그게 아닙니다. 이것은 이렇고 저것은 저렇고…" 하는 식으로 변명을 늘어놓은 바람에 오히려 문제로 키워놓은 것 같았다.

일부 언론에서는 집값 대란으로 국민들의 고통이 이만저만이 아닌데 호화빌라에 가족타운을 이루고 살겠다는 발상은 도덕성에서나 상황인식 능력의 차원에서 이해하기 어렵다고 비판했다. 당내에서는 당장 빌라에서 나와 갈 곳이 없으면 공터에 천막을 치고 입주하는 모습이라도 보여야 한다는 의견도 나왔다. 정치는 그렇게 해야 한다고 말한 사람들도 있지만 그런 속이 들여다보이는 쇼는 할 수 없어 옥인동에 60평 독립주택을 얻어 이주했다.

이렇게 가회동 빌라 문제로 곤욕을 치르던 와중에 3월 7일 김덕룡 의원이 탈당 결심을 굳힌 것으로 언론에 보도되고 강삼재 의원도 부총재직을 사퇴했다. 그런가 하면 민주당에서도 경선과정에서 불거진 갈등으로 일부 세력이 이탈해 분당할 것이라는 소문도 돌았다.

이즈음에 정가에는 갖가지 정계 개편설이 나돌았다. 민주당 대선 후보까지 포함해 제반세력이 총집결해 '반이회창 연대'를 형성할 것이라느니, 민주당의 지방선거 패배 인책을 명분으로 민주당이 분열되어 신당이 나올 것이라느니, 한나라당을 탈당한 박근혜 의원과 정몽준 의원을 중심으로 한 신당이 나올 것이라느니, 하는 말들 따위였다.

김덕룡 의원은 박근혜 의원과 신당을 같이 만들 뜻이 있음을 언론에 내비치기도 했다.

그런가 하면 자민련 김종필 총재는 3월 8일 방송 대담프로에서 "정계개편이 다가오고 있다. 보수와 진보가 따로 모여 색깔을 분명하게 당을 만들어야 한다"고 말하고 최근 이회창 대세론이 많이 흔들리고 있다면서 불난 집에 부채질을 했다.

게다가 서울시장 후보 경선을 준비하던 홍사덕 의원이 언론의 서울시당 대의원 여론조사에 경쟁상대인 이명박 전 의원에게 뒤지는 것으로 나오자 경선 포기를 선언하고 당이 불공정 경선을 획책하고 있다고 비난하고 나섰다. 당시 이상득 사무총장이 이명박 전 의원의 친형이기 때문에 나는 불공정 시비가 나올까봐 특히 신경 쓰고 있었는데 홍 의원이 그동안 불공정 항의를 일체 하지 않다가 느닷없이 불공정 경선 시비를 들고 나오니 황당했다. 그는 한걸음 더 나아가 내가 방일 중인 3월 11일 기자회견을 갖고 나의 2선 퇴진과 총재권한 대행에 의한 비상체제 운영 및 즉각적인 집단 지도체제 도입을 주장하고 나섰다.

마침내 그도 김덕룡 의원 등 비주류에 합류한 것이다. 진의가 무엇이든 그의 평소 점잖은 인품을 좋아해 가까이 했던 나로서는 뼈아픈 일이었다.

또 나의 방일 중에 최병렬 부총재가 "당 안에 공식라인과 별도의 라인이 있는 것처럼 많은 사람이 느끼고 있는 것이 문제"라면서 측근 정치의 폐해를 거론했고, 이를 도화선으로 당내에 측근정치 규탄의 목소리가 요란하게 나왔다. 주로 양정규 부총재, 하순봉 부총재, 김기배 전 사무총장 등을 겨냥한 것이었다.

그러나 '측근정치'에 문제가 있다면 그 1차적 책임은 바로 총재인 나에게 있을 터이다. 나는 감사원장, 국무총리를 거쳐 정치에 들어온 뒤에도 줄곧 당대표나 당총재 등 조직의 수장자리에 있어오면서 가까이 일하는 측근들의 도움을 받아왔다. 그래서 측근을 어느 정도 잘 파악하고 있다고 자부해 왔었다. 나는 전에 당태종의 정관정요(貞觀政要)를 보면서 당태종이 중신들에게 수시로 황제에게 간언과 충고를 하도록 독려한 대목을 읽고 당태종의 이중적 의도를 짐작했다. 즉 당태종은 자신도 조심했지만 중신들에게 "당신들도 조심하라"는 메시지를 보낸 것이라고 해석했다. 조직사회에서 수장의 자리에 있는 사람은 이런 정도로 자신과 측근을 스스로 조심하는 마음가짐을 가져야 한다는 것이 나의 생각이었다.

내가 파벌체제를 혁파한 이래로 총재의 측근은 주요당직을 맡은 당직자이고 그들이 당직을 떠나면 측근의 자리에서도 벗어나는 것이다.

'측근정치'의 규탄론자들은 측근들이 호가호위를 하느니, 총재의 눈과 귀를 가리느니 하고 말했지만 구체적인 근거는 제시하지 못했다. 거론된 양정규, 하순봉 부총재나 김기배 사무총장은 모두 당과 나를 위해 힘든 일을 마다 않고 헌신적으로 일해온 사람들인데 이들을 '측근정치'라는 말 한마디로 매도하는 것은 나를 측근에 휘둘린 바보로 만드는 것과 같았다. 나는 이 시점에서 나온 '측근정치론'은 다분히 당 개혁과 당체제 개편을 앞둔 '정치게임'처럼 느껴졌다.

그러나 자존심이 강한 하순봉 부총재는 부총재직을 사퇴했다.

아무튼 악재가 연발로 터져 나왔는데 주로 당내에서 생긴 일들이다. 좀 장황하지만 그동안의 경위를 말한 것은 '집권야당'이란 말까지 나왔던 나의 대세론이 어떻게 흔들리기 시작했는가를 설명하기 위해서이다.

곧 본격적인 시련과 고비를 만나게 된다.

노무현 돌풍, 나의 대세론이 무너지다. 당 개혁안 확정

이즈음 민주당 내 사정도 심상치 않게 돌아가고 있었다. 그동안 이인제 고문이 경선에서 선두를 지켜왔는데 언론보도에 의하면 그의 조직기반은 자신의 조직 외에 권노갑 최고위원의 동교동계 구파조직이 중요기반이었다. 그런데 동교동계 기반이 흔들리기 시작하고 노무현 고문이 무섭게 치고 올라온 것이다.

그러다가 문화일보의 3월 정기여론 조사에서 처음으로 노 고문이 나를 1.1퍼센트 앞서는 것으로 나왔고 한국갤럽과 MBC가 3월 16일 실시한 가상대결 여론조사에서는 39.6퍼센트 대 37.3퍼센트로 오차범위 내이긴 하지만 노 고문이 나를 앞서고 이인제 고문에게도 앞선 것으로 나왔다. 마침내 나와 노 고문의 여론 지지율이 역전되는 순간이 온 것이다.

그 후 노 고문은 운명의 민주당 광주경선에서 이인제 등 다른 후보를 꺾고 1위를 함으로써 돌풍을 일으켰고 그의 지지율은 폭발적으로 상승했다. 언론은 광주경선의 결과는 투표 직전 발표된 여론조사에서 노 후보가 나를 앞선 것으로 나온 점도 중요한 원인이 되었다고 보도했다. 또 일부 언론은 상고출신인 노무현 후보의 1위는 서민의 변화 욕구가 폭발한 것이라고도 표현했다.

뒤늦게 정치권에 들어온 나는 그를 잘 알지 못했다. 내가 보기에 그는 정치에 들어온 지 꽤 오래되었는데도 그 연륜에 알맞은 기반을 잡지 못했다. 변방으로 돌며 전두환 전 대통령 청문회에서 보듯이 뛰어난 언변과 돌출적 행동으로 자신의 존재감을 나타내는 정치를 해온 것으로 보았다. 이런 사람은 대체로 시대의 흐름이나 변화의 바람이 일어날 때 민감하게 이에 편승해 부상하는 데 능하다.

김대중이라는 큰 기둥이 뒤로 물러난 민주당에서 국민경선이란 새로운 무대로 변화의 바람이 일어나면서 그동안 변방에 돌았던 그가 오히려 이 변화의 바람에 적합한 인물로 부상하는 기회를 잡은 것이 아닌가 생각했다. 이것은 노무현 후보를 잘 모르는 제3자의 관찰이므로 잘못 본 것일 수도 있겠지만 당시 나는 '노무현 부상현상'은 조만간 깨질 바람이라고 보았다.

그러나 어쨌든 여론조사의 반전은 노무현 고문 측에는 호재가 되었고 우리에게 큰 악재가 된 것이 틀림없었다. 나는 이 무렵 경기도 부천시 원미갑과 서울 동대문을의 지구당 대회에서 "사슴을 쫓는 자는 토끼에 눈길을 주지 않는다, 사슴을 쫓는 사냥꾼이 토끼를 쫓다가는 사슴을 잡을 수 없다"는 말로 여론조사의 일시적 변동에 흔들리지 말 것을 강조했지만 마음은 착잡했다. 어떻게든 이 악재를 뛰어넘어야 했다.

우선 당 개혁 문제에 단안을 내려야 했다. 나는 그동안 당 개혁의 큰 방향은 마음으로 정했지만 집단 지도체제 도입에 대해서는 최종

결단을 내리지 못했다. 앞에서 말한 대로 2002년 2월 20일 당무회의에서 대선 후 집단 지도체제 도입을 의결했지만 나는 집단 지도체제가 당시 정치권의 상식과는 달리 오히려 시대착오적이고 정의에 반한다는 고집에서 벗어날 수 없어 고민하고 방황했다. 하루에도 몇 번씩 생각이 바뀌었다. 그러다가 노무현 고문의 부상을 가져온 정치권의 변화의 바람을 보면서 어느 쪽이든 결단해야 할 막바지에 이르렀다는 것을 느꼈다.

그 무렵 나는 내가 대통령이 된다면 지금까지와는 다르게 국회를 직접 상대하는 대통령이 되겠다는 생각을 갖고 있었다. 지금까지 대통령은 여당이라는 직할부대를 거느리고 이를 통해 야당을 대하고 국회를 상대해왔다. 대통령은 국가와 국민을 대표하는 국가원수라고 말하지만 현실정치에서는 여권이라는 한쪽 세력의 수장처럼 인식되고 야당으로부터는 제3자가 아니라 경쟁상대 내지 투쟁상대로 인식되면서 국가원수의 존경과 대접을 받지 못했다. 이것은 그동안 대통령들이 스스로 대통령의 자리를 한 정파세력의 수장으로 인식하고 상대방인 야당을 압박하고 약화시키는 일에 앞장서면서 자초한 일이었다.

그래서 나는 야당 총재로서 김대중 대통령에게 야당탄압이나 인위적 정계개편 같은 건 하지 말고 화해와 통합의 정치를 하고 내각도 여야를 초월한 거국내각을 구성하라고 제안하기도 했던 것이다.

나는 대통령이 된다면 여당을 통하지 않고 야당과 직접 통화하고 대화하는 등 국회를 상대로 한 정치를 선보일 생각이었다. 이것이 훨씬 정치에 활력을 넣고 여야 간 정쟁을 줄이는 실효적인 방안이라는 게 믿음이었다.

그런데 당 개혁안으로 고민과 방황을 거듭하다가 문득 내가 이럴 필요가 있는가 하는 생각이 들었다. 어차피 나는 만일 2002년 대선에서 당선된다면 여당을 직할부대로 이용하지 않을 생각이고, 만일 당선이 안 된다면 정계를 떠나기로 결심하고 있었으므로 당 개혁의 방향에 대해 고민하고 집착할 필요가 있는가 하는 생각이 들었다.

지금 필요한 것은 당이 정치판의 변화의 바람 속에 살아남아 활로를 찾는 일이고 내가 대선 후보가 된다면 당이 대선 후보를 잘 뒷받침해 주기만 하면 된다. 마침내 나는 최종 단안을 내렸다. 당 개혁안을 전면적으로 수용함으로써 이에 대한 당내 분란을 끝내고 당에 닥친 악재를 푸는 데 전념하기로 결단했다.

나는 3월 26일 기자회견을 갖고 당 총재직을 폐지하고 집단 지도체제를 도입하며 5월 전당대회에서 최고위원 경선에 출마하지 않겠고 대선 후보 경선에 나설 뜻임을 밝혔다. 예상한 대로 그동안 총재직 폐지와 집단 지도체제 등에 반대해온 주류 측에서 강한 반발과 동요가 있었지만 나는 적극적으로 그들을 무마했다.

이제 당은 주류와 비주류가 모두 한 방향으로 가닥을 잡게 된 것이다.

나의 당 개혁안이 제시되자, 당내 중진 의원들을 필두로 시도지부장 등 당내에서 환영과 지지를 표명했다. 비주류 의원들도 대체로 마찬가지였다. 탈당 결심을 보였던 김덕룡 의원은 이번에는 5월 10일로 예정된 대선 후보 선출 전당대회를 지방선거 후로 연기할 것을 공개적으로 요구하고 나섰으나 나는 묵살했다. 더 이상의 동요는 없어야 했다.

3월 29일에 〈한국일보〉와 미디어 리서치가 행한 가상대결 여론조사에서 노무현 고문이 52.3퍼센트 대 35.2퍼센트로 나를 앞서가는 것으로 나왔는데 아마도 이 무렵이 노무현 고문의 지지율이 최고였던 것 같다. 노무현 고문의 돌풍은 나와 한나라당에 악재지만 탈당한 박근혜 의원에게도 좋은 일은 아닌 것 같았다. 언론은 노무현 돌풍이 박근혜 의원의 발목을 잡았다고 표현했다.

돌이켜 보면 박근혜 의원의 탈당은 나나 한나라당에 닥친 시련의 시작이었지만 그 자신도 탈당 후 뜻대로 일이 되고 있지 않는 것 같았고 당내에서는 그를 복당시키자는 말도 나왔다. 하지만 그는 3월 29일 대구 MBC 라디오 대담에서 복당의 관측을 일축하고 "집단 지도체제만 받아들여졌을 뿐 탈당 전에 주장한 정당 개혁은 이루어지지 않았다"며 "당이라는 게 들락날락 하는 게 아닌 만큼 앞으로 나의 길을 가겠다"고 말했다.

새롭게 출발한 두 번째 대선레이스

나는 4월 2일 당중앙위원회 운영위원회에 참석해 총재직 사퇴를 공표하고 총재직 권한대행으로 박관용 당 발전특위위원장을 지명했다.

1998년 8월 전당대회에서 한나라당 총재로 선출된 뒤 3년 8개월 만에 스스로 총재라는 자리를 없애고 떠난 것이다. 그 자리에서 "오늘은 한나라당 총재직이 막을 내리는 역사적인 날"이라고 말하고 "나 자신의 모든 것을 버리고 정권 교체라는 새로운 역사의 서장을 열고자 한다"고 선언했다. 언론은 '제왕적 총재 시대가 막을 내렸다'라거나 '한국 정당사에서 1인 지배체제가 종언을 고하게 됐다'고 평가했다.

돌이켜 보면 나는 1997년 3월 당총재인 김영삼 대통령에 의해 신한국당 대표로 지명된 후 그해 9월말 총재직을 이양받았고, 1997년 대선 후 명예총재로 있다가 1998년 8월에 전당대회에서 다시 총재로 선출된 이래 계속 당의 수장자리에 있었던 셈이다. 매너리즘에 빠진 점이 없지 않았을 것이며 무엇보다도 국민에게 주는 피로감을 무시할 수 없었다. 게다가 여론 지지율은 여전히 노무현 후보에게 뒤지고 있고 대세론은 간 곳 없는 상황이었다. 나는 이제 다시 평지로 내려와 새롭게 출발선에 선 것이다.

나는 4월 3일 다시 허리띠를 졸라매는 심정으로 당 대선 후보 경선에 출마를 선언했고 최병렬, 이부영, 이상희 의원 등 3인도 출마 선언을 했다. 처음에는 당내는 물론 언론도 야당 경선은 나의 후보 추대를 위한 요식행위로 여겨질 만큼 결과가 뻔해 볼거리가 없을 경선이 될 것으로 내다보았었다. 그러나 그게 아니었다. 역시 정치인은 선거판에 들어서면 '돌게' 되어 있다. 경선이 시작되자 최병렬, 이부영 등 후보들은 맹렬히 나를 공격하고 나왔다. 특히 최병렬 후보는 '이회창 필패론'을 들고 나왔다. '빌라 게이트' 같은 개인 문제로 추락한 이회창 전 총재로서는 노무현 바람을 막을 수 없어 대선에서 필패한다는 논리를 폈다. 그리고 보수세력을 결집시킬 수 있는 자신만이 정권 교체를 할 수 있다고 주장했다. 하기야 그때만 해도 노무현 후보와의 여론조사 지지율이 나보다 높았으니까 필패론이 나올 만했다.

이부영 후보는 김대중 정권의 부정부패와 실정으로 비롯된 대세론에 안주해온 이회창 후보로는 정권 교체가 어려우므로 자신이 한나라당 지지자들과 정치개혁과 변화를 원하는 젊은 유권자들을 결합해 정권 교체를 해내겠다고 주장했다. 최병렬 후보의 필패론과 50보, 100보였다.

경선이 시작될 즈음 나의 경선캠프에서 전략모임을 가졌는데 그 자리에서 당내 지지율이 너무 나에게 쏠리면 경선의 흥밋거리가 없어지고 다른 후보들이 사퇴할지도 모르니 대의원들에 대한 선거운동을 중단하고 경선캠프도 폐쇄하자는 의견이 나왔다. 대부분의 참여 의원들이 동조했다. 오직 현역 의원이 아닌 박신일 특보(이제는 고인이 되었다)만이 경선도 전투인데 전투를 앞두고 무슨 후퇴론이냐고 반론을 폈지만 소수의견일 뿐이었다.

나는 박 특보와 생각이 같았다. 지금은 내가 당내에서 대세론처럼 보일지라도 전투가 치열해지면 결과가 어찌될지는 아무도 장담하지 못하는 것이 정치이다. 또 우리가 너그럽게 양보해도 상대방에게 그 진의가 전달되기 어려울 뿐 아니라 우리 스스로가 해이해지기 쉽다. 나는 법관 시절 테니스를 즐겼는데 상대방이 약팀이라고 살살 쳐주다가 역전패 당하는 경우를 흔히 보았다. 어쨌든 경선이 시작된 이상 사자가 여우를 사냥할 때처럼 전력을 다하고 최선을 다해야 한다고 생각했다. 이것은 평소 나의 지론인데 아마 나에게는 싸움닭의 DNA가 있는지도 모를 일이다. 나의 결단으로 유화론은 들어갔고 우리는 결집해 전력을 다하기로 다짐했다.

이 무렵에도 〈문화일보〉와 TN소프레스 공동여론조사 결과에 의하면 민주당 노무현 후보는 나보다 56.2퍼센트 대 29.5퍼센트로 26.7퍼센트 앞서는 것으로 나와 노풍은 여전히 위세를 떨치고 있었다. 한편 민주당 경선에서 그동안 민주당 연청조직의 경선 개입설을 주장해온 이인제 후보가 김대중 대통령을 향해 공개적으로 "떳떳하게 노무현 고문 지지의사를 밝혀라"고 공격하고 나서 경선이 무사하게 끝날 것 같지 않은 분위기를 연출했다.

한나라당은 4월 13일 인천대회를 시작으로 전국 12개 지역에서 합동유세를 벌이는 한편 KBS, 경인방송, SBS 등의 TV 토론에서 후보간 한 치 양보 없는 치열한 공방을 벌였다. 나는 지금도 경선에 참여해 열심히 경쟁한 최병렬, 이부영, 이상희 등 세 후보에 대해 고마운 마음을 잊지 않고 있다. 경선기간 중 경선자에 대한 여론조사에서 나에 대한 지지율이 월등하게 높게 나오는데도 전혀 위축되거나 포기하지 않고 오히려 더 맹렬하게 나를 공격했다. 때로 귀에 거슬리는 대목도 없지는 않았지만 이들이 있어 그나마 야당의 경선이 흥행되고 있는 것이기에 고마운 마음이 들었던 것이다.

그러는 사이 민주당 경선에서는 승승장구하던 노무현 고문을 뒤쫓던 이인제 고문이 4월 17일 경선 후보를 사퇴함으로써 사실상 노 고문이 민주당의 대선 후보로 확정되었다. 그는 "시작은 미미하나 결과는 창대하다"는 성경구절 그대로 대역전극을 연출했다. 처음에 민주당 내에서는 이인제 고문이 대세론을 타고 있고 노무현 고문의 지지율은 한자리 숫자였는데 그는 언론의 표현을 빌려 '39일만의 대역전극'을 펼쳐냈다. 이제 우리의 상대, 즉 주적은 정해졌다.

한나라당 경선에서는 5월 7일 사실상 내가 대선 후보로 확정되었고 5월 10일 전당대회에서 한나라당 대선 후보로 공식 선출되었다. 나는 후보 수락 연설에서 깨끗한 정부와 변화를 제시하고 정치, 대북외교, 경제, 사회 등 각 분야별로 정책대안과 포부를 말했다. 이날 열린 최고위원 경선에서는 원조 주류가 아닌 서청원 후보와 강창희 후보가 다른 후보들을 제치고 각 1, 2위를 차지했고 최고 득표를 한 서청원 후보가 당대표로 지명됐다.

이 두 사람의 득표는 이변이라고 볼 만큼 의미가 컸다. 서청원 후보는 알려진 대로 민주계의 핵심인물로 김영삼 대통령 시절 정발협의 지도부로 나를 공격하고 괴롭히는 데 앞장섰고 조순 총재 때는 사무총장으로 나의 반대진영에 섰던 인물이지만 그 후 나를 열심히 협조해왔다. 강창희 후보도 자민련에서 한나라당과 맞서는 입장이었지만 의원 꿔주기에 반발해 자민련에서 제명당한 후 우리 한나라당에 입당한 강골파이다.

이들은 한나라당에서 원래 주류에 속하지 않는 인물들인데도 당원들 사이에 당이 변화하는 모습을 보여야 한다는 암묵적인 공감대가 형성되어 이들이 1, 2위로 선출된 것이라고 보였다. 당 일각에서는 총재의 의도가 작용한 것 아닌가 하는 억측이 돌았으나 나는 일체 관여하지 않았다.

본격적인 대선레이스가 시작되었다. 대선 후보 경선 후 경선후보였던 최병렬, 이부영, 이상희 의원은 경선 패배에도 후보를 위해 뛰겠다고 말했고, 또 한때 돌아섰던 홍사덕 의원도 후보 지지를 표명했다.

3대 의혹 1: 20만 달러 수수 의혹

흔히 선거에서는 네거티브 캠페인이란 이름으로 상대방에 대한 부정적인 악선전을 일삼는다. 이제는 정치 상식이 되다시피하여 이것을 문제 삼는 것은 순진하거나 어리석은 일로 비쳐질 정도다.

그런데 있지도 않은 사실을 허위 조작해 상대방을 비방·모략한다면 이것은 네거티브 캠페인의 한계를 넘어 범죄행위와 다를 바 없다. 민주당 측에서는 '이회창이 안 되는 100가지 사유'가 있다느니 여권이 이 전 총재를 겨냥한 12가지 공격을 준비하고 있다느니 하는 소문이 무성했다.

그러다가 마침내 설훈 의원이 4월 19일 "최규선 씨가 한나라당 이회창 총재 측근인 윤여준 의원에게 이 총재에게 전해 달라면서 2억 5,000만 원을 전달했다고 한다"고 주장하고 나섰다. 정치판에서 네거티브 전략으로 활용되는 의혹 사건은 완전히 허위사실을 날조 조작하는 경우와 약간의 근거를 침소봉대로 부풀리는 경우가 있는데, 나에 대한 이 의혹을 비롯한 3대 의혹은 전자에 속하는 것이었다. 하도 어이없는 허위주장이어서 설 의원을 검찰에 고발했는데 문제의 최 씨는 그런 돈을 준 일이 없다고 기자들에게 말했다. 그런데도 설 의원은 기자회견을 자청해 "최 씨는 돈 줄 때 윤 의원과의 대화 내용을 녹음했으며 최 씨의 측근이 녹음테이프를 보관하고 있다"느니, "최 씨는 이 총재의 부인도 3~4차례 만났으며 아들인 정연 씨에게 용돈을 제공했다는 의혹이 있다"느니 하는 거짓말을 계속 떠벌렸다.

이것은 완전히 날조된 허위사실로 나와 가족을 범죄 가족으로 몰아가는 추악한 모략극이었지만 사정을 모르는 제3자가 들으면 그 진실 여부에 앞서 나의 도덕성에 의심을 갖게 될 것이다. 정국은 발칵 뒤집혔고 윤 의원도 격분해 의원회관에서 연좌농성을 하며 강력하게 진실 규명을 요구했다. 이것은 민주당이 '이회창의 3대 의혹'이라고 들고 나온 허위 모략의 첫 번째에 해당하는 것이었다.

언론은 민주당이 권력형 비리 문제로 곤경에 처할 때마다 이회창 전 총재를 겨냥한 '맞불폭로' 공세를 펴고 있다고 보도하면서 그 사례를 다음과 같이 들었다.[*]

- 지난 2월 이용호 게이트 관련 특검조사에서 아태재단 의혹이 불거지자 송석찬 의원이 국회에서 이 전 총재의 아들 정연 씨의 K사 주가조작설을 터뜨렸다.
- 지난 3월 권노갑 전 최고위원의 돈 문제가 부상, 여권 전체를 흔들 조짐이 보이자 설훈은 '이 총재의 가회동 고급 빌라 사건'을 폭로했다.
- 김대중 대통령의 아들 문제와 관련해 최성규 총경이 도주한 직후인 17일에 함승희, 이재정 의원 등이 국회에서 가회동 빌라는 이 전 총재의 부인 한인옥 씨가 15억 원에 직접 구입한 것이라고 주장했다.
- 19일 청와대 인사가 최규선 씨 해외 밀항을 권유했다는 말이 최규선 씨 입을 통해 나오자 설훈 의원이 다시 나서 윤여준 의원에게 2억 5,000만 원을 전달했다고 주장했다.

[*] 〈조선일보〉(2002. 4. 22)

이회창
회고록

같은 언론은 위와 같이 폭로한 의원들은 누군가로부터 설익은 정보를 급하게 넘겨받아 대신 폭로했다는 의구심을 받고 있는데, 민주당 원내총무단이 중간 경로로 보이고 확증은 없으나 이 전 총재 공격을 위해 '당정협조'가 이뤄지고 있다는 사실의 일각이 드러난 적이 있다고 보도했다. 내가 이렇게 특정 언론의 보도 내용을 장황하지만 그대로 인용한 것은 객관적인 안목으로 사안을 이해할 필요가 있고 또 이런 식으로 상대방을 몰고 들어가는 '더러운 정치'의 실상을 보이기 위해서이다.

결국 설훈 의원은 질질 끌다가 끝내 녹음테이프를 내놓지 못하여 근거를 대지 못하고 말았다. 이정연의 K사 주가조작설도 터무니없는 허위사실로 검찰과 금융감독원 조사에서 밝혀지는 등 위의 폭로 내용은 모두 근거 없는 조작이라는 것이 드러났으나 그 진실이 밝혀질 때까지 여권은 폭로 내용이 사실인 것처럼 비난과 선전을 퍼부어서 나와 당이 입은 고통과 손해는 막심했다.

그 후 이 2억 5,000만 원은 최규선이 이 총재의 방미에 도움을 주려고 윤여준 의원을 통해 경비로 20만 달러를 보조해 주었다는 뜻이라는 송 모(某)의 검찰진술로 20만 달러 수수의혹으로 이름이 바뀌어 민주당과 노무현 후보 측의 네거티브 전략 재료로 활용되었다. 결국 10월 3일 한나라당의 고발로 이 사건을 수사 중이던 서울지검 특수부는 수사 결과 20만 달러 수수의혹은 사실무근인 것으로 결론을 내렸다.

그리고 대선이 끝난 뒤 검찰은 수사착수 후 10개월 만인 2003년 2월 13일에 이르러서야 설훈 의원을 명예훼손 및 선거법 위반혐의로 불구속 기소했고 그는 법원에서 징역 1년 6월에 집행유예 3년의 유죄확정 판결을 받았다.

그러나 중요한 것은 설훈 의원이 3월 27일 서울지법의 재판과정에서 "김현섭 당시 청와대 민정비서관이 폭로하라며 자료를 팩스로 보내줬다"고 밝힌 사실이다. 이로 인해 정치권이 다시 한 번 발칵 뒤집혔고 언론은 20만 달러 폭로는 청와대 작품이고 이는 야당 후보에게 타격을 가하기 위해 기획된 '정치공작'이었다고 맹공했다.

위 사건을 조사한 서울지검 형사6부도 6월 16일 김현섭 비서관이 설 의원에게 20만 달러 수수설을 제공한 청와대의 기획폭로 가능성이 높다고 결론지었다.

결국 선거판에서의 여권의 나에 대한 중상모략이 청와대가 기획한 공작임이 드러난 것이다.

반전의 시작, 6·13 지방선거의 압승

내가 한나라당 후보로 확정되고 당체제가 후보와 대표의 투톱 체제로 개편됨과 함께 후보 중심으로 당이 안정을 되찾아가자 여론조사에서 호전되는 기미가 보이면서 노 후보와의 격차가 줄어들기 시작했다.

한편 노무현 후보는 민주당 대선 후보가 된 뒤 자신감에 넘친 탓인지 돌출행동을 보이기 시작했다. 그는 5월 1일 김영삼 전 대통령을 찾아가 6·13 지방선거에서 부산시장 후보로 박종웅 한나라당 의원, 문재인 변호사, 한이헌 전 한나라당 의원 등 3인의 명단을 제시하고 그의 의중에 따르겠다고 말해 공천권을 김 전 대통령에게 위임했다. 박종웅 의원은 김 전 대통령이 허락하면 민주당 후보로 출마하고 싶다고 말한 것으로 언론에 보도되었다. 그동안 김 전 대통령을 비난해 왔던 노 후보의 놀라운 변신술이었다.

공당에서 시장후보를 제3자에게 지명해 달라고 위임한다는 것은 상상할 수 없는 일이다. 그러나 민주당 내에서는 선거에 이기기 위해서는 무엇이든 할 수 있는 분위기라고 보도되었다. 아마도 부산 민주계의 지지를 얻어 득표해 보자는 계산인 것 같은데 내가 보기에 이 판단은 잘못된 것이었다. 여론도 좋지 않아 지지도 여론조사에서 나와의 격차가 계속 좁혀졌다.

〈한국일보〉와 미디어 리서치가 5월 6일 공동조사한 양자대결에서 나와 노 후보가 44.7퍼센트 대 36.7퍼센트로 그 격차가 8퍼센트로 나왔는데 그 전인 4월 15일 〈중앙일보〉의 자체여론조사에서 나온 27.9퍼센트의 격차에 비하면 엄청나게 줄어든 수치였다. 특히 부산에서 그와 나의 지지율 격차는 31퍼센트 대 45.4퍼센트로 그가 크게 뒤지는 것으로 나왔다. 또 그의 김 전 대통령 방문이 잘못이라는 평가가 60.8퍼센트에 이르고 심지어 노 후보 지지층에서도 긍정평가(38.2퍼센트)보다 부정평가(51.5퍼센트)가 더 높은 것으로 나왔다.

그의 이런 구애에도 김영삼 전 대통령은 응하지 않아 그는 결국 한이헌 전 의원을 부산시장 후보로 공천했고 그 후 그는 낙선했다.

5월에 들어 내가 계속 상승세를 타다가 마침내 5월 25일 〈동아일보〉여론조사에서 42.8퍼센트 대 33.8퍼센트로 노 후보에게 앞서는 것으로 나왔다. 3월에 불기 시작한 노풍이 이제 사라지고 우리는 제자리를 찾게 된 것이다.

그러는 가운데 6·13 지방선거가 닥쳤다. 민주당과 한나라당이 각각 당체제 개편을 하고 대선 후보가 정해진 후 치러지는 이번 지방선거는 양당에 중요한 의미가 있었다. 특히 한나라당은 김대중 정권의 각종 비리사건과 실정에 대한 심판의 기회이면서 동시에 박근혜 의원 탈당과 가회동 빌라문제, 설훈 의원의 20만 달러 수수 등 허위조작 의혹 등 악재를 어느 정도 극복했는지 가늠해볼 수 있는 기회였다. 자민련은 자민련대로 그 입지를 확고히 다지기 위해 이번 선거가 중요했다. 그래서 3당이 모두 온 힘을 쏟았다.

6월 13일 선거의 결과는 참으로 엄청난 것이었다. 한나라당이 압승하고 두 여당은 참패했는데 일부 언론은 한국정치에 지각변동이 일어났다고 표현했다. 전국 16개 시도지사 중 한나라당은 11곳에서 승리해 호남, 충청을 제외한 전국을 휩쓸었다. 1998년 선거에서는 단지 6곳만 확보했던 것과 비교하면 엄청난 결과였다.

민주당은 호남지역의 시도지사만 확보했고 자민련은 충남지사 한 명만 확보했을 뿐 충북과 대전시장도 한나라당에 내주었다. 한나라당은 수도권도 석권했으며 언론은 1960년대 이후 서울에서 한나라당 세력이 민주당 세력에 승리한 것은 1996년 총선에 이어 헌정사상 두 번째라고 하고 민선단체장 체제 이후 특정정당이 서울, 경기, 인천 세 개 지역의 광역단체장을 모두 차지한 것은 전례가 없는 일이라고 보도했다. 한나라당은 서울 25개 구청장 중 무려 22개 구청장을 휩쓸었는데, 지난 1998년 선거에서는 단지 다섯 곳만 얻었을 뿐이었다. 전 국민 상대의 정당 지지도 조사인 정당 투표의 결과에서도 한나라당

이회창
회고록

은 50퍼센트를 넘는 득표를 해 여당에게 참패를 안겨주었다.

이러한 선거결과는 이 정권의 권력형 부패·비리와 오만에 대해 국민이 준엄한 심판을 내린 것이고 그런 면에서 한나라당은 그 반사적 이익을 얻었다고 볼 수 있을 것이다. 하지만 이런 반사적 이익만이 아니라 이번 선거에서는 한나라당이 당체제 개편 후 당이 안정되고 결집된 모양을 갖춰가는 데 반해 민주당은 당내 계파 간 갈등이 격화되고 당과 노무현 후보 간의 조정도 원활하지 못한 데다 노 후보 자신의 돌출 언동으로 지지율이 하락하는 것으로 보였다.

마침내 반전, 노풍의 몰락과 3김 정치의 쇠락

6·13 지방선거 결과는 말 그대로 한국정치에 지각변동을 가져왔다. 우선 그동안 우리나라 정치를 옭아매온 3김 정치가 이제 그 수명을 다해가고 있음을 보여줬다. 이번 선거는 한나라당이 표방했듯이 김대중 정권의 부패비리에 대한 심판이어서 사실상 김 대통령을 겨냥한 것으로, 그에게 결정적인 타격을 가한 셈이 되었다. 민주당 내 쇄신파들은 국민심판에서 벗어나기 위해 김대중 대통령과의 절연만이 살길이라면서 '탈DJ'를 주장하고 나섰다. 그들은 이밖에도 아태재단 사회환원, 김 대통령 장남 김홍일 씨 탈당, 2남 김홍업 씨 사법처리 등도 요구했다. 격세지감을 금할 수 없는 변신의 모습이었다.

한편 김영삼 전 대통령도 그의 영향력, 특히 부산·경남권에 대한 영향력은 실제로 크지 않았고 그에게 기대는 것은 오히려 선거에 악영향을 줄 수 있다는 사실이 드러났다. 노무현 후보가 부산시장 공천을 김 전 대통령에게 위임하면서 구애 행동을 한 것이 오히려 그의 지지세를 떨어뜨리고 선거에도 악영향을 주었다는 것이 중론이었다. 끝으로 김종필 총재도 이번 선거에서 텃밭인 대전시장도 놓쳐 자민련의 존립 기반마저 흔들리게 되었다. 이제 그도 일을 망치는 데는 모르나 일을 성사시키는 데는 별로 영향력이 없음이 드러난 것처럼 보였다. 그동안 나는 3김 정치 청산을 주장해왔고 그래서 심정적으로 3김의 미움을 받아왔지만 이번 지방선거는 자연스럽게 3김 정치의 쇠락을 알려주는 계기가 된 것이다.

한편 노무현 고문이 일으킨 노풍은 완전히 돌풍 이전의 상태로 가라앉아 버렸다. 이것은 내가 처음 노풍이 불기 시작할 때 예측했던 대로였다. 이런 추세는 각 언론사의 여론조사에도 분명히 드러났다. 6월 15일에 실시한 〈동아일보〉 여론조사에서는 노 후보는 36.3퍼센트, 나는 48.9퍼센트로 12.6퍼센트 나에게 뒤지고, 15일과 16일에 실시한 〈중앙일보〉 여론조사에서도 노 후보는 26.8퍼센트, 나는 41.4퍼센트로 14.6퍼센트 나에게 뒤지는 것으로 나왔다. 또 30대 연령층에서도 내가 앞서거나 20대에서도 그동안의 격차가 크게 줄어든 것으로 나온 여론조사 결과도 공표되었다.

그러자 민주당 내에서는 '후보 교체론'과 '제3후보 영입론'이 나오기 시작했다. 제3후보로는 정몽준 의원, 박근혜 의원 등이 거론되는 것으로 언론에 보도되었다. 후보의 인기가 떨어지면 후보를 바꾸자고 주장하고 나서는 것은 낯익은 장면이었다. 이른바 데자뷔였다. 신한국당 시절 대선 후보 경선에서 내가 후보로 선출된 후 민주당 측이 제기한 아들 병역문제로 지지율이 하락하자 당내 일부에서 후보 교체론이 나오고 경선상대였던 이인제 고문이 이회창 후보로는 이길 수 없다며 탈당해버린 일이 떠올랐다. 정치인의 지지도란 이번 경우에서도 보다시피 상황에 따라 오르락내리락 하는 것인데 한때 지지도가 떨어졌다고 경선에서 선출된 후보를 바꾸자고 주장하는 것은 비상식적인 폭론이다. 떨어진 지지도가 다시 오르면 다시 바꿀 것인가?

한편 월드컵 열기가 달아오름에 따라 월드컵 조직위원장을 맡은 정몽준 의원의 지지율이 급상승해 앞으로 대선판도에서 큰 변수가 될 수 있음을 예고했다. SBS와 TN소프레스가 7월 15, 16일에 실시한 대선 후보 3자 대결 조사에서 내가 37.2퍼센트, 정몽준 의원이 25.8퍼센트, 노무현 후보가 23퍼센트로 나와 정 의원이 노 후보를 앞지르고 있었다.

장상 총리 지명자 임명동의안 부결

곤경에 빠진 민주당은 나를 겨냥해 반격에 나섰다. 민주당 한화갑 대표는 7월 19일 국회 교섭단체 대표연설에서 김대중 대통령의 측근 비리에 대해 사과발언을 한 뒤 나에 대한 '5대 의혹 사건'을 제기했고, 그 후 열린 최고위원 오찬 간담회에서 나의 국회의원직 사퇴를 요구하기로 결의했다. "제왕적 대통령 후보가 의원직을 유지하고 있어 국회의 왜곡과 파행을 가져오고 있다"는 것이 이유였다.

이것은 한마디로 코미디였다. 설령 내가 그들의 표현대로 '제왕적 후보'라고 해도 한나라당 안에서의 제왕이지 민주당까지 거느리는 제왕은 아닐 터인데 민주당이 나서서 의원직 사퇴를 요구한다는 것은 웃기는 일이 아닌가. 게다가 그들의 논리대로라면 그동안 번번이 편파적인 사정과 의원 빼가기 그리고 날치기 강행 처리로 국회의 왜곡파행을 가져온 김 대통령에 대해 야당이 먼저 사퇴를 요구해야 할 이치가 아닌가. 이런 의원직 사퇴 요구는 무지의 수준을 넘어 상대당 후보에 대한 무례한 행동이기도 했다.

나에 대한 5대 의혹이란 그동안 민주당 측이 제기해온 것으로 설훈 의원이 발설한 20만 달러 수수의혹, 나의 아들 병역비리 의혹, 빌라문제, 세풍사건, 안기부 예산 선거자금 유용 의혹 등이 있었다. 이미 귀에 못이 박힐 만큼 거론되어 왔던 것들이고 민주당이 주장하는 불법 사유는 조작되거나 부풀린 것들이었다. 한나라당 김영일 사무총장이 적절히 반박한 것처럼 '사정·정보기관을 장악한 자신들이 4년 내내 파헤쳤는데도 실체를 입증하지 못한 것들을 재탕·삼탕하면서 의혹이라고 외치고 있는 것'이다.

이러한 민주당의 반격은 8·8재보선을 위한 선거 전략에 그 속셈이 있었다. 6·13 지방선거에서 판을 가른 DJ심판론이 다시 되살아나는 것을 막기 위해 나를 8·8재보선의 표적으로 끌어들이려는 전략이라고 우리는 간파했다. 이렇게 민주당 지도부는 발버둥치고 있지만 사태는 그들에게 더욱 불리하게 돌아갔다. 7월 31일 김대중 대통령의 마지막 국무총리 임명으로 일컬어지던 장상 국무총리 지명자에 대한 임명동의안이 국회본회의에서 부결되어 버린 것이다.

장상 국무총리 지명자는 청문회 과정에서 많은 문제점이 나왔고 여야 의원 간 부정적인 의견이 다수였다. 하지만 나는 임기 말에 닥친 대통령의 국무총리 지명이고 또 여성 지명자를 거부한다는 것이 마음에 걸렸다. 뿐만 아니라 원내 다수당인 한나라당이 반대에 앞장선다면 거대야당의 횡포로 비쳐질 수 있다는 점도 고민되었다.

다행히 한나라당 지도부도 나와 뜻을 같이해 자율투표로 결정했고 지도부와 총무단 등 상당수는 찬성 표결에 가담했다. 그러나 뜻밖에도 민주당 내의 소장파 의원들을 중심으로 반란표가 쏟아져 나와(언론은 20표 내외로 보았다) 동의안이 부결되고 말았다. 나와 한나라당은 이 결과에 놀랐지만 공식적인 반응은 국민의 여론을 반영한 것이라는 정도로 표명했다. 이러한 내부의 반란은 김 대통령에게는 권력 누수의 결정타이고 또 치욕적인 것이며, 이렇게 제어되지 않은 권력의 분열은 정국불안의 요인이 되기 때문에 걱정이 되었다.

그런데 동의안이 부결된 후 민주당은 참으로 엉뚱한 반응을 내보였다. 민주당 대변인이 느닷없이 나에 대해 "장상 씨가 총리가 될 수 없다면 이회창 씨는 대통령 후보를 사퇴해야 한다"는 논평을 내고 "지금부터 예상되는 국정혼란과 표류에 대해서는 한나라당 책임"이라고 뒤집어 씌웠다. 언론은 "민주당이 충격과 허탈감에 빠진 가운데 민주당 내 반란표에 쏠리는 시선을 다른 곳에 돌리기 위한 것"이라고 평했지만 참으로 어이없는 억지논리였다.

그런데 노무현 후보의 반응이 묘했다. '첫 여성총리 탄생이 무산되어 아쉽지만, 고위공직자의 도덕적 자질에 대한 엄격한 잣대를 세운 것은 뜻있는 일'이라는 평가를 내놓은 것이다. 말이야 옳지만 대통령에게 한 방 먹인 게 잘한 일이라는 뜻이 아닌가. 내 생각에 이 말은 복합적인 뜻이 있어 보였다. 청문회 과정에서 높아진 지명자에 대한 국민적 거부감에 영합하는 뜻도 있겠지만 그보다도 '탈 DJ'의 길을 선명히 하는 뜻이 더 큰 것 같았다. 임명동의 표결 전부터 민주당 내에서는 소장파 중심으로 장 내정자 임명동의를 부결시킴으로써 '탈 DJ' 노선을 분명히 해야 한다는 주장이 나왔던 것이다.

대통령에 대한 반란 내지 차별화는 당 지도부에는 곤혹스러운 것이지만 대통령 후보에게는 추락하는 현 상황에서 벗어나는 승부수가 될 수 있다. 정치에서는 강자는 오만하게 비쳐지고 약자는 동정을 받게 마련이지만 약자가 정면승부로 역경을 헤치고 일어설 때 국민은 갈채를 보낸다. 나는 노 후보의 이런 움직임을 결코 가볍게 볼 일이 아니라고 생각했다.

상황은 참으로 기묘했다. 대통령의 국무총리 동의안이 부결된 것은 분명히 여당의 패배인데도 야당인 한나라당은 다수의 횡포를 부린 오만한 야당으로 비쳐질까봐 조심하고, 오히려 여당 쪽의 소장파와 대통령 후보가 큰소리치며 활로를 찾는 기회로 삼았다.

3대 의혹 2: 기양건설 10억 원 수수의혹

2002년 8월 22일 민주당 전갑길 의원이 국회 본회의장에서 대정부 질문을 통해 "이회창 총재의 가회동 경남빌라 302호는 이 후보의 사돈인 최기선 씨 소유이지만 이 후보의 측근 이 모씨가 뇌물로 구입한 것이고, 2층 202호도 부천 범박동 재개발 비리사건 주범인 기양건설 김병량 회장이 이 후보에게 제공한 것"이라고 주장했다. 이어서 그는 10월 10일 국회 대정부질문에서도 "기양건설 김병량 회장의 처 장순예와 이 후보의 부인 한인옥은 친인척 관계이며 김병량은 대선 직전에 그 처로 하여금 한인옥에게 5천만 원을 건네준 것을 비롯해 500억 원대의 로비자금을 만들어 이 후보 부부와 측근 인사들에게 최소한 80억 원 이상을 전달했다"는 취지로 발언했다.

이것이 바로 이른바 민주당이 제기한 이회창 5대 의혹 사건 중 3대 의혹의 하나인 기양건설 의혹 사건을 폭로하는 내용이었다.

이것을 듣고 나는 너무나 어이가 없었다. 우선 우리 내외는 김병량이란 사람이 있는지, 없는지조차 모르고 그 사람의 처가 나의 아내와 친인척 관계라거나 그와 돈을 주고받았다는 내용은 완전히 날조된 허위사실이었다. 전 의원은 국회의원의 면책특권을 악용해 국회의 본회의장에서 허위의 중상모략을 공공연하게 내뱉은 것이다. 악랄한 음해공작이었다.

11월 5일자에 발행된 11월 14일자 〈시사저널〉에서 나의 아내에게 10억 원이 지급된 자료라는 '자금지출 내역서'와 함께 이를 설명하는 전 기양건설 상무 이교식과의 인터뷰 내용이 보도되어 정치판이 발칵 뒤집어졌다.

민주당은 기다렸다는 듯이 거당적으로 나서서 나를 공격했다. 민주당의 이 공세가 얼마나 치밀하게 계획된 것이었는지 민주당이 취한 행태를 보면 알 수 있다. 조금 장황하지만 그대로 옮겨 본다.

①민주당 선대위 위원장인 정대철 의원은 11월 6일, 13일 연이어 기자들에게 기양건설 의혹 사건을 설명하고 이회창 후보 한인옥 씨

에 대해 출국금지를 하고 즉각 소환해야 한다고 말해 국내 각 일간지에 보도케 했다. ②11월 15일자 당 기관지에 위 의혹 내용을 게재한 후 전국 당원들에게 배포케 하고, ③ "한인옥 10억 원 수수, 온 국민은 분노한다"라고 기재한 현수막을 새천년민주당 중앙당사와 전국 각지 구당사에 게시하게 했다.

또 민주당 선대위내 기양건설 의혹 대책특위원장인 천정배 의원은 ①11월 12일 선대위 전체회의에서 기양건설 의혹 내용을 소상히 설명해 일간지에 보도하게 하고, ②12월 16일 기자실에서 〈오마이뉴스〉 등 기자 등에게 이회창 총재에게 80억 원, 한인옥 씨에게 10억 원을 준 것이 확인되었다고 말해 전국 각 일간지에 보도케 했다.

이밖에도 김희선, 한화갑, 김경재, 고광진, 이낙연, 문석호, 이미경 의원 등과 당직자들이 기자들에게 기양건설 의혹이 진실로 밝혀진 것처럼 말하고 나를 규탄하는 발언을 하여 전국 각 일간지에 보도하게 했다.

이상은 2004년 6월 4일자 서울고등법원 결정문에서 추출한 내용의 일부이다. 그런데 그뿐만이 아니었다. 12월 2일에는 기양건설과 경쟁관계였던 세경진흥㈜ 김선용 부회장이란 자가 기자회견을 자청해 "97년 10월 말과 11월 초에 한나라당 이회창 후보 측에 자기앞수표 4억 원과 어음 18억 원 등 22억 원을 주었다"고 주장하고 수표·어음 사본을 제시했다. 이 김선용도 전혀 모르는 사람이어서 우리로서는 정말로 귀신이 곡할 노릇이었다.

이런 사람들을 내세워 우리가 전혀 모르는 내용을 사실이라고 우겨대니 그런 일이 없다고 부인하는 것 외에 마땅한 대책이 없고 오직 검찰수사 결과만 기다릴 뿐이었다. 삼인성호(三人成虎)라고 세 사람이 호랑이를 보았다고 하면 호랑이가 있는 것이 된다는 옛말이 틀린 말이 아니다.

결론부터 말하면 검찰수사 결과 모두 근거 없는 허위사실로 밝혀져 기양건설 이교식 전 상무를 비롯한 행위자들은 구속되거나 기소되어 처벌되었는데 모두 대선이 끝난 뒤였다.

그런데 어떻게 이런 일이 벌어졌던 것일까?

검찰의 수사 내용에 의하면 기양건설 전상무인 이교식은 회사를 그만둔 뒤 김병량 회장과 서로 맞고소를 하는 등 관계가 악화된 상태였고 세경진흥㈜의 김선용도 재개발사업 관계로 경쟁자인 김병량과 갈등 관계에 있었다고 한다. 이들은 서로 김병량의 비리를 폭로하기로 공모하고 김병량의 사업 배후에 한나라당 이회창 총재가 있고 이 총재와 부인 한인옥에게 돈을 건넨 것으로 조작하기로 합의한 후 2002년 6월경부터 민주당 법률지원단 소속인 김우철, 김일수를 만나 이런 사실을 제보하게 되었다는 것이다.

그러나 나는 민주당이 이교식, 김선용 등으로부터 허위제보를 받은 것으로 본 검찰의 판단에 상식적으로 수긍이 가지 않는다.

우선 이교식, 김선용 등이 나를 김병량의 배후 인물로 조작해 그들에게 무슨 이득이 있는가? 내가 고발하면 이런 허위사실이 드러나고 자신들이 처벌을 받게 될 터인데 왜 이런 짓을 했을까? 더구나 2002년 6월경이라면 6·13 지방선거에서 한나라당이 압승했고 6월 15일경의 언론여론조사에서 나는 노무현 후보에게 상당한 격차(41.4퍼센트 대 26.8퍼센트)로 앞서 있어 민주당 내에서 노무현 후보에 대한 후보 교체론이 나오고 있을 때였다. 이런 나를 모함하고 칼질을 한들 그들에게 무슨 이득이 있을까?

이런 모함으로 이득을 얻은 쪽은 따로 있었다. 나를 모함해 이득을 얻은 쪽이 위 이교식 등을 설득해 허위 제보를 하게 한 것이라고 보는 것이 더 상식에 맞지 않을까.

8·8 재보선에서 한나라당 압승

뒤에 보는 바와 같이 7월 31일에 김대업이란 사람이 기자회견을 갖고 "이회창 후보의 부인 한인옥 여사가 아들 정연 씨의 병역면제 과정에 연루되어 있다"고 주장한 것을 시작으로 병역비리 의혹의 광풍이 불기 시작했다.

그러는 가운데 2002년 8월 8일 전국 13곳에서 치러진 재보선은 한나라당의 부패 정권 심판론과 민주당의 야당 독주 견제론이 맞붙은 선거로 특히 민주당은 선거 막바지에 김대업으로 하여금 병역비리 의혹을 다시 제기하게 하고 여기에 당력을 집중하는 등 사활을 걸다시피했다.

결과는 한나라당의 압승이었다. 전국 13곳 중 호남지역을 제외한 11곳에서 완승함으로써 국회 재적 의석 272석의 절반인 136석을 3석 초과한 139석을 차지하게 되었다.

민주당은 호남 2곳을 건진 것 외에 전국에서 전패한 그야말로 참담한 결과였다. 언론에서는 정당 사상 처음으로 선거에 의해 1개 야당이 압도적 다수를 차지하는 기록을 세웠고, 1988년 13대 선거 이

후 여야를 통틀어 한 정당이 관반수가 된 것도 처음이라고 했다. 우리는 일단 안도의 숨을 쉬었지만 마냥 좋아하고 있을 수만 없었다. 하루하루가 살얼음판 같았다. 나는 "국민들이 김 정권의 부정부패에 대해 엄정한 심판을 내려주셨다"고 소감을 밝혔고, 서청원 대표도 "민심의 심판이며 원내 과반수가 되더라도 겸허한 자세와 대화로 정국을 풀어가겠다"고 겸허한 자세를 보였다.

한편 민주당은 큰 충격에 빠진 듯했다. 그런 가운데서도 한화갑 대표는 "이회창 후보에 대한 도덕성 검증도 시효 없이 하겠다"며 나를 겨냥한 네거티브 전략을 포기하지 않을 뜻을 분명히 했다. 하지만 민주당 내에서는 의원들 사이에 "민주당은 국민의 지지를 잃었기 때문에 해체해야 한다"느니, "노 후보가 책임지고 사퇴해야 한다"느니 하는 자폭에 가까운 반성론이 들끓었다. 그런가 하면 친노 쪽에서는 후보사퇴는 있을 수 없다고 강하게 반발하는 등 내분상태에 빠진 듯했다.

재보선 후 〈문화일보〉와 〈YTN〉의 공동 여론조사에서 나와 노 후보는 43.0퍼센트 대 26.1퍼센트로 그 격차가 재보선 전보다 더 크게 벌어졌다. 그러나 나의 지지도 자체는 전 조사 때보다 오히려 4.8퍼센트 하락했다. 이것은 연초의 분석대로 병풍의혹 등이 영향을 미친 것으로 보인다.

3대 의혹 3: 김대업의 병역비리 의혹 제기

검·군병역비리 합동수사반의 수사에 민간인으로 참여했던 전 부사관인 김대업이 7월 31일 "수사과정에서 한나라당 이회창 후보 부인 한인옥 여사가 아들 정연 씨의 병역면제에 연루되었다는 관계자 증언을 확보했으며 진술이 담긴 4개의 녹음테이프와 녹취록을 갖고 있다"고 주장하고 나섰다.

그밖에도 그는 이미 5월 주간지 〈오마이뉴스2002〉에서 "97년 병역 비리의혹이 제기되었을 때 고흥길 특보와 정형근 의원 등이 김길부 병무청장과 대책회의를 가졌고 김 청장은 대책회의 후 정연 씨의 병적 기록부 변조와 신검 부표 폐기를 지시했다"고 주장한 바 있었다. 그는 더 나아가 "한인옥 여사가 정연 씨 병역면제를 위해 1,000만원을 관련자에게 건넸다"고 말했다가 그 후에는 더 구체적으로 "한 여사가 2,000만 원을 의정부사관 출신인 김도술에게 주었고 돈을 받은 김도술의 진술이 4개의 녹음테이프에 담겨 있다"고 주장했다.

나는 기가 찼다. 물론 그의 주장은 100퍼센트 거짓말이었다. 관련자들을 조사하고 또 녹음테이프는 성문(聲紋)검사 등 정밀조사를 하면 진위여부가 들어날 텐데 뒷일을 어떻게 감당하려고 이런 엄청난 거짓말을 할 수 있는가. 우선 김대업이란 사람은 의정하사관 출신으로 1998년 12월부터 2001년 2월까지 시행된 병무비리 군검 합동수사반에 합류했는데 당시 그는 사기죄로 징역 1년의 확정판결을 받은 복역수 신분인데도 1년 동안 149회나 출정(出廷)하는 형식으로 검찰에 나와 사복차림으로 수사관 행세를 했다는 것이다. 나는 이것이 단순히 개인 김대업이 꾸민 일이 아니라 정권의 핵심부서에서 은밀히 꾸민 정치공작이고 김대업은 단순한 하수인인 것처럼 느껴졌다.

김대업의 주장이 있자마자 민주당의 한화갑 대표와 대변인 등 지도부가 맞장구를 치고 나온 것은 이런 의심을 더하게 했다. 이미 여권이 1997년에 유용하게 써먹은 병역문제를 이번에는 비리의혹 사건으로 다시 포장을 해 8·8 재보선과 당내 내분 대응을 위해 활용하고자 하는 것으로 보았다. 그들은 특히 재보선에 당의 사활을 걸다시피하고 있었다. 한나라당은 검찰이 시간을 끌지 말고 집중수사를 해 진실을 밝힐 것을 강력히 요구했다.

사실 그동안 나는 병역문제에 대해서는 전면에 나서지 않았다. 그러나 이렇게까지 사실을 조작해 모략중상하는 정치공작이 정치권에서 횡행하는 데는 마음속으로부터 분노가 끓어올랐다. 더구나 한나라당 내에서도 김대업이 구체적으로 관련자 이름과 구체적인 금액까지 적시하면서 녹음테이프가 있다고 나오고 방송에서 연일 특종뉴스처럼 방송해대니까 혹시 무슨 근거가 있는 것 아닌가 흔들리는 이들이 생겨났다. 당내에서도 의구심이 생길 정도라면 일반 국민은 김대업의 폭로를 진실한 것으로 믿을 개연성이 컸다.

나는 정면 대응하기로 결심하고 8월 7일 기자회견을 갖고 "김대업과 민주당이 제기하는 병역의혹은 완전한 허위 조작이다. 이 사건은 김대중 정권이 집권 5년 간 샅샅이 뒤졌고 핵심 증인들도 국내에 있는 이상 시간을 끌 이유가 없으니 검찰은 빠른 시간 내에 집중수사로 진실을 밝혀 결론을 내야 한다"고 촉구했다. 그리고 "만에 하나 문제가 있다면 나는 대통령 후보를 사퇴하고 정계에서 은퇴하겠다"고 선언했다. 이것은 정치인들이 흔히 쓰는 정치적 수사가 아니라 나의 정치 생명을 건 진검승부였다. 진검승부에서 상대방에 베이면 죽는 것이다. 그야말로 죽기를 각오하고 진실을 밝히는 것만이 사는 길이다.

이때 내가 뼈저리게 느낀 것은 언론의 공정성이었다. 나는 법조에 있을 때도 그랬지만 정치에 들어온 뒤에도 언론의 자유와 그 중요성을 강조해왔다. 언론의 자유가 확보되지 않으면 민주주의는 존립이 어렵게 된다. 그러나 이렇게 언론의 자유에 못지않게 언론의 공정성 또한 필수 불가결한 것이다. 언론의 자유라는 이름으로 언론의 불공정한 보도, 악의적인 보도가 판을 친다면 이 사회에는 사실왜곡과 상호불신, 그리고 중상모략이 판을 쳐 공동체의 도덕기준이 무너지고 갈등과 대립으로 공동체의 연대성이 파괴될 것이다.

김대업의 병역의혹 제기가 있은 후 방송사의 방송보도가 매우 편파적인 방향으로 기우는 것처럼 느끼기 시작했다. 당시 한나라당 대책특위가 조사한 바에 의하면 7월 31일부터 8월 6일까지의 KBS, MBC, SBS 뉴스보도만 보더라도 뉴스 시간마다 '한 여사도 개입'이니, '한 여사 의혹제기' 등을 제목으로 뽑거나 '병역수사 착수', '공작 … 국기문란' 등 제목을 달았다. 또 김대업의 한 여사 뇌물공여에 대한 인터뷰 내용을 마치 사실인 양 보도하거나 그가 말한 청탁 과정에서 금품이 오간 것처럼 그래픽 화면 처리했고, 병풍사건 보도의 배경화면에 한인옥, 이정연 두 사람의 사진을 마치 피의자처럼 내보냈다.

또 김대업을 수시로 불러내 인터뷰한다면서 그를 불의를 밝히는 의인처럼 추켜세운 MBC 같은 방송도 있었다. 그가 테이프 사본이라고 내놓고 또 시간을 끌면서 테이프 원본이라면서 내놓을 때마다 방송은 특종보도인 양 방송을 했다.

8·8 재보선에서 한나라당이 완승해 김대업 사건은 별로 효과를 발휘하지 못한 것처럼 보였다. 우리는 안도했다. 그러나 이와 다른 견해

도 있었다. 만일 병역의혹의 불을 다시 지피지 않았다면 민주당은 한 나라당을 상대로 아예 선거를 치르지도 못할 형편이었으므로 그 정도라도 득표를 한 것은 병력의혹을 쟁점화했기 때문이며, 병역문제는 5년 전보다 이회창 후보에게 더 혹독한 시련으로 다가갈지 모른다고 예측한 견해도 있었다.* 이 견해도 일리가 있었다.

결과적으로 김대업은 녹음테이프 원본 제출을 질질 끌면서 미루고 그 후 제출한 녹음테이프에서 김대업이 말한 것 같은 내용은 나오지 않았다. 그 녹음에 녹취된 김도읍 자신이 '한인옥 여사 관련 사실'을 부인했고 그 밖에 검찰에서 조사한 전 병무청장 등 관련자들도 모두 의혹 사실을 부인했다. 검찰은 김대업이 발설한 지 3개월이나 지난 10월 25일에 이르러서야 김대업의 병역의혹 제기는 신빙성이 없다는 중간수사 결과를 발표했다. 요지는 다음과 같다.

첫째, 병역기록표 위·변조 의혹에 대해, 병역법과 신검 규정 등에 대한 오해에서 비롯된 것으로 유사한 오기나 날인 누락 등 오류는 다른 병역기록에서도 발견되었다.

둘째, 신검 부표 파기는 의혹 사건과는 무관하게 96년 12월 국군춘천병원 이전을 계기로 파기된 것이다.

셋째, 김길부 전 병무청장이 이 총재 측근 등과 은폐 대책회의를 열었다는 증거도 없다.

넷째, 김대업이 제출한 한인옥 관련 녹음테이프는 김대업이 녹음했다는

* 〈문화일보〉(2002. 8. 19), 윤창중 논설위원 시론

시기 이후에 생산된 것으로 증거가 될 수 없다.

그리고 수사담당 3차장은 기자들의 질문에 "정연 씨가 면제받으려고 애쓴 흔적이나 기소할 만한 단서는 없다"고 답했다. 검찰의 수사발표에 한나라당은 안심했고 민주당은 검찰이 한나라당과 이회창 후보의 압력에 의해 줄서기 수사를 했다고 엉뚱한 화풀이를 했다.

일부 언론은 "상당수 민주당 의원들은 기대했던 병풍마저 역효과를 내게 되었다며 우려하는 모습이었다. 대선에서 이회창 후보를 공격할 수 있는 최대의 카드가 없어졌고 이제 상황을 역전시킬 수 있는 유일한 방안은 후보 단일화밖에 남지 않았다"고 말한 것으로 보도했다.[•] 뒷날 민주당 의원들이 염원한 대로 후보 단일화가 성사되어 결국 대선 승패를 가르는 카드가 되고 만다.

8월 12일 〈문화일보〉가 보도한 〈문화일보〉, YTN이 TNS와 공동으로 실시한 여론조사결과에서는 나와 노무현 후보는 43.0퍼센트 대 26.1퍼센트로 그 격차가 더 벌어졌으나 나 자신의 지지도는 7월 3, 4일 조사 당시보다 4.8퍼센트 하락한 것으로 나왔는데, 이는 재보선 완승에도 병풍의혹 등이 영향을 미친 것으로 분석했다. 그 후 8월 19일 〈조선일보〉가 발표한 한국갤럽 여론조사에서도 나와 노 후보에 대한 지지도는 39.3퍼센트 대 29.9퍼센트로 나왔는데 나의 지지도는 한 달 전에 비해 6.5퍼센트 하락했고, 한나라당의 재보선 압승에도 지난 한 달 동안 양자의 격차가 14.7퍼센트에서 9.4퍼센트로 좁혀진 것

● 〈조선일보〉(2002. 10. 26)

은 최근의 병역의혹이 영향을 준 것이라고 분석했다. 이것은 민주당과 김대업 등의 네거티브 책략이 효과를 발휘하고 있다는 징조라고 볼 수 있었다.

한나라당은 지방선거와 8·8 재보선에서 연승하는 등 승승장구했지만 네거티브 책략에 따른 중상모략으로 그 허위조작 여부와 상관없이 나에 대한 개인적 호감도가 떨어지고 있는 것이 틀림없었다. 매우 걱정스러운 일이었다.

후일담이지만 검찰은 2002년 대선이 끝난 후인 2003년 1월 30일에 이르러서야 김대업이 제기한 나의 두 아들에 대한 병역면제의혹에 대해 중간결과 발표와 마찬가지로 "근거 없음"으로 최종결론을 내렸다.

중간발표나 최종결론이 이렇게 시일을 끌고 여권으로 하여금 '병풍'을 나에 대한 중상모략 자료로 실컷 활용하게 한 것도 문제지만 검찰의 수사 시작부터가 의문투성이였다.

민주당 이해찬 의원은 2002년 8월 21일 기자들과 만난 자리에서 검찰이 그해 3월 자신을 찾아와 이회창 후보 아들의 병역 문제를 국회에서 제기해달라 요청했다고 발설했다. 언론은 그 검찰 인사를 '병풍사건' 수사를 담당한 서울지검 박영관 특수1부장으로 지목했으나 본인은 부인했다. 한나라당에서는 여권이 검찰을 이용해 병풍사건을 기획한 증거가 드러났다고 강력히 규탄했고 나도 그렇게 보았다.

김대업은 2004년 2월 27일 대법원에서 병풍사건과 관련해 징역 1년 10월의 유죄판결이 확정되었다. 또한 한나라당이 병역비리의혹을 제기한 김대업과 그 의혹을 진실인 양 보도한 〈오마이뉴스〉 및 〈일요시사〉의 각 발행인을 상대로 제기한 명예훼손 손해배상 청구사건에서 대법원은 의혹 내용이 진실하다고 인정할 증거가 없다고 판단했다. 그리고 당시 얼마 남지 않은 대선에서 한나라당 후보에게 불리한 영향을 주겠다는 현실적인 악의가 존재하지 않았나 하는 의심이 들고, 이 보도로 한나라당의 명예가 크게 손상되었으며, 그 영향이 16대 대선에서 한나라당에 불리하게 작동했음이 명백하다고 판시했다.

언론은 "나중에 어떻게 되든 우선 상대 후보를 흠집 내서 불법으로라도 승리를 거머쥐겠다는 '아니면 말고'식의 무책임한 폭로 행태는 이제 우리 선거에서 근절되어야 한다. 정치권은 차후에라도 이 같은 사태가 재발되지 않도록 이번 기회에 제도적 장치를 마련해야 한다"고 보도했다.•

또 "당시 노무현 후보 측은 김 씨의 근거 없는 말을 무작정 부추기고 이를 공영방송을 비롯한 방송들이 확산시켜 많은 국민이 김 씨 주장이 사실인지 아닌지 가려내지 못한 상태에서 투표소에 갈 수밖에 없도록 만들었다. 이것은 국민들의 정상적인 판단을 불가능하게 만듦으로써 국민의 정상적인 정치 의사 형성을 방해한 사건인 것이다. (…) 무책임한 흑색선전을 부추기고 즐긴 정치 세력이 나중에 아무 책임도 지지 않는다면 다음 대선에서도 그런 선거가 될 게 뻔하다"••고 보도했다.

• 〈국민일보〉(2005. 5. 11) 사설

•• 〈조선일보〉(2005. 5. 17) 사설

이회창
회고록

그러나 그 후 정치판의 이러한 악랄한 중상모략과 허위비방을 근절할 수 있는 대책은 전혀 없었다. 아마도 앞으로도 대선정국이 과열될수록 이런 일은 되풀이되지 않을까 싶어 걱정이다.

중국 방문, 중국에 대한 나의 생각

나는 한나라당 대통령 후보로서 중국 공산당(대외연락부) 초청으로 2002년 9월 2일부터 5일까지 3박 4일 간 중국을 방문했다. 1997년에 신한국당 대표 자격으로 중국을 방문한 일이 있어 이번 방중은 두 번째인 셈이다.

그해는 한중수교 10년을 맞이한 해인데 10년 동안 중국은 국가위상이나 경제력이 엄청나게 커져서 주변 국가들을 긴장시키고 있었다. 그해 초 싱가포르 방문시에 리콴유 선임장관과 만나 중국의 급성장의 영향에 대해 대화를 나눈 내용은 이미 말했다. 뿐만 아니라 한반도와 동북아에서도 많은 정세변화가 일어나고 있어 나는 한국과 동반자적 관계에 있는 중국의 지도자들과 만나 한·중 양국의 공동관심사와 상호협력 관계에 관한 의견을 나누는 것이 대통령 후보로서 도움이 된다고 생각했다. 또한 나는 작년 10월에 러시아, 1월에 미국, 3월에 일본에 이어 마지막으로 이번에 중국을 방문함으로써 내 나름대로 4강 외교를 마무리하는 의미도 있었다.

대표단 일행은 나 외에 김진재 최고위원, 이세기 당무위원(한중친선협회회장), 김기배 의원, 이부영 의원, 권철현 의원(후보비서실장), 남경필 의원(대변인), 이한구 의원, 박창달 의원, 이성헌 의원 등 9명과 박신일 특보 등 실무진 11명이고, 수행기자단은 모두 33명이었다.

베이징에 도착한 당일인 9월 2일 오후 중국 IT산업현장인 중관촌(中關村)을 방문해 돌아보고 조어대 국빈관에서 쩡칭훙(曾慶紅) 공산당 조직부장이 초청한 만찬에 참석했다. 쩡칭훙 부장은 장쩌민 주석의 심복으로 당시 제1의 실세로 알려진 인물인데 2년 전 그가 방한했을 때 내가 조찬 초대를 한 일이 있는 구면이어서 무척 반가워했다. 그가 2년 전에 한국에 왔을 때는 한나라당 당사로 나를 예방하고 나에게 "이제 중국은 시작단계이며 한국에서 배워야 한다"고 매우 겸손하게 말했었다. 그러나 중국은 2년 사이에도 엄청나게 성장해 2년 전의 그의 말에 금석지감이 느껴질 정도였다.

다음날인 9월 3일 국제교류협회 초청 오찬에 참석한 후 오후 3시에 인민대회당으로 가서 장쩌민 국가주석을 예방하고 면담했다. 그와는 1997년에 내가 신한국당 대표로서 방중했을 때 만난 후 두 번째의 만남이었다.

그는 나에게 5년 전보다 더 건강해 보이신다고 덕담을 건넸다. 내가 그에게 "한반도의 평화와 안전은 동북아의 평화와 안정 및 경제발전의 초석이 되므로 한·중 양국은 협력, 공조할 필요가 있다"고 말하자, 그는 "우리는 한반도와 아시아의 안정에 관심이 있고 특히 한반도의 안정을 진심으로 원하고 있다. 나는 김정일 위원장을 만났을 때 한국과의 관계를 개선하라고 권했다. 총재님의 말씀처럼 한반도의 추세는 동북아의 안정에 매우 중요하다고 생각한다"고 화답했다.

이어서 나는 한반도의 평화정착을 위해 제안한 바 있는 '평화정책'

의 3대원칙, 즉 ①남북한 당사자 주도의 원칙 ②긴장완화와 교류협력 병행의 원칙 ③단계적 실천의 원칙을 간략히 설명하고 남북한 관계가 진전될 수 있도록 중국의 역할과 기대를 바란다고 말했다. 그러자 그는 북한은 변화가 필요하다고 역설하고 그러나 한반도의 문제 해결은 하루아침에 이루어지는 것이 아니라며, 빙동삼척, 비일일지한(氷凍三尺, 非一日之寒)이란 말을 인용했다. 즉 얼음이 삼 척 정도 어는 데는 하루의 추위로는 되지 않는다는 뜻이다. 이어 한반도의 안정과 번영에 도움이 되는 것이라면 중국은 무엇이든지 찬성한다, 남북관계 개선은 하루아침에 이루어지는 것이 아니기 때문에 점차적으로 추진해야 한다고 말했다.

그런 다음에 나는 장쩌민 주석에게 꼭 말하고 싶었던 탈북자 문제를 꺼냈다. 당시 중국은 탈북자를 바로 북송하지 않고 유보한 사례가 있었으므로 나는 그에게 "북한에서 중국으로 탈북한 탈북자 문제가 우리 국내의 주요 관심 사항이다. 중국이 이에 대해 인도주의적으로 처리해준 것에 대해 감사하고 앞으로도 본인들의 의사에 반한 송환이 되지 않도록 인도주의 원칙에 따라 처리해주기를 바란다"고 말했다.

그러자 그 순간 그의 안색이 굳어지더니 손목시계를 들여다보면서 옆의 당 간부들과 몇 마디 주고받았다. 그와 나는 좌우로 작은 탁자를 사이에 두고 전면을 향해 나란히 앉고 나의 바른쪽에는 우리 수행단이, 그리고 장 주석의 왼쪽에는 다이빙궈(戴秉国) 공산당 대외연락부장과 왕자루이(王家瑞) 부부장 등 당 간부들이 배석했는데, 장 주석과의 거리가 가까워서 그의 감정변화가 바로 감지되었다. 그는 내가 탈북자 문제를 거론한 데 대해 불편한 감정을 숨기지 않는 것처럼 보였다. 나는 나대로 설령 탈북자 문제가 중국 측에 불편한 화제라고 하더라도 장 주석의 태도에 불쾌한 생각이 들었다.

당시 국내에서는 중국에서의 탈북자 강제북송 문제가 큰 정치적 이슈가 되고 있었는데 주한중국대사 등 중국 측에 이를 항의하면 탈북자들은 생필품을 얻기 위해 월경한 사람들일 뿐 정치적인 탈북자가 아니라고 강변해왔고 한국 측이 탈북자 문제를 거론하는 데 대해 신경질적이고 불편한 반응을 보여왔다.

그래서 장 주석과의 면담에서 탈북자 문제를 꺼내는 것이 외교상 결례가 되지 않을까 하는 생각도 해보았지만 나는 이곳에 외교관으로 온 것이 아니라 한국의 차기 지도자인 대통령 후보로서 한·중 협력문제를 논의하기 위해 왔고 그렇다면 이 문제는 거론하는 것이 마땅하다고 생각했기 때문에 내 나름대로 예의를 갖추어 언급했던 것이다.

그러나 장 주석과의 면담을 이런 상태로 끝낼 수는 없고 마무리 지어야 한다는 생각이 들어 장 주석이 무슨 말을 꺼내기 전에 그에게 "주석께서 제시한 '3개 대표론'은 인상적이다. 깊은 지식은 없지만 21세기에 중국이 지향해야 하는 노선을 말하고 있어 감명을 받았다"고 말해주었다. '3개 대표론'이란 공산당이 계급정당을 탈피해 자본가 및 중산계급까지 포용해야 한다는 것으로 장 주석이 주창한 중국 발전의 비전이었는데 공산당으로서는 의미 있는 변신의 시도였다.

그러자 그는 금방 표정이 바뀌더니 '3개 대표론'을 열심히 설명했다. 마지막으로 서로 환송인사를 나누는 덕담으로 대담을 끝냈지만 이런 식의 정상면담은 나도 처음이었다. 다음날 조찬 간담회에 참석한 한국 특파원들은 모두 내가 장 주석과의 면담에서 탈북자 문제를 거론한 것에 대해 고마워하고 그동안 이 문제를 중국 지도자 면전에서 거론한 사람이 없어 답답했었다고 털어놓았다.

9월 4일 한국국제학교와 한인촌을 방문하고 한인상사 및 한인회 대표들과의 오찬을 끝으로 베이징 일정을 모두 마치고 상해로 떠났다.

상해에서는 당시 상해방(上海幇)의 일원으로서 차세대 지도자로 촉망받던 황쥐(黃菊) 상해시 당위서기 겸 중앙당정치국위원 및 중앙위원이 인상적이었다. 초청만찬에서 여러 가지 이야기를 나눴는데 그는 기계공업분야 출신이면서 정책과 경영에 밝고 조직 장악력이 뛰어난 것으로 알려져 있었다.

만찬의 자리에서도 나에 대한 환대와 호의를 최대한 표시했는데 상해한국학교가 신축교사 부지 문제로 어려움을 겪고 있다는 얘기를 들은 바 있어 만찬의 자리에서 그에게 무리가 안 된다면 선처해주기 바란다고 말하자 그는 그 자리에서 상해시장에게 편의를 봐드리라고 지시했다. (그 뒤의 상황은 내가 파악하지 못했다.)

9월 5일 상해임시정부 청사와 노신공원 방문, 그리고 상해한국학교 방문을 끝으로 상해일정을 마치고 귀국길에 올랐다.

이번 방문에서 기억에 남는 것은 중국 측의 세밀한 배려이다. 중국 공산당 대외연락부의 왕자루이 부부장이 공항 도착 때부터 중국 측이 나에게 제공한 리무진에서 내 앞자리에 마주 앉아 나를 안내해 모든 일정에 수행했고, 상해시 방문에까지 동행해 세심하게 신경을 써주었다. 그는 그 후 연락부장으로 승진했는데 나는 그의 성심어린 접대에 감명을 받았다.

그러나 중국은 국익에 관한한 서슴없이 강대국의 주먹을 휘두르는 나라라는 것을 잊어서는 안 된다. 최근 한국의 사드 배치와 관련해 그 부지를 제공한 '롯데'에 가차 없는 보복조치를 가하고 심지어 중국정부가 나서서 한국에 대한 여행상품 판매를 금지하고 한국상품 수입도 엄격하게 규제하는 행태를 보고 있으면 과거에 "한국에 배우러 왔다"던 모습은 온데간데없다. 우리는 국제 간의 냉혹한 현실을 한시도 잊어서는 안 되며 우리도 우리 국익과 안보를 지키는 데 강한 신념을 가져야 한다. 나약하거나 비겁한 태도를 보여서는 안 된다.

끝으로 당시 주중한국대사로 있던 김하중 대사도 기억에 남는다. 그는 이번 중국 방문에서 처음 만났는데 나에 대해 국내 제1당의 대통령 후보에 걸맞은 예우와 접대를 한다는 원칙을 세우고 그 이상도 그 이하도 아니게 그 원칙을 지켰던 것 같다. 내가 보기에 그는 앞뒤가 없는 선명한 성격으로 그의 말에는 항상 진심이 담겨 있어 호감이 갔다. 그는 그 후 이명박 정권에 들어와 통일부 장관으로 기용되었는데 여기에서도 부족하지도 넘치지도 않게 겸손한 자세를 보였다.

정몽준 후보의 등장과 박근혜 씨 복당

김대중 대통령은 장상 국무총리서리에 대한 임명동의안이 거부된 뒤에 8월 9일 장대환 〈매일경제신문〉 사장을 국무총리서리로 임명했다. 그러나 8월 28일 장대환 총리서리에 대한 국무총리 임명동의안도 큰 표 차로 부결되고 말았다. 그 후 김대중 대통령은 9월 9일 김석수

전 대법관을 국무총리 후보로 지명하고 국회의 동의를 받아 모처럼 국무총리 자리를 메우게 됐다.

나 개인으로는 장상 지명자나 장대환 지명자 모두 능력과 경력을 갖춘 분들로 국무총리를 맡았더라면 그 일을 잘 해낼 수 있는 분들이라고 생각했다. 하지만 국무총리는 대통령의 국정수행을 보좌해 내각을 통할하는 자리로 국민의 신뢰를 받아야 하므로 국무총리 지명자에 대한 여론의 평가를 무시할 수 없었던 것이다. 게다가 여당인 민주당 내에서 친노와 비노로 갈라져 신당 창당과 후보 교체론으로 다투는 바람에 청와대의 권력 누수는 더욱 심각한 상황으로 보였다.

그러는 와중에 9월 17일 정몽준 의원이 대선출마를 선언했다. 언론은 대선은 이회창, 정몽준, 노무현의 3파전이 될 것으로 전망했다. 민주당 내에서는 정몽준 의원과 노무현 후보와의 후보 단일화 주장이 나왔으나 노 후보는 정몽준 의원을 겨냥해 "정체가 불분명한 사람, 검증을 거치지 않은 사람과는 단일화할 수 없다"고 후보 단일화 주장을 거부한 것으로 보도되었다.

출마 선언 후인 22일 〈조선일보〉와 한국갤럽 여론조사에서 나는 31.3퍼센트, 정 후보는 30.8퍼센트, 노 후보는 16.8퍼센트로 나왔고, 25일 보도된 〈문화일보〉와 TNS 정기여론조사에서도 나는 32.6퍼센트, 정몽준 27.1퍼센트, 노무현 21.8퍼센트로 나와 정몽준 후보의 여론지지율이 만만치 않음을 보여줬다.

검찰은 10월 3일 설훈 의원이 제기한 20만 달러 수수의혹에 대해서도 사실무근으로 결론을 내렸고, 10월 25일에는 김대업이 제기한 병역비리의혹에 대해서도 증거가 없다고 결론을 내렸다. 이에 앞서

10월 14일 민주당 전용학 의원과 자민련 이완구 의원이 한나라당에 입당해 한나라당 의석은 142석이 되었다. 이제 상황은 잘 되어가는 것처럼 보였다.

그러던 중 10월 31일 아버지가 돌아가셨다. 97세로 장수하신 셈이지만 말년에 노환으로 고생하셨고 정치하느라 효를 다하지 못했다는 자책감으로 죄스럽고 마음이 아팠다. 더구나 정치를 하는 아들 때문에 '친일파'라는 험담까지 들으시게 했으니 이런 불효자가 어디에 있는가. 이러저런 생각에 마지막 영결미사에서는 터져 나오는 울음을 참을 수 없었다.

11월 10일에 민주당을 탈당한 이은진, 김윤식, 원유철, 강성구 의원 등이 한나라당에 입당하기로 했고 16일에는 자민련의 이양희, 이재선 의원이 한나라당에 입당했다. 19일에는 박근혜 의원이 당 대 당 통합 형식으로 한나라당에 복당했다. 그는 기자회견에서 "이회창 후보의 정치개혁 의지를 확인한 만큼 정당 개혁을 위해 한나라당과 힘을 합치기로 했다. 앞으로 이 후보 당선을 위해 최선을 다하겠다"고 밝혔다. 박 의원이 복당함으로써 한나라당 의석은 모두 149석이 되었다. 야당이 단독으로 과반을 훨씬 넘는 149석의 제1당이 된 것은 정당사상 유례가 없는 일이었다.

국회의원들 외에도 자민련 총재와 국무총리를 역임한 박태준 씨도 공개적으로 지지를 약속했고, 김영삼 전 대통령도 일본 〈니혼게이자이(日本經濟)신문〉과의 인터뷰에서 나에 대한 지지 의사를 밝혔다. 우리는 당 내외로 지지세를 결집하는 데 모든 노력을 쏟고 있었다.

그러나 정국은 11월 15일 노무현 후보와 정몽준 후보 간에 대선 후보 단일화 합의가 이뤄지면서 큰 지각변동을 겪게 된다.

노·정 대선 후보의 단일화

노무현 후보는 11월 3일 '국민통합21'의 정몽준 후보에 대해 "TV 토론을 통한 검증과 완전 국민경선 방식을 통한 후보 단일화를 공식 제안한다"고 발표했다. 이에 대해 정 후보 측은 일단 깊이 생각해 보 겠다면서 이회창 후보를 이길 수 있는 후보로 단일화해야 한다고 답 했다.

노무현 후보는 민주당 내에서 정 후보와의 후보 단일화 주장이 나 왔을 때 앞에서 말한 대로 정 후보를 겨냥해 정체가 불분명한 사람, 검증을 거치지 않은 사람과는 단일화할 수 없다고 말했는데 자기가 한 말을 간단히 뒤집은 것이다.

언론은 노무현 후보가 국민경선으로 선출된 후보인데도 후보 단일 화론을 꺼낸 것은 이회창, 노무현, 정몽준 간의 판도가 1강 2중으로 굳어가는 데 대해 필패를 느끼고 초조와 당혹감을 나타낸 것이라고 보았다.

정당은 당의 정체성과 정강정책을 가지고 이를 실현시킬 수 있는 대선 후보를 선정해 국민 앞에 제시한다. 그런데 당 통합 방식이 아니 라 당의 정체성과 기본적인 정강정책이 서로 다른 두 당의 후보가 오 로지 이회창을 이길 수 있는 후보를 뽑기 위해 단일화한다는 것은 선 택권자인 국민의 판단기준에 혼란을 야기하는 것으로 민주주의의 원칙에 반하고 정당주의 원리에도 어긋나는 것이다. 바야흐로 정치판은 무슨 수를 써서라도 이기기만 하면 된다는 식의 막장극으로 치닫는 것처럼 느껴졌다.

나는 내심 근래의 여론조사 추이로 보아 2, 3위의 후보끼리 단일화해봐야 크게 판을 뒤집는 결과까지는 가지 않을 것이라고 내다보았다. 그러나 그게 아니었다. 노 후보와 정 후보 사이에 단일후보 선출을 위한 경선방식을 둘러싸고 줄다리기를 하다가 11월 15일 TV 토론을 거쳐 여론조사 방식을 통해 후보 단일화를 하기로 합의하자 정국 분위기가 크게 변화하기 시작했다. 합법성이나 정당성의 문제를 떠나 정당과 이념이 전혀 다른 두 후보가 여론조사로 후보를 단일화한다는 사실 자체가 전례가 없는 일이어서 변화를 선호하는 국민의 호기심을 크게 자극했던 것이다.

후보 단일화의 원칙이 합의된 후 민주당은 환호했고 한나라당은 긴장했다. 특히 노·정 두 후보가 몇 차례의 TV 토론을 거치기로 한 부분이 문제였다. 다수의 대선 후보 중에서 두 사람에게만 후보 단일화를 위한 TV 토론의 기회를 준다는 것은 TV 토론 자체가 사전 선거운동이 될 뿐 아니라 두 사람에게만 불공정하고 형평성에 반하는 선거운동의 기회를 준다는 점에서 선거법상 허용될 수 없다는 것이 나와 한나라당의 생각이었다.

실제로 그 후 중앙선관위는 1회에 한해 TV 토론을 허용했는데 그 TV 토론에서 두 후보는 세풍사건을 거론했고 특히 정 후보는 내가 이익치 전 현대증권 회장을 귀국시켜 기자회견을 하게 했다는 허무맹랑한 주장을 하며 나를 비난했다. 그런데도 나는 전혀 반박의 기회가 없이 TV화면만 보고 있어야 했던 것이다.

세상에 이런 불공정하고 형평에 반하는 선거운동이 어디에 있는가. 한나라당은 중앙선관위의 TV 토론 허용에 대해 강력하게 항의했는데 민주당과 국민통합21은 그들대로 중앙선관위가 TV 토론을 1회로 허용한 데 대해 비판하고 나섰다. 일부 언론*도 TV 토론 횟수 제한은 두 후보의 정책토론을 유도함으로써 국민들에게 널리 알리는 것은 언론 고유의 사명이고 또 합동토론회를 중계하고 안 하고는 방송사의 자율결정이며, 이회창 후보는 후보간 합동토론회를 회피해 왔으므로 형평성의 문제도 없다는 식으로 보도했다.

그러나 국민의 알 권리와 방송사의 자율권을 존중한다고 하여 실정법인 선거법 위반을 정당화할 수 없는 것은 너무나 당연하다. 또 나는 특정 후보(예컨대, 노 후보와 정 후보 중 한 사람)와의 TV 토론이나 선거기간 전의 후보 간 TV 토론에 대해 이는 공정성과 사전 선거운동의 문제가 제기될 수 있으므로 거부했던 것이지 TV 토론 자체를 거부한 것은 아니었다. 중앙선관위는 경선자 TV 토론을 1회에 한해 허용하는 것으로 결정했지만 법적으로 선거법에 위반한 조치일 뿐 아니라, 정치적으로도 두 후보에게 후보 단일화를 크게 부각시키고 선전하는 특혜를 주어 선거의 판세를 기울게 만든 것으로 대선 결과에 영향을 미친 불공정한 처사라고 생각했고 지금도 그 생각에는 변함이 없다.

두 후보 간의 후보 단일화를 위한 TV 토론은 22일에 실시되었는데

● 〈한겨레〉(2002. 11. 19), 사설

서로가 양보할 수 없는 한판 승부여서 박진감이 있었고 누가 더 토론을 잘했는가를 두고 각 언론사가 여론조사를 하는 등 국민의 호기심과 관심을 고조시켰다. 이것은 그들에게 호기이지만 나나 한나라당에는 위기였다. 드디어 11월 24일 두 후보간 단일화를 위한 여론조사가 실시되었는데 그 결과는 노무현 후보가 정몽준 후보를 누르고 단일후보로 결정되었다.

그동안 세 후보에 대한 여론조사에서는 이회창 - 정몽준 - 노무현의 순서로 그들 간에는 정몽준이 앞섰는데 막상 단일화 여론조사가 행해진 이후에는 뒤바꼈다. 이제 대선판도가 나와 노무현 후보의 양강 구도로 정해지자 예상 이상으로 크게 정국이 요동치기 시작했다.

두 후보 간의 단일화 얘기가 나온 뒤인 11월 10일 한국갤럽, KBS가 실시한 여론조사에서는 단일화가 되더라도 단일후보가 정몽준일 경우 내가 3.5퍼센트(39.7퍼센트 대 36.2퍼센트), 단일후보가 노무현일 경우에도 내가 6.5퍼센트(43퍼센트 대 36.5퍼센트) 앞서는 것으로 나왔었다. 이보다 뒤인 11월 14일 코리아리서치의 3자대결 여론조사에서는 이회창 35.6퍼센트, 정몽준 21.1퍼센트, 노무현 17.7퍼센트였다.

그런데 막상 노 후보로 단일후보가 결정되자 예상을 뒤엎는 급격한 정국의 변화는 여론조사결과에서 먼저 나타났다. 단일화 직후인 11월 25일 한국갤럽, KBS가 실시한 여론조사에서 이회창 37퍼센트, 노무현 43.5퍼센트로 나와 여론 지지도가 역전되었음을 보여주었다. 다른 여론조사 결과도 대동소이했다. 완전히 전세가 뒤바뀐 것이다.

왜 그랬을까? 노무현 후보는 밀리고 있는 처지였다. 세 후보 중에서도 3위였고 당내에서는 후보 교체론에 시달리고 있었으며 후보 단일화도 같은 맥락에서 나왔던 것이다. 이렇게 불리한 저치에 있던 노무현 후보는 건곤일척(乾坤一擲)의 모험수로 정 후보와의 TV 토론과 여론조사라는 승부수를 던졌고 이것이 적중했다. 마치 도박판에서 돈을 잃고 있던 도박사가 모든 것을 한판승부에 걸어 도박판을 휩쓰는 것과 같았다. 많은 국민들은 이런 모험과 승부에 열광했고 대역전의 계기가 되었다고 생각한다.

또 하나의 역전의 요인(아마도 결정적 요인일 수 있다)은 노무현과 정몽준의 절묘한 조합이었다. 노무현은 요즘말로 흙수저 출신이고 정몽준은 대표적인 금수저 출신이다. 한쪽은 무산대중과 서민을 대변하고 다른 층은 재벌과 기득권층을 대변하는 모양새였다. 이 대결에서 흙수저 출신이 금수저 출신을 쓰러뜨렸으니 관중을 흥분시키기에 충분했다. 그것은 마치 새로운 세력의 구세력, 기득권 세력에 대한 혁신과 변화처럼 느끼게 하는 분위기를 만들었다. 정몽준 후보 자신은 인식했는지 모르나 한때 후보교체에까지 몰린 노 후보를 되살렸을 뿐 아니라 시대 변화의 상징처럼 떠오르게 한 훌륭한 불쏘시개 역할을 했던 것이다.

이것은 나나 한나라당에도 매우 위험한 일이었다. 노 후보 측과 민주당은 우리가 예상한 대로 나와 노 후보의 대결을 귀족 대 서민, 수구 대 변화의 구도로 몰아갔다. 게다가 주한미군 장갑차에 의한 여중생 사망 사건에서 미 군사법원이 무죄평결을 한 후 반미감정이 고조되면서 좌파세력들은 이를 이용해 우파·보수세력인 한나라당에 대한 반감을 부채질했다.

미군 장갑차 사건의 무죄평결이 잘못된 것이라고 본 우리는 미군에 대한 SOFA개정과 미국 대통령의 직접 사과를 요구했는데 이에 대해 보수층 일부에서조차 기회주의적 처신이라고 매도하고 나서서 우리를 우울하게 만들었다. 그래도 우리는 신념을 지키면서 상대 후보를 따라잡고 판세를 뒤집어야 했다.

그런데 여당의 네거티브 전략은 집요했다. 그들은 설훈의 20만 달러 의혹 사건, 김대업의 병역비리 의혹 사건이 모두 근거 없는 사실로 밝혀지자 또다시 앞서 말한 기양건설 바자금 10억 원 수수 의혹 사건을 진실인 양 크게 선전하면서 민주당 선대위 차원에서 당보, 홍보물을 발간하는 것 외에 전국의 민주당 지구당사에 10억 원 수수를 규탄하는 현수막을 걸게 하고 기자회견을 하는 등 온갖 책략을 다 썼다.

이렇게 계속적으로 중상모략을 해대면 이를 듣는 일반 국민은 공당이 저렇게까지 말하니 뭔가 근거가 있는 게 아닌가 하는 의심을 하게 된다. 참으로 답답한 노릇이었다. 뒤에 이 의혹들은 완전한 허위사실로 밝혀져 의혹 조작에 관련된 관계자들은 유죄판결을 받았지만 진실인 양 나팔을 분 정치인들은 허위사실을 몰랐다는 이유로 빠져나갔다.

노무현 후보는 선거 막바지에 행정수도 이전론을 내놓아 막판의 논쟁거리를 제공했다. 그 요지는 수도권 집중과 지방과의 격차 문제를 해결하기 위해 행정수도를 대전권으로 이전하고 정부와 청와대, 국회, 공기업 등과 사회단체를 모두 이전하자는 것으로 언론은 한때 '천도론'이라고 불렀다. 사실 노 후보은 '행정수도'라는 이름을 붙였지만 서울이 갖는 국가적 중심기능을 옮기는 것으로 수도이전과 다를 바 없었기에 천도론이라고 불릴 만했다. 그 비용은 4조 5천억 원에서 6조 원이면 충분하다고 주장했다.

우리가 보기에 노 후보의 행정수도 이전론은 충청권 표를 얻기 위해 급조한 날림 공약임이 분명했다. 한나라당이 전문가들에게 자문한 바에 의하면 40조 원 이상이 소요된다고 하는데 4조 5천억 원, 6조 원이라니 이 무슨 희극 같은 소리냐 싶었던 것이다.

그런데 충청권의 민심은 들썩거린다는 보고가 들어왔다. 충청권 의원들은 행정수도 이전 공약이 실현성이 있든 없든 충청인은 이런 충청권을 위한 약속을 하는 대선 후보에게 관심과 호감이 쏠리게 되므로 한나라당에서도 수도이전 공약을 해달라는 요구를 해왔다. 한나라당도 수도이전을 약속하면 민주당 노 후보 측의 행정수도 공약은 김이 빠진다는 것이었다. 선거에 이기기 위해라면 이 정도의 공약은 실현성이 없더라도 할 수 있는 것이 아니냐는 것이 절박해진 충청권 의원들의 하소연이었다.

그들의 심정을 이해 못 하는 바 아니고 절박하기로 말하면 내가 가장 절박한 처지일 터이다. 하지만 나는 거짓공약, 국민을 속이는 공약은 하지 않기로 결심한 터여서 그렇게 할 수 없었다. 그 대신 한나라당은 실현성 있는 '대전 과학수도' 등 충청 발전 10대 비전을 내놓았다. 지방 분권은 시대적 요청이므로 대전 대덕연구단지와 인근을 과학기술특구로 지정해 과학기술과 관련된 기관을 집중 배치함으로써 대전을 과학기술 분야의 수도 개념으로 발전시키고 안면도 일대를 한국형 디즈니랜드로 개발하는 등 내용이었다.

수도권 집중을 완화하고 지방의 균형발전을 이루기 위해서는 각 지방에 발전의 동인(動因)을 부여해야 한다. 그러기 위해 각 지방의 대표적인 지역을 특화된 분야의 수도와 같은 중심도시로 육성하는 것이 그 기본개념이고 또 청사진이었다.

어찌되었든 노 후보의 공약은 충청권의 표심에 영향을 미쳤다고 생각한다. 후일담이지만 그 후 대선에서 노 후보가 당선된 다음 노 정권은 공약을 지킨다는 강박감에 사로잡힌 듯 행정수도 이전 법안을 통과시켰으나 헌법재판소에서 수도이전은 위헌이라는 심판이 났고, 이어 노 정권은 수도이전 개념이 아닌 '행정 중심 복합도시' 개념으로 그 건설법을 고쳐 오늘의 세종시를 건설하게 되었다.

나는 대선에 패배하고 정계를 은퇴해 있는 동안 획기적인 국가발전 방안을 생각해보다가 강소국 연방제안을 구상하게 되었고 이러한 강소국 연방제의 전 단계로 중앙권력 일부가 지방에 이전하는 '행정 중심 복합도시'안에 찬성하게 되었다. 그래서 자유선진당을 창당한 후 18대 국회에 진출해 세종시 건설에 적극 동조했는데 세종시가 건설되고 중앙 행정부처가 일부 이전함에 따라 여러 가지 문제가 나오기 시작했다.

미군 장갑차 사건

미군 장갑차 사건은 2002년 6월에 일어난 사건이었다. 6월 13일 오전 10시 45분경 경기도 양주군 광적면 효촌리 56번지 앞 지방도에서 이 마을에 사는 여중생 신효순(14) 양과 심미선(14) 양이 이곳을 통과 중이던 미2사단 공병대 소속의 가교운반용 궤도차량에 치어 숨지는 사고가 발생했다.

이 사건은 처음에는 월드컵 열기에 묻혀 크게 관심과 주목을 끌지 못했었다. 그러다가 6월 20일 환경운동연합, 주한미군 범죄근절 운동본부, 민노총 경기북부협의회 등 시민단체 회원 50여 명 등이 의정부 미2사단 정문 앞에서 규탄시위를 하면서 정치적 이슈로 부각되기 시작했다. 이 규탄시위는 점점 확산되었는데, 6월 26일에는 '우리 땅 되찾기 의정부 시민연대회의'라는 시민단체 회원과 대학생 등 300여 명이 진상규명과 불평등한 한국주둔 미군지위 협정(SOFA) 개정 등을 요구하며 미2사단 앞에서 항의시위를 벌이던 중 일부 참가자가 철조망을 절단기로 자르고 미군기지 내에 침입하는 위험한 상황으로 치닫고 있었다. 아무리 항의 시위가 명분이 있다고 해도 군사시설인 미군기지의 철조망을 절단하고 침입하는 행위는 도를 넘은 것이다.

그런데 미군 측이 MBC 라디오와의 인터뷰에서 "미군은 모든 안전수칙을 이행했고 이번 사건은 누구의 과실도 아니다"라고 주장한 것으로 보도되자 이에 자극되어 더욱 강한 반발이 일었다. 국민의 반미감정으로까지 확산될 기미가 보였다. 그 후 미2사단 사단장을 비롯한 관계자들은 유가족과 국민들에게 사과할 용의가 있다고 물러섰고, 7월 4일 리언 라포트(Leon Laporte) 주한미군 사령관이 직접 나서서 "미 육군에게 전적으로 책임이 있음을 인정한다"며 사과의 뜻을 전하고 재발방지를 약속했다. 그러나 이것으로 불붙은 미군 규탄의 불길을 잡기에는 역부족이었다. 시민단체를 중심으로 한 규탄 세력은 사고를 저지른 미군인에 대한 미군의 재판관할권 포기와 SOFA 개정을 요구하고 나섰다.

언론에 보도된 미군 측이 발표한 사고경위는 이렇다. 피해자인 두 여중생이 사고 장소의 갓길을 걷고 있다가 장갑차에 치였는데, 장갑차 운전석에서는 오른쪽이 잘 안 보여 이를 보조하던 관제병인 조수석 탑승자가 30미터 전방에 피해자들을 발견하고 운전병에게 두 차례 경고를 보냈으나 장갑차 엔진소리에 운전병이 이를 알아듣지 못해 사고가 발생했다는 것이다.

미군은 이들을 미 군사법원에 기소했지만 군사법원은 11월 20일 관제병인 조수석 탑승자에 대해 그리고 11월 22일에는 운전병에 대해 모두 무죄평결을 내리고 그 후 이들을 미국으로 송환했다. 이러한 미군사 법원의 무죄평결은 미군 장갑차 사건 규탄에 기름을 부은 듯 불길을 치솟게 하여 전국적으로 확산되는 계기가 되었다. 미 군사재판의 불공정과 무효를 주장하고 SOFA 개정을 요구하는 규탄과 항의집회가 전국적으로 벌어졌다.

대선 후보 중에서 권영길 민노당 후보는 미군상대 투쟁전개 등 극렬한 용어를 쓰면서 가장 강한 규탄 주장을 폈고 후보 간 TV 토론에서는 나와 노 후보에 대해 애매한 태도를 취하고 있다고 공격했다. 이러한 규탄과 항의집회는 단순한 사건처리에 대한 불만과 반대를 넘어 반미감정을 표출하는 반미시위의 성격을 띠기 시작했다. 보수 세력인 한나라당을 친미세력으로서 규탄 대상으로 몰아가려 하고 있었다.

12월 5일 〈문화일보〉가 보도한 〈문화일보〉, YTN 정기 여론조사에서 "무죄평결 후 반미시위 등으로 반미감정이 확산되고 있는 것을 어떻게 보는가"에 대한 결과에 의하면 응답자의 85.7퍼센트가 '불평등한 한미관계를 개선할 필요가 있으므로 당연한 일"이라고 답했고, 남북대치 상황에서 안보 불안을 초래할 수 있으므로 바람직하지 않다

이회창
회고록

는 응답은 8.7퍼센트에 그쳤다. 또 SOFA 개정에 대해서도 '미군관련 범죄 수사 등의 측면에서 불평등한 조항이 많으므로 즉각 개정해야 한다'는 응답이 84.8퍼센트로 압도적으로 많았다.

압도적인 다수가 반미감정의 확산에 대해 당연하다고 본다는 것은 충격적인 것이었다. 그것은 많은 국민이 미군사 법원의 무죄평결을 불공정성, 즉 한미관계의 불평등이라는 각도에서 보고 있다는 뜻이었다. 내가 보기에도 미군사 법정의 무죄평결의 결론은 한국의 법 상식에 비춰보면 잘못된 것이었다.

장갑차든 승용차든 모든 차량의 운전자는 운행 중 통행인을 발견한 때는 통행인을 주시하면서 안전하게 통과할 의무가 있다. 그런데 사고경위에 따르면 미 장갑차의 관제병인 조수석 탑승병은 피해자를 발견하고도 운전병으로 하여금 즉시 피행(避行)하도록 적절한 조치를 취하지 않은 업무상 과실이 있음을 부인할 수 없다.

미군사 법정은 탑승병이 피해자들을 발견하고 두 차례 운전병에게 경고를 보냈지만 장갑차 엔진 소음으로 운전병이 알아듣지 못해 사고가 발생했다고 했지만, 충돌의 위험을 느끼고 두 차례나 경고를 보낼 정도라면 반응이 없는 운전자에게 직접 소리치거나 몸짓으로라도 운행을 정지하게 했어야 했다.

하지만 미군사 법정은 배심(陪審)법원의 성격을 갖고 있어 배심원의 성격을 띤 재판부가 무죄평결을 내린 데 대해 재판이 잘못됐다고 말하기는 어렵게 되어 있다. 그렇다고 해도 한국의 대선이 코앞에 닥친 시점에서 여중생 사망사건으로 반미감정이 고조되고 반미시위까지 일어나는 와중에 무죄평결을 선고하고 본국에 송환해버려 더욱 규탄과 항의의 불길을 치솟게 만든 미군의 사려 깊지 못한 처사에 대해 나는 화가 났다.

아무리 미군이라도 지휘관은 무죄평결과 송환이 어떤 영향을 가져올지에 대해 숙고했어야 했다. 더구나 주한 미국대사는 주재국의 정치상황을 예의 주시하고 필요한 정무적 판단을 해야 할 자리에 있다. 한국의 법 상식과 다른 미군의 법리로 무죄평결을 하는 것이 한국인의 정서를 자극해 반미감정을 치솟게 하고 반미시위로 번져 한국의 대선 정국의 흐름을 바꿀 수 있다는 것 정도는 예측했어야 하고, 재판의 시점에 대해 주한미군과 조정하는 정도의 정무적 역할을 했어야 했다.

나는 당내 의견을 조율해 다음과 같은 우리의 행동원칙을 정했다. 우선 첫째로, 우리 당은 어린 여중생이 희생된 이 사건에 대해 깊은 애도를 표하지만 이 사건이 반미시위로 흘러 반미, 주한미군 철수 요구로까지 확산되는 것을 적극 경계하고 반대한다. 둘째로, 대통령 후보인 나는 정부종합청사 건너편 광장에서 매일 오후에 진행되는 가톨릭 신부들의 추도미사에는 한 번 참여하되, 12월 7일 오후 시청 앞에서 열리는 대규모 추모촛불시위는 반미시위로 확산될 우려가 있으므로 참여하지 않는다. 셋째로, 미국에 대해 SOFA 개정 검토와 미국 대통령의 직접 사과를 요구한다는 것이었다.

SOFA는 독일 및 일본의 경우와 대비해 불공정하게 우리에게 불리하다는 주장이 있어왔지만 SOFA는 각 미군 주재국의 사정과 주변 정세가 주요 고려사항이어서 조약 문언만으로 유·불리를 섣불리 단정하기 어렵다. 또한 미군의 작전 중 일어난 사고에 대해 항상 주재국이 재판권을 행사한다는 것이 과연 옳은 것인가도 문제이다. 이제는 우리도 외국에 군대를 파병하고 있는 입장인데, 작전 중 사고에 대해 우리 장병을 주재국의 재판권에 넘겨야 한다면 우리도 선뜻 동의하기 어렵다는 생각이 드는 것이다.

그렇다고 해도 무죄평결에 대해 한미 간 불평등이 그 원인이라고 보는 다수 국민의 분노를 가라앉히기 위해 SOFA에 대한 문제제기는 당연한 논리적 귀결이라고 할 수 있었다. SOFA 개정은 어차피 쌍방이 합의해야 가능하지만 일단 개정 요구를 해둘 필요가 있었다. 대선 정국이 노무현, 정몽준 후보 단일화 후 노 후보 쪽으로 기울고 있는 시점에 미군 장갑차 사건으로 반미감정이 거센 바람을 일으키고 있는 것은 우리에게는 치명적이었다. 우리는 이 바람의 여파를 막기 위해 필사적이었다.

나는 12월 7일 토마스 허바드(Thomas C. Hubbard) 주한 미국대사를 시내 호텔에서 만나 조지 W 부시 미국대통령의 직접사과와 SOFA 개정 검토를 요구했다. 원만한 성격을 지닌 그가 대사로 부임한 후 한두 차례 만난 일이 있지만 이날은 내가 웃지도 않고 냉정한 표정으로 말을 꺼내자 그도 신중한 표정이 되었다. 내 발언의 요지는 이랬다.

"나는 원래 법조인(jurist) 출신이다. 미군사 법원이 미국 법에 따라 평결한 내용을 잘못이나 위법이라고는 말하지 않겠다. 그러나 무죄평결은 한국의 법리와 법상식에는 맞지 않으므로 한국 국민의 마음이 크게 상해 있다. 주재국 국민의 정서를 고려하지 않고 대선의 이 시점에 무죄평결을 해 본국으로 송환함으로써 반미감정의 풍파를 일으킨 데 대해 나는 미국 부시 대통령이 직접 한국민에게 사과할 것을 요구한다"고 말했다. SOFA 개정에 관해서도 "이것이 독일 및 일본과 대비해 더 불리한가 아닌가에 대해 서로 견해 차이가 있을 수 있지만 한국은 SOFA를 개정한 지 오래되었고 이번 사건을 계기로 다시 그 개정을 검토할 시기가 됐다"고 말했다. 그리고 이러한 나의 요구는 고조되는 반미감정을 진정시키고 한미관계를 지키기 위해 필요하다고 마무리했다.

한국에 온 미국대사가 대통령 후보로부터 이렇게 직설적인 요구를 듣기는 처음이고 기분도 상했을 것이다. 그는 매우 무거운 표정으로 미국 대통령은 이미 자신을 통해 한국민에 대한 사과를 했지만 이 후보의 직접 사과 요구를 본국 정부에 그대로 전달하겠다고 말했다. 그리고 SOFA 개정에 대해서는 다른 나라 즉 독일이나 일본에 비해 형평에 어긋나거나 불공정한 문제는 없다는 것이 자신들의 견해라고 말했다.

미국대사와의 면담 사실이 보도되자 민주당은 한나라당의 정치적 쇼라고 비난하고 나섰다. 그들은 그럴 수 있다. 그러나 보수층에서 나온 비판은 나에게는 매우 뼈아픈 것이었다. 대표적 보수논객인 조갑제 씨는 12월 6일자 〈조갑제닷컴〉에서 이회창 후보는 최근의 선거운동 행태가 정체성의 혼란을 빚고 있다면서 몇 가지 지적을 했다. 주요한 대목은 이렇다. "그는 부시 대통령이 대사를 통해 사과를 했음에도 또 다시 사과를 요구하고 주한미군 지위협정 재개정도 요구함으로써 반미운동에 편승하고 있다", "최근의 반미운동 세력은 압도적으로 노무현 지지 세력이다. 이 세력이 만들어놓은 무대에 이회창 후보가 올라가 아무리 노래를 잘 불러도 그 표는 노무현 후보로 갈 것이다", "이회창 후보는 지금 반미운동의 확산을 저지하고 두 여중생의 사망이

이회창
회고록

한미 동맹관계를 더욱 공고하게 하는 방향으로 승화되도록 노력해야 할 때이다. 반미운동에 우파 지도자가 동조함으로써 이 운동을 확산시키는 데 일조하고 있는 그의 이상한 전략은 일종의 자해 행위이다", "한반도에서는 이념이 가장 큰 전략이다. 이 이념에 따라 김정일 세력과 대한민국 세력으로 크게 나눈 다음 대한민국 세력을 강화하고 확보하는 전략을 써야 정치나 선거에서 성공한다"는 내용이었다.

그의 견해는 당시 나의 행동에 대해 비판적인 일부 보수층의 시각을 그대로 나타낸 것이고 그렇게 말하는 그들의 심정은 나도 충분히 이해했다. 미군 장갑차 사건을 규탄하는 주동 세력들이 반미감정을 부추기고 반미시위로 몰아가면서 미군을 규탄하고 책임을 묻는 쪽은 좌파, 그 반대편은 우파로 갈라지는 듯한 양상이 되고 있었던 것이다.

그러나 나의 생각은 나를 비판하는 일부 보수층의 생각과는 달랐다.

이 사건은 우파, 좌파의 이념대립으로 풀 수 있는 문제가 아니었다. 우선 미군 장갑차 사건은 우리의 법 상식으로는 탑승 군인의 업무상 과실이 분명해 무죄가 될 수 없는 사건이다. 미군이 미 군법 절차에 따라 재판에서 무죄평결을 한 이상 법적으로 그 효력을 다툴 수는 없지만, 무죄평결에 대해 "그것이 왜 무죄인가?"라고 생각하는 많은 국민의 정서를 크게 상하게 한 것만은 부인할 수 없다. 더구나 대선을 코앞에 둔 민감한 시점에 무죄평결로 반미감정을 부채질한 것처럼 된 미군 당국의 조치는 너무나 주재국의 사정을 무시한 경솔한 조치라고 하지 않을 수 없는 것이다.

그런데 국민은 평소 우파·좌파로 확연하게 갈라져 있는 것은 아니다. 신념이나 심정적으로 자신을 우파 또는 좌파라고 믿는 층이 대략 각각 30퍼센트 정도라고 친다면 나머지 40퍼센트는 이른바 중간층으로 어느 한쪽에 고정되어 있지 않으면서 대선에서는 이들의 향방에 따라 선거결과가 좌우된다.

미군 장갑차 사건에 관해 앞에서 본 〈문화일보〉 여론조사에서는 무죄평결 후 반미시위 등으로 반미감정이 확산되고 있는데 대해, 응답자의 무려 85.7퍼센트가 "불평등한 한미관계를 개선할 필요가 있으므로 당연한 일"이라고 답한 것으로 나왔었다. 그렇다면 이 85.7퍼센트가 전부 반미감정을 가진 좌파인가? 그렇지 않다. 여기에는 위에 말한 중간층과 우파의 일부도 포함되어 있고 그들은 좌파가 아니다. 우파의 보수당인 한나라당은 보수층의 결속을 다지는 것도 중요하지만 동시에 이 중간층의 마음을 끌어와야 했다.

그렇다면 어떻게 그들의 마음을 잡을 것인가? 미군사 법원의 평결을 불공정하다고 생각하고 또 어이없게 생명을 잃은 가련한 여중생들을 추모하는 그들의 마음은 우파의 깃발을 흔드는 것만으로는 잡을 수 없다. 우리는 진실을 말해야 한다. 우파는 미군의 잘못과 책임을 지적하는 데는 소극적이고 오직 반미감정의 확산만 걱정하고 있지만 우리는 미군의 잘못을 정확히 지적하고 미국 측의 사과와 SOFA 개정 검토를 요구해야 하며 그러면서 반미시위로의 확산을 경고해야 그 진정성이 전달될 수 있다고 믿었다. 이것은 반미감정에 편승하는 것이 결코 아니다.

나는 가톨릭 신부들이 집전하는 추모미사에 신자로서 참여했고 미사 후 현장에 나온 기자들에게 주한 미국대사를 만나 미국 대통령의 사과와 SOFA 개정을 요구한 사실을 공개하고 미군 장갑차 사건이 반미시위나 주한미군철수로 번지는 것을 경계해야 한다고 강조했다. 나는 시청 앞에서 열린 대규모 추모행사에는 참여하지 않았고 오히려 그 추모행사가 반미시위로 이어질 것을 경계했는데도 일부에서는 마치 내가 그 추모행사에 참여한 것처럼 비난했다.

12월 8일 밤 나는 폭설이 내리는 가운데 양주 광적면의 시골 마을에 있는 피해 여중생의 집을 방문해 유족들을 위로했다. 부모들은 순박한 시골 출신으로 겸손하게 우리 일행을 대해주었다. 숨진 딸들의 이야기를 할 때는 마음이 저려왔고 동행한 오세훈 의원(총재비서실 부실장)은 돌아서서 눈물을 훔치던 것이 기억에 남는다.

이렇게 순박한 유족들의 마음은 정치판을 흔들고 있는 반미, 친미의 돌풍과는 상관이 없었다. 남들이 어떻게 보든, 알아주든 말든 나는 신념을 가지고 최선을 다했다. 세 후보 중 폭설에 파묻힌 시골의 피해자 집까지 찾아간 것은 나뿐이었다고 알고 있다.

미국 부시 대통령은 12월 13일 김대중 대통령과의 전화통화에서 여중생 사망 사건에 관해 "깊은 애도와 유감"이라는 표현으로 직접 사과의 뜻을 전했다. 그리고 유사 사건의 재발방지를 위해 미군 수뇌부로 하여금 한국 측과 긴밀히 협조하도록 지시했다고 말해 SOFA 개정의 가능성도 높아진 것으로 언론은 보도했다. 뒤늦었지만 미국으로서도 최선을 다한 것이다.

하지만 이때는 이미 노무현 후보와 정몽준 후보 간의 후보 단일화로 판세가 기울어졌기에 때늦은 감을 지을 수 없었다.

운명의 날

　12월 18일 투표일을 하루 앞두고 정몽준 후보가 느닷없이 노무현 후보에 대한 지지철회를 선언했다. 마른하늘에 날벼락이었다. 벼락을 맞은 것은 노 후보 쪽이지만 놀라기는 이쪽도 마찬가지였다.

　정 후보의 대변인은 그날 밤 성명을 통해 당일 서울 명동 유세장에서 노 후보가 '미국과 북한이 싸우면 우리가 말린다'는 표현을 쓴 것을 문제 삼았다. 말하자면 노 후보의 대북관 때문에 지지를 철회한다는 뜻이었다.

　하지만 언론은 노 후보가 종로 유세에서 국민통합21의 정몽준 대표 지지자가 '다음 대통령은 정몽준'이라는 피켓을 들고 있는 것을 보고 "너무 속도위반하지 말라. 대찬 여자 추미애 의원도 있고, 국민경선을 지킨 정동영 최고위원도 있다. 몇 사람 있으니 경쟁할 수 있다"고 말했고, 정 대표는 이것을 자신에 대한 모욕이라고 판단하고 지지철회를 하게 된 것이라고 보도했다.

　나는 동대문 의류시장 골목을 돌다가 이 소식을 들었다. 일행 속에서 만세 소리가 터져 나왔고 상인들도 축하해 주었다. 그러나 마음 한구석이 찜찜했다. 우선 지지철회가 투표시간을 몇 시간 앞두고 나온 것이어서 너무 늦은 감이 있었다. 게다가 벼락이 떨어진 노 캠프에서는 수습을 위해 더 뛰겠지만 벼락을 구경하는 이쪽은 이제 안심하고 주저앉을 우려도 있었다.

　그때 나의 주변에서는 대체로 "이제 다 끝났다"고 안도하는 분위기였지만 일부에서는 위에 말한 것과 같은 걱정을 진지하게 말하는 이들도 있었다. 불행하게도 이 일부의 걱정이 기우가 아니라 현실이 되고 말았다.

정 후보의 지지 철회를 듣고 노 후보는 정 후보를 찾아갔으나 만나지도 못하고 돌아갔는데 이 장면이 노 후보의 지지자들을 더욱 결집시키는 계기가 되었던 것 같다. 위기의식에 사로잡힌 노 후보 지지자들이 인터넷 광장을 통해 열정적으로 뭉치고 호응하면서 대단한 응집력을 보여줬다. 하지만 한나라당도 선거운동 마지막 날까지 열심히 뛰었다. 서울 등 수도권과 충청권, 그리고 대구·경북·부산·경남·울산·강원·제주·호남권 등 전국에서 국회의원과 당원, 후원회원들이 정말 열심히 뛰었다.

마지막 날 마지막 선거운동을 서울 명동에서 끝내고 아내와 함께 명동성당으로 갔다. 97년에도 그랬지만 우리는 선거운동의 마무리는 성당에서 기도하는 것으로 끝내고 싶었던 것이다. 그런데 제단 앞에 무릎 꿇고 앉은 나의 마음은 충만하고 홀가분한 기분이 아니라 어쩐지 허전하고 아쉬운 듯한 느낌이 들었다. 하느님께 열심히 간구하기보다는 '최선을 다했으니 알아서 해주십시오' 하는 기분이었다.

19일 아침 일찍 투표를 마치고 돌아와 투표상황을 알아보기 위해 몇 군데 시도당 위원장들에게 전화를 했는데 이중 집에서 전화를 받은 사람이 있었다. 나는 마음이 언짢았다. 그 시간에 상황을 점검하고 독려해야 할 책임자가 한가하게 집에 들어 앉아 있다니 무언가 맥이 빠져 있다는 느낌이 들었던 것이다.

개표는 6시 30분경부터 시작되었는데 초반에 내가 앞서다가 중반부터 역전되어 노 후보가 앞서면서 밤 10시반경 사실상 그의 승리로 확정되었다. 나는 밤 11시경 중앙당사 10층의 상황실에 나가 패배를 인정하는 대국민 성명을 발표했다. 나를 믿고 지지한 국민들과 나와 같이 고생한 당원 동지들에 대한 미안하고 죄스러운 마음과 노 당선자에 대해 축하의 말을 전하는 내용이었다. 노 당선자에게는 따로 전화를 걸어 "당선을 축하한다. 좋은 대통령이 되어 달라"는 뜻을 전했다.

이렇게 나의 두 차례에 걸친 대선의 도전은 실패로 끝났다.

무엇보다 가슴을 짓누르는 것은 실망이나 좌절감보다도 두 번이나 패배하고 또 다시 5년의 좌파 정권을 탄생시킨 데 대한 자책감이었다. 나에 대해 희망을 걸었던 지지자들과 당원들에게 고개를 들 수 없다는 생각이 나를 괴롭혔고 이제는 모든 것을 떠나 쉬고 싶었다.

나는 지체 없이 선거 다음날인 20일 오전 중앙당사에서 기자회견을 갖고 정계은퇴를 선언했다. 먼저 "저는 국민 여러분의 선택을 받지 못했다. 패배를 인정하고 깨끗이 승복하며 노무현 당선자에게 축하를 드린다. 부디 나라와 국민을 위해 헌신하는 훌륭한 대통령이 되어 주시기를 바란다"고 입을 열었다.

그런 다음 "6년 전 정치를 시작하면서 법과 원칙을 바로 세우는 것이 저에게 주어진 시대적 사명이라고 굳게 믿어왔다. 인간의 존엄과 가치가 존중받는 사회를 만드는 것이 제 평생의 꿈이었다. 진정한 개혁으로 제대로 된 나라를 한번 만들어보고 싶었지만 이번에도 그 뜻을 이루지 못해 아쉬움이 크다. 저는 비록 실패했지만 누군가가 언젠가는 이 뜻을 꼭 실현 하게 될 것이라고 믿는다."

"당원동지 여러분에게는 정말 죄송하다. 제가 부덕하고 불민한 탓에 오늘의 결과를 가져왔다. 엎드려 용서를 빈다. 동지 여러분을 생각

이회창
회고록

하면 제 가슴이 찢어지는 것 같다. 지난 5년 간 숱한 고생을 같이 해오면서 여러분에게 또다시 가시밭길을 걷게 한 이 못난 사람은 무어라 드릴 말씀이 없다."

"저는 오늘 정치를 떠나려고 한다. 어찌 회한이 없겠는가만 깨끗이 물러나겠다. 패배의 모든 책임은 저에게 돌려 달라"고 말했다.

이 대목에서 흐르던 눈물이 오열로 변하려고 해 한동안 말을 멈추고 가까스로 참았다. 회견장은 그야말로 눈물바다였다. 서청원 대표, 하순봉 최고위원을 비롯해 많은 당지도부와 당원들과 지지자들이 눈물을 닦았다.

나는 아버지, 어머니의 장례미사 때 외에 공개된 기자회견의 자리에서 이렇게 눈물을 흘려본 일이 없었다. 참으로 가슴이 아팠던 것이다.

마지막으로 나는 당원들에게 뭉쳐서 희망의 새 길을 찾고 자유 민주주의와 대한민국의 국가안전 그리고 경제안전을 지키는 파수꾼이 되어주기를 간곡히 당부하는 말로 기자회견을 마무리했다.

참고로 최종 집계된 득표수는 노무현 당선자가 1201만 4277표이고, 나는 1144만 3297표로 57만 980표(2.3퍼센트 포인트) 차이로 당락이 결정되었다.

왜 졌는가

전쟁에서 지면 그것은 전쟁을 지휘한 장수가 잘못했기 때문이고 전적으로 장수의 책임이다. 선거도 마찬가지이다. 선거에서 지면 그것은 후보의 잘못이고 전적으로 후보의 책임이다. 여기에는 변명의 여지가 없다. 그러므로 후보는 선거가 끝난 후 이러쿵저러쿵 변명하는 것은 절대 금물이며 자칫 자기의 흠은 보지 못하고 남 탓이나 하는 소인배로 손가락질받기 쉽다.

나는 2002년 대선에서 패배하고 정계은퇴 선언을 한 후, 두 번씩이나 기회를 놓치고 나를 지지한 국민과 당 및 당원동지들을 좌절케 한 죄책감으로 한동안 짓눌려 지냈다. 대선이 끝나고 바로 다음날인 20일 고별 기자회견을 갖고 정계은퇴를 선언했을 때 당원들과 지지자들은 비통해하고 언론으로부터도 '아름다운 퇴장'이라는 분수에 넘치는 말도 들었다. 그러나 정치에서 '아름다운 퇴장'이란 존재하지 않는 것 같다. 대선 후 대선자금 사건 수사가 벌어지고 노무현 대통령에 대한 탄핵정국으로 온 나라가 어수선해진 데다가, 부동산 정책의 실패로 민생과 경제가 어려워지자 노 정권에 실망한 국민들과 특히 보수층은 이러한 노 정권 시대를 열어준 나에 대해서도 원망과 비난을 하기 시작했다. 오죽 힘들면 그렇겠는가. 나는 더욱 미안한 생각과 자책감에 짓눌렸다.

그런데 1997년 대선 때도 그랬지만 선거가 끝나면 이른바 언론이나 선거 전문가, 정치평론가란 사람들이 패인분석을 하면서 '시대변화를 못 읽었다'느니 '질 수밖에 없는 선거였다'느니 하는 분석을 내놓았다. 이중에는 경청할 만한 것도 있지만 때로는 대선 결과에 꿰맞추는 식의 사후약방문 격의 분석일 때가 많은데 이런 분석은 사실과 맞지 않을 뿐 아니라 정확한 원인 분석을 하는 데 오히려 방해가 될 수 있다. 그래도 나는 일체 대꾸하지 않고 입을 다물었다. 내가 입을

이회창
회고록

열면 구질구질한 자기변명과 해명으로 밖에 들리지 않을 것이기 때문이다.

그러나 이제 나의 정치 역정을 회고하는 자리에서 대선 패배 원인에 대해 여전히 "전적으로 후보의 책임이다"라는 말로만 넘어가는 것이 과연 옳은 일인가. 그것은 오히려 무책임한 것이 아닌가 하는 생각이 들었다.

후보로서 어떤 점에 잘못이 있었는지 진솔하게 털어놓고 또 다른 사람들의 패인 분석에 이의가 있으면 솔직하게 이를 반박해 후일의 참고가 되게끔 하는 것이 패장의 도리이지, 변명한다는 말을 들을까봐 입을 다물고 있는 것은 오히려 옳지 않은 일이라는 결론에 이르렀다.

그러면 내가 패배한 원인은 무엇인가? 흔히 패인 분석을 할 때는 선거공학이니 정치공학이니 하는 용어를 써가면서 선거 지지 기반의 구조적 분석을 한다. 예컨대, 97년 대선에서 DJ는 DJP연대로 호남의 지지 기반과 충청의 지지 기반을 결합시킨 데 반해 나는 이인제의 탈당출마로 지지 기반이 분열된 것이 패인이라든가, 2002년 대선에서는 노무현 후보는 DJ의 도움으로 호남의 지지 기반을 확보하고 여기에 수도권 이전 공약으로 충청의 지지 기반을 더했는데 나는 YS의 지지를 얻지 못하고 JP를 포용하지 못해 충청권 지지 기반도 확보하지 못한 것이 패인이라는 식이다. 또한 '시대 변화'라는 잣대로 시대 변화를 읽고 수용했는지의 여부를 가려 패인 분석을 하기도 한다.

그러나 선거를 실제로 여러 번 치러본 나의 경험으로는 위에 말한 것들이 선거의 승패에 영향을 미치는 것은 사실이지만 그것은 일종의 논리적 분석이고, 또 승자편에서 본 사후약방문 같은 생각이 든다.

나는 실제로 선거 결과를 좌우하는 핵심적인 요인은 결국 후보 개인의 유권자를 설득하는 능력과 유권자에 대한 이미지라고 생각한다.

나는 앞서 '대통령이 된다는 것'에서 언급한, 대통령이라는 국가 지도자의 일에 대한 정열과 판단력 그리고 책임감을 가지고 있다고 자부했지만 이를 유권자에게 설득하는 데 실패했다. 유권자 중 좌·우어느 쪽에도 속하지 않는 중간층 이른바 중도층이 선거의 승패를 좌우하는데, 나는 이들을 설득하는 데 실패했던 것이다. 나는 선거유세나 토론 또는 홍보에서 청중이나 상대방을 이론의 여지없이 압도할 만큼 힘 있는 설득력을 발휘하지 못했다. 선거는 설득인데 그 능력이 부족했던 것이다.

이미지에서도 노무현 후보 측이 내세운 귀족과 서민, 기득세력과 개혁세력이라는 프레임(사실 이것은 김대중 시절부터 그들의 전략이었다)에서 벗어나 나의 이미지를 바꾸는 데 성공하지 못했다.

나는 오랜 기간 한나라당 총재를 지내고 대선 후보를 두 번씩이나 하면서 대세론도 나오는 등 국민들에게는 지겹도록 오래 보아온 얼굴이 되어버렸다. 말하자면 기득 세력의 대표주자라는 이미지가 굳어진 것이다.

반면에 노 후보는 나보다 훨씬 먼저 정치권에 들어와 YS와 DJ 사이를 오간, 말하자면 구 정치인이었지만 돌출적인 행동과 대선 후보가 되면서 청와대와 대립각을 세우는 등 행동으로 눈길을 끌었다. 특히 금수저 출신의 정몽준 후보와의 사이에 후보 단일화를 이루면서 변화와 개혁의 이미지를 각인시켰다.

또한 우리가 인터넷 매체의 활용에서 뒤진 것도 주요한 패인이었

이회창
회고록

다. 2002년 대선 당시는 이미 인터넷 매체를 통해 후보와 그 정책을 홍보하고 지지세를 규합해 적극적인 선거참여를 촉구하는 등 인터넷의 활용이 확산되는 시점이었다. 특히 20대, 30대의 세대에서는 결정적인 결집 효과를 발휘했는데 우리는 여기에 늦었다. 일부 평론가가 "정보화와 인터넷으로 무장한 '유목민'적인 20~30대가 인터넷을 통해 통합이 가능했던 반면, 나이든 세대는 통합의 축이 결여된 상태였다"고 말한 것은 정확한 지적이었다.

결국 2002년 대선의 승패를 가른 것은 이런 이미지와 연출(performance)의 대결이었지 정책이나 시대정신은 핵심적인 요인이 아니었다고 생각한다. 이미지와 연출의 대결에서 나는 완패했고 이것은 나의 능력 부족이었다. 대선 패배는 전적으로 나의 책임이다.

후원회 활동

내가 1996년 4월 총선에서 신한국당 국회의원으로 당선되고 그해 하반기부터 시작된 15대 대통령 후보 예상 여론조사에서 상위권으로 떠오르자 외곽에서 나를 걱정하고 지지하는 인사들이 모여 국회의원 후원회 조직을 추진했다.

필마단기로 입당해 당내, 당외 아무 조직도 없는 나를 응원하고 지지하는 전문가 그룹이 필요하다고 판단했던 것 같다.

후원회 회장에는 대학선배이고 경제부총리로 내각에서 나를 도와주었던 정재석 씨가 맡아주었고 당시 내각에서 같이 일했던 김시중

전 과기처 장관, 김두희 전 법무부 장관, 윤동윤 전 체신부 장관, 황영하 전 총무처 장관, 박윤흔 전 환경처 장관, 황길수 전 법제처장, 이충길 전 국가보훈처장, 유경현 전 평통사무총장, 이흥주 전 국무총리 비서실장이 참여했고, 법조계에서는 이정락 변호사, 안동일 변호사, 서정우 변호사, 진영 변호사와 기타 전문가로는 이수광 공인회계사, 김숙자 한성대 교수, 제정자 화백 등이 주동이 되어 나를 적극 후원해 주었다.

나는 이분들에 대한 미안함과 고마움을 한시도 잊은 적이 없다.

15대 대선 실패 후 1998년 8월 신한국당 전당대회에서 다시 총재로 복귀하고 1999년 6월 재보궐 선거와 2000년 4월 총선에서 국회의원에 당선되면서 제2기 후원회가 다시 구성되었다.

회장에는 법조계에서 신망이 두터운 이정락 변호사가 맡아주었고 부회장 제도를 두어 안동일 변호사, 서정우 변호사, 이충길 전 장관, 김원석 전 경남지사, 이수광 공인회계사, 조문규 전 한국감정평가사협회장, 이흥주 총재특보, 장권현 변호사, 김영자 전 민정당 여성국장 등이 후원회 운영을 전문가 그룹으로 세분화해 내실 있는 후원 활동을 했다.

이 밖에도 류종수 전 의원(강원), 전덕생 전 시의원(경기), 이우태 전 경남대 교수(경남), 백승탁 전 충남교육감(충남), 현양홍 사장(제주), 그리고 총재 특보단으로 양휘부, 이병기, 이종구, 이성희, 함영태, (고)박신일 특보 등이 참으로 헌신적인 노력을 해주었다.

제16대 대선은 야당 후보로서 열악한 환경과 조건에서 여당 후보와 겨루어야 하는 힘든 싸움이었다. 특히 후원회 활동이 선거법에 저촉돼 트집잡히는 일이 없도록 세심한 주의를 기울여야 했다. 그런데도 여권에서는 이 후원회를 후원회 사무실이 있던 부국빌딩의 건물 명칭을 따서 '부국팀'이란 이름을 붙여 사조직이라고 비난하기도 했다. 후원회원들은 정말 빛도 영광도 없는 곳에서 나를 위해 외곽에서 소리 소문 없이 열심히 후원해 주었다. 또한 국내뿐 아니라 미국의 16개 주요도시를 비롯한 캐나다, 일본, 호주, 독일 등 유럽지역에서도 해외 후원회가 결성되어 많은 해외교민들이 참으로 열성적으로 지지 후원해 주었다. 이처럼 도와준 국내외 각계각층의 수많은 전문가들과 참가자들에게 나는 직접 고맙단 말도 제대로 하지 못하고 정계를 떠나게 되었다. 나는 이 모든 분들에게 갚을 수 없는 큰 빚을 졌다. 이 자리를 빌려 이분들에게 나의 한없는 고마운 마음을 전해드리고자 한다.

또한 나를 열심히 지지하고 후원해준 '창사랑'의 백승홍, 정해은, 안광선 회장 등 역대 회장들과 회원들, 특히 신영훈, 신귀환, 이기권, 김연옥 씨에 대해서도 제대로 고맙다는 말을 못했다. 이 분들은 순수하게 나를 좋아하고 애정과 소망으로 나를 감싸줬던 나의 울타리와 같았다. 이분들에게도 늦었지만 나의 따뜻한 고마운 정을 전하고 싶다.

2

2002년 후의 일

대선자금 사건

2002년 대선이 끝난 후 나는 2003년 2월 8일 미국의 스탠포드대 캠퍼스에 있는 후버연구소(Hoover Institution) 특별연구원으로 초청받아 방미했다. 그동안 선거에 파묻혀 복잡해진 머리를 식히고 차분하게 생각을 정리하고 싶었던 것이다.

그런데 그해 10월 초에 대선자금 사건이 터졌다. 언론이 대검찰청 중수부에서 SK가 대선 당시 한나라당 재정위원장이던 최돈웅 의원에게 100억 원을 전달했고 민주당 사무총장이던 이상수 의원에게도 수십억 원을 주었다고 보도하기 시작했다.

그런데 그 후 검찰조사에서 SK외에도 LG, 삼성, 현대자동차 등도 선거에서 나를 돕던 서정우 변호사를 통해 돈을 건넨 사실이 확인되었다. 최돈웅 의원과 이재현 한나라당 재정국장은 이미 구속되었고,

이회창
회고록

서정우 변호사와 뒤이어 김영일 사무총장까지 구속되었다. 당은 공황상태에 빠지고, 최병렬 당대표는 사태를 수습하느라고 정신이 없었다.

12월 14일 청와대에서 노무현 대통령은 한나라당 최병렬 대표 등 4당 대표들과 회동을 갖고 대선자금수사와 대통령 재신임 문제 등을 논의하는 자리에서 "검찰수사에서 우리가 쓴 불법자금이 한나라당의 10분의 1만 넘으면 정계를 은퇴하겠다"고 공언했다.

언론에서는 노 대통령과 나, 모두 각자의 대선자금 규모를 밝히고 고해성사를 하라고 촉구하고 있었다. 이 당시의 나의 참담했던 심정은 이루 다 말로 표현할 수 없다.

정치가 아무리 진흙탕길이라고 하지만, 법과 정의를 외치던 내가 이런 오욕스러운 불법의 구덩이에 빠져 손가락질 받는 처지가 된 것에 치욕감과 회한에 휩싸였고 홀로 고민하는 나날을 보냈다.

나는 SK불법자금 사실이 보도된 후 10월 30일 기자회견을 갖고 사과의 뜻을 표명한 바 있었지만 수사진행 상황을 보면서 이제는 내가 직접 검찰에 나가 조사를 받고 감옥에 가야겠다고 결심했다.

실무자인 김영일, 최돈웅, 서정우 등이 구속되었는데 후보인 내가 손 놓고 보고 있을 수는 없었다. 그런데 당시 나는 당이 받은 불법자금의 규모와 내역을 정확히 파악하지 못하고 있어(뒤에 말하지만 그때는 그럴만한 사정이 있었다) 검찰에서 막연하게 "내가 책임지겠다"고 말해보았자 말장난으로 밖에 들리지 않을 것이다. 그래서 나는 검찰에 자진출두하여 확실하게 내가 법적 책임을 질 수 있게 이 모든 일은 내가 시켜서 한 일이라고 말하기로 결심했다.

12월 16일 검찰출두에 앞서 기자회견을 갖고 "한나라당의 불법대선자금은 대선 후보였던 제가 시켜서 한 일이며 전적으로 저의 책임이라는 것을 국민 여러분 앞에 고백한다. 앞으로 어떠한 추가적인 불법자금이 밝혀지더라도 그 또한 모두 저의 책임이다. 오늘 이 회견이 끝나는 즉시 검찰에 자진 출두해 이런 사실을 진술하고 국법의 심판을 받겠다", "기업이 과연 누구를 보고 그 큰돈을 주었겠나. 당연히 저를 보고 준 것이다. 그러니 제가 처벌을 받는 것이 마땅하다. 제가 이 모든 짐을 짊어지고 감옥에 가겠다"고 말했다. 그런 다음 곧바로 대검중수부로 가서 8시간 넘게 조사를 받았다.

조사 과정에서 불법자금의 규모와 수수 과정, 그리고 처리 내용에 관해 질문받은 것으로 기억한다. 내가 기억하는 대로 사실대로 말하고 어쨌든 내가 시켜서 한 일이어서 법적 책임이 있으니 그렇게 처리해 달라고 말했다. 그리고 검찰조사 후 중수부장을 만나 구속된 다른 사람들에 대해서는 관대한 처리를 바란다고 말하고 검찰청을 떠났다.

검찰은 2004년 5월 22일 9개월에 걸친 불법대선 자금사건에 대한 수사를 마무리했는데 최종적으로 불법자금 규모는 이회창 측이 823억 원(이중에는 대선 후 반환한 금액도 포함되어 있다), 노무현 측이 119억 원으로 집계했다.

또한 검찰은 노무현 대통령과 나에 대해서는 모금 과정에 직접 관여한 직접증거가 부족하다는 이유로 불입건 처리했으나 이 부분은 검찰이 정치적 판단을 했다는 비판을 받았다. 내가 생각해도 내가 시켜서 한 것이라고 말한 이상 법적 책임을 물을 수 있는 데도 불입건 처리한 것은 노 대통령과의 형평성을 고려했기 때문이라고 짐작된다.

위와 같이 거액의 불법 선거자금을 받은 사실은 입이 열 개라도 변명의 여지가 없고 고개를 들 수 없을 만큼 부끄럽고 불명예스러운 일이다. 그래서 나는 처음에 이 회고록도 쓰지 않으려고 했다. 아무 말도 남기지 않고 조용히 삶을 마감하고 떠날 생각이었다. 그러다가 생각을 바꾼 것은 내가 내 나름의 삶의 철학과 신념을 가지고 살아왔다면 내가 저지른 잘못과 실수에 대해서도 어떤 생각을 하고 어떻게 대처했는지에 대해 말하는 것이 도리라는 생각이 들었다.

나는 나의 잘못과 실수를 있는 그대로 인정하고 회개하지만, 또한 그것은 나의 삶에서 겪은 하나의 과거 일에 지나지 않는다. 이것 때문에 현재나 미래의 나의 삶의 가치가 좌우되는 일은 없을 것이다.

그러면 왜 대선자금과 같은 일이 생겼던 것일까? 정치판은 곳곳에 지뢰와 함정이 매설되어 있고 진흙의 늪과 가시덩굴이 널려있는 전쟁터이다.

또 온갖 중상모략과 허위선전, 비방이 난무하고 정권을 잡은 쪽에서는 사법처리라는 합법수단을 무기로 상대 쪽 정치인들을 정치의 마당에서 쓸어버리는 일도 서슴지 않는다.

정권을 잡은 뒤에는 그 기반을 더욱 공고히 만들기 위해 여대야소의 국회가 필요하지만 총선에서 다수 의석을 확보하지 못했을 때는 인위적으로라도 만들기 위해 야당 의원을 회유·협박해 빼오거나 사정으로 사법처리를 하여 아예 국회의원직을 잃게 만들어 야당의석을 줄인다. 여당이 다수의석을 확보한 뒤에는 국회에서 일방적인 강행처리로 독주하고 야당은 이를 저지하기 위해 물리력으로 맞서거나 장외투쟁으로 항거한다.

이와 같이 여야는 정권을 잡기 위해 혈투를 벌이고 정권을 잡은 여당은 정권을 놓치지 않기 위해, 야당은 정권을 되찾기 위해 혈투를 벌이는 곳이 바로 정치마당이고 정치의 민낯이었다.

특히 대선이 임박하게 되면 정치의 전쟁터에서는 그야말로 불꽃 튀기는 공격과 반격전, 백병전이 벌어지며 정신을 차리기 어려운 혼전상태가 된다. 여기에서는 눈앞에 닥친 선거에서 이겨 정권을 잡는 것만이 최고의 선이고 최고의 가치가 되어버린다.

2002년 대선의 상황도 그러했다. 2002년 초반에는 내가 여론조사에서 이인제 후보와 노무현 후보를 앞섰다. 그러다가 노무현 후보가 이인제 후보와의 경선에서 앞서면서 그와 나의 지지율도 역전되어 '이회창 필패론'까지 나오는 지경이 되었다. 곧 노무현 바람이 사그라지고 다시 나의 우세로 바뀌면서 이번에는 야당 내에서 노무현 후보에 대한 '후보 교체론'이 강하게 제기되어 그를 괴롭혔다.

여기에 제3당의 정몽준 후보까지 가세해 3자의 지지율은 이회창, 정몽준, 노무현의 순위였는데, 3위인 노무현 씨가 2위인 정몽준 후보와 후보 단일화라는 도박에 성공해 단일후보가 되자 정국에 큰 지각변동이 일어났다. 그와 나의 지지율이 역전되었고 그 후 그와 나 사이에는 모든 것을 다 동원하고 모든 인력을 다 투입하는 총력전이 벌어졌다. 이기면 천하를 잡지만 지면 몸 하나 뉘일 곳이 없어지는 막판 싸움이었다.

이런 상황 속에서 대기업들의 양 진영에 대한 대선자금 제공이 이루어진 것이다. 한나라당 쪽에 자금 제공을 한 대기업들은 검찰조사나 법정에서 한나라당의 요구로 자금제공을 한 것처럼 진술했지만

이회창
회고록

내가 아는 한 당에서는 합법적인 후원금 모금을 위해 기업들에게 지원요청을 한 것 외에 문제된 것과 같은 거액의 자금을 직접 요구한 일은 거의 없었다. 대부분의 대기업이 스스로 자금 제공의 의사를 표명해온 것으로 안다. 대기업들로서는 선거 막판에 보험을 든다는 생각도 했을 것이고 또 좌파 정권이 들어서는 데 대한 위기의식도 작용했을 것이다.

선거 막판의 혼전 속에서 모두 이번에는 반드시 정권을 잡아야 한다는 절박감으로 들어오는 총탄은 일단 쓰고 보자는 심정이었던 것이다. 일사불란하게 조직적으로 대기업에 대한 모금 계획을 세우고 역할을 분담해 대기업 측에 요구하고 수금하는 그런 상황은 아니었다.

그래서 대선자금 사건이 터졌을 때 전체 규모나 구체적인 내용은 당 관계자들조차 정확히 파악하지 못했던 것 같다. 변명 같지만 실상이 그랬다.

김영일 사무총장, 최돈웅 의원, 서정우 변호사, 이재현 국장 등은 개인적인 이해타산이 아니라 오로지 정권을 다시 찾아와야 한다는 일념과 사명감으로 뛰다가 이일에 관여하게 되었다.

김영일 사무총장은 선거 비용을 총괄하는 직책을 갖고 있지만, 선거 자금을 모금하거나 수금하는 일은 그의 일이 아니었다. 나는 그의 정확하고 정직한 면모를 높이 평가하고 사무총장으로 기용했으나, 처음에 그는 이런 내 제안을 극구 사양했다. 사무총장의 자리가 얼마나 힘든 자리인지 알고 있었던 것이다. 나는 이런 그가 필요해 강권하다시피 해 사무총장직을 떠맡겼는데 결과적으로 그를 어려운 지경에 빠뜨리게 되어 지금도 나는 그에게 미안한 마음을 금할 수 없다.

최돈웅 의원은 당시 당 재정위원장을 맡고 있어 재정위원회의 회원 기업들에게 후원금을 모금하는 일은 적법한 그의 업무였다. 그러다 보니 SK의 경우처럼 기업들이 최 의원을 통해 대선자금을 전달하는 일이 생기게 되었던 것이다. 그는 원래 책임감이 강하고 정직한데다가 나와는 고교 동창이라서인지 다른 사람보다 더 열심히 뛰었다. 나에게 순수한 우정을 가지고 나의 일이라면 무조건 따라주고 지지해주는 참으로 좋은 친구였다. 나와의 우정 때문에 그의 정치 인생을 그르치게 한 것 같아 그를 생각하면 가슴이 저려온다.

　이재현 당 재정국장은 당에 들어오는 자금을 받아 관리하는 실무자에 불과했다. 검찰이 그를 구속한 것은 그를 통해 자금 수수의 전모를 밝히려는 의도였던 것 같다. 그러나 그는 초기에 검찰 조사에서 묵비권을 행사해 검찰을 애먹였다고 들었다. 아마도 그는 선거 막판의 혼전이 벌어진 정황을 무시하고 실무자에 불과한 사람까지 구속한 검찰조치에 항거하는 뜻이 아니었든가 추측한다. 아까운 인재가 정치판에서 희생된 것이다.

　서정우 변호사, 나는 그의 이름을 떠올리면 가슴을 찌르는 아픔을 느낀다. 그는 내가 법조계에 있을 때 가장 아끼던 후배였다. 참으로 명석하고 유능하면서도 정의감이 강한 법관이었다. 대법원에서 재판연구원실에 실장 격으로 선임연구관 제도를 만들었을 때 당연히 그가 발탁되어 모든 대법원 판결의 기초연구를 총괄했다. 나는 그가 법원에 남아 장차 대법원장이 되기를 바랐는데 그는 집안사정으로 법관직을 그만두고 변호사 개업을 했고 내가 정치를 하게 되자 나를 돕게 된 것이다. 그는 오직 나를 좋아해 나를 돕게 된 것인데 이렇게 나와 각별히 가깝다는 인연이 오히려 그의 운명을 뒤틀었다. 그가 친정인 법원의 법정에서 그를 존경하던 후배 법관들로부터 재판받는 광경을 상상하고 참담했을 그의 심정을 미루어 생각하면서 나는 가슴이 찢기는 듯한 아픔을 느꼈다. 지금은 그에게도 또 나에게도 과거의 일이 되었지만 그의 이름 '서정우'는 내가 살아 있는 동안 머릿속에서 떠나지 않을 것이다.

이렇게 대선자금 사건은 내 삶에서 나에게 가장 치욕스럽고 뼈아픈 회한을 남겼지만 이 사건을 계기로 대기업이 정치인들에게 대선자금을 제공하던 과거의 관행은 이제 사라진 것처럼 보인다. 돌이켜보면 여기에는 노무현 대통령이 기여한 바도 있다고 생각한다.

그는 승자의 대선자금은 건드리지 않는 관행을 깨고 검찰이 자신의 대선자금을 조사하는 것을 적극적으로 막지 않았다. 앞일을 생각해야 하는 기업이 승자에 제공한 자금 내역에 대해 사실 그대로 밝히리라고는 기대하기 어렵지만 어쨌든 검찰이 119억 원의 노무현 당선자 측 불법자금을 밝혀낸 것은 과거에 없었던 일이다. 이것이 잘못된 관행을 단절하는 계기가 되었기 때문에 나는 이것을 노무현 대통령이 기여한 바라고 생각한다.

대선자금은 역대 대통령들의 아킬레스건이었다. 대통령 선거 때마다 대선자금 문제가 불거졌으나 일단 대통령이 되고 나면 자신의 대선자금은 물론 상대방의 대선자금도 추궁하지 않고 덮었다. 수사기관이 상대방의 대선자금을 뒤지다보면 자칫 불똥이 자신에게도 튈 수 있기 때문이다. 내가 겪어본 대통령들이 다 그러했다.

김영삼 대통령 때도 야당 쪽에서 시끄럽게 대선자금 문제를 제기했으나 내가 아는 한 김대중 총재는 그 대선자금 문제제기에 앞장서지 않았다.

김영삼 대통령도 안기부 등 권력기관을 장악하고 있어 김대중 총재의 비자금 내용을 파악하고 있었지만(1997년 대선 당시 신한국당이 폭로한 DJ비자금이 바로 그것이다) 이렇게 파악하고 있다는 것만 암시할 뿐 결코 이를 문제화하려고 하지 않았다. 그것은 자신의 대선자금 문제로까지 비화될 수 있기 때문일 것이다. 그래서 내가 DJ비자금 문제를 터트렸을 때 김 대통령은 격노했고 바로 검찰총장에게 수사중단 지시를 내렸던 것이다.

이렇게 역대 대통령들의 대선자금 문제에 대한 대처방식이 서로 건들이지 않고 덮는 것이었기 때문에 기업 측의 대선자금 제공 관행이 계속 이어져왔다.

그러다가 노무현 대통령 때 이르러 자신이 의도한 것인지 아닌지는 모르지만 이러한 과거로부터의 관행이 깨지고 검찰의 수사가 시작되었다. (다만 노 대통령은 자신의 자금은 나의 것에 비해 10분의 1에 불과하다고 말해 검찰에 대해 영향력을 미치는 발언이라는 비판을 받았지만) 검찰의 수사진행 결과 쌍방의 자금 수수 사실이 드러나자 검찰은 실무자들은 처벌하고 후보였던 노 대통령과 나는 불입건 처리하는 정치적 판단으로 사건을 마무리한 것은 위에서 말한 바와 같다.

결과적으로 후보들은 처벌을 면했으나 공개된 수사와 재판을 통해 자금 수수 사실이 공개되면서 더 이상 이런 식의 대선자금 조달은 용납되지 않는다는 인식을 확실하게 심어주어 그동안의 관행을 단절하는 계기가 되었다고 생각한다.

나는 2002년의 난장판 같은 대선전을 치르면서 내 나름대로 대통령이 된 뒤에 이런 불법과 탈법, 그리고 정치보복의 악습을 그대로 방치할 수 없고 이를 끊어버리는 방안을 생각해둔 것이 있었다.

간략하게 말하면 대통령에 당선되면 국민의 지지율이 급상승해 국민과의 밀월 즉 허니문이 시작되는 시점에서 국민들에게 '대사면법'의 제정을 간절하게 호소할 생각이었다. '대사면법'은 선거로 인한 갈등과 그동안의 불법과 타락을 일소하고 새로운 국민화합과 정직하고 깨끗한 시대를 열기 위해 모든 과거의 불법과 탈법, 부정비리에 대해 대통령 당선자를 비롯한 여야 정치인과 공직자들이 정직하게 고해 즉, 자진신고를 하게 하고 신고된 사항에 대해서는 모든 처벌이나 징계를 면제하되, 신고 누락이나 허위 신고에 대해서는 엄한 처벌을 가하자는 것이다. 이것은 대사면으로 과거의 잘못이란 족쇄를 벗겨주고 정치보복의 기회를 없애는 대신 대사면 후에는 어떤 불법이나 불공정행위, 정경유착이나 부정비리 등도 발붙일 수 없는 정직하고 깨끗한 사회, 법치와 신뢰가 뿌리내린 대화합의 시대를 열어가려는 것이었다. 이제는 꿈이 되어 버렸지만.

세 번째 대선 출마와 자유선진당 창당

나는 법관과 감사원장, 국무총리 등 공직생활을 거치면서 분명한 신념이 있었다. 그것은 인간의 존엄성과 개인의 자유와 권리를 존중하고 지키는 일이 국가의 최고 가치이고 그 존재 이유라는 것이었다.

이를 위해 공동체 안에서 개인과 국가, 집단 사이 또는 개인과 개인 사이의 이해 대립을 조정하고 공동체적 가치와 질서를 유지하는 법치주의가 필요하고 법치주의가 확립되어야 예측 가능한 신뢰사회가 가능하게 된다. 법치와 신뢰는 바로 선진국으로 진입하는 관문이라고 할 수 있다.

정치에 들어와 대통령이 되고자 한 것도 내 소신대로 이 나라를 법치와 신뢰에 기반한 선진국가로 만들겠다는 신념과 목표가 있었기 때문이었다. 2002년 대선에서 실패한 후 정치의 마당에서 떠났지만 선진국이 되기 위해 법치와 신뢰사회가 되어야 한다는 나의 신념은 변함이 없었다.

더욱이 김대중, 노무현 대통령의 좌파 정권 시대가 끝나고 그 뒤에 들어설 다음 정권의 시대적 의미는 매우 중요했다. 박정희 대통령의 근대화, 산업화시대는 법과 원칙보다 효율과 성과를 앞세우는 수직적인 상명하복의 권력통치의 시대였다. 한편 대통령 직선제로 개헌한 87년 체제 이후의 민주화 시대는 민주주의와 자유주의가 개화만발(開花滿發)한 시대였지만 김대중, 노무현 대통령의 좌파 정권 10년 동안 직접 민주주의와 참여 민주주의를 내세우면서 시민단체 등 시민세력이 집단행동으로 거리와 광장을 점거하는 일이 빈번하게 일어났고, 법치주의와 대의정치가 외면당하는 현상이 벌어지곤 했다.

이렇게 간다면 우리는 선진국에 진입할 수 없었다. 이러한 좌파 정권을 끝내고 들어설 다음 정권은 87년 체제 후 20년 간 지속되어온 민주화 시대에서 더 나아가 선진화시대로 진입해야 한다는 시대정신을 가져야 했다. 그런데도 여야 간에 이러한 시대 변환의 의미를 자각하거나 선진화시대 진입의 요건인 법치와 신뢰의 중요성을 인식하고 강조하는 목소리가 나오지 않고 있었다.

게다가 김대중 대통령이 남북관계를 잘못 설정한 결과 북한은 고도의 기술력으로 핵무기와 미사일을 개발해 우리나라에 재앙의 시대가 다가올 수 있음은 이미 앞에서 말한 바 있다.

또 10년 간의 좌파 정권 시대에 북한특수를 기대하는 등 잘못된 평화무드가 형성되어 북핵 위협을 애써 외면하고 남북간 평화체제만 강조하는 기류가 강했다. 노무현 대통령은 남북 정상회담을 제의하면서 북핵문제는 6자회담에서 다룰 문제이고 남북 정상회담의 의제가 아니라고 서슴없이 말할 정도였다.

2007년에 들어서는 다음 정권은 지금까지의 잘못된 남북관계를 바로잡아야 할 시대적, 역사적 책임이 있었다. '주면 변한다'는 햇볕정책을 폐기하고 북한체제의 개혁과 개방을 유도하는 새로운 대북 정책을 내놓아야 했다.

그런데 보수세력을 대변하는 한나라당의 자세가 매우 불분명했다. 햇볕정책을 폐기하기는커녕 오히려 평화무드에 편승해 상호주의 원칙을 포기하고 대북지원 협력 규모를 대폭 늘리는 내용의 '한반도 평화 비전'이라는 새 대북 정책을 내놓았다. 이것은 햇볕정책의 재판(再版)이었다. 게다가 같은 당의 경선 후보들조차도 이념은 쓸데없고 경제만이 중요하다거나 김대중 전 대통령을 찾아가 남북관계에 대한 자문을 구하겠다는 등 우려스러운 행태를 보였다.

다음 정권 창출을 기대하는 한나라당이나 그 후보들이 남북관계에 대해 분명한 보수의 원칙과 신념을 갖지 못하고 좌파 정권의 햇볕정책을 이어받는다면 남북관계는 좌파 정권 시대와 같은 암담한 시기가 계속 될 것이라는 생각이 나를 암울하게 했다.

나는 고민하기 시작했다. 2002년 대선이 끝난 후 현실정치에서 나는 떠났고 나의 역할은 끝났다고 생각했었다. 그런데 현실정치의 상황을 보면서 누군가는 나서서 경고음을 울려 정치가 나갈 방향을 가리켜야 되는데 그것은 두 번이나 대선에 패배해 좌파 정권 시대를 열게 만든 장본인인 내가 해야 할 일이라는 생각을 떨쳐져버릴 수 없었다.

그러면 어떤 방식으로 경고음을 울리느냐인데, 그동안 정계를 떠나 있는 동안에도 나는 가끔 특강의 기회에서 위에 말한 선진화의 조건이나 남북관계의 개선에 관한 생각과 걱정을 말해왔지만 별로 큰 관심을 끌지 못했다. 결국 나는 경고음을 울리는 충격적인 방법으로 내가 다시 한 번 대선에 출마해 내 생각을 국민께 직접 호소하는 길밖에 없다고 생각하기에 이르렀다.

이것은 어찌 보면 정신 나간 짓과 같았다. 이미 언론에서는 나의 출마 가능성을 언급하면서 나에 대한 비판과 공격이 쏟아지고 있었다. 지난 대선 패배의 책임을 망각했다느니, 대쪽의 자존심을 버리고 노욕과 권력욕에 빠졌다느니 하고 매도했다. 당선 가능성도 거의 없었다. 한나라당의 이명박 후보는 BBK사건으로 곤욕스런 상황이었지만 거의 50퍼센트 내외의 지지율 고공비행을 하고 있었다. 그리고 나의 가족들도 모두 반대했다. 언론에서 매도당하는 나를 두고 볼 수 없던 것이다.

그러나 나는 이렇게 나의 명예와 자존심이 짓밟히고 거의 인격살인에 가까운 매도까지 당하면서도 이 일은 내가 감당해야 할 나의 운명이란 생각을 떨칠 수 없었다. 당선되기 어렵겠지만 출마한 대선 후보로서 선진국의 정신적 기반인 법치주의의 중요성과 대북 정책 변환의 필요성을 역설하는 것만이 내 말에 귀를 기울이게 만드는 효과적인 방법이고 또 평화무드에 편승하려는 보수당 내의 기류를 제자리로 가게 하는 방법이라고 결론을 내렸다.

이렇게 며칠 밤잠을 설치다시피 고민을 거듭하면서 결심을 했지만 잠자리에 누우면 또 마음이 흔들렸다. 나에게 퍼부어질 비난과 공격에 어떻게 맞설 것인가, 도무지 용기가 나지 않았다. 그러다가 퍼뜩 십자가에 매달린 예수의 모습을 떠올렸다. 십자가형은 당시로서는 가장 불명예스럽고 치욕스런 형벌이었는데 예수는 이 처참한 고통과 치욕을 어떻게 견뎌냈을까? 신이 아닌 인간의 차원에서 표현한다면 예수는 인간의 영혼을 구원한다는 자신의 신념으로 고통과 치욕을 넘어선 것이다. 나는 감히 예수의 경우와 비교할 수는 없지만 내가 해야 할 일이고 이것이 옳은 일이라는 신념만 확고하다면 모든 비난과 모욕, 불명예와 치욕을 능히 극복할 수 있다는 생각이 들었다. 나는 마음의 안정을 찾고 신께 나에게 용기를 달라고 간절히 기도했다.

나는 11월 7일 한나라당을 탈당하고 출마 선언을 했다. 나는 출마 선언에서 좌파 정권 10년 간에 나라의 근간과 기초가 흔들리고 법치 사회가 실종되었으며 원칙 없는 대북 정책으로 북한이 핵보유국으로 행세하는 지경이 되었다고 자탄하고 정권 교체가 반드시 되어야 한다고 역설했다. 그리고 나는 87년 체제를 넘어 최소한 향후 50년 이상 지속될 국가적 틀을 마련하기 위한 대대적인 개혁에 착수할 것이며 대북 정책과 외교정책을 근본적으로 재정립하고 땅에 떨어진 국가기강을 바로 세우는 법치혁명을 이루어 내겠다고 약속했다. 끝부분에서 정권 교체를 바라는 온 국민의 소망을 내가 좌절시키는 일은 결코 없을 것이며 만일 내가 선택한 길이 올바르지 않다는 국민적 판단이 분명해지면 언제든지 살신성인(殺身成仁)의 결단을 내리겠다고 약속했다.

이 마지막 부분은 나의 출마로 보수층이 분열되어 정권 교체가 무산되는 것을 막기 위해 나와 이명박 후보의 지지율을 합한 것의 절반이 여권후보인 정동영 후보의 지지율보다 아래로 떨어질 때는 나는 즉각 사퇴하겠다는 나름의 마지노선을 마음속에 정했는데 이것을 살신성인이라는 말로 표현했던 것이다. 그러나 이런 일은 끝내 일어나지 않았다.

나는 처음부터 당선만을 목표로 하지 않았으므로(물론 선거운동 기간 동안에는 당선을 확신한다는 말을 하고 다녔지만) 정당을 창당하지 않고 무소속으로 나가 최소한의 캠프 인원과 최소한의 비용으로 선거를 치르되, 전국 곳곳을 직접 다니면서 유권자와 직접 만나 손잡고 교류하는 선거를 치르기로 작정했다.

결국 나는 예상한 대로 낙선했다. 하지만 나의 결정을 후회하지 않는다. 내가 해야 할 일이라는 신념에 따라 행동을 했고 이로 인해 나의 명예와 평판에 손상을 입었다고 해도 이것은 내가 감당해야할 일인 것이다.

무엇보다도 내가 출마함으로써 내가 주장했던 쟁점 특히 대북 정책이 야당의 주요 담론으로 떠올랐고 이명박 후보도 재향군인회 안

보강연을 계기로 북한체제의 개혁·개방을 강조하는 등 보수적 가치를 분명히 한 것은 성과라면 성과라고 할 수 있을 것이다.[•]

이명박 후보는 대통령이 된 뒤에도 대북 정책에 관한 한 이러한 입장을 견지하려고 그 나름대로 최선을 다한 것으로 나는 평가한다.

나는 대선기간 중 나를 위해 곁에서 열심히 함께 다니면서 뛰어주고 수고를 아끼지 않았던 많은 동지들과 이웃들 그리고 나를 마음으로부터 아끼고 지지했던 많은 국민들께 미안한 마음과 끝없는 감사의 정을 잊지 않고 간직하고 있다.

나는 대선 후 나와 후보 단일화를 하고 연대를 맺어 나를 도와주었던 국민중심당의 심대평 대표와 신당을 창당하기로 합의하고 2008년 1월 1일 '자유신당'(그후 자유선진당으로 개명)창당 발기인대회를 거쳐 2월 1일 자유선진당 창당대회를 열고 신당을 출범시켰고 나는 총재로 선출되었다.

자유선진당 정강정책의 주요한 골자 중 특기할 것은 법치주의 확립, 작은 정부, 획기적인 분권, 과감한 개방, 지속가능한 복지, 남북관계 재정립 등이다. 이중 획기적인 분권은 지금까지의 분권과 차원이 다른 연방제 수준의 분권을 의미하는 것으로 뒤에서 말하는 강소국 연방제가 이에 해당한다. 또 남북관계의 재정립에서는 대북 정책은 북한의 개방·개혁을 목표로 상호주의 원칙에 따라 전략적으로 추진하되 대북지원과 경협을 북핵 폐기와 북한의 긍정적 변화와 연계한다는 것을 명시했고, 통일은 한반도 전체에 인권이 존중되고 자유 민

• 〈조선일보〉(2007. 11. 13), '유근일 칼럼' 참조

주주의와 시장경제가 실현되는 방식으로 추구한다고 선언했다.

4월 9일 실시된 국회의원 총선에서 자유선진당은 대전·충남 13석, 충북1석 도합 14석의 지역구의석을 확보했고 비례대표 4석을 얻어 모두 18석을 얻는 좋은 성적을 냈지만 원내 교섭단체 구성요건 인 20석에 2석이 부족했다. 그 후 자유선진당은 국회의원 2석을 가진 문국현 대표의 창조한국당과 정책연대로 원내교섭단체를 구성했지 만 오래가지는 못했다.

우리는 제3당으로서 보수주의의 핵심가치를 지키면서 독자적 영역 과 활동범위를 확보하고자 노력했으나 쉬운 일은 아니었다. 그래도 우리는 미국산 쇠고기 파동, 미디어법 개정, 한미 FTA 협상, 천안함 폭침과 연평도 포격 사건 등 여러 안건에서 독자적인 대응과 정책대 안으로 해결방안을 제시했다. 또 예컨대, 여야 간 대치로 국회 파행이 장기화되었을 때에 자유선진당의 독자적인 등원 결정으로 국회 정상 화의 계기를 만드는 등 의미있는 활동을 했지만 지금 이런 제3당으로 서의 활동은 거의 잊혀져 버렸다. 이에 관해서는 뒷날 따로 말할 기회 가 있을 것이다.

이제 간단히 줄여야겠다. 나는 2011년에 자유선진당 대표직을 심 대평 대표에게 이양하고 2012년 국회의원 총선에 불출마하기로 결정 했다. 총선 중 당의 선거활동을 도왔으나 총선 후 사실상 정계에서 은 퇴했다.

그러나 공식적인 정계은퇴 선언을 하지 않았다. 이제 할 만큼 하고 조용히 물러나는 마당에 새삼스럽게 은퇴선언이라고 요란을 떨 일이 아니라고 생각했던 것이다.

이 자리에서 일일이 거명하지는 않지만 자유선진당을 창당해 제3당으로 활동하는 동안에도 많은 동지들과 함께했고 그 분들의 도움을 받았다. 그분들의 도움이 없었더라면 그 힘든 일은 해내지 못했을 것이다. 그분들에 대한 고마움은 지금도 나의 가슴에 묻어두고 있다.

돌이켜 보면 나는 많은 혜택을 받은 행운아라는 생각이 든다. 이렇게 말하면 세 번이나 대선에서 실패했고 낙선한 후에는 정권을 잃거나 찾지 못한 죄인이라느니 또는 대권욕에 눈이 멀었느니 하고 매도당한 터에 무슨 행운아냐, 하고 핀잔을 할지도 모르겠다.

생각해보면 사람이 단 한 번의 귀중한 생명의 기회를 얻어 이 세상에 사는 동안 전쟁과 평화, 빈곤과 부강의 명암이 엇갈린 시대의 경험을 한다는 것은 그리 흔한 일이 아니다. 또 나 자신은 사법부와 행정부 그리고 입법부를 거친 후 정치에 들어와 영광과 치욕, 천당과 지옥 사이를 오갔다. 이 과정에서 나는 내가 겪은 실패도 소중한 나의 삶의 일부라는 것을 뼈저리게 느꼈다. 짧은 인생을 사는 동안 다른 사람이 겪지 않는 실패를 겪는 기회를 가졌다는 것 자체가 신이 나에게 다른 사람보다 더 많은 삶의 기회를 갖게 해준 축복이 아닌가.

마치 인생이라는 한 장의 티켓으로 남보다 더 많은 삶의 현장을 볼 수 있는 기회를 얻은 것과 같고, 비록 그것이 실패의 현장이라도 나로서는 최선을 다한 삶이었다. 이런 삶을 갖게 해준 신께 감사할 따름이다.

정치인의 길

국가 개조를 위한

제안

6

1

강소국 연방제

강소국 연방제의 착상

'강소국 연방제?' 처음 들으면 무슨 기묘한 이름인가 싶을 것이다. 다른 강소국, 예컨대 싱가포르나 스위스 같은 나라들과 연방을 만들겠다는 것인가 하는 의문도 들 수 있다. 물론 그런 뜻은 아니다.

우선 간략히 요약한다면, '강소국 연방제'는 중앙집권제인 대한민국을 5~7개의 광역으로 나누어 각 광역의 지방정부에 단위국가와 같은 권한을 부여하는 연방제 국가로 국가 개조를 하자는 제안이다. 왜 그렇게 해야 하는가? 연방제로 개조할 필요가 있는가?

'강소국 연방제'를 구상하게 된 동기는 이렇다.

흔히 국가의 개혁을 말할 때는 부정부패와 비리구조의 청산, 지역의 균형발전 그리고 국가 경쟁력 제고를 든다. 이 세 가지는 모두 관련된 문제이기도 하다. 나는 감사원장과 국무총리 그리고 정치인을 거치면서 이 세 가지 개혁 작업에 직접 참여한 셈이지만 모두 미진한 느낌을 떨쳐 버리기 어려웠다. 최선을 다한다고 했지만 능력과 지혜가 따르지 못했던 탓일까? 하지만 능력과 지혜의 문제를 넘어 무언가 넘을 수 없는 벽 같은 것이 느껴졌던 것이다.

그것이 무엇일까?

내가 감사원장으로 있을 때 각국의 부정부패와 비리대책 기구 중에서 특히 싱가포르의 부패방지처가 인상적이었다. 우리도 부정부패 및 비리척결과 방지대책에 골몰했고 그 정책 내용에 있어서는 싱가포르와 크게 다르지 않지만 그 효율성 및 효과에는 상당한 차이가 있었다. 싱가포르는 현대 국가에서 깨끗한 정부, 부패 없는 사회가 존재할 수 있다는 것을 보여주는 표본이었다.

또 지역 균형발전의 문제에 있어서도 우리나라는 심각했다. 땅덩어리가 넓고 민족 구성이나 국가조직이 복잡하다면 모르되, 손바닥 만한 남한의 넓이에 민족은 이른바 백의민족의 단일민족이고 일사불란한 중앙집권제 국가가 아닌가? 그런데도 사람, 돈, 자원은 모두 서울을 비롯한 수도권에 몰리고 지방은 피폐되어 있었다.

국가 경쟁력도 우려스러운 대목이었다. 박정희 대통령의 산업화, 근대화 이후 성장 위주의 경제 모델로 한때 아시아의 4룡 중 하나로 불리고 세계경제 규모 10위권 내에 들었으나 그 후 계속 밀려나 15위권에 자리하고 있었다. 전문가들은 새로운 성장엔진을 찾아야 한다거나 한국은 이미 저성장 시대에 들어섰다는 등 우울한 진단을 내놓았다.

이러한 여러 상황을 보면서 내 머리에 스치는 것이 있었다. 이것은 정책의 문제를 넘어 보다 근본적인 국가구조에 문제가 있는 것이 아닌가 하는 의문이었다.

그러던 중 한나라당 총재로 있던 2001년 8월에 싱가포르를 방문하여 고촉통 총리 및 리콴유 선임장관과 면담할 기회가 있었다.

싱가포르는 면적이 660km²로 605.5km²인 서울보다 약간 크고 인구는 당시 402만 명에 불과하며 중국계, 말레이계, 인도계, 기타 등 다민족으로 구성된 작은 도시국가이지만 1인당 국민소득은 당시에도 2만 4,486달러로 선진국 수준이었다. 어떻게 이 작은 도시국가가 강대국들과 겨루어 국가 경쟁력 1, 2위를 다투는 선진국이 되었을까? 나는 몹시 궁금했다. 국가발전의 제1조건인 싱가포르의 깨끗한 정부, 깨끗한 국가는 이미 알려진 것이지만 그밖에도 싱가포르의 기적 같은 발전의 비결이 무엇인지 싱가포르 지도자들로부터 직접 듣고 싶었다.

리콴유 씨에게 싱가포르가 성공한 비결을 묻자 그는 1965년에 싱가포르는 독립한 후 끊임없이 배우고 적응(never stop learning and adapting)을 하여 싱가포르를 세계 선진국들에 결부(relevant)시켰다고 말했다. 다시 말하면 싱가포르는 처음부터 주변의 동남아 국가들보다 미국·유럽·일본 등 선진국들을 목표로 그들의 부와 지식과 연결시켜 그들을 배우고 적응함으로써 발전시켜 왔다는 것이다. 그리하여 원래 지역적 요충지라는 것 외에는 별 쓸모가 없었던 땅인 싱가포르를 이 지역 국가들과 선진국들 간을 연결하는 허브(Hub) 역할을 맡게 함으로써 세계에 필요한(useful) 국가로 만들었다고 말했다. 그는 싱가포르 건국 초기부터 이미 세계화의 의미를 통찰하고 여기에 맞게 국가

이회창
회고록

의 조직과 기능을 개혁한 선견지명을 가진 지도자였다.

　그를 만나고 나서 이런 생각을 했다. 싱가포르는 한국에 비하면 아주 작은 나라이다. 크기가 서울 만하고 인구가 400만 내외라면 손바닥 안에 들어오는 국가 규모인데 이런 작은 국가 규모라면 부패척결은 더 쉬운 일이 아닐까? 이런 정도의 규모라면 공공기관이나 공직자의 부정비리는 물론 일반에 만연하는 부정비리, 예컨대 불공정 거래행위나 대기업과 중소기업 간 하도급 비리와 같은 행위도 파악하고 관리하기가 용이하다. 예컨대 200평짜리 집을 청결하게 관리 유지하는 것보다 20평짜리 집을 관리 유지하는 것이 얼마나 더 쉬운 일인가.

　또한 이만한 규모(sizable)의 국가라면 국가의 선진화 작업이나 국가 경쟁력 제고도 규모가 큰 나라보다 더 효율적으로 추진할 수 있지 않을까 하는 생각이 들었다. 지역 균형발전과 같은 문제는 고려할 필요도 없게 된다.

　나는 2002년에 또 다른 강소국인 핀란드도 방문했는데 싱가포르와 비슷한 인상을 받았다.

　나는 이런 강소국들을 돌아보면서 우리나라를 이런 강소국들처럼 인구 500만 내지 1,000만 명 정도의 5개 내지 7개의 광역지방 자치단체로 나누고 이 각 지자체를 싱가포르, 핀란드들과 같은 강소국으로 만들어 중앙정부와 더불어 연방제의 국가구조로 만드는 개혁안을 착상하게 되었다.

중앙집권제 국가구조의 문제점

'강소국 연방제'를 착상하게 된 데에는 위에서 말한 국가 규모 외에 중앙집권제 국가구조의 문제점도 있었다.

우리나라의 중앙집권제도는 역사가 길다. 조선 왕조 시대의 국가구조는 철저하게 중앙의 조정(朝廷)이 통제하는 중앙집권제로 지방조직의 독자적인 행정 재량의 폭은 매우 좁았다. 이것은 이웃한 일본과는 대조적이다. 일본은 왕권과 통치권이 분리되어 있지만 지방의 행정은 여러 개의 번(藩)으로 나뉘어 각 영주들에게 맡겨져 있고 각 번이 서로 경쟁하는 구조였다. 이러한 경쟁 구조는 일본이 '메이지유신'을 계기로 근대국가로 탈바꿈하는 데 일시 장애가 되기도 했지만 결국 그 경쟁력이 성공의 밑거름이 되었던 것이다.

우리나라는 1948년 중앙집권제를 채택한 최초의 대한민국 헌법을 제정하고 정부를 수립한 후 1인당 국민소득 80불에 불과했던 가난한 나라에서 2만 불이 넘는 세계 10위권 대의 경제 강국으로 도약하였다.

우리나라가 정부수립 후 6·25전쟁으로 국가 존립이 위협받는 국난을 당하고 잿더미가 된 폐허 속에서 다시 일어나 근대화와 산업화로 압축 고도성장을 이루어내는 데에는 중앙집권 체제가 효율적인 측면이 있었음은 분명하다. 그러나 1987년 헌법 개정으로 민주화 시대가 시작될 무렵 세계는 경제, 정보, 통신 등 각 분야에 걸쳐 세계화(Globalization)시대로 접어들면서 폐쇄적인 20세기형 중앙집권제 국가구조로는 세계경쟁에서 뒤처질 수밖에 없는 새로운 시대가 닥치고 있었다.

세계경제 교역 규모에서 한때 10위였던 우리나라가 그 후 15위까지 밀려난 데에는 세계 수출시장의 변화 등 경제 환경의 악화를 이유로 드는 사람이 많겠지만 나는 그보다도 근본적으로 20세기형 중앙집권제 국가구조로 세계시장에서의 경쟁을 따라가기 어렵게 된 데에 그 원인이 있다고 생각했다. 우리나라처럼 인구, 자본, 일자리, 인재 등 모든 인적, 물적 자원이 서울과 수도권에 집중하는 단극형(單極型) 발전모델로는 지방분권으로 다극형(多極型) 발전모델을 가진 외국과 국가 전체의 경쟁력에서 뒤질 수밖에 없다.

중앙집권제의 문제는 국가 경쟁력만이 아니라 국내에서 지방의 쇠락과 도덕적 해이를 가져오고 또 인적자원을 감소시킨다는 점도 빼놓을 수 없다.

1) 지방의 쇠락과 도덕적 해이

중앙집권제는 말하자면 파이(pie)를 중앙에서 만들어 각 지방에 배분해주는 것인데 각 지방은 중앙의 배분을 좀 더 받아내는 데에 골몰하고 스스로 파이를 만들 생각은 하지 못했고 또 그럴 능력도 없었다. 지방은 재정 자립도가 저조하여 돈도 없고 일자리도 없었다. 그러니 지방은 쇠락하고 젊은이들은 공부하기 위해, 직장을 구하기 위해, 또 성공하기 위해 서울로 몰릴 수밖에 없었던 것이다.

아버지가 밤에도 공사 일을 하느라 학예회에 오지 못한 어린아이의 슬픈 심정을 읊은 김용택(金龍澤) 시인의 〈선생님도 울었다〉는 동시가 모 일간지에 게재되어 보는 이들의 가슴을 적셨다. 이렇게 지방의 사정은 어려웠다.

오늘은 밤에 학예회를 했다
그런데,
할머니도 아빠도 안 왔다
할머니는 콩 타작하느라 안 오고
아빠는 밤에도 공사 일 하느라 안 왔다

(…)

연습을 하다가 눈물이 나와
수돗가에 가서 세수를 하며
혼자 울었다

(…)

선생님이 나를 꼭 껴안았다
선생님 가슴에 얼굴을 묻고 울다가
눈물을 닦으며 선생님을 봤더니,
선생님도 운다

(…)

이회창
회고록

지방이 중앙에서 얻어 타는 돈은 무책임하고 헤프게 쓰이기 마련이어서 도덕적 해이(moral hazard)를 가져왔다. 지방의 기초의회 의원들이 지방행정 시찰이란 명목으로 여러 차례 해외관광을 다닌다는 비판을 받은 일이 한두 번이 아니다. 또 지방에서는 빈번하게 축제와 문화제 등의 행사가 줄을 잇는데 이것은 대부분 지방자치 단체장의 재선용 선심 쓰기 행사로 알려져 있었다. 또 국회의원들은 미래의 전망은 고려하지 않은 채 자기 지역구에 국가사업 또는 공공사업을 끌어 들이거나 교통 수요와 비용에 대한 검토도 없이 불요불급한 도로, 교량 등 사회간접자본 시설사업을 계획하여 여기에 국가예산을 끌어와서 이것을 자신의 업적으로 선전하여 재선의 발판으로 활용했다.

지금도 지방에 가면 고속도로에 버금가는 큰 도로들이 사통팔달로 개설되어 있는데 교통량은 한산하여 왜 이런 곳에 큰 도로를 만들었을까 하고 고개를 기웃하게 하는 곳이 한두 곳이 아니다. 이러한 예산이 중앙정부에서 받아오는 돈이 아니고 지방자체에서 모두 조달해야할 돈이라면 이렇게 펑펑 낭비할 수 있었을까? 이런 것이 바로 도덕적 해이가 아니고 무엇인가? 파이를 스스로 만들지 않으면 먹을 수 없다는 것을 알아야 한다.

그동안 역대 정권이 지방분권과 지방 균형발전에 대하여 무관심했던 것은 아니다. 김대중 정부에서는 지방이양 추진위원회, 노무현 정부에서는 지방이양 추진위원회 및 정부혁신 분권위원회, 이명박 정부에서는 지방분권 추진위원회 및 지방행정체제 개편추진위원회, 박근혜 정부에서는 지방자치 발전위원회를 두고 지방분권 정책을 추진했거나 추진 중이다.

　그러나 그 실적은 미미하다. 지방 이양대상 사무 중 이양된 것은 대체로 20퍼센트 내지 30퍼센트에 지나지 않았다. 그나마 지방 이전 대다수의 사무들이 인·허가 등 단순 집행사무에 불과했다. 그래서 대통령 자문위원회로서는 지방분권의 성과를 도출하기 어렵다는 평가가 나오기도 했다.[*]

　어쨌거나 이러한 역대 정부의 노력으로 지방의 형편이 전보다 나아지고 있는 것은 사실이지만, 지금 지방분권과 균형발전은 벽에 막혀 있으며 그 벽은 권한을 내놓지 않으려는 중앙의 이기주의이다. 이것은 국가구조를 허물어 중앙의 권력을 지방에 나누는 연방 구조로 가기 전에는 허물기 어려울 것이다.

　2) 인적자원의 감소

　또 중앙 집중이 부족한 인적자원을 제대로 활용하지 못하고 오히려 더 감소시키는 폐단은 심각하다.

　나는 정치권에 있을 때에 서울 명동에 있는 한 고시원을 방문한 일이 있다. 5급부터 9급까지의 공무원 및 경찰직 등 공무원시험을 준비하는 젊은이들과 점심을 같이 하면서 대화를 나눈 일이 있다. 이들 중 3년 넘게 고시 준비에 매달리는 젊은이도 적지 않았는데, 모두 자세가 바르고 또렷또렷하며 맑은 눈과 표정을 가진 것을 보면서 나는 마음속 깊은 곳에서 우러나오는 슬픈 생각을 누를 길이 없었다.

●　《한국지방정부학회 학술발표 논문집》, 윤태웅, 2015년

이들이 지금은 서로 어울려 공부하는 데에 몰두하고 있지만 불행히도 몇 년째 실패하면 그 후는 어찌될 것인가? 이 아까운 젊은이들이 서울에 모여 좁은 문을 뚫어 보려고 경쟁하다가 실패하면 어디로 가야 하는가? 결국 흩어지고 사라질 것이다.

물론 나는 그들에게 고시만이 삶의 길이라고 말하려는 것은 아니다. 시험도 운이 없으면 실패할 때가 있다. 그런데 서울에서 시험에 실패하여 좁은 문을 뚫지 못하면 더 이상 갈 곳이 없고 그 잠재력을 발휘할 데가 없다고 한다면 심각한 문제가 아닌가. 우리는 그렇지 않아도 부족한 인재를 낭비하고 있다는 생각을 지우기 어려웠다.

예컨대 중국은 13억 인구에서 뛰어난 인재들이 추려지고 이들이 중국을 움직이는 풍부한 인적 자산이 된다. 그런데 고작 인구 5,000만에 불과한 우리나라에서 그나마 서울이나 수도권에서 인재발탁의 기회가 있고 이 기회를 잡지 못한 나머지는 재능을 발휘할 기회가 없다면 우리는 적은 인적자원을 낭비하고 있는 것이다. 이렇게 해서 어떻게 중국 같은 나라와 경쟁을 할 수 있겠는가 하는 걱정을 떨쳐낼 수 없었다.

지금 세계 경제 상황의 불확실성이 고조되고 있고 우리나라도 잠재성장률이 하락하고 있으며 국내의 경제 상황은 매우 심각하다. 그 위기의 실체에 대해서는 여러 견해가 있을 수 있겠지만 대체로 일시적인 경기 후퇴나 대내외 충격 때문이 아니라 매년 성장률이 지속적으로 하락하는 장기성장률 하락에 들어섰다고 보는 것 같다. 그래서 정부가 일시적 경기 후퇴 시의 처방인 경기부양책을 쓰는 것은 효과가 없고 오히려 경제성장의 걸림돌이 될 수 있다는 비판이 나오고 있다.

그러면서 우리나라의 장기성장률 저하는 기술과 인적자본의 성장이 정체되고 있기 때문이므로, 기업과 근로자의 창의성을 뒷받침하는 제도적 인프라를 발전시키지 못하면 살아남기 힘들며, 지금부터라도 창의성을 촉진하는 교육제도를 만들고 붕괴된 자본주의 경쟁시스템을 다시 만들어야 한다는 주장이 제기되고 있다.[*]

경제도 결국은 창의성과 인재의 문제인데 중앙 집중의 시스템하에서 암기 위주의 취업시험으로 인재를 뽑고 나머지 인재들을 버려버린다면 그 가운데 섞여 있을 수 있는 창의력과 잠재력을 가진 인재들은 다 놓쳐버리는 것이다.

중앙집권제의 단극형이 아니라 연방제와 같은 다극형 모델이 되면 각 지방이 하나의 국가처럼 세계시장에서 경쟁력을 가지고 경쟁해야 하므로 창의성과 잠재력을 가진 인재들을 필요로 하며 이들을 발굴하고 교육하고 또 활용하게 될 것이다. 지방대학 출신이 중앙의 취업 관문에서 홀대받는 일도 없어질 것이다.

단극형 국가구조 때보다 더 많은 인재들을 확보하고 세계시장에서의 쟁경력을 제고할 수 있게 될 것이라고 나는 믿는다.

3) 부정부패의 문제

부정부패의 문제도 국가구조와 밀접한 관련이 있다. 이 부분은 이미 언급한 부분과 일부 겹치지만 다시 강조하고 싶다.

- 〈조선일보〉(2016. 2. 20), 김세직 서울대 경제학부 교수 칼럼

오래된 일이지만 1995년 9월경 우리나라 전경련 회장인 최종현 씨가 싱가포르에서 리콴유 전 수상과 면담한 내용이 언론에 보도된 일이 있었다.(《조선일보》, 1995. 9. 25) 최 회장이 싱가포르가 경쟁 우위를 갖게 된 원인이 무엇이냐고 물은 데에 대해 리 전 수상은 한마디로 사회의 부패가 뿌리내리지 못하게 하고 정부운용의 효율을 높이는 클린 시스템(clean system)이라고 대답한 것으로 보도되었다. 당시 싱가포르는 국제경영개발원(IMD)와 세계경제포럼(WEF)의 1995년도 국가 경쟁력 평가에서의 세계 제2위를 차지했었다.

　나는 리 전 수상의 답변에 신선한 감동을 느꼈다. 경제인인 최 회장은 아마도 싱가포르에서 비교우위를 가져다준 경제 정책의 비결이 무엇인지 궁금했을 것이다. 그런데 리 전 수상은 경제를 언급하는 대신 깨끗한 제도, 깨끗한 정부라고 답한 것이다. 리 전 수상은 국가발전의 기초는 바로 부정부패가 없는 청렴한 제도, 청렴한 정부라는 사실을 꿰뚫고 있었다.

　내가 1993년 김영삼 대통령 당선자로부터 감사원장 제의를 받고 수락한 것도 그가 말한 '문민정부는 부패척결을 국정목표로 삼겠다'는 포부가 진실성 있게 느껴졌기 때문이었다. 그러나 부패척결은 간단한 일이 아니다. 부패척결 자체를 정면으로 반대하거나 비판하는 사람은 없다. 우회적으로 사정의 부작용이나 부정적인 측면을 부풀려 거부반응과 여론을 선동하는 것이다. 이것이 첫 번째 난관이다.

　내가 감사원장으로 있을 때에 금융관계 특별감사를 실시하여 금융대출과 관련된 부조리 관행을 조사한 일이 있는데 상당히 강한 거부반응과 비판에 부딪쳤다. 금융계에 대한 사정(司正) 한파로 금융기관이 대출을 기피함으로써 기업의 경제활동이 위축된다는 것이었다. 대출에서의 '꺾기' 등 부조리 관행을 척결하여 기업의 금융 부담을 덜어줌으로써 경제활동을 활성화시키자는 것이 사정의 목적이었는데 오히려 금융기관의 대출 기피로 경제활동이 위축된다는 반론이 나왔던 것이다.

또 군의 율곡사업에 대한 특별감사를 할 때에도 이와 비슷한 일을 겪었다. 율곡사업 특감은 1974년부터 1992년까지 무려 22조 4천억 원이 투입된 전력증강 사업이 국가안보라는 이유로 그동안 감사대상에서 제외되어 왔고, 갖가지 비리와 의혹의 대상이 되고 있었던 것을 처음으로 파헤치기로 한 감사였다. 군과 청와대에서는 군의 자체감사에 맡기기를 원했지만 나는 군 자체 감사로는 국민의 신뢰를 받기 어렵다는 이유로 감사원 특감을 강행했다.

이 감사는 우선 막대한 국가예산이 투입된 전력증강 사업의 효율성을 재고하는 것에 있지만 그보다 더 중요한 것은 군이 전력증강 사업과 관련하여 받아온 불신과 의혹을 씻어내고 국민의 신뢰와 사랑을 받는 깨끗하고 강한 군이 되도록 하겠다는 것이 나의 진정한 목표였다. 그런데 감사가 시작되고 감사 대상인 무기체계와 성능이 언론에 보도되자 군의 사기를 떨어뜨리고 안보에도 좋지 않은 영향을 미친다면서 군과 정치권에서 감사에 대한 거부감이 강하게 대두되었던 것이다.

부정부패 척결의 두 번째 난관은 장기간에 걸쳐 조직적으로 부정부패가 이루어지고 이것이 관행화되어 있는 경우에는 단발적인 사정으로는 근본적인 척결이 어렵다는 점이다.

국가정책으로 각 분야별로 체계적으로 부정과 비리를 청소하는 끈기 있는 작업이 필요하다. 여기에는 국가 지도자의 부패척결에 대한 확고부동한 신념과 의지가 있어야 하며 공정성을 지키는 집념이 있어야 한다. 각 정권마다 부정부패 척결과 비리일소를 내세웠지만 별로 성공하지 못한 것은 진정한 부패척결의 신념과 의지, 그리고 집념보다도 포퓰리즘적인 선전에 치중하거나 또는 사정을 정적에 대한 정치보복으로 악용했기 때문에 국민이 그 진정성을 신뢰하지 못한데에 있음을 부인할 수 없을 것이다.

하지만 나는 보다 근본적인 원인은 중앙집권제의 국가구조와 연관이 있다고 생각했다. 대한민국 정도의 규모를 가진 중앙집권제 국가에서는 부정부패와 비리는 대체로 개인적·계층적 이해관계와 지역·인간 관계 등 연고에 연계된 복잡한 구조 속에서 이루어지게 마련이어서 그 연계를 단절하고 부정비리를 척결한다는 게 쉽지 않다. 이러한 국가구조를 연방제로 이원화하고 지방의 단위 정부는 강소국 정도의 작은 규모로 단순화한다면 연방은 연방대로, 지방은 지방대로 부정비리 척결이나 청렴성 관리는 훨씬 쉬워질 것이다.

나는 깨끗한 국가의 효율성을 보여주는 싱가포르의 경우를 보면서 우리도 그러한 깨끗한 정부, 깨끗한 국가를 만들 수 있지 않을까 하는 상념에 잠기곤 했다.

나는 2007년 1월 23일 대전자유포럼, 충청발전포럼 등이 공동주관한 초청강연에서 '강소국 연방제' 안을 발표했고 그 후 관훈토론이나 기자회견, 대학 특강 등의 기회가 주어질 때마다 강소국 연방제를 소개했다. 그리고 2007년 대선에 무소속 후보로 출마하여 강소국 연방제를 제안하기도 했다.

'강소국 연방제'라는 명칭에 대해서 두 가지 비판이 제기되었다.

반대의 첫째 이유는 북한이 쓰는 '연방제'라는 단어에 민감한 보수층에서 왜 하필이면 연방제인가 하는 비난이었다.

하지만 내가 말하는 연방제는 북한이 내세우는 '고려연방제'와는 전혀 다른 개념이고 '강소국 연방제'의 본질은 연방제 수준의 지방분권을 의미하는 것이다. 통일이 되면 북한은 남한의 다른 지방과 마찬가지로 중앙정부 아래에 지방정부를 갖게 되겠지만 남북 간 동질성 회복에 필요한 기간 동안 중앙정부의 직할하에 두는 것도 고려해 볼 수 있을 것이다.

두 번째 이유는 우리나라는 경제규모 등 국력으로 보아 이미 강국인데 왜 하필 규모가 작은 '강소국'으로 격하시키는가 하는 것이다.

그러나 이것도 강소국 연방제 안을 오해한 데서 나온 것이다. 위에서 언급한 대로 나의 강소국 연방제 안은 우리나라의 5개 내지 7개의 광역자치단체를 각각 싱가포르, 스위스, 핀란드 같은 강소국과 같이 만들어 전국을 연방제로 묶자는 것이지 우리나라를 강소국으로 만들자는 것은 아니다.

우리나라는 인구 5,000만의 중견국가로 그 자체로 강국이 될 수 있는 최소한의 조건을 갖추고 있지만 국내의 각 광역단체들이 각각 강소국이 된다면 이를 합친 대한민국의 국력은 총체적으로 강대국에 필적하게 될 것이다.

이회창
회고록

강소국과 연방제의 세계적 추세

2008년 국제경영개발원(IMD)와 세계경제포럼(WEF)이 발표한 국가 경쟁력 순위를 보면 상위 국가 중 반수가 인구 460만 명의 싱가포르, 520만 명의 핀란드, 760만 명의 스위스, 550만 명의 덴마크, 900만 명의 스웨덴, 1,660만 명의 네덜란드, 800만 명의 오스트리아, 1,040만 명의 벨기에였다.

국민 1인당 GDP도 2007년 기준으로 싱가포르는 4만 7,000달러, 핀란드는 3만 5,300달러 등 선진국 수준이었다.

이런 작은 국가들이 세계화와 정보화 시대의 세계 변화 속에서 자신들의 장점을 살려 국가 경쟁력을 강화해온 것이 추세를 이루었던 것이다.

이와 아울러 더 큰 국가들 중 단방제 국가들도 지역발전으로 국가 경쟁력을 높이기 위해 기존의 행정구역을 광역화하여 연방제의 지방정부와 유사한 권한과 위상을 갖게 하는 지방분권 강화의 추세가 나타나고 있다.

프랑스는 1982년 미테랑 정부 출범 이후 지방분권 개혁을 추진하는 법률을 제정하고 2000년 22개 광역 도를 6개로 통합하기로 했으며, 실제로 2016년 1월 13개로 통합하였다. 프랑스는 2003년 개헌에서 헌법 제1조에서 단방제를 유지하면서도 행정조직상 지방분권 국가를 지향한다는 것을 명기하였다.

중국은 모택동 사후 시장개입 과정에서 성(省)의 역할과 위상이 크게 신장되었다. 중국은 현재 체제상으로는 연방국가가 아니지만 사실상 연방국가(de Facto Federalism)또는 중국식 연방국가(chinese Federalism)라고 불릴 만큼 지방분권화가 이루어지고 있다.

일본은 지방분권형 도주(道州)제를 추진하고 있는데 중앙정부는 외교·국방 등 국가적 대응에 필요한 업무를 맡고 그 외 행정·교육·치안 등의 업무는 1,000만 명 규모의 도주에 이양한다는 구상으로 사실상 미국의 연방제와 유사한 획기적인 개혁안이다. 구체적으로는 현재 47개의 지방자치단체인 도(道), 도(都), 부(府), 현(縣) 대신에 9개 내지 13개의 도주를 설치한다. 도주는 중앙정부 대신 세원을 갖고 특정분야에 대한 입법권과 행정권을 행사하며 자체적으로 재정을 운용하는 것이다.

흥미로운 것은 일본의 도주제 개혁의 목소리는 경제권에서 더 크게 나왔던 것 같다. 일본의 경단련(經團連, 우리나라의 전경련에 해당)이 2008년 규슈(九州)지역에서 가진 세미나에서 발표한 내용을 보면● 그들이 도주제에 갖고 있는 의미와 기대가 잘 나타나고 있다.

그들은 일본 경제의 강점을 살리고 새로운 성장을 이루기 위해서는 일시적인 방편으로는 어렵고 국가구조를 바꾸는 것 같은 대개혁이 필요하며 이것은 '메이지유신'이나 제2차 세계 대전 후의 개혁에 필적하는 대개혁이 될 것이라고 강조했다. 그러한 대개혁의 과제로 세 가지를 들고 있는데 그중 하나가 바로 도주제의 설치이다.

일본은 도주제 특구 추진법(2007.1)에 따라 북해도(홋카이도)에서 시범 시행 중이며, 자민당은 2018년까지 도주제를 이행하는 방안을 제

● '道州制でひらく九州 の未来' 제5회 九(구)州(주)地(지)域(역) 위원회 세미나

이회창
회고록

시하였다.

　이와 같이 그동안의 세계적 추세는 세계화와 지적정보 사회화에 중앙집권적인 권력구조로는 대응하기 어렵다는 공감대가 형성되어 있고[**], 지역의 글로벌 경쟁력을 높이고 자립적 발전을 도모하기 위해 기존의 행정구역을 광역화하고 지방분권을 강화해왔다.

　하지만 많은 국가들이 통합지역 간의 인구·경제 등의 격차, 상이한 역사성·문화성·지리적 특성으로 인한 지역주민의 반대, 정치적 이해에 따른 의회 반대 등의 문제 때문에 광역화(구역통합)를 추진하는 데 어려움을 겪고 있는 것도 사실이다. 그래서 최근의 동향은 구역 통합을 통한 광역화의 방향은 바람직하지만 구역 통합의 현실적 어려움으로 인해 이를 중장기적 과제로 추진하고 우선 분권화에 주력하는 양상이다. 독일, 프랑스, 일본 같은 선진국에서도 중앙정부의 권한을 지방정부에 이양하는, 즉 분권강화에 중점을 두는 방향으로 지방자치 정책을 전환하고 있다.

　우리나라도 먼저 중앙사무의 지방이양과 지방의 자치권 확대 등 실질적인 지방분권화에 주력하고 궁극적으로 중앙집권제의 국가구조를 5~7개의 지방정부로 구성된 국가구조로 개조하고, 그 지방정부는 하나의 국가와 같은 권한을 가지고 지역의 역량을 극대화시킬 수 있도록 분권화 국가구조의 개혁을 추진해야 한다고 생각한다.

[**]　〈강소국 연방제의 도입 방안〉(이기우, 자유선진당, 2008. 10. 27), 세미나 발제논문

강소국 연방제의 골자

앞에서 말한 대로 나는 2007년 초부터 여러 차례 강소국 연방제에 관한 나의 구상을 말해왔다. 그중 2008년 10월 27일 자유선진당의 '강소국 연방제 대토론회'에서 발표한 내용을 참고로 그 골자를 설명하고자 한다.

다만 그 후 상당한 시일이 경과했으므로 법령이나 정부정책 등의 내용은 변경이 있을 수 있으니 미리 양해를 구한다.

1) 강소국 연방제의 의미

중앙집권제 국가구조의 틀과 제도를 완전히 새롭게 바꾸는 것이다. 우리는 21세기 글로벌 시대와 통일 이후를 대비하여 앞으로 최소한 50년 이상을 내다보고 국가구조를 혁신해야 한다. 지난 1987년 체제의 민주화 시대 기준을 떠나서 완전히 새롭게 선진화 시대에 대응한 국가구조로 대개조해야 한다.

1948년 정부 수립 이래로 우리나라는 중앙집권제 국가였다. 정치, 경제는 물론 금융, 정보, 문화, 인재, 나아가 기회까지 모든 기능이 서울로 집중되었다. 이런 서울 중심의 국가는 국가 전체의 에너지와 힘을 결집시키지 못하면서 지방을 무력화시켰다. 역대 정권에서 지방 균형발전 정책을 시행했으나 한계가 있었다. 그러므로 중앙정부가 모든 권한을 움켜쥐고 지역적 특성과 잠재력을 발전시키지 못하는 중앙집권제의 국가구조를 지방정부가 하나의 국가와 같은 권한을 가지고 지역의 역량을 극대화시킬 수 있는 국가구조로 바꾼다면 국가 전체의 국가 경쟁력과 효율성은 한층 더 높아질 것이다.

우리나라의 국가구조를 중앙집권제에서 연방제 수준의 분권국가 구조로 바꾸는 것이 바로 강소국 연방제이다. 강소국 연방제의 구상은 지방을 골고루 균형발전시킨다는 차원이 아니라, 각 지방을 강소국인 싱가포르, 핀란드, 스위스와 같은 경쟁력 있는 지방으로 만드는데 기초를 두고 있다. 우리나라를 이들 강소국처럼 작은 규모로 나누어서 5~7개의 강소국으로 구성된 연방국가로 만드는 것이다. 이러한 광역지방정부*, 즉 강소국 5~7개를 합한 대한민국은 세계의 새로운 강대국이 될 것이다.

2) 강소국 연방제의 특징

강소국 연방제에서 지방정부는 독자적인 입법, 사법, 행정, 재정, 교육, 경찰 등의 자치권한을 갖는다. 이런 지방정부로 구성된 연방국가로서 통일을 대비하고 세계 경제의 중심에 우뚝 서는 것이다. 현재와 같은 국가구조와 헌법으로는 통일 후 북한과의 통합이 어려우므로 남한에서 만이라도 국가구조를 바꾸고 헌법을 미리 개정하여 통일 후를 대비해야 한다.

강소국 연방제는 완전한 지방분권화로 지역민이 주인이 되어 세계 속의 지방을 만든다. 지방정부는 중앙에 의지하던 지방 경제를 세계

---

* 광역지방정부는 현행 17개 시도를 5~7개의 권역으로 나누고, 1개의 권역당 시도 2~5개를 합한 규모의 광역시도를 지칭하는 것으로써, 이와 같은 광역지방정부는 하나의 국가와 비슷한 권한을 갖는 연방국가 수준의 지방정부를 말하며, 이하 지방정부로 칭한다.

를 향해 열린 자립형 경제로 변모시켜 해외 여러 나라들과 직접 경쟁하고 경제교류를 한다. 그리고 지역의 분권화로 자립성과 자주성을 비약적으로 높이고, 최고의 투자 환경과 행정 서비스를 제공함으로써 기업유치와 산업발전에 성공하여, 지역의 경제력을 한층 발전시켜 지역 간 경제격차를 줄이는 것은 물론, 지역감정을 해소하여 제휴와 협력의 시대가 열린다. 이렇게 지방정부가 육성됨으로써 수도권 집중화와 지방의 공동화 문제도 해결된다.

교육행정을 완전히 지방으로 이전하여 교육자치가 실현된다. 지방정부는 교육 기회의 다양성을 강화하고 지역적 특성을 살리면서, 독자적으로 수많은 인재를 양성하고, 유능한 인재들도 각 지방으로 몰려들어 대한민국의 글로벌 인재는 지금보다 6~7배 늘어날 것이다. 그리고 지방 국립대를 중심으로 분야별 국책연구 기관들과 세계적 수준의 외국대학 혹은 연구기관과 연계한다. 싱가포르는 세계적인 대학을 유치하여 동남아시아의 교육 허브로 부상하였다. 이처럼 교육자치로 세계적 수준의 교육환경을 조성하고 두뇌 유치 전략을 효율적으로 추진하면 교육 이민의 물결이 흘러 들어올 것이다.

경찰자치가 실현되어 지역 실정에 맞는 치안으로 범죄와 무질서가 최소화되고, 소방과 방재가 강화되고, 지역의료가 충실해진다. 중앙정부는 몸이 가벼워져 국가전략과 위기관리 능력이 높아진다. 이에 따라 지방정부에 의한 다양한 정책의 제시, 상호 간 경쟁에 의해 나라 전체가 다양화되고 활성화되며, 국가와 지방정부 간의 조직과 인원을 슬림화하여 효율적인 배치를 할 수 있다.

한편 싱가포르, 핀란드와 같은 강소국과 달리 우리나라만이 갖고 있는 장점은 강소국보다 훨씬 큰 5,000만 명의 인구 규모를 갖고 있는 중간규모의 국가라는 점이다. 강소국과 같은 작은 국가로서는 추진하기 어려운 규모의 국가적 사업을 추진할 수 있는 기술, 자본 인력을 갖추고 있다. 과거에 중화학 공업을 육성하여 산업화와 경제발전의 토대로 삼았던 것처럼, 앞으로 과학기술 대국의 척도라고 할 수 있는 우주·항공 산업 같은 분야도 우리의 국가 규모로는 능히 개발해 나갈 수 있다. 우리는 중간형 국가로도 성공할 수 있고 강소국 연방형 국가로도 성공할 수 있는 토대를 만들어야 한다.

3) 국가와 지방정부의 역할

강소국 연방제에서 중앙정부는 외교, 국방 외에 국가통합과 조정기능의 업무를, 지방정부는 독자적인 입법, 사법, 행정, 재정, 교육, 경찰 등의 자치권한을 갖고 국가적 규모 외의 업무를 수행한다.

좀 더 구체적으로 분류해보면 중앙정부는 외교, 국방 및 금융시스템, 통화의 발행 관리 및 금리, 고속철도, 국제 항만과 공항, 정보통신, 선거, 국가재정 등 국가적 규모의 업무를 수행하고, 지방정부는 지역산업, 교육, 문화, 관광, 치안, 의료 및 보건, 복지, 직업훈련, 노동 및 고용정책, 소방, 주택, 상하수도, 도로, 자동차등록 등 주민들의 생활과 관련된 업무, 행정서비스, 지역발전을 위한 산업인프라 구축 등 중앙정부가 관장하는 업무를 제외한 업무를 수행한다. 또한 국가의 지방관련 실·국 폐지, 권한과 재원의 지방이양 등 지방분권화 및 그에 따른 작고 효율적인 중앙 정부를 만든다.

4) 광역지방정부의 규모

– 기준 및 방향

지방정부의 지역적 단위는 얼마나 커야 할 것인가. 그 기준은 지역의 인구규모, 인프라 정비와 서비스 공급, 산업집적도 면에서 규모의 경제가 발생할 수 있는 규모가 되어야 하고, 해외 각국과 직접 경쟁하여 자본과 기술을 유치할 수 있는 규모가 되어야 한다.

세계 강소국들의 인구 규모는 500만~1,000만 명 정도이며, 중대 국가들 중 영국을 9개 광역권으로 나눌 경우 권역별로 인구 편차는 있지만 평균 560만 명, 프랑스의 6개 광역권의 평균 인구는 1,020만 명, 독일의 9개 광역권의 평균 인구는 910만 명, 일본의 9개 광역권의 평균 인구는 1,410만 명 등이다.

그러므로 우리나라의 17개 시도의 인구 규모는 서울과 경기도를 제외하고 세계 선진국들과 경쟁하기에는 그 규모가 너무 작다. 국가 간 경계가 허물어지고 광역지역 중심의 경쟁체제로 가는 세계적 추세에 대응하기 위해서도 시도의 광역화는 필요하다.

– 시안

① 1안: 광역지방 정부를 경제권 중심으로 6개 지역으로 개편한다.

17개 시도를 중부권, 서부권, 남부권, 동부권으로 개편하고, 서울과 제주특별자치도는 지역적 특성을 감안하여 현행대로 유지한다. 즉, 중부권은 인천, 경기도를 포함하고, 서부권은 대전, 세종, 충남, 충북, 전북을 포함한다. 그리고 남부권은 광주, 전남, 부산, 울산, 경남을 포함하고, 동부권은 대구, 경북, 강원도를 포함한다.

이회창
회고록

이 개편안은 기존의 지리적 경계선을 허물고 경제권 중심으로 개편하여 지역감정을 해소하고 환태평양권, 환동해권, 환황해권, 미주권, 유럽권, 동남아권 등 세계 경제권에 탄력적으로 대응할 수 있는 특징이 있으며, 세계의 주요 강소국들과 비슷한 인구 규모를 갖게 된다.

세계 주요 강소국들과 경쟁하기 위해 집중육성하고 발전시킬 산업을 권역별로 살펴보면, 서울 지역은 금융, 의료, 법률 등의 서비스 산업과 문화에 집중하여 미주권, 유럽권, 동남아 경제권 등에 대응하는 국제적인 비즈니스 지역으로 육성한다. 중부권은 기계 및 화학산업, IT 및 디지털산업, 자동차산업, 항공과 물류에 집중하여 미주권, 유럽, 환황해 경제권 등에 대응하는 지역으로 육성한다. 서부권은 과학기술과 첨단산업, 낙농업, 축산업, 화훼, 농경, IT, 자동차, 철강, 반도체, 제지업에 집중하여 환황해권, 동남아 경제권 등에 대응하는 지역으로 육성한다. 남부권은 광(光)섬유산업, 문화예술, 해양문화, 물류중심지, 교통인프라 확충, 특성있는 농업, 양식업, 기계부품 중심 중공업산업에 집중하여 동남아권, 일본권, 환태평양 경제권 등에 대응하는 지역으로 육성한다. 그리고 동부권은 관광휴양, 전자·철강산업, 화학·섬유산업, 전통문화유산에 집중하여 환동해권, 러시아권, 일본 경제권 등에 대응하는 지역으로 육성한다. 제주도는 국제자유도시, 무역도시, 관광, 의료에 집중하여 홍콩, 동남아 경제권 등에 대응하는 지역으로 육성한다.

② 2안: 광역지방정부를 생활권 중심으로 7개 지역으로 개편한다.

17개 시도를 경기권, 충청권, 호남권, 경상권으로 개편하고, 지역적 특성을 감안하여 서울, 강원도와 제주특별자치도는 현행대로 유지한다.

즉, 경기권은 인천과 경기도를 포함하고, 충청권은 대전, 세종, 충남, 충북을 포함하며, 호남권은 광주, 전남, 전북을 포함하고, 경상권은 부산, 울산, 경남, 대구, 경북을 포함한다.

이 개편안은 100여 년 지속된 우리나라의 향토성, 문화, 지역적 특성의 골격을 유지하여 안정성을 가지며, 세계의 주요 국가들과 경쟁할 수 있는 최소 규모이다.

5) 기초자치단체의 규모
– 기준 및 방향

기초자치단체의 지역 단위는 어느 정도가 적정한 규모인가. 그 기준은 지형적인 조건과 역사성 등을 고려할 때 지역 주민들이 정서적인 일체성과 향토성을 공유하고 생활권과 행정구역 간의 연계성이 강해 주민 편익을 증진하고 주민들의 참여성이 확보되는 수준이어야 할 것이다. 또한 주민과 가장 가까운 곳에서 사무가 결정되는 기초자치단체 중심의 체제를 확보하기 위해서 현재 광역시도에서 행하고 있는 주민 생활의 편익 증진을 위한 행정업무의 대부분을 기초자치단체에 이양하여야 한다. 그러므로 기초자치단체의 규모는 현재의 지형적인 조건, 역사성, 문화성, 인구 규모 등을 고려하고, 시군의 권한, 시군 개편의 필요성, 규모와 능력 등을 종합적으로 평가하여 결정해야 한다.

- 시안

① 1안: 전국을 200여 개의 시군으로 개편하는 안,

② 2안: 전국을 120~140개 시군으로 개편하는 안이 있다. 자세한 내용은 생략한다.

6) 재정

지방정부가 재정권을 국가에 의존하고 있는 한 아무리 인구 규모가 커지고 역할 구분이 실현되어도 자주독립의 지역 경영을 할 수 없다.

그러므로 지방정부에 세금의 종목 및 세율 등을 독자적으로 결정하고 스스로 재원을 확보할 수 있도록 과세자주권을 부여해야 한다. 현재 국세인 직접세, 간접세의 일부에 대한 과세권을 지방정부에 이양한다.

예컨대 법인세, 소득세, 부가가치세 등의 항목을 지방세에도 신설하고, 기초자치단체의 목적세를 제외한 국세의 목적세는 전부 지방정부에서 징수하게 한다. 이와 같이 중앙정부 및 지방정부 운영의 근간을 이루는 세원의 법정화는 세수분석을 통해 그 징수권한을 재정립하여야 하지만 유의할 점은 이중과세가 발행하지 않도록 면밀히 살펴야 할 것이다.

현재 국세는 직접세: 소득세, 법인세, 상속세, 증여세, 종합부동산세, 간접세: 부가가치세, 개별소비세, 주세, 인지세, 증권거래세, 목적세: 교육세, 교통·에너지·환경세, 농어촌특별세 등 13개 세목이며, 지방세는 보통세: 취득세, 등록면허세, 레저세, 지방소비세, 담배소비세, 주민세, 지방소득세, 재산세, 자동차세, 목적세: 지방교육세, 지역자원시

설세 등 11개 세목이다.

현재 중앙정부는 재원이 부족한 자치단체의 재정보완을 위해 지방교부세, 지방교육재정 교부금, 국고보조금을 기초자치단체에 지원하고, 광역자치단체는 국가로부터 지원받은 재정보전금, 시도비 보조금을 기초자치단체에 지원하고 있다.

7) 국회와 법원

– 국회

연방국가에서 국회는 양원제로 하여야 할 것이다. 즉, 국회는 지방정부를 대표하는 의원들로 구성된 상원과 일반 국민들의 의견을 대변하는 하원으로 구성한다.

상원은 연방정부와 지방정부의 요구 및 입법권을 조화시키고, 국가적으로 중요한 사안에 대해 보다 면밀한 심의를 하고, 하원활동을 초당파적으로 비판하고 억제하여 국민여론을 환기하는 역할 등을 수행한다. 그리고 상원제도를 도입할 때는 의원의 정수, 선출 방식, 임기, 대표성, 선거구 획정과 제도 및 지방정부의 인구 등을 종합적으로 고려하여야 하며, 의원의 정수는 지방정부별 인구편차를 고려하되 총 50여 명으로 하는 방안을 검토한다.

하원은 주로 국가적 사안을 다루게 되는 만큼, 정당 추천을 통해 정책전문가와 직능 대표들이 선출되는 현행 비례대표 제도를 지방정부별로 선출되는 비례대표 제도로 개편하고, 비례대표 국회의원의 수는 늘리는 방안을 검토한다. 지역구 의원의 수는 기초자치단체의 개편에 따라 적정하게 조정되어야 하지만 중앙정부의 기능이 크게 줄어든다는 점을 반영하여 감축한다. 비례대표와 지역구 의원의 전체 정수는 현행대로 300여명을 유지하는 방안을 검토한다. 또한 선거구 제도는 현행 소선거구제를 유지한다.

– 법원

연방제하에서 법원은 연방법원과 각 지방정부법원으로 이원화한다.

연방법원은 연방과 관련된 사건, 연방과 각 지방정부가 관련된 사건, 각주 간에 관할이 경합된 사건, 기타 법 통일을 위해 연방법원 재판이 필요하다고 인정되는 사건을 관할한다.

특히 연방대법원은 현재의 헌법재판소와 합병하여 위헌심사권 등 헌법재판 관할권도 갖는다.

8) 강소국 연방제의 추진 방법

강소국 연방제의 추진 방법은 전면적 시행, 단계적 시행, 특정지역을 선정해 우선적으로 시행하는 방법이 있을 수 있다. 강소국 연방제는 국가의 기본 구조를 개혁하는 것이므로 먼저 헌법상 국가구조와 조직을 개편하고, 이에 맞춰 법률상 중앙 및 지방행정 조직을 개편하는 것이 순서이다.

그러나 추진과정에서의 마찰과 혼란을 최소화하고, 100여 년 동안 유지되어온 현행 체제의 지역성, 역사성 및 일체감의 훼손을 줄이고, 일상적인 생활공동체로서 주민들의 접근성을 유지하고, 현재의 국가구조의 근본적 혁신을 위해 국민적 총의를 모아 추진해야 하는 당위적 과제라는 점에서 전면적인 시행이나 특정지역을 선정해 우선적으로 실시하기 보다는 단계적인 추진방법이 좋다는 견해가 있다.

연방국가 수준으로 국가구조와 행정 체제를 개편하는 작업은 장기간에 걸쳐 진행되어야 하므로, 현행법 테두리 내에서 추진할 수 있는 사업, 법률 개정 후 추진할 사업, 그리고 헌법 개정 후에 추진할 사업들로 구분하고, 중앙정부의 지방정부로의 권한이양, 지방정부의 자치입법권 및 재정권에 대한 재분배, 광역 지방정부의 규모, 주민투표 등을 종합적으로 고려하여 순차적으로 진행한다는 견해이다. 그리고 지방정부를 먼저 구성하고, 기초자치단체의 통합은 주민들의 자율의사에 따라 단계적으로 추진한다는 뜻이다.

전면적 시행과 단계적 시행 중 어느 방법으로 시행할 것인지는 폭넓은 국민의 의사를 수렴하여 정한다.

9) 헌법 개정

헌법 개정은 21세기 글로벌 시대와 통일 이후 한국을 대비하며, 최소한 50년 이상을 내다보고 국가구조의 틀과 제도를 대개조한다는 측면에서 추진되어야 한다. 즉, 국가구조 및 권력 구조, 의회문제, 법·제도문제, 행정체제 개편 문제 등을 포함한 전면적인 헌법 개정을 검토해야 한다.

우리나라는 제헌헌법을 제정하고 공포한 이래, 가장 최근에 개정한 1987년을 포함하여 총 9차에 걸쳐 헌법을 개정하였다. 1987년 과도체제 이후 거의 30년이 흘렀으며 민주화의 시기를 지나 선진화의 시대로 접어들었다. 선진화 시대를 내다보는 새로운 국가구조의 개혁과

이회창
회고록

이에 따른 헌법 개정이 필요하다.

현행 헌법에서는 대통령에게 권력이 집중되어 있어 권력 분산을 위한 내각제 또는 이원집정부제 등이 거론된다.

연방제하의 대통령의 권한은 단방제보다 분산되므로 이러한 국가 구조개편 자체가 권력집중 문제해결의 한 방편이 될 수 있을 것이다.

연방제의 권력구조는 여러 가지 의견이 있을 수 있겠지만, 이미 연방화로 어느 정도 권력분산이 된 상황에서는 대통령제가 상징성이나 효율성에 있어서 보다 적절하지 않을까 생각한다.

지방정부가 연방국가와 같은 실질적인 자치권을 갖는 것은 입법권을 가질 때 비로소 가능하므로 입법권의 재배분에 대해서도 헌법 개정이 검토되어야 한다. 지방정부의 자치성을 최대한 보장하는 범위 내에서 중앙정부와 국회는 국가 운영의 기본 틀에 해당하는 기본법(교육, 사회복지, 재정, 노동 등)과 사회 통일적 법제(형법, 조세법 등)을 제정하고, 지방정부와 지방의회는 기본법의 범위 내에서 지방 특성에 맞는 세부법률 제정권을 갖는다.

우리나라 헌법에서는 지방자치단체의 종류를 규정하지 않고 있으며 법률인 지방자치법에서 규정하고 있다. 우리나라 헌법에서는 지방자치와 관련하여 제8장 지방자치에서 2개 조항, 제6장 헌법재판소에서 1개 조항을 두고 있을 뿐이다.

그러나 프랑스 헌법 제1조에 "프랑스의 통치조직은 지방분권화된다"고 규정하고 있으며, 전문과 부칙을 제외한 전체 조항 중에서 지방분권 관련 조항이 차지하는 비중도 6.3퍼센트(6개 조항/95조)로 우리나라의 2.3퍼센트(3/130)에 비해 세 배나 높다. 그 밖에 일본 3.9퍼센트(4/103), 스웨덴 8.7퍼센트(13/149), 대만 11.4퍼센트(20/175), 스페인 9.5퍼센트(16/169), 이탈리아 11.0퍼센트(15/136), 스위스 34.3퍼센트 (66/195), 독일 44.2퍼센트(80/181) 등으로 나타난다.

우리나라도 지방자치단체의 종류, 기능, 권한, 지위 등을 헌법에 규정해야 할 것이다.

2

강대국을 향한 꿈

세계는 지금 총성 없는 경제전쟁을 하는 치열한 경쟁의 시대이다. 지난 2008년 미국발 금융위기에서 볼 수 있었듯이 세계는 하나의 영향권 안에 살고 있다. 이러한 시대에 우리나라가 살아남기 위해서는, 아니 한발 앞서 나가기 위해서는 지금과 같은 국가구조로는 안 된다는 것을 우리는 절감한다.

중앙정부가 모든 권한을 움켜쥐고 있는 지금의 단극형 국가 틀로는 글로벌 시대에 뒤처질 수밖에 없다. 광역화되고 분권화된 지방정부가 독자적인 입법권과 재정권 등을 갖고 세계의 자본과 기술을 유치하여 선진국과 직접 경쟁하는 다극형 국가구조로 바꿔야 한다.

이러한 국가구조 개혁의 한 모델로 강소국 연방제를 제안한 것이다. 국내의 각 광역단체들이 각각 강소국 수준이 된다면 대한민국의 국력은 강대국에 필적하게 될 것이라고 앞에서 말한 바 있다.

하지만 강대국은 국가 경쟁력이나 경제규모만으로 될 수 있는 것이 아니다. 강대국은 첫째로 자신의 영역과 자국민을 외부의 공격이나 침입으로부터 완벽하게 보호할 수 있는 자위의 힘을 가져야 한다. 둘째로 국제사회에서 국가 간 세력균형을 유지하고 견제하는 데에 영향력을 미칠 수 있는 힘을 가져야 한다. 셋째로 강대국은 인류사회의 선과 정의를 향한 역사의 흐름에 적극적으로 동참해야 한다.

우리나라는 역사상 한 번도 강대국인 적이 없었다. 과거에 중국대륙에서 고구려와 발해가 때로 중원을 위협하기도 했지만 세계 속의 강대국이라고 보기는 어려웠다. 지정학적으로 우리나라는 북방에 강대국인 중국과 러시아가 할거하고 있는 대륙 끝의 반도(半島)국가이다. 남쪽에는 해협 건너에 또 다른 강대국인 일본이 버티고 있어 이 강대국들 간에 일어나는 세력다툼의 소용돌이에 휘말리는 운명이었다. 결국 일본에 강제 합병되어 나라를 잃는 망국의 한과 치욕까지 겪어야 했다.

국권을 되찾은 후 우리는 6·25전쟁의 참화를 버텨내고 지금은 개인소득 2만 7,000달러 수준의 경제 강국이란 말을 들을 정도로 도약했다. G20 정상회의까지도 주최하여 한때 극동의 변방에서 세계의 중심으로 진입했다고 들뜨기도 했다. 하지만 우리는 여전히 주변 강대국의 영향에 좌우되는 지정학적인 운명에서 벗어나지 못하는 것 같다.

특히 최근 사드배치를 둘러싸고 미국과 중국 사이에서 문재인 대통령과 정부가 양쪽을 오가며 노심초사하는 모습을 보고 있노라면 솔직히 자존심이 상한다. 어떤 경우에도 우리 자신의 위치와 자존심을 지켜야 한다는 것을 절감한다.

이렇게 강대국들에게 포위된 처지에 있는 나라가 생존하는 길은 두 가지 중 하나이다. 강대국들에게 복속(服屬)하거나 강대국 사이에서 줄타기하면서 살아남느냐, 아니면 스스로 강대국이 되어 다른 강대국들과 겨루면서 사느냐이다.

우리는 지금까지 첫째의 길이 우리나라의 당연한 운명인 것처럼 체념하면서 살아왔다. 하지만 이제 이런 사고의 틀에서 벗어나야 한다. 줄타기나 중간자가 아니라 우리 스스로 강대국이 되는 길로 가야 한다.

그러면 어떻게 강대국이 될 것인가?

여러 가지 조건들을 생각할 수 있지만 무엇보다 중요한 조건으로 특히 강조하고 싶은 것은 강대국을 향한 국민의 강한 의지와 결기(決氣)이다.

피터 터친(Peter Turchin)은 변방에 있는 국가가 제국으로 부상하는 과정을 분석하면서 그 요소로 사회집단이 일치된 행동을 할 수 있는 결속과 역량을 들고 있는데[•], 이런 사회집단의 결속과 역량은 바로 그 민족의 강대국을 향한 강한 의지와 결기가 바탕이 되고 있다.

그저 이웃 강대국들의 눈치를 살피면서 줄타기하는 식으로라도 살아갈 수밖에 없다는 생각에서 벗어나지 못한다면 우리는 영원히 강대국이 될 수 없다. 이런 생각을 하는 사람들은 이렇게 말할지 모른다. "강대국이라고? 이 손바닥 만한 대한민국이 무슨 재주로 강대국이 될 수 있나?" 그러나 지중해 중심의 유럽일대에 '로마의 평화(Pax

---

• 　《제국의 탄생》(피터 터친 저, 윤길순 옮김, 웅진지식하우스, 2011), 머리말 및 6장 참고

Romana)'의 대제국을 건설한 로마도, 중국 중원을 지배하고 유럽에까지 영향을 미친 몽골제국도, 근세에 그 영토에 해질 날이 없다던 대영제국도 모두 초기에는 변방의 작은 국가, 소수민족이 아니었던가. 지금도 세계는 과거와 형태는 다르지만 해양에서 또 우주에서 또 제4차 산업 혁명에 대비해서 강대국을 향한 집념으로 치열한 경쟁을 벌이고 있다.

장차 이 나라의 대통령이 될 국가 지도자는 더 멀리 보고 강대국에 대한 확고한 집념과 열정, 즉 결기를 가져야 한다. 그런 다음 국민 사이에도 이런 집념과 열정을 확산시켜야 한다.

그리고 그 임기 중에 강대국화의 작업에 착수하여 강대국화의 초석을 놓은 대통령이 나오기를 나는 진심으로 기대하고 있다.

나는 1997년 당시 여당인 신한국당의 경선에서 대통령 후보로 선출된 후 후보수락 연설에서 처음으로 강대국을 향한 꿈을 이야기했다. 그 이래로 강대국의 꿈은 나의 집념이 되었던 것이다.

아! 꿈에서라도 강대국이 된 대한민국의 모습을 보고 싶다.

회고록을 끝내며
- 저는 주님의 활입니다

이제 붓을 놓기에 앞서 잠시 나는 그동안 내가 이루어 놓은 게 무엇이었던가 돌이켜 본다. 조금은 허망한 느낌이 들고, 특히 정치에 들어온 뒤로 야당이 되어 나날을 밀고 당기는 정쟁(政爭)속에 지새야 했던 일과 결국 대통령이 되지 못하여 뜻을 펴지 못한 채 정치를 접어야 했던 일들은 솔직히 아쉬운 것이 사실이다. 내가 정치에 들어오면서 다짐했던 정치의 궁극적 목적에 얼마만큼 가까이 다가갔는지도 자신할 수 없다.

그러나 다시 생각해보면 중요한 것은 목표를 얼마만큼 이루어 놓았느냐 하는 결과보다도 목표를 이루기 위해 얼마나 열심히 노력했느냐 하는 삶의 자세가 아닌가. 2부 '정치는 왜 하는가'에서 말한 것처럼 나의 정치의 궁극적 목적은 거기에서 예로 든 경제난으로 실직하고 아내마저 떠난 뒤 어린 자식들을 보육원에 맡기고 구직 차 멀리 떠나야 했던 가장과 그 가족처럼 불행하고 소외된 사람들에게 공동체 안에서 인간의 존엄성과 행복한 삶을 찾아주고, 공동체에는 공정과 배려의 정의가 충만하게 하는 것이었다.

나는 이런 정치의 목적을 위해 얼마만큼 노력했던가 하고 스스로 묻는다면 많이 부족했다고 말할 수밖에 없고 그래서 허망한 느낌이 드는 것인지도 모르겠다.

정치는 바뀌면서 계속된다. 정치의 무대가 바뀌고 출연하는 사람들도 바뀌지만 정치의 마당은 끊임없이 이어질 것이다. 정치의 궁극적 목표를 잃지 않고 끊임없이 가까이 가려고 노력한다면 알게 모르게 우리는 그 목표에 가까이 다가갈 것이다.

나는 정치를 하는 동안 많은 사람과 함께했다. 특히 3김 씨와의 관계는 숙명처럼 느껴진다. 당시 3김 정치는 정치의 마당에서 일종의 정론(thesis)처럼 당연시 되었다. 나는 정치에 입문하면서 3김 정치의 틀 속에 들어갔지만 이 틀을 깨고자 했고(antithesis), 그렇게 해서 3김 시대 후의 새로운 정치(synthesis)의 기틀을 만들고자 했다.

이러한 정반합(正反合)의 정치를 위해 나는 3김 씨와 대립했고 경쟁했고 또 그들 때문에 좌절의 쓴맛도 봤다. 3김 정치의 틀을 깨는 데에 어느 정도 기여했는지는 확언할 수 없지만 그들과 한 시대에 정치를 함께한 것은 나에게는 값진 경험이었다. 그들에 대한 개인적인 존경심은 잃지 않고 있다.

또한 정당 정치의 마당에서 나와 뜻을 같이하고 나를 도와주었던

이회창
회고록

많은 당 동지들, 여기에서 일일이 이름을 거명하지 않지만 수많은 분들과 고락을 함께했고 영광과 실패의 영욕을 나누면서 정치를 떠나 인간적으로 잊을 수 없는 따뜻한 정을 나눠 가졌다. 모두 고마운 분들이다.

그중에는 공천이다, 정권 교체다, 정계 개편이다 하는 정치판의 소용돌이 속에서 같이 어울리던 어제의 식구를 떨쳐 내거나 떠나가게 해야 하는 가슴 아픈 일도 겪었다. 그들의 가슴을 멍들게 한 데에 대해 지금도 나는 쓰라림과 미안함을 잊지 못하고 있다.

지금 내가 정치에서 보람을 느끼는 것 중 하나는 나와 정치를 함께했던 많은 젊은 정치인들이 광역시도 지사를 맡거나 대통령 후보로 출마하는 등 당당하게 이 나라의 미래를 이끌어갈 동량으로 발돋움했다는 사실이다.

예컨대 오세훈 전 서울시장, 남경필 경기도 지사, 원희룡 제주도 지사, 정병국 전 바른정당 대표 등 젊은 개혁그룹을 이끌던 정치인들, 그리고 여의도 연구소장으로 한나라당의 젊은 브레인 역할을 했고 지난 대선에서 바른정당의 대통령 후보로 출마한 유승민 의원 등을 들 수 있다.

여러 여성 정치인들의 활약도 빼놓을 수 없다. 특히 당 여성위원장으로 정당 사상 처음으로 '여성정치아카데미'를 개설하여 여성 신인 정치인 양성에 애썼고 그 후 세계여성협의회 회장까지 된 김정숙 전 의원의 활약을 잊을 수 없다.

또한 당대표 또는 당총재를 지내는 동안 비서실장으로 나를 도와준 의원들의 노고를 언급하지 않을 수 없다. 정치에 입문하면서부터 고흥길, 황우여, 하순봉, 신경식, 변정일, 맹형규, 주진우, 김무성, 권철현 전 의원 그리고 자유선진당 시절의 임영호 전 의원 등이 나의 버팀목이 되어 나와 함께 뛰어주었다. 그들이 있었기에 가시밭길을 헤쳐 나올 수 있었다. 고마운 분들이다.

또한 정치를 할 때나 정치를 떠난 뒤에도 나의 측근에서 나를 도와준 지상욱 의원, 이채관, 최형철 전 특보, 최희철 전 보좌관, 장병주 전 비서관의 한결같은 진심어린 도움도 잊지 않을 것이다.

특히 이홍주 전 특보는 25년 전 국무총리 비서실장으로 나와 인연을 맺은 후 오늘날까지 나의 곁을 지키면서 고락을 함께해왔다. 이 회고록을 내는 데에도 그의 노고가 참으로 컸다. 나는 그의 헌신과 우정을 평생 잊지 못할 것이다.

내가 정치를 하는 동안 나를 지지하고 응원해주신 국민들, 나를 위해 기도해주신 많은 분들께 손모아 감사를 드린다. 그분들은 나에게서 희망을 보았고 또 간절한 소망을 품었지만 나는 그분들의 소망을 풀어 드리지 못했다. 하지만 그분들의 따뜻한 마음이 있었기에 나는 험난한 정치의 길에서도 신념과 용기를 지킬 수 있었다.

2002년 대선이 끝난 후 정계를 은퇴하고 있던 어느 날 서울 서초동 가톨릭성당의 미사에 간 일이 있다. 주임신부가 강론에서 출처는 잘

기억되지 않는다면서 기도문 하나를 소개했는데 짧지만 가슴에 잔잔한 감동의 여운이 남았다.

> 주님, 저는 주님의 활입니다.
> 저를 그대로 놔두어 썩게 하지 마시고
> 당기소서.
> 그러나 주님, 너무 세게 당기지 마소서.
> 부러질까 두렵습니다.
> 아니, 주님 세게 당기소서.
> 당신이 원하신다면 부러진들 무슨 상관이겠습니까?

그런데 이 기도문의 출처는《그리스인 조르바》의 작가이자 정치가였던 니코스 카잔차키스(Nikos Kazantzakis)의 자서전인《영혼의 자서전》첫머리에 실린〈세 가지의 영혼, 세 가지의 기도〉였다.*
기도 원문은 이렇다.

> 첫째, 나는 당신이 손에 쥔 활이올시다. 주님이여, 내가 썩지 않도록 나를
> 당기소서.

● 《영혼의 자서전》(니코스 카잔차키스 저, 안정효 옮김, 열린책들, 2009), 9쪽

둘째, 나를 너무 세게 당기지 마소서, 주님이여, 나는 부러질지도 모릅니다.

셋째, 나를 힘껏 당겨 주소서, 주님이여, 내가 부러진들 무슨 상관이겠나이까?

나는 이 기도가 참으로 마음에 들었다. 18대 국회에서 정당대표 연설을 할 때 연설 말미에 이 기도를 인용하기도 했다.

자신의 운명이라고 생각하는 삶의 길에서 신념을 위해 부러져도 좋다는 마음가짐으로 최선을 다하는 삶은 숭고하기조차 하다. 나 자신은 최선을 다했다고 자신하지 못하지만 그래도 감사한 마음으로 이 글을 끝맺는다.

이회창
회고록

1935. 6. 2 공직자였던 아버지 임지인 황해도 서흥에서 아버지 이홍규(李
　　　　　弘圭), 어머니 김사순(金四純)의 사이에서 4형제 중 둘째 아들로
　　　　　태어나다.

1941. 3 전남 담양군 창평면 창평국민학교 입학했다가 광주 서석국민
　　　　　학교로 전학하다.

1947. 7 上同 국민학교 5학년 수료하고 전라남도 시행, 중학교 입학 자격
　　　　　검정시험에 합격하다. 광주 서(西)중학교 입학시험에 합격하다.

1947. 9 아버지의 전근으로 충북 청주중학교로 전학가다.

1948. 9 아버지의 전근으로 서울 경기중학교로 전학가다.

1953. 3 경기고등학교 졸업하다.

　　　4 서울대학교 법과대학에 입학하다.

1957. 1 제8회 고등고시 사법과에 합격하다.

　　　3 上同 대학교를 졸업하다.

　　　4 공군에 입대하다.

　　　6 공군중위(군법무관시보) 임관하다.

1958. 10 군법무관 실무고시에 합격하다.

1958. 10 공군대위 승진하다.

1960. 2 공군예비역에 편입하다.

　　　3 판사에 임명되다.
　　　　　서울지방법원 인천지원 판사에 보하다.

1961. 7 혁명재판소 심판관으로 파견되다.

　　　8 서울지방법원 판사 재임명되다.

1962. 3 한인옥과 결혼, 슬하에 두 아들(정연,수연)과 딸(연희)을 두다.

1963. 7 서울민사지방법원 판사에 임명되다.

1964. 5 서울민사지방법원 판사에 재임명되다.

1965. 1 서울형사지방법원 판사에 임명되다.

　　　11 서울고등법원 판사에 임명되다.

	대법원 재판연구원을 겸직하다.
1969. 12	미국 캘리포니아대 버클리로스쿨 및 하버드로스쿨에 1년 간 수학하다.
1971. 1	서울민사지방법원 부장판사에 임명되다.
	사법연수원 교수를 겸직하다.
1973. 4	서울민사지방법원 부장판사에 재임명되다.
1976. 1	서울고등법원 부장판사 직무대리 임명되다.
1977. 1	서울고등법원 부장판사에 임명되다.
1979. 5	서울지방법원 영등포지원장에 임명되다.
6	법원행정처 사법행정제도 개선위원회 위원에 임명되다.
1980. 5	호주 시드니에서 개최된 제2차 세계 상소심 법관회의(The world conference of Appellate Judges)에 참석하다.
6	서울민사지방법원 수석부장판사에 임명되다.
8	법원행정처 기획조정실장 겸 조사국장에 임명되다.
1981. 4	대법원 판사에 임명되다.
5	특별소송실무 연구회장 선출되다.
1985. 8	미국 아스펜에서 개최된 '정의와 사회(Justice and Society)' 세미나에 참석하다.
1986. 4	대법원 판사 임기만료로 퇴임하다.
4	변호사 개업, 신고하다.
1988. 1	민주화합추진위원회 위원에 위촉되다.
7	대법관에 임명되다.
	제8대 중앙선거관리위원회 위원장에 임명되다.
1989. 10	上同 위원장 사임하다.
1991. 10	스페인 바르셀로나에서 개최된 제15차 세계 법률가 대회에 참석하다.
1993. 2	대법관 사임하다.

이회창
회고록

2	제15대 감사원장에 임명되다.
1993. 12	감사원장 사임하다.
12	제26대 국무총리에 임명되다.
1994. 4	국무총리 사임하다.
9	변호사 개업하다.
1995. 11	가톨릭대학교 발전후원회 회장에 추대되다.
1996. 1	신한국당 입당. 중앙선거 대책위원회 의장에 추대되다.
4	제15대 국회의원(신한국당, 전국구)에 당선되다.
1997. 3	제3대 신한국당 대표에 추대되다.
5	중국 공산당 초청으로 중국을 방문하여 당 및 정부 지도자와 면담하다.
7	신한국당 제15대 대통령 후보로 선출되다.
9	제2대 신한국당 총재에 선출되다.
11	신한국당, 민주당 합당하고 한나라당으로 개명하다.
	한나라당 총재 사임하고 명예총재에 추대되다.
12	제15대 대통령선거에 한나라당 후보로 출마하다.
	대선 패배 후 한나라당 명예총재로 추대되다.
1998. 2	미국 방문하여 캘리포니아대 버클리교에서 특별명예상(The Distinguished Honor Award)을 수상하고 '새로운 세기의 한국의 도전(Korea's Challenges at the Turn of the Century)'이란 제목으로 강연하다.
1998. 8	제3대 한나라당 총재에 선출되다.
1999. 6	제15대 국회의원 서울 송파갑 재선거에 입후보하여 당선되다.
9	미국 헤리티지재단 초청으로 미국을 방문하여 '한국의 민주주의'에 대해 강연하고 미의회 및 정부 지도자들과 면담하다. 이어서 독일 베를린에서 개최된 국제민주연합(IDU) 당수회의에 참석하다.

2000. 4   제16대 국회의원 총선거에서 한나라당 전국구 의원으로 당선
           되다.

2000. 5   제4대 한나라당 총재에 선출되다.

2001. 8   싱가포르 방문하여 고척동 총리 등 정부 지도자 및 리콴유 선
           임장관과 면담하다.

     11   러시아의회 초청으로 러시아를 방문하고 러의회 및 정부 지도
           자들과 면담하다. 이어서 핀란드를 방문하여 대통령 등 정부
           및 의회 지도자들과 면담하다.

2002. 1   미국을 방문하여 미의회 지도자 및 정부 지도자들과 면담하고
           헤리티지재단 등에서 강연하다.

      3   일본기자클럽(NPC)의 초청으로 일본을 방문하여 '상생의 한일
           동반자 관계'에 관하여 강연하다. 그리고 고이즈미 일본총리를
           비롯한 정부 지도자 및 각 정당대표들과 면담하다.

2002. 5   한나라당 제16대 대통령 후보로 선출되다.

     12   제16대 대통령 선거에 한나라당 후보로 출마하다.

     12   대선 패배 후 정계은퇴를 선언하다.

2003. 2   미국스탠퍼드대학 후버연구소 명예방문연구원(The Distinguished
           Visting Fellow)으로 2년 간 체류하다.

2007. 11   정계 복귀에 관한 대국민선언을 하다.

     12   제17대 대통령 선거에 무소속 후보로 출마하다.

     12   대선 패배 후 신당 창당을 준비하다.

2008. 2   자유선진당 창당하고 총재에 선출되다.

      4   제18대 국회의원에 당선되다. (자유선진당, 충남 홍성·예산)

2010. 3   자유선진당 대표에 선출되다.

2011. 5   대표를 사임하다.

2012. 3   자유선진당 탈당하다.

     11   새누리당에 입당하여 새누리당 제18대 대통령 후보를 지원유

세하다.

2017. 3   새누리당 탈당하다.

수상

1985. 5   청조근정훈장

1995. 4   국민훈장 무궁화장

1996. 5   자랑스러운 서울법대인 / 서울대 법대 동창회

1997. 9   올해의 베스트드레서 / 한국복장기술경영협회

1998. 2   특별명예상 / 미국 캘리포니아대 버클리교

저서

1992. 9   《주석형법각칙(I)》(편집대표, 한국사법행정학회)

1997. 5   《아름다운 원칙》(김영사)

강연 및 논문

1966. 5   〈민사소송법 제160조와 같은 제422조제1항제11호와의 관계
           에 관한 연구〉(제1회 재판연구원 연구논문)

1968. 9   〈직위해제 처분에 관한 쟁송〉(사법행정 9권 9호, 한국사법행정학회)

1971   〈미국의 독립규제위원회와 그 쟁송재결기능〉(사법논집 2집, 법원
           행정처)

1987. 3   〈사법의 적극주의 – 특히 기본권보장기능과 관련하여〉(서울법대
           생 강연, 법학 28권 2호 서울대법학연구소)

1989. 11   〈형사소송에 있어서의 적법절차〉(사법연수원 법관세미나 강연, 재
           판자료 29집, 법원행정처)

1993. 11   〈조세법률주의 – 그 권리보장적 기능과 관련하여〉(사법연수원 법

관연수 강연, 재판자료 60집 법원행정처)

1995. 2	'세계화와 법치주의'(4月會 강연)
1995. 5	'법과 정치'(고려대 언론대학원 강연)
1995. 10	'깨끗한 정부, 가능한가?'(서울대 법대 강연)
2005	후버연구소 논문 "The Future of the Korean Peninsula and Northeast Asian Security"(Hoover Institution on war, Revolution and Peace, Stanford University, 2005)
2006. 4	'자유 민주주의와 우리의 나아갈 길'(제9차 극동포럼 초청강연)
2006. 7	'헌법, 함부로 건드리지 말아야 한다'(헌법포럼 제1회 특별초청강연)
2006. 10	'우리나라의 생존과 미래'(제11회 동국포럼 초청강연)
2006. 12	'대한민국, 우리 자유와 정의'(경희대학교 언론정보학부 초청강연)
2007. 1	'대한민국 어디로 갈 것인가'(충청발전포럼·대전자유포럼 공동초청 강연)
2015. 9	'국가 지도자의 리더십'(서울대학교 행정대학원 특강)

※ 1997~2002년(한나라당) 및 2007~2012년(자유선진당) 현역 정치인 시절의 강연 및 논문은 제외

이회창
회고록